Thomas von Steinaecker

DIE VERTEIDIGUNG DES PARADIESES

Roman

S. FISCHER

FSC
www.fsc.org
MIX
Papier aus verantwortungsvollen Quellen
FSC® C083411

Erschienen bei S. FISCHER

Mit zwei Reklamen von Sascha Hommer
Satz: Dörlemann Satz, Lemförde
Druck und Bindung: CPI books GmbH, Leck
Printed in Germany

ISBN 978-3-10-001460-3

Im Anfang war das Wort, und das Wort war bei Gott.
Im Anfang war es bei Gott. Alles ist durch das Wort geworden,
und ohne das Wort wurde nichts, was geworden ist.
In ihm war das Leben, und das Leben war das Licht der Menschen.
Und das Licht leuchtet in der Finsternis,
und die Finsternis hat es nicht erfasst.

DAS SCHWARZE HEFT

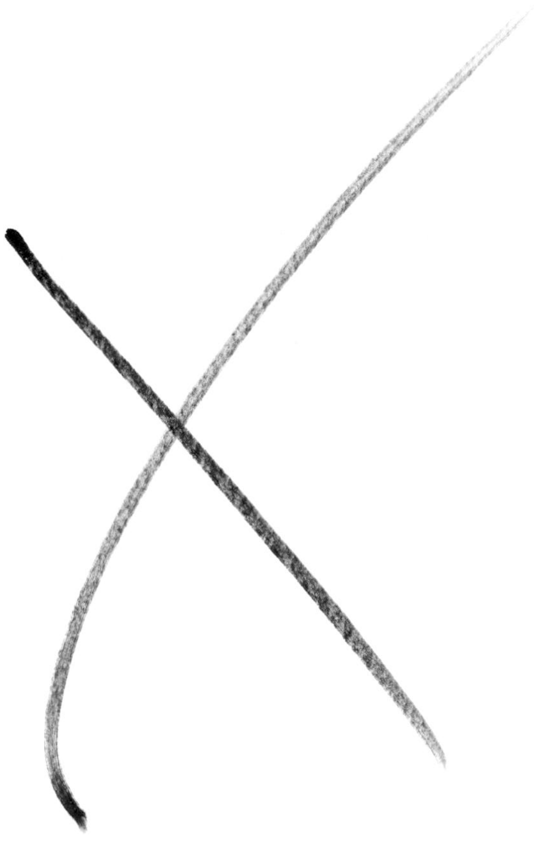

Ich wache auf, ich habe Durst. Nicht nur ein bisschen, sondern Durst à la: Noch zehn Minuten, und ich bin tot. Es ist mitten in der Nacht. In meinem Zimmer haben meine Eltern den Homie, unseren Haus-Computer, ausgeschaltet, damit ich nicht an ihm herumspiele. Also muss ich hinüber zum Lichtschalter, und das, obwohl ich wirklich riesige Angst vor der Dunkelheit habe. Und wenn ich riesig sage, meine ich schrecklich. Ich nehme also all meinen Mut zusammen, steige aus dem Bett und stolpere los. Bei jedem Schritt kleben meine nackten Füße kurz am Parkettboden fest. Dazu taucht in meinem Kopf ein absolut unheimliches Bild auf: wie sich die Haut der Sohlen in die Länge zieht. Endlich ertaste ich an der Wand den Schalter. Für einen Moment hatte ich befürchtet, ich befände mich gar nicht in meinem Zimmer, sondern in einer gewaltigen, leeren Halle ohne Ausgang auf einem fremden Planeten. Aber da ist der Schalter, ich wische darüber, und es ist mein Zimmer, auf dem Boden liegt mein Spielzeug, da steht mein Kleiderschrank, da mein Tisch mit dem Mal-Screen. Trotzdem sieht im elektrischen Licht alles anders aus als tagsüber. Als wäre hier gerade eben erst etwas geschehen, das nichts für Kinder ist. Im hellen Kegel, der aus meiner Tür in den Flur fällt, husche ich los, am Zimmer meiner Eltern und dem meines kleinen Bruders vorbei, vorbei am Erbstück, dem Wandteppich, der eine golden schimmernde Stadt mit Zinnen und Türmen zeigt. Endlich in der Küche, rufe ich außer Atem: »Licht!« Sofort führt der Homie meinen Befehl aus. Ich muss mich auf die Zehenspitzen stellen, um den Kühlschrank zu öffnen, strecke mich nach der Milchpackung, jetzt habe ich sie, sie ist schwerer als gedacht, aber heute rutscht sie mir nicht aus der Hand so wie letztes Mal. Ich drücke die Lasche auf. Leise ploppend zerplatzt eine durchsichtige Blase in der dreieckigen Öffnung. Das Hologramm auf der Packung ist Schönheit deluxe: Eine Kuh und ein alter Mann mit Schlapphut, grauem Bart und einem knorrigen Stab in der Hand schmiegen die Köpfe aneinander. Vor lauter Seligkeit haben beide ihre Augen zu Schlitzen verengt. Darunter steht ein Wort, von dem ich, obwohl ich noch nicht lesen kann, weiß, was es bedeutet, weil es meiner Mutter so wichtig ist. *ARTGERECHT.* Nur mal fürs Protokoll: Ich habe niemanden aufgeweckt und bin ganz allein nachts in die Küche geschlichen. Wenn ich meinen Eltern morgen davon erzähle, werden sie staunen. Vielleicht werden sie stolz auf mich sein. *Wie die Zeit vergeht.* Genau so sagen sie das manchmal. Ich führe die Kanten des Kartons an den Mund und spüre, wie die Milch durch meinen Körper fließt, durch meine Kehle, meine Brust, jetzt durch mein Herz, weiß und kalt.

Nur in absoluten Ausnahmesituationen rufe ich mir solche Glücksmomente deluxe aus der Voruntergangszeit ins Gedächtnis. Anders als sonst blieb ich also heute Morgen noch auf meiner Matratze liegen, während die anderen schon unten in der Stube rumorten. Jedes einzelne Altwort aus meiner Ich-hole-mir-Milch-aus-dem-Kühlschrank-Erinnerung flüsterte ich vor mich hin. Es ist ein ziemlicher Jammer, dass hier auf unserer Alm keiner mehr all die schönen Wörter braucht. Aber klar, was sollen die anderen auch mit *Parkett*, was mit *Erbstück* oder *artgerecht* anfangen, wenn das, was wirklich zählt, *Vorräte*, *Ernte* und *Fleisch* heißt? Ich stelle mir manchmal vor, die Altwörter wären kleine befellte Wesen und würden sterben, wenn man sich nicht richig um sie kümmert.
Ich muss gestehen, obwohl es ein wenig strange klingt: Ich habe das Gefühl, dass ich für diese Altwörter verantwortlich bin. Vielleicht versuche ich deshalb, sie mir so genau zu merken. Während ich putze, ausaste, die Schweine füttere oder was auch immer tue, sage ich mir all die inneren Listen, die ich in den vergangenen Jahren erstellt habe, wieder und wieder vor. Das hilft. In meiner aktuellen Top Ten der besten Altwörter ever steht zurzeit *Salbader* auf Nummer eins. Aber auch die Nummer zwei, *weidlich*, ist heftig. Genauso wie *Amnestie.* Ich kann gar nicht genug davon kriegen. *Demonstration*, *Plenarsaal*, *Internet.* Ich bin verrückt. Es ist schrecklich.

Aber ich wollte ja eigentlich von heute Morgen erzählen, von meinem fünfzehnten Geburtstag. Also. Ich bin aufgewacht, habe noch, wie gesagt, ganz kurz über ein paar Altwörter nachgedacht und bin wirklich freudigst aus unserer Schlafstube durch die Bodenluke die Leiter hinuntergeklettert, um Cornelius, Jorden, Chang, Özlem und Anne, die schon beim Frühstück saßen und besprachen, was es zu tun gebe, einen »wunderbaren Guten Morgen« zu wünschen. Das »wunderbar« habe ich ein klein wenig betont, weil dieses »wunderbar« ein gutes Wort ist, um daran anzuknüpfen, zum Beispiel mit »Einen wunderbaren Geburtstag wünsche ich dir!« oder so etwas in der Art. Kann schon sein, dass ich dabei ein wenig zu erwartungsvoll geguckt habe. Jedenfalls hat Jorden das alles wieder einmal in den falschen Hals bekommen.
»Schaust'n so?« Er blickte nur kurz von seinem Teller auf und grummelte dann in seinen langen dünnen Bart: »Is was?«
Na ja. Irgendwie war schon was: Niemand gratulierte mir zu meinem Geburtstag. Aber natürlich auch kein Grund zum Heulen, schließlich war ich ja nun wirklich kein Kind mehr. Also redete ich mir ein: Lass die erst mal richtig wach werden. Bestimmt ist Cornelius der Erste, der gleich was sagt. Irgendwie nahm ich es als ein Zeichen, dass er seinen himmelblauen Leinenanzug angezogen hatte, von all seinen Anzügen der mit den wenigsten Löchern. Cornelius trug ja trotz der Hitze immer wieder einen seiner sogenannten Sommeranzüge. Aber heute, da war ich mir sicher, trug unser weltbester Leader eben den himmelblauen extra wegen mir.
Plötzlich zischte er in Richtung Tür: »Gschgsch!« Vorfreude; doch dann sah ich das verschwommene haarige Gesicht an der Scheibe, die dunkle Gestalt, den Affen, der neugierig seine feuchte Schnauze gegen das Fenster presste. Sofort sprang Jorden, der wieder einmal in der allermiesesten Stimmung war, auf, stürmte nach draußen und begann, um ein Altwort zu gebrauchen, *unflätig* zu schimpfen und zu schreien. Seelenruhig wandte der Pavian unserer Hütte seinen fetten roten Popo zu und hoppelte über die Wiese, schaute sich herausfordernd lange um und setzte sich erst wieder in Bewegung, nachdem Jorden einen Stock in seine Richtung geschleudert hatte. Jetzt kam Leben auch in die anderen Affen,

die in der großen Eiche am Waldrand hockten. Vor Begeisterung über das Schauspiel kreischten und sprangen sie auf den Ästen herum. Eines der Weibchen fletschte grinsend die Zähne, und es kam mir so vor, als würde es mich, Heinz, den Honk, auslachen.

In der Hütte machte sich derweil einer nach dem anderen bereit, an die Arbeit zu gehen. Ich war wirklich *so* nahe dran, Cornelius zu fragen, ob er nicht etwas vergessen habe. Bisher war doch immer der erste Februar, egal ob ich Mist gebaut hatte oder nicht, mein Festtag gewesen, Heinz-Tag.

Als hätte sie in diesem Augenblick meine Gedanken erraten, sagte Özlem etwas Herzliches, die Sommersprossen auf ihren hohen Wangenknochen tanzten, ich strahlte ihr ins Gesicht, freute mich riesigst – sie meinte allerdings gar nicht mich, sondern redete, während sie ihre schwarzen Locken zu einem Pferdeschwanz band, mit Chang, mit dem sie händchenhaltend abzog. Ich hörte, wie der Name *Romy* fiel. Sie sprachen ihn ganz fürsorglich aus. Also wollten sie nach der kranken Kuh schauen, die wir so getauft hatten und die seit gestern lahmte. Jorden war da schon weggestampft, klar, um erst einmal *zu trainieren*, wie er es nannte. Die anderen sagen, früher habe er sich fast ausschließlich um die Tiere und die Felder gekümmert – und jetzt mache er nur mehr seine sinnlosen Übungen. Aber die gute alte Anne, dachte ich mir, unsere Gemeinschaftsomi wird sich doch etwas für mich ausgedacht haben! Sie trat zu Cornelius, er streichelte ihr über die Schulter. Er flüsterte ihr irgendwas zu, wieder hörte ich *Romy*, immer bloß *Romy*, Anne seufzte tief, wie sie es manchmal tut, band sich ihren selbstgeflochtenen Strohhut ums Kinn und blinzelte in meine Ecke. Ich richtete mich auf. Sie sah mich gar nicht, schnarrte ein »Also dann« in Cornelius' Richtung, und weg war sie.

Ich schwöre, all das hätte mich beinahe getötet. Ich knetete die Hände. Überlegte intensiv. Waren sie sauer auf mich? Manchmal konnten sie ja ganz schön angepisst sein, weil ich wieder, anstatt zu arbeiten, vor mich hin geträumt hatte. Früher hat Cornelius mich *unseren Pinocchio* genannt und gesagt, ich solle mal gut aufpassen, dass mir vor lauter Lügen nicht eine lange Nase wächst. Vor ungefähr einem Jahr hat es mir überall tierisch in den Beinen und Armen gezogen, und ich dachte schon, ich sei krank, und wenn ich sage krank, meine ich krank-krank, bis die anderen erklärten, ich komme jetzt wohl in das, was Pubertät heißt. Dann werde es bald erst so richtig schlimm mit mir. Ganz schlimm ist es nicht geworden, finde ich, aber ich bin seitdem fast jeden Monat ein Stückchen gewachsen, weswegen ich ab und zu heimlich vor unserem Spiegel im Klo stehe, dessen Glas grüne Flecken zuwuchern wie Schlingpflanzen die Tümpel im Wald. Immer wieder betaste ich meine Nase. Sie ist, wenn meine Berechnungen stimmen, mindestens einen Zentimeter länger geworden. Und obwohl ich weiß, dass das eigentlich nicht sein kann, befürchte ich manchmal echt, dass dieser eine Zentimeter vor allem die Folge meiner pinocchiomäßigen Untaten ist.

Als ich beispielsweise dachte, es wäre mir endlich gelungen, eine Zeitmaschine zu bauen. Das ist mir sogar jetzt noch peinlich, wenn ich das nach so vielen Jahren aufschreibe. Cornelius hatte mir damals erzählt, dass ein Mann im Vorvorjahrhundert eine Geschichte über so einen Wunderapparat geschrieben hatte und die schlauesten Forscher vor dem Untergang *so* nah – er hatte seinen kleinen Finger ausgestreckt –, wirklich *so* nah daran gewesen waren, eine Zeitmaschine zu konstruieren. Eine Art Auto, mit dem man durch die Jahrhunderte fahren konnte, vor, zurück, ganz wie man wollte. Ich rüstete also den alten, kaputten Solarjeep auf dem Schrottplatz, oben, beim Latschenfeld, um, schraubte eine Stange an, verknotete Kabel im Motor, drückte den Starter – und als ich ihn loslasse, denke ich: Yeah! Ich hab's geschafft! Ich bin genau zwei Tage vor den »schwarzen Samstag«, den Untergang, gereist. Jetzt liegt es allein an mir, die Menschen in der Großen Ebene zu warnen. Ich rette die Städte vor der Vernichtung! Amen dazu! Niemand wird sterben! Happiness deluxe. Ich rannte los. Ich durfte keine Zeit verlieren. Auch wenn ich damals erst acht oder neun war, ist das wirklich zum Sterben peinlich. Und wen traf ich natürlich als Erstes? Jorden himself, was mich damals allerdings nicht weiter aus dem Konzept brachte, weil er ja früher als Ranger auf der Unteralm gearbeitet hatte. Ich war wirklich absolut davon überzeugt, dass er nichts von der bevorstehenden Katastrophe wusste. Ich also aufgeregt: »Herr Ranger, Herr Ranger!« Wie ein Honk.

Er: »Hä?« Ich: »Bitte! Ich weiß, das hört sich unglaublich für Sie an, aber ich komme aus der Zukunft, um ...« Er schüttelte den Kopf: »Mensch, Heinz. Was soll nur mal aus dir werden?« Ich wäre am liebsten im Boden versunken. Keine Zeitmaschine. Keine Weltrettung durch Heinz, den Helden. Nada. Niente. Honk bleibt Honk. Wenn ich mir das so durch den Kopf gehen lasse, bin ich wirklich der größte Lügner, den man sich denken kann. Es ist schrecklich. Denn wer lügt, ist ein schlechter Charakter, und das darf ich auf gar keinen Fall sein, als einer der letzten zivilisierten Menschen und so. Aber das alles konnte doch unmöglich der Grund dafür sein, dass heute, an meinem Geburtstag, alle so zu mir waren! Das ist doch schon so lange her!
Den breiten Rücken mir zugewandt, kramte Cornelius in unserer Gemeinschaftskommode. Ihm schien es komplett egal zu sein, dass ich noch da war. Ich starrte auf den runden, kahlen Fleck auf seinem Hinterkopf, den er sorgfältig mit seinem wie immer akkurat auf Schulterlänge geschnittenen grauen Haar zu verbergen suchte. Unser Mini-Kühlschrank schaltete sich an. Erst summte er auf, dann hustete er elektrisch. Um ihn herum hatte sich, wie schon die Wochen zuvor, eine kleine Wasserlache gebildet. Innen ist er fast vollständig vereist. Vielleicht ist es wirklich, wie Chang mal meinte, meine Schuld, und ich habe ihn als kleiner Junge zu oft geöffnet und mit meinen Fingern über den wunderschönen Frostpelz gestrichen. Vielleicht stirbt er nach neun Jahren auch einfach an Altersschwäche. Nur: Was werden wir dann am Schlachttag mit dem Fleisch machen, das jetzt schon kaum mehr Platz darin findet, so zugewuchert wie sein Inneres ist, obwohl wir ihn wieder und wieder abgetaut haben? Als ich endlich aufstand, genau in diesem Augenblick, *spornstreichs*, um es mit einem der foxysten aller Altwörter zu sagen, drehte sich unser weltbester Leader um und hielt mir eine Mappe mit Heften und einen Stift hin. Triumphierend grinste er über seine gelungene Deluxe-Überraschung.
»Pardon, junger Mann, einen Moment«, sagte er und deutete mit seiner freien Hand auf das Geschenk, wobei er seine buschigen Augenbrauen in die Höhe zog, als wüsste er selbst nicht so genau, wo all die Sachen plötzlich herkamen. »Einen Moment mal. Hier habe ich etwas für Sie.«

Das macht er manchmal, wenn er besonders gute Laune hat, das mit dem »Sie« und so. Das tötet mich. Ich liebe es. »Ich glaube, jetzt ist die Zeit dafür gekommen. Die anderen – Banausen«, bei dem Wort kratzte er sich zweimal am Hinterkopf, »die anderen Banausen können damit sowieso nichts anfangen. Voilà!« Hinter seinem dichten, grauen Bart hellte sich seine Miene auf: »Führe von nun an Buch über alles, was geschieht, Heinz! Von diesem Tag an bist du der Bewahrer unserer Gemeinschaft!«

Diese Sätze hat er natürlich nicht genau so gesagt. Aber, ich schwöre, es war ein extrem feierlicher Tonfall in seiner tiefen Stimme. Und dann streckte er mir auch noch die Hand entgegen. Das ist ein alter Brauch, den man nur in den allerwichtigsten Momenten praktizierte. Zusammen mit dem »Sie« hat mich das beinahe verrückt gemacht, und wenn ich verrückt sage, meine ich glücklich. Vorsichtig blätterte ich in den Heften, die nur an den Rändern ein kleines bisschen angegilbt, ansonsten wirklich makellos weiß waren. Meine Finger strichen über den Stift mit der goldenen Gravur *Faber.*

Ich weiß noch, wie geschockt ich als Kind war, als Cornelius mich darüber aufklärte, dass alles, was wir sprechen und denken, nur aus – Achtung: sechsundzwanzig Buchstaben besteht. Sechsundzwanzig! Ich meine, das ist ziemlich wenig. Schon in den ersten Monaten nachdem mich Chang und Jorden in der Großen Ebene gefunden hatten, hatte Cornelius mit meinem Unterricht begonnen. *Der Junge soll ja mal kein Plebs werden*, wie er sich ausdrückte. Also führte er mich in die alte Elite-Kunst der Handschrift ein. Mit dem wenigen Papier auf der Alm mussten wir allerdings haushalten. Wir hatten nur zwei Ausgaben von Cornelius' Retro-Print-Philosophie-Magazin »Der Doyen *deluxe*«, dessen, das gebe ich gerne zu, mir völlig unverständliche Artikel in der foxysten Altwörtersprache geschrieben sind, die man sich nur ausdenken kann. Bald waren die zwei Hefte von oben bis unten mit meinen enger und enger und übereinander geschriebenen Übungszeilen verschmiert. Aber komischerweise konnte ich auch danach nicht aufhören. Ich kritzelte weiter auf die Tischplatte, bis Jorden mich dafür anbrüllte, später heimlich in den Staub, der sich überall bei uns ansammelt, oder draußen in

die Erde. Etwas war da in mir, dass ich jeden Tag von neuem irgendwelche Sätze oder kleine Phantasie-Storys notieren *musste*, auch wenn sie der nächste Regen fortwusch. Wie dankbar wäre ich damals für solche Hefte gewesen! Doch wie immer bei Cornelius war alles Teil eines größeren Plans, wie immer hatte er den Masterplan. Denn erst heute, mit fünfzehn Jahren, bin ich alt und klug genug für die Aufgabe, die er sich für mich ausgedacht hat, auch wenn ich schon vor ein paar Jahren auf meiner linken Kopfhälfte weiße Haare bekommen habe. Das stimmt wirklich. Tausende von weißen Haaren. Aber nur links. Wenn ich richtig informiert bin, färbten sich früher viele Leute, besonders aus der Elite, ihre Haare weiß, nur um so *distinguiert* auszusehen wie ich.
Väterlich fasste mich unser weltbester Leader mit seinen großen Händen an den Schultern und zog mich an sich. Sein Brustkorb hob sich schneller, ich konnte sein Herz schlagen hören.
»Hundertmillionen Dank!«, murmelte ich, meine Stimme kippte dabei gicksend, wie sie es seit etwa einem Jahr tut, wenn ich nicht aufpasse, und was eigentlich heftigst peinlich ist. In diesem Moment war es zu 100 % egal.
Regelmäßig hat Cornelius mir eingeschärft, es seien nicht zuletzt vermeintlich läppische Wörter wie »bitte« und »danke«, die einen selbst nach dem Weltuntergang noch Mensch bleiben ließen. Hier eine seiner Favoritgeschichten aus dem letzten Jahrhundert, er hat sie mir immer wieder erzählt: Zum Tode Verurteilten wird befohlen, die Hinrichtungskammer zu betreten. Vor der Tür macht der eine einen Schritt zurück, streckt den Arm aus und sagt höflich: »Bitte, nach Ihnen.« Der andere muss darüber lächeln. Er sagt: »Vielen Dank«, verbeugt sich und geht hinein.

Ich sitze allein in der Hütte. Eigentlich sollte ich schon längst im Wald sein, Pilzesammeln und so weiter. Die Affenchefs in den Eichen haben ihr Vormittagsgebrüll angestimmt, um die Jüngeren, die sich wieder einmal an die Haremsdamen herangemacht haben, in ihre Schranken zu weisen. Ein paar Monate nach dem Untergang sind sie plötzlich dagehockt. Die anderen meinen, dass die ursprünglich neun Tiere, aus denen mittlerweile eine Herde von zweiunddreißig geworden ist, aus einem

Zirkus stammen. Nach der Katastrophe müssen sie sich durch eine der drei eingestürzten Schleusen gezwängt haben und bergauf bis hierher gewandert sein. Was wieder einmal dafür spricht, dass es sich anscheinend nirgendwo so gut leben lässt wie hier.
Irgendetwas ist mit mir passiert. Ich schreibe wie ein Verrückter und will gar nicht mehr von diesem Tisch weg. Jedes Mal, wenn ich die weißen Seiten entlangfahre, über dieses allerseltenste Material, Papier, Papier! aus der Vorunterggangswelt, gibt mir das Power wie noch nie. Deshalb hier meine Entscheidung: Ab dem heutigen Tag werde ich jede freie Minute dafür verwenden, aufzuschreiben, was uns widerfährt. Ich schwöre, ich werde dabei die foxysten Altwörter verwenden, die sich in meiner Sammlung finden lassen. Und, das ist jetzt my own private Masterplan: Nächstes Jahr überreiche ich unserem weltbesten Leader Cornelius ein einwandfreies Buch in Heften, als Gegengeschenk, damit er sieht, er hat sich nicht in mir getäuscht. Im Ernst. Ich werde dafür sorgen, nein, *ich werde dafür Sorge tragen*, dass in meinen Aufzeichnungen, meinen *Notaten*, die Kultur des Homo sapiens überdauert, hier auf der Rosenalm, in unserem Resort, *durch meine Hand*. Denn ich weiß: Man kann nicht nur gehen, sondern auch *wandeln*. Man kann nicht nur fressen, sondern auch *speisen*. Man kann nicht nur hören, sondern auch *lauschen*. Gerne wandle ich. Gerne speise ich. Gerne lausche ich.
Und vielleicht sind ja die Hefte auch der Beweis dafür, dass das Muster unter meiner linken Achsel, das irgendwer dort vor dem Untergang eintätowiert hat wie die *Faber*-Gravur in den Stift, ein winziges Quadrat, in dem schwarze Schlieren ineinander verhakt sind, doch mehr bedeutet, als die anderen meinen. Ich habe stets daran geglaubt, dass das Zeichen ein Hinweis darauf ist, dass ich ursprünglich für eine besondere Position in der Gesellschaft vorgesehen war, obwohl ein derartiger Tattoo-Brauch den anderen unbekannt ist. Einzig Cornelius hatte gesagt, das könne durchaus sein, auch wenn er selbst noch nie davon gehört habe. Heute spüre ich, dass mich diese Hefte der Lösung des Rätsels meiner Tätowierung ein Stück näher bringen.
Es ist der erste Februar des Jahres elf nach dem Untergang. Mein fünfzehnter Geburtstag. Gesegnet sei der Name des süßen LORDs.

Heinz

WIR

Notizen zu einem Roman

Edel sei der Mensch, hilfreich und gut.

I. DIE GEMEINSCHAFT

Früher, mit vier oder fünf Jahren, wenn ich durch das Latschenfeld und jene in die Felswand gehauene Treppe hochstieg, die zum Eingang des Steinernen Meeres führt, konnte ich bis über die Grenzen unseres Resorts hinaus und in die Hölle sehen: die Große Ebene. Mit Jordens Fernglas waren die Löcher in den Schutzschirmen über den ehemaligen Siedlungen gut zu erkennen. Fehlfunktionen ließen das Wetter unter den Kuppeln verrücktspielen. In *Waldeinsamkeit II* loderten Flammen auf, in *Avalon A5* wütete ein nicht enden wollender Orkan, und in *Schönau* schneite es wie in einer antiken Wunderkugel, die jemand ununterbrochen schüttelte. Manchmal stellte ich mir dann die Menschen darin vor. Wie sie beim Autofahren, bei der Arbeit im Büro oder im Schlaf in ihren Betten eingefroren waren, erstarrt und doch unversehrt, Dornröschen-Style, als warteten sie nur darauf, eines Tages ihre Tätigkeit zu Ende führen zu dürfen, wenn alles wieder gut wäre.

Zwischen den Kuppelruinen erstreckte sich im Licht der sengenden Sonne die graue Steppe mit ihren Hügeln. Vor dem Untergang war das einzig Gute an ihr gewesen, dass sie die riesigen Solarfelder Strom produzieren ließ, Strom, der easy für sämtliche Siedlungen, Altstädte, Garden-Zones und ich weiß nicht was gereicht hatte.

Ich wünschte, ich hätte mir die Male, die ich dort oben, am Ende der Felstreppe stand, das alles, die Siedlungen und die Steppen, genauer eingeprägt. Denn eines Tages, im Jahr drei nach dem Untergang, bildeten sich in der Großen Ebene plötzlich Nebelbänke, die immer dichter wurden, bis nur mehr die Spitzen der Schutzschirmkuppeln daraus hervorschauten. Cornelius' einzige Erklärung dafür war, dass jetzt auch noch die Shields über den Speicherseen ausgefallen sein mussten und

die Hitze derart angestiegen war, dass sogar das Grundwasser verdunstete. Seitdem war die Hölle unsichtbar geworden.
Über dem Hochtal mit der Unteralm, der Rosenalm und den Wiesen und Wäldern unseres Resorts spannt sich dagegen immer noch der schönste blaue Himmel. Beim Untergang hat unser Kraftfeld vom einprogrammierten Zyklus der vier Jahreszeiten, der hier eigentlich für Wanderer das Feeling des alten Deutschlands entstehen lassen sollte, auf eine einzige umgeschaltet, einen ewigen Sommer, mit warmen, aber nie unerträglich heißen Tagen, und mit Nächten, in denen es regnet, aber nie stürmt. Wir leben hier also seit elf Jahren unter, wie unser weltbester Leader Cornelius es halb im Spaß, halb im Ernst sagt, traumhaften Bedingungen. Er hat wiederholt betont, wie wichtig es ist, dass wir unter uns bleiben. Die wenigen anderen Survivors, denen er, Jorden, Chang, Özlem und Anne bei ihrer anfänglichen Suche nach Nahrung und nützlichen Gegenständen in der Großen Ebene begegnet sind, waren zusehends verwahrlost, bis binnen weniger Monate nach dem Untergang Einzelkämpfer und Banden die Ruinen der Städte durchstreiften. Selbst Jorden und Chang hatten deshalb seltener und seltener das Resort verlassen. Wir alle, bis auf mich natürlich, haben in Voruntergangszeiten genug Horrorgeschichten gehört und gesehen, um zu wissen, was da unten als Nächstes folgen würde. Und warum sollen wir hier auch weg? Das Vieh, das wir züchten, die Gemüsegärten und Felder, die wir angelegt haben, und die Beeren und Pilze in den Wäldern ernähren gerade mal und ganz genau sechs Personen. Zwei, drei mehr, und wir könnten alle, wie Jorden es einmal gesagt hat, nach kurzer Zeit nur mehr mit dem Messer unterm Kopfkissen schlafen.
Es ist also ein ziemlicher Vorteil, dass unser Resort als Bio-Zone schon immer streng abgesperrt war. Die anderen, die davon mehr verstehen als ich, haben viele Überlegungen und Mühe darauf verwandt, dass das auch so bleibt. Wegen der Steppenbewohner haben wir die drei uns bekannten Schleusen auf deutscher Seite getarnt. Was auf österreichischem Gebiet geschieht, davon wissen wir nichts. Aber, ich hoffe mal, das Steinerne Meer mit seinen Spalten, Geröllfeldern und Graten wird uns vor möglichen Eindringlingen schützen. Dass aber von dort in den

elf Jahren, seit wir hier wohnen, bislang niemand und nichts gekommen ist, deutet darauf hin, dass auch weiter im Süden alles zerstört ist, vielleicht sogar noch schlimmer als in Deutschland. Ich will mir gar nicht vorstellen, wie schrecklich es dort zugehen muss. Unser weltbester Leader benutzt in Bezug auf die Survivors außerhalb unseres Resorts gern eines der foxysten Altwörter aller Zeiten: Würde. Im Unterschied zu all den anderen haben wir unsere Würde bewahrt.
Aber manchmal, besonders wenn mich der Blick aus dem sonnenverbrannten, dreckigen Gesicht in unserem einzigen Spiegel im Klohäuschen streift und mich zusammenzucken lässt, bis ich bemerke, Scheiße, das bin ja ich!, kriege ich Angst. Und ich glaube, da geht es den anderen auch nicht anders. Die Angst, eines Tages aufzuwachen und zu einer jener miserablen Gestalten in der Großen Ebene geworden zu sein. Auch deshalb führen wir den Kampf gegen das Vergessen. Ohne die allwissenden Stimmen der PMs, der Personal-Manager, aus den Transmitter-Plugs im Ohr, auf die man sich vor dem Untergang verlassen konnte, weil sie auf fast jede Frage eine Antwort wussten, wie heißt diese Pflanze?, wer regierte im Jahre 117 das Römische Reich?, und so weiter, kommen uns die Namen für die Dinge, die uns umgeben, langsam abhanden. Ich stelle mir manchmal vor, wie sich in unseren Köpfen mit jedem Tag auf der Alm ein weiterer Teil unseres einstigen Wissens verabschiedet, bis uns die Welt, die Berge, Tiere und Pflanzen, immer weniger zu sagen haben und wir am Ende, im Nebel unseres Gedächtnisses tiefer und tiefer nach den spurlos verschwundenen Namen forschend, nur noch stammeln: »Knackdings« für Holz, »Hartdings« für Steine oder irgendwann »ah« für Sonne, »mampf« für Nahrung, »muh« für Milch.
Erst vor kurzem wollte Cornelius, als er nach dem Abendessen das Geschirr abräumte, ein altes deutsches Volkslied anstimmen: »Es klappert die Mühle am rauschenden Bach«. Bei »klipp-klapp, klipp-klapp, klipp-klapp …« hat er gestockt. Als er »Alle Vöglein sind schon da« zu singen begann, wiederholte er »alle Vöglein, alle …« – und wiederholte es immer aufgeregter, ohne dass ihm der nächste Vers einfiel. Nach eigener Aussage ist Cornelius inzwischen nicht mehr in der Lage, die Reihenfolge der deutschen Kanzler und Kanzlerinnen wiederzugeben, ebenso

wenig wie die Daten des Dreißigjährigen Krieges, der Gründung des Deutschen Kaiserreiches oder das Geburts- und Todesjahr des weltbesten Dichters Johann Wolfgang von Goethe.
Die alte Anne, unsere Gemeinschaftsomi, ist die Einzige, die selbst noch die merkwürdigsten Namen für die seltensten Kräuter und Tiere weiß, obwohl sich in den vergangenen Jahren eine schlimme Veränderung vollzieht: Immer öfter vergisst sie die selbstverständlichsten Dinge. Sie behauptet, dass das gar nicht das Schlechteste sei, wobei sie mit dieser Meinung wirklich zu 110 % allein ist. »Amnesie«, hat sie einmal erklärt, »kann auch ein Segen sein, das könnt ihr mir glauben.« Für sie war damit das Thema erledigt. Sie war ja am liebsten allein unterwegs und bastelte an ihren Stroh*talismanen*, weswegen Chang sie »schrullig« nennt. Wie Jorden bleibt sie zuweilen über Nacht weg, weil sie »Luftveränderung« braucht, wie sie sagt. Sie wandert, soweit wir wissen, im Resort herum und schläft in irgendwelchen Verschlägen, die sie sich selbst zusammengezimmert hat. Oft schon hat Cornelius sie deshalb geschimpft, weil ihr da draußen leicht etwas zustoßen könnte. Er hat mir erzählt, dass sie früher ganz anders war. Lauter Altredensarten und -wörter hat er benutzt, um sie zu beschreiben: eine, die *mit ihrer Meinung nicht hinterm Berg* hielt, eine *ehrliche Haut*; einen *rauen Charme* habe sie besessen. Er selbst habe ihren Rat immer sehr geschätzt. Ja, er tue es noch immer. Sie habe sich in der NOROFORK *engagiert*, der No-Robots-for-Kids-Bewegung, und *vehement* die Meinung vertreten, dass kein noch so perfekt auf das jeweilige Kind programmierter Robot-Tutor einen Lehrer aus Fleisch und Blut ersetzen könne. Die Gesellschaften, die sie und Bernd, ihr Mann, Cornelius' bester Freund, gaben, seien *legendär gewesen. Kostümpartys!* Aber dann, ziemlich genau ein Jahr vor dem Untergang, sei Bernd zusammen mit ihrem gemeinsamen Sohn bei einem Kletterunfall ums Leben gekommen. Anschließend sei Anne wie ausgewechselt gewesen. Alles, worin sie bis dahin aufgegangen war, sei mit einem Mal egal gewesen. Sie habe sogar monatelang Schweigeexerzitien in einem Kloster zugebracht, sie, die doch sonst so leidenschaftlich *debattieren* konnte! *Tragisch* sei es, so Cornelius, dass gerade an dem Punkt, an dem Anne endlich wieder die Kraft spürte, noch ein-

mal neu anzufangen, dass sich genau an diesem Punkt die Katastrophe ereignete.
In den ersten Jahren im Resort hatten Anne und Özlem viel Zeit zusammen verbracht. Beide verband ja dieses special interest für Pflanzen und Tiere. Doch das ist vorbei. Schleichend ist Anne unberechenbar geworden. Momente, in denen sie redselig und, ich lüge nicht, der superbeste Mensch der Welt ist und uns gute Laune macht mit ihren scharfen, treffenden und lustigen Bemerkungen, mit denen sie nicht einmal Cornelius verschont, können abruptest umschlagen. Plötzlich stottert sie, sie habe vergessen, was sie eigentlich sagen wolle, und brummt noch missmutig irgendetwas hinterher, das keiner recht versteht. Vor ein paar Monaten meinte Özlem, nach einem besonders krassen Stimmungsumschwung Annes, gefolgt von endlosem wirren Murmeln, sie befürchte, unsere Anne habe einen Hirntumor oder sie leide an Alzheimer. Was wir bloß unternehmen könnten. Die Begriffe, *Alzheimer* und *Tumor*, nahm ich sofort in meine Altwortliste auf, genauso wie dieses Amnesiedings.
Ich suche seitdem noch mehr Annes Gesellschaft. Und vielleicht hilft es ihr und ihrem Gedächtnis ja, wenn ich bei ihr bin. Erlaubt sie es, begleite ich sie den Bach entlang und die Wiesen hinunter, wo das Rauschen des Flusses zu hören ist und ihr Reich liegt: ihr Kräuter- und Gemüsegarten, den sie nur für sich selbst bewirtschaftet. Und was für ein Garten das ist! Als kleiner Junge konnte ich mich nicht sattsehen an den Beeten, denen Anne die Namen der Kontinente gegeben hat und die mit Mini-Wahrzeichen aus Stroh geschmückt sind. Zwischen den Blumen und Büschen erheben sich winzige Pyramiden, auf Steinen thronen Schlösser, Felsen stellen das welthöchste Gebirge dar, den Himalaya, und durch Gestrüpp schlingelt sich ein Rinnsal, der Amazonas. Zwischen all dem stand dann Anne mit ihrem breiten Hut, die Herrscherin ihres Strohplaneten, die, wenn ich sie darum bat, zu jedem Gebäude eine Geschichte parat hatte, wobei in ihrem lederbraunen Faltengesicht ihre Augen zu funkeln anfingen. Aber das war einmal. Immer öfter ist ihr Blick nur noch stumpf.
Als Maßnahme gegen das gemeinschaftliche Vergessen hat Cornelius

vorgeschlagen, dass wir unsere Kühe nach den wichtigsten Erfindern, Künstlern, Sportlern und Politikern der Menschheitsgeschichte benennen. Eine ziemlich gute Idee, finde ich. So werden wir täglich an sie erinnert. Auf unseren Wiesen weiden Nero, Tizian, Einstein, Hitler, Kafka, Kennedy, Beckenbauer, Bijoy und Hu. Außerdem hängt von den Rosenstämmen vor der Hütte, die Cornelius liebevoll pflegt, der Name der jeweiligen Sorte in transparenten Hüllen. Einst haben sie in einem Krankenhaus in der Großen Ebene zur Aufbewahrung menschlichen Blutes gedient, das behauptet zumindest Chang. Unser Kampf gegen das Vergessen, er endet nie.

Vielleicht beunruhigt mich deshalb an diesem leuchtend hellen Vormittag des ersten Februars im Jahre elf nach dem Untergang, während ich mich am Esstisch in der Hütte über mein schönes neues schwarzes Heft beuge, die Frage, ob es etwas zu bedeuten hat, dass alle bis auf Cornelius nicht nur vergessen haben, dass ich an diesem Tag fünfzehn Jahre alt werde; ja, kann es sein, dass sie *mich* vergessen haben? Vielleicht ist ja diese Pubertät daran schuld, dass jetzt noch härtere, noch unangenehmere Zeiten anbrechen, in denen ich für die Gemeinschaft noch unwichtiger bin als bisher? Was interessiert die anderen, ob ich mich für den Bewahrer ihrer Geschichte halte oder einfach nur weiter derjenige bleibe, der ich für sie immer schon war: Krummbumm Heinz?

Ich habe kurz meine Arbeit beiseitegelegt und durchs Fenster in den Himmel über dem Hochtal geblickt, den die Schwalben ziepend durchschneiden. Ich bin ganz ehrlich: Ich betete, und zwar nicht zum allerbesten LORD, sondern heimlich, da der LORD Konkurrenz nicht ausstehen kann, zu meinem Vater. Ich besitze ja kaum Erinnerungen an die Epoche vor dem Untergang, was daran liegen kann, dass ich, als ich zu den anderen stieß, erst vier Jahre alt gewesen bin. Vielleicht ist auch jene Krankheit daran schuld, die laut Anne *Trauma* genannt wird. Das ist allerdings auch nur eine Vermutung, weil Anne zwar über medizinisches Wissen wie sonst niemand in der Gemeinschaft verfügt, jedoch trotzdem nicht müde wird zu betonen, dass die Jahre, in denen sie als Krankenschwester gearbeitet habe, so weit zurückliegen, dass das schon nicht mehr wahr sei. Ich muss zugeben: Rasend gerne hätte ich so ein Trauma.

Denn hat Anne nicht auch gesagt, fast jede Erkrankung sei vor dem Untergang heilbar gewesen?
Vielleicht ist es ja bloß Wunschdenken, nichtsdestotrotz meine ich, eine vage Vorstellung davon zu haben, wer mein Vater war. Das Wort »Weltraumforscher« ist wirklich so fremd und selten, dass es irgendeinen Grund geben muss, warum es mir ausgerechnet dann in den Sinn kommt, wenn ich an meinen Vater denke, den ich mit Papi anreden würde. Auch erinnere ich mich an ein Zimmer im obersten Stockwerk unseres Hauses, dessen Betreten »strengstens verboten« war. Trotzdem schlich ich mich öfter hinein – um staunend vor einem riesigen Screen zu stehen, der den Querschnitt einer Raumstation animierte, vor einer Unzahl kleiner, weißer Modelle von Raumschiffen, die von der Decke baumelten, und vor einem Fernrohr an der Dachluke, das steil in den Himmel gerichtet war und in dem ich, als ich mit pochendem Herz daran trat, tatsächlich den dunklen Punkt einer Sonde zu sehen glaubte, ehe ich im Erdgeschoss die elektronische Melodie der Eingangstür hörte und leise aus dem Büro meines Vaters lief. Und dann ist da noch dieses Gefühl, das der Begriff »Wochenende« in mir auslöst. Die Wochenenden, deren Beginn Cornelius weiter verkündet, weil er es wichtig findet, dass uns nicht die alte Ordnung der Tage abhandenkommt, die Wochenenden waren früher oft nicht okay gewesen, und wenn ich sage nicht okay, meine ich nicht okay. Regelmäßig fehlte jemand. Papi. Er fehlte eigentlich immer, aber an den Wochenenden fiel es uns ganz besonders auf, weil am Montag alle anderen Kinder erzählten, was sie mit ihren Eltern unternommen hatten. Wenn mein kleiner Bruder und ich meine Mutter nach Papi fragten, antwortete sie nur knapp: »Der ist weit, weit weg.« Man konnte nicht einmal über den Transmitter mit ihm sprechen. Über diesen Wochenenden, die in meiner Erinnerung außerdem totenstill waren, lag eine fast unerträgliche Spannung. Bei jedem winzigen Geräusch hielt ich die Luft an. Oft schaltete Mutter, was sie sonst, war Papi da, selten tat, die TV-Wall an, wo viel von NOAH, der Marssiedlung, die Rede war, Astronauten in strahlend weißen Anzügen schwebten und winkten, ihre Stimmen und Mundbewegungen waren nicht synchron, so weit entfernt waren sie, Raketen starteten dröhnend, senkrecht und

unendlich langsam stiegen sie in den tiefblauen Himmel. Diese Starts verfolgte Mutter so konzentriert, dass sie alles um sich herum zu vergessen schien. Aus irgendeinem Grund war ich mir damals sicher, dass Papi, immer wenn er nicht zu Hause war, ins Weltall flog, auf einer wichtigen und supergeheimen Mission in Sachen Marsbesiedelung. Im strengstens verbotenen Büro schaute ich dann durchs Fernrohr, weil ich dachte, es würde, wie in einem der Märchen, die F-87 meinem Bruder und mir zum Einschlafen erzählte, dem Betrachter auch die entferntesten Dinge zeigen, solange man sie sich fest genug wünschte. Doch leider erschienen in der Linse bloß schwarze Flecken.

In meiner Vorstellung befand sich mein Vater bei der Katastrophe, die sich ja an einem Samstag ereignete, in einer Station in der Umlaufbahn der Erde, so dass er, anders als meine Mutter und mein kleiner Bruder, von denen ich das Schlimmste annehmen muss, überlebte. Der Screen des Raumschiffs übermittelte ihm die schrecklichen Bilder, der Bord-Homie sprach ihm sein Bedauern zur fast vollständigen Vernichtung seiner Art aus und beglückwünschte ihn gleichzeitig dazu, dass sein Sohn zu den wenigen Survivors gehörte. Seitdem beobachtet Papi aufmerksam, was unter ihm auf dem blauen Planeten alias Erde geschieht. Fieberhaft arbeitet er daran, Kontakt mit den wenigen Bewohnern der Mars-Kolonie aufzunehmen, um eines Tages zusammen mit ihnen auf seinen Heimatplaneten zurückzukehren. Tatsächlich, ich lüge nicht, ist jeden Monat tagsüber für ein paar Tage hinter dem Schutzschild ein winziger, grünlich schimmernder Punkt zu sehen, dessen Ursprung mir keiner erklären kann. Das könnte, oder sagen wir: das *musste* das Raumschiff meines Vaters sein. Und der Tag würde kommen, da würde es mich holen.

Als ich Özlem einmal davon erzählte, bekam sie zu meiner Überraschung feuchte Augen. »Das ist wunderschön.« Und nach einer Pause, in der sie mich lange ansah: »So ist es wahrscheinlich. So muss es sein.« Sie hat mir über den Kopf gestreichelt, liebevollst wie selten, so dass ich schon währenddessen wusste, dass ich mich stets danach sehnen würde. »Glaube weiter daran, ja? Versprich mir das«, hat sie gesagt. Und ich nur so: nicknicknick.

Mit den Jahren jedoch ist das Bild, wie mein Vater da in einer schneeweißen Kapsel seine Runden zieht, für mich immer unwahrscheinlicher geworden. Ich muss gestehen: In letzter Zeit schäme ich mich sogar dafür, dass ich nicht nur die Gemeinschaft belogen habe, sondern am Ende und am meisten mich selbst. Und auch an diesem Februarsommertag klangen die Bitten, die ich halblaut in Richtung Himmel sprach, »Hilf mir«, »Komm zurück«, absolut baby-like und nicht angemessen für einen Jungen, der gerade fünfzehn Jahre alt geworden war.

In diesem Moment spüre ich den sanften, aber entschiedenen und so vertrauten Griff kleiner, weicher Pfoten am Hosenbein. F-87, mein alter Robot-Fennek und einziger best friend, hat meine Stimmung sofort bemerkt und ist unter dem Tisch hervorgekommen, wo er eingerollt gelegen hat.

»Ach, F-87. Es ist wirklich schlimm«, sage ich. »Du hast alles mitbekommen, oder? Wenn Cornelius nicht an die Hefte gedacht hätte … es interessiert sich echt keiner für mich …«

Mein elektrischer Wüstenfuchs knickt mitfühlend sein rechtes Ohr um und guckt mich mit seinen großen Augen an. Chang nennt sie Manga-Lookies. Wie bei mir selbst, seinem Master, muss der Untergang auch bei meinem Toy ein Trauma verursacht haben, so dass alles, was er mir über meine Herkunft und Eltern berichten könnte, bis auf weiteres ungesagt bleibt. Das Einzige, was F-87 zu erzählen hat, sind die einhundertundeins Märchen seines Entertainment-Speichers, die er mit samtener Stimme und in stets exakt demselben Wortlaut vorträgt, ohne dass ihm darüber hinaus etwas zu entlocken wäre.

»Schluss. Der kommt jetzt weg«, hatte Jorden in einem superüblen Moment geschimpft, als ich ihn wieder einmal durch irgendeine Ungeschicklichkeit wütend gemacht hatte. Es sei endlich an der Zeit, das einzig Wertvolle an »dem Teil«, Akku und Motor, für »sinnvollere Zwecke« zu verwenden. Und anschließend fliege »das Teil« in hohem Bogen dorthin, wo es hingehöre, nämlich auf den Schrotthaufen. Ich hätte mich sofort vor ihn stellen sollen und protestieren, wozu mich Cornelius wieder und wieder ermuntert hat. Aber in solchen Momenten habe ich größte Angst vor Jorden und muss daran denken, was mir Chang vor ein paar Jahren anvertraute: Jorden habe schon einmal jemanden umgebracht. Jorden sei Soldat der EUROPEACE-Truppe gewesen. In Kenia sei er mit seiner Einheit auch an einer Aktion gegen Terroristen beteiligt gewesen, die sich in einem Gebäude verschanzt hatten. Zimmer um Zimmer hatten sich die Soldaten vorwärtsgekämpft. In einem kleinen Raum im Keller waren sie auf die Leichen von einem Dutzend entführter Kinder gestoßen, nach denen schon lange gesucht worden war. Offensichtlich waren sie verhungert. Da man sich wichtige Informationen von dem Anführer versprach, war der Befehl ausgegeben worden, ihn unter allen Umständen lebend zu ergreifen. Jorden und ein anderer waren diejenigen, die ihn im letzten Raum des Gebäudes gestellt hatten. Jordens Kamerad berief sich später vor Gericht darauf, er habe nicht genau sehen können, was geschah, alles sei sehr schnell gegangen. Jedenfalls erschoss Jorden den Anführer der Terroristen aus nächster Nähe, obwohl dieser unbewaffnet gewesen war. Der Fall war nie geklärt worden. Auch als Jorden Chang die Geschichte erzählte, schon berauscht vom Schtix, hatte er behauptet, er könne sich nicht mehr erinnern, ob er wirklich gedacht habe, der Anführer wolle nach einer Waffe greifen, oder ob er zu aufgewühlt vom Anblick der toten Kinder gewesen war. Er wurde zwar nie verurteilt, wurde aber wenig später aus dem Dienst entlassen und fing auf der Alm als Ranger an. So weit also zu dem Thema: Stell dich doch einfach mal Jorden in den Weg! Dem Mann, der mich, ist er ausnahmsweise mal gut gelaunt, spaßeshalber »Frischling« nennt. Wie auch immer. F-87 blieb damals nach Jordens Drohung zwei Tage lang verschwunden. Jeden Abend habe ich auf der Wiese gestanden und ihm, die Hände als Trichter am Mund, zugerufen, ich würde es niemals zulassen, dass ihm jemand ein Leid zufüge, niemals! Nur die Paviane hatten mir geantwortet, kreischend, höhnend. Endlich schlich mein elektrischer Fennek aus dem Wald, setzte sich vor meine Füße und blinzelte mich mit einem zögerlichen Ausdruck an, ganz so, als vertraute er nicht darauf, dass ich, Heinz, Master und Krummbumm in einer Gestalt, ihn im Fall des Falles schützen könnte. Sein sandbraunes TARBO-Flauschefell hatte im nächtlichen Regen arg gelitten. Genau so ein Fell habe ich mir übrigens immer gewünscht. Am besten würde es meinen ganzen Kör-

per, meine seit den Wachstumsschüben viel zu langen Arme und Beine bedecken. Außerdem ist es lausabweisend, so dass F-87, im Unterschied zur Gemeinschaft, nicht alle paar Monate von dieser Plage heimgesucht wird, wegen der wir unser Bettzeug und unsere Kleider immer wieder auskochen müssen. Mit einem Ausdruck der Wehmut erzählt Özlem zuweilen von blitzblanken Keramiktoiletten und Duschen, die es in den Städten der Großen Ebene gegeben hatte. Die Sache der Reinheit gehört zu unseren obersten Pflichten. Das hat mit dem Würdedings zu tun. Wer Mensch bleiben will, muss sauber bleiben. Eigentlich gebührt deshalb meinem Robot-Fennek, denke ich oft, ein Ehrenplatz in der Gemeinschaft.
Als ich noch klein war, habe ich oft meinen Nacken in der Hoffnung abgetastet, dort auf dieselbe winzige Einkerbung zu stoßen, die F-87 unter seinem Fell trägt und hinter der sich, steckt man den Finger hinein, der On-Off-Schalter befindet. Ich weiß, dass es lediglich der Empathie-Chip im Kopf meines Toys ist, der ihn so treu und fürsorglich sein lässt; und trotzdem: Ich liebe meinen best friend. Und wenn ich liebe sage, meine ich auch liebe. Ich spüre es in meinem Inneren.

Ich schloss das schwarze Heft. Während ich dann aus der Hütte trottete, unter der Pumpe am Bach seufzend zwei Eimer mit Wasser füllte und sie über die Wiese zum eingezäunten Eichenhain schleppte, wo schon aus dem Dickicht das gierige Grunzen und Schmatzen der Wollschweine zu hören war, zupfte mich mein lieber F-87 eifrig am Hosenbein, um mich mit einem Gänseblümchen oder einer Beere zu überraschen oder um eine seiner Slapsticknummern zu vollführen. Das geht so: Er stolpert, rappelt sich mit der Pfote winkend auf, alles in Ordnung!, mir geht's Gold!, nur um gleich darauf erneut linkisch über die eigenen Beine zu purzeln. Und ich musste tatsächlich schmunzeln, als mir der tröstende Gedanke durch den Kopf schoss, dass, selbst wenn die Gemeinschaft vorerst nichts von meinen Aufzeichnungen erfuhr, meine neue Aufgabe doch mindestens genauso wichtig war wie die Arbeit der anderen – ja, vielleicht sogar noch wichtiger! Meine Hefte, dachte ich und schüttete Wasser in die Schweinetröge, meine Hefte würden wie der Superchip

sein, von dem Cornelius einmal erzählt hatte. Er war sich zu neunzig Prozent sicher, dass die Kolonisten auf dem Mars im Besitz eines Chips sind, auf dem das gesamte Wissen der Menschheit gespeichert ist. Ebenso ist davon auszugehen, dass irgendwo auf der Erde in einem Stollen, tief im schützenden Fels, wo ihm keine atomare oder sonstige Katastrophe etwas anhaben kann, eine weitere solche Speichereinheit lagert.
Chang hatte zwar sofort daran gezweifelt, das sei nie Thema gewesen »bei uns in der Redaktion«, wie er es mit einer seiner Favoritredewendungen ausdrückte, um zu betonen, dass er vor dem Untergang als Information-Architect Zugang zu exklusiven Informationen gehabt hatte. Aber Cornelius war nicht davon abgerückt. Das sei eine Frage der Logik. Es könne einfach nicht sein, dass von heute auf morgen alles weg sei, was die Menschheit erreicht habe. Das dürfe nicht sein.
Die Wollschweine drängten sich so gierig um den Trog, dass sie mich beinahe umstießen. Im Kopf war ich ganz woanders. Ich malte mir aus, welchen Beitrag für die Menschheit ich hier leistete. Vielleicht würden künftige Resort-Generationen sich einmal aus meinen Heften vorlesen, ich würde von nun an noch genauer sein und später, bei der Reinschrift, besser formulieren müssen …
Dann kamen die Drohnen.
Zuerst merkte ich an Harry, dass etwas nicht stimmte. Harry ist das jüngste Paviankind und mein absoluter Favoritaffe, seine Mutter heißt Petunia. Warum ich die beiden so nenne, kann ich nicht genau sagen. Damals vor vielen Jahren, als sich mir beim Kühehüten die Äffin mit den kahlen Stellen auf dem Rücken und dem blonden Schopf, der wie eine zu kurze Perücke auf ihrem Kopf sitzt, zum ersten Mal näherte, Räder und Purzelbäume schlug und erwartungsvoll beide Hände aufhielt, bis ich ihr schließlich ein Lupinenbrotstück schenkte, kam mir dieser Name in den Sinn: Petunia; genau wie letzten Januar, als sie mit ihrem jüngsten Baby auf dem Rücken zu mir kam. Zack, wusste ich: Der Kleine mit den runden, schwarzen Flecken um die Augen, die wie eine Brille aussehen, heißt Harry. Petunia ist eine der wenigen in der Affenherde, die noch Kunststücke beherrschen. Als die ersten Paviane nach dem Untergang auf der Rosenalm auftauchten, führten sie die irrsten Sachen

auf, Akrobatikzeug wie Pyramidebauen und so. Aber weil sie keine Belohnung von uns bekamen, hörten sie irgendwann damit auf und benehmen sich seitdem wie ganz normale Affen. Den absolut obersten Chef mit der absolut längsten und weißesten Mähne und den absolut meisten Frauen habe ich für mich Cornelius genannt. Das habe ich nie jemandem verraten. Es gibt auch einen Jorden, das ist das Männchen mit den großen Eckzähnen, das sich mit allen streitet; außerdem gibt's ein Paar, das immer beisammenhockt und sich big-love-mäßig gegenseitig laust: logisch, Özlem und Chang; und eine ältere Pavian-Dame, die gerne abseits sitzt und stundenlang in irgendwelchen Erdlöchern herumstochert: Anne, wer sonst?
Harry jedenfalls, der mir an diesem Vormittag Gesellschaft leistete und auf meiner Schulter saß, fing plötzlich extremst zu kreischen an, und wenn ich sage extremst, meine ich panisch. Mit einem Satz sprang er an die Brust seiner Mama, die ihn schützend umarmte. Von der großen Eiche erhob sich im selben Augenblick Gekreische und Gekläffe. F-87 klappte die großen Ohren auf und schnupperte, seine feinen Barthaare begannen zu zittern. Dann versteckte er sich flugs hinter meinen Beinen. Ich war maximal beunruhigt. So hatte ich die Affen selten und mein Toy noch nie erlebt. Manchmal macht uns ein Rudel wilder Hunde zu schaffen, obwohl sie nach Jordens und Changs Feldzug vor nicht allzu langer Zeit eigentlich ihre Lektion gelernt haben. Oder waren die Mönchsgeier oben in den Felswänden der Auslöser für die Aufregung? Sie konnten es durchaus auf kleine Affen oder meinen elektrischen Wüstenfuchs abgesehen haben, obwohl ihnen seine Drähte und Dioden kaum schmecken würden. Ich hob den Kopf, auf einmal kam er mir unendlich schwer vor.
Über dem höchsten Gipfel des Resorts, wenige Kilometer von unserer Alm entfernt, segelten drei gewaltige Vögel, weiß wie Schwäne. Über Zacken und Geröllfelder zogen sie ihre Schatten hinter sich her.
Kein Laut war zu vernehmen. Sie mussten sich außerhalb des Schutzschildes befinden, weit über dem Dunst der Großen Ebene. Aber wie konnten sie bloß so hoch gestiegen sein? Gleichmäßig und starr, ohne jeden Flügelschlag schoben sie sich durch die Luft. Erst da begriff ich, und es verschlug mir den Atem: Zum ersten Mal in meinem Leben sah

ich mit eigenen Augen jene Apparate, über die bei uns in der Vergangenheit so heftig gestritten worden war. Da änderten die Drohnen ihren Kurs, drehten ab und steuerten in einem Bogen in Richtung Große Ebene. Noch lange, lange blickte ich ihnen nach, saugte das Bild in mich auf und starrte endlich auf jene Stelle, an der sie zu einem einzigen Punkt zusammengeschrumpft und verschwunden waren. Seltsamerweise hatte ich überhaupt keine Angst vor den Maschinen, was eigentlich normal gewesen wäre, oder davor, dass sie es sich womöglich doch noch anders überlegt und unsere Alm überflogen hätten – nicht auszudenken, was dann passiert wäre. Doch ich schwöre beim süßen LORD: Die Drohnen waren in diesem Moment von einer Deluxe-Schönheit, wie ich sie noch nie zuvor gesehen habe!

Bei einer dringlichen Besprechung vor vielen Jahren hatte Cornelius mit den Stimmen Annes und Jordens ein neues Gemeinschaftsgesetz beschlossen: Die Drohnen sind unter allen Umständen zu meiden! Das Risiko, sie versehentlich auf unsere Spur zu setzen und in unser Resort zu führen, sei viel zu groß. Die Drohnen waren im zweiten Jahr nach dem Untergang, der, wie wir zunächst geglaubt hatten, auch ihnen den Garaus gemacht hatte, wieder aufgetaucht. In allen möglichen Gestalten hatten sie früher den Himmel über der Großen Ebene bevölkert, vom winzigen Fliegending mit Propeller und Härchenantennen bis zum schnittig-glatten Raketenjet, mit Eilsendungen und Kameras bestückt. Zwar hatten die weißen Drohnen damals, als Jorden und Chang sie zum ersten Mal sahen, über den Ruinen von *Waldeinsamkeit II* Care-Pakete abgeworfen; nur wenige Wochen später jedoch, in denen Özlem und Chang schon drauf und dran waren, in die Große Ebene zu ziehen, kehrten die beiden superverstört von einem Erkundungsgang zurück. Stockend berichteten sie, wie eine Drohne unvermittelt auf eine Gruppe Survivors, die freudigst über den erhofften Lebensmittelregen aus ihren Verstecken gestürmt war, das Phaserfeuer eröffnet hatte. Und das, hatten sie kleinlaut angefügt, sei kein Einzelfall, sondern bereits das dritte Mal gewesen, dass sich so ein, wie sie es nannten, »schrecklicher Irrtum« ereignet habe.

Ich erinnere mich dunkel, dass Özlem und Chang dennoch vehement gegen den Gemeinschaftsentscheid protestiert hatten. Weil ich damals wie heute noch keine Stimme besaß, die ich nach dem gültigen Voruntergangswahlrecht erst mit sechzehn erhalten werde, wie Cornelius mir versprochen hat, hockte ich, der Krummbumm, an meinem Favoritplatz zwischen den Stühlen und unterm Tisch und ließ mir von F-87 Märchen erzählen. Nur mit halbem Ohr hörte ich, wie über meinem Kopf die Diskussion auf und ab brandete. Chang sagte immer wieder sein »Ist doch ganz einfach«, was er immer sagt, wenn er recht behalten will. Sein Argument war, wenn ich mich nicht irre, dass die Drohnen wahrscheinlich vorher von irgendwelchen Banden angegriffen worden seien und von Support auf Verteidigung geschaltet hätten. Trotzdem plädierte er dafür, die Drohnen weiter zu studieren und alles daranzusetzen, eine zur Landung zu bewegen. Denn es sei doch ganz klar: Nur mit ihnen könnten wir zu ihrem Ursprungsort gelangen, dem *Großen Lager*, dem *Camp A*. Wenn ich ehrlich bin: Ich dachte damals, jetzt erzählt nicht nur F-87 ein Märchen Marke hinter den sieben Bergen bei den sieben Zwergen und so, sondern auch Chang. Ich meine, Großes Lager? Camp A? Davon hatte ich noch nie gehört. Aber Özlem und Chang waren fest davon überzeugt, dass wir da hin müssten, koste es, was es wolle. Und Özlem, die sich sowieso mittlerweile von niemandem, nicht einmal von Jorden, etwas sagen lässt, konnte schon damals ziemlich überzeugend sein, so groß und drahtig wie sie ist; wenn ihr etwas wichtig ist, färben sich ihre hohen Wangen binnen Sekunden knallrot, so dass ihre Sommersprossen ganz schwarz werden. Die Drohnen seien doch die einzige Möglichkeit, endlich weg von der Alm zu kommen! Von meinem Platz unter dem Tisch sah ich damals, wie Cornelius das Gesicht verzog. Und auch mir rieselte es bei der Vorstellung, »endlich rauszukommen«, was nichts anderes bedeutete, als dass die Gemeinschaft die sichere Alm verlassen würde, äußerst kühl über meinen Rücken.

»Eigentlich tun mir die beiden ja leid«, sagte Cornelius später, als wir allein waren. Es sei nur allzu menschlich, dass sich Özlem und Chang an den erstbesten Strohhalm klammerten. Aber das, er klopfte dabei auf den Tisch, und das, er nahm das Brot vom Teller, und das, er deutete auf die Hüttenwände, das einfach so aufs Spiel setzen? Wofür? Denn es sei doch letztlich eine Frage der Logik: Wäre irgendein Land in der Lage, uns zu helfen, wäre das schon längst geschehen. Das ließe umgekehrt nur den Schluss zu, dass der Untergang, er verwendete ein schönes Altwort, *global* gewesen sei. Oder zumindest so gut wie global. Letztlich wüssten wir viel zu wenig über diese Drohnen. In den Care-Paketen habe sich kein Hinweis auf ein Lager oder ihren Ursprungsort gefunden. Also sei für ihn, Cornelius, die wahrscheinlichste Erklärung, dass man es mit Rescue-Drohnen zu tun habe, die sich nach dem Untergang automatisch aktiviert, dann einen Virus eingefangen hätten und nun steuerlos umherirrten. Viel besser als hier, in unserem Resort, könne es uns ohnehin an keinem für uns erreichbaren Ort gehen. Es mag sein, dass ich mich irre und Cornelius mir das alles gar nicht damals, sondern erst später nach und nach erklärte, aber nach dem Streit mit Özlem und Chang warnte Cornelius, ich solle mir bloß einmal vorstellen, was passieren würde, wenn die beiden nicht auf uns hörten – und solche wildgewordenen Roboter-Flieger hierherführten! Eines Morgens schwebt womöglich eine dieser Drohnen über unserer Hütte! Und was dann? Cornelius machte eine nachdrückliche Geste mit seinen riesigen Händen, die ständig in Bewegung sind und mit denen er alle Argumente ordnen und notfalls beiseiteschieben kann. »Du behältst besser mal ein Auge drauf, Heinz, und erzählst mir, was da so vor sich geht, okay?«

Guter LORD, machte mich das damals stolz, dass Cornelius mir einen derart wichtigen Auftrag erteilt hatte. Einige Zeit observierte ich Özlem und Chang unauffällig. Einmal folgte ich den beiden auf eine Lichtung im Wald, die mir bis dahin unbekannt gewesen war. Özlem und Chang setzten sich, ich versteckte mich hinter einem Busch, gerade nah genug, um ihr Gespräch zu belauschen. Özlem hielt Chang umschlungen, er hatte seinen Kopf an ihre Schulter gelegt. So etwas sieht bei den beiden immer ganz bisschen lustig aus, weil er viel kleiner ist als sie.

»Chang … nicht«, tröstete sie ihn. »Wir schaffen das. Schau mich an. Wir schaffen das.« Sie suchte seinen Mund. »Wir haben doch uns, oder?«

Chang rieb sich übers Gesicht. »Jawohl«, sagte er leise. »Sergeant.« Er nennt sie manchmal so. Mich würde das töten, würde das jemand zu mir sagen. Im Ernst.
»Weißt du, wie viel das wert ist, dass wir uns haben?«, fuhr Özlem fort. »Ich meine, die anderen, Cornelius, Jorden … aber wir …«, sie sprach ganz leise, »… lieben uns doch. Oder?« Die Situation begann, peinlich zu werden. Trotzdem nahm ich meine Pflicht war.
Chang streichelte über Özlems Wange. Eine Weile saßen sie so. Jeder auf der Alm wusste, dass ihre Beziehung, wie die nahezu aller jüngeren und modern denkenden Paare vor dem Untergang, nach einem genauen Abgleich der Persönlichkeitsprofile von Perfect Match, der Partnerschafts-Software, gestiftet worden war. Cornelius und Anne, die noch einer anderen Generation angehörten, pflegten früher, wenn Özlem und Chang sich stritten, süffisant zu bemerken, dass Perfect Match damals, bei der Zuordnung, wohl die ein oder andere Null und Eins durcheinandergeraten sei. Ich frage mich oft, wie wohl *meine* perfekte Partnerin ausgesehen hätte, und vor allem, was das wohl für ein Gefühl ist, das sich angeblich wie ein Blitz einstellt und anschließend bei vielen Paaren wächst und niemals aufhört, sogar über den Tod des anderen hinaus: big love.
»Weißt du, was das Verrückte ist?« Chang hatte sich wieder gefangen. »Das Verrückte ist, dass, obwohl alles so furchtbar ist, ich noch mehr gemerkt habe, dass wir …«
»Stell dir mal vor«, unterbrach Özlem ihn, »was wäre … wenn wir die beiden Letzten auf der Welt wären, die …«
Chang hob den Kopf. »Ja«, murmelte er erstaunt. Dann, mit jenem Unterton, den er sonst auch so gerne seinen Sätzen beimischt, so dass ich nie weiß, woran ich bei ihm bin, da ich die Kunst des uneigentlichen Sprechens nicht sonderlich gut beherrsche: »Wäre übrigens eine gute Überschrift für einen Artikel gewesen: ›Das letzte Perfect Match‹.«
Gespielt sauer schlug Özlem ihm auf die Schulter und wischte lächelnd an seinem Rücken herum. »Ironie-Schalter ausschalten, okay?« Plötzlich drückte Chang sie auf den Boden, ich meinte schon, sie habe ihn wütend gemacht. Aber da begann er, sie heftigst zu küssen, auf den Hals,

die Schulter, ja, er biss sogar in ihr T-Shirt. Özlem zog sich die Unterhose mit der Jeans hinunter. Ich wollte wegsehen, ich schwöre es, und musste dennoch auf den schwarzen Haarfleck zwischen ihren Beinen starren. Eine fette Spinne. Auffordernd streckte Özlem Chang ihr Becken entgegen, er schob sich auf sie und nestelte unten an sich herum. Chang riss ihr mit einer Gewalt, die mich zurückzucken ließ, das T-Shirt hoch, Özlems Brüste spitzten oben aus den BH-Körbchen, Chang griff nach ihnen, gierig, und drückte sie zusammen, eigentlich musste das Özlem furchtbar schmerzen, Changs lange blonde Strähne fiel ihm ins Gesicht, er konnte gar nicht mehr richtig sehen. Beide gaben dabei Laute von sich, die ich noch nie gehört hatte und die mich am ehesten an das Drohgebrüll der Affen erinnerten. Ganz ehrlich: Ich hätte mich am liebsten weggeschlichen, hatte jedoch Angst, irgendwelche Geräusche könnten mich verraten.
Noch Tage danach war ich benommen von dem, was sich da nur wenige Meter vor mir abgespielt hatte, und mied vor allem Özlem, über deren Wangenstreichler und Kopftätschler ich mich sonst immer gefreut hatte. Einmal versuchte ich vor dem Spiegel im Klohäuschen, meine Lippen zu spitzen und Schmatzlaute zu erzeugen wie beim Küssen. Es klang wie ein Kitz, das sich im Wald verirrt hat und nach seiner Mutter ruft. Und ich schämte mich dafür.
Das hielt mich jedoch nicht davon ab, meinen Auftrag ernstzunehmen, meine Mission. Also ging ich den beiden ein anderes Mal bis zu jener Stelle im Gebirge nach, wo das Dröhnen der Klamm zu hören ist und einem ein kühl-nasser Hauch entgegenweht. Özlem trat an den Abgrund und machte laut: »Wuff!« Chang lachte sofort begeistert auf, stellte sich neben sie, und nun bellte auch er und schickte ein Wort hinterher, das ich zunächst ebenfalls für einen Tierlaut hielt: »Seife!« Dann lachten beide, fröhlich und irgendwie wütend zugleich, und riefen, sich vorbeugend, abwechselnd, fremd klingende Wörter hinab, wobei sie sich gegenseitig zu übertrumpfen versuchten: »Friseur!«, »Maniküre!«, »Kartoffelchips!«, »Gummibärchen!«, »Riesling!«, »Autofahren!«, »Concealer!«, »Thai-Massage!«, »Blow-Job!«, »Dildo!«, »Konzerte!«, »Partys!«, »Fernsehen!«, und auf einmal nach einer kurzen Pause: »Christo-

pher!« und »Manuela!« und »Papi!« und leiser: »Mama«, bis sie verstummten, in die Hocke gingen und nur mehr in die grollende Wasserfinsternis tief unter sich starrten. Seltsamerweise schien dieser Moment der Verzweiflung oder Trauer ihr Liebes-Ding stärker werden zu lassen. Sie fassten sich an den Händen. Zu Hause in der Hütte wurde ich neidisch und traurig zugleich, dass die beiden sich hatten und wie gut sie deshalb all das zu ertragen vermochten, was sie für immer verloren hatten, aber jeder andere auf der Alm allein ertragen musste, besonders ich, das vielleicht einzige und letzte Kind auf Erden.

Der Streit wegen der Drohnen und die heimlich belauschten Momente zwischen Özlem und Chang fallen mir gerade ein, da ich hier und jetzt, am Abend meines fünfzehnten Geburtstags, wie auch sonst neben F-87 unterm Tisch sitze, an jener Stelle, an der Özlem vor vielen Jahren ein selbstgeschnitztes Schild mit einem kleinen lächelnden Blümchen und der Aufschrift NICHT SPUCKEN! angebracht hat, eine freundliche Ermahnung an Jorden, der es bis dahin gewohnt war, sein Schtix-Kraut einfach auf den Boden zu speien. Stumm kauen die anderen auf ihrem Essen. Ich kritzele in mein schwarzes Heft Notizen und Skizzen für mein großes Gemeinschaftsbuch. Als die Schatten in den Schluchten gewachsen waren, die Sonne Schneewittchenapfel-like auf den Zacken der Gipfel steckte und es alle Almbewohner zu unserer Hütte zog, hatte ich noch die schwache Hoffnung gehabt, dass zumindest beim Abendbrot der eine oder die andere auf meinen Geburtstag zu sprechen käme; schon lehnt man sich von den leeren Tellern zurück. Ich bemerke, dass Özlem ihre nackten Füße heimlich auf die Stiefel Changs legt, der sie erst abgleiten lässt, einfach so, um sie zu ärgern, ihr aber schließlich die Beine streichelt. Vor ein paar Jahren hat sie einmal etwas gesagt, das ich nicht vergessen habe, weil ich nicht sicher bin, ob sie es ernst meinte oder vielleicht nur Chang aufmuntern wollte. Damals hockte er nur noch herum und antwortete auf alle Aufforderungen, doch mitanzupacken, bloß mit »Ist doch eh sinnlos … ist doch eh scheißegal«. Özlem sagte damals, so furchtbar der Untergang sei, für sie sei er wie eine Erlösung gewesen. Sie sehe jetzt klarer. Sie sehe eine Frau, die gekämpft und sich abgehetzt habe für ihren Moderatorenjob, der ihr eigentlich gar keinen Spaß gemacht habe. Sie sehe eine Frau, die nur funktioniert habe. Sie sehe eine Frau, für die sie Mitleid empfinde. Sie sehe sich selbst. Diese Frau, die alte Özlem, sei nach dem Untergang Stück für Stück verschwunden. Auf eine seltsame Weise habe sie das Gefühl, hier, in unserem Resort, sei sie freier als je zuvor in ihrem Leben. Endlich höre sie wieder ihre innere Stimme. Ich habe seitdem öfter, im Wald, wo es am stillsten ist, versucht, ebenfalls meine ganz persönliche innere Stimme zu hören. Aber da ist nichts. Nur mein Herz, das klopft.

Anne beginnt, auf ihrem Schoß einen kaputten Stiefel zu flicken. Jorden steckt sich ein Bündel jenes Schtix-Krauts zwischen die Zahnruinen, von dem allein er weiß, an welcher Stelle im Wald es zu finden ist. Sein Saft macht die Augen glasig, löscht all die Farben darin aus, bis nach ein paar Sekunden sattes Grün in die vergrößerten Pupillen schießt.

Özlem flüstert Chang einen Satz zu, der das chinesische Wort »Liwu« enthält. Wenn die beiden nicht wollen, dass wir sie verstehen, tuscheln sie auf Mandarin. Das ist ulkig, weil sie es ja selbst nur gebrochen sprechen. Keiner von ihnen ist je in China gewesen, obwohl es das Land ihrer Träume war. Changs Eltern hatten im restrukturierten Rheinland gelebt und ihrem Sohn im Zuge der allgemeinen Voruntergangsbegeisterung für das Reich der Mitte seinen Namen gegeben. Mit seiner langen blonden Strähne, die ihm aus seinem schütter werdenden Haar in die Stirn hängt, hat er allerdings eher etwas von einem Siegfried. Neugierig geworden, höre ich, wie Chang über die Leiter nach oben in den Schlafraum steigt und dort in seinen Sachen kramt. Mit einem kleinen Päckchen kehrt er zurück und steckt es Özlem zu, ich lasse es nicht aus den Augen. Spannung deluxe. Dann hält sie es unter die Tischplatte und wedelt damit.

»Traraaa! Happy Birthday, lieber Heinz!«

Es ist hellblau. Es ist quadratisch.

Ungläubig greife ich danach und krieche aus meinem Versteck hervor. Die schnuppernde Schnauze erhoben, folgt mir F-87.

»... da schau her ... 'ne *Ritter Sport* ...«, schmatzt Jorden. Er hat den Gummi seines Zopfes gelöst. Das karottenrote Haar fällt ihm auf die

Schultern. Hinter seinem langen, dünnen Kräuselbart grinsend, guckt er mich mit riesigen Pupillen an.
»Schokolade!« Ich meine, gibt es etwas, das foxyr ist? Okay, sie ist nicht weiß, das wäre die Krönung gewesen, aber: Özlem und Chang haben mich nicht vergessen! Allerdings habe ich Mühe, die Schrift auf der Verpackung zu entziffern. »*Leid des …*«, lese ich. »*Lait … des … Alpes …*«
»Alpenmilch!« Özlem strahlt, stolz über die gelungene Überraschung. Sommersprossentanz.
Sprachlos streiche ich über die glatte Oberfläche, an der meine Finger für kurze Momente haften bleiben. Die Packung gibt dabei ein leises ziependes Geräusch von sich, ein kleines, nacktes Tier, das beschützt werden will. So etwas tötet mich.
Anne schaut nur kurz von ihrer Arbeit auf, um sich anschließend wieder, gütig lächelnd über mich und meine kindliche Freude, ihrer Arbeit zu widmen.
»Ist unsere letzte. Stammt aus einem Care-Paket«, klärt Chang mich auf und fügt grinsend hinzu: »Also: handle with care!«
Merklich verstimmt verschränkt Cornelius die Arme über seinem Bauch und steckt die Hände unter die Achseln.
»Hast du heute mitgekriegt, dass …«, beginnt Özlem vorsichtig. »Waren das drei oder vier … Drohnen?« Das letzte Wort flüstert sie.
Mit seinen Händen schiebt Cornelius ihre Frage weg. Laut sagt er: »Waren doch noch nie hier. Na, entdeckt haben die uns nicht, denke ich mal. Gefällt mir aber trotzdem überhaupt nicht …«
»Ich auch! Ich habe sie auch gesehen!«, rufe ich, fünfzehn Jahre alt und trotzdem wiedermal Honk-mäßig. Zu allem Überfluss überschlägt sich auch noch meine Stimme. Sofort schaut mich Cornelius strafend an.
Chang zwinkert zweimal. Er zwinkert immer, wenn er zur Abwechslung mal etwas ernst meint. »Vielleicht …«, er scheint sich nicht recht zu trauen, das auszusprechen, was ihm durch den Kopf geht; sein Blick streift Cornelius, ehe er ins Halbdunkel der Hütte gleitet, »… vielleicht bereiten sie ja doch noch einen zweiten Transfer vor. Und schauen, ob es sich lohnen würde. Ob noch genügend leben. Kann ja sein, oder? Wir müssten halt mal runter in die Große Ebene, checken, ob –«

»Ach Kinder, nun lasst uns doch endlich mal den Geburtstag vom Heinz feiern!«, schneidet ihm Cornelius, unser weltbester Leader, das Wort ab. Er zieht die breiten Schultern in die Höhe und schüttelt die Ärmel seines Sakkos. »Wozu immer diese Spekulationen ohne Hand und Fuß? Das Thema ist doch wirklich durch!«

Mit halb geschlossenen Augen trommelt Jorden auf seine Schenkel den schnellen Rhythmus, den ihn das Schtix-Kraut hören lässt.

Ich starre auf die himmelblaue Verpackung. Und wenn ich sage himmelblau, meine ich wunderschön, makellos.

»Na los! Mach sie auf!«, ermuntert mich Chang.

»Du brauchst dich nicht zu genieren. Ist deine. Also, mach mal hin jetzt!« Özlem lächelt mich an.

Sogar mein Robot-Fennek zuckt mit dem buschigen Schwanz in der Hoffnung, etwas abzubekommen. Aber ich bringe es einfach nicht über mich, dieses Voruntergangsplastikverpackungswunderwerk zu zerstören.

Da streift mich ein roter Schopf. »Jetzt schau mal her. Das macht man so!« Jorden greift nach der Tafel, entsetzt höre ich es ratschen und knacken, ein Tier, dem das Genick gebrochen wird. »So und so. Und dann so …« Kurz hält Jorden inne und guckt überrascht. »Also, was ist denn das für 'ne Reaktionszeit?« Plötzlich holt er aus und tut so, als würde er mir auf die Schulter schlagen. Erschrocken ducke ich mich weg. »Na siehst du«, zufrieden steckt er sich ein Stück Schokolade zum Schtix in den Mund. »Geht doch!«

»Jor-den!«, ermahnt Cornelius ihn scharf, die Hände wieder fest unter den Achseln. Betreten schweigen wir. Anne, die entweder tatsächlich gedankenverloren ist oder die Situation auf ihre ganz eigene Art entschärfen will, schimpft vor sich hin: »Verflixt nochmal! Habe ich das Teil hier doch glatt falsch angenäht … hach, ist das ärgerlich …«

In Ihr-könnt-mich-mal-Stimmung steht Jorden auf und torkelt zu seiner feuerfesten Silbertruhe neben der Kommode, von der nur er genau weiß, was sich darin befindet. Keiner darf sie anrühren. Allerdings gebe ich zu, dass ich ein paarmal nachts von der Luke unserer Schlafstube aus zugeschaut habe, wie er ein Stück Papier herausnahm, auseinanderfaltete und darauf mit einem roten Marker Kreuze einzeichnete. Es war eine Karte. Anschließend holte er das kleine Hologramm seines Sohnes heraus. Er hieß Zuri. Damals bei der Aufnahme war er vielleicht so alt wie ich, als man mich fand, also vier. Er hat braune Haut und einen schwarzen Lockenkopf. Alle sagen, er ist tot; Jorden will das nicht wahrhaben und sucht weiter nach ihm in der Großen Ebene. Die Kreuze auf der Karte markieren, glaube ich, die Punkte, an denen er schon war. Deswegen auch das *Training*, deswegen die Übungen den ganzen Tag. Als ich damals Jorden heimlich beobachtete, hielt er lange in seinen wie zum Trinken geöffneten Händen die winzige, strahlende Gestalt, die lachend den Finger in den Mund steckte und irgendetwas brabbelte. Ich hörte das Wort »Daddy!«.

Mit ein paar Handgriffen sperrt Jorden jetzt die Silberkiste auf, steckt schnell die gefaltete Karte ein, nimmt seinen heiligen Pathfinder heraus, den Apparat, der ihn im Dunkeln und im Nebel sehen lässt und den nur er benutzen darf, und lässt den Deckel wieder ins Schloss krachen. Will er wirklich noch hinab in die Große Ebene? Oder geht er nur in den Wäldern jagen?

Traurig greife ich nach der aufgerissenen Packung und ziehe aus der zerbröselten dunklen Masse ein Stückchen. Anstatt es zu kauen, spüre ich nach, wie es sich langsam auf meiner Zunge auflöst, cremig, bis mein ganzer Mund und Rachen davon erfüllt ist. Dann gleite ich vom Stuhl, stupse sachte den Stiefel von Annes Schoß und lege meinen Kopf darauf. Die meiste Zeit ist Anne zwar abweisend; doch ich weiß genau, dass sie sich nach diesen Momenten sehnt wie eine alte, stolze Katze, die schmusen will, ohne darum betteln zu müssen. Bald streicheln mich ihre harten Finger, kreiseln auf der Stelle mit meinen weißen Haaren. Glück deluxe. Ich vernehme das leise Pfeifen, das bei jedem Atemzug aus ihrer flachen Brust steigt. Die Erlebnisse und Gedanken des Tages beginnen, in meinem Kopf schneller und schneller durcheinanderzuwirbeln. Ich muss an den Homie denken, der früher zur Grundausstattung jedes Haushalts gehört hat und der mit Leichtigkeit die abendlichen Streitereien unserer Gemeinschaft *moderiert* hätte. Durch mein immer dämmriger werdendes Bewusstsein wabern zwei Sätze: *Ist des Menschen Ich überhaupt ein handfest in sich geschlossen und streng in seine zeitlich-fleischlichen Grenzen abgedichtetes Ding? Ist die Aufstellung, dass jemand kein anderer sei und sonst niemand, nicht nur eine Ordnungs- und Bequemlichkeitsmaßnahme?* Ich wundere mich noch, woher die strangen Wörter kommen und was sie zu bedeuten haben – und bin doch schon, im Mund den Geschmack von Alpenmilchschokolade aus einer Zeit, in der alles gut war, eingeschlafen.

Als ich hochschrecke, sitzen alle mit geröteten Wangen da, als hätte man gerade eben noch heftigst diskutiert. Jorden erhebt sich, irgendetwas scheint ihn vom Jagen abgehalten zu haben, nimmt Haltung vor mir an und salutiert: »Gratulation, Sergeant Krummbumm! Ich verbeuge mich zutiefst vor Ihnen, alleruntertänigst, Ihre Honkheit! Und vor allen anderen selbstverständlich auch, meine sehr geschätzten Elite-Mitmenschen!« Dann schnallt er sich doch seinen Pathfinder um den Kopf, dreht die beiden münzgroßen Sichtscheiben vor die Augen, holt seinen Silber-Body vom Haken neben der Tür und schwankt nach draußen. Vor der Hütte schaltet er den Solargenerator ab, so dass die Lampe über dem Tisch erlischt. Nur mehr das kalte Grau des Abends fällt durch die Fenster. Cornelius schüttelt den Kopf und streicht sich das Haar zurück. Chang und Özlem, dann auch Anne verabschieden sich, um ins Bett zu gehen. Sie steigen die Leiter hinauf.

Bald darauf sind von oben dumpf ihre Schritte zu hören; jetzt steht auch Cornelius auf.

»Na, war doch ein gelungener Geburtstag, nicht? Und mach dir mal nichts aus dem Jorden. Du weißt ja, der ist …«

Leise höre ich seine Uhr mit der goldenen Gravur *Poseidon* nervös ticken. Cornelius, vielleicht der Einzige in der Gemeinschaft, ja, möglicherweise auf der Erde, der noch im Besitz einer funktionierenden Uhr ist, pflegt nicht ohne einen gewissen Stolz zu sagen, wenigstens auf unserer Alm habe der Untergang der zeitlichen Ordnung nichts anhaben können. Verlässlich laufen an seinem Handgelenk die Minuten weiter wie eh und je. Aber, so kommt es mir in jenem Moment zum ersten Mal in den Sinn, tun sie dies nicht vielleicht auch außerhalb des Resorts, am Himmel über der Großen Ebene, im Inneren der Drohnen? Und an je-

nem Ort, von dem sie gestartet waren? Dem Großen Lager? Cornelius räuspert sich laut und steigt die Leiter hoch. Ihre Sprossen knacken unter seinem Gewicht.
Unachtsam zerknüllt liegt die leere himmelblaue Schokoladen-Verpackung auf dem Tisch. Sorgfältig streiche ich das Plastik glatt. Ich werde es meiner Kollektion bewahrenswürdiger Zivilisationsobjekte hinzufügen. Es passt hervorragend zu meinem Holzkreuz mit dem LORD-Sohn Jesus und dem braunen Gläschen, dessen Name in Großbuchstaben auf dem gelben Deckel eingraviert steht und einen superexquisiten Klang besitzt. MAGGI.

Die Seiten meines Hefts verschwimmen im Zwielicht. Gleich werde ich den *Faber*-Stift beiseitelegen. F-87 hat sich schon unterm Tisch eingerollt und auf Stand-by-Funktion geschaltet. Ob wohl die Drohnen in diesem Augenblick Seite an Seite und weiß über den Ruinen und Steppen der Großen Ebene die Nacht durchpflügen? Irgendwie gibt mir die Vorstellung Trost, obwohl Cornelius natürlich recht hat und wir uns vor ihnen hüten müssen.
Vorhin bin ich noch ans Fenster getreten. Der Wind drückte schon gegen die Scheiben. Die Sterne funkelten. Aber sosehr ich mich auch bemühte, in ihren Konstellationen jene Gestalten zu entdecken, die seit Menschengedenken die Nacht bevölkern, mochte es mir nicht gelingen, die Gestirnspunkte zu einem Bären oder einer Waage zu verbinden. Stattdessen blickten Monster auf mich herab: ein Zweikopfmensch, eine Kuh mit Schlangenschwanz, ein Drache mit Hörnern. In Voruntergangszeiten glaubten manche, das Schicksal stünde dort oben in Funkelschrift geschrieben. Was aber, so frage ich mich jetzt, würde dieser neue Zodiak, könnte ich in ihm lesen, über meine Zukunft und die unserer Gemeinschaft verraten?

ALTWORT-LISTE I

Apartheid
Apanage
Balaleika
Boheme
Brutto-Netto-Differenz
Fettuccine
Hydraulik
Innovation
Litschi
Maut
Prosecco
Quibble
Samsara
Schisma
Tenebrae

II. DIE OFFENBARUNG

Einmal in meinem Leben habe ich bis jetzt die Verwandlung erfahren. Es war in der Zeit zwischen Neujahr und Dreikönigstag. Als ich aufwache, ist die andere Seite des Bettes kalt. Ich befinde mich in einem Büro, umgeben von Körpern und Köpfen. Seit ich in das schwarze Heft schreibe, geschieht es immer häufiger, dass mir ohne jede Vorwarnung Sätze wie diese durch den Kopf schießen. *Dem Höhepunkt des Lebens war ich nahe, als mich dunkler Wald umfing. Nun, Fürst, hat die Familie Bonaparte auch Genua und Lucca in Besitz genommen?* Ich schwöre, ich habe keine Ahnung, was da los ist. Und was die ganze Sache noch beunruhigender macht: Wenn es mich überkommt, wie ich das mal nennen möchte, spüre ich, wie die Tätowierung unter meiner linken Achsel, das Quadrat mit den Schlieren, brennt und kratzt. Als ich das erste Mal, als das passierte, nachsah, war die Stelle dunkelrot verfärbt, als wäre sie entzündet. Außerdem bekam ich richtig übles Kopfweh, und es fiel mir zunehmend schwerer, mich auf meine eigentliche Aufgabe, die Chronik der Gemeinschaft, zu konzentrieren. Also zog ich unseren weltbesten Leader ins Vertrauen. Zunächst stumm vor Verwunderung hob er die Brauen. Dann blickte er mich fest an und sagte mit ruhiger Stimme, er kenne einige dieser Sätze, kenne sie nur zu gut, er habe sie allerdings schon seit Ewigkeiten nicht mehr gehört. Es handele sich um Anfänge berühmter Texte, wahrscheinlich auch bei jenen Passagen, die ihm unbekannt seien. Um Weltliteratur.

»Wie kommst du denn zu solchen … ah«, er schien erleichtert über einen plötzlichen Einfall, den er mir mit seinen Händen hinschob, »das stand in den Ausgaben des ›Doyen *deluxe*‹, nicht wahr?« Er lächelte.

Aber ich hatte ja die Retro-Magazine, die zudem mit meinen Baby-Schreibübungen bis zur Unleserlichkeit vollgeschmiert waren, seit Jah-

ren nicht mehr aus der Kommode geholt! Das ist die Wahrheit. Cornelius wurde sauer darüber, dass ich ihn, Pinocchio-Style, wieder mal zum Narren halte. Am Ende musste er sich wohl oder übel damit zufriedengeben: Es gab für meine Eingebungen einfach keine Erklärung.
Abends in der Hütte erzählte Cornelius den anderen davon und rief mich unter dem Tisch hervor. Süßer LORD. Mir schlug das Herz bis zum Hals, und meine Beine: Butter.
»So, stell dich mal hierhin. Und jetzt sag mal das, was du mir heute Morgen gesagt hast. Diese Sätze, du weißt schon.«
Zum ersten Mal, seit ich auf der Alm lebte, richteten sich alle Blicke auf mich. Sogar Anne unterbrach ihr allabendliches Ritual des Flickens und Ausbesserns. Chang guckte gelangweilt, Özlem aufmunternd, aber mit einem Ausdruck, der verriet, dass sie mich wieder mal richtig süß fand, obwohl ich doch längst kein kleines Kind mehr bin. Und dann legte ich los. Ich musste gar nicht nachdenken, die Sätze kamen einfach so, wie aus dem *Äther*, um es mit der aktuellen Nummer eins meiner Altwörter-Top-Ten auszudrücken. *Wer da? Mein Name ist Arthur Gordon Pym. Nennt mich Ismael. Ich wurde am vierten Januar 1951 geboren. Lange Zeit bin ich früh schlafen gegangen. In der zweiten Hälfte der sechziger Jahre bin ich, teilweise zu Studienzwecken, teilweise aus anderen, mir selbst nicht recht erfindlichen Gründen, von England aus wiederholt nach Belgien gefahren. Mein Vater war ein Kaufmann. Jetzt will ich von meinem Bruder erzählen.* Und jedes Mal, wenn ich eigentlich dachte, das war's, fiel mir noch ein weiterer Satz ein. Und je tiefer sich die Falten in die Stirnen meines Publikums gruben und je länger es aus mir heraussprudelte, desto wohler und sicherer fühlte ich mich. Einmal hörte ich, wie einer murmelte: »Zieht dem jemand mal den Stecker?« Erst, als ich Cornelius' Hand auf der Schulter spürte, »ist gut jetzt, Heinz«, zwang ich mich aufzuhören. Schnell atmend und superhappy wie selten, nein, eigentlich wie nie zuvor in meinem ganzen Leben, sah ich, Heinz, der Ex-Honk, Redner und Weltliteraturbescheidwisser, in die Gesichter meiner Gemeinschaftsschwestern und -brüder. Totalbefremden. Angenehm warm pulsierte meine Tätowierung unter meiner Achsel. Amen dazu!

Der Erste, der etwas sagte, war Chang, oder besser: Ich dachte, er würde gleich etwas sagen, stattdessen jedoch schnaubte er nur durch die Nase, um dann trotz Özlems Ermahnungen loszukichern, bis er sich verschluckte und nach Luft rang.
Jorden hielt in seinen Fingern immer noch das Schtix-Kraut, das er sich eigentlich längst in den Mund hatte stecken wollen. Endlich schüttelte er den Kopf. Zwei Tage zuvor war er wieder einmal von einer seiner Suchaktionen aus der Großen Ebene zurückgekehrt und hatte seither geschlafen, ohne dass sich jemand getraut hatte, ihn zu wecken und an seine Gemeinschaftspflichten zu erinnern.
»Wie abgefahren ist … das denn? Ich meine, …« Chang hatte sich wieder eingekriegt. »Vielleicht, dass er irgendwo auf den Kopf gefallen ist oder dass ihn ein Blitz aus dem Kraftfeld … bei uns in der Redaktion wurde mal eine Story diskutiert, wo ein Junge, der bisher astrein hetero war, nachdem er …«
»Chang!«, unterbrach ihn Özlem. Ihr war anzusehen, dass auch ihr die ganze Geschichte unheimlich war.
Nur Anne, die Hände in den Schoß gelegt, guckte mich an, wie sie es noch nie getan hatte. Irgendwie stolz.
Ich will nicht eingebildet klingen, aber ich gebe zu: Die Ratlosigkeit unserer Gemeinschaft an diesem Abend tat ganz schön gut. Und ich bin mir zu 110 % sicher, dass die anderen weiter über meine neue Superfähigkeit gerätselt hätten, wenn nicht bereits am nächsten Tag etwas geschehen wäre, das ein noch größeres und vor allem folgenschweres Ereignis darstellte, einen Einschnitt, der meinen Vortrag von einer Sekunde auf die andere in Vergessenheit geraten ließ.
Nach dem Frühstück, bei dem ich zu merken meinte, dass Jorden und Chang beinahe respektvoll Abstand zu mir hielten, hatte ich im Eichenhain bei den Wollschweinen nachgegrübelt, wie ich nur herausfinden könnte, was mit mir los war. Später, auf dem Schrottplatz beim Latschenfeld, spielte ich für Petunia, Harry und F-87 noch einmal die Szene nach, auch Marilyn, unsere Leitkuh, stand dabei und guckte so, als würde sie alles verstehen. Ganz neue Sätze kamen mir in den Sinn. Am Ende klatschte Petunia Beifall und drehte sich vor Begeisterung um die

eigene Achse. Von ferne, vom dicksten Ast der großen Eiche, schaute mit zusammengekniffenen Augen, wehender weißer Mähne und irgendwie neugierig, wie mir schien, der Cornelius-Pavian herüber. Ich beschloss, beim Abendbrot zum ersten Mal das Wort zu ergreifen und die anderen offen um ihre Meinung zu fragen. Bei der Vorstellung bekam ich sofort Gänsehaut. Zugleich spürte ich, dass mir mein Vortrag tags zuvor eine Power gegeben hatte, von der ich nicht gewusst hatte, dass ich sie besaß. Eine Power allerdings, die, wie ich abends beim Eintreten in die düstere Stube und beim Anblick der müden Gesichter der anderen feststellen musste, doch nicht so supergroß war. Aber ich kam gar nicht dazu. Denn als mich F-87, den ich eingeweiht hatte, zum wiederholten Mal auffordernd ins Bein zwickte, ich sollte endlich mein Versteck unter dem Tisch verlassen, hörte ich plötzlich Özlems Stimme.

»Chang und ich müssen euch was sagen.«

Neugierig lugte ich hervor. Özlem saß kerzengerade, ihre Wangen hatten eine knallrote Färbung angenommen, Chang hatte ihre Hand gefasst und doppelzwinkerte ununterbrochen. Neben ihr wirkte er klein und irgendwie verlegen. Prüfend huschte sein Blick über die anderen und ruhte dann auf Özlem, in Erwartung, dass sie für sie beide sprach.

»Ich bin im vierten Monat.«

Ich gebe zu, ich verstand den Satz nicht. Und auch den anderen war in der Stille der Stube anzusehen, dass sie nichts begriffen. Cornelius' *Poseidon*-Uhr tickte. Die abendliche Brise, die den Regen ankündigte, ließ die Bretter der Hütte knacken. Hustend schaltete sich der Mini-Kühlschrank ein, als wollte er seine Überraschung kundtun.

»Ich bekomme ein Baby.« Özlem strahlte.

»Hey! Was guckt ihr mich an?« Chang hob abwehrend die Hände und grinste in die Runde. »Ich habe damit nichts zu tun!«

Wir werden nicht mehr zu sechst sein. Özlem bekommt ein Kind. Wie lange dauert es, bis ein Kind geboren wird? Was wird anders, wenn es da ist? Wenn es *für immer* da ist? Und hatte nicht Chang einmal den Witz gemacht, ein berühmter Komiker habe gesagt, wer Kinder und Hunde nicht leiden könne, der könne kein ganz schlechter Mensch sein? Özlem hatte das gar nicht lustig gefunden.

Cornelius umschloss sie beide mit seinen kräftigen Armen. Sogar Anne stand bei ihnen und streichelte über Özlems Rücken. »Ach, ist das schön. Ich freu mich so …«, wiederholte sie unentwegt. Von meinem Platz hörte ich, wie Jorden, der sitzen geblieben war und unbeeindruckt weiteraß, zwischen den Bissen vor sich hin murmelte: »Mannmannmann … das kann ja heiter werden …«

Ich entschied, es wäre am angebrachtesten, in so einer ungewöhnlichen Situation dem Beispiel unseres weltbesten Leaders zu folgen. Zaghaft trat ich also zu Özlem und Chang, versuchte, ganz der alte Honk, ebenfalls beide zu umarmen, da genau dieser Doppelgriff um die werdenden Eltern ja anscheinend Brauch war. Es wollte mir nicht ganz gelingen. Chang war es offensichtlich peinlich, er wich zurück, beinahe fiel ich hin, aber Özlem, die mit jedem Moment erleichterter schien, endlich die Neuigkeit verkündet zu haben, stützte mich. »Ach, tiande, tiande, Heinz«, hauchte sie mir in ihrem so *bestrickenden* Deutsch-Mandarin ins Ohr.

In den folgenden Tagen durchlief die Gemeinschaft eine strange Verwandlung. Anne bat mich, ihr zur Hand zu gehen; sie baue für »unser Baby« eine Wiege. So arbeiteten wir zwei Abende lang auf dem Vorplatz der Hütte. Anne summte fröhlich dazu. Wir schalteten sogar den Außenstrahler an, obwohl wir sonst äußerst sparsam mit dem Strom aus den letzten intakten Solarzellen auf dem Dach umgehen und tunlichst darauf achten, dass niemand auf unser Licht und damit unsere Alm aufmerksam wird. Vom Rosenbeet war hin und wieder Cornelius' Brummbass zu vernehmen, dem die unerwartete Nachricht längst vergessene Melodien ins Gedächtnis gerufen hatte. Und sogar Jorden hielt, ich traute meinen Augen nicht, spätnachmittags, wenn alle von der Arbeit zur Hütte zurückkehrten, bei steilen Wegstücken Özlem seine Pratze hin, Kavalier-Style. Einmal traf ich ihn im Wald beim Pilzesuchen, wie er happy pfiff, was ihm offenbar unangenehm war, da er sofort verstummte und mich wegen irgendeiner Nichtigkeit anblaffte.

So hielt die Musik Einzug auf die Alm.

Wenn ich jetzt allein im Eichenhain bei den Wollschweinen bin, ahme ich oft leise die anderen nach. Wie superfreundlich sie alle von einem

Tag auf den anderen zu Özlem sind. Wie Jorden strecke ich meinen Arm aus und presse mit Özlems Stimme ein hohes »Vielen, vielen Dank« hervor, schicke keuchend ein »Ach, das geht schon« und »Ach, wirklich lieb« hinterher. Und immer wieder »ach« hier und »ach« da. Ich grübele darüber nach, wie es sein kann, dass etwas Winziges, Unsichtbares eine derartige Macht besitzt und alle zu Affen macht. Ich bin über den Akt der Zeugung im Bilde. Oft genug habe ich ihn bei den Wollschweinen und Kühen studieren können. Aber wenn das Männchen auf ein Weibchen klettert und kraftvoll von hinten zustößt, wobei es mich, mit den Vorderbeinen Halt suchend, bisweilen mit flehentlichem Ausdruck ansieht, brennen mir sofort vor Scham die Wangen. Noch nie hat sich etwas unterhalb meines Gürtels geregt, um es mal so zu formulieren. Das ist die Wahrheit. Ob das, was die anderen Pubertät nennen, etwas daran ändern wird? Wenn ich ehrlich bin, weiß ich gar nicht, ob ich das wirklich will. Einmal habe ich am Schlachttag einen unserer Hähne beobachtet, der schon Stunden zuvor gebalzt hatte und nun unschlüssig, die rechte Kralle angewinkelt, den Kopf ruckartig wendend, dabeistand, während den beiden Hühnern der Hals durchgehackt wurde. Nachdem alles vorbei war, sprang er mit einem Mal, als hätte er nur auf diesen Moment gewartet, auf einen der endlich nicht mehr vor ihm fliehenden Rümpfe und begann, ihn zu begatten, bevor er wenig später selbst kopflos danebengeworfen wurde.

Angeführt von Marilyn, ihrem schlauen Leittier, die allerdings entweder aufgrund ihres Alters oder irgendeiner Krankheit keine Milch mehr gibt, verlagert die Kuhherde ihr Weidegebiet regelmäßig Stück um Stück, den Bergbach entlang das Hochtal hinunter, bis sie auch auf den tiefergelegenen Hängen nichts mehr findet und sich ganz gemächlich zur Rosenalm zurückarbeitet, wo das Gras in der Zwischenzeit wieder gewachsen ist. Vor ein paar Tagen, Ende März, hat sie sich so weit von der Hütte entfernt, dass der Moment gekommen war, den Tieren nach und hinab auf die Unteralm ins Steinhaus zu ziehen. Wie gewöhnlich werden es Özlem und Chang sein, die diese Aufgabe übernehmen, und wie immer *gerne* übernehmen, da sie dort ganz für sich alleine sind.

Doch in diesem März des Jahres elf ist manches anders. Özlem soll sich wegen ihrer Schwangerschaft schonen. Jemand muss ihr unter die Arme greifen. Eine ziemliche Überraschung war es, als Chang ausgerechnet mich, den »Kindskopf«, wie er mich oft genannt hat, gebeten hat, sie zum Steinhaus zu begleiten. Klar, es wird mühsam werden, jeden Nachmittag die manchmal bis an den Rand einer Schutthalde verstreuten Kühe von den steilen Hängen einzusammeln. Trotzdem freue ich mich wirklich extremst – in aller Stille natürlich. Chang muss ja nicht gleich merken, wie aufgeregt ich bin, zum ersten Mal in meinem Leben für eine Zeit aus der Hütte auszuziehen.
Vor zehn Jahren, als Cornelius mir das Schreiben beibrachte, war Chang so nett zu mir wie seither niemals wieder. Als ich ihm mit meinen kleinen Händen die beiden Retro-Print-»Doyen *deluxe*«-Magazine hinhielt und ihm meine Schreibversuche zeigte, gab er mir ein paar glückliche Wochen lang einen Crashkurs in seinem Voruntergangsberuf. Wie ein richtiger Information-Architect ließ er mich Artikel schreiben. Beim Abendbrot las ich sie Özlem vor. Schmunzelnd verfolgte sie meine Vorträge. Ich weiß, das klingt ein bisschen angeberisch, aber es stimmt wirklich: Die Berichte über Streitigkeiten innerhalb der Kuhherde flossen mir nur so aus der Hand. Ich skizzierte sogar einen Pilotfilm für eine Mini-Animationsserie, wie sie laut Chang im Voruntergangsdeutschland täglich über die Screens der happy Kids geflimmert waren. Er ging so, ich zitiere aus dem Gedächtnis:

Muba und Baba, die beiden ältesten Bakterien der Welt

Vor 2,5 Milliarden Jahren. Muba und Baba rasen zusammen mit 79 291 390 586 122 555 Geschwistern auf einem Kometen durchs Weltall. Die vorbeiziehenden Sterne und die Finsternis des Weltalls sind für die Bakterien-Kolonie nur ein unregelmäßiges Licht-Pulsieren.
Muba: »Wohin fliegen wir, Baba?«

Baba: »Wie meinst du das, Muba?«
Wenig später: Mubas und Babas Heimat, der Komet, schlägt auf einem Planeten auf. Muba und Baba kriechen zusammen mit ihren 2373013583 überlebenden Geschwistern hastig, d.i. drei Jahre lang, die Kraterinnenwand hoch.
Muba: »Wo sind wir denn da gelandet, Baba?«
Baba: »Wie meinst du das, Muba?«
Muba (über die dampfende Erdoberfläche linsend): »Das ist ... also, ich glaube ... Wir haben es geschafft, Baba! Wir sind – im Paradies!«

Um wie viel besser wären diese Texte gewesen, hätte mir, wie es früher in Changs Redaktion üblich war, ein Style-Parakeet assistiert. Er musste lediglich mit Inhalt gefüttert werden, um je nach eingestelltem Emotions- oder Humor-Grad Formulierungsoptionen auszuspucken!
Leider war diese Zeit zu zweit damals nur von kurzer Dauer gewesen. Eine schlimme Grippe fesselte die Gemeinschaft ans Bett. Ich erinnere mich, dass wir nacheinander alle heftigst krank wurden und ich, als Letzter noch einigermaßen gesund, gehorsam Cornelius' Befehle auszuführen versuchte, den ich wegen seines Schüttelfrosts kaum verstehen konnte, bis es schließlich auch mich erwischte und ich vom Lager nur mehr verschwommen wahrnahm, wenn sich einer von uns aufraffte, um das Futter in den Trögen aufzufrischen. Danach mussten wir mit doppelter Anstrengung das verwahrloste Vieh und die von Unkraut überwucherten Felder wieder instand setzen. Und als ich Chang meinen Pilot über die beiden ältesten Bakterien der Welt vorlesen wollte, winkte er nur ab. Er habe jetzt wirklich Wichtigeres zu tun. Sein Vorleben als Information-Architect ist seitdem nie wieder groß Thema gewesen.
Als er eine seiner Depri-Phasen hatte und antriebslos herumhing, hatte Cornelius eine bestimmt gar nicht böse gemeinte Bemerkung gemacht. So etwas wie »Für einen Journalisten interessierst du dich aber erstaunlich wenig für deine Umwelt und Mitmenschen« oder so. Chang hatte

nicht wie sonst mit einem Witz reagiert. Stattdessen war er aufgestanden und wortlos rausgegangen. Özlem hatte noch mit Cornelius geschimpft, warum er genau diesen »wunden Punkt« ansprechen müsse, als Chang zurückgekehrt war. Nachdem er sich gesetzt hatte, rief er plötzlich grinsend, mit der Stimme eines Nachrichtensprechers: »Breaking News! Welt untergegangen! Leider müssen wir Ihnen mitteilen, dass wir damit auch unsere Arbeit einstellen. Wir bitten um Ihr Verständnis. Machen Sie's gut!« Er wollte noch etwas sagen, konnte aber nicht weitersprechen. Özlem streichelte ihm die Wange, was in diesem Moment auf mich sehr sonderbar wirkte. Es sah so Baby-like aus.

Vielleicht, so meine Hoffnung, werden die Wochen auf der Unteralm Chang und mich wieder einander näherbringen und zu einem Team machen wie damals! In den schönsten Farben male ich mir aus, wie wir gemeinsam an der Chronik der Alm arbeiten. Vorsichtshalber stecke ich das blaue Heft und Bleistiftminen-Nachschub in meine Tasche.

Was für eine Enttäuschung! Morgens und abends, wenn wir in der kleinen Stube des Steinhauses sitzen, die zugleich Schlafraum ist, nehmen Özlem und Chang kaum Notiz von mir, und wenn ich sage kaum, meine ich keine. Damit ich sie nicht verstehe, tuscheln sie untereinander auf Mandarin. Gestern habe ich all meinen Mut zusammengenommen und mich, bevor ich zu den Kühen ging, mit jener rätselhaften Lautfolge verabschiedet, die die beiden sich zuzurufen pflegen: »HDL!«, »IKD!« Özlem schaute verdattert, Chang verdrießlich.

Schon nach zwei Tagen machte es mir keinen rechten Spaß mehr, mit der alten Marilyn zu spielen, obwohl es sich bei ihr wirklich um eine ganz außergewöhnliche Kuh handelt. Gebe ich ihr ein Stück Lupinenbrot zu fressen, wackelt sie dankbar mit dem rechten Ohr, bei einem weiteren mit dem linken, wobei sie mit einem tiefen Glucksen die Lefzen in die Höhe zieht und ihr Gebiss entblößt, als würde sie sich über ihr Kunststück amüsieren. Abends lasse ich mir von F-87 Märchen erzählen und blättere dabei Cornelius' Plattensammlung durch. Sie lagert hier unten, weil sie auf der Rosenalm zu viel Platz wegnehmen würde, Cornelius es aber nicht übers Herz bringt, sich von ihr zu trennen. Zwar gibt

es irgendwo in der Hütte noch einen alten Plattenspieler, doch Cornelius hat ihn seit dem Untergang nicht mehr in Betrieb genommen. Wie ein Fuchs achtet Jorden darauf, dass der Strom des Generators nicht »für so einen Schmarren« verschwendet wird. Auch fehlt wohl irgendein entscheidendes Ersatzteil, das Jorden angeblich, wie Cornelius behauptet, mit Leichtigkeit besorgen und einbauen könnte. Ich betrachte zum x-ten Mal die Frauen mit den aufgerissenen Mündern, die sogenannten Diven, und die ebenso fein wie funny geformten Gegenstände, Instrumente genannt. Wieder einmal schließe ich die Augen und gebe mich Akustikphantasien hin. Wie wohl etwas klingt, das »Die Zauberflöte« oder »Symphony No. 9« heißt? Wie eine »Trompete« oder »Pink Floyd«? So etwas kann mich stundenlang beschäftigen.
Ich schleiche mich weg von den Kühen und zu jener Stelle oberhalb der Klamm, wo sich der inzwischen dicht vom Brombeergestrüpp überwachsene schneeweiße Quader befindet, von dessen Existenz nur ich weiß. Im ganzen Hochtal gibt es noch vier weitere solcher Orte, die alle an Vorsprüngen oder Abgründen liegen. In jedem dieser Steine ist eine kleine Nische eingelassen mit einem dunkelroten Knopf; drückt man ihn, begann der Quader früher zu summen, als hätte etwas in ihm geschlafen, das nun, zum Leben erwacht, hinauswollte. Schnurrend schoss ein Lichtstrahl empor, fächerte sich auf, und in einer durchsichtigen, regenbogenfarbenen Aureole stand eine Gestalt, ein Mensch. Drei der Quader enthielten Männer, einer eine Frau. Der Mann bei der Klamm trug Jeans, ein rotkariertes Hemd und eine Kappe mit den Insignien »FCB«, die ich bis heute nicht entschlüsselt habe. Ohne dass der Mann die Lippen bewegte, ertönte eine Stimme, die klang, als spreche er in diesem Moment tatsächlich und auf eine Weise, die mich wegen ihrer großen Ruhe, ich will sagen, ehrfürchtig machte: »Ich heiße Maximilian Boll. An genau dieser Stelle stürzte ich zweiundneunzig Meter tief in den Tod. Ich war sechsunddreißig Jahre alt. Der LORD sei meiner Seele gnädig. Mom, Paps, Rosi: Ich bin bei euch. Denkt an mich!« Die Frau hieß Inga Lombardi. Sie trug ein ärmelloses Kleid, Ohrringe und eine Perlenkette. Sie sagte, sie vermisse ihren Mann, Robert, sehr, aber vor allem ihren »kleinen Julius«. Sie wisse allerdings, dass er jede Herausforderung

in seinem Leben meistern werde. Ganz bestimmt. Ihre Liebe begleite ihn, immer. Ich konnte mir diese Worte nicht oft genug anhören, auch wenn sie mich unendlich traurig machten. Ein paar Momente starrten mich die geweckten Toten aus den Quadern wie ungläubig an – dann sog es die Hologramme wieder zurück in ihre Steine.
Weil ich damals, als ich die Quader entdeckte, so mit acht oder neun Jahren, nicht wollte, dass die anderen davon erfuhren, hatte ich Cornelius wie beiläufig gefragt, ob es denn früher öfter vorgekommen sei, dass Menschen im Resort verunglückten. Cornelius hatte mir erklärt, dass man für die abgestürzten Bergsteiger sogenannte MPs, Memorial-Pillars, errichtet habe. Aus ehemaligen Holoaufnahmen habe man zum Trost der Hinterbliebenen eine letzte Ansprache kreiert. Daraufhin hatte ich mich häufig zu den Toten mit den seltsamen Namen geschlichen und zusammen mit F-87 ihren traurigen Worten gelauscht, bis eines Tages Maximilian Boll, Inga Lombardi und die anderen nur mehr schwach flimmerten und schließlich nicht mehr aus ihren Gräbern zu den Lebenden stiegen. Auch jetzt, als ich in heimlicher Erwartung, dass sich vielleicht in all der Zeit der Akku des Quaders wieder aufgeladen hätte, den dunkelroten Knopf unter den Dornen drücke, tut sich, bis auf ein leises Summen irgendwo unter der Erde, das schnell wieder erstirbt, nichts. Maximilian Boll bleibt stumm.

Eines Abends, nachdem ich die Kühe fertiggemolken hatte, saß ich am Tisch der Stube und kritzelte, wie es meine Gewohnheit war, die Gemeinschaftschronik in mein Heft. Das Licht über dem Tisch funzelte schwach, da nur mehr wenige Solarzellen auf dem Dach des Steinhauses intakt sind. F-87 hatte noch auf meiner Schulter gesessen und die Zeilen mitgelesen, dann war es Zeit für seinen Akku gewesen, auf Stand-by-Modus zu schalten. Mein elektrischer Wüstenfuchs hatte sich an meine nackten Füße geschmiegt, wo er kurz darauf erstarrt war. Im Atemrhythmus leuchtete in seinen schwarzen Pupillen das blaue »Zzz«. Wenig später war ich wieder so vertieft in meine Aufzeichnungen, dass ich kaum merkte, wie sich die Tür öffnete. Özlem und Chang schlüpften aus ihren verschwitzten Sachen, duschten in der

Nasszelle nebenan und setzten sich mit Lupinenbrot, Käse und Gemüse zu mir.
»Hast du keinen Hunger?« Ich schreckte auf. Özlem schob mir einen Teller hin.
»Hab schon gegessen …«, sagte ich hastig und schrieb weiter. Wenn ich an meinem Heft sitze, bin ich so.
Chang versuchte, mir über die Schulter zu schauen. Verwundert betrachtete er mich, wie ich da in Höchstgeschwindigkeit die Seiten füllte. Hatte ich vor einem Monat noch, nach meinem Geburtstag, ein wenig Mühe gehabt, über Stunden den Stift zu halten und die richtigen Wörter zu finden, schrieb ich nun beinahe ebenso schnell, wie ich dachte. Das stimmt wirklich,
»Ist ja nicht mehr normal, oder? Özlem? Guck doch mal!« Chang kicherte auf: »Ein Kollege von mir hat ja früher immer gesagt, ein Segen, dass wir nicht mehr schreiben müssen, sondern diktieren können. Da bleibt den Händen mehr Zeit für anderes.«
»Chang!« Özlem wischte an seinem Nacken entlang, ich kannte das ja inzwischen, sie betätigte Changs »Ironie-Schalter«. »Es ist eigentlich echt zum Heulen, wenn ich dich so sehe«, sagte sie leise zu mir. Ich sah auf. Mitleidig guckte mich Özlem an und wandte sich zu Chang. »Was aus dem früher alles hätte werden können, oder?«
»An welchem großen Roman sitzt der Herr Schriftsteller da eigentlich die ganze Zeit?« Es war gar nicht so leicht zu bestimmen, ob Chang seinen Ironie-Modus nun tatsächlich ausgeschaltet hatte. Ich bin vorsichtig geworden.
»Unsere Geschichte«, flüsterte ich. Und während ich die beiden Wörter aussprach, spürte ich wieder jene Power wie neulich, als ich die weltbeste Literatur zitiert hatte. Unter meiner Achsel pulsierte das Tattoo. Ich wurde mutiger: »Ich schreibe auf, was passiert. Eine Chronik. Für die Nachwelt.«
Laut lachte Chang jetzt auf, dann riss er sich jedoch zusammen – oder er wollte Özlem zuvorkommen, ehe sie wieder protestierte. »Chronik … für die Nachwelt … soso …«, kaute er vor sich hin, wobei er das Gesicht verzog, als wären die Wörter saure Beeren. Er stand auf und schlich

durch die schummrige Stube zur dunklen Küchenzeile. Ich dachte bereits, damit sei die Unterhaltung beendet. Aber Chang holte nur seinen Kräuterschnaps, ein Gebräu, dessen Zubereitung sich, unter Jordens Anweisung, über mehrere Tage hinzieht. Sehr zum Ärger von Cornelius hängt dann über der Alm aus den Kesseln, in denen gekocht und gefiltert wird, ein würzig-ätzender Gestank, der in den Augen beißt. Jorden und Chang sind die Einzigen, die den Schnaps vertragen; ja, obwohl sie sich sonst nur wenig zu sagen haben, scheint er sie an manchen Abenden regelrecht zu best friends zu machen. So kann es vorkommen, dass sie sich nach dem Gezeche in den Armen liegen, Voruntergangssongs grölen oder über die nächtliche Alm laufen und dabei zur lautstarken Empörung der Paviane mit verstellten Stimmen und prustend vor Lachen einstige Celebretys nachahmen. Und Cornelius protestiert nicht weiter, weil er weiß, dass Jorden danach für eine Weile Ruhe gibt. Besonders Mitte Juli nimmt die Trinkerei überhand, und ich muss gar nicht auf Cornelius' *Poseidon*-Uhr schauen, um zu wissen, dass sich wieder einmal das Datum des Vierzehnten jährt, jenes »schwarzen Samstags«, an dem sich die Katastrophe ereignete. Ich meine, ich kann genau spüren, wie mit jedem Tag die Stimmung gedrückter und gereizter wird. Und obwohl keiner offen sagt, was in seinem Kopf vorgeht, ist klar, dass sie in Gedanken in der Vergangenheit sind, in ihren alten Leben, bei den Menschen, die sie verloren haben. Natürlich weiß ich aus Erzählungen so ungefähr, was sich an jenem Julitag ereignet hat, auch wenn ich damals erst vier Jahre alt war und meine Trauma-Erkrankung, bis auf ein paar Schwefelgerüche und vor allem das Bild der endlosen grauen Steppe, jede Erinnerung aus meinem Gedächtnis gelöscht hat. Früher hatte Cornelius auf meine neugierigen Nachfragen hin stets nur die Brauen zusammengekniffen, mir ein paar einsilbige Antworten hingeworfen, erst mit der rechten, dann mit den linken Hand einen Kreis in der Luft beschrieben – um dann doch nur energisch die Arme hinter dem Rücken zu verschränken und auf den Boden zu starren. Stundenlang war er danach verstimmt. Irgendwann war ich schlau genug gewesen, das Thema vierzehnter Juli zu vermeiden, um mir nicht noch mehr Ärger einzuhandeln, als ich ohnehin schon hatte.

Mit einem Knall, der mich zusammenzucken ließ, stellte Chang eine Flasche mit einem langen Hals auf den Tisch. Auf dem Blau ihres halb abgerissenen Schildes waren in Weiß die Wörter »Ouzo« und »Griech…« zu entziffern, über deren Bedeutung ich nachdachte, als mir etwas einfiel. Etwas Gutes. Im Nachhinein sogar Legendäres. Ich war der Man on a Mission. Ich war der Bewahrer. Cornelius selbst hatte mich beauftragt.
»Können wir nicht … könnten wir nicht … ein Interview führen? Über diesen einen Tag damals. Den Vierzehnten. Als ihr hierhergekommen seid. Als die Katastrophe …«
Chang, der sich gerade einschenken wollte, hielt plötzlich inne. Ebenso Özlem, die sich, wie immer neuerdings, wenn sie sich entspannte, über ihren runden Bauch strich. Aus ihrem nassen, zurückgekämmten Haar rannen ihr Tropfen über die Stirn und ins Gesicht.
»Ein Interview … wie … wie *bei euch in der Redaktion* …«, wandelte ich Changs Standardspruch ab, obwohl ich mir unsicher war, ob er mir das nicht übelnehmen würde. Ich steckte meine Zehen tiefer in F-87s Fell, der in seinem Stand-by-Dornröschenschlaf aufseufzte.
»Also, jetzt mal nicht übermütig werden, ne?« Chang goss sich die trübe, sirupzähe Flüssigkeit ein. Dann beugte er sich vor und guckte mir tief in die Augen, als wollte er mir etwas von größter Wichtigkeit mitteilen, »du kleiner KID-NEY«, und kippte den Shot in einem einzigen Zug herunter. Offenbar hatte er seinen Ironie-Schalter noch nicht umgelegt. KID-NEY, das war der Name der neugierigen Niere, einer blauen, vor dem Untergang enorm beliebten Zeichentrickfilmfigur aus dem Kids-Education-Kanal, und KID-NEY, das war früher auch Changs Spitzname für mich gewesen, als kleiner Junge, wenn ich ihm über die Wiesen hinterhergelaufen war und ihm Löcher in den Bauch gefragt hatte. Warum sind Blätter grün und nicht pink? Warum ist über uns ein Kraftfeld? Was ist das: Winter? Woraus besteht Schnee? Das ganze Programm eben. KID-NEY hatte Kindern die Welt erklärt und war dabei mit seiner Quakstimme und beharrlichen Fragerei nicht selten in gleichem Maße den Dingen auf den Grund wie den Erwachsenen mächtig auf den Geist gegangen, wie Chang erklärte.
»Schatz?« Özlem schrieb mit ihrer Hand weiter Zeichen auf ihren Bauch,

die nur das Baby darin verstand. »Warum nicht? Ich meine, er ist längst alt genug, dass …« Chang hatte bereits das zweite Glas geext, was ihn in eine übermütige Stimmung zu versetzen schien.
»Na gut. Von mir aus. Aber wir machen es folgendermaßen. Pass auf«, er grinste, »keine Fragen. Das nervt. Du bist jetzt mein Style-Parakeet, mein Textprogramm. Ich diktiere. Du schreibst.«
Süßer LORD. Jetzt sofort?
»Ready steady?« Chang zwinkerte Özlem verschwörerisch zu, sie lächelte zurück, als wollte sie sich bei ihm für den Gefallen, den er mir tat, bedanken.
Klar war ich ready. Klar war ich steady. Ich hob den *Faber*-Stift und drückte erwartungsvoll die Mine nach.

Changs Erzählung

Wir hatten unseren Sommerurlaub vom elften bis fünfundzwanzigsten Juli. Ich weiß das deshalb noch so genau, weil es um diese Termine ein ewiges Hickhack gab. War wieder mal herrlich. Erst hieß es: die letzte Augustwoche, dann: erster bis vierzehnter August, dann: irgendwann im September, und am Schluss waren es plötzlich diese vierzehn Tage im Juli. Hätten Özlem und ich Urlaub gemacht wie geplant, wären wir heute tot. Seit elf Jahren. Bam. Da denkst du besser nicht zu viel drüber nach.
Ursprünglich hatten wir ja im August zum ersten Mal nach China fliegen wollen. Nach Hainan. War alles schon gebucht. Flug, Hotel, alles. Aber dann gab es in der Redaktion diese Engpässe. Irgendjemand hatte verpennt, sich abzusprechen, und am Schluss war ich der Honk. Na ja, aber zumindest ist der, der das damals verbockt hat, deshalb tot. Ja, ist ja gut. Ironie-Schalter aus. So.
Jedenfalls hatte dieses Termingezerre ein noch größeres Drama zur Folge, von wegen Stornierung und Özlem, die sich schon auf Hainan gefreut hatte und jetzt Stress hatte, zu meinem neuen Termin freizu-

kriegen. Es kam – sorry, dass ich das jetzt hier anspreche – zu diversen Grundsatzdiskussionen, von wegen wessen Karriere ist eigentlich wichtiger, meine als Journalist oder deine als Moderatorin von diesem Umweltmagazin. Name habe ich schon wieder verdrängt. Da warst du ja von den vielen Sonderschichten sowieso völlig im Arsch, erinnere ich mich noch. Auf dem Sofa zu Hause kam mir das manchmal echt so vor, als wärst du immer noch in deinem Studio, also innerlich, in dieser Bluebox, und als wäre unser Haus auch nichts anderes für dich als einer dieser nachträglich reinmontierten Parks oder Gärten, bei denen du so getan hast, als würdest du gerade drin rumspazieren, und ich einer deiner langweiligen Hologäste, mit denen du dich dabei unterhalten hast, obwohl du nur ihre eingespielten Stimmen gehört hast.
Wenn ich jetzt so darüber rede, sehe ich das heute viel klarer als damals. Das ging alles in eine total falsche Richtung. Ursprünglich wollte ich ja mal *investigativ* arbeiten. So hieß das: *investigativ.* Also gesellschaftliche Missstände aufdecken und so. Ja, Özlem lacht jetzt, aber so war das. Und stattdessen? War ich der Information-Architect-Honk im Studio Köln für die Berichte, die von der Zentrale aus Berlin reinkamen, ließ sie vielleicht noch hier und da vom Parakeet umformulieren oder habe sie ergänzt, und das war's dann. Und Özlem, die doch eigentlich am liebsten in einem der Resorts oder zumindest in der Development-Abteilung der Bio-Zones gearbeitet hätte? TV-Tussi. Und dann noch diese Edel-Siedlung, in der wir damals wohnten! *Shangri-La III*. Muss man sich mal auf der Zunge zergehen lassen: *Shan-gri-la, römisch Drei!* Klar, wir waren damals extrem lucky, dass wir da überhaupt reingekommen sind, also dass das großartige Programm errechnet hat, dass wir mit unseren Eigenschaften perfekt da reinpassen würden. Und für den Standard, den wir damals hatten, würde ich heute sowieso was geben. Ich meine, vollautomatisches Bad, TV-Wall, ein Homie ... die ganze Scheiße eben. Aber eigentlich wollten wir doch mal was ganz anderes, ist doch so, Özlem, oder? Jedenfalls nie bei den Schmocks in einer Elite-Siedlung landen, und das richtige Leben in den Altstädten und den Modulen kennst du nur noch vom Vorbeifahren im SE, dem Star-Express. Und irgendwann gibt dir

dein Personal-Manager total freundlich, aber eben nachdrücklich zu bedenken, dass es jetzt aber *schon* an der Zeit wäre, Kinder zu kriegen, alle anderen haben ja *auch* Kinder, so ähnlich wie: Jetzt brauchen wir aber *schon* ein Auto, weil alle anderen haben ja *auch* eines. Aber eigentlich willst du dir auch wieder nicht vorstellen, dass deine Kinder dann so werden wie die Fratzen in den Siedlungen, die alles haben und dann aufs Elite-Internat gehen. Und wenn sie nach ein paar Jahren zurückkommen, sind sie wie so Aliens vom Pluto oder was weiß ich woher, und du verstehst ihren Slang nicht mehr, du sprichst nicht mehr ihre Sprache, buchstäblich, und du denkst: Große Scheiße, die schönste Zeit mit deinen Kids ist vorbei, schon längst, obwohl du, als sie kleiner waren, immer darauf gewartet hast, dass die endlich kommt, die richtig schöne Zeit, ohne den ganzen Baby-Stress und so.
Aber dass da also irgendwas total falsch lief, das wurde uns, gerade weil eben der Urlaub, den wir eigentlich machen wollten, und alles, was wir geplant hatten, nicht klappte und wir zu Hause in der beschissenen *Shangri-La, römisch Drei* saßen und darüber stritten, wer eigentlich das Geld verdient, wer von uns eigentlich ursprünglich in die Siedlung wollte, wir stritten über das Leben dort, die Politik des Councils, da wurde uns das alles bewusst.
Ich weiß noch, wie mies drauf wir beide waren, als wir dann endlich von Köln in den Urlaub nach Berchtesgaden fuhren. Was mich wirklich wütend machte, war das, was man da draußen sah: die Große Ebene mit diesen endlosen Solarfeldern, die tote Steppe, und dazwischen, achtspurig, die Autobahnrinnen mit den Vier-Meter-Entertainment-Walls rechts und links. Auf dieser Fahrt, da wurde dir das ganze Elend der Restrukturierung noch mal vor Augen geführt. In Reinkultur. Hier die Garden-Zones mit den Plantagen, da die Elite-Siedlungen mit den Sichtschutzmauern, dass man auch bloß unter sich ist, und dann die Altstädte für die Normalsterblichen. Und dann eben noch die Module für die *Gründer*, wie sie offiziell hießen, oder eben Plebser, wie sie Cornelius und Co. nennen. Die sahen ja von außen immer noch ganz annehmbar aus, diese Modul-Röhren und -Kästen, bunt

angemalt mit so Graffitis. Mit Phantasielandschaften und so. Und richtig schlimm wurde es da ja erst in den Jahren vor dem Untergang. Anfangs herrschte da noch ein ganz anderer Geist. Aufbruch und so. Da war auch noch alles sauber, und die Leute führten sich nicht so auf, es waren auch mehr Subventionen da. Aber man hat damals diese ganze Restrukturierung einfach viel zu schnell durchgeboxt, weil halt auch die Zeit davonlief und alle in Panik waren von wegen Radikalerwärmung und so.

Von den Riots sahen wir auf der Fahrt vom SE aus eigentlich nur wenig. Manchmal Rauch über einer Modul-Stadt. Aber sonst gab's keinen Hinweis darauf, dass da was passieren würde. Eigentlich hat man ja nach all den Jahren gar nicht mehr wirklich darauf geachtet, wenn ich ehrlich bin, oder, Özlem? Hast du darauf geachtet? Man hat doch gar nicht mehr hingehört, wenn wieder so eine Horrormeldung über eine Autobombe in einer Elite-Siedlung kam, die es eigentlich gar nicht hätte geben dürfen von wegen strenge Kontrollen und so. Oder ein Bandenführer, der mit seiner Truppe Gebäude in einer der Altstädte stürmte. Die Eil-Drohnengeschwader und die Robot-Garde, die dann einflog und irgendeine Elite-Siedlung *reinigte*; die Screen-Botschaften von entführten Elitisten, ach schon wieder, Lösegeldforderungen, gähn, Folterungen, herausgerissene Nägel, abgezogene Haut, okay, habt ihr nichts Krasseres? Das gab's doch schon letztes Mal! Und so. Das hielt sich dann doch im Rahmen, und du selbst wusstest es ja nur von der TV-Wall und hast es selber nie erlebt. Aber: Bei uns in der Redaktion kursierten eben damals Gerüchte, dass die Anführer von der größten Terror-Gruppe damals, den August-Brigaden, was Großes planten. Und dass wiederum auch die Regierung eine große Aktion vorbereitete, eine große Säuberungsaktion, die den ganzen Spuk ein für alle Mal beenden sollte. Von all dem war aber, wie gesagt, wirklich nichts zu bemerken bei unserer Fahrt im Star-Express. Und wenn Cornelius immer noch behauptet, dass die August-Brigaden die Katastrophe ausgelöst haben, dann kann ich nur sagen: Wissen tut er das auch nicht. Reine Spekulation.

Wir hatten uns kurzfristig für einen Urlaub in einem Wellness-Hotel in Berchtesgaden entschieden, das nicht weit weg vom Resort lag, beziehungsweise du hast Shuttle-Service dahin gehabt und so. Vor allem Özlem wollte da hin. Ihre Eltern waren ja mit die Letzten, die während der Restrukturierung in einem der alten Dörfer geblieben waren und das nicht aufgeben wollten. Ich meine, hallo?, ohne Schutzschild, open air. Die waren da wirklich knallhart. Aber ihr Standpunkt war halt: Wir haben uns das aufgebaut, und jetzt bleiben wir auch. Özlem hat das also alles noch live erlebt, wie man ganz früher gelebt hat. Und das Resort hier warb ja mit dem Slogan: »Besuchen Sie das alte Deutschland!« oder »Ein Stück altes Deutschland!« oder so, weiß ich nicht mehr genau. Ich bin ja Altstädter, eigentlich durch und durch, erst München, dann Köln.

Aber also die Wahrheit ist auch, dass es noch einen ganz banalen Grund gab, warum wir nach Berchtesgaden fuhren. In dem Hotel war einfach noch kurzfristig was frei gewesen, was vom Preis-Leistungs-Verhältnis stimmte. So einfach. Und, wenn man sich das mal vorstellt, all das, der verschobene Urlaub, Özlem, die sich wieder einmal durchgesetzt hatte, und das Schnäppchenangebot, das sind also die Gründe, warum wir heute hier sind. Bam.

Was uns aber dann wirklich das Leben rettete, war, dass wir uns im Resort, im alten Deutschland sozusagen, gründlichst verirrten. Das lief ja so ab: Du wurdest mit dem Shuttle-Glider, der so auf Kutsche gemacht war, völlig crazy, vom Hotel aus der Berchtesgaden-Siedlung durch die Große Ebene zum Resort gefahren, und am Eingang der Schleuse musstest du dann alles abgeben, alles Elektronische, deinen Transmitter, dein Screen, alles. Du musstest dir sogar so eine Kleidung anziehen wie vor der Restrukturierung. Wegen der garantierten vollständigen Resort-Erfahrung. Du bist dann also eigentlich blind losgelaufen, wenn du dich nicht vorbereitet hast. Und das haben wir natürlich nicht. Ich weiß noch, dass wir uns total komisch gefühlt haben, ohne die Stimme von unseren PMs, total nackig irgendwie. Es war kaum was los. Ich habe im Nachhinein oft versucht, mich daran zu erinnern, aber genau kriege ich es nicht mehr zusammen. Ich glaube, wir sind drei anderen Gruppen mit Hikern begegnet, auf jeden Fall

einem Paar mit zwei kleinen Kindern, das weiß ich noch. Jedenfalls haben wir viel länger gebraucht, als wir ursprünglich dachten. Tausendmal die falsche Abzweigung genommen und so. Da war schon Mittag vorbei, als wir hier ankamen. Genau hier, vorm Steinhaus, haben wir gesessen und Milch getrunken. Ich weiß noch, wir haben uns gefragt, ob die Milch wirklich von den Kühen hier kommt oder ob man einfach nach der Wanderung so einen Durst hat, dass die Milch aus der Packung wie natürlich schmeckt. Und wer hat uns bedient, meinst du? Genau. Rote Haare, damals noch bisschen mehr, aber sonst alles wie heute: Pferdeschwanz, Tattoos, Lederhose, kariertes Hemd. Mr Jorden himself. Servierenderweise in seiner Funktion als Ranger. Damals war der noch ganz anders. Also nicht total, aber eben wesentlich freundlicher. Weißt du noch, Özlem, du hast mit ihm sogar noch ein bisschen geplauscht von wegen »Machen Sie hier alles selbst?« und »Sind Sie das ganze Jahr über hier?« und so. Und er, ich krieg jetzt seinen bayerischen Slang nicht hin: »Bloß noch zwei Wochen. Dann geht's weg nach Kenia. Für immer!« Und zeigt uns seine beiden Tattoos. Seine Frau, Hawa, auf'm Arm, und unterm Nacken seinen Sohn, Zuri. Und dann erklärt er uns, dass er eigentlich aus einer Siedlung bei Traunstein kommt. Er macht das hier nur vorübergehend. Früher war er bei EUROPEACE, und bei einem Einsatz in Kenia, da hat er seine jetzige Frau kennengelernt. Dass es ihnen aber hier in Deutschland nicht taugt und es also deshalb in zwei Wochen für immer zurückgeht, in die Heimat seiner Frau. In ein neues Leben. Und wir so: Na, dann mal viel Glück! Und er am Schluss so: Also, auf Wiedersehen. Und du, Özlem, weißt du noch?, so: Ne, lieber nicht. Wir wollen ja, dass Sie glücklich werden, oder? Also tschüs.
Danach sind wir noch hier rumgeeiert, auf der Suche nach der Scheißklamm. Wenn ich daran denke, wie blöd wir uns damals angestellt haben. Irgendwann sind wir dann auch vom markierten Weg ab, weil Özlem das unbedingt wollte, von wegen endlich frei und so, obwohl das eigentlich strengstens verboten war. Na ja, und dann sind wir auf der Wiese unten rausgekommen, und da haben wir uns gedacht: Legen wir doch mal eine Pause ein, wir waren ja völlig fertig. Und dann

pennen wir also ein. Und als wir aufwachen, beginnt es schon, düster zu werden. Da wurden wir also schon so ein bisschen unruhig. Mal davon abgesehen, dass du nicht im Resort übernachten durftest, wir wollten das natürlich auch nicht. Wir also so schnell wie möglich zurück auf den Weg und runter ins Tal. Und da ist es dann passiert. Das waren so Blitze, sage ich mal. So hell, dass es dich blendet wie blöd, und ein Knall, der dich auf den Boden haut. Das Ganze hat nicht besonders lange gedauert. Vielleicht eine Minute. Natürlich haben wir erst einmal geschrien. Aber als es dann vorbei war und wir gesehen haben: alles so wie immer, und dass nichts mehr nachkommt, haben wir gedacht: Okay, die haben hier jetzt versehentlich das Show-Storm-Programm eingeschaltet, oder es war irgendeine Störung mit dem Shield oder so. Wir sind dann von Letzterem ausgegangen, weil auf dem Rückweg hat es immer wieder geblitzt und gedonnert. Nicht so krass wie am Anfang, aber immer noch so, dass du gemerkt hast: Da stimmt was nicht. Wir haben schon Angst gehabt, aber noch nicht wirklich Panik. Inzwischen war es schon fast ganz dunkel, und zum Glück sind wir schon auf der breiten Forststraße ganz unten im Tal gewesen, die am Fluss entlangführt, sonst hätten wir gar nicht weitergekonnt. Na ja, und da sehen wir es also schon von weitem brennen. Die Schleuse. Du musst dir die so als richtig schniekes, supermodernes Gebäude vorstellen, das was für die Besucher hermachen sollte, mit Glasfassaden und in so einer Form wie ein Kristallsplitter. Die war jetzt eine einzige Fackel. Und an ihr vorbei konntest du sehen, was draußen los war. Auf dem Parkplatz. Alle Autos: brennen. Erst einmal: Schock natürlich. In so einem Moment fährt alles in deinem Kopf Achterbahn. Was passiert hier gerade? Wie gefährlich ist die Situation? Wo ist die Security? Und vor allem: Was sollen wir jetzt tun? Hierbleiben? Schauen, dass wir zum Steinhaus kommen? Kriegen wir nicht hin in der Nacht. Aber wir dachten eben auch: Bestimmt ist Rettung unterwegs. In ein paar Stunden sind Rescue-Robots oder die Ranger da. Das war aber auch schon das Problem: Sollten wir bei der brennenden Schleuse bleiben? Womöglich explodiert die ja noch! Und wenn das alles eine Fehlfunktion vom Shield war: War das nicht gefährlich, sich so ungeschützt unterm freien Himmel zu bewegen? Wir haben uns also in sicherer Entfernung so eine Art Höhle gesucht und sind dann da geblieben. Die ganze Nacht. Wir haben kaum ein Auge zugemacht, weil wir hatten natürlich nicht nur Angst, sondern auch Durst und Hunger. Unser Proviant war ja längst aufgebraucht. Ich glaube, wir haben da beide schon geahnt, dass etwas Größeres passiert sein musste. Was viel Schlimmeres. Aber wir haben uns noch nicht getraut, es auszusprechen. Ich Honk weiß noch, dass ich mir immer wieder dachte: Okay, sobald die Robots da sind, biete ich der Redaktion einen Eye-Witness-Report an. Gibt mir vielleicht den entscheidenden Kick für die Karriere. Das ist jetzt meine Chance. Und dann ziehen wir weg aus der Elite-Siedlung in eine Siedlung in einer der Bio-Zones, wo es weniger posh zugeht. Aber irgendwann sind wir doch noch eingeschlafen und wachen auf, und es ist das Wetter, das wir seit elf Jahren haben, und es ist der erste Tag nach dem Untergang, und wir wissen es noch nicht. Wir stehen da jedenfalls planlos so auf dem Forstweg rum, als wir das Geräusch eines Autos hören, das den Berg runterkommt. Endlich, Hilfe. Okay, wir rufen: »Hierher! Wir sind hier!« Und dann sehen wir den Solarjeep. Genau den, der jetzt oben auf dem Schrottplatz vor sich hin rostet. Und drinnen sitzt der Ranger vom Vortag. Jorden. Er hält an, wir stürzen zu ihm, »Gott sei Dank!« und so, und er nur so: »Scheiße.« Es stellt sich raus, er ist die halbe Nacht zu seinem Kollegen gefahren, zur Breitjochalm, der war aber schon weg. Der muss, gleich als es losging, zur zweiten Schleuse runtergerast sein, und da war dann auch Jorden hingefahren, aber da sah es genauso aus wie bei uns: Feuer, Explosion und so. Aber es kam dann noch übler. Wir so: »Wissen Sie, wann die Rescue-Robots kommen?« Und er schüttelt nur so den Kopf, bringt kein Wort raus. Wir so: »Was ist mit Ihrem PM?« Die Ranger durften ja für den Notfall einen haben. Er nur so: »Alles tot.« Wir so: »Was?« Kapieren wir nicht. Er lässt uns einsteigen, fährt ein Stück hoch, zu der einzigen Stelle, wo man damals, als noch nicht alles zugewachsen war, vom Hochtal runter in die Große Ebene schauen konnte. Und da sehen wir es, und uns bleibt das Herz stehen. Die brennenden Siedlungen überall. Berchtesgaden. »Irgendwas muss da passiert sein. Ein GAU oder so …« Das war Jordens These damals, ein Super-GAU mit einer Kettenreaktion in den Shields, der einen Teil von Bayern zerstört hat. Jedenfalls war so viel klar: Hier kommen wir erst mal nicht mehr raus. Nicht, solange die Schleusen brennen. Und was sollten wir auch draußen, wenn alles kaputt war? Und dann kam uns so ein Gedanke, der uns endgültig umhaute: Vielleicht ist ja das, was passiert war, nicht nur in Bayern, sondern auch noch woanders passiert? Und wenn, was ist dann mit unseren Familien, Vater, Mutter, Özlems Brüdern, meiner Schwester und unseren Freunden? Ich fang sogar heute noch an zu flennen, wenn ich daran zurückdenke … Jedenfalls, wir waren beide völlig fertig. Konnten überhaupt nicht mehr. Wir hatten ja zu dem Zeitpunkt auch schon länger nichts mehr gegessen und nur aus dem Fluss getrunken. Und dann heizt Jorden also einfach los, wieder rauf, Richtung Unteralm, wie mit Scheuklappen, ganz in seinem eigenen Film. Er so: »Müssen zum CEO. Ist unsere einzige Chance jetzt.« Wir: »Bitte wer?« Und Jorden: »Ganz oben, in dem Retreat, in der Rosenhütte, wohnt ein Typ, ein hohes Tier vom Council. Der hat gerade Besuch von einer Bekannten.« Ein hohes Tier? Von der Regierung? Wir können es nicht fassen. Wenn es einen gibt, der weiß, was los ist und wie wir hier rauskommen, dann ja wohl der! Ist auch wieder typisch Jorden, dass er sogar noch in so einer Situation lieber vorher zu seinem Kollegen fährt als die halbe Stunde hoch zu Cornelius, bloß weil die sich halt nicht riechen können. Wir also hoch zum Steinhaus und von da weiter zu Fuß. Und dann wären wir beinahe gephasert worden. Von Cornelius. Kein Scheiß. Cornelius hätte uns fast gephasert. Direkt vor uns spritzt so die Erde auf, und ich starre noch auf das Loch, bis ich kapiere: Hier schießt einer auf uns. Jorden hat sich sofort auf den Boden geworfen. Von oben, von hinter einem Baum, kommt Cornelius' Stimme: Was wir wollen. Özlem und ich können es echt nicht glauben. Da überleben wir so eine XXL-Katastrophe, draußen brennt alles, und jetzt will uns der über den Haufen ballern! Özlem brüllt ihn an, was das soll, wir sind Hiker, wir brauchen Hilfe, und jetzt brüllt auch Jorden, Cornelius soll die Scheißknarre wegtun, keiner will ihm was, wir sind selbst in Not und wissen nicht, was los ist. Berchtesgaden brennt. Endlich dürfen wir dann also hoch, in die heilige Rosenhütte. Auch Anne ist da, ich weiß noch, die hat zur Ablenkung Patiencen gelegt, als wir hereinkamen. Hatten Urlaub gemacht, die beiden, da oben. Anne war gerade auf Besuch, weil das doch um den Todestag von ihrem Mann und ihrem Sohn herum war und Cornelius und ihr Mann früher so eng waren. Und dann stellt sich auch raus, warum Cornelius auf uns geschossen hat: Der hat geglaubt, das Ganze sei ein Terroranschlag. Von den August-Brigaden. Gewusst hat er es natürlich auch nicht, weil er keinen PM oder irgendwas dahatte. Wollte ja ausspannen, ein bisschen offlinerelaxen. Und er hat also echt geglaubt, dass Jorden mit den Brigaden gemeinsame Sache macht und kommt, um ihn, Ex-Großunternehmer und Council-Mitglied, zu kidnappen. Total paranoid. Typisch Super-Elite halt. Und der glaubt das bis heute, dass das alles durch Terroranschläge ausgelöst wurde, dass die Brigaden Unterstützung von außen erhalten haben und dass dann alles irgendwie völlig aus dem Ruder gelaufen ist. Dass die August-Bewegung eigentlich mal eine gute Sache war, weil der Council total selbstherrlich geworden war und sich einen Dreck um die Module geschert hat, das sieht der bis heute nicht ein. Meine Meinung. Aber, wie auch immer: Keiner von uns weiß, was wirklich passiert ist. Deswegen will ich mich da auch nicht zu weit aus dem Fenster lehnen.

Immerhin hatten wir jetzt einen Phaser, weil Cornelius, paranoid hoch drei, den hochgeschmuggelt hatte. Was sollten wir also jetzt machen? Runter in die Große Ebene, wo vielleicht Krieg war und es gefährlicher zuging als hier? Die Blitze hatten ja inzwischen aufgehört. Oder wir blieben da oben, wo wir vielleicht ewig warten müssten. Bei einer Katastrophe von solchen Ausmaßen gab es für den Council ja Wichtigeres zu tun, als für eine Handvoll Hiker Rescue-Robots zu schicken, selbst wenn ein Council-Mitglied dabei war. Wir haben wirklich lange diskutiert, es war dann schon Nachmittag. Aber auch, weil klar war, dass wir mit den Vorräten aus dem Steinhaus und der Rosenhütte nur ein paar Tage überleben würden, war dann die allgemeine Stimmung so: Wir müssen irgendwie nach draußen; rausfinden, was passiert ist, und uns zum nächsten Hilfstrupp durchschlagen oder bis wir außerhalb der Gefahrenzone sind. Damals glaubten wir noch, dass das so einfach geht. Also haben Jorden und ich uns die Silber-Bodys aus dem Steinhaus geschnappt. Die gehörten ja zur Notfallausstattung, falls es zu einer Störung des Shields kommen würde. Mit so Silber-Bodys bist du ziemlich safe sowohl vor Kälte als auch vor der Hitze und einem gewissen Maß an Strahlung. Zingverschluss hinten zu, Kapuze übern Kopf, durchsichtiges Visier vors Gesicht, fertig. Cornelius, Anne und Özlem würden mit uns runter zur Schleuse kommen, wir wollten uns erst einmal Richtung Berchtesgaden durchschlagen, gucken, wie die Lage ist. Bis zum Abend wollten wir wieder zurück sein, vielleicht dann schon zumindest mit einem Robot. Die Schleuse brannte inzwischen nicht mehr. Und Jorden und ich sind also da durch die Trümmer durch und dann auf der Straße Richtung Altstadt. Und ich muss sagen, man kann vieles gegen Jorden haben, aber er ist wirklich hervorragend, wenn es um solche Missionen geht. Der bewahrt fast immer die Ruhe und gibt dir Sicherheit. Aber es war übelst. Die Affenhitze draußen kriegten wir zum Glück nicht mit wegen der Bodys. Aber irgendetwas Riesiges musste da in die Luft gegangen sein. Irgendwas mit einer wahnsinnigen Druckwelle. Die meisten Sträucher der Steppe sind einfach rausgerissen gewesen, sogar ganze Erdschichten. Die Laternen lagen rum wie so Streichhölzer. Überall siehst du in der Ferne Rauchsäulen, hörst aber kein Geräusch. Nichts, was auf Menschen hindeutet. Wir klettern über das Zeug, das uns den Weg versperrt, Erde, Steine. Das dauert schon ewig. Wir haben nur noch zwei, drei Stunden, bis wir wieder umkehren müssen. Dann sind wir auf der Hauptstraße. Und da ist die erste Siedlung, ein paar Kilometer entfernt, und wir denken nur: Scheiße. Das kann doch nicht wahr sein. Die ganze Kuppel des Shields konnte man plötzlich sehen, kann man ja normalerweise nicht, ist ja unsichtbar, aber so mit Rauch gefüllt war die jetzt. Sollen wir rein? Aber was können wir in dem Rauch schon machen? Und wo sind die Bewohner? Hat es von denen keiner geschafft, oder was? Kann doch nicht sein. Und auch kurz darauf dann, als wir am ersten Modul vorbeikamen: Das brannte immer

noch. Dann endlich ein Geräusch von Menschen: Schüsse! In den Modulen wurde gekämpft!
Und wir stehen da so und wissen nicht, was tun, und dann hören wir auf einmal was anderes. Das sind doch Autos! Jorden stellt sich an den Fahrbahnrand, gibt mir den Phaser, ich soll mich verstecken. Wenn es gefährlich wird, soll ich warten und dann weglaufen. Ich bin gar nicht dazu gekommen zu widersprechen, da kamen sie schon, ein ganzer Treck, zehn, fünfzehn, wir sind gerettet. Und Jorden steht da also und schwenkt so die Arme. Anhalten! Wir brauchen Hilfe! Und das erste Auto rast vorbei, in einem irren Tempo, obwohl überall Schlaglöcher sind. Das zweite rast vorbei. Das dritte. Ich komme aus meinem Versteck, schreie jetzt auch: Anhalten! Halten Sie an! Scheiße! In den Autos sitzen Familien, so viel sehen wir, müssen aus einer Elite-Siedlung sein, von der Größe der Autos her. Sie starren uns an. Solche Augen. Die haben Angst vor uns! Ein Fahrer schimpft. Ein Mädchen auf dem Rücksitz weint. Ein Junge winkt uns zu. Ich sehe den noch immer vor mir. Ein Junge mit einem kleinen Hunde-Toy im Arm. Wie er traurig guckt und winkt. Dann plötzlich: ein Schuss. Einer von den Honks hat echt auf uns geschossen! Wir werfen uns auf den Boden. Und das war also unser erster Trip in die Große Ebene.
So. Alle ratlos. Was tun? Wir übernachten in der Rosenhütte, am nächsten Tag ein anderer Plan: Wir müssen uns einen Überblick verschaffen. Hilft ja nichts. Wo brennt es noch? Wo wird gekämpft? Welche Siedlung ist unversehrt geblieben? Jorden und ich steigen die Felstreppe hinter dem Latschenfeld hoch, zum Steinernen Meer, und suchen die Große Ebene mit dem Fernglas ab. Und da muss sogar Jorden schlucken. Aus wirklich allen Siedlungen, allen Modulen, allen Altstädten, die wir sehen können: Rauch. Aus allen. Schönau brennt. Berchtesgaden brennt. Bad Reichenhall brennt. Der Himmel über Salzburg: feuerrot. Sehr vereinzelt ein Auto, das durch die Große Ebene schießt. Aber keine Rescue-Robots, keine Drohnengeschwader, nichts. Wo bleiben die bloß? Die Autobahn können wir von unserem Standpunkt aus nicht sehen. Vielleicht, dass sich dort alles sammelt? Es hat jedenfalls genau unser Gebiet, das Gebiet um das Resort erwischt. Vielleicht, dass

das jetzt eine Quarantäne-Zone ist? Jorden sagt irgendetwas von wegen seiner Frau und seinem Sohn, obwohl es ja noch ein ganzes Stück ist bis zu dem Ort, wo die gelebt haben, Traunstein. »Aber das muss ja dann wirklich die Totalkatastrophe gewesen sein, wenn auch Traunstein zerstört ist«, sage ich so zu ihm. Aber schon während ich das sage, merke ich, dass das gar nicht so unwahrscheinlich klingt, und ich klappe beinahe zusammen. Jorden nicht. Der guckt nur so, als würde er gleich jemanden umbringen.

Wir haben dann alle gemeinsam beschlossen, dass Jorden und ich versuchen, dass wir irgendwo draußen einen Transmitter mit einem PM und im besten Fall auch irgendwie ein Auto auftreiben. Mit dem Solarjeep durch die Schleuse und über die Trümmer nach draußen zu kommen war ja aussichtslos. Und dann das Irre: Wir gehen raus in die Große Ebene, und nach ein paar Kilometern finden wir wirklich einen Van, an einer Stelle, an der am Tag zuvor noch garantiert keiner gestanden hat. Bei der Hauptstraße. Wie für uns geparkt. Wir sind ganz vorsichtig. Gibt es ja nicht, dass der da einfach so stehen gelassen wurde. Ist das eine Falle? Wir schleichen uns hin. Dann sehen wir: Da sitzt jemand drin. Ein Mann. Am Steuer. Scheint sich da einfach mal so gemütlich zurückgelehnt zu haben und ein Nickerchen zu machen. Jorden läuft hin, den Phaser im Anschlag, klopft an die Tür, um ihn aufzuwecken. Er winkt mir, dann sehe ich es auch: Der ist nackt. Hat kein Gesicht mehr. Nur noch so eine Blutmasse ohne Mund oder irgendwas. Absoluter Horror. Ich hatte noch nie einen Toten live gesehen. Ich also erst einmal: Panik. Wer wusste schon, ob die, die das getan haben, nicht noch in der Nähe sind? Aber zum Glück bleibt Jorden cool, da kommt dann eben doch der EUROPEACE-Soldat durch, obwohl der auch Schiss hatte, konnte ich doch genau sehen. Er so: »Ist eine Steppe hier, wo sollen die sich verstecken? Die sind weg.« Vielleicht war der wegen seinem Silber-Body gestorben. Damals kam mir das völlig absurd vor, weil es solche Teile früher haufenweise und im Doppelpack für billig gab. Aber wir denken gar nicht darüber nach, weil: Auf dem Beifahrersitz liegt echt ein Transmitter! Wir flippen fast aus. Ich klappe also das Teil auf und stecke mir die Plugs in die Ohren.

»Hallo?«, sage ich und denke, jetzt hörst du gleich die Stimme von einem PM. »Hallo?«, ich, lauter, als ob das irgendeinen Unterschied macht. Jedenfalls meldet sich dann wirklich der PM, eine Frauenstimme, total freundlich und alles, als ob nichts passiert wäre: »Hallo, mein Name ist soundso«, irgendein Frauenname, »was kann ich für Sie tun?« Ich so: »Gott sei Dank! Also ... Was ist passiert? Wie kommen wir aus dem Krisengebiet?« Und dann die Frau: »Bitte präzisieren Sie Ihre Frage. Was meinen Sie mit *Krisengebiet?*« Ich kann es erst nicht glauben, versuche dem Scheißcomputer zu erklären: die Katastrophe! Die tausend Tote, die es gegeben haben muss! Was ist der Grund dafür? Wie kriegen wir Kontakt zu den Rescue-Robots? Und sie will uns erst irgendetwas über Afrika erzählen, und als ich meine: »Nein, hier in Deutschland!«, sagt sie nur so: »Zu Ihrer Anfrage liegen mir keine Daten vor.« Klar, die hatte keine Verbindung zum Internet. Die wusste von nichts. Dann probiere ich was anderes. Ich will meine Schwester in Köln anrufen. Und sie so wieder: »Derzeit kann ich keine Verbindung herstellen. Aber wir arbeiten mit Hochdruck daran, möglichst bald wieder für Sie da zu sein!«

Klar, hätten wir gewusst, was alles kommt, wären wir sparsamer mit dem PM umgegangen. So haben wir den Transmitter einfach mitgenommen, immer wieder ausprobiert, ob es Netz gibt, und irgendwann war dann der Akku leer, und jetzt liegt das Teil auf dem Schrottplatz oben. Jedenfalls hat Jorden dann den Mann da, die Leiche, einfach rausgeworfen, drückt auf den Starter, der Auto-Homie meldet sich, wohin es gehen soll, wir sagen, Richtung Autobahn, München, und wir sind tatsächlich los. Wir haben da wirklich noch gedacht: Okay, jetzt müssen wir *nur* noch aus der Zone hier raus oder eine Rescue-Unit treffen, und dann haben wir es geschafft. Irgendwo bei Traunstein, wo Jorden als Erstes hinwollte, werden wir dann schon jemanden treffen. Aber erst einmal hat der Auto-Homie ganz schön Probleme gehabt zu manövrieren von wegen dem ganzen Zeug, das von der Druckwelle auf der Straße lag. Und immer wieder Wracks, total ausgebrannt, oder sie lagen auf dem Dach.

Und dann sind wir den beiden begegnet.

Die trugen Silber-Bodys und standen am Straßenrand, so wie Jorden und ich am Tag davor dagestanden hatten. Was machen wir jetzt? Was, wenn das wirklich Brigaden sind, die unser Auto wollen? Oder ist das ein Rescue-Team? Ich bin zu nichts mehr fähig, Jorden holzt nur weiter – und wird dann vom Auto-Homie gebremst, als die beiden sich mitten auf die Straße stellen und die Arme schwenken. Jorden flucht noch auf den Scheißhomie und sein Safety-System, da halten wir mit einem Ruck, direkt vor den beiden: ein Mann und eine Frau, schon älter, vielleicht so um die sechzig rum. Jorden lässt den Homie sofort alles verriegeln. Ich weiß nicht, wie lange wir da still im Auto sitzen und keiner was sagt. Die beiden draußen rufen und trommeln auf die Kühlerhaube. Keine Phaser zu sehen, da sind wir also safe. Der Mann kommt zu Jorden rüber und versucht, mit ihm durch die Scheibe zu sprechen. Ich höre nur irgendwas von »Frau verletzt«, »Wagen liegengeblieben«, »bitte helfen« und so. Denen geht es also wie uns. Ich will aussteigen und mit denen reden, Jorden hält mich fest: »Du steigst nicht aus.« Ich so: »Was? Geht's noch? Die brauchen unsere Hilfe! Vielleicht wissen die mehr.« Und er so: »Denen können wir nicht helfen.« Kapiere ich nicht, lass den Homie auf meiner Seite entriegeln und steige aus. Da humpelt schon die Frau auf mich zu, irgendetwas ist mit ihrem Bein: »Gott sei Dank, endlich jemand, der uns hier rausbringt.« Der Alte ist auch schon da. Will seiner Frau auf den Beifahrersitz helfen. »Raus! Aber schnell!« Jorden. Hat den Phaser auf den Alten gerichtet. »Raus!« Ich glaube, ich spinne, versuche, auf ihn einzureden. Die brauchen unsere Hilfe, die Frau ist verletzt und so. Er bleibt hart. Der Alte holt eine Transferkarte aus seinem Body, sie seien die Soundsos aus der Siedlung soundso, wie viel Geld wir wollen. Jorden nur so: »Raus! Zum letzten Mal!« Und zu mir: »Entweder du steigst jetzt ein und wir fahren weiter, oder du bleibst bei den beiden hier!« Er beugt sich schon vor, um die Tür zuzumachen. Da klettert der Alte plötzlich auf den Beifahrersitz, oder besser gesagt, er *will* auf den Beifahrersitz klettern, aber Jorden schlägt ihm voll ins Gesicht. Der haut den Alten weg mit einer Gewalt, ich glaub's nicht, seine Frau schreit los, stürzt zu ihm. Im nächsten Moment sitze ich schon wieder im Wagen, ich weiß nicht, wie, Jorden gibt dem Homie den Befehl weiterzufahren. Aber es ist noch nicht vorbei. Plötzlich steht wieder der Alte vor der Kühlerhaube, und Jorden schaltet auf manuell, hupt, der Alte geht nicht weg, und Jorden gibt Gas, ein dumpfer Knall, und wir rasen weiter. Ich schrei ihn an: Was zum Teufel er da macht, und: »Mörder!«, und: »Lass mich sofort hier raus!« Und er fährt nur weiter, und ganz ruhig: »Ach so? Und den Nächsten nehmen wir auch mit? Und dann fahren wir noch in die Siedlungen und Module und spielen Lebensretter. Ja? Sind wir vom Roten Kreuz, oder was? Und woher weißt du, dass die dich dann nicht nachher abknallen aus lauter Dankbarkeit? Mensch, kapier doch mal, was hier los ist!«

Und wir sind durch die Steppe gerast, und jede Siedlung und Altstadt, die wir sehen: kaputt. Die Solarfelder: umgemäht. Und dann mussten wir anhalten. Wir haben noch nicht einmal ansatzweise die Autobahn erreicht. Weil da lag ein ganzer Treck von Autos quer über der Straße. Absolut kein Durchkommen. Jorden hat es ein paarmal seitlich über die Steppe versucht. Aber da hat es uns fast die Achse zerbrochen. Und dann sehe ich da was: Da liegt doch ein Hunde-Toy, daneben die Leiche von einem Kind, verkohlt, völlig verbrannt, bloß das Hunde-Toy ist noch ganz. Und an irgendwas erinnert mich das, und dann kapiere ich: Das ist der Treck von gestern, die Autos, die an uns vorbeigebrettert sind, mit dem Jungen, der gewunken hat. Jemand muss auf die geschossen haben, und das kann noch nicht so lange her sein. Und ich kotze, es kommt einfach so raus, die ganze Soße, einfach so ins Auto, volles Rohr. Und ich glaube, im selben Moment hat auch Jorden verstanden, was wir hier eigentlich gerade tun, nämlich die größte Blödheit unseres Lebens. In unserem Wagen geben wir ja das beste Ziel für Typen ab, die uns abknallen wollen. Und Jorden holzt zurück durch die Steppe. Die Sonne stand schon ziemlich tief, und durch die Dunkelheit zurück wäre das der absolute Albtraum gewesen. Einmal denke ich, jetzt zerbricht es uns gleich den Wagen, weil wir über irgendwas drüber sind, wo wir so richtig zur Seite gekippt sind. Und dann sind wir also wieder auf der Straße zur Schleuse, fahren den Wagen in die Steppe, parken, damit wir nicht irgendwen darauf bringen, dass wir im Resort sind, und gehen also los, und es wird schon dunkel – und da sehen wir jemanden. Jemand Kleinen, der da einfach so in der Steppe hockt, neben sich ein anderer, der noch kleiner ist, und ich frage mich noch so: Ja, spinne ich jetzt? Was ist das denn jetzt? Sind das zwei Zwerge, oder was? Und Jorden will sich außenrum schleichen, und dann erkenne ich: Das eine ist ein Toy, ein Hund oder so, und das andere ein Kind. Ein kleines Kind. Vier, fünf Jahre alt oder so. Als ob das der tote Junge und sein Toy von vorhin sind, die wieder lebendig geworden sind. Ich gucke mich um. Niemand. Keine Eltern, keine Gruppe. Nichts. Die sitzen da einfach so, allein. Sind vielleicht aus einer Siedlung oder einem Modul geflohen, aber es ist ganz klar: Das Kind da hat niemanden. Das wird sterben, wenn jetzt keiner was tut. Wohin soll das? Und ich gehe hin und nehme dich auf den Arm, dich und deinen Fennek. Und da konnte Jorden noch so viel fluchen und schimpfen und drohen – seitdem bist du bei uns.

Wir sind dann in den nächsten Tagen immer mal wieder runter in die Große Ebene, für Essen, Kleidung und Zeug. Aber das wurde immer gefährlicher. Einmal sind Cornelius und ich bis in eine Siedlung gekommen, wo es nicht mehr gebrannt hat und es auch noch halbwegs intakte Gebäude mit Lebensmitteln gegeben hat. Und dann: Bamm! Schießt jemand. Reines Glück, dass der uns nicht erwischt hat. Wir haben immer wieder darüber geredet, was passiert sein könnte, und wir waren uns eigentlich alle einig, dass egal, ob von den Terroristen oder was auch immer, es zu irgendeiner Art von Super-GAU gekommen sein muss. Die Silber-Bodys schützen dich, klar, aber du musst dir dann nicht unbedingt die volle Strahlung durch verseuchtes Essen geben. Außerdem: Jorden hatte seine Hühner und Kühe auf der Unteralm, Cornelius hatte oben seine Zucht mit den Edelwollschweinen, und dann kamen noch mal die Kühe von der Breitjochalm dazu, wo der Ranger nie wieder aufgetaucht ist. Jorden hatte Ahnung, Cornelius hatte Ahnung, und du, Özlem, für dich war das ja, so blöd das jetzt klingt, auch irgendwie immer ein kleiner Traum gewesen, back to the roots, wenn auch natürlich nicht so. Irgendwie überlebt man halt, wenn man nicht verrecken will, und, glaub mir, auch wenn du dich

vielleicht nicht daran erinnerst, wir waren ein paarmal *so* dicht dran draufzugehen. Damals bei der Grippe zum Beispiel. Wir haben einfach Riesenglück gehabt. Es gibt da so einen Satz, wo ich herkomme, so eine Redensart: Es hät noch immer jot jejange.
Wir sind dann nur mehr selten runter. Außer Jorden. Auch als der Nebel unten so dicht geworden ist, dass man kaum noch was sehen konnte, hat der sich seinen Pathfinder aufgesetzt und nach seiner Frau und Zuri, seinem Jungen, gesucht. Er hat uns mal erzählt, es ist schon irgendwie komisch, dass er bis nach Kenia fahren musste, um jemanden zu treffen, der so ist wie er. Es hat so scheißlange gedauert, um so einen Menschen wie Hawa zu finden. Er hatte immer das Gefühl, dass er eigentlich gar nicht hierhergehört, nach Bayern und überhaupt Deutschland, obwohl er ja da herkommt. Es gibt so ein Hologramm von ihr und ihm in seiner Zauberkiste, er hat uns das mal gezeigt, vor einer Ewigkeit, als er vom Schtix völlig dicht war. Dauerte nicht besonders lang, das Hologramm, vielleicht dreißig Sekunden, aber da konnte man sehen, dass sie ihn wirklich, na ja, dass die beiden total happy zusammen waren. Und wenn man bedenkt, dass sie eigentlich wirklich kurz davor waren auszuwandern, nach Kenia. … Na ja. Puh. Jorden war jedenfalls total fertig, als er's noch mal ansah und wir ihm alle so Komplimente machten, von wegen wie schön seine Frau war und so. Da hat er uns immer korrigiert. *Ist*. Hat er gesagt. Sie *ist* schön. Nicht *war*. War echt heavy, ihn so zu sehen. Obwohl er sonst ein richtiges Arschloch sein kann. Ist aber auch erst so mit der Zeit geworden, wo er gesucht und gesucht und sie nicht gefunden hat. Hat dann plötzlich so voll auf Soldat gemacht und zu trainieren angefangen. Aber jedenfalls. Er hat sie nie gefunden. Seine Frau und seinen Sohn. Sind beide tot, wenn du mich fragst. Auch wenn er das nicht wahrhaben will. Und ganz ehrlich? Ich hoffe für sie, dass sie tot sind. Ist jedenfalls besser, als von irgendwelchen Banden versklavt oder was weiß ich zu werden … Wie bin ich jetzt eigentlich auf Jorden gekommen? Genau. Die Leute in der Großen Ebene sind immer weniger geworden, gegenseitig abgeschlachtet, verhungert, verstrahlt, was weiß ich. Ein paarmal haben wir ganz am Anfang mit

welchen Kontakt gehabt. Haben so getan, als würden wir auch herumziehen, damit die nicht auf die Idee kommen und hierher und so weiter. Aber keiner hatte Ahnung. Einer war dabei, der gesagt hat, er kommt aus Berlin. Da sah es angeblich genauso aus wie hier. Aber alle sagten übereinstimmend: Alle hatten den Blitz gesehen, und danach, bamm: Alles hin. Ich meine, Frankreich, England, die Amerikaner, die Chinesen. Meinst du wirklich, die würden sich hier nie blicken lassen, wenn so eine Katastrophe eine regionale Sache wäre? Wir reden hier also über den Weltuntergang. Nichts weniger. So ist es doch. Nicht wahr, Heinz? Das glaubst du doch auch, oder? Das hat man dir doch immer weisgemacht, allen voran dein Cornelius, nicht?

Changs Geschichte tötete mich. Im Ernst. Bei jener Stelle, als Özlem und Chang die brennende Schleuse erreichten, hielt ich es nicht mehr aus. Mir war es, als wäre ich es selbst, der da durch die Dunkelheit irrte und nun zum ersten Mal ahnte, dass sich irgendetwas Schlimmes ereignet hatte. Ich war Chang. Ich war Özlem. Dann machte ich eine Entdeckung: Ich konnte auf Movie schalten. Die Szenen zogen an mir vorbei. Ich schaute wie auf einen Screen. Ich war sicher. Erst als mich Chang in seiner Geschichte rettete, begannen meine Lippen, ohne dass ich sie kontrollieren konnte, zu bibbern. Ich sah die endlose Große Ebene vor mir, so wie ich sie schon oft vor mir gesehen hatte, wenn ich versuchte, mich zu erinnern, was damals geschehen war. Nur befand sich jetzt noch jemand darin, der bisher immer gefehlt hatte: ein kleiner Junge. Er hatte weder Mutter noch Vater noch Geschwister. Ich war wirklich kurz davor zu heulen, weil mir bewusst wurde, wie viel Glück die anderen haben, die alle wissen, wer sie sind und woher sie kommen, anders als dieser Junge, als ich.
Dann wurde meine innere TV-Wall auf einmal schwarz. Ich sah Chang vor mir, der mich hinter seiner blonden Strähne prüfend musterte, als hätte er mir gerade eine Aufgabe gestellt. *Wir reden hier also über den Weltuntergang. Nicht wahr, Heinz?* Auch Özlem, die so aussah, als hätte sie geweint, hatte einen erwartungsvollen Ausdruck im Gesicht.

»So ist es doch, Heinz?«, wiederholte Chang. Er klang gar nicht mehr angeheitert wie anfangs, sondern einfach bloß sehr ernst. War ich noch, als ich von meiner Rettung hörte, voller Dankbarkeit und vielleicht sogar Liebe für ihn gewesen, musste ich jetzt schlucken. »Da draußen ist nichts mehr. Wir sind allein. Das erzählt dir doch Cornelius jeden Tag.«
»Chang –« Özlem warf ihm einen zweifelnden Blick zu. »Meinst du wirklich, dass wir – ?«
»Jetzt pass auf.« Chang nickte Özlem entschlossen zu und beugte sich vor. Mir stieg sein scharfer Kräuterschnaps-Atem entgegen. »Das ist gelogen. Cornelius lügt.« Die letzten beiden Sätze hatte Chang so laut gesagt, dass F-87 unter mir aus seinem Stand-by-Schlaf aufschreckte. »Und ich kann es beweisen!«
Özlem lag etwas auf der Zunge, dann gab sie nach. »Okay, wenn du meinst. Dann zeig es ihm halt.« Was hatten sie mit mir vor? *Was* sollte er mir zeigen?
Chang erhob sich, hatte Mühe, sein Gleichgewicht zu halten, und schlurfte zu dem Schrank, in dem sich die Silber-Bodys befanden. Er kramte zwischen den Kleidern und zog drei zusammengefaltete Kartons hervor.
»Du weißt ja«, sagte er, »dass wir drei Care-Pakete von unten hochgetragen haben.«
Ich brachte kein Wort heraus. Ich hatte angenommen, die Pakete seien weggeworfen worden. Chang war wohl wirklich immer noch von den Drohnen und allem, was mit ihnen zu tun hatte, *besessen*, das war das Wort, das unser weltbester Leader dafür gebraucht hätte. »Nur falls du daran gezweifelt hast, dass von den Drohnen auch mal was Gutes gekommen ist …« Chang legte die auseinandergefalteten Pakete auf den Boden, als präsentierte er mir ein Beweisstück, und setzte sich wieder. Ich starrte darauf. In meiner Vorstellung waren sie ganz und gar einzigartig gewesen. Als würde sie ein kleiner Schein umgeben und als käme der, der sie berührte, allein durch diese Berührung zu Superpowers. Doch das, was da nur eine Armlänge von mir entfernt lag, grau, unbeschriftet, aufgerissen, waren einfach bloß Kartons.
Chang war noch nicht fertig. Er griff in die Brusttasche seiner Jacke und

zog etwas heraus, etwas Weißes. In einer Mischung aus Triumph und größter Vorsicht entfaltete er ein Blatt Papier. Über den gesamten speckigen Wisch war ein dickes rotes Kreuz gedruckt, in dem ein roter Halbmond hing. Darauf stand in großen Druckbuchstaben:
ACHTUNG! AN ALLE ÜBERLEBENDEN! TRANSFER INS CAMP A!
»Wir haben das vor neun Jahren in einer Siedlung gefunden … ist von einer Drohne abgeworfen worden.« Chang sah mir fest in die Augen, während sein Zeigefinger die rätselhaften Wörter entlangfuhr.
DROHNEN-ÜBERFÜHRUNG IN DAS AUFFANGLAGER, 48° 11' N, 9° 25' O.
»Weißt du, was das bedeutet?«, fragte mich Özlem, als wäre ich in diesem Moment, da in mir alles aufgewühlt war, dazu fähig, irgendetwas zu sagen.
ORT: SALZBURG AIRPORT W.A. MOZART. AM 12.04.
»Wir sind fast verrückt geworden, als wir das gefunden haben«, erklärte Chang. Verrückt. Genau das war es, dachte ich.
»48° 11' N, 9° 25' O. Das ist irgendwo in Frankreich, jenseits vom Rhein! Ja, weißt du, was das bedeutet, Heinz? Das bedeutet, wir sind nicht allein! Es ist nicht alles zerstört worden!« Chang fiel Özlem ins Wort. Sie achteten gar nicht darauf, dass sie durcheinandersprachen. Mir wurde übel, und wenn ich sage übel, meine ich übel-übel.
»Wir sind natürlich sofort zurück und haben es den anderen gezeigt.«
»Wir haben immer daran geglaubt, und das ist der Beweis dafür! Ich meine, gibt's einen besseren Beweis? Hm, Heinz?«
»Aber Cornelius nur so: Salzburg? Wisst ihr, wie weit das ist? Das schaffen wir nie. Ist doch Selbstmord. Und Jorden plötzlich auch so: Was, wenn das eine Falle ist? Und wenn es tatsächlich einen Transfer gibt, gibt es auch irgendwann einen zweiten …«
»Und das war's …«
»… da haben sie dann alle Schiss gekriegt. *Was, wenn das eine Falle ist.* Ich ja auch. Ich hab ja auch plötzlich Angst gehabt. Klar.«
»Natürlich. Hätte ja auch durchaus sein können, dass das ein Trick ist. Aber andererseits, ich meine, was ist denn die Alternative …?«

»Die Alternative ist: Wir bleiben für immer hier. Für immer. Irgendwie überleben. Und irgendwann sterben. In dieser Wildnis.«
Wildnis? Ich glaubte, ich hörte nicht recht. Unsere Rosenalm? Chang sah Özlem an, sie legte ihre Hand in die seine.
»Ich und Özlem sind trotzdem dahin. Nach Salzburg.«
Die Sache wurde immer unglaublicher.
»Oder besser: Wir *wollten* hin. Aber wir haben es nicht geschafft.«
»Mit Jordens Hilfe und seinem Pathfinder hätten wir es geschafft. Oder wenn Cornelius uns geführt hätte. Der kennt sich ja hier viel besser aus als wir …«
»Wir mussten umkehren. Die sind ohne uns losgeflogen. Und das war's dann. Unsere letzte Chance. Wir haben später nie wieder so ein Flugblatt gesehen oder was Ähnliches.« Chang faltete das Stück Papier zusammen und steckte es ein. »Aber es geht noch weiter.«
»… geht noch weiter …«, hörte ich die Wörter wie von ferne. Ich war eine kleine Fliege an der Decke und guckte auf die beiden Erwachsenen, den Jungen und das Toy herab.
»In demselben Jahr, in dem wir das Flugblatt gefunden haben, waren wir bei unserer Schleuse unten, der Schleuse 1, um ihre Tarnung zu reparieren. Da kommt so ein Typ. In einem Silber-Body. Wir reden nicht viel. Er sagt, er hat in einem Keller in einer Siedlung gelebt. Die Banden schnappen sich jeden, den sie kriegen können, und entweder du wirst der Diener von denen, so ein Sklave, oder sie schneiden dir den Kopf ab. Und jetzt ist es ihm zu gefährlich, und er ist ganz weg von den Städten. Scheiße, denken wir, alles aus. Wenn die jetzt alle hierherkommen. Und dann erzählt er weiter: Er hat Kontakt zu anderen, die sich auf eigene Faust durchschlagen wollen. Und er weiß auch vom Camp A. Er nennt es *das Große Lager*. Es gibt Schleuser. Er hat Kontakt zu einem, der kennt eine Organisation, die dich rüberbringt. Über den Rhein, ins Große Lager. Er hatte sogar schon eine genaue Uhrzeit und einen Ort. Der Preis sei verhandelbar. Und … und –«
Chang hielt inne. Er starrte auf sein leeres Glas.
Ich flog ans Fenster, schaute in die Nacht hinaus, stieß gegen die Scheibe, summsummsumm.

»Nichts«, sagte Özlem schnell und kühl. »Es ist nichts passiert.«
»Wir waren da. Wir beide«, korrigierte Chang sie mit schwerer Zunge und löste seine Hand aus ihrer. »Dieses Mal hat es geklappt. Wir kamen wirklich nur einen Tick zu spät. Nur deswegen sind wir noch am Leben. Nur deswegen. War eine Falle. Ein Bus. Alle versammeln sich, stellen sich schon an. Auf einmal eine Bande, stürmt von allen Seiten ran. Die Männer wurden sofort totgemacht, die Frauen … die Frauen … und da waren sogar zwei Kinder dabei … zwei Kinder, denen …«
»Chang!«, ermahnte ihn Özlem, böser Blick.
»… denen haben sie …«
»Hör auf, Chang! Ich will das nicht hören!«
Özlem griff nach hinten, machte aus ihrem Haar einen Zopf und wrang ihn aus. Es tröpfelte auf den Boden. Anschließend legte sie beide Hände auf ihren Bauch, als wollte sie ihr Baby vor den Banden schützen. Ich verwandelte mich zurück in Heinz, der am Tisch mit den beiden saß und nicht weg konnte. Ich starrte auf Changs Brusttasche, in der sich der Beweis dafür befand, dass es anderswo auch Survivors wie uns gab. Ich sah ein Lager vor mir, durch dessen Gassen ich lief, Menschen, mit denen ich mich unterhielt. Das Altwort *gesittet* fiel mir plötzlich ein. Ich sah Kinder, die einen Kreis um mich bildeten und meinen Geschichten zuhörten; F-87, der repariert wurde und wieder sprechen konnte und mich darüber aufklärte, wer er sei, woher er komme; eine fremde Frau, die zwischen den Häuschen auf mich zulief und mich in die Arme schloss, Mami, daneben ein Junge, dreizehn Jahre alt, mein kleiner Bruder. Ich war, um es mal so und ganz ehrlich zu sagen: durch. Und das zu 300 %. Da streckte Özlem, die bemerkt hatte, wie es um mich stand, ihre Hand nach mir aus. »Nicht, schschsch … komm mal her … ach, du Armer …«
Automatisch schmiegte ich mich an sie. Ihre kräftigen nackten Oberarme waren kalt.
»Heinz«, wisperte sie. »Wir haben dir das alles erzählt, weil wir wollen, dass du ab jetzt mitdenkst. Wie wir hier rauskommen. Wenn das da …«, sie deutete auf ihren Bauch, in dem es wie als Antwort gluckerte, »mal größer und ein paar Jahre alt ist und kräftig genug, dann müssen wir es

versuchen, Heinz. Wir werden hier nicht sterben, Heinz. Verstehst du das? Das werden wir nicht zulassen.« Ein feierlicher Ton mischte sich in ihre Stimme.
»... das wäre so einfach gewesen ... hätten wir es nur irgendwie geschafft damals, zu diesem Scheißairport zu kommen ...« Chang starrte auf seinen Becher. Er schien noch immer ganz gefangen in seiner Erzählung.
»Hör zu, Heinz.« Özlem legte ihren Kopf an meinen. »Chang und ich, wir wollen, wenn das Baby da ist, dass du wie sein großer Bruder bist. Dass du auf sie aufpasst. Auf deine kleine Schwester ...«
»... oder Bruder!«, rief Chang.
»... oder Bruder.« Özlem lächelte. »Möchtest du das sein, Heinz? Ein großer Bruder für unser Kind? Ich weiß, dass du das ja schon mal warst, also kannst du das bestimmt super.«
Ich spürte, wie ergriffen Özlem von diesem Vorschlag war. Ich war ja selbst ganz wenig gerührt, weil mir bewusst wurde, dass Özlem und vor allem Chang zum ersten Mal mit mir nicht mehr wie mit einem Kind, Krummbumm- und Honki-Style, gesprochen hatten, sondern wie mit einem Erwachsenen, mit ihresgleichen.
Im selben Moment hatte ich Cornelius vor Augen, wie er mir an meinem Geburtstag die Hefte überreicht hatte, unsere gemeinsamen Spaziergänge über die Wiesen, auf denen er mir die Geschichte der Menschheit erzählt und die Beschaffenheit der Welt erklärt hatte. Alles, was ich wusste, hatte mir Cornelius beigebracht, oder, sagen wir mal, zum großen Teil. Er war es gewesen, der für mich da war; der mich aufmunterte, wenn es mir schlechtging; der mein neues Talent, das Schreiben, all die weltbesten Romane in mir, verstand und förderte. Was würde er sagen, wenn ich jetzt auf Özlems und Changs Seite stand?
Süßer LORD. Es war definitiv Zeit für ein kleines Prayer.
»Jetzt hab mal keine Angst vor deinem Cornelius.« Wie ertappt zuckte ich zusammen. Chang fuhr mit zusammengekniffenen Augen am Rand seines leeren Glasbechers entlang. Ein gleichmäßiger, schöner Ton erklang, Verheißungs-like. »Kann man ja nicht mitansehen, wie der dich behandelt. Oder sagen wir besser: abrichtet. Wie so ein Toy. Als ob du für den so ein Toy bist.«

In mir ratterte es weiter: Was, wenn es vielleicht noch andere wie mich gab, in diesem Camp A? Andere, die schrieben? Wäre ich überhaupt noch der Auserwählte? Oder wären all die Seiten, die ich in den vergangenen Tagen geschrieben hatte, gar nicht so außergewöhnlich, ja, um es mit einem Altwort zu sagen: *obsolet*?
»Also«, Chang stand auf, wankte zur Küchenzeile und kam mit zwei weiteren Bechern zurück. Er knallte sie vor Özlem und mich und schenkte uns von seinem Kräuterschnaps ein. »Wir können uns auf dich verlassen. Deal!«
Er und Özlem erhoben ihre Gläser. »Ganbei!«
Hilflos starrte ich sie an.
»Ach so … das heißt ›Prost‹ auf Mandarin«, erklärte Özlem, als wäre damit alles gut. »Also: Ganbei!«
Zögerlich stieß ich mit ihnen an. Es gab ein viel zu lautes, peinlich klirrendes Geräusch. Nachdem Özlem, wie mir nicht entging, nur die Lippen an den Rand des Glases hielt, ohne zu trinken, und Chang den Schnaps hinuntergestürzt hatte, folgte ich seinem Beispiel. Heiß und ätzend floss die Flüssigkeit durch meine Speiseröhre. Als würde mein Inneres zerreißen, als zerplatzte ein Organ nach dem anderen und als säße ich nur noch als Körperhülle da, nach Luft ringend, ohne Magen und Lunge, ohne Herz, in den Ohren das herzliche Lachen Changs und Özlems über mich.

Von diesem Abend an, an dem Özlem und Chang mir den Ursprung der Gemeinschaft und das Geheimnis des Großen Lagers offenbarten, hat sich ihr Verhalten geändert. Tagsüber verbringen wir zu dritt viel Zeit im Wald beim Beeren- und Pilzesammeln oder auf der Alm bei den Kühen. Bisher habe ich bei Geburten immer nur dabeistehen dürfen oder wurde, wenn ich tatsächlich mal helfen wollte, beiseitegeschoben; vorgestern habe ich unter den Anfeuerungen Özlems und Changs ganz allein ein Kalb am Strick in die Welt gezogen und wurde von ihnen, als ich rücklings mit dem schleimig-blutigen Tier ins Stroh fiel, superherzlich beglückwünscht. Sind es bislang nur Cornelius und vor allem Anne gewesen, die ich nach der Bedeutung von Altwörtern gefragt habe, erklärt mir jetzt Chang, wenn Özlem sich zu Hause schont, auf unseren Wegen über die Alm, wie das schmeckte, *Lakritze*, *Marzipan*, *Gummibärchen*, und noch mehr: wie die sogenannte Königsmacher-Software alle zwei Jahre aus den gewählten Regional-Ministern, auf der Basis von Eignungschecks und unter Berücksichtigung der zu erwartenden Aufgaben, die Mitglieder des Councils ermittelte, wobei es Gerüchte über Manipulationen gab, auch bei Cornelius, der wegen seines früheren Fleischunternehmens von allen nur »der Wurst-König« genannt wurde, was er aber gar nicht gern hörte. Angeblich aus Mitleid für die Tiere hatte er ein Jahr vor dem Untergang seine Firma verkauft und sich ganz der Politik verschrieben. Und Chang erzählt mir noch eine Geschichte über Jorden, den mürrischen Jorden, der doch seltenst jemanden in sein Innerstes schauen lässt. Ich war noch zu klein gewesen, um mich daran erinnern zu können, als er eines Tages aus der Großen Ebene mit einem strampelnden Bündel im Arm zurückkam, aus dem dann ein kleiner gefleckter Hundemischling lugte. Jil. Sie hinkte. Mit den vielen kahlen Stellen auf ihrem dürren Körper und dem zerbissenen Ohr war sie geradezu erbärmlich hässlich. Die anderen glaubten, nicht recht zu hören, als Jorden, der Eigenbrötler, der gerne einfach so, aus Jux, mit Pfeil und Bogen Jagd auf die wilden Hunde im Wald machte, Anne mit sanfter Stimme darum bat, ihm doch zu helfen, Jils Pfote zu schienen. Bald darauf wich die genesene Hündin nicht mehr von seiner Seite. In was für einem sanften Ton Jorden plötzlich mit seiner neuen Begleiterin sprechen konnte; wie zärtlich er ihr beim Essen den Nacken kraulte. Hin und wieder gab er ihr sogar einen Kuss auf die Schnauze. Chang und die anderen zerbrachen sich gar nicht erst die Köpfe darüber, aus welchem Grund Jorden ausgerechnet diesen Köter auserwählt hatte. Vielmehr waren sie erleichtert, dass nicht mehr beim Essen geschimpft, gemosert und gestritten wurde, sondern gegluckst und geschmeichelt. Nur einmal machte ausgerechnet Anne eine falsche Bemerkung, die wieder den alten Jorden zum Vorschein brachte. Mokant lächelnd zog sie ihn wegen seiner nachlässigen Hygiene auf, die durch Jil nicht gerade gefördert werde. »… tust ja gerade so, als wäre das Tier da jetzt deine Frau«, endete sie. Da baute er sich vor Anne auf, hielt sein Gesicht ganz nah an ihres und begann, sie in maximaler Lautstärke zu beschimpfen. Jaulend stimmte Jil in seine Flüche mit ein. Nachdem beide aus der Hütte gestürmt waren, hatte Anne, die sonst wenig aus der Fasson bringen konnte, blass dagesessen. Im folgenden Frühling war Jil eines Nachts für immer verschwunden, und Jorden hatte sie vergeblich tagelang gesucht. Seitdem ist er laut Chang noch einsilbiger als zuvor und gibt sich nun erst recht dem Rausch des Schtix-Krauts hin, in dessen Nebel er vielleicht, anders als in der Großen Ebene, seine Frau und seinen Sohn und auch Jil gefunden hat und glücklich mit ihnen ist.

So sind zwei Wochen im Steinhaus vergangen. Ich übertreibe nicht, wenn ich sage: Es ist eine der schönsten Zeiten meines Lebens gewesen. Das ist die Wahrheit. Und so wird es mir ein bisschen mulmig, wenn ich sehe, dass die Kühe den tiefsten Punkt der Alm erreicht haben und nun beginnen, beim Grasen den Berg wieder Meter um Meter hochzuziehen. Chang hat es übernommen, jeden Tag die Milch zur Rosenhütte zu bringen, so dass ich keinerlei Kontakt zu Cornelius, Anne und Jorden habe. Wegen der Arbeit und den gemeinsamen Stunden mit Özlem und Chang komme ich immer seltener dazu, in mein schwarzes Heft zu schreiben. Abends nimmt Özlem zuweilen meine Hand, schiebt ihr Hemd hoch und legt sie auf ihren nackten Bauch, wo ich es zucken und stoßen spüre.
»Siehst du, Heinz. Das Baby mag dich!«, pflegt sie zu sagen. Süßer LORD, ist das schön!
Nachts träume ich von einer schneeweißen, glänzenden Drohne, die mitten auf der Alm landet. Ich steige ein. In ihrem Inneren warten bereits andere Survivors, die mich freudigst begrüßen und mir auf die Schulter klopfen. Ich lache laut. Wir fliegen los. Durch eine Luke im Boden kann ich aus der Luft die Alm unter mir sehen, winzig klein, die Rosenhütte, Cornelius und Anne davor, wie sie stumm und ohne zu winken zu mir hochschauen. Und trotz der Entfernung erkenne ich ihren Gesichtsausdruck. Eine Art Bewunderung.
Ich denke oft über die wichtigste und erhabenste Empfindung des Menschen nach, die mir schon immer ein Rätsel gewesen ist: die Liebe. Ein mir nahezu unverständlicher Artikel in Cornelius' »Der Doyen *deluxe*«

mit dem Titel »Wahre Liebe?« beginnt mit dem Satz: »Liebe ist ein symbolisch generalisiertes Kommunikationsmedium«. Ich bin ehrlich: Auch nach längerem Nachdenken verstehe ich nur Bahnhof. In F-87s Library hingegen gibt es ein Märchen, das mir die ungeheure Power der Liebe anschaulich macht. Eine Frau und ein Mann sind glücklich verheiratet. Als der Mann bei einem Unfall stirbt, ist es die grenzenlose Liebe der Frau, die sie drei Prüfungen bestehen und den Toten wieder zurückkehren lässt. »Denn die Liebe ist stärker als der Tod«, hat Özlem leise gesagt, nachdem der elektrische Fennek geendet und mit erhobenem Köpfchen ebenso bedeutungsschwer wie eindrucksvoll seine großen Augen geschlossen hat. Die Rührung war ihr ins Gesicht geschrieben.
Dennoch klang der Satz wie eine Frage. Wenn ich mir zudem ihre Angst vor Augen führe, bei jedem Stolperer und bei jedem Bissen halbgaren Fleischs, dass dem Baby etwas zustoßen könnte, und wenn ich daran denke, welchen Schmerz es allen in der Gemeinschaft bereitet, sich an ihre Familien und Freunde in der Großen Ebene zu erinnern, weil sie fort sind, für immer, befallen mich doch heftigste Zweifel, ob das, was Cornelius als das allerhöchste Gut des Menschen bezeichnet, ebendiesen nicht in Wirklichkeit schwächt. Ich gebe offen zu: Zuweilen fürchte ich mich vor der Liebe.

Als sich Marilyn, die Leitkuh, bis an den Rand der Rosenalm hochgearbeitet hatte, hieß es, Abschied vom Steinhaus zu nehmen. Auf dem Weg die Wiesen hinauf und das letzte Stück durch das Wäldchen, hinter dem sich die Rosenhütte versteckt, wurden meine Schritte schwer. Ich meinte, das Gewicht des schwarzen Heftes, das zwischen verschwitzten Hemden steckte, bis in meine Knie zu spüren. Schon hörten wir das Kreischen und Röhren der Paviane in der großen Eiche, kein Willkommensgruß, eine Warnung. Ein mächtiger dunkler Umriss trat uns aus dem Wäldchen entgegen. Cornelius. Özlem, die schwer atmend nach Halt suchte, legte mir ihren Arm auf die Schulter, womit sie mich wohl auch trösten wollte, da sie gemerkt hatte, wie schwer mir die Rückkehr fiel. Für mich jedoch war ihr Griff, der sich bei jedem Schritt fester schloss, wie eine Ermahnung. *Denk an unsere Abmachung!*

Dann stand ich zum ersten Mal nach drei Wochen wieder vor unserem weltbesten Leader. Er kraulte sich den Bart, der kürzer war als bei meinem Abschied. Er musste ihn gestutzt haben. Auch die Haare. War er nervös? Aber nein, er freute sich, er breitete die Arme aus.
»Na, du wurdest hier schon vermisst!« Das Quietschen der Wasserpumpe, Jordens Fluchen, das gierige Quieken der Wollschweine aus dem Eichenhain. Es war Fütterungszeit. »Na ja, vielleicht nicht unbedingt von Jorden.« Cornelius lachte auf. Er hatte wohl mein entsetztes Gesicht gesehen. »Komm. Ich will alles wissen.«
Özlem ließ mich nicht los, als wollte sie zeigen, dass ich nun zu ihnen gehörte. Im grünen Zwielicht des Waldes glaubte ich zu sehen, wie Cornelius darüber die Brauen zusammenzog. Dann spürte ich seine starke Hand in meinem Nacken. Das laute Ticken des Sekundenzeigers an der *Poseidon*-Armbanduhr. Fürs Protokoll – linke Seite: Özlem; rechte Seite: Cornelius.

Sehr bald werde ich gründlich über all das nachdenken müssen, was ich in den vergangenen Tagen wieder und wieder beiseitegeschoben habe.

III. PLANET DER AFFEN

Eines Morgens im Mai stießen Chang und ich auf das erste Anzeichen dafür, dass eine große Veränderung mit nicht abschätzbaren Folgen für das Resort und damit unsere Gemeinschaft unmittelbar bevorstand.

Je mehr ihr Bauch wuchs, desto seltener begleitete Özlem ihren Mann während des Tages. Stattdessen verbrachte sie die Zeit mit Hausarbeiten in der Hütte, oder aber sie sortierte und kochte mit Anne Gemüse aus deren Gartenreich. Zwischen den beiden Frauen schien die Schwangerschaft ein neues und enges Band des Vertrauens zu knüpfen. Da Anne die Einzige in der Gemeinschaft war, die über medizinisches Wissen verfügte, hatte sie es auf Özlems Bitten hin übernommen, regelmäßig zu prüfen, ob es dem Baby auch wirklich gutging. Einmal war ich absolut nichtsahnend die Leiter hoch und durch die Bodenluke in die Schlafstube geklettert, als Özlem nur halb bedeckt und mit gespreizten Beinen auf dem Bett lag. Anne hockte auf einem Schemel davor und steckte ihr, tief vorgebeugt, die Hand in die Mumu, was ein schmatzendes Geräusch erzeugte. Ich wollte sterben. Sofort. Im Ernst. Stürzte die Leiter hinab und hinaus und rannte über die Wiese und bekam das scheußliche Bild nicht mehr aus dem Kopf.

Abends nach dem Essen saßen die beiden Frauen oft noch in den letzten Strahlen der Sonne auf der Bank vor der Rosenhütte beisammen. Die sonst so wortkarge Alte hatte schon länger keinen dieser Amnesie-Dings-Ausfälle mehr gehabt, ja, freimütigst und offensichtlich ohne Gedächtnisprobleme erzählte sie Özlem aus ihrem Leben: von ihrem toten Sohn, ihrem toten Mann; von jenem Tag, als sie verunglückt waren; von ihrer Arbeit als Krankenschwester und als No-Robots-for-Kids-Aktivistin; Geschichten, die sie, sobald Chang oder ich uns dazugesellen woll-

ten, unterbrach. Auch ließ sie es nicht mehr zu, dass ich meinen Kopf in ihren Schoß legte oder sie in ihre Strohwelt begleitete.
So fanden sich also zwei Abgewiesene, Chang und ich.
Zwar hatte ich seit den Wochen im Steinhaus an dem Text in meinem schwarzen Heft gefeilt und gefeilt; meine Chronik jedoch hatte ich nicht fortgesetzt. Vergebens brütete ich darüber, für wen sie eigentlich bestimmt wäre und ob ich sie nicht, wenn nun nicht mehr allein Cornelius, sondern die Flüchtlinge im Großen Lager die Empfänger wären, eigentlich ein bisschen anders erzählen müsste. Ernster. Gewaltiger. Roman-Style.
So möchte ich also euch, ihr zukünftigen und momentan noch weit entfernten Leser und Zuhörer, an dieser Stelle ganz offiziell willkommen heißen: Liebe Menschenfreunde! Jetzt stellt euch das also bitte mal vor: Ein Maimorgen, Chang und ich, unterwegs steil bergauf, an unserem Schrottplatz vorbei, in Richtung Talkessel und Felswände, frische Latschentriebe und Zapfen ernten. Plötzlich bleibt Chang stehen und starrt auf irgendetwas am Wegrand. Kniehoch wachsen dort Büschel von Blumen, die wir noch nie gesehen haben. Wie von kleinen Kronen werden ihre saftig-dicken, hellgrünen Stängel von feinen Blütenblättern bekränzt, die in den sattesten Farben schillern, rot und weiß. Verwundertst treten wir näher. Die Stängel bewegen sich. Als ob ein Wind in sie fahren würde, biegen sie sich in unsere Richtung. Überrascht deutet Chang auf sie. Und auch ich sehe es nun. Aus den Blütenkrönchen schauen Schnäbel heraus! Hier ein Flügel, dort der Schwanz einer Maus! Da zappelt eine Eidechse!
Im selben Augenblick ertönt ein Quieken. Zuerst klingt das ganz lustig, dann realisiere ich: Das ist kein Quieken Marke Juchzen, sondern: Ich habe Angst. Es ist Harry, der in den vergangenen Wochen zu einem richtigen Pavianmännchen mit einer kleinen grauen Mähne gewachsen ist und mir mittlerweile, dem Beispiel seiner Mutter folgend, bereits hin und wieder zögerlich die Hand reicht, ansonsten allerdings seltener und seltener meine Gesellschaft sucht. Da kommt auch schon röchelnd Petunia zwischen den Latschen angaloppiert. Vielleicht angelockt von den Farben hat Harry unvorsichtigerweise mit den neuen

Pflanzen gespielt, die dann zugebissen haben. Petunia gelingt es zwar, den Armen zu befreien, aber noch lange höre ich ihn vor Empörung brüllen.

Später am Abend, als Chang mit größter Vorsicht einen mit einem Messer abgeschnittenen und sicher eingepackten Stängel am Tisch herumzeigte, neigte sich die scheintote Blume immer noch den neugierigen Fingern Özlems, Cornelius' und Jordens entgegen, folgte aufmerksam ihren Bewegungen und schnappte mit ihren winzigen Zacken wie Zähnen nach ihnen, bevor Jorden sie auf den Boden warf und zertrat, so dass unter seinem Stiefel mit einem ploppenden Geräusch ein zähflüssiger Saft hervorspritzte.
Was uns daran beunruhigte, war mehr noch als das neue fleischfressende Wildkraut selbst, das bald schon, trotz mehrerer Ausrottungsversuche, weiter und weiter gedieh, die Frage, woher es um alles in der Welt mit einem Mal, nach elf Jahren, gekommen war. Bislang hatten doch die verschlossenen Schleusen dicht gehalten. Und der Schutzschild verhinderte, dass Menschen, Tiere und auch die kleinsten Sporen und Samen, die in der Großen Ebene beheimatet waren, ins Resort eindrangen.
Die Antwort darauf wurde uns schneller gegeben, als uns recht sein konnte. Eines Abends, wir wollen gerade zu Bett gehen, beginnt es, ohne Vorwarnung durch die Fenster zu blitzen, als würde ein gewaltiges Gewitter aufziehen, und wenn ich sage gewaltig, dann meine ich Taifun-, Tornado-, Hurrikan-like. Aber statt eines Donners ertönt jedes Mal, wenn die Möbel der Rosenhütte in grellem Licht aufzucken, ein superhohes Sirren, das in den Ohren schmerzt. Die Affen toben. Die Vögel im Wald schreien. F-87 schmiegt sich an mich. Wir laufen nach draußen – und trauen unseren Augen nicht. Den dunklen Himmel durchzieht ein Wurzelwerk aus gleißenden Linien, dahinter die Kuppel des Schutzschildes.
Zurück in der Hütte sind wir atemlos vor Angst.
Ein Blitz.
Auf einem Stuhl in einer Ecke hält sich Özlem mit schmerzverzerrtem Gesicht den Bauch. Die Haare vorm Gesicht.

Schwärze.
Ihr Nachbild vor meinen Augen. »Der Shield!« Changs Stimme überschlägt sich. »Er bricht zusammen!«
Ein Blitz.
»Ruhe!« Cornelius hebt beschwichtigend die Hände. » Erst einmal beruhigen sich alle.«
Schwärze.
»Was hat denn das Ding?« Sogar Anne mischt sich jetzt ein.
Ein Blitz.
Jorden steht regungslos da und sucht, während er mit gerunzelter Stirn vor sich hin starrt, nach der Dose mit Schtix in seiner Jackentasche.
Vor Angst krieche ich mit F-87 an jenen Ort, an dem ich mich am sichersten fühle, unter den Tisch, zwischen die Stühle. Ich lege die Hände vors Gesicht, damit ich nicht mehr dieses furchtbare Licht sehen muss. Es hilft nichts. Selbst durch meine Finger scheint es für den Bruchteil einer Sekunde grell auf. Wieder. Und immer wieder.
Wie erleichtert bin ich, als Cornelius gegen die Panik der anderen und gegen das wütende Summen des Schutzschildes anspricht, bedächtig und demonstrativ unbeeindruckt von der Gefahr, die uns da plötzlich droht. Alle paar Jahre, er erinnere sich in diesem Moment nicht genau an das Intervall, führe der Shield bei ungenügender Wartung von selbst einen Systemcheck durch. Es handele sich also hierbei wahrscheinlich um eine solche Maßnahme, die am Ende sogar positiv zu bewerten sei, da sie mögliche Fehlfunktionen behebe!
Wie zur Bestätigung seiner Worte blitzt es noch einmal auf. Irgendwie überhaupt nicht beruhigt erwarte ich in meinem Versteck das hohe Sirren. Aber es kommt nicht. So unvermittelt wie es angefangen hat, ist das elektrische Unwetter wieder vorbei.

In dieser Nacht, der ersten ohne Regen, seit wir im Resort leben, schlief ich einen tiefen, traumlosen Schlaf in Cornelius' Armen, die mich nicht losließen. Ich rief mir eine meiner wenigen Vorungergangserinnerungen ins Gedächtnis, nicht unbedingt Marke deluxe, doch so intensiv, dass ich mich meinen Eltern und meinem Bruder ganz nah *wähnte*, um es mal

mit einem foxy Altwort auszudrücken. In einem Emergency-Moment wie diesem, beschloss ich, durfte ich mir das gönnen.
Mein kleiner Bruder und ich sitzen im Auto auf der Rückbank und sind mit unseren Screens beschäftigt. F-87 schläft zu meinen Füßen. Wir haben es eilig. Mama muss zum Doktor. Es ist wieder etwas. Sie hat ihren Sitz zurückgestellt, ist ganz bleich und hat die Augen geschlossen. Papi sitzt am Steuer. Wütend gestikuliert er beim Sprechen. Das Auto fährt von selbst. Papi schimpft auf den Auto-Homie: Immerzu achtet der penibelst darauf, alle Regeln zu befolgen, dabei verstößt doch genau dieses Verhalten in solchen Momenten gegen den gesunden Menschenverstand. Keinen Stundenkilometer schneller als vorgeschrieben fährt das Auto auf der fast völlig leeren Straße, selbst jetzt, bei diesem Notfall.
»Ich bitte vielmals um Verzeihung«, haucht die Homie-Frauenstimme. »Aber das sind die Regeln, die mir einprogrammiert wurden. Bei Kritik oder Anregungen wenden Sie sich bitte an …«
Mein kleiner Bruder und ich dürfen es niemandem sagen, dass Mama schon zum dritten Mal in kurzer Zeit dringend zum Doktor muss. Das hat Papi uns eingeschärft. Sonst kommt der Khan und holt uns, hat er gesagt. Ich sehe den Khan oft im Traum. Er hat einen Sack, in den er mich steckt und in dem noch andere Kinder zappeln, die böse waren. Es ist stockdunkel und eng und kratzig darin, und nie wieder kommt man heraus.
Im Auto flucht Papi weiter, und mein kleiner Bruder beginnt zu wimmern. Ich nehme seine Hand und massiere seine feuchten Handinnenflächen. Mama hat gesagt, so etwas beruhigt. Ich starre hinaus ins Dunkel. Die endlosen Wände der Entertainment-Walls am Fahrbahnrand mit den Reklamen ziehen an uns vorbei. Die lachenden Gesichter wachsen von den Wänden auf die Autos zu und halten den Insassen riesige Pizzas, Burger oder Flaschen mit erfrischend sprudelnden Getränken entgegen. Ein Clown hat mich entdeckt. Er macht mich nach, zieht eine traurige Grimasse, seine Handschuhhand ploppt hervor, und er deutet auf die Mundwinkel in seinem riesigen weißen Gesicht, die sich hochziehen. Wir sind schon fast an ihm vorbei, da drehe ich mich noch einmal um. Der Clown schaut mir mit einem bedauernden Ausdruck hinterher,

wirft mir Kusshände nach. Ich weiß, dass er nur ein Werbehologramm ist; Papi und Mama haben uns oft genug eingebläut, dass wir am besten gar nicht darauf reagieren sollen. Trotzdem winke ich zurück.

Am nächsten Morgen erwachten wir von Gurren, Gackern, Zetern und Kreischen. Von allen Seiten dröhnte es aus den Ställen und den Wäldern. Durch die Ritzen der Hütte drang Tageslicht, obwohl es eigentlich viel zu früh dafür war, wie Cornelius sofort mit einem Blick auf seine *Poseidon*-Uhr feststellte. In aller Eile stolperten wir die Leiter hinab und stürzten vor die Tür, wo wir entsetzt auf den wolkenlosen, strahlend blauen Himmel starrten. Im Lauf des Morgens, in dem groß und gefährlich die Sonne über die Berggipfel stieg, sollte jede Farbe aus ihm weichen. Gen Mittag krümmte er sich weiß und ausweglos über uns.

Der Shield war ausgefallen. Wir hatten vergeblich gehofft. Wir waren schutzlos.

Am absolut schlimmsten war die Hitze. Ich hatte mir nie richtig vorstellen können, wie heiß es in der Großen Ebene tatsächlich ist. Nun musste ich nicht mehr hinab, um es zu erfahren. Aus den Ställen und vom Schatten des Waldrands rief unser Vieh so jämmerlich nach uns, dass es mir die Kehle zusammenschnürte. Noch vor dem Frühstück wollten Chang und Jordan prüfen, wie schlimm es um die Tiere stand und was wir tun könnten. Aber schon nach wenigen Metern auf der Wiese in der prallen Sonne gaben sie auf und kehrten um.

»Freunde, ich bin glücklich, euch zu verkünden, dass die Saison der Silber-Bodys eröffnet ist! By the way: Wo sind die eigentlich?« Sowenig ich es sonst leiden konnte, wenn Chang so war – in diesem Moment war ich ganz froh darüber, dass sein Ironie-Modus offenbar noch funktionierte.

Allerdings war es leider auch damit bereits nach wenigen Minuten vorbei. Özlem, die bisher tapfer ihre Angst um das Baby überspielt und sich schwer atmend die Schweißströme von der Stirn gewischt hatte, versuchte, in einen der Bodys zu schlüpfen. Es gelang ihr nicht. Als sie sich endlich in die Beine gezwängt hatte und sich den Anzug über den Bauch

ziehen wollte, hörten wir, wie an irgendeiner Stelle der eigentlich superelastische Stoff riss.
»So eine Scheiße«, brach es aus ihr heraus. Chang wollte ihr helfen, rief nach einem imaginären Verkäufer, »Sorry, das XXL-Modell, bitte, meine Frau hat ein bisschen zugenommen«, woraufhin Özlem ihn anfauchte: »Du findest das wohl auch noch witzig ... wie soll ich denn jetzt rausgehen ... und unser Baby ... was ist denn mit unserem ...« Sie drehte sich weg und weinte.
Da waren Cornelius und Jorden bereits in Silber-Bodys hinausgestürmt, um endlich den Schweinen, Hühnern und Kühen, deren Klagerufe unerträglich angeschwollen waren, Wasser zu bringen. Sanft redete Anne auf Özlem ein, die in immer kürzeren Abständen nach Luft japste, bis Chang sie schließlich, ich weiß nicht, wie, in die Schlafstube hochschleppte und Anne mir von oben herunterrief, ich solle kalte Wickel bringen. Nur von der Seite sah ich Özlems verdrehte Augen, ihr leichenblasses nasses Gesicht.
Später öffnete ich heimlich unseren kleinen, in den vergangenen Monaten fast vollständig vereisten Mini-Kühlschrank, in dem sich nur mehr ein einziges, steinhartes Stück Fleisch befand. Mit geschlossenen Augen spürte ich die wohltuende Kühle, beugte mich vor, in die Helle, und legte mein Gesicht in den Frost. In diesem Moment wusste ich: So ist das Paradies. So musste es sein. Aus Eis. Als ich von draußen gerufen wurde, schreckte ich zusammen und schloss rasch wieder die Tür. Ich sollte Cornelius, Jorden und Chang dabei helfen, Sonnendächer vor den Ställen zu errichten. Ich muss sagen, mein Silber-Body schützte mich hervorragend. Trotzdem bekam ich schnell Durst, Durst à la noch zehn Minuten und ich bin tot. Und als ich zwischendurch den Zingverschluss öffnete und mir die Kapuze herunterzog, um mal schnell von der Pumpe auf der Wiese zu trinken, spürte ich, wie die Sonne durch mein Haar auf meine Kopfhaut stach; mit jeder Sekunde wurde ich taumeliger; die Bewegung, die ich in den Jahren zuvor bestimmt schon genau sieben Millionen Mal gemacht hatte, zur Pumpe treten, Hebel betätigen, Kopf unter Pumpe halten und so weiter, fiel mir jetzt auf einmal unendlich schwer, Zeitlupen-Style.

Mittags saßen wir schweißverklebt und keuchend am Tisch, und wenn ich sage wir, meine ich auch mich selbst, was natürlich einerseits deluxe war, da ich offenbar in diesem Augenblick trotz meiner fünfzehn Jahre zum vollwertigen Gemeinschaftsmitglied befördert worden war; andererseits wäre es mir, ehrlich gesagt, lieber gewesen, der Shield hätte noch funktioniert und ich wäre dafür weiterhin Krummbumm-Heinz.

»Gut«, fasste Cornelius die Lage zusammen, nachdem keiner so recht wusste, was sagen. Bis zur Hüfte hatte er sich aus seinem etwas zu engen Silber-Body geschält, so dass sein Bauch darüberhing, den sonst sein Hemd und Sakko verbargen. Die Kapuze, die auf seiner Stirn einen Abdruck hinterlassen hatte, hatte seine Frisur zerstört. Er hatte weniger Haare, als ich bisher gedacht hatte. »Gehen wir einmal davon aus, dass eine Fehlfunktion vorliegt. Was bedeutet das?« Er deutete auf sein Gegenüber am Tisch, auf mich, wollte er mich aufrufen? Doch bevor ich etwas erwidern konnte, hob er den Daumen: »Die Vegetation hier wird sich verändern.« Zeigefinger. »Die Wälder werden sterben.« Mittelfinger. »Und mit ihnen ein Großteil der Tiere.«

Zum Glück schlief Özlem oben, dachte ich mir, sonst wäre sie an dieser Stelle vollkommen ausgerastet, die Arme. Jorden, aus dessen Ecke sonst bei Cornelius' Reden solcher Art sofort Einwände kamen, hörte aufmerksam zu. In diesem Moment war für alle zu 100 % die Stärke spürbar, die unser Leader ausstrahlte. Süßer LORD, was war ich dankbar dafür.

»Das ist grausam«, fuhr er fort, streckte, als wollte er sich dafür entschuldigen, die Arme aus und zog die Schultern in die Höhe. »Keine Frage. Und wird uns vor gewaltige Aufgaben stellen. Aber – und jetzt kommt der entscheidende Punkt. Unterm Strich haben wir«, Daumen, »ausreichend Wasser und«, Zeigefinger, »unser Vieh. Solange wir in der Lage sind, die Felder und einen Teil der Wiesen zu bewässern, kann uns eigentlich nicht viel passieren. Also.« Er klatschte in die Hände. »Kopf hoch. Wir geben nicht auf. Noch ist nichts verloren. Und außerdem ist ja nicht gesagt, dass der Shield nicht demnächst wieder anspringt. Zu meiner Zeit im Council habe ich Geschichten gehört von Systemen, die sich selbst repariert haben, das würdet ihr nicht glauben …«

»Super! Wirklich brillant! Aber kann mir mal bitte irgendwer sagen, warum ich mich trotzdem nicht besser fühle?«, fragte Chang in die Runde. Weder Jorden noch Anne antworteten ihm. So blieb sein Blick an mir hängen. Ich wusste, es brauchte irgendeine Reaktion, damit er seinen Ironie-Schalter nicht umlegte und es keinen Streit gab. Sonst war Özlem sein Publikum gewesen. Jetzt spielte ich es, obwohl mir eigentlich zum Schreien war und ich mich zum ersten Mal in meinem Leben in der Hütte nicht mehr geschützt und geborgen, sondern gefangen und ausgeliefert fühlte. Ich aktivierte meine Restpower und nickte ihm grinsend zu, ganz so, als freute ich mich über seinen gelungenen Spaß.
Cornelius ließ sich nicht aus der Ruhe bringen, ja, er schien voller Tatendrang. Nachdem er seine Frisur wieder in Ordnung gebracht hatte, befahl er mir, ihm eines meiner Hefte zu reichen. Eine ganze Weile saß er über den Tisch gebeugt und zeichnete Pläne von sogenannten *Zisternen*, einem Kanalsystem, das bis zur Unteralm reichen und die Ställe automatisch mit Wasser versorgen sollte. Anschließend versuchten wir, auch über den Feldern und Gärten irgendeine Art von Sonnenschutz zu errichten. Schon nach ein paar Minuten mussten wir erkennen, dass das völlig aussichtslos war. Weder besaßen wir Material noch die Kraft dafür. Danach wagten wir uns nicht mehr hinaus. Wie gelähmt hockten wir in Unterhosen und Unterhemd in der Essstube. Am Nachmittag wurde sie zum Backofen. Erhob sich einer von uns und schob sich mühsam zu den Flaschen und Krügen, die wir auf der Kommode aufgereiht hatten, schenkte sich ein und trank, beobachteten ihn die anderen genau. Ich traute mich kaum zu schlucken. Aus der Schlafstube rief Özlem immer verzweifelter nach Chang, der zunehmend besorgt guckte und Anne wie ein ängstlicher Junge fragte, ob die Hitze dem Baby auch wirklich nicht schaden könne. So betäubt alle von den neuen Entwicklungen waren, so klar schien auf einmal Anne. Ruhig versicherte sie Chang, dass, solange Özlem ausreichend trinke, keine Gefahr für Mutter und Kind bestehe. Großmutter-Style strich sie ihm über die Schulter. Vom Fenster aus beobachtete ich, wie die Tiere mit sich rasch hebenden und senkenden Bäuchen im Schatten der Bäume und der provisorisch errichteten Dächer lagen. Lediglich ihre Ohren oder Schwänze zuckten

ab und zu. Auch den Pavianen war in der prallen Sonne der Weg zum Bach zu beschwerlich geworden. Mit ihrem dicken Fell kauerten sie in der großen Eiche und starrten zu uns herüber. Zaghaft winkte ich Petunia und Harry zu. Aber entweder sahen sie mich nicht, oder sie waren von den mörderischen Temperaturen benebelt, sie reagierten nicht. Die Einzigen, denen die Hitze nichts ausmachte, waren die Fliegen. In Schwärmen klebten sie um die Augen und Hintern der erschöpften Kühe, denen in langen Fäden Schaum aus den Mäulern hing.

Dann sah ich das Gras.

Sofort rief ich nach Cornelius, der wieder in seine Arbeit vertieft war. Auch er hatte Mühe, sich seine Bestürzung nicht anmerken zu lassen. Auf der Wiese, die gestern noch saftig und grün gewesen war, hatten sich in den Stunden seit dem Morgen breite braune Flecken ausgebreitet. Was sollten nur unsere Tiere, was sollten wir in den nächsten Tagen essen?

Plötzlich, in dem Moment, in dem sich unser weltbester Leader wieder zurück an den Tisch setzen wollte, kam Özlems aufgeregte Stimme von oben: »Seid mal ruhig! Ruhe!« Wir erstarrten. Ich hörte absolut gar nichts. Nada. Niente. Was hatte sie bloß? Noch während ich Cornelius ansah, der in derselben Sekunde zu begreifen schien, was passiert war, wusste ich es.

»Der Bach!«, flüsterte ich. »Was ist denn mit dem Bach los?«

Jorden war bereits aufgestanden, auch Chang kletterte die Leiter von der Schlafstube herunter, beide schlüpften in die Silber-Bodys, zogen ihre Kapuzen über, schlossen das Visier und hasteten über die Wiese.

Anne war neben mich ans Fenster getreten. »Haar und Schaden wachsen alle Tage«, murmelte sie.

Jetzt standen sie beim Bachbett. Chang drehte sich in unsere Richtung. Er schüttelte den Kopf. Das konnten wir erkennen.

»Was …? Was ist los? …«, hörte ich Özlem rufen.

Cornelius stand direkt hinter mir. Er atmete schwer. Sein nackter Oberkörper verströmte einen intensiven Geruch, den ich bisher nicht gekannt hatte. Trotz der Hitze eilte Jorden, so schnell er konnte, den steilen Hang hoch, am Schrottplatz vorbei und weiter übers Latschenfeld, seine

Silber-Body-Kapuze wackelte zwischen den niedrigen Bäumchen, die sich vor ihm wegzuducken schienen. Cornelius hatte das Fernglas geholt. »Wo will der denn … ach so … zur Quelle … aber …« Wenig später stand Jorden als kleiner Punkt am Fuß der Felswand und am Ende des Talschlusses.
»Und? Was ist?«, fragte ich ungeduldig. »Was sagt er?«
»Was ist denn los, Chang? Ist Chang da?«, kam Özlems Stimme von oben.
Stumm setzte Cornelius das Fernglas ab und reichte es mir. Jorden, der mit der Handkante vor seiner Kehle herumfuchtelte. Er zeigte auf jene Stelle im Fels, aus der die Quelle entsprang. Entsprungen war.
Da hielten wir es nicht mehr aus. Schon trugen Cornelius, Anne und ich unsere Silber-Bodys, noch eine kurze Absprache mit Jorden und Chang auf der Wiese, und dann liefen wir auch schon los, zu sämtlichen Gewässern des Resorts, die Panik verlieh uns ungeahnte Ernergie. Jorden und Anne waren zu den Bächen im Wald, Chang und Cornelius zur Klamm unterwegs, ich rannte allein den ganzen Weg hinab zur Sang, was ich mich normalerweise um diese Uhrzeit, in den letzten Stunden des Nachmittags, nie getraut hätte. Aber ich wollte es selbst sehen: dass da immer noch der Fluss war, wie eh und je. Ich wollte es sein, der der Gemeinschaft die gute Nachricht überbrachte: Die Sang floss noch. Keine Gefahr. Wasser en masse. Entwarnung, Leute.
Ich stürzte die Unteralm herunter, stolperte, fiel, flog weiter, durch den Wald, gleich musste ich an jenem Punkt angelangt sein, von dem aus man den Fluss von oben sehen konnte, ich hörte ihn nicht, konnte ihn ja auch gar nicht hören, so laut wie es in meinen Schläfen pulsierte, beruhigte ich mich. Da merkte ich, dass ich zu weit gelaufen war, kehrte um, ich war schon ewig nicht mehr hier gewesen. War der Aussichtspunkt zugewachsen? Ich erinnerte mich genau: Hier lag doch der moosüberwachsene Findling. Und wenn man neben ihm stand und sich auf die Zehenspitzen stellte, sah man ganz unten am Fuß der Böschung – eine breite Rinne mit Kiesbänken, in denen noch hier und da kleine Tümpel waren, Pfützen. Kein Fluss mehr. Ich konnte es nicht glauben. Die Sang war verschwunden.

Kaputt und durstig schleppte ich mich mit den letzten Sonnenstrahlen die Hänge hoch, zurück zur Rosenalm. An den Gesichtern der anderen konnte ich sehen, dass sich unsere schlimmsten Befürchtungen bestätigt hatten.

»Gar nichts? Das gibt's doch nicht? Das kann doch gar nicht sein! Flüsse versiegen doch nicht einfach so!« Chang rubbelte sich über den Kopf.

Jorden klopfte mit der Faust gegen die Stirn, als wollte er den rettenden Gedanken herausschlagen. Ich schlich zur Kommode, goss mir einen Becher ein und stürzte ihn gierig hinunter, bis ich die Blicke der anderen auf mir spürte.

»Zwei Tage noch. Maximal drei. Wenn wir sparsam sind und den Tieren nichts mehr geben«, erklärte Jorden mit fester Stimme.

Özlem, die aus der Stube oben heruntergekommen war, verbarg ihr Gesicht in Changs Schulter. Auch er klammerte sich jetzt an sie. Wir wussten alle, dass Jorden recht hatte. Aber was würde geschehen, wenn unsere Wasservorräte erschöpft waren? Und vor allem: Was war die Erklärung für all das?

Cornelius stand an der Gemeinschaftskommode, die er zum Sekretär umfunktioniert hatte, und zeichnete, als ginge ihn das alles gar nichts an. Er hatte sich einfach meinen *Faber*-Stift genommen, ohne dass ich es gemerkt hatte.

»Conny«, versuchte Anne ihn zu unterbrechen. »Was machen wir jetzt? Fällt dir was ein?«

Cornelius drehte sich nur kurz um und murmelte etwas. »Dann hat es also nicht nur den Schutzschirm erwischt, sondern das gesamte Resort …« Oder so ähnlich.

Keiner sagte etwas. Mir war es, als befänden sich die Wörter noch im Raum, wie die dicken, grünschimmernden Fliegen, die unaufhörlich gegen das Glas der Glühbirne über unserem Tisch stießen.

»Kannst du mal bitte die Freundlichkeit besitzen und dich zu uns umdrehen?« Chang wurde wütend. Özlem ließ ihn los und schaute auch in Richtung Cornelius.

Auf einmal stand Jorden auf, schlug sich mit der flachen Hand gegen die Stirn und – lachte. »Das gibt's doch nicht!«, wiederholte er, wieder und

wieder. Irgendetwas schien ihn extremst zu amüsieren. Er brachte mich fast um damit.
»Hör bitte auf«, bat ihn Özlem. »Du machst mir Angst.«
»Was ist denn? Würde jetzt jemand bitte die Freundlichkeit …« Chang, der immer erregter wurde. Er verschluckte sich.
Jorden, der lachte.
Anne guckte verwirrt.
»Hör auf zu lachen!«, schrie Özlem.
Am liebsten wäre ich auf meinen Favoritplatz geflüchtet, unter den Tisch, ich durfte es nicht, nicht am ersten Tag, an dem ich ein volles Mitglied der Gemeinschaft war.
»Na los, CEO«, sagte Jorden, »sag's ihnen.«
Cornelius wandte sich uns nur halb zu, ganz so, als hätte er nicht wirklich viel Zeit. Meinen beziehungsweise seinen Stift behielt er beim Sprechen in der Hand. »Also gut. Ich erklär's euch. Die Speisung des Resorts aus künstlichen Quellen geht auf einen alten Beschluss zurück. Als man das Resort hier einrichtete, war klar, dass völlige Natürlichkeit allein aus den vorhandenen Ressourcen vor Ort nicht herzustellen wäre. Also entschloss sich der Council dazu, neue Fluss- und Bachläufe anzulegen und dann das gesamte Gebiet aus dem Speichersee hinter dem Steinernen Meer auf der österreichischen Seite zu versorgen. Im Übrigen«, fügte er in Jordens Richtung hinzu, »im Übrigen wurde das noch lange vor meiner Zeit in die Wege geleitet, lieber Jorden.«
»Was?« Özlem und Chang konnten es nicht glauben.
Auch ich war zu 150 % verwirrt. Ich sah die Leitungen vor mir, die Rohre, die unter unseren Füßen, durch das Erdreich und durch den Fels des Steinernen Meers verliefen. Die Bagger und die Arbeiter, die vor langer, langer Zeit die Bach- und Flussbetten angelegt haben mussten. Auch hier, auf der Rosenalm. Ein Bild, das mich faszinierte, auch wenn ich wusste, dass eine solche Reaktion in diesem Moment völlig unpassend war.
»Das hättest du aber … hättest du aber auch mal früher sagen können, Conny«, seufzte Anne, während sie nervös mit den Händen eine imaginäre Strohfigur flocht.

»Immer nur bescheißen … ihr in eurem Council …«, setzte Jorden zu einer seiner Schimpftiraden an. Aber Cornelius schnitt ihm das Wort ab.
»Ja, soll ich mich jetzt bei euch dafür entschuldigen, oder was?«, polterte er. »Und was ändert das? Also gut.« Er faltete die Hände. »Ich bitte vielmals um Verzeihung. Alles meine Schuld. Zufrieden? Kann ich jetzt bitte wieder daran arbeiten, dass wir nicht verdursten? Ja? Danke.« Er widmete sich wieder den Blättern auf der Kommode.
»Das gibt's doch nicht …«, Özlem schüttelte den Kopf. »Elf Jahre! Warum hast du in elf Jahren nie etwas davon erzählt? Das gibt's doch gar nicht.«
»Du hast uns angelogen, Cornelius.« Chang zwinkerte doppelt. »Würdest du bitte … also das macht mich echt wahnsinnig … würdest du dich bitte mal umdrehen, wenn ich …«
»Ist einfach ein Arschloch. Einfach nur ein Arschloch …« Jorden schüttelte den Kopf.
»Aus Rücksicht? Ist euch das vielleicht schon einmal eingefallen? Dass ich euch nicht auch noch damit belasten wollte?« Cornelius drehte sich um und zog herausfordernd die Brauen in die Höhe: »Es reicht doch, wenn sich einer von uns darum Sorgen machen muss, oder?«
Dann ging der Streit erst richtig los, abwechselnd sahen mich Cornelius und Chang an, weil sie Zustimmung von mir erwarteten. Wen traf die Schuld für diese Katastrophe? Doch wohl Cornelius, der uns zu spät auf die wahren Gegebenheiten im Resort aufmerksam gemacht hatte! Ich nur so: nicknick. Oder doch vielleicht niemanden, weil keiner von uns für den Shield und seine Fehlfunktionen verantwortlich war? Und ich wieder so: nicknick. Und woher sollten wir jetzt Wasser bekommen? Wie lange reichten überhaupt unsere Vorräte? Und was soll mit dem Vieh geschehen? Ich versuchte, es jedem recht zu machen, indem ich hier und da kleinlaut »Ja, aber meinst du nicht, dass …«, »Das stimmt, aber …« einwarf, worauf allerdings sowieso niemand achtete, so dass ich schon bald auf meinen Favoritplatz eine Etage tiefer rutschte und endlich da angelangt war, wo ich eben doch, wie ich mir 50 % schuldbewusst und 50 % erleichtert eingestand, hingehörte: unter den Tisch. Ich legte meinen Kopf an F-87s Bauch. In seinen Pupillen erlosch das blaue »Zzz«

der Stand-by-Funktion, und sofort auf sein Trostprogramm schaltend, begann er, mein Favoritmärchen zu erzählen, Märchen Nummer siebenundsiebzig. »Herr!«, raunte er geheimnisvoll, als ginge uns der auf- und abbrandende Streit über uns gar nichts an. »Diejenigen tun sehr unrecht, welche glauben, es habe nur zu Zeiten Haruns Al-Raschid, des Beherrschers von Bagdad, Feen und Zauberer gegeben ...« Mit geschlossenen Augen roch ich den leichten Erdbeerduft, den mein Robot-Fennek auch noch nach all den Jahren verströmte. Ich wanderte durch die Finsternis. F-87s Stimme führte mich. Sie war ein Seil aus Licht. »Noch heute gibt es Feen, und es ist nicht so lange her, dass ich selbst Zeuge einer Begebenheit war, wo offenbar die Genien im Spiel waren, wie ich euch berichten werde.«
So erregt alle an diesem Abend waren – als Jorden, heiser vom Schreien und vor Durst, eigenmächtig den Solargenerator ausschaltete und, wie immer, nur noch den Kühlschrank mit dem Reststrom laufen ließ, merkten wir erst, wie erschlagen wir waren von den schrecklichen Ereignissen dieses Tages, für den ich das Zehn-Foxy-Punkte-Altwort *unheilvoll* verwenden würde. Und es dauerte nicht lange, und wir schliefen, vielleicht tiefer und fester als sonst.
Mitten in der Nacht weckte mich Scheppern. Auch Jorden und Chang neben mir saßen senkrecht auf ihren Lagern. Mein Herz raste. Da, wieder: eine zerbrechende Flasche, ein Teller, gleich darauf Geschirr, Klappern, Scharren, unterdrücktes Gelächter. Trotz der Dunkelheit meinte ich zu sehen, wie Jorden mit einem Satz an der Luke zur Essstube war. Von unten ertönte böses Zischen. Er hastete zurück, griff nach dem Phaser neben seinem Kopfkissen, lief wieder zur Luke, kniete sich hin, zielte.
»Was ist das?«, flüsterte Özlem, zu Tode erschrocken.
»Affen!«, presste Jorden hervor. »Die Paviane!«
Ich verstand nicht. Schon summte sein Phaser, ein grüner Strahl blitzte auf, der sein Gesicht erhellte. Von unten: Schmerzensbrüllen, Wutgekreisch. Ein zweiter Blitz, in seinem Grünlicht: Özlem in ihrem Bett, die schreien wollte, Chang, der ihr die Hand vor den Mund hielt, Cornelius, der zu Jorden robbte, dann wieder ein Blitz, F-87s Ohren, die unter der Decke hervorschauten. Chang, der ein Messer ergriff, Özlem, die ihn

aufhalten wollte. In dem Tumult, der losbrach, konnte ich nicht hören, was sie rief. Jetzt hatte Cornelius den Phaser in der Hand und lag hinter Jorden, der gebückt, mit einer Axt auf der ersten Sprosse der Leiter stand. Eine feuerrote Schnauze, gefletschte Zähne, Jorden, der darauf einhieb. Blitze, in rascher Folge. Durch den Boden konnte ich die Geräusche eines erbitterten Kampfes hören, Affe gegen Mensch, Jorden schrie, Cornelius feuerte. In den Ritzen unter meinen Füßen: Affenköpfe, Affenarme, Affenaugen, die zu mir hochspähten. Auch Chang war verschwunden. Ich spürte, wie mich jemand umklammerte, zuckte zusammen, ein Affe?, nein, Özlem. Sie zitterte am ganzen Leib, versuchte, mich zu umarmen, sie war zu dick, es ging nicht, ich wollte mir die Ohren zuhalten, zurück zu F-87. Özlem packte mich am Arm, es tat weh, sie ließ mich nicht los. Ich nahm all meinen Mut zusammen. Das stimmt wirklich. Ich blieb, wo ich war, legte die Hand auf ihren Bauch und stellte zu meiner eigenen Überraschung fest, dass ich ein kleines Prayer sprach. Aber nicht zum LORD oder zu meinem Vater, sondern, Telepathie-Style, zu meinem Gemeinschaftsgeschwisterchen. Als Antwort kamen Schläge, wütend, wieder und wieder. Das Baby strampelte.

Irgendwann, nach einer Ewigkeit, deren einzige Zeiteinheit die zischenden grünen Phaserblitze waren, machte das Keuchen und Stöhnen einer neuen Stille Platz. Wimmern drang herauf.

»Chang?«, flüsterte Özlem. »Chang!« Sie schrie.

Zu meiner 115 %igen Erleichterung kam von unten Jordens entwarnendes »Alles okay«. Kurz darauf gingen die Lampen an. Er hatte draußen den Solargenerator eingeschaltet. Während von der Wiese weiter Feuer zu hören war, löste ich Özlems Klammergriff, hielt sie aber weiter an der Hand, auch als ich mich vorsichtig an die Luke heran zu Cornelius schob, der sich den Schweiß von der Stirn wischte.

Liebe Menschenfreunde. Könnt ihr euch in euren wohltemperierten Zelten und Hütten, in eurem schönen, sicheren Großen Lager vorstellen, was ich empfand? Der Ort, an dem wir elf Jahre lang gesessen und gegessen hatten, war nicht mehr wiederzuerkennen. Chang kauerte in einer Ecke und starrte auf das Chaos. Im elektrischen Licht schimmerte der Fußboden in den unterschiedlichsten Rottönen von Blut. Unser kleiner Kühlschrank war umgestürzt, seine Tür herausgerissen. Sein abgetautes Eis hatte sich in einer Pfütze gesammelt. Mitten auf dem Tisch, unter der Lampe, lag mit durchschnittener Kehle, aufgerissenem Maul und immer noch wütend gefletschten Zähnen der Chef der Affen, den ich Cornelius genannt hatte. Um ihn herum, auf dem Boden in den seltsamsten Verrenkungen verstreut: sein Clan. Manchen fehlten Arme, Beine oder Schwänze. Und da, mir schnürte es die Kehle zusammen, neben der Kommode, deren Schubladen herausgerissen waren, zusammengesackt, mit einem Phaserloch im dicken Bauch: Petunia. Es kam noch schlimmer, ich begann sofort zu weinen, als ich es sah: Der Schuss hatte auch den jungen Affen vor ihr niedergestreckt, Harry, der, wie ich mir mittlerweile denke, seine Mutter schützen wollte. Er wollte uns bestimmt nichts tun, mir hätte er bestimmt nichts getan, niemals. Würgend musste ich mich abwenden, taumelte zum Fenster, riss die Läden auf. Die anderen Affen hatten Petunia und Harry bestimmt gezwungen mitzukommen. So musste es gewesen sein. Das war nicht die Wahrheit. Ich wusste es.

Die Wiese lag im Lichtkegel der Außenlampe. Jorden feuerte weiter in die Finsternis. Hier und da war der Schatten eines Pavians zu erahnen, Kreischen zu hören, das entsetzte Quieken der Schweine, das aufgescheuchte Gackern der Hühner und ängstliche Muhen der Kühe. Auch Cornelius, der jetzt verstand, dass die Schlacht noch längst nicht gewonnen war, rutschte die Leiter herunter und rannte Jorden nach.

Was soll ich noch über jene furchtbare Nacht schreiben? Als die Sonne zum zweiten Mal ungeschützt über dem Resort aufging, war es vorbei. Anne machte sich sofort daran, die Essstube aufzuräumen. Wir anderen hockten nur müde und mutlos vor der Hütte, im unbarmherzigen Licht, an dem wir doch nichts ändern konnten, und sahen Jorden zu. Am Rand der Wiese schlug er Pflöcke ein und spießte zur Abschreckung Affenköpfe auf. Der Angriff hatte uns fast die Hälfte unserer Hühner gekostet. Die große Eiche aber war leer. Auch in den folgenden Stunden zeigten sich keine Paviane mehr. Sie hatten sich davongemacht. In dieser Nacht hatten sie genug über den Menschen gelernt.

Trotzdem glaubten wir, als wir mit gesprungenen Lippen und staubigen Mündern in der zweiten Nacht nach dem Zusammenbruch des Schutzschirms aufschreckten, die Attacke werde fortgesetzt. Jemand klopfte an das Dach, trommelte mit Fäusten, rüttelte an den Läden! Als wir jedoch hinausliefen und Jorden den Schalter für die Außenbeleuchtung umlegte, starrten wir im Lichtkegel auf dichte glitzernde Fäden. Das Rauschen des Regens übertönte jeden Laut, der aus unseren nassen Mündern kam. Jorden lief, rutschte aus, schlitterte weiter über die Wiese zum Bach. In der Düsternis schwenkte er die Arme. Özlem und Chang hielten sich umarmt, und mein lieber Robot-Fennek drehte übermütig auf Pfotenspitzen Pirouetten, so wie sein Tanzprogramm sie ihn manchmal als Ausdruck höchster Begeisterung ausführen ließ. Amen dazu.
Nie wieder ist seitdem der ewige Sommer von einst zurückgekehrt. Nie wieder hat sich die schöne Gleichmäßigkeit von Sonne und Regen eingestellt, in der wir bisher die Jahre auf der Alm verbracht haben. In den folgenden Wochen konnte es tagelang stürmen, mal versiegte die Quelle im Fels oder rann nur spärlich, um im nächsten Moment wieder loszurauschen. Doch wir sorgen vor. Wir *wappnen* uns. Jede freie Minute und all unsere Restpower verwenden wir darauf, Cornelius' Pläne umzusetzen, die Alm unabhängiger von den Wasservorräten hinter dem Steinernen Meer zu machen.
Seit der Schlacht mit den Affen weiche ich meinem weltbesten Leader nicht mehr von der Seite. Ich habe zu Unrecht an ihm gezweifelt, das weiß ich nun. Es ist doch für alle zu 200 % offensichtlich, wie sehr Cornelius das Wohl der Gemeinschaft am Herzen liegt und über welchen Weitblick er verfügt. Özlems und Changs Drohnen hätten uns nicht retten können. Der einzige Grund, warum ich Cornelius nichts von jenem Abend im Steinhaus erzähle, an dem Chang mich in die Pläne, das Resort zu verlassen, eingeweiht hatte, ist, dass ich mich, ich sage es frei heraus, schäme. Ich schäme mich. Außerdem hätte es in der Gemeinschaft viel böses Blut gegeben. In Notzeiten müssen wir zusammenstehen.

Gestern, während eines dieser heftigen Gewitter, waren Cornelius und ich beim Kartoffelklauben unter einen Ahornbaum geflüchtet. Der Blick meines Lehrers schweifte über die blau dampfenden Wiesen und Wälder. Er nickte und fuhr sich durch den Bart, aus dem in den vergangenen Wochen das letzte bisschen Schwarz gewichen war. »All das hat schon seine Richtigkeit, weißt du?«, sagte er in einem Tonfall, der keinen Zweifel zuließ. »Der LORD hat uns bis hierher geführt. Er wird uns auch weiter beschützen. Schau doch mal, Heinz! Wie *schön* das doch eigentlich alles ist.«

Ich war wieder mal vom ständigen Wetterumschwung erkältet. Vielleicht war ich deshalb ein wenig langsamer als sonst und verstand unseren weltbesten Leader nicht ganz. Wie passte dieser alte Begriff, den wir nur selten gebrauchten, *schön*, wie bitte passte *schön* auf die Landschaft um uns? Jeden Tag kämpfen wir. Jeder Tag kann unser letzter sein. Und selbst wenn sich das Klima nicht noch einmal radikal ändern sollte: Reißen wir nicht die Setzlinge der Büsche aus, wuchert die Alm zu. Verletzt sich einer von uns beim Klettern und stürzt in eine Spalte, können wir ihm nicht helfen, weil wir kein langes Seil besitzen, nicht einmal das. Er würde daliegen, und wir müssten zusehen, wie er verhungert oder verblutet. Was daran sollte *schön* sein?

Mit vor der Hosennaht gefalteten Händen stand Cornelius da. Er lächelte, und ich wusste, dass er in Gedanken gerade beim Ultrahöchsten war. »Hier«, sagt er dann, nachdem er sein kleines Prayer beendet hatte, »da sitzt sie, Heinz.« Er deutete auf die Mitte meines Brustkorbs, wo die Rippen ein Loch ließen. »Hier ist deine Seele.«

Am Abend dachte ich vorm Einschlafen, F-87 im Arm, noch lange über dieses Wesen nach, das laut Cornelius wie ein PM oder ein Homie immer gegenwärtig ist, eine Art Welt- oder besser: Universal-Homie. Und doch verhält es sich umgekehrt: Der LORD ist nicht das Produkt der Menschen, sondern die Menschen sind seine Geschöpfe. Aber muss es nicht dann Sein Wille sein, dass wir hier überleben, damit es den Menschen weiterhin gibt? Wie der Engineer meines Robot-Fenneks diesem ein Trostprogramm eingebaut hat, so hat uns der LORD, damit wir Seiner nicht vergessen, die Seele mitgegeben, durch die wir, Transmitter-Style, in ständiger Verbindung mit Ihm stehen. Kein Robot, kein Tier besitzt eine. Bloß der Mensch.

Ich horchte in mich hinein und schlug vor Aufregung die Augen auf, als ich tatsächlich zwischen meinen Knochen, mitten im Fleisch, etwas spürte. Etwas Federleichtes, Flatterndes. Wie ein winziger Vogel, der zappelte. Ein Kolibri.

Die Natur befolgt das Gesetz des Gleichgewichts. Man könnte es auch so ausdrücken: Der LORD behütet uns. Denn nach zwei Monaten, in denen die Rosen an den Sprossen der Hütte verwelkten, so dass Cornelius Stamm für Stamm abschnitt, wobei er jedes Mal laut seufzte, nach zwei Monaten, in denen es trotz heftigster Gewitter in den Wäldern am Taleingang loderte und das Feuer bis in die Nacht funkenstiebend Schneisen zog, ohne jedoch den Berg hinaufzuwandern, nach zwei Monaten, in denen plötzlich innerhalb weniger Stunden alle Bäume und Büsche in unserem Hochtal zu blühen anfingen, alle auf einmal, nach diesen merkwürdigen zwei Monaten also, wenige Tage nach dem zwölften Jahrestag des Untergangs, setzten eines Morgens Özlems Wehen ein. Auf Annes Befehl räumten wir die Schlafstube und zogen ins Erdgeschoss. Ich hatte damit gerechnet, dass bis zum Abend das Kind da sein würde. Doch die Nacht verging, ebenso der darauffolgende Tag, und nur Özlems lautes Stöhnen, röchelndes Atmen und ihre gellenden Schmerzensschreie, ihr schrilles »Kann nicht mehr! Kann nicht mehr!« und Annes und Changs auf sie einredende Stimmen waren zu hören, nicht jedoch das neue Gemeinschaftsmitglied.
In der zweiten Nacht der ununterbrochenen Wehen, in der ich zusammen mit Cornelius und Jorden in der Essstube hockte, war den hektischen Geräuschen, die von oben herunterdrangen, anzumerken, dass nun bald irgendetwas passieren würde. Abwechselnd schaute ich auf den dunklen Blutfleck, der seit der Schlacht mit den Affen unter dem Tisch ausgerechnet an meinem Favoritplatz klebte, zur Deckenlampe, die von den dumpfen Bewegungen sachte schwankte, und auf Cornelius' *Poseidon*-Uhr, deren Sekundenzeiger nicht und nicht schneller vorrücken wollte.
»Wenn die mal nur nicht draufgeht …«, murmelte Jorden. »Bei Hawa hat's ja damals Komplikationen gegeben. Hätten die da nicht 'nen Kaiserschnitt gemacht …«

Bisher hatte ich gar nicht an diese Möglichkeit gedacht. Auf keinen Fall wollte ich mir jedoch meine Angst anmerken lassen, verschränkte die Arme und sagte, wobei dummerweise meine Stimme zitterte: »Na ja. So ist das halt bei einer Geburt. Muss sie halt jetzt durch, nicht?«
Cornelius schüttelte den Kopf. »Habt ihr eigentlich schon einmal daran gedacht, dass dieses Kind uns alle überleben wird? Alles, was wir waren und was wir wissen, ist dieses Kind.«
Und während Jorden ungeduldig im nachtschwarzen Fenster in sein eigenes Gesicht schaute, nickte ich automatisch und dachte dennoch, dass das, wovon Cornelius eben gesprochen hatte, eigentlich genau auf mich zutraf. Der Bewahrer der Gemeinschaft: Das war doch ich.
Noch ehe ich weiter darüber nachgrübeln konnte, mischte sich in Özlems markerschütterndes Geheul, dem nichts Menschliches mehr zu eigen war, und Annes scharfes »Weiterweiterweiter! Da ist der Kopf!« etwas anderes, nie Gehörtes. Etwas schrie. Oder besser: maunzte. Ich hielt den Atem an. Für wie lange, weiß ich nicht.
»Ihr könnt«, kam Annes erlösende Stimme endlich von der Luke.
»Özlem?« Ich traute meinen Ohren nicht. Wie supererleichtert Jorden klang. »Ist sie …?«
»Alles okay, alles okay … ihr und ihrem kleinen Mädchen geht's gut …«
Mädchen. Wir schlichen die Leiter hinauf. *Ihr und ihrem kleinen Mädchen.* F-87 fest im Arm, hörte ich immerzu diese eine Stimme, diese neue durchdringende Stimme, die mich an etwas erinnerte.
Durch die offenen Fenster der Schlafstube wehte warmer Wind. Ich musste mich auf Zehenspitzen stellen, um zwischen Cornelius und Jorden, die sich leise vor dem Bett positioniert hatten wie vor einem Altar, hindurchschauen zu können. Mir wurde es unheimlich. Auf dem Boden lag im Zwielicht zwischen Pfützen aus Kot, Blut und Schleim etwas Veilchenviolettes, das wie ein Darm aussah. Zunächst dachte ich, Özlem sei gestorben. Das ist mein Ernst. Aus ihrem Unterleib, über den notdürftig eine Decke gebreitet war, tropfte es immer noch rot. Auf ein Kissen gestützt saß sie da. Die Locken klebten ihr im gelblichen Gesicht, aus denen alle Sommersprossen in diesem Moment gewichen schienen; stattdessen hatten sich Pickel gebildet. Und trotzdem strahlte sie, ich

schwöre es euch, liebe Menschenfreunde, bei meiner Kolibri-Seele: Ich habe unsere Gemeinschaftsschwester noch nie so strahlen, so wunderschön strahlen gesehen. Ich hielt es für möglich, dass ich, wenn mich jemand so anschauen würde, tot umfallen müsste vor Happiness, einfach so: *puff*. Auch Chang blickte überglücklich auf das Bündel an Özlems riesigen nackten Brüsten, von denen in der andächtigen Stille der Stube lautes Schmatzen ertönte und dann unzufriedenes Quäken, verzweifeltes Weinen, was allerdings seltsamerweise alle derart zu erheitern schien, dass sie in ein ebenso herzliches wie erleichtertes Gelächter ausbrachen, gepaart mit gerührten »Achs« und »Ochs«.
Ich aber, der Honk, stand erstarrt. Aus dem Bündel streckte sich unendlich langsam ein winziger Arm, dunkelrosafarben, fast braun, als wäre er behaart. Und mit einem Mal wusste ich, dass ich diese neue Stimme kannte, gut kannte. Ich hatte sie seit Januar oft gehört und mich darüber gefreut. Jetzt machte sie mich traurig, und wenn ich sage traurig, meine ich traurig-traurig. Im selben Augenblick überkam mich wieder die Angst, die Angreifer aus jener Nacht, die Paviane, könnten zurückkehren. Es war das Quäken eines Affenbabys.

IV. INVASION – EXPLOSION

Xiwang, das bedeutet auf Mandarin Hoffnung. Und auch wenn sich Özlem und Chang nicht einig waren, ob es nun korrekterweise Xi- oder Xuwang hieß, war doch für uns alle erkennbar, dass sich seit der Geburt des Babys vieles wieder zum Besseren wendete. Dass sich Jorden nun wegen des kleinen Mädchens, das beim Abendessen in einem Körbchen neben dem Tisch schlief, nicht mehr traute, sich mit Cornelius wie früher lautstark zu streiten, war zwar eine wirklich angenehme Veränderung, aber von allen Neuerungen noch jene, die am wenigsten ins Gewicht fiel. Denn: Das Wetter meinte es gut mit uns. Das Wasser floß wie eh und je. Nur selten flackerte der Shield. Wir schlüpften dann schnell in unsere Silber-Bodys, was freilich eigentlich nie richtig nötig war, da die Momente, in denen die Sonne ungehindert schien, kaum länger als ein paar Minuten dauerten. Für Xiwang schneiderte Anne sogar einen eigenen sweeten Silber-Anzug und malte ein X auf die Brust.
Liebe Menschenfreunde, wir glaubten zu 110 % an die Zukunft in unserem schönen Resort. Ad multos annos, wie Cornelius früher in der Tot-aber-trotzdem-noch-lebendig-Sprache Lateinisch an Neujahr mit erhobenem Glas sagte, als noch nicht alle seine Weinvorräte aufgebraucht waren. Und diese Garantie für viele weitere Jahre auf der Alm, da waren wir uns alle einig, lag in Cornelius' Wassersystem. Also widmeten wir uns verstärkt den Bauarbeiten, und zwar mit einem Elan, der sich mir vor allem aus der Ankunft des neuen Gemeinschaftsmitglieds erklärte. Sein Weinen und seine Schreie waren für uns Anfeuerungen deluxe – na ja, also zumindest für die anderen. Meine Wenigkeit schlurfte deswegen tagsüber oft wie ein Schlafwandler über die Wiesen. Passte ich auf Xiwang auf, ermahnte mich Özlem, ich solle auch ja vorsichtig sein, ich drücke sie zu sehr, ich tue ihr weh, ihr Kopf!, ihr Hals!, ein Baby sei

doch kein Toy!, als ob ich das nicht selber wusste. Denn ganz miserabel im Beruhigen schien ich auch nicht zu sein. Wenn die Erwachsenen ihren Kopf tief zum Gesicht des Babys herunterbeugten, taten sie lauter Dinge, Albernheiten, um es mal so zu sagen, für die ich in der Vergangenheit mahnende Blicke geerntet hätte. Und ich lernte: Verstellte ich mich und war ich nicht ich, sondern machte auf übersteuertes Toy, mochte mich Xiwang am liebsten. Ich nahm mir da F-87 zum Vorbild, der wirklich mit An-seiner-Pfote-Lutschen-Lassen und Grimassen-Schneiden inklusive asynchrones Ohrenwackeln der Master des Baby-Aufheiterns war. Schrie unsere kleine Gemeinschaftsschwester, und einer von uns beiden konnte sie beruhigen, gaben wir uns heimlich High Five.
Ich konnte es schon vor mir sehen, wie wir bereits im nächsten Jahr, im Jahr dreizehn nach dem Untergang, zu dritt, der elektrische Fennek, ich und sie, eine eingeschworene Gang, über unsere Alm ziehen würden, die nach den Plänen des weltbesten Leaders komfortabler denn je zu werden versprach. Denn drei Monate nach der Fehlfunktion des Shields erhoben sich am Rand des Latschenfelds aus dem Holz der großen Eiche zwei Zisternen, von denen das Wasser in einem Netz aus Kanälen über die Almwiese in ein weiteres Becken gleich neben den neuen Ställen für die überlebenden Kühe, Schweine und Hühner plätscherte, die sich, zur Erleichterung aller und den durcheinandergeratenen Jahreszeiten zum Trotz, wieder vermehrten. Ich hatte jetzt sogar Zeit, mich meinem großen Gemeinschaftsbuch zu widmen. Wieder und wieder überarbeitete ich die Schlacht mit den Affen; auf einem losen Blatt notierte ich Einfälle zu einer Geschichte über die älteste Schildkröte der Welt. 100%ig real konnte ich ihre knarrende Stimme hören, als riefe sie mich, und nur mich, den letzten Schreiber, damit ihre Biographie nicht für immer der Vergessenheit anheimfalle, um es mal foxy auszudrücken.
Aber in jenem Moment, in dem wir uns zum ersten Mal seit langem wieder zurücklehnen und ein wenig ausruhen wollten, begegnete Anne den beiden Eindringlingen. Später, als ich viele Kilometer von der Rosenalm entfernt auf den abgeschlagenen Kopf in der Plastiktüte starrte, sollte ich mich fragen, ob vielleicht alles anders gekommen wäre, wenn nicht an jenem Abend im Oktober Cornelius nach dem Essen beiläufig und mög-

licherweise nur, um einfach noch was zu sagen, von Anne wissen wollte, ob denn ihre Unterstände im Wald noch in Ordnung seien oder ob die Stürme viel Schaden angerichtet hätten. Die beiden Nächte zuvor war Anne fortgeblieben. Das war ja schon häufiger vorgekommen. Trotzdem waren wir alle ein wenig beunruhigt, da sie wieder das hatte, was Cornelius »Blackouts« nannte. Manchmal, beim Abendbrot, schien sie für kurze Augenblicke nicht zu wissen, wo sie sich befand. Einmal hatte sie Cornelius mit Bernd angeredet. Und schließlich, der Hammer: ob er schon alles für die Reise nach Paris gepackt habe! Als Cornelius ihr erklärte, wir seien doch hier auf der Alm, seit zwölf Jahren, Annchen, komm doch zu dir, tat sie so, als hätte sie einen Scherz gemacht, und lachte über sich selbst, so lange und laut, dass zumindest mir klar war, wie peinlich ihr dieses Blackout-Dings war.

Um sicherzugehen, dass ihr nichts zugestoßen war oder sie sich etwa bei der Arbeit verletzt hatte, war ich am Morgen nach der Nacht, in der sie nicht zurückgekommen war, zusammen mit Cornelius den Weg zu ihrem Beet unterhalb des Steinhauses abgegangen. Schon lange waren wir dort nicht mehr gewesen. Erschrocken hatten wir dann zwischen verwahrlosten Beeten und verschimmeltem Stroh gestanden. Ich hatte einige Minuten gebraucht, bis mir klar wurde, dass wir uns wirklich und tatsächlich in Annes Garten befanden, auf ihrem Strohplaneten, der einst aus den Kontinenten der Erde bestanden hatte, nun aber das Antlitz eines fremden, sterbenden Sterns besaß.

Ich spürte genau, wie viele Sorgen sich Cornelius machte, als auch am zweiten Abend Annes Platz leer blieb. Kaum einen Ton brachte er heraus. Vielleicht begriff ich erst da, wie wichtig unserem weltbesten Leader ihre kleinen Smalltalks am Morgen waren, wenn sie zu zweit beisammenstanden und sie ihn »Conny« nannte; ihre fast unmerklichen Gesten, mit denen sie ihm den Hemdkragen zurechtrückte, das Sakko richtete oder ihm aufmunternd auf den Arm klopfte, obwohl all das mit ihrer voranschreitenden Tumor-, Alzheimer- oder was auch immer Krankheit seltener geworden war.

»Wir müssen was unternehmen«, hatte Cornelius an jenem Abend nach langem Schweigen gesagt. »Wir müssen sie suchen. Was ist denn …

wenn … wenn sie sich irgendwo verlaufen hat und jetzt nicht mehr … ich meine, in ihrem Zustand.«

Er hatte aufgeschaut. Nur Özlem, die, bleich und übermüdet, versuchte, Xiwang in den Schlaf zu wiegen, hatte seinen Blick erwidert und irgendetwas Tröstliches gemurmelt.

»Im Moment können wir halt kaum was unternehmen, Cornelius. Und das weißt du«, fasste Chang die unausgesprochenen Meinungen der anderen zusammen. »Wir sind so busy mit dem Vieh und den Feldern und so. Die Anne ist ja jetzt auch nicht total dement. *Noch nicht* zumindest.«

Die ganze Nacht hatte Cornelius wachgelegen. Ich war neben ihn gerückt und hatte immer wieder nach seiner Hand getastet. Ich wusste nicht, was ich sonst hätte tun können.

Dem süßen LORD sei Dank, waren alle unsere Sorgen umsonst gewesen. Angelockt vom aufgeregt-gierigen Gackern waren Cornelius und ich am nächsten Morgen zum neuen Geflügelgehege rübergegangen. Und als wäre überhaupt nichts vorgefallen, hatte sie da gestanden, Anne, in einer Traube aus Hühnern. Cornelius konnte seine Erleichterung nicht verbergen. Er wäre ihr wohl am liebsten um den Hals gefallen, aber Anne hatte nur ein kurzes »Bin gerade beim Füttern« für ihn übrig, um anschließend weiter geschäftig mit »puttputtputt« Körner zu streuen. Mir hatte es wirklich fast das Herz zerrissen, unseren weltbesten Leader so zu sehen, wie er, der mal seine Fleischfirma mit Hunderten von Angestellten geleitet, ja, als Council-Member die Geschicke der ganzen Region mit ihren Tausenden von Einwohnern mitgelenkt hatte, nicht wusste, wie er mit der knöchern-dürren Anne umgehen sollte. Er hatte sich dann dafür entschieden, sich so zu verhalten wie immer, wenn sie auf einem ihrer Streifzüge gewesen war: Freundlich erkundigte er sich, wo sie gewesen sei, und schlich wieder davon. Ich glaube, nur ich bemerkte, wie oft er sich dabei noch nach ihr umdrehte. Tatsächlich war Anne ganz schön zerzaust, in ihrem zum Dutt gebundenen, grauen Haar steckten Zweige und Farne. Was hätte ich dafür gegeben, hätte ich bloß das Wort gewusst für das Medikament, das sie wieder zurück in meine Gemeinschaftsomi verwandelt und Cornelius alle Sorgen von der Brust genommen hätte!

Am Abend ihrer Rückkehr beobachtete ich, wie die anderen am Tisch verstohlen zu Anne schielten und wie verdächtig es ihnen war, dass sie scheinbar wie sonst auch, nein, sogar extremst guter Laune war und mit herzhaftem Appetit ihr Lupinenbrot und ihren Schinken aß. Danach bastelte sie an einem Strohtalisman für Xiwang, bis Cornelius sie wie beiläufig fragte: »Und, Annchen? War alles zu deiner Zufriedenheit? Hast du deine Hütten im Wald wieder in Ordnung gebracht?«
Und dann geschah es.
»Gut, dass du fragst«, antwortete sie, ohne aufzusehen. »Bin da gestern Nachmittag jemandem begegnet.«
Wir brauchten ein paar Sekunden, um den Satz ganz zu begreifen. Cornelius wischte sich das Lächeln aus dem Gesicht.
»Wie bitte?«
Für einen Moment hoffte ich, dass Anne bloß einen ihrer schrulligen Witze gemacht hatte und gleich in ihr heiseres Lachen ausbrechen würde. Stattdessen legte sie das Gebinde in ihrem Schoß beiseite und schaute die anderen mit ihren wässrigen Augen an.
»War gestern Nachmittag. Ich wollte es euch eigentlich gleich erzählen, hab's aber dann vergessen. Meine grauen Zellen sind eben auch nicht mehr die frischesten. Na ja …« Ich starrte auf ihre Hände, die Bewegungen vollführten, als arbeitete sie noch an dem Talisman, obwohl sie gar kein Stroh mehr zwischen den Fingern hatte. Jedes Mal, wenn die dicke Hornhaut aneinanderrieb, machte das ein leises Geräusch. Ich blickte zu Cornelius. So hilflos er aussah, jagte mir das noch mehr Angst ein als Annes seltsames Verhalten. »Zwei Eindringlinge. In Silber-Bodys. Mittelalt, würde ich sagen. Im Wald. Unterhalb von der Breitjochalm. Habe ihnen eine Weile zugesehen. Sie wirkten auf mich so, als hätten sie sich verlaufen. Ach, das tut mir jetzt leid, dass ich euch das nicht gleich … ich tauge wirklich zu gar nichts mehr …«
Verwirrt blickte Özlem, die die schlafende Xiwang im Arm schaukelte, zu Chang. Ratlos zuckte er mit den Achseln. Dann redeten schon Cornelius und Jorden gleichzeitig auf Anne ein, brüllten, weil Xiwang aufgewacht war und zu schreien begonnen hatte. Was genau passiert sei? Wohin die beiden gegangen seien? Etwa in Richtung unserer Alm? Na

los, worauf wartest du denn! Ob sie sicher sei, dass es nur zwei waren? Und nicht die Vorhut einer größeren Bande? Warum hast du das denn nicht früher gesagt? Na los! Sie bringe ja die gesamte Gemeinschaft in Gefahr! Ist dir das denn nicht klar? Und wieder: »Na los!«
In all dem Durcheinander der Stimmen hörte ich nur ein Wort wieder und wieder, bei dem mein Herz zerspringen wollte. Und obwohl ich seine volle Bedeutung noch nicht ermessen hatte, wusste ich schon, dass sich alles ändern würde. *Eindringlinge.*
Anne guckte zuerst so, wie sie immer guckte, wenn sie meinte, man tue ihr unrecht, trotzig, mit leicht erhobenem Kinn und einem *nonchalanten* Lächeln auf den dünnen Lippen. Aber dann, mit jeder dringlicher gestellten Frage, mit jedem weiteren Vorwurf, sackte sie ein wenig mehr in sich zusammen, zwinkerte uns nervös an und knetete fester und fester. Unvermittelt hielt sie sich die Hände vors Gesicht und stieß rasselnde Geräusche aus, von denen ich zunächst nicht wusste, was sie bedeuten sollten, bis sich Özlem, die Chang das schreiende Baby in den Arm drückte, zu ihr setzte, den anderen einen strengen Blick zuwarf und sie in den Arm nahm. Auch Cornelius versuchte nun, sie zu trösten. Ob sie sich nicht geirrt habe. »Annchen, schau. Das kann ja mal passieren, dass man meint, man sieht etwas, was gar nicht da ist.«
»Und du bist dir ganz sicher, dass du nicht einfach irgendwo eingeschlafen bist? Dass du das geträumt hast?«, fragte Chang. »Du träumst doch oft so was. Ich meine, von deinem Mann und deinem Sohn und so …«
Anne richtete sich auf, ihre Züge verhärteten sich. Fast war ich erleichtert darüber, dass doch wieder etwas von der alten Anne aufblitzte. »Nein!«, rief sie empört und riss sich von Özlem los. »Ihr glaubt wohl, die Alte spinnt, oder was? Ich werde vielleicht vergesslich, aber ich bin doch nicht verrückt! Die waren da! Sie sind Richtung Breitjochalm gegangen! Es waren nur zwei. Sie trugen keine Waffen. Seid ihr jetzt zufrieden? Ach, lasst mich doch in Ruhe alle …«
Sie lief hinaus und knallte laut die Tür hinter sich zu. Cornelius ging ihr hinterher. Vor der Hütte konnte ich sie hören, die aufgeregte Stimme Annes und die sanfte, aber doch entschiedene unseres weltbesten Leaders.

Als auch noch Jorden aufstand und den beiden folgte, traute ich meinen Ohren nicht. Er bot Anne Schtix an und schob dann als Erklärung nach: »Jetzt komm mal runter, komm mal runter … komm.« Anscheinend nahm sie sein unerwartetes Angebot tatsächlich an; denn wenig später kam sie mit flatternden Lidern und riesigen grünen Pupillen, gestützt von Jorden und Cornelius, wieder zurück. Cornelius trug sie die Leiter zur Schlafstube hoch. Schwach lag ihr Arm um seine Schulter. Jorden ließ sich auf seinen Stuhl fallen, staunend starrten wir ihn an. »Was glotzt 'n ihr so?«, blaffte er uns an.

Bis tief in die Nacht diskutierten wir, und wenn ich wir sage, heißt das alle außer mir, denn auf mich hörten die beiden, die nun das Wort führten, Jorden und Cornelius, sowieso nicht. Und ich bin mal ehrlich: So ganz unglücklich war ich nicht darüber. Ich kroch zwischen die Stühle neben dem Affenblutfleck, den zu berühren ich extremst vermied.

Jorden war der Erste, der etwas sagte: »Wir müssen da hin!«

»Zur Breitjochalm?« Chang war die Mischung aus Ratlosigkeit und Angst ins Gesicht geschrieben. »Guten Tag sagen, oder was? Oh, hallo, wie schön, dass Sie auch den Weg in unser Resort gefunden haben. Machen Sie sich's doch bequem und schauen Sie mal, wenn es sich einrichten lässt, bei uns auf ein Plätzchen vorbei, wir haben gerade welche frisch gebacken. Oder wie?«

»Jorden hat recht«, sagte Cornelius, der zwar noch sichtlich mitgenommen war von den neuen Entwicklungen, sich aber wie eh und je sofort darum bemühte, Lösungen zu finden. Er strich sich die Haare zurück, die er schon länger nicht mehr geschnitten hatte. »Wir müssen herausfinden, a) mit wie vielen Eindringlingen wir es zu tun haben, und b) welche Absichten sie hegen.« Nachträglich streckte er Daumen, Zeige- und Mittelfinger aus, ohne jedoch einen dritten Punkt zu präsentieren.

»Ja und dann, CEO?« Jorden schüttelte den Kopf. »Hm?«

»Na, sag ich doch, guten Tag sagen?«, versuchte Chang, die Stimmung aufzulockern. Er machte ein Lachgeräusch und schaute weiter verzweifelt.

»Jetzt mal kein Scheiß. Das sollten wir *wirklich* tun, glaube ich«, sagte

Özlem, während sie dazwischen Xiwang etwas vorsummte, irgendeinen wunderschönen Tune, der in einem seltsamen Kontrast zu dem dringlichen Ton ihrer Worte stand. Ich versuchte mir vorzustellen, wie hier, in unserer Essstube, zwei weitere Menschen saßen. Die beiden Fremden. Strangerweise fühlte sich das in diesem Moment gar nicht so schlimm an. Im Gegenteil. Vielleicht war ja einer der beiden von der Breitjochalm ein Junge, vielleicht auch ein Teenie. Und war es denn unmöglich, dass er ähnlich tickte wie ich? Dass er sich freuen würde, wenn wir gemeinsam F-87s Märchen zuhörten; dass er mit Spannung mein schwarzes Heft lesen würde? F-87, ich, Xiwang, er: alle Teil der neuen Rosenalm-Gang! Aber … vielleicht war da auch ein zweiter Jorden …

»Was für 'n Bullshit!« Jorden schlug auf den Tisch, so dass meine Gedanken wie ein Fliegenschwarm vertrieben wurden. Kurz verschwand das blaue »Zzz« aus F-87s Pupillen, und Xiwang warf im Schlaf erschrocken die Arme hoch. »Ist doch scheißegal, ob Freund oder Feind. Kapiert ihr denn nicht? Die sind 'ne Gefahr für uns. Drüben gibt's kein Vieh mehr, schon vergessen? Wenn die rausfinden, was es hier zu holen gibt, wollen die was abhaben – ob mit Gewalt oder ohne. Und dass es hier, bei uns, hinten und vorne nicht reicht, brauch ich euch ja wohl nicht zu sagen.«

»Ja, willst du die denn etwa … um die Ecke bringen, oder was?« Özlem guckte Jorden so entschlossen an, dass es schwer war, ihr auszuweichen. »Ist es das, was du mir sagen willst, Jorden? Also, ganz ehrlich. Nach dieser Logik hättest du auch Heinz umbringen müssen. Und mein Kind. Ist doch so. Antworte mir mal, wenn ich dich was frage, Jorden!«

Doch der ließ sich nicht einschüchtern. »Ich sag dir mal was, Prinzessin. Ist mir doch scheißegal, ob ihr vor lauter Nächstenliebe verreckt, wenn ihr das unbedingt wollt. Glaubst du, mir gefällt der Gedanke, mit den beiden Honks da Krieg zu führen? Aber ich will leben, kapiert? Ich hab keine Böcke, dass hier irgendwer nachts ausgehungert vor der Tür steht. Dann ist es zu spät, um mal eben zu überlegen: Huch«, er steckte den Finger in den Mund, Baby-Style, »was machen wir jetzt bloß?« Und nach einer Pause, wieder er selbst: »Ich geh zur Breitjochalm nachsehen.«

»Schschsch.« Cornelius unterbrach den Streit. Endlich. Er hatte also eine Lösung gefunden. Dem süßen LORD sei Dank.
»In Ordnung. Dann geh, Jorden. Dann geh. Das ist mein voller Ernst. Geh zur Breitjochalm und sondiere die Lage. Ja? Achtung: Ich habe ›sondieren‹ gesagt! Wenn das einer von uns schafft, dann du.« Dann fügte er noch hinzu, wie selbstverständlich: »Heinz begleitet dich.«
»Was?« Jorden guckte zu mir unter den Tisch wie zu einem lästigen Hund. 310 % geschockt von Cornelius' Vorschlag, blinzelte ich zu ihm hoch. »Der?«
»Gehen wir es doch mal durch.« Cornelius' Finger wanderte reihum. »Özlem kann nicht wegen Xiwang. Anne fällt sowieso aus. Dann braucht es noch zwei, die notfalls die Alm verteidigen können, falls es wirklich zu einem Angriff kommt: mich und Chang. Jorden ist also von uns allen derjenige, der am besten für diese Aufgabe geeignet ist. Muss ich dir wahrscheinlich gar nicht extra sagen, so wie ich dich kenne … Aber was, wenn du in eine Situation gerätst, aus der du allein nicht mehr rauskommst? Jede Armee braucht eine Nachhut. Und du brauchst einen zweiten Mann. Für alle Fälle. Und der Einzige, der da übrig bleibt – ist Heinz.« Cornelius winkte mich hoch. Mit Beinen aus Butter kletterte ich hervor und stellte mich schüchtern vor die anderen. Sorry, ich weiß selbst, dass ich eine ziemlich jämmerliche Figur abgab in diesem Moment. Abschätzig musterte mich Jorden von oben bis unten.
»Scheiße«, murmelte er immer wieder. »Ist doch nicht dein Ernst, oder? Mit 'nem Kind?«
Insgeheim hoffte ich, dass das bedeutete, dass ich hierblieb; dass ein einziges Mal meine Honkigkeit, um es mal so auszudrücken, auch zu was gut war. Anscheinend stimmte Jorden Cornelius am Ende doch zu. Schon unterhielten sie sich darüber, was wir am nächsten Morgen mitnehmen sollten und was zur eventuellen Verteidigung in der Hütte bleiben sollte.
Später an diesem ereignisreichen Abend winkte mich Cornelius noch vor dem Schlafengehen zu sich: Ich solle ihn bei einer kleinen Runde über die Alm begleiten. Es roch nach Regen. Kaum waren wir aufgebrochen, erklärte unser weltbester Leader mir zugewandt: »Ich weiß, du hast Angst wegen morgen. Und ich verstehe das nur zu gut, glaube mir.«

Im Halbdunkel konnte ich seine Stärke spüren, sein Vertrauen in mich. »Aber es wird alles gutgehen. Solange du auf Jorden aufpasst.« Cornelius musste mein befremdetes Gesicht gesehen haben. »Du hast schon richtig gehört. Jorden ist eigentlich ein Guter. Auch wenn wir uns nicht leiden können. Nicht umsonst habe ich mich damals im Council dafür stark gemacht, dass er hier als Ranger angestellt wird. Obwohl er eigentlich kein ausgebildeter Ranger ist; dafür allerdings ein wirklich guter Soldat. Er braucht halt ein Korrektiv. Jemanden, der darauf achtet, dass er seine Talente richtig einsetzt. Und das wirst du sein. Verstanden? *Kadett?*« Weil mir aber trotz einer meiner absoluten Favoritanreden nur ein verzagtes Lächeln übers Gesicht huschte, blieb Cornelius stehen, »Komm mal her!«, und drückte mich fest an die Brust. »Dein Vater wäre stolz auf dich«, flüsterte er. »So stolz.«
Diesen Satz sagte ich mir die ganze Nacht über, als Chang mit dem Phaser Wache vor der Hütte schob und ich, wach, wach und nochmals wach, dem Trommeln des Regens lauschte, vor wie einen Zauberspruch; und auch noch in der Früh, vor Sonnenaufgang, als ich zum Abschied meinem schlafenden Robot-Fennek, der bei Özlem zurückbleiben sollte, ein Bussi gab und hinter Jorden, ohne mich umzusehen, über die dampfende Alm marschierte. Dunkelblau glomm hinter den Felswänden der Tag. Zwischen den Gräsern hingen engmaschig taufeuchte Netze, in denen die Spinnen darauf warteten, unsichtbar zu werden. Aus Jordens Rucksack ragte der Stil einer Axt. Den Phaser überließ er den anderen, da sich nach dem Kampf gegen die Affen ohnehin nur mehr wenig Munition darin befand. Er steuerte durch das Latschenfeld auf den Talschluss und die in den Stein geschlagene Treppe zu. Das wunderte mich, weil doch eigentlich zwischen den Almen eine Verbindungsstraße existierte, die zwar längst überwachsen, abgerutscht und teilweise weggeschwemmt war, aber immer noch den kürzesten Weg darstellte. Was hatte Jorden vor? Auf den endlosen, steilen Stufen der Treppe konnte ich kaum mit ihm Schritt halten. *Korrektiv*, ging es mir durch den Kopf. Du bist das *Korrektiv.* Ich durfte jetzt nicht schlappmachen. Aber, nur so nebenbei, wie ging das überhaupt, Korrektivsein? Wenn es so weit war, beruhigte ich mich, würde ich es schon wissen.

Jorden zog sein T-Shirt aus. Von seinem Oberarm guckte die Tätowierung seiner Frau, ihre langen, geschmeidigen Glieder, von seinem Rücken die seines Sohnes, Zuri. Beim Gehen war es mir, als schüttelte er unter dem baumelnden roten Pferdeschwanz seines Vaters traurig den Wuschelkopf. Jede seiner Bewegungen setzte Jorden mit Bedacht; regelmäßig und mit großer Ruhe scannte er die Gegend. »Kein Ranger, sondern Soldat«, schoss es mir durch meinen pochenden Kopf.
Die ersten Strahlen der Sonne lagen bereits auf den Bergkuppen und kündigten einen heißen Tag an. Als wir die Wand erklommen hatten, blickte ich hinab auf die Alm zu unseren Füßen im noch schattigen Wiesenabgrund, die Rosenhütte, wie ein vergessenes und lächerlich kleines Spielzeughaus, kaum vorstellbar, dass darin Menschen wohnten, auf das endlose graue Nebelfeld in weiter Ferne, die Große Ebene. Fast konnte man meinen, das Resort befinde sich über den Wolken, wie ein Raumschiff, das im Orbit der Erde kreist, Arche-Noah-Style. Jorden setzte sich den Pathfinder auf, der ihm jedes Lebewesen als flackernden Thermofleck anzeigte, und suchte die Wälder und Wiesen unter uns ab. Schließlich verharrte er auf der weit entfernten Breitjochalm, drehte wieder und wieder an der Optik und strich sich den dünnen roten Bart.
»Okay«, sagte er. »Okay.«
Aber statt zu erklären, ob und wenn ja, wie viele Menschen er gesehen hatte, schulterte er seinen Rucksack und marschierte wortlos in Richtung Steinernes Meer.
Die Schutthalden, Schroffen und Hangrinnen, die im Anschwellen und Brechen erstarrten Wellen aus Fels, schimmerten im klaren Morgenlicht. Jetzt verstand ich: Wir würden von oben zur Breitjochalm hinabsteigen, eine Route, auf der uns keiner vermutete, ganz einfach weil es 110 % Irrsinn war, die mörderischen Anstrengungen auf sich zu nehmen, wo man doch eigentlich viel schneller und bequemer durch den Wald zur Breitjochalm spazieren konnte. Ich sendete noch ein kleines Prayer, Jorden möge aus seiner Zeit als Ranger wissen, wo die Pfade verliefen, die die sichere Durchwanderung garantierten. Ich betete nicht zum LORD, sondern zu meinem Vater. Grün funkelnd stand seine Raumstation am Morgenhimmel. Eigentlich war ich ja schon zu alt, um

zu glauben, dass er dort oben die Erde umkreiste und mich beobachtete. Was soll ich sagen? Es war mir in diesem Moment wirklich egal.

Dann marschierten wir los.

Ich glaube, es ist keine Schande, wenn ich hier ganz ehrlich schreibe: Korrektiv hin oder her, zum Mittag schleppte ich mich nur mehr mit größter Mühe über die Geröllfelder; immer wieder stolperte ich über meine Füße. Nicht ein einziges Mal sah sich Jorden nach mir um. Die Steine glühten, Kohlen-Style. Als ich, Halt suchend, nach einem Felsen griff, schrie ich vor Schmerz auf. Jorden ging einfach weiter. Ich hockte mich hin, ich konnte, ich wollte nicht mehr weiter, die Sonne, es trommelte gegen meine Schläfen; in meiner Brust, dort, wo ich damals meine Seele zu spüren geglaubt hatte, krampfte es sich zusammen; ein galliger Geschmack breitete sich in meinem Mund aus, die Sonne. *Die Sonne schien*, die Wörter schwirrten mir plötzlich durch den Kopf, *die Sonne schien, da sie keine andere Wahl hatte. Sie hatte keine andere Wahl. Die Sonne. Sie schien. Die Sonne schien …*

Etwas Kühles, Nasses, unendlich Wohltuendes an meiner Stirn. Dankbar schaute ich auf. Jorden wickelte mir ein Tuch um, reichte mir die Hand und sprach dann tatsächlich die ersten Sätze seit unserem Aufbruch mit einem Ausdruck, als sähe er in diesem Moment nicht mir ins Gesicht, sondern dem Schicksal: »Arsch hoch. Du schaffst das, hörst du? Du. Schaffst. Das. Nie aufgeben! Frischling!« Er nannte mich bei dem Spitznamen, den er bestimmt schon seit hundert Jahren nicht mehr verwendet hatte. Und es half. Zumindest ein bisschen. Ich spürte neue Power.

Wenig später stiegen wir zurück an den Rand des Steinernen Meeres. Mir war jede Orientierung abhandengekommen. Ich dachte schon, Jorden hätte uns im Kreis geführt und wir wären zu unserem Ausgangspunkt auf der Felswand und zur Treppe zurückgekehrt. Und tatsächlich, als ich Jordens Beispiel folgte und ihm bis zu einem Vorsprung hinterherrobbte, schaute ich auf ein Hochtal herab, das aussah wie unseres, richtig heimelig. Was war ich happy: Da war eine Alm, eine Hütte, ein Stall. Allerdings bemerkte ich sehr schnell die Unterschiede. Die Wiese war von den Rändern her zugewuchert, Bäume standen kreuz und quer, das Dach des Stalls war eingestürzt, die Hütte musste gebrannt haben, die Mauern waren geschwärzt, kein Vieh, keine Beete, Stille. Die Breitjochalm.

Wir hatten es geschafft. F-87 und auch Cornelius würden stolz auf mich sein, wenn ich ihnen erzählte, wie wir das Steinerne Meer durchwandert hatten. Das war mein erster Gedanke, was natürlich auch schon wieder irgendwie peinlich ist.

Jorden spannte sich wieder den Pathfinder um. Ich konnte keinerlei Anzeichen für Bewohner der Alm entdecken, aber dieses Mal weihte mich Jorden ein, was ich als größte Respekterweisung ever ansah. Er hob zwei Finger, während er den Blick nicht von der Hütte abwendete. *Zwei.* Zwei Eindringlinge also. Wie Anne gesagt hatte. Unbeeindruckt von der ungeheuerlichen Entdeckung, die mich trotz der Anstrengungen hellwach machte, erklärte er mit einem Kopfnicken in Richtung einer Kuhle: »Wir lagern da drüben. Und morgen früh sagen wir denen guten Tag.« Während er weiter hinabstarrte, befahl er mir, das Gepäck herüberzuschaffen. Zu gern hätte auch ich die beiden Eindringlinge gesehen. Zumindest schienen sie keine Absichten zu haben, in nächster Zeit zur Rosenalm aufzubrechen. Sonst hätte Jorden sicher nicht die Nacht abgewartet. Ob es noch mehr Eindringlinge im Wald gab? Ich fragte mich, wie genau das aussehen sollte: Guten-Tag-Sagen. Solange Jorden nicht die Axt anfasste und keine Dummheiten mit ihr machte, war alles okay. Darauf musste ich achten, schärfte ich mir ein. Er darf die Axt nicht anfassen. Außer es geht gar nicht anders, und wir müssen uns verteidigen.

Mit letzter Kraft stolperte ich zur Kuhle – und hielt an ihrem Rand inne, warf mich auf den Boden: Da lag was. Jemand. Ein Körper. Ein nackter Mensch. Ich hob den Kopf. Es war eine Leiche, die sich bereits grau verfärbt hatte. Dann bemerkte ich ein paar Meter daneben das gewaltige zerbrochene Holzkreuz. Es musste vom Gipfel heruntergestürzt sein, die Statue daran, der LORD-Sohn Jesus, war abgebrochen.

Wenig später sank ich neben dem riesigen schmerzverzerrten Gesicht auf die noch warmen Steine. Ich meine, ich war tot. Wir schlüpften in unsere Schlafsäcke und würgten die harten Lupinenbrotscheiben herunter, während sich das Steinerne Meer in unserem Rücken, das eben noch in den letzten Sonnenstrahlen weich und durchsichtig schien, in einen einzigen schwarzen Klumpen verwandelte. Eine wohltuende Bö kam auf und entlockte den Kanten des Kreuzes und der Jesus-Statue die eigenartigsten Töne. Mal Heulen, mal Pfeifen, mal etwas, das wie überirdische Stimmen klang. Sirenen.

Obwohl ich zu 270 % erledigt war, ließ mich das Ziehen in meinen Gliedern nicht schlafen; auch wurde mit der wachsenden Dunkelheit die Angst vor dem, was in ihr und ein paar hundert Meter unter uns lauern mochte, größer und größer. Aber was war denn nun eigentlich schlimmer: die Eindringlinge und ihre unklaren Absichten? Oder Jorden, bei dem ich mir nicht sicher war, ob er Cornelius' Mahnung, erst einmal die Lage zu *sondieren*, beherzigen würde? Und was genau hatte Cornelius eigentlich damit gemeint: sondieren? Wie ging das? Und wenn wir fertig sondiert hatten? Dann, sagte ich mir und bekam kaum Luft, dann ist es an dir, Korrektiv-Heinz, dass nichts passiert; dass der first zu keinem last contact wird.

Unbekümmert zog Jorden eine kleine Dose aus der Tasche, die silbern schimmerte, und steckte sich einen Batzen Schtix in den Mund. Ich wollte, dass endlich die Stimmen in meinem Kopf verstummten; dass endlich Ruhe war. Also fragte ich leise, obwohl ich wusste, dass ich damit Jordens Unmut auf mich ziehen könnte, in die Richtung des schmatzenden Schemens, von dem mir ein frisch-würziger Duft entgegenschlug: »Wäre Zuri jetzt eigentlich so alt wie ich?«

Ich gebe ja zu, es war nicht das beste Smalltalk-Thema.

Schweigen war die Antwort darauf, so dass ich schon meinte, okay, jetzt wird er gleich fuchsig. Aber ich irrte mich.

»Siebzehn«, kam es gelangweilt aus dem Dunkel.

Ermutigt von meinem überraschenden Teilerfolg, versuchte ich es weiter: »Ich habe mich ja immer gefragt, wie er war …« Ich schaute auf die Spitze des Halbmonds, der nun über den Rand des Plateaus lugte, als wollte er uns belauschen. War er ein Produkt des Schutzschirms, oder leuchtete er auch gerade über der Großen Ebene?

»So. Hast du das.«

»Ja. Ich hätte ihn gern kennengelernt. Das wäre schön gewesen, wenn er hier wäre. Glaube ich.« Ich sage mal: Es war die Erschöpfung. Sie ließ mich jede Vorsicht, die ich sonst gegenüber Jorden an den Tag legte, vergessen.

Nach Minuten, die vielleicht auch Sekunden waren, antwortete Jorden. »Er ist ein Löwe.« Er sagte »ist« und nicht »war«. »Wie seine Mutter. Ist eine Löwin.« Stockend, doch so offen und ausführlich, wie ich es noch nie erlebt hatte, gab er Auskunft. »Wollten ja zurück. Alle drei. Weg aus dieser Scheiß-Traunstein-Garden-Zone *Arkadia VII*. War alles schon geplant. Alle Möbel in Containern. Nur knapp zwei Wochen nachdem das passiert ist, hätten wir in einem Flugzeug gesessen. Am dreißigsten Juli wären wir runtergeflogen. Alle drei. Nach Kenia …« Er unterbrach sich, als bereute er, was er da gerade erzählt hatte.

In meinem dämmrigen Bewusstsein, in dem die Bilder von Jorden mit seiner Frau und seinem Sohn zwischen Containern vorüberschwebten wie Voruntergangshologramme, kehrte ein Wort aus seinem Monolog wieder und wieder. *Traunstein.*

»Wenn die in Traunstein waren, als das passiert ist«, überlegte ich laut, ich gebe zu, das war dämlich, »kann es nicht sein, dass die was von dem Transfer aus Salzburg gehört haben und mit den Drohnen raus sind?« Ich schreckte zusammen. Hatte ich gerade Özlems und Changs Geheimnis verraten? Nein, ich erinnerte mich. Chang hatte doch gesagt, Jorden wäre damals dagegen gewesen, sich bis zum Flughafen durchzuschlagen.

Jorden schwieg. In der Finsternis raschelte es. Der Mond tauchte die Ränder unserer Kuhle in kaltes Licht. Schließlich kam aus der Ecke Jordens heisere Stimme: »Glaubst du, ich hab's nicht versucht? Glaubst du das?«

»Du … warst da?« Ich konnte es nicht glauben. Er hatte doch Özlem und Chang davon abhalten wollen, weil es eine Falle sein konnte. »Aber Chang hat gemeint, dass du …«

»Da war nichts«, Jorden hörte gar nicht auf mich. »Nur Tpyen, die warteten. Genau wie ich. Glaube bloß nicht, dass da jemals irgend so ein Transfer stattgefunden hat. Alles Lüge. Aber zumindest kann ich mir nichts vorwerfen. Ne, kann ich wirklich nicht …« Er wurde immer aufgebrachter. »Glaubst du etwa, ich lass meine Family im Stich? Wie so ein

Rabenvater, oder was? Glaubst du das? Muss ich mir von so einer Rotznase sagen lassen … hey, ich glaub's ja nicht …« Ein Stein, der in die Leere kullerte. Für einen Moment dachte ich, Jorden würde mir gleich an die Gurgel springen. Dann hörte ich plötzlich wieder seine Stimme. Sie klang seltsam ruhig. Beunruhigend ruhig.

»Weißt du, was man über den Tod sagt?«

Ich rutschte tiefer in meinen Schlafsack. War Jorden nicht näher an mich herangerückt? Ich bekam Angst. »Jorden … also, ich …«

»Angeblich beginnt genau in dem Moment, in dem du stirbst«, ich war gar nicht da für ihn, »dein Leben noch mal.«

War das ein Test? »Ich wollte vorhin wirklich nicht …« Ich starrte auf den dunklen Fleck, der Jorden war.

»Ich meine«, er lachte müde, lachte er? »… dein ganzes Scheißleben, das du bis zu deinem Tod hattest, beginnt genau in diesem Moment noch einmal von vorne. Dein ganzes Leben. Genauso, wie du es schon einmal gelebt hast. Wenn du mal einen Fehler gemacht hast, den du bereut hast und von dem du dir vorgenommen hast, *fest* vorgenommen hast, ihn nie wieder zu machen, wirst du ihn wieder machen. Wenn du mal jemanden verloren hast und gemeint hast, noch einmal wirst du …«, er hielt kurz inne, »das nicht überleben, wirst du ihn noch einmal verlieren. Und noch einmal überleben. Und wenn du dir am verdammten Ende dieses Lebens denkst: Scheiße, alles verkorkst, wirst du nur ein paar Jahrzehnte später wieder an genau derselben Stelle sitzen. Und dasselbe denken. Und sterben. Und dann wieder. Leben und sterben. Und wieder. Und immer wieder. Endlos. Außer …«

»Außer …«, flüsterte ich.

»Außer du schaffst es, dass doch nicht alles so übel wird. Dass du irgendwie glücklich wirst. Oder sogar richtig glücklich. Dann wirst du genau dieses Glück, für das du gearbeitet hast oder das du zufällig hattest, was weiß ich, ist auch eigentlich scheißegal, dieses Glück wirst du jedenfalls wieder und wieder erleben. Für immer. Und niemand, aber auch wirklich niemand wird es dir jemals wieder – nehmen können …«

Ebenso unvermittelt, wie er seinen Monolog begonnen hatte, beendete Jorden ihn. Ich dachte, er würde mich vielleicht noch nach meiner Meinung fragen; nach dem, was Cornelius mir damals über die Natur unserer Seele gesagt hatte. Aber nur mehr das auf- und abschwellende Pfeifen des Windes war zu hören, das alle Geräusche um uns übertönte. So sehr ich auch die Schwärze vor mir fixierte: Es war fast so, als hätte das Steinerne Meer Jorden verschluckt. Nach einer Weile, in der ich ein paarmal leise »Jorden?« gefragt hatte, ohne eine Antwort zu erhalten, spürte ich, wie sich der Schlaf in meinen Gliedern ausbreitete. Und ich gab ihm nach. Noch ein letztes Mal öffnete ich die Augen. Das Mondlicht war über den Rand der Kuhle geschwappt. Ich sah auf den zum nie endenden, stummen Schrei geöffneten Mund Jesu, des LORD-Sohns.

Eine Hand rüttelte mich wach. Es war noch Nacht. Hoch über dem Steinernen Meer stand der Mond. Müde packte ich meine Sachen und kletterte Jorden hinterher. Bei jedem Schritt flammte es in meinen Beinen auf; die Schlaufen des Rucksacks scheuerten an meinen Schultern. Ich biss die Zähne zusammen. Ich jammere ja immer viel zu viel. Mit fünfzehn Jahren muss man so etwas ertragen. Ich bin schließlich kein Kind mehr. Ich glaube, das waren so die Sachen, die ich mir vorsagte, um nicht schlappzumachen.

Dann standen wir an einem bewaldeten Abhang, der zwar beängstigend steil war, und wenn ich sage steil, meine ich so gut wie senkrecht, aber im Vergleich zu den glatten Wänden daneben noch irgendwie bezwingbar wirkte. Es war gerade so hell, dass ich das Unterholz zwischen den Bäumen erkannte. Jorden nickte mir zu. Dann begann er den Abstieg, oder besser: Er lief im Zickzack, Kamikaze-Style, sprang über Hindernisse, hielt sich nach ein paar Metern an einem Baumstamm fest, musterte das Stück der Route, das er sich als Nächstes vorgenommen hatte, und weiter ging's. Wie oft ich hinfiel, wie oft ich Purzelbäume durchs Gestrüpp schlug, wie viele blaue Flecken und Abschürfungen ich mir holte, wie oft ich mir beinahe den Knöchel verstauchte und weiterhinkte, wie oft ich liegen bleiben wollte und Jorden sich weiter und weiter entfernen sah und mich nur die Angst, allein zu bleiben, aufstehen ließ, während am Horizont ein dunkelblauer Streifen wuchs, der Morgen – all das weiß ich nicht mehr so genau. Doch ich erinnere mich noch an jenen Moment,

als ich den allerletzten Abschnitt in Augenschein nahm, an dessen Fuß Jorden wartete und irgendetwas beobachtete, und ich dachte, ich schaffe das nicht mehr, alles habe ich geschafft, aber ich kann nicht mehr, und er sich umdrehte und zu mir hochzischte: »Komm schon! Nicht faul rumstehen!« Ich holte Luft, als müsste ich tauchen, rannte los, schlitterte, kullerte – und blieb unten im nassen Gras auf dem Bauch liegen.
Eine Sekunde lang maß mich Jorden mit seinen Blicken, ich erwartete eine Ermahnung, Lahmarsch, Krummbumm, das übliche Programm; doch er beugte sich tatsächlich zu mir herunter und klopfte mir anerkennend auf die Schulter. Ich spürte die Power, die mich durchströmte. Eigentlich war es lächerlich. Ich meine, warum gebe ich so viel auf Jorden? Dann hatte er sich schon der dichten Hecke zugewandt, die vor uns den Eingang zum Wald versperrte. Er holte die Axt aus dem Rucksack und hieb eine Schneise durchs Dickicht. Auf der Rückseite der Büsche, aus deren abgeschlagenen Zweigen ein dickflüssiger, weißer Saft tropfte, umfing uns die Dämmerung des Waldes. Die Fichten standen so hoch, dass es für alle kleineren Pflanzen darunter unmöglich war, Licht zu bekommen. Der Boden war mit einer dicken Schicht aus abgestorbenen Blättern und Rinde bedeckt, in die wir bis über die Knöchel einsanken. Die dürren Zweige der wenigen Schösslinge waren völlig kahl, der Wald tötete sich selbst. Nur ab und an durchschnitt das Knarzen der Stämme, die sich im Wind bogen, die Stille.
Ich habe mich seither oft gefragt, ob all das, was in den folgenden vielleicht dreißig Minuten geschah, auch anders hätte kommen können, wenn wir woanders gestanden hätten. Hier, unterm Tisch, spiele ich es nach. Ich nehme zwei Brotkrumen und lege sie hintereinander, für mich und Jorden, ein Stückchen entfernt zwei Brotkrumen für die beiden Eindringlinge, die nebeneinander gehen. Aber ich kann die Krumen verschieben, so oft ich will, kann Varianten in meinem Heft nachzeichnen, kann zu Lösungen kommen, die mich für kurze Momente happy machen, bis ich realisiere: Es ändert nichts. Was geschehen ist, ist geschehen.
Vielleicht waren wir noch zu weit von der Hütte entfernt, so dass wir uns halbwegs in Sicherheit wähnten; vielleicht war selbst Jorden vom Ab-

stieg zu fertig; jedenfalls hatte er sich den Pathfinder noch nicht aufgesetzt, der ihn die Gefahr hätte sehen lassen können. Aber war es das denn überhaupt: eine Gefahr?
Ich picke die Brotkrumen mit dem Daumen auf und schiebe sie mir in den Mund.
Plötzlich knackte es. Im selben Augenblick erblickten wir hinter einem umgestürzten Baum die beiden Männer in ihren Silber-Bodys, die schneller, als wir uns ducken konnten, auch uns sahen. Wie Rehe im Visier des Jägers erstarrten sie. Hätte Jorden rufen sollen? Hätte er »Guten Tag« sagen, hätte ich »Wir tun euch nichts« rufen sollen? Was, wenn einer der beiden einen Phaser gezogen und geschossen hätte? Schon im nächsten Moment sprang Jorden über den umgestürzten Baum. Die beiden hageren Fremden, die wegen der Silber-Body-Kapuzen kaum erkennbar waren, stutzten noch – dann liefen sie los, weg von uns. Wo wollten sie hin? Holten sie Verstärkung? Waffen? Flohen sie?
Den hinteren holte Jorden sofort ein. Ein dumpfer Schlag, leiser als das Ächzen des Mannes, der zu Boden sank. Jorden, der ihn mit dem Stil der Axt auf den Hinterkopf geschlagen hatte.
»Heinz!« Jordens Stimme. Laut. »Heinz!«
Schon war er verschwunden, dem zweiten Fremden hinterher, der tiefer in den Wald lief. Sich entfernendes Knacksen, Rascheln. Langsam näherte ich mich dem Mann, der mit verdrehten Gliedern auf dem Bauch lag, das Gesicht in der Erde. Vorsichtig berührte ich seinen Arm mit der Fußspitze. Der Mann bewegte sich nicht.
»Hallo«, sagte mein Mund.
Der Mann reagierte nicht. Atmete er? Wie in einem bösen Traum tasteten meine Hände nach dem Seil in meinem Rucksack. Durch den Stoff des Bodys konnte ich nicht spüren, ob sein Körper noch warm war. Er musste noch warm sein, er musste noch leben, Jorden konnte ihn doch unmöglich mit einem einzigen Schlag getötet haben. Jorden wusste doch gar nicht, ob der Fremde uns etwas hatte tun wollen. Was sollte *ich* jetzt tun? Der Moment war da. Ich musste *korrigieren*. Aber wie ging das? Ich schlang das Seil um die Handgelenke des Mannes, sie rutschten mir weg, ich hielt sie fester, band sie auf seinem Rücken zusammen.

»Ich komme zurück«, erklärte ich ihm halblaut.
Mein Herz raste. Er ist tot, dachte ich mir. Er ist doch tot. Und meine vom Marsch durch das Steinerne Meer schweren Beine begannen auf einmal, wie von selbst zu laufen, er ist tot, sprangen über jedes Hindernis, auf die Lichtung zu, aus dem Wald, tot, da war in der Ferne eine Hütte, atemlos stand ich zwischen Brennnesseln auf der zugewachsenen Breitjochalm, im grauen Morgen. Aus der Hütte kam Poltern, Krachen, ein Schmerzensschrei. Ich flog über die Wiese zur Tür, öffnete vorsichtig die Tür, starrte auf die Stube, den umgestürzten Tisch, die zerbrochenen Teller und die beiden Männer, die sich am Boden wälzten, miteinander kämpften.
»Heinz!« Jorden. Er keuchte, saß auf dem Fremden, hatte Mühe, ihn festzuhalten. Der Fremde versuchte, ihm ins Gesicht zu schlagen. Nur eine halbe Armlänge entfernt ein Messer, daneben Jordens Axt.
»Heinz!«
Ich musste etwas tun. Ich musste ihm die Axt geben. Der Fremde bäumte sich auf, »Arschloch!«, presste er hervor, eine kräftige, tiefe Stimme, beinahe hatte er Jorden abgeschüttelt, und dann?, was wäre dann?, ein Schritt, zwei Schritte, ich bückte mich nach der Axt, ich reichte Jorden die Axt, Jorden griff nach der Axt, »Wie viele?«, schrie Jorden den Fremden an, »Arschloch!«, die Antwort, der Fremde bekam Jorden an den Schultern zu fassen, zog ihn mit einem Ruck zu sich, packte seinen Hals, drückte zu, Jorden schnappte nach Luft, zögerte, jetzt holte er aus, ich sprang zurück, wollte nicht zusehen, sah zu, wie die Klinge auf den Kopf des Fremden niederfuhr, der gellend zu brüllen begann, bis Jorden noch einmal ausholte, er guckte dabei sehr konzentriert, wie am Schlachttag, dachte ich mir noch, die Klinge steckte im Hals des Fremden, aus dem Brüllen wurde ein Zischeln, ein Fisteln und tonloses Pfeifen, das Blut sprudelte auf Jordens Shirt, die Beine des Fremden zappelten weiter, noch einmal sirrte die Axt auf den Hals herab, auf den roten Schlauch, das letzte Mal.
Der abgetrennte Kapuzenkopf mit dem blutigen Bart. Die Augen, die weit geöffnet starrten.
Ich sah mich von der Decke der Stube, wie ich da stand, ein weinender

kleiner Junge neben einer Leiche und neben dem Mörder, der sich, nach Luft japsend, auf den Rücken fallen ließ. Liebe Menschenfreunde, ich war wieder zur Fliege geworden. Summsumm.

»Ihre Bestellung, bitte!«
Erstaunt starrte ich in das Gesicht der jungen blonden Verkäuferin, das kleine Mikrophon vor ihrem Mund, ihre grüne Schirmkappe. Und während ich den Raum um mich musterte, das Schnellrestaurant, die Menschen, die mal allein, mal in Gruppen, mal missmutig, mal sich angeregt unterhaltend, an den Tischen saßen, hallten in meinem Kopf die Bilder nach, die ich eben noch, vor weniger als einer Sekunde, so klar vor mir gehabt hatte, als handelte es sich um tatsächliche Erlebnisse; und ich musste an das Tausende von Jahren alte nepalesische Weisheitsbuch denken, in dem es hieß, dass dem soeben Verstorbenen sein vorheriges Leben im Moment seiner Wiedergeburt wie ein sehr lebhafter Traum erscheine, bevor es mehr und mehr verbleiche und schließlich nach nur wenigen Stunden ganz und für immer vergessen sei.
Die ungeduldige Stimme des Mädchens riss mich aus meinen Gedanken: »Wenn Sie noch ein Minütchen brauchen, dann haben Sie sicher nichts dagegen, dass ich den Herrn hinter Ihnen schon mal drannehme, oder?«

Während der rothaarige Mann mit dem zerschundenen Gesicht, der Jorden hieß, auf den Jungen einschrie, ihn rüttelte, schaute ich, die Fliege, mich in der Stube um, gemächlich. Ich sah ein Drahtding mit zwei Rädern, das an der Holzwand über der Spüle hing und das, wie mir dann einfiel, *Fahrrad* hieß. Ich sah in einem Topf in der Abwasch einen Hasen liegen, seine nackte, fast schwarze Haut durchzogen feine lilafarbene Adern; daneben das Häuflein seines blutigen Fells. Ich sah auf einer Kommode die kleinen, schneckenhausförmigen Sockel, wie sie für mobile Hologramme verwendet werden und auch Jorden in seiner Zauberkiste welche besaß. Ich sah die beiden Schlafsäcke auf dem Dielenboden. Zwei, nicht mehr. Keine Bande also. Ich stand wieder neben Jorden,

schleppte mit ihm den in eine Decke gewickelten Leichnam. Jorden trug den Schädel in einer Plastiktüte, der von seinem Gürtel baumelte. Im Wald stolperte ich, blieb auf dem Boden hocken, hustete, kotzte, heulte. Jorden stand nur da, sagte nichts, wartete, bis ich fertig war. Er war aschfahl, Schweiß rann ihm über die Stirn. Wir gingen weiter, bis zur Leiche des anderen Mannes. In seinem Silber-Body lag er noch genauso da, wie ich ihn verlassen hatte, mit verrenkten Beinen und auf dem Rücken zusammengebundenen Händen, ein Knoten, der niemals gehalten hätte, wäre der Fremde wieder zu sich gekommen. Ich vermied es, in das Gesicht hinter dem Visier zu sehen.
Mit bloßen Händen buddelte Jorden ein Loch, oder besser: Er versuchte es. Unter der lockeren Erdschicht war der Waldboden so voller Wurzeln, dass er so lange graben konnte, wie er wollte, das Loch wurde nicht größer. Ich saß da und sah ihm zu, sah auf die Decke, auf der sich ein großer dunkler Blutfleck gebildet hatte, auf die Tüte, das Ding darin.
Endlich waren die beiden Fremden mit Erde bedeckt. Nur die Knie des Erschlagenen, den ich gefesselt hatte, schauten noch heraus: zwei Steine. Jetzt ließ sich auch Jorden zu Boden sacken, nahm einen tiefen Schluck Wasser aus unserer Flasche, noch einen, atmete lange aus, schüttelte den Kopf.
»Okay«, sagte er laut. »Okay.«
Das war alles.

Wir wanderten auf dem ehemaligen Forstweg zurück. Abends lagerten wir im Unterholz. Jorden sprach es nicht offen aus; ich wusste, dass er davon ausging, alle Eindringlinge wären tot. Ich *korrigiere*: getötet. Von uns. Der Wind heulte. Die Bäume knarrten. Als ich später davon träumte, wie der Erschlagene aus seinem Grab im Wald stieg, so wie Maximilian Boll aus der Memorial-Pillar, wie er zur Rosenalm stapfte, in die Hütte, in unsere Hütte drang und nach und nach alle Mitglieder unserer Gemeinschaft mit Jordens Axt erschlug, Cornelius, Özlem, Chang, Jorden, Anne und als Letztes, mit einem Hieb, Xiwang, schreckte ich auf und blickte so lange in die Finsternis, bis sich Umrisse formten und die Welt wiederkehrte, Jorden schlief neben mir. Dort, wo sich seine Augen, seine Nase und sein Mund befanden, klaffte ein schwarzes Loch.

Der weltbeste Leader nahm die Nachricht vom Tod der Fremden strangerweise ohne großen Protest auf. Wie etwas, das eben bedauerlicherweise hatte getan werden müssen. Er faltete die Hände auf dem Tisch, als wollte er ein Prayer für die beiden sprechen, aber dann zuckte er schon mit den Achseln, rieb sich lange die Augen und nahm endlich, ganz genau wie Jorden, nachdem er den Mann in der Hütte ermordet hatte, einen tiefen Schluck Wasser. Özlem jedoch starrte uns während Jordens Bericht für Momente, die ich fast nicht ertrug, mit offenem Mund an, besonders mich. *Angewidert.* Allerdings blieb nicht viel Zeit, darüber nachzudenken, ob wir auf der Breitjochalm wirklich anders hätten handeln können und ob und wie ich korrigierend hätte einschreiten können; denn nachdem Jorden fertig war mit seinem Bericht, fragte er herausfordernd: »Und jetzt?«

»Was meinst du damit?«, begann Chang. »Willst du etwa noch mal da hin und das Fahrrad von denen …«

»Was«, unterbrach ihn Jorden ungerührt, »was, wenn die zwei nur die Vorhut gewesen sind?«

Das neue Gemeinschaftsgesetz sah so aus: Tagsüber und nachts schob abwechselnd einer von uns, bis auf Anne und Özlem, Wachdienst auf einem Hochsitz am Rand der Wiese, von wo aus man die Alm überblickte. So eifrig Cornelius noch vor ein paar Wochen daran gearbeitet hatte, ein Wassersystem zu entwerfen, so gleichgültig, nein, vielleicht, im Nachhinein, hilflos schien er mir jetzt. Vielleicht glaubte er uns ja auch in Sicherheit, da der Shield im Augenblick bis auf wenige kürzere Ausfälle wieder funktionierte, was bedeutete, dass neuen Eindringlingen nur der Weg durch die Schleusen blieb – und der war in der Tat schwer zu finden.

Einzig Jorden machte sich daran, auf unserem Schrottplatz passendes Material für ein »Frühwarnsystem« zusammenzusuchen, wie er es nannte. Statt bei der Arbeit, sah ich ihn dann freilich immer öfter abseits im Gespräch mit Chang und Özlem. Einmal glaubte ich, das Wort

»Camp A« gehört zu haben. Hatten meine Fragen auf unserer Expedition, auf die Jorden so unwirsch reagiert hatte, doch etwas in ihm ausgelöst?

Am Vormittag des 30. Oktober hatte ich Wache. Von den Weiden auf den tiefer gelegenen Hängen drang vereinzelt Blöken. Ich hatte mich daran gewöhnt, nicht jedes Mal, wenn ich dachte, am Waldrand oder auf den Vorsprüngen der Felswand eine Gestalt zu sehen, alles liegen und stehen zu lassen und zu den anderen zu laufen, da sich der vermeintliche Eindringling stets doch nur als Pflanze, Fels oder Tier herausgestellt hatte, Anne und vor allem Özlem dadurch aber bis zum Abend in Aufregung versetzt waren. In der Nacht hatte es geregnet. Überall bewegten sich noch Zweige, von denen es tropfte. Ich machte mir Sorgen, dass eine der Kühe ausrutschen könnte, die es seit einigen Tagen wieder in Richtung Steinhaus zog. Als ob sich meine Befürchtungen bestätigten, bemerkte ich plötzlich ein Tier, das schwankte, sich wieder fing, weitertaumelte und schließlich mit einem klagenden Laut auf die Vorderbeine sank. Noch ehe ich und F-87 bei ihm waren, war es seitlich ins Gras gekippt. Es war die Kuh namens van Gogh. Hastig hob und senkte sich ihre Flanke. Ich wollte sie beruhigen, sie streicheln. Aus ihrem Maul und ihrer Schnauze blubberte grünlicher Schaum. Alle Bemühungen, sie dazu zu bewegen aufzustehen, waren vergebens. Laut und erbärmlich fing sie zu muhen an. Die anderen Tiere wurden unruhig, und ihre Rufe hallten von den Felswänden wider. Jorden hatte den Lärm wohl gehört und kam herbeigelaufen. Er kniete sich neben van Gogh und begann, auf sie einzureden, so sanft, wie ich es selten bei ihm erlebt habe. Als sich keine Veränderung einstellte, lief er zurück zur Rosenhütte, schon wenig später kehrte er zurück. Er trug eine Axt. Und noch ehe ich überlegen konnte, was er damit wollte, holte er aus und spaltete der Kuh mit einem präzisen Schlag den Schädel.
Gemeinsam rätselten wir noch, was van Gogh passiert sein konnte, da sahen wir Anne, die weiter oben auf der Alm unschlüssig hin und her ging. »He! Was ist los!«, rief Jorden ihr zu. Sie stammelte etwas vor sich hin, ich verstand nur das Wort Wollschwein; Jorden, der wohl begriff,

was hier im Gange war, spurtete los. Und tatsächlich: Im Eichenhain quiekten die Ferkel neben zwei toten Säuen. Voller Entsetzen sahen wir kurz darauf, wie auf der Wiese Tizian und Hu van Goghs traurigen letzten Tanz wiederholten. Und das alles innerhalb weniger Stunden!

Dieses Mal wusste jeder von uns, was zu tun war. Ohne längere Diskussionen, noch am selben Abend, untersuchten wir das Vieh. Bibbernd stand ich dabei, als Anne, die wegen der unerwarteten, wichtigen Aufgabe sogar ihre Vergesslichkeit vergessen zu haben schien, jeder Kuh und jedem Schwein das Maul aufriss, unverständliche Namen für Symptome vor sich hin murmelte und dann trotz meiner Prayers zum süßen LORD, dass es nicht so schlimm kommen dürfe, bekannt gab, welches Tier erkrankt sei. Es war grauenvoll. Ehe es dunkel war, trieben wir die neun infizierten Kühe und sieben Schweine am unteren Ende der Alm zusammen. Ich stahl mich davon, setzte mich auf dem Schrottplatz in den Solarjeep und hörte trotz geschlossener Türen das entsetzte Quieken und Röhren, die Stimmen Jordens, Changs und Cornelius', die dumpfen Schläge. Als Jorden anschließend zur Wasserpumpe stapfte, am unteren Rand der Alm, vom Kadaverhaufen Rauch aufstieg und der Wind den ekelhaften süßen Gestank verbrennenden Fleisches herüberwehte, sah ich, wie sich der Ex-Soldat und -Ranger, der die Tiere mehr liebte als die Menschen, kurz in seine blutigen Hände schnäuzte.

Am Abend machte Chang noch einen Vorschlag, der zunächst wie ein Scherz klang, bis wir merkten, wie verzweifelt er, der ewige Spaßmacher, in Wahrheit war. Konnten wir nicht innerhalb des Resorts südwestwärts ziehen, in die Schweiz? Vielleicht hatte der Untergang ja den Lidenbrock-Lift verschont, der tief im Fels und damit einigermaßen geschützt lag, meinte er. Ja genau, den Lift ins Erdinnere. Erst kurz vor dem Untergang hatte diese neue Möglichkeit touristischer Reisen in den Medien für Aufsehen gesorgt. Allerdings vermochte keiner in unserer Gemeinschaft zu sagen, ob die mit doppeltem Panzerglas beschichtete Liftkapsel tatsächlich schon einmal durch den Schacht geschickt worden war. Zudem war es äußerst fraglich, ob die Technik den Untergang gänzlich unbeschadet überstanden hatte. Fast alle erinnerten sich freilich an die TV-Bilder lächelnd winkender Core-Traveller und des mit Rampen und Metallkonstruktionen umbauten Lochs, das aussah wie ein Weltraumbahnhof, obwohl es in die genau entgegengesetzte Richtung führte, in die Tiefe. Durch einen mäandernden Tunnel wäre man binnen weniger Stunden ans andere Ende der Erde, nach Neuseeland, gelangt. Der Einstieg lag im Engadin …

Chang unterbrach sich selbst.

»Unterm Strich gibt es meiner Ansicht nach nur eine Chance.« Erwartungsvoll blickten wir alle zu Cornelius. Es war zu spüren, dass nicht nur ich, sondern auch die anderen in diesem Moment mehr denn je auf seine Ideen hofften, die in der Vergangenheit eben doch nicht die schlechtesten gewesen waren. »Das Auffanglager. Das Camp A. Chang, Özlem. Ich sage das jetzt ganz bewusst, da wir drei am besten wissen, welche Kämpfe wir deshalb in der Vergangenheit ausgetragen haben. Aber jetzt legt mal die Karten auf den Tisch. Wisst ihr etwas darüber, was ihr uns noch nicht gesagt habt?«

Wie öfter in letzter Zeit hielt er die Hände auf dem Tisch gefaltet. Seine versöhnlichen Worte riefen allerdings eine Reaktion hervor, die mich maximal überraschte. Özlem, die die gerade eindämmernde Xiwang in den Armen hin und her wiegte, zischte: »Mit einem Baby? Durch die Große Ebene? Ich glaube, du spinnst.«

»Aber …«

Sie ließ Cornelius nicht zu Wort kommen. »Zwölf Jahre lang behandelst du uns wie … wie Kinder deswegen. Und jetzt auf einmal …« Xiwang, deren Wangen in den letzten Wochen immer dicker geworden waren, fing empört an zu krähen.

»Aber ihr habt das doch selber gesagt!«, rief ich da. In den vergangenen Stunden war mir das Bild eines Großen Lagers wesentlich angenehmer erschienen als unsere von Verwesung stinkende, von Eindringlingen und Wetterumschwüngen bedrohte Alm, dieses Loch. »Ihr habt doch gesagt, wir gehen dahin, sobald Xiwang stark genug ist! Das habt ihr gesagt!« Klar, damit verriet ich sie. Es war mir egal.

»Ja, wenn Xiwang stark genug ist«, sagte Chang, der das brüllende Baby unter den Achseln hielt und es auf seinen Knien auf und ab hüpfen ließ. »Sie ist aber nicht stark genug! Sie ist dreieinhalb Monate alt, verdammt

nochmal! So ein Marsch ist doch für einen Säugling …« Er wollte nicht weitersprechen.
»Ach, habt ihr es etwa lieber, wenn eure Tochter hier verreckt?«, mischte sich Jorden ein. »Oder verdurstet, wenn der Speichersee leer ist? Oder von irgendner Bande, die hier zufällig vorbeischaut, mitgenommen wird?«
Wortlos sprang Özlem mit Xiwang im Arm auf und rannte hinaus. Drohend hob Chang den Zeigefinger in Jordens Richtung, verkniff sich, was er sagen wollte, und folgte ihr, während Anne scheinbar unbeteiligt über die Leiter in die Schlafstube stieg. »Wird mir alles zu viel …«, flüsterte sie. »Alles zu viel …« Ich glaube, nur ich hörte es. Cornelius und Jorden, der wild auf dem Schtix kaute, saßen sich stumm gegenüber. Dann begann Cornelius ihn leise über den Pathfinder auszufragen: wie gut Jorden mit ihm im Nebel der Großen Ebene sehen könne, und, vor allem, wie hoch er die Abweichung schätze, wenn er die Koordinaten des Großen Lagers vom Flugblatt eingeben würde. Irgendwann ging Jorden zu seiner Silbertruhe und zeigte tatsächlich Cornelius die Karte, auf der er markiert hatte, wo überall er nach Hawa und Zuri gesucht hatte. Einmütig wie nie zuvor besprachen sie die Route, unsere Route, den Weg durch die Hölle.
Ich suchte F-87s Pfote. Sein Trostprogramm ließ ihn wohl spüren, wie sehr sein Master ihn brauchte. Obwohl es niemand ausgesprochen hatte und sich Özlem und Chang noch dagegen wehrten, wussten wir doch alle, dass an diesem Morgen nach zwölf Jahren der Abschied von der Alm beschlossene Sache war. Und trotzdem: Ich musste daran denken, wie recht Özlem hatte. Xiwang, deren Geschrei von draußen deutlich zu vernehmen war, hatte nicht genug Power für die Reise. Das Baby würde uns aufhalten. Legte es los, wie jetzt gerade, würden sofort die Banden auf uns aufmerksam werden. Und so beschäftigte mich in diesem Moment eine Frage: Wie kann es sein, dass ein einziges Leben, noch dazu das einer nicht einmal Einjährigen, genauso wichtig sein soll wie das von sechs Erwachsenen?

Ich wälze mich hin und her, ohne einschlafen zu können. Auf einmal merke ich, dass Jorden nicht da ist, obwohl Cornelius Wachdienst hat.

Von unten, aus der Essstube, höre ich leise fremde Stimmen. Sofort stehen mir entsetzliche Szenarien vor Augen. Soll ich Anne und Özlem wecken? Ich robbe zur Öffnung der Luke. Im blauen Schein eines Hologramms hockt Jorden vor seiner Zauberkiste. In seiner Hand steht klein seine Frau. Hawa. Neben ihr: er selbst, deutlich jünger als jetzt. Sie küssen sich und lachen den Betrachter an. »Wir sind hier in ...«, höre ich Jorden sagen. Er spricht ganz anders als sonst, auch drückt er sich viel gewählter aus. Ich verstehe nur Bruchstücke. »Gestern ... Safari gemacht«, »Urlaub« und »Jetzt schläft Zuri schon«. Glück deluxe. Allein beim Zuschauen werde ich schon ganz superhappy und supersad zugleich. Behutsam, ja, zärtlich steckt Jorden, als hätte er vergessen, dass es sich bloß um Bilder und nicht um Menschen handelt, den Finger in das Hologramm. Wie ein Bienenschwarm sirrt es drohend auf und flackert.
Ich schleiche wieder zurück. Unten tuscheln die Hologramme Hawas und Jordens weiter, in endloser Wiederholung. F-87 ist aufgewacht. Mit großen Augen schaut er mich an. Ich bin zu unruhig, um einem seiner Märchen zuzuhören; trotzdem ist klar, dass wir beide jetzt noch Stunden ohne Schlaf daliegen werden, wenn wir nichts unternehmen. So kommt es, dass F-87, neben mir im Bett, zum ersten Mal zum Zuhörer wird. Flüsternd erzähle ich ihm jene Geschichte, an der ich die Wochen zuvor gearbeitet habe. Sie heißt:

Erinnerungen Ti t'e da Wan Dulis, der ältesten Schildkröte des Erdkreises, am Ende ihrer Tage

Ich erblickte das Licht dieser schönen Welt, die nicht zufällig so rund ist wie der Panzer der Schildkröte, im Jahre 1728 am Strand des afrikanischen Königreichs von Tola. Weil der britische Seefahrer und Entdecker James Cook in Anwesenheit des Königs Tela té Du Gefallen an meiner Art bekundete, der die Menschen nicht ganz zu Unrecht den Beinamen *gigantea* verliehen haben, ging ich zur Besänftigung seines Gemüts & zur Schaffung günstiger Handelsbeziehungen in seinen

Besitz über. Dass man ausgerechnet mich am Strand packte und Cook vor die Galoschen warf, war eine Laune des Schicksals, nehme ich an. Möglich, dass etwas an meinem Gang oder meinem Aussehen, das auffallende Zackenmuster an meinem Hals etwa, für meine Auswahl maßgeblich war. Obschon ich mich eine Weile vor Angst kaum mehr aus meinem Panzer wagte, kann ich mich im Rückblick glücklich schätzen. Denn nachdem Cook Tola übereilt verlassen musste, da seine rüpelhafte Mannschaft den Königspalast té Dus geplündert hatte, ließ mir mein Herr jedwede erdenkliche Aufmerksamkeit angedeihen und verleibte mich endlich 1771, bei einem Aufenthalt in seiner Heimat Großbritannien, seiner bedeutenden Sammlung von Trophäen ein. Zwar befiel mich im Nebel Londons oft Heimweh nach den sonnigen afrikanischen Stränden, was sich nicht zuletzt in einem langen asthmatischen Leiden niederschlug; doch die Diener meines Besitzers, in deren Obhut ich befohlen worden war, bemühten sich aufs redlichste, mir mein Dasein in dem landläufigen Park des Cook'schen Anwesens so angenehm als möglich zu gestalten.
Wenn ich auch innerhalb seiner Mauern die einzige Vertreterin des Schildkröten-Geschlechts darstellte, freundete ich mich rasch mit den anderen animalischen Bewohnern an, insbesondere mit einem kleinen Kapuzineräffchen, dessen größter Tadel es freilich war, unentwegt an Plänen zu stricken, aus London und über das Meer zurück nach Brasilien zu fliehen, eine Unternehmung, die ich ihm oft genug ob ihrer offensichtlichen Undurchführbarkeit aus seinem schütter behaarten Köpfchen zu schlagen versuchte – was es indes nicht daran hinderte, es dennoch zu versuchen. Je mehr Zeit nach seinem Ausbruch verstrich, desto hoffnungsvoller wurde ich, es könnte aller Vernunft zum Trotze erfolgreich gewesen sein – bis ich es eines Tages mit den Armen von einem Ast baumelnd, als spielte es, sowie für immer aufgerissenem Maul & ausgestopft im Studierzimmer meines Besitzers erblickte.
Nach dessen gewaltsamem Ableben auf Hawaii wurde ich Ihrer Majestät, dem britischen König Georg III., vermacht. Ich blicke auf diese Jahre mit gemischten Gefühlen zurück. Ohne Zweifel handelte es sich

bei mir um den seltenen Fall eines Haustieres, das ohne Einschränkung von jedermann, von den Oberen wie Unteren, von alt wie jung, allein aufgrund meines Erscheinungsbildes und dem Zustand der Gemütlichkeit, mit dem man uns Schildkröten fälschlicherweise so gern in Verbindung bringt, geschätzt wurde, so dass es undankbar wäre, allzu sehr zu lamentieren. Doch es wird einleuchten, dass die Lage für mich keine günstige war: der für mich erst nach jahrelangem Studium in seinem Grundriss als solcher verstandene Palast mit den schier endlosen rutschigen Fluren, der stickigen Lüster-Luft und seinen Bewohnern, die es nicht lassen konnten, meinen Panzer zerkratzend auf seine Stärke hin zu prüfen und mir statt der von mir bevorzugten Salat-Kost zweifellos wohlmeinend, nichtsdestotrotz mein Leben gefährdend Petit Fours verabreichten, die ich anfangs neugierig in mich hineinmampfte, bis mich Magenschmerzen plagten.
Als mein Besitzer Georg III., den ich sonst kaum je zu Gesicht bekam, dem Wahnsinn verfiel, sich von Kronleuchter zu Kronleuchter schwang und mich johlend wie einen Ball durch die Korridore rollen ließ und dessen Nachfolger, Georg IV., mich im Opiumrausch für seinen von den Toten zurückgekehrten Vater hielt, wurde ich 1828 dem Londoner Zoo übergeben. Auch über diese Zeit, die am Ende über zweihundertfünfzig Jahre umspannte, will ich mich nicht beklagen. Als Entschuldigung für so manche Tortur, die meinen Pflegern einfiel, die scheuernde Eisenkette, mit der sie mich anfangs anzubinden müssen meinten, oder der kaum geheizte Stall, den ich winters mit einigen wesentlich schlechtergestellten Giraffen und Elefanten teilte, lässt sich hervorbringen, dass die menschliche Spezies damals noch in den Kinderschuhen steckte, was die Erkenntnisse über das animalische Leben betraf. Als eine Art Wiedergutmachung, nehme ich an, gab man mir alsbald ein Riesenschildkröten-Männchen mit dem unpassenden Namen Mighty Edward als Gefährten zur Seite, der mich begatten sollte, da man mit meinem baldigen Ableben rechnete und zuvor noch lobenswerterweise meine Gattung im englischen Raum sichern wollte. Der Ärmste. Wieder und wieder mühte er sich, wobei ihm schon damals eine schwere Arthritis jede Bewegung zur Qual werden

ließ & er aufgrund seiner geringen Intelligenz immer noch meinte, er befände sich auf der Insel der Inseln, Galapagos. Keinem meiner acht Kinder, die ich als Verbeugung vor meinen so von Jahres-, Bilanz- und Koordinaten-Zahlen faszinierten menschlichen Besitzern Nummer eins bis acht nennen wollte, gelang es, aus den Eiern, die ich unter großen Schmerzen ablegte, zu schlüpfen. Es waren traurige Jahre, ja, ich muss sagen: die schlimmsten. Der Verlust meines Nachwuchses und bald darauf des unglücklichen Edward, die Enttäuschung meiner Pfleger darüber, die Gesichter der kindlichen Besucher, die mich staunend begafften & älter und älter wurden, bis sie ihre eigenen Kinder zu mir brachten, die dann selbst nach Jahren kahl und runzlig vor mir standen und mich immer mit demselben Vergnügen beobachteten – all das *gave me the blues*, wie der Engländer zu sagen pflegt. Ich ward schwermütig.

Letztlich verdanke ich es meinen berühmten Vorbesitzern & wohl auch meinem Alter, dass sich im 20. Jahrhundert meine Situation merklich besserte. Von einem Jahrzehnt aufs andere ließ man mir eine besondere Behandlung zukommen, errichtete mir ein eigenes kleines, wohltemperiertes Häuschen in der Form eines Pentagons & versehen mit einer Plakette, die mich als früheres Eigentum Cooks und zweier Könige auswies. Ein Pfleger, er hieß Mickey, kümmerte sich einzig um mich; regelmäßig wog man mich. Überhaupt war man spürbar um mein leibliches Wohl bemüht. Als mir ein Besucher einen Stock auf den Panzer warf, der daraufhin einen kleinen Sprung hatte, wurde ich operiert und der Täter, soviel mir Mickey erzählte, mit Kerkerhaft bestraft. Mickey nannte mich seine *old lady*. Manchmal küsste er mich, was ich wegen der Gefahr der Übertragung schädlicher menschlicher Viren gerne vermieden hätte; und beinahe täglich erzählte er mir von seinem Leben, seiner kleinen Wohnung, seiner Mutter, die er dort pflegte, wobei er nicht müde wurde zu betonen, dass ich seine *number one* sei. Aus Dankbarkeit zwickte ich ihn ein paarmal mit meinem Maul, was er aber als Akt der Aggression missverstand.

Erst spät erfuhr ich vom Aussterben meiner Art. Der Plan der menschlichen Wissenschaftler klang in meinen Ohren von Anfang an riskant, obschon berechnet worden war, dass es um die Chancen seines Gelingens gut stand. So geschah es, dass ich, die Schildkröte, die sich kaum vom Boden abzudrücken vermag, zum ersten Mal in meinem langen Leben flog. In einem Flugzeug transportierte man mich von der Insel fort, die mir in den Jahrhunderten, die ich auf ihr verbrachte, zur widernatürlichen, aber am Ende doch lieben Heimat geworden war, in eine Region, von der man überzeugt war, dass sie dem Wiedererblühen meiner Art zupasskommen würde. Die künstliche Befruchtung mit tiefgefrorenen Spermien eines längst verstorbenen Vorfahren in einem Labor im schönen Neuseeland verlief ausgezeichnet, so dass ich auf meine alten Tage noch die Freuden erleben durfte, als Mutter dem Gedeihen meiner elf Kinder zusehen zu dürfen. Wie fühlte ich mich verjüngt! Doch mochte es an dem Erbgut meines toten Partners liegen oder an einer Nachlässigkeit, die den menschlichen Zoologen in ihrer Euphorie unterlief – einige meiner Nachkommen zeugten am paradiesischen Strand mit den heimischen Schildkröten eine Brut, die zunächst noch bestaunt, dann aber, als sie sich rasant auszubreiten begann und durch die Flüsse auch ins Landesinnere gelangte, wo sie zur Ausrottung einer Froschart führte, was wiederum das Massensterben jener Süßwasserfische nach sich zog, die sich ausschließlich vom Laich ernährten, zur allseits gehassten und bekämpften Plage wurde. Es kann als gesichert gelten, dass die Bastarde meiner Kinder und vielleicht auch am Ende sie selbst & ich der menschlichen Vergeltungswut zum Opfer gefallen wären, hätte nicht ein mir unerklärlicher Zwischenfall dazu geführt, dass nach einigen Tagen des Chaos, in dem Land und Wasser sich miteinander vermengten, kein Mensch mehr anzutreffen war. Zu Beginn machten wir uns in unseren Kolonien, deren Leitung ich innehatte, darüber keine Gedanken, bis eines Tages aus mir unerfindlichen Gründen ein neuer Schlag von Zweibeinern auf Neuseeland auftauchte, dem Menschen nicht unähnlich, doch wesentlich kleiner und leider auch rücksichtsloser, so dass wir sie, als Referenz auf die wohl untergegangenen Homines und ihre Vorliebe für Märchen, Kobolde tauften. Aufgrund meiner Erfahrung und Autorität gelang es mir, eine gewisse Anzahl der Vertreter meines Ge-

schlechts zu einer abgelegenen Bucht zu führen, bevor die Kobolde auch sie, auf der Suche nach Essbarem, schlachten konnten.
Beinahe vollständig erblindet, sitze ich nun in einer Höhle am Ufer des Meeres. Die Wellen benetzen meine lahm gewordenen schwieligen Füße, mit denen ich vormals so grazil die Küste entlangzulaufen pflegte. Früher oder später wird meinen Nachkommen die Bucht zu klein werden, so dass die Kolonie vor neue Aufgaben gestellt werden wird. Nach ihrer Lösung werden sie ohne mich suchen müssen. Ich erzähle ihnen aus meinem Leben. Allerdings muss ich konzedieren, dass ich die Einzige meiner Art bin, die in gewisser Weise Faszination für die untergegangene Spezies des Menschen empfindet. Manchmal vermisse ich sie, ihre flüchtigen Gesichter, ihre doch recht amüsanten Launen, ihre hastigen Bewegungen. Diese Anhänglichkeit mag aus der Not geboren sein, verbrachte ich doch die meiste Zeit meines allzu langen Lebens in ihrer Obhut, die oft genug den Charakter einer Gefangenschaft hatte. Hier und da jedoch war ihre Zuneigung deutlich zu spüren, selbst wenn sie in jenen Augenblicken in Wahrheit Verstorbene oder nicht erreichbare Geliebte ihrer eigenen Rasse auf mein freundliches Antlitz & in mein gepanzertes Inneres projizierten. Es mag keine zweite Spezies auf diesem Erdkreis gegeben haben, die stets derart auf ihre eigene Verderbtheit pochte und all das Schlechte herauskehrte, das durch sie in die Welt gekommen war. Dieser Zug machte sie am Ende doch drollig. Bald nun ist es an der Zeit für mich, Ti t'e da Wan Duli, den Weg zu gehen, den schon so viele meiner Geschwister vor mir beschritten haben, den Weg in die Tiefe, hinab auf den Meeresgrund, ins Reich der Jenseitigen und zurück unter den schützenden Panzer der mit ihren schwarzen Augen in jeden Körper & jedes Herz sehenden GROSSEN KURMA. Lebt wohl, meine Kinder! Lebt wohl!

V. DER TRAUM

Gestern träumte ich, dass nicht Regen, sondern Schnee vom Himmel fällt, in dicken, weichen Flocken, unaufhörlich. Er löscht das Gelb. Er löscht das Rosa. Er löscht das Rot. Er löscht das Orange. Er löscht das Grün. Er löscht das Blau. Er löscht das Violett. Er löscht das Braun. Er löscht das Grau. Er löscht das Schwarz. Schicht um Schicht legt er sich sanft über die Wiesen, die Hütte, die Wälder, die Felshänge, die Gipfel. Die Flüsse sind vereist. Die Pflanzen sind vereist. Die Tiere sind vereist. Die Menschen sind vereist. Niemals werden wir unsere Alm verlassen. Alles ist für immer. In ferner Zukunft, nachdem es wieder taut, werde ich gefunden, konserviert, mit schneewittchenroten Wangen, als wäre ich gerade erst gestorben. Man staunt über den hervorragenden Zustand meiner Leiche und stellt mich in einem eigens für mich errichteten Museum aus. Aufgrund der Fragmente in meinem Heft nennt man mich »Heinzi«. Weite Reisen nimmt man in Kauf, um sich dann lange, lange über meinen gläsernen Kasten zu beugen und in meinen Zügen zu lesen, darüber sinnend, was ich wohl einst gedacht habe, was mich bewegt hat.

VI. DAS WOHLTEMPERIERTE KLAVIER, TEIL I

Wir wagten nicht zu atmen. Cornelius' Hand zitterte, als er heute, am Abend vor dem Auszug aus unserer Heimat, den dünnen Tonarm des Plattenspielers auf die sich drehende Scheibe setzte. Verheißungsvoll begann es zu knacken. Zur Feier des Tages hatte sich unser Leader das Haar gestutzt, das nun wieder seinen fleischigen Nacken freigab; außerdem trug er seinen himmelblauen Anzug – zum letzten Mal, wie ich erschrocken dachte. Alle seine kostbaren Anzüge wird er zurücklassen und gegen einen der Silber-Bodys vertauschen, die er doch so hasst, weil sie, wie er es nennt, nicht *kleiden*. Er muss abgenommen haben, es fällt mir erst jetzt auf. Sein kräftiger Oberkörper füllt noch immer das Sakko aus; aber die Hose am Bund sitzt plötzlich perfekt, in dem Hemd verbirgt sich kein Bäuchlein mehr.

Während Jorden, hilfsbereit wie selten, am Vormittag den Apparat reparierte, war Cornelius zusammen mit mir zum Steinhaus hinuntergestiegen. Lange hatte er in seiner alten Sammlung gekramt und ein Cover nach dem anderen mit einem überraschten »Ach …«, gefolgt von einem wehmütigen Lächeln, hin und her gewendet, bis er sich für eine Aufnahme mit einem Bild entschied, das mir, wenn ich ehrlich bin, nie besonders interessant erschienen war: achtundachtzig rechteckige Felder; zweiundfünfzig weiße, die sich mit sechsunddreißig schwarzen abwechselten.

»Das«, hatte Cornelius triumphierend erklärt, »ist die Formel fürs Glück.«

Es handele sich nicht nur um eines der wichtigsten Werke der Musik-, sondern der gesamten Menschheitsgeschichte, gespielt von einem der größten Genies aller Zeiten, einem Begnadeten! Ein letztes Mal noch wollte er dieses eine Stück, Johann Sebastians Bachs »Wohltemperiertes

Klavier«, gespielt von Henry Wildfield, hören, bevor es »runter in die Hölle« ging. Auf dem Rückweg zur Rosenalm hatte Cornelius sich in eine Begeisterungsrede über diesen Pianisten hineingesteigert. Ein Stück von der Qualität des »Wohltemperierten Klaviers«, so er, könne eigentlich nur von einem Pianisten wie Henry Wildfield und nur von ihm in seiner ganzen Tiefe, bei deren Ahnung uns schwindele, vollkommen erfasst werden. Wildfield, das denke er, Cornelius, sich immer wieder beim Hören, sei nicht von dieser Welt gewesen. Alle Klavierspieler, die nach Wildfield das »Wohltemperierte Klavier« spielten, spielen wollten und doch eigentlich nicht konnten, waren dazu verdammt, ein Leben lang an diesem Stück zu scheitern, allein aus dem Grund, weil Wildfield die einzig und jemals gültige Interpretation aufgenommen habe, alle anderen seien bloße *Nacheiferer* gewesen, so Cornelius.
Und was soll ich sagen? Es war Magic. Reine Magic. Als vorhin die ungewohnten Töne durch die Essstube klangen, leise, doch bestimmt und unbeirrt heiter in die Höhe steigend, war es mir, als würden sich im funzeligen Schein der Deckenlampe Cornelius, Anne, Özlem mit Xiwang, Chang und Jorden Zentimeter um Zentimeter vom Boden lösen und schweben. Am gerührtesten aber schien F-87, der mit geschlossenen Augen lauschte, als würde tatsächlich die Musik seinen Akku laden. Seine Ohren waren steif bis in die Spitzen, die Barthaare bogen sich nach oben, die Pfoten hielt er gefaltet vor der Brust.
Vielleicht dachte er in Wahrheit nur an das, was am Nachmittag geschehen war. Wir und wenn ich sage wir, dann meine ich die anderen, hatten entschieden, allein Edison, das Jungwollschwein, das keinerlei Anzeichen der Seuche zeigte, sowie ein paar gesund wirkende Hühner auf dem Marsch durch die Große Ebene mitzunehmen. Anne hatte sogar aus alten Silber-Bodys, die noch bei uns im Schrank gelegen hatten, eine Art Umhang für das Tier genäht, wobei ich mir nicht sicher bin, ob sie nicht mit den Nadelstichen die schützende Oberfläche der Kleidung zerstört hat. Alle anderen Tiere würden wir ihrem Schicksal auf der Alm überlassen. Zumindest der alten Marilyn jedoch wollte Jorden das ersparen. Also rief er sie zu sich, und sie, gehorsam wie immer, kam angetrottet. Lange stand er da und flüsterte ihr etwas ins Ohr, eine Entschul-

digung, so viel verstand ich. Ich versuchte, nicht zu heulen. Da schien auch Marilyn zu begreifen, was ihr bevorstand; aber statt zu fliehen, guckte sie uns mit ihren braunen Augen an. Dann war es so weit. Jorden hob die Axt, fluchte und ließ die Klinge niederfahren.

Eine kleine Rauchwolke stieg auf.

Aus der Wunde, die keine war, blitzte es blau. Jorden und ich hatten kaum Zeit zum Staunen, denn jetzt begann die zu Boden gesunkene Robot-Kuh spastisch zu zucken und zu wimmern wie ein Kind, zu brüllen, laut und lauter. Sobald Jorden seine Fassung wiedergewonnen hatte, hackte er auf den Schädel ein, von dem nur mehr ein heiseres, böses Fauchen kam, bis auch das vorbei war. Allein F-87, der hilflos die Schlachtung oder besser Zerstörung seiner besten Freundin ansehen musste, schien über die unheimliche Entdeckung nicht erstaunt. Stattdessen schlich er zu dem leblosen Roboter und schmiegte sich an den aus der Stirn quellenden Drahtsalat, Marilyns »Gehirn«. Er trauerte.

Die letzte Fuge des »Wohltemperierten Klaviers« ging in Knistern über. Mit einem Ruck blieb der Tonarm auf dem Vinyl stehen. Cornelius, der die ganze Zeit neben der Kommode und dem Plattenspieler gestanden und auf das Schwarz unter ihm gestarrt hatte, als könnte er darin in die Zukunft sehen, räusperte sich mehrmals. »Ich will euch noch eine Geschichte erzählen«, sagte er mit belegter Stimme. »Wenn ich darf.« Keiner widersprach. Und er begann:

Begebenheit aus dem letzten Krieg

In einem vom Dauerbeschuss der vergangenen Tage schon arg in Mitleidenschaft gezogenen Mietshaus merkte eine Schwangere plötzlich an untrüglichen Zeichen, dass es nun nicht mehr lange dauern würde. Die Stunden verstrichen. Draußen flogen Granaten, die anrückende Übermacht der feindlichen Armee und die wenigen Reste der heimischen Truppen lieferten sich in den Straßen ein Gefecht, dessen Ausgang alle bereits kannten. Aber so schmerzhaft die Wehen waren –

nichts schien voranzugehen. Da schrie die Frau in einer Pause ihrem Mann zu, er solle zu dem jungen Nachbarn laufen, der sei doch Arzt, sie müsse hier sonst elendig zugrunde gehen und mit ihr das gemeinsame Kind. Der Mann, der die ganze Zeit über hilflos neben seiner Frau gestanden hatte, gelähmt von dem Gedanken, dass die Geburt jede Aussicht auf Flucht vor dem bevorstehenden Feuersturm zunichtegemacht hatte, wusste nicht, was er auf diese Bitte erwidern sollte. Und so – als ein Querschläger in die Fassade schlug und die Frau gequälter denn zuvor aufjaulte – rannte er los. Tatsächlich traf er im Nachbarhaus noch besagten Arzt an, der ein gutes Herz hatte und zur Erleichterung des Gatten, der zwar um sein Leben fürchtete, noch mehr jedoch um das seines Kindes und seiner Frau, rasch nach seinem Instrumentenkoffer griff und ihm zurück durch die in Trümmer geschossene Straße folgte. Sie trafen gerade zur rechten Zeit ein. Starr vor Schmerz blickte ihnen die werdende Mutter entgegen. Mit einer Stimme, die Mann und Frau sofort beruhigte, gab der Arzt, im Dröhnen der Geschütze, Anweisungen, was zu tun sei. Keine zehn Minuten später war schon ein Schopf verklebter Locken zu sehen, der nach jedem Schrei weiter wuchs, zu einem Köpfchen, einem eingekrümmten winzigen Körper und endlich einem Baby, dessen Brüllen den Donner des Gefechts ringsum, man ist versucht zu sagen: mit Leichtigkeit übertönte. Zu Tode erschöpft, aber glücklich wie nie zuvor in ihrem Leben empfing die Mutter ihr Kind, das erste, aus den Armen des hilfreichen Arztes und legte es sich schützend an die Brust, wo es der Vater, der jetzt seine Rührung nicht mehr verbergen mochte, sanft zu streicheln begann. Der junge Arzt, froh, dass er die für ihn ungewohnte Entbindung – es war auch seine erste – so erfolgreich zu Ende gebracht hatte, stand noch vor der eingerissenen Scheide, der Gedanke beschäftigte ihn, wie und mit welchem Faden die Verletzung zu flicken sei – da stürzte eine Bombe, die ihr eigentliches Ziel verfehlte, in das Gebäude und zerriss den Mann und den Arzt auf der Stelle. Die Mutter und das Baby wurden von der herabstürzenden Decke erschlagen.

Cornelius machte eine wirkungsvolle Pause. Diese Geschichte, die in seiner Familie schon seit Generationen weitergegeben werde und sich wahrscheinlich auch tatsächlich ereignet habe, sei für ihn eine der wunderbarsten und bewegendsten überhaupt. Wir wussten echt nicht, was wir davon halten sollten. Özlem, der anzumerken war, wie mitgenommen sie war, schüttelte nur fassungslos den Kopf. Wie schön sie trotzdem aussah, dachte ich mir. Die Pickel von ihrer Schwangerschaft waren mittlerweile verschwunden und mit ihnen die Sommersprossen, die sie gehabt hatte, seit ich sie kannte.

»Na, gratuliere«, stöhnte Chang. »Die ultimative Feel-Good-Geschichte. Jetzt schlaf ich bestimmt herrlich heute Nacht. Schönen Dank auch.«

»Das sind wir«, beschwörend riss Cornelius die Augen auf, um die Wichtigkeit seiner Sätze zu unterstreichen. »Versteht ihr das denn nicht? Alle drei haben im Angesicht der absoluten und … empörend *zynischen* Sinnlosigkeit des Lebens ihre Würde bewahrt.« Und er wiederholte, ohne weiter zu erklären, was genau er damit meinte: »Ihre Würde!«

Neben der Tür lag unser Gepäck bereit: Xiwangs hölzerne Babyschale, Taschen, Rucksäcke. In meinen hatte ich, ohne den anderen etwas davon zu sagen, da ich nicht wusste, ob sie das gut finden würden, meine Zivilisationsschätze geschmuggelt, die *Ritter-Sport*-Verpackung, das MAGGI-Gläschen, das Jesus-Kreuz. An den Wänden hingen doppelt und dreifach überprüfte Silber-Bodys.

Vorhin wollte ich noch Abschied nehmen von der Alm. Aber als ich dann, nachdem alle erschöpft und voller Sorge in die Schlafstube geschlichen waren, im plötzlich einsetzenden Sturm auf der Wiese stand, den Gestank der verbrannten Tiere in der Nase, wusste ich, dass ich mein Zuhause schon Wochen, vielleicht Monate zuvor verloren hatte, ja, dass ich doch eigentlich, genau betrachtet, am nächsten Tag in meine wirkliche, meine unheimliche Heimat zurückkehren würde. Die Hölle der Großen Ebene.

Beim Anblick der Babyschale jetzt, in der nächtlichen Stube, muss ich an vorgestern Vormittag denken, an den seltsamen Vorfall, von dem ich nicht so genau weiß, was er bedeuten soll. Özlem hatte mich vom Fenster der Hütte zu sich hergewunken. Sie war allein. Je näher der Moment unseres Aufbruchs rückte, desto mehr schien sie sich mit ihm abzufinden. Zum x-ten Mal checkte sie ihr und vor allem Xiwangs Gepäck. Auf dem Tisch ausgebreitet lagen Kleidungsstücke, die selbstgenähten Windeln, Besteck, uralte Medikamente aus der Großen Ebene und sogar eine der unförmigen Stoffpuppen, die sie für das Baby genäht hatte. Auch jetzt lutschte es sabbernd an einer und lächelte glucksend, als es mich sah. Ich hatte ein schlechtes Gewissen wegen meiner Zweifel, ob Xiwang uns auf dem Marsch nicht ins Unglück stürzen würde. Also schnitt ich funny faces, aber das Baby lachte nicht wie sonst darüber; ich streckte die Zunge heraus, nada, ich blubberte, niente. Da schwor ich mir, dass ich alles wiedergutmachen würde; ich würde Xiwang verteidigen, sollte sich Jorden wegen ihr beschweren.

»Ich muss mit dir was besprechen«, sagte Özlem mit ernster Miene. »Wenn wir morgen aufbrechen … also …«, obwohl sie Xiwang auf dem Schoß hatte, die zu jammern begonnen hatte, fasste Özlem mahnend meine Schulter. »Du erinnerst dich sicher an das Versprechen damals. Unsere Abmachung.« Ich nickte zaghaft. Xiwang. Ich sollte ihr großer Bruder sein. Natürlich hatte ich das nicht vergessen. Und es hätte nicht viel gefehlt und ich hätte Özlem gestanden, was mir schwer im Magen lag. Aber zu meiner Überraschung wollte sie auf etwas ganz anderes hinaus. »Chang«, fuhr sie fort und guckte traurig. »Er macht sich wahnsinnig viele Sorgen wegen der Großen Ebene und der Kleinen.« Xiwang begann zu schreien. »Ich glaube, es würde ihm guttun, wenn du ab und zu mit ihm redest. Einfach so. Nur so Smalltalk.« Sie legte Xiwang in Stillposition. Ein nervöses Lächeln huschte über ihr Gesicht. Mir fielen zum ersten Mal die silbernen Haare in ihren Locken auf. »Du weißt, er hält große Stücke auf dich!« Ich zuckte zusammen. Ich war erstaunt. Nachdenklich trollten F-87 und ich uns, als Özlem ihre Bluse aufknöpfte, während sie die hungrig brüllende Xiwang kaum noch halten konnte.

Aber das war noch nicht die ganze Geschichte. Wenig später, als ich supersad und auch irgendwie superaufgeregt, weil es doch nun losging, über die Alm in Richtung Schrottplatz strich, hörte ich eine Stimme:

»Heinz!« Es war Chang. Er nagelte gerade die Fenster und Türen des Schweine- und Hühnerstalls zu. Offenbar wollte er nicht, dass später die wilden Tiere aus dem Wald einbrachen, eigentlich ziemlich bescheuert, wenn ich das so sagen darf, weil: Die Ställe waren doch leer, und wir zogen weg. Für immer. Er konnte wohl die Vorstellung nicht ertragen, dass all das, was wir so mühsam aufgebaut hatten, ruckzuck zerstört werden würde.

»Komm doch mal bitte her!«, sagte er und schaute sich um, ob uns jemand sah.

Also ging ich zu ihm ans verbarrikadierte Fenster des Stalls. Bereits am Tag nach dem Beschluss aufzubrechen hatte er kein Wort mehr über den Streit mit Cornelius verloren und alle Kraft darauf verwandt, den Marsch für sich, Özlem und Xiwang vorzubereiten, für die er diverse Schalen und Gurte baute. Jetzt stand er da, unschlüssig, mit dem Hammer und den Nägeln in der Hand. Obwohl er sein altes Lächeln zu lächeln versuchte, sah ich an seinem Doppelzwinkern, dass irgendetwas nicht in Ordnung war. Er sah aus wie, na ja, ich, wenn ich was ausgefressen hatte. »Mal ganz im Vertrauen, Heinz, okay?«, erklärte er leise. »Ich weiß, ich kann mich da auf dich verlassen. Also … Özlem. Ich mache mir, und ich sage das jetzt nur dir, Heinz, ich mache mir Sorgen, dass sie das nicht durchsteht. Allein würde ich ihr das total zutrauen. Verstehe mich nicht falsch. Du kennst sie ja. Aber die Angst um das Baby, Heinz. Ich mache mir Sorgen, dass sie da unten durchdreht. Also … meine ... Bitte wäre also«, er schaute vom Hammer in meine Augen, ich guckte sofort auf den Hammer, »lenk sie doch ein bisschen ab. Dass sie auf andere Gedanken kommt. Erzähl ihr irgendeine von deinen Geschichten. Bespaße Xiwang oder halt mal ihre Hand oder so. Du …«, er schluckte, ich guckte auf die Nägel, auf den Hammer, die Nägel, »du weißt ja sicher, wie sehr Özlem dich mag. Wie wichtig du ihr bist. Ich meine, ohne dich … das weißt du, Heinz, oder?« Ich schluckte. »Aber sag ihr bitte nichts davon. Dass wir uns hier unterhalten haben«, bat er mich noch. »Ja, Heinz?«

Lange saß ich danach neben F-87 im Solarjeep, sah durch die verschmierte Windschutzscheibe auf die Alm und dachte über Özlem und

Chang nach. Ich flüsterte noch einmal die Sätze nach, »er hält große Stücke auf dich« und »wie wichtig du ihr bist«, um sie zu begreifen. Ich fühlte mich nicht größer als eine dreckige, schwarze Sumsefliege, die selbst maximale Angst hat und die winzig und schwach ist, und wütend drückte ich auf die Hupe, was ich mich noch nie getraut hatte, und erschrak sofort von dem durchdringenden Klang, der weit über das Hochtal schallte.

Mit größtem Eifer habe ich mich in den vergangenen Tagen, die uns frei zur Verfügung standen, darangemacht, all die Lücken in meinem Heft zu füllen, die sich in der letzten Zeit mit ihren unerwarteten Katastrophen und Entbehrungen aufgetan hatten. Das Quadrat unter meiner Achsel glühte. Am Ende legte ich ein Veilchen zwischen die Seiten mit dem festen Vorsatz, am Ziel unserer Reise, safe und happy, daran zu schnüffeln und mich an genau diesen Moment zu erinnern, an diesen Abend des 16. November des Jahres zwölf.

In meinem Rucksack befinden sich neben meiner Kollektion bewahrungswürdiger Zivilisationsobjekte alle restlichen Hefte, die mir Cornelius geschenkt hat. Nicht für ihn allein werde ich nun auf dem Marsch die Chronik der Gemeinschaft weiterführen. Im Camp A, in Decken gehüllt, der Hitze und den mordenden Banden entkommen, werde ich die erschöpfte Gemeinschaft zu mir bitten. Stolz und froh werde ich ihnen die beschriebenen Seiten zeigen, unsere Geschichte, die Geschichte unseres Überlebens. Solange ich schreibe, überleben wir.

Und ist es nicht im Bereich des Möglichen, dass unsere Erlebnisse und Abenteuer in der besseren Welt des Camps Verbreitung finden und vielleicht sogar zu einem Movie gemacht werden, so wie es der Voruntergangsbrauch bei unzähligen Heldenepen und Trostbüchern gewesen ist? Wir sieben könnten, verkörpert von Nachgeborenen, von glücklicheren Menschen, all das in meinen Heften Erzählte ein zweites Mal erleben. Ein Teenie meines Alters mit blonden Locken und gefärbtem grauen Haar auf der linken Schädelseite könnte als Heinz im Nachbau einer Almhütte inmitten einer blauen Box stehen. Später würden darin Bilder unseres Resorts projiziert werden.

Der Teenie würde diese Zeilen schreiben.

DAS BLAUE HEFT

Dies ist ein Geschenk einer kleinen, weit entfernten Welt.
Eine Probe unserer Klänge, unserer Wissenschaft, unserer Bilder,
unserer Musik, unserer Gedanken und unserer Gefühle.
Wir versuchen, unser Zeitalter zu überleben, um so bis in Eure Zeit
hinein leben zu dürfen.

ERSTER TAG

Kann nicht mehr. Werde meine Aufzeichnungen später in eine andere, angemessenere Form bringen. Rasten gerade unter einer Brücke direkt bei einem schmalen Kanal. Sein ausbetoniertes Bett ist fast bis zum Rand mit einer harten Schicht aus schwarzem Sand gefüllt. Nichts wächst hier. Dichter Nebel um uns. Kaum mehr als ein paar Schritte Sicht. Dem LORD sei Dank für unsere Silber-Bodys, so dass wir nichts von der Hitze mitkriegen. Chang hatte vorhin einen neuen Namen für die Große Ebene. *Marslandschaft.*

Zwölf Uhr fünfunddreißig auf Cornelius' Armbanduhr. Die erste Pause seit sieben Stunden also. Wir haben ein bisschen was getrunken und Lupinenbrot gegessen. Die anderen sind dann sofort eingepennt. Edison, unser Jungwollschwein, schnarcht und zuckt im Schlaf mit den Ohren die Fliegen weg. Es hat die Kapuze des Anzugs, den Anne für es genäht hat, abgeschüttelt. Wir werden es eh in absehbarer Zeit schlachten müssen, da macht das hoffentlich mit der Strahlung, sollte es hier überhaupt welche geben, nicht so viel. Die sechs Hühner im Käfig gurren. Mit gereckten Hälsen schielen sie neugierig in die neue Umgebung. Kapieren sie, dass das nicht die Alm ist? Über uns baumelt ein abgerissenes Stück der Metallbrüstung. Im Wind schlägt es gegen den Beton der Brücke. *Duff. Daduff. Duffduff.*

Es wäre bestimmt schlauer, wenn ich mich jetzt auch ausruhen würde – vorhin hatte ich totale Probleme, meine Beine anzuwinkeln. Sie fühlen sich an, als wären sie aus Holz. Aber der Gedanke an meine Pflicht gegenüber der Gemeinschaft und überhaupt den Menschen im Großen Lager, die das hier mal lesen werden, gibt mir in diesem Moment Power. Bis wir weitermarschieren, skizziere ich also mal grob, was am Vormittag unseres ersten Tages in der Großen Ebene geschah.

Noch vor Sonnenaufgang sind wir von der Rosenalm aufgebrochen und durch den Wald hinabgezogen. Als dann am Taleingang die Grenze des Resorts sichtbar wurde, die Bäume, die plötzlich, wie abgemäht, endeten, dahinter die gewaltige schmutzig graue Nebelwand bis hoch in den Himmel, war mir zum ersten Mal an diesem Tag richtig mulmig. Aber irgendwie war ich auch zu 130 % aufgeregt. War vielleicht ein bisschen so, als hätte ich Schtix genommen.

Jorden fing an, am Fuß eines mit Farnen, Sträuchern und kleinen Bäumen überwachsenen Erdhügels Strünke und Steine beiseitezuräumen. Erst da verstand ich: Hier war die Schleuse 1. Sie führte mitten in den Nebel hinein. Von der foxy Voruntergangskristallarchitektur, von der Chang in seiner Erzählung gesprochen hatte, war absolut nichts mehr zu erkennen. Bei ihrer Tarnung hatten die anderen damals also wirklich ganze Arbeit geleistet.

Jorden legte eine türgroße Öffnung frei, aus der es elektrisch sirrte. Nacheinander traten wir ein. Ein enger, düsterer Gang, gerade so hoch und breit, dass sich ein Erwachsener durchzwängen konnte. Auf dem Boden Steine, Wurzeln, vielleicht Voruntergangsgegenstände. In einiger Entfernung ein fahler Fleck: der Ausgang zur Großen Ebene alias Hölle. Ich stolperte, schlug mir den Kopf an den Wurzeln, die aus der niedrigen Decke wuchsen, tastete mich an der bröckeligen Wand voran. Das Sirren schwoll an, war direkt über unseren Köpfen. Ein Schwarm von zehntausend Bienen. Der Shield. Das war sie also, die Grenze. Ab hier mussten wir uns ganz auf unsere Silber-Bodys verlassen. An der Spitze unseres Zugs trat Jorden mit voller Wucht gegen eine Bretterwand. Mit jedem Tritt wuchs im Tunnel das milchige Licht. Beim Warten wurde die Luft stickig, und ich bekam Schiss, dass das ganze Ding einstürzen könnte. Dann war Jorden verschwunden, dann Özlem mit Xiwang auf dem Rücken, Cornelius, jetzt war ich an der Reihe. Ein Schritt durch einen Vorhang aus Wurzelgehänge – und zum ersten Mal seit zwölf Jahren stand ich im Freien, und wenn ich sage im Freien, meine ich im Freien-Freien. Dichter Dunst. Das hier ist der Parkplatz, fiel mir ein. Aber von den brennenden Autos aus Changs Erzählung war nichts mehr übrig. Von Trockenheit rissige Erde. Ich rieb mit meinem Stiefel

darin herum. Da war was. Ein komisches Muster. Ich denke: Eine vertrocknete Flechte, Versteinerungen? Nein, ein Vorungergangsbild. Ein Mann, der in einem Stuhl mit Rädern sitzt. Ein anderer dahinter, der ihn schiebt.
Wir blieben nur kurz auf dem Parkplatz. Jorden spannte sich den Pathfinder vor die Augen. Die beiden feinen roten Strahlen drangen in den Nebel, und wir zogen los. Ich drehte mich nicht noch einmal um. Das bringt Unglück, siehe Märchen Nummer vierunddreißig: Orpheus und so weiter. Okay, stimmt so nicht ganz, weil ich mich, als Cornelius mir erklärte, dass wir jetzt auf der Landstraße seien, die weiter zur Hauptstraße führe, doch noch mal umgeschaut habe. Nur kurz und so halb. Aber da war nichts mehr. Nada. Das Resort war vom Nebel verschluckt, als hätte es mit unserem Auszug aufgehört zu existieren.
Über der Großen Ebene war die Sonne aufgegangen. Das sah superstrange aus. Bis zur Höhe unserer Köpfe fing der Nebel matt zu schimmern an; aber etwa einen halben Meter über dem Boden, da, wo unsere Füße waren, versickerte das Licht, so dass wir beim Laufen nicht genau sahen, worauf wir traten. In den Schleiern um uns ahnte ich Umrisse, Bäume?, Ruinen? Der schwache Wind wehte sie zur Seite, worauf neue Schleier zum Vorschein kamen, und so ging das immer weiter. Alles hätte sich darin verbergen können. Irgendwo, nur ein paar hundert Meter von uns entfernt, in den Schwaden, mussten die Ruinen der Elite-Siedlung *Seelenfrieden* liegen, in der vor neun Jahren, als ich vom Grat hinuntergeschaut hatte, Blitze gezuckt hatten.
Das Einzige, was darauf schließen ließ, wie die Große Ebene beschaffen war, war der grobkörnige Sand am Straßenrand, der auch auf dem gesprungenen Asphalt in sanften Dünen lag. Ab und zu breite Buschgrashalme, bei denen ich mich frage, wie sie hier überhaupt wachsen können. Wie die Kühe auf unserer Alm trabten wir gleichmäßig voran, Jorden hinterher.
Offenbar hatte ich den Silber-Body nie lang genug angehabt. Beim Gehen spürte ich, wie der Stoff sich veränderte, wie er sich meinem Körper anpasste, ohne ihn einzuschnüren. Als erwachte der Anzug nun, da er endlich gebraucht wurde, zum Leben und würde zu meiner zweiten

Haut. Sein durchsichtiges Visier umschloss mein Gesicht. Es kühlte mich. Ich atmete durch es wie –
Özlem neben mir wird wach. Sie flüstert Xiwang, die mit weit offenem Mund in ihren Armen schläft, etwas zu. Ich höre genauer hin. Altwörter. *Pommes, Ketchup, Kindergarten.* Sie erzählt dem Baby vom Großen Lager. Eigentlich ist es aber anders, denke ich mir. Eigentlich erzählt sie sich selbst von ihrer eigenen Kindheit.
Die anderen stehen schon auf. Es geht wieder los.

Nach unserem Aufbruch heute Mittag wurde der Nebel heller und greller, bis er sich in eine einzige schmerzhaft gleißende Masse verwandelte. In unserem Gesichtsschutz stellten wir die LightFight-Funktion ein. Plötzlich ein Umriss am Straßenrand, eine Gestalt. Stand einfach nur da, schwarz, wartete. Ich sprach ein kleines Prayer, wollte umkehren. Süßer LORD, hatte ich Schiss. Jorden, dem der Pathfinder ja jeden Menschen und überhaupt jedes Lebewesen anzeigte, ging, ohne zu zögern, darauf zu. Ich versuche zu lernen, ab jetzt zuerst auf Jordens Reaktion zu achten, bevor ich mich vor den anderen Angsthasen-Style blamiere. War nur der Pfosten eines Stacheldrahtzauns. Überall größere Stücke herausgerissen. Als ich früher von der Felswand in die Große Ebene schaute, erstreckten sich die Solarfelder dahinter teilweise über Hunderte von Kilometern. Von diesem hier, an dem wir stundenlang entlangmarschierten, war nie mehr als die erste Reihe zu sehen. Der Rest verschwamm im Grau. Die meisten Platten lagen zersplittert auf dem Boden. Die wenigen, die noch in ihrer Metallhalterung auf vier dünnen Stangen ruhten, überzog ein Film aus Dreck und Flechten. Nur einmal hörte ich ein schwaches Geräusch, Summen. Drehte mich sofort danach um. Menschen? Es waren zwei Solarplatten. Sie wackelten und versuchten brav, ihre breiten Panzer schräg zu stellen, um sie dem Sonnenlicht entgegenzuhalten, wie ein altersschwaches Insekt, das seine Flügel ausspannt und doch nicht vom Boden abhebt.
Schäme mich fast, es zu sagen, aber ich hatte echt Mitleid mit diesen Platten, obwohl das natürlich total lächerlich ist. Ich meine, seit zehn Jahren versuchen die beiden da, Sonnenlicht einzufangen, während sich

alles um sie herum in Schrott verwandelt hat. Irgendwie erinnerten sie mich auch ein wenig an uns und das Resort und so. Machte mich supersad. Hatte noch lange, auch als nichts mehr zu sehen war, das traurige Wir-sind-einsame-Solarplatten-Summen im Ohr.

Zwischen den verdorrten Grasbüscheln eine Flasche ohne Etikett: Bis zur Hälfte steckte ein winziger, verwester Nager darin, vielleicht eine Art Hamster, der entweder auf der Flucht gewesen war oder Futter gesucht hatte. Das Hinterteil mit dem Stummelschwanz guckte heraus. Dicht gedrängt saßen Fliegen darauf. Auf dem glatten Glas musste das Tier mit seinen eigentlich viel zu kurzen Beinchen nach Halt gesucht haben, bis es erlahmt war, nicht vertraut mit Menschenmaterial.

Tagsüber kam es mir manchmal so vor, als würde der Nebel im weißen Licht pulsieren. Weit, weit oben meinte ich, einen dünnen, blauen Streifen zu erkennen, und ich betete im Gehen mehrmals und sehr konzentriert, er solle sich tiefer senken, damit es aufklaren würde und wir endlich die Große Ebene um uns sehen könnten. Ganz sicher, dachte ich mir, haben uns die ganze Zeit über Drohnen mit ihren Pathfinder-Augen auf ihrem Schirm und übermitteln vielleicht sogar unser Bild in das Große Lager jenseits des Rheins. Sie beobachten uns. Hören sie uns auch? Ich flüsterte ein bisschen, so dass es die anderen nicht verstehen konnten: »Bleibt bei uns!«, »Werft bitte ein Care-Paket ab!« Und: »Gebt uns doch bitte ein Zeichen. Nur ein tiny-kleines! Bitte!«
Das einzige Ergebnis meiner Prayer war, dass wir bald darauf an einem ausgebrannten Auto vorbeikamen, in das Jorden kurz einen Blick hineinwarf, ohne etwas Brauchbares zu entdecken. Der Nebel schob sich wie eine Blase immer in demselben Abstand mit uns mit, Meter um Meter, als würde er nur darauf lauern, sich irgendwann ganz um uns zu schließen. Im Lauf des Nachmittags wich jede Helligkeit aus ihm. Farblos und schwer hing er in der Hitze.
Jetzt ist es Abend. Jorden hält Wache. Die beiden roten Linien seines Pathfinders durchschneiden die Dunkelheit. Ich halte meine kleine funky rosa Solartaschenlampe von meinem Heft weg in die Große

Ebene. Noch läuft sie mit dem Licht, das sie auf der Rosenalm gesammelt hat. Kleiner Trostgedanke: Der Lichtkegel, der sich vor mir im Nebel kringelt, stammt noch von zu Hause.

Haben bisschen was gegessen. Unser weltbester Leader hat berechnet, dass unser Proviant inklusive Wollschwein Edison und der sechs Hühner für acht Tage reichen wird. Das Wasser bloß vier Tage. Wir sind so kaputt. Habe gesehen, wie Cornelius, Jorden und Chang über Jordens Karte gebeugt saßen und davon redeten, dass wir morgen Vormittag an der Garden-Zone *Eden VII* vorbeikämen. »Und danach die Autobahn«, meinte Jorden. Die anderen nickten. Das scheint also der Plan für morgen zu sein.

Was erwartet uns in *Eden VII?* Vor dem Untergang war eine Garden-Zone, glaube ich, ein Riesengewächshaus mit Lagerhallen, einem Supermarkt und einem Restaurant oder so. »Alles absolut lecker!« An diesen Satz Özlems erinnere ich mich noch. Aber wenn diese Garden-Zone hier noch funktioniert, dann haben doch bestimmt noch andere die prima Idee gehabt, sich dort zu bedienen, oder?

Ich kuschelte mich an F-87. Er hatte bereits auf Stand-by geschaltet und war ganz steif. In seinen Pupillen atmete das Schlafzeichen: »Zzz«. Er hat zu wenig Energie, obwohl ich ihn im Rucksack trage und er sogar ein wenig von der Mehlpaste bekommen hat, aus der unser Essen von nun an hauptsächlich bestehen wird. Wie lange hält er das noch durch, bevor er gar nicht mehr erwacht? Ich versuche, irgendwie die blöde Angst loszuwerden. Habe mir vorgestellt, wie wohl das Weltliteraturbuch weitergeht, das mit diesem Satz beginnt, der mir eingefallen ist: *Als ich aufwache, ist die andere Seite des Bettes kalt.* Wollte vorhin meinen Kopf in Annes Schoß legen. Sehnte mich sehr danach. Mit einem abweisenden Laut drehte sie sich von mir weg und flocht an den Strohfäden weiter, die sie sich von der Alm mitgenommen hatte, obwohl sie sie in der Nebelnacht doch gar nicht richtig sehen kann. »Muss noch Bändchen machen«, erklärte sie. Ich weiß nicht, ob sie das ernst meint oder ob das wieder ihr Alzheimer-Ding ist.

Bis Xiwang eingeschlafen ist, hat Özlem mit ihr noch ein Kitzelspiel gespielt. Das Baby krümmte sich glucksend. Özlem, die dabei zum ersten

Mal heute gelacht hat, winkte mir zu: *Mach doch mit!* Chang lag daneben und beachtete uns nicht. Mit unseren Fingern tippelten wir von den kleinen, dicken Babybeinen bis zum Hals, Özlem flüsterte wieder und wieder: »Kommt ein Mäuschen aus dem Häuschen …« Es war ein very special Moment, und ich bin dankbar dafür. Ich hatte gedacht, nach Xiwangs Geburt hätte Özlem vielleicht vergessen, was sie damals im Steinhaus auf der Unteralm zu mir gesagt hat. War wieder mal Quatsch, dem süßen LORD sei Dank. Ich bin Xiwangs großer Bruder und gehöre fest zu Özlem und Chang. Vielleicht werden wir im Großen Lager gemeinsam in einem Häuschen wohnen. Es wird sich alles gelohnt haben, die ganze Angst, der Hunger, der Durst, alles.

☺ MERKE: Je größer die Gefahr, desto mehr halten die Menschen zusammen.

ZWEITER TAG

Nur ein paar Stunden nach unserem Aufbruch heute Morgen erreichten wir die Garden-Zone. Ein riesiges rotes Tor über der Straße markierte den Eingang. Früher war hier die Schleuse für den Shield gewesen, das sich über die kleine Siedlung und ihre endlosen Plantagen wölbte. In den unverändert dicken Schwaden war aber bis auf die Ruinen rechts und links von der löchrigen Fahrbahn absolut nichts zu erkennen. Kein Summen war zu hören. Das Kraftfeld funktionierte nicht mehr. Trotzig streckte das rote Tor ein Metallgestell in die Höhe, an dem Buchstaben baumelten. Hatten sicher mal funky geleuchtet. Doch mittlerweile hatte der Wind Lücken in die Schrift geschlagen. Auf dem Boden lagen Scherben verstreut. Über unseren Köpfen entzifferte ich: »WILL ... EN ... DEN I.«
Ich hatte gedacht, wir würden in der Zone unsere Vorräte auffrischen. Es stellte sich dann heraus, dass das nie der Plan gewesen war. Es war einfach die schnellste Route zur Autobahn, und wenn wir keinen Riesenumweg machen wollten, mussten wir hier durch. Die Garden-Zone bestand nur aus einem einzigen Straßenzug. Im Grau direkt vor uns, vielleicht einen Kilometer entfernt, erkannte ich ein zweites rotes Tor, den Ausgang. Den Ruinen nach zu urteilen, den kleinen Rampen mit den Treppen, die ins Nirgendwo führten, hatten hier vor allem Lagerhallen gestanden. Ich war sogar irgendwie erleichtert, dass alles kaputt war. Andernfalls wären die Chancen gestiegen, dass wir Banden begegneten, und darauf hatte ich wirklich genau 0,0 % Lust, um es mal so zu sagen.
Trotzdem stockte mir der Atem, als Jorden seinen Phaser in Anschlag brachte, ihn mit seinem Arm abstützte, uns zunickte und wir im Gänsemarsch das Tor passierten. Wir bewegten uns am äußersten Rand der Straße, im Schutz der Trümmerhaufen. Langsam schlich Jorden vorwärts. Ständig stoppte er, spähte in die Öffnungen der Ruinen, behielt gleich-

zeitig die eingestürzten Fassaden im Auge, machte mit den Fingern eine Null, *die Luft ist rein*, und winkte uns wortlos weiter, Soldaten-Style. Offenbar hielt er es für möglich, dass sich hier doch Survivors aufhielten. Bestimmt nur eine Vorsichtsmaßnahme, reine Routine, beruhigte ich mich und wusste doch sofort, dass ich mich selbst belog. Ich traute mich gar nicht mehr zu schlucken, aus Sorge, es könnte zu laut sein. Die Hühner im Käfig auf Cornelius' Rücken gackerten in die Stille. Als es die Leine allein nicht mehr tat, packte Anne das Edison-Schwein, das am Boden schnüffelnd stehen geblieben war, an den Ohren. Quieken. Wieder und wieder glitt mein Blick über die Steinhaufen auf den Straßenseiten, auf die Fensterrahmen in den wenigen Gebäuderesten, die einsam aus der steinernen Öde aufragten.

Auf einer Mauer stand:

LORD VERGIB UNS.

Darunter, in einer anderen Schrift, kleiner und verblasst:

ICH VERGEBE EUCH.

Vielleicht spürte Xiwang unsere Anspannung. Sie wimmerte, lauter und lauter. Schnell drehte sich Jorden um, legte mahnend den Finger an die Lippen. Ich ahnte, was gleich passieren würde. Und da brüllte Xiwang auch schon los.

»Ruhe!«, zischte Jorden streng. »Sofort!«

Özlem versuchte, sie zu besänftigen, das Brüllen hallte von den Mauern, die Hühner wurden immer aufgeregter, Anne kam hinzu: »Lass sie an deinem Finger saugen, das wird sie beruhigen.«

Aber nichts half. Endlich hielt Chang Xiwang den Mund zu. Seine Hand verbarg ihr rot angelaufenes Gesicht. Unter Özlems entsetzten Blicken zog er das Baby aus der Schale.

»Da drüben.« Cornelius deutete mit dem Ast, den er als Wanderstab benutzte, auf einen Ziegelhaufen.

Jorden folgte seiner Bewegung, zielte.

»Da! Da ist wer!« Panisch schaute Özlem zu Chang, der Mühe hatte, das wilder und wilder strampelnde Baby ruhigzuhalten. Ohne auf Jorden oder Cornelius zu warten, suchten alle drei Deckung im Schutt hinter uns.

»Schnell!« Auch Anne ging hinter einem Trümmerstück in die Hocke und verbarg ihren Kopf unter ihren Armen. Ich rutschte zu ihr. Mit einem raschen Griff zog sie aus ihrem Rucksack eines der Strohbändchen, die sie gestern geflochten hatte. »Hier.« Sie streifte es mir übers Handgelenk. »Damit wird dir nichts passieren, Heinzi. Ich verspreche es«, flüsterte sie. Obwohl sie mich hinter ihrem Visier, das ihr faltiges Gesicht stärker hervortreten ließ, anzulächeln versuchte, spürte ich, wie ihr Herz mit dem meinen um die Wette raste. Auch Jorden hatte sich inzwischen auf den Boden geworfen und ließ den Ziegelhaufen nicht aus den Augen.

»Stopp!«, zischte Cornelius, der jetzt als Einziger weiter aufrecht auf der Straße stand.

Der grüne Blitz von Jordens Phaser. Surren. Bröckelnde Steine. Eine Staubwolke breitete sich aus.

»Stopp! Alle! Seid ihr denn ...«, rief unser weltbester Leader. »... wegen eines Hundes so einen Zirkus ...«

»Ach, ihr seid Komiker. Wirklich.« Chang kämpfte mit Xiwang, die mit den Ärmchen ruderte. »Ich dachte, du siehst mit deinem Pathfinder, ob ...«, wandte er sich an Jorden.

»Tu ich ja auch!« Böse rückte Jorden sein Visier zurecht. Sein Bart war so lang, dass er kaum in den Body passte. Anders als bei Cornelius, der irgendeinen Weg gefunden hatte, den seinen in dem hautengen Anzug unterzubringen, schien Jordens Gesicht über und über behaart. »Aber woher soll ich wissen, dass der CEO hier falschen Alarm gibt. Sicherheit geht vor, auch wenn euch das anscheinend scheißegal ist.« Er stand auf und klopfte den Staub von seinen Beinen.

»Also, pardon. Ich habe lediglich auf den Hund da drüben oder was das war gezeigt. Wer kann denn ahnen, dass du gleich zu ballern beginnst?«

Ich merkte, dass ich immer noch Annes Bändchen festhielt und sie meinen Arm gefasst hatte. Jorden war es offensichtlich peinlich, dass er die Nerven verloren hatte. »Besser einmal zu oft in den Dreck geworfen als aufrecht 'nen Kopfschuss kassiert«, grummelte er. Kurz, aber doch verräterisch lange irrte sein Blick von Cornelius zu uns, auf der Suche nach Bestätigung. Wenn ich ehrlich bin, fand ich das fast noch beunruhigender, als wenn sich hinter den Ziegeln wirklich jemand versteckt hätte.

Das letzte Gebäude vor dem roten Tor, das aus der ehemaligen *Eden VII*-Garden-Zone herausführte, war ein echtes Miracle. Bis auf das abgedeckte Dach waren seine drei Stockwerke fast unbeschädigt. Unsere Köpfe im Hellen, unter uns Finsternis. Der frische zitronengelbe Anstrich des Gebäudes schimmerte matt. Vorsichtig näherten wir uns. Ich bin ganz ehrlich: Ich wollte nur noch raus. Dann totales Erstaunen: an einer Stange in der Fassade des Miracle-Hauses eine staubige Fahne mit weiß-blauem Rautenmuster. Der schwache Wind ließ sie sich blähen, zappeln. Über der schweren hölzernen Eingangstür ein verwittertes Schild: »Zum glücklichen Ochsen.«

Im selben Moment meinte ich, hinter einer der strangerweise nicht nur heilen, sondern wirklich blitzblank geputzten Fensterscheiben ganz oben, im dritten Stock, etwas gesehen zu haben. Ein Gesicht. Einen Menschen. Ich wollte rufen, zögerte. Der falsche Alarm vorhin, Cornelius' und Jordens Streit. Gleich würden wir das Gebäude passieren.

Ideal für einen Heckenschützen. Wir spazierten genau in sein Fadenkreuz.

Jordens Pathfinder drang ja nicht durch Steine. Anscheinend hatte keiner der anderen etwas gemerkt. Ahnungslos marschierten sie weiter und ich natürlich ihnen hinterher, wenn auch mit superweichen Knien. Was sollte ich bloß machen? Die Drohnen über der dichten Dunstdecke würden uns bei einem Angriff auf jeden Fall helfen, sagte ich mir. Sie würden *einschreiten*. Ganz bestimmt.

Auf einmal tippte Cornelius Jorden an, bückte sich, als wollte er einen Stein von der Straße aufheben, raunte: »Bitte jetzt absolute Ruhe. Auf drei gehen wir alle hinter der Mauer hier in Deckung.«

»Was ist denn?« Changs ängstliche Stimme. Im nächsten Moment kauerten wir auf der anderen Seite des Mauerstücks, an dem wir zuvor entlanggeschlichen waren, zwischen Trümmern, Rohren und Drähten. Im Haus gegenüber blieb es ruhig.

»Wir werden beobachtet. Da oben. Dritter Stock.« Cornelius hatte es also auch gesehen.
Sofort riss Jorden den Phaser hoch und zielte auf die Fensterreihe.
»Nicht.« Unser Leader legte die Hand auf den Lauf. Ich dachte, ich hörte nicht recht, hoffte, dass sich Chang einmischte. Aber nichts geschah. Dabei mussten wir uns doch so schnell wie möglich auf einen Angriff vorbereiten! Jorden schüttelte Cornelius ab und wollte eben wieder zielen, doch unser Leader machte, was er früher in den Erzählungen von seiner Firma immer als »Strategie der Flucht nach vorne« bezeichnet hatte. So laut, dass es auch drüben zu verstehen sein musste, rief er: »Hallo? Hören Sie mich?« Er erhob sich, gab seine Deckung auf. Entsetzt starrte ich zu ihm hoch, zupfte an seinem Bein: »Cornelius, nicht!«
»Mann! Runter! Sofort!«, zischte ihm jetzt auch Jorden zu. Cornelius kramte in seinem Rucksack, zog ein T-Shirt heraus und trat mit erhobenen Armen und dem dreckigen Fetzen auf die Straße.
»Lassen Sie uns reden! Wir sitzen doch im selben Boot!«
Jorden ließ die Waffe sinken. Im Schutz der Trümmer schlich er weiter, Richtung Ausgangstor. Erst waren Özlem, Chang und Anne noch unentschieden, Anne rief mehrmals in einem scharfen Ton, den ich gar nicht von ihr kannte: »Conny! Lass den Quatsch!«, fast so, als wäre er es, der an dem Alzheimer-Ding leide und nicht sie. Vergeblich. Schließlich folgten die drei Jorden nach. Aber was war mit mir? Sollte ich etwa Cornelius einfach so allein auf der Straße zurücklassen?
Plötzlich rumorte es im »Glücklichen Ochsen«. Aus einem geöffneten Fenster staubte es. Die anderen beschleunigten ihr Tempo, fast waren sie schon auf der Höhe des roten Tors. Wie gelähmt stand ich da und starrte auf unseren lieben Leader, der unbeeindruckt weiter auf das Haus zuspazierte. Die Drohnen sehen uns, sagte ich mir vor, sie beobachten uns. Bevor jemand auf uns schießen kann, werden sie feuern.
»Kommt schon!« Özlem drehte sich nach uns um. »Cornelius! Heinz! Weg hier!«
Cornelius stand kurz vor dem Eingang des Hauses, wedelte weiter mit seinem schmutzigen Hemd. Er braucht meine Hilfe, kam es mir in den Sinn. Er braucht dringend Unterstützung. Wenn ich zu ihm laufe, wer-

den auch die anderen anhalten, und Jorden wird uns Feuerschutz geben. Zwei sind wichtiger als einer. Ich nahm all meinen Mut zusammen, und wenn ich sage, all meinen Mut, dann meine ich wirklich alle mir zur Verfügung stehende Restpower, einfach alles, hielt die Luft an, wie bei einem Sprung in die Klamm hinab, und warf mich ins Freie, zu Cornelius. Das habe ich wirklich gemacht.

Unendlich langsam, mit einem hohen, sägenden Ton öffnete sich die Tür des Gasthofs.

Ich duckte mich weg. Ich hatte etwas im Türrahmen gesehen, einen riesigen Schatten, einen Mann. Er musste sich bücken, sonst hätte er nicht hindurchgepasst.

Er trug, konnte das sein?, eine weiße Kochmütze und Schürze.

»Aber …« Cornelius, der sich schützend vor mich gestellt hatte, ließ ungläubig die Arme sinken. Breitbeinig pflanzte sich der Riese, der Cornelius um mehr als einen Kopf überragte, er musste über zwei Meter groß sein, vor das Gebäude. Was für ein furchtbarer Anblick. Dem Mund im verätzten Gesicht fehlten die Lippen, so dass uns sein freiliegendes Gebiss mit den zwei blendend weißen Zahnreihen entgegenlächelte, als freute der Mann sich extremst, uns hier begrüßen zu dürfen.

Jordens, Changs, Annes und Özlems besorgte Rufe in unserem Rücken.

Der Oberkörper des Riesenkochs knickte nach vorne, als würde er zusammenbrechen. Nein, einladend führte er seinen Arm zur Seite, ungelenk verbeugte er sich, wie eine Handpuppe. Aus seinem Inneren drang Knacken und Pfeifen. Unter der Schürze trug er keine Kleidung; von seinem Rücken hing das Fleisch in Lappen und Fetzen, oder besser: die fleischfarbene Plastikschicht. Darunter schimmerte bläuliche Elektronik.

Cornelius wich einen Schritt zurück, so dass er mit mir zusammenstieß.

»Ein Cuisine-Robot …«

Und während wir rückwärts und weiter zu den anderen hasteten, schnarrte das Ding unter Verbeugung um Verbeugung: »Darf ich bitten? Es ist angerichtet. Darf ich bitten, die Herren? Heute fangfrisch: Forellen!«

Hatte der Roboter so vor dem Untergang hier gestanden, um, groß wie er war, gut sichtbar, die Autofahrer zu einer Pause zu überreden? Vielleicht hatte er ja nichts vom Untergang mitgekriegt und glaubte, dass wir in seine Garden-Zone gekommen waren, um leckeres Obst und Gemüse abzuholen oder vor der Heimfahrt in unsere Elite-Siedlung noch kurz bei ihm einzukehren. Ja, konnte es sein, dass er all die Zeit auf uns, seine erste Kundschaft seit über zwölf Jahren, gewartet hatte?
Längst hatten wir das rote Tor hinter uns gelassen. Die im Nebel verschwimmende Gestalt des Riesen schaute uns noch immer nach und pries unverdrossen die Küche seines Gasthofs. Ich bemerkte, wie es in meinem Rucksack zappelte. F-87 war aus seinem Stand-by-Schlaf erwacht. Mit hängenden Ohren und einem sehnsüchtigen Schnurren guckte er zurück, als wollte er tatsächlich noch einmal nach *Eden VII*, zu seinesgleichen.

Schrecksekunde vorhin. Anne: »Ach, schön, dass es jetzt wieder nach Hause geht. Schaut mal, der Edison freut sich auch!« Und kraulte das Wollschwein hinter den Ohren. Dankbar grunzte es.
Cornelius räusperte sich: »Annchen. Komm. Lass gut sein.«
Anne, entrüstet, Alzheimer-Style: »Ja, aber ich werde mich doch auch einmal freuen dürfen. Dieses blöde Rummarschieren. Und zu fressen und trinken haben wir ja auch bald nix mehr.«
Ratlos schaute Cornelius zu Özlem. Ich merkte plötzlich, wie sehr ich gehofft hatte, Anne wäre gar nicht krank und bei dem Alzheimer- oder Tumor-Ding hätten wir uns einfach geirrt. Özlem legte ihr den Arm um die Schulter: »Ist ja gut. Wollen wir es so machen: Bis wir zu Hause sind, reden wir nicht mehr davon, ja? Dafür feiern wir dann auch so richtig schön, wenn wir es geschafft haben. Abgemacht?«
Anne zwinkerte nervös. »Na gut … also …«
»Wunderbar!« Liebevoll lächelte ihr Özlem zu und ging wieder hinter ihr. Sofort verfinsterte sich ihre Miene. Als Chang auf Anne deutete und fragend mit der Hand vor der Stirn hin und her wischte, zuckte Özlem mit den Schultern.
Danach beobachtete ich Anne aus den Augenwinkeln. Sendete ein klei-

nes Prayer, dass sie jetzt bloß nicht auch noch mich auf unsere angebliche Rückkehr ansprach. Hätte keine Power gehabt mitzuspielen. Sie legte nur stumm die Stirn in Falten, starrte auf den Boden und hielt geistesabwesend Edison in Zaum. Vielleicht wurde ihr gerade wieder klar, wo wir waren? Aber für einen Moment, als ich auf die sandschwarze Straße schaute, auf die von der Sonne grellen Schwaden rechts und links, wie angestrahlte Watte, dachte auch ich, ich gebe es zu: Was würde ich darum geben, wenn das der Weg zurück ins Resort wäre!

Abend. Noch für zwei Tage Wasser. Unsere restlichen fünf Hühner haben heute nichts zu trinken gekriegt. Heißt das, Cornelius hat sich verrechnet? Wie sollen wir bloß in dieser Einöde an Wasser kommen? Es könnte ja durchaus sein, dass nur ein paar Meter von uns entfernt ein Fluss oder ein Bach verläuft, aber: In dieser Nebelsuppe würden wir ihn gar nicht sehen! Ich muss mich zusammenreißen, darf keine Panik schüren. Cornelius und Jorden äußerlich ruhig. Wissen sie mehr? Manchmal flüstern sie abseits mit Chang, der gleich anschließend mit Özlem flüstert. Mit mir flüstert keiner. Anne schweigt nur noch. Wir trauen uns nicht, sie anzusprechen.

Der Einzige, der vor dem Schlafen noch was in die Runde gesagt hat, war Chang. Er hat einen Witz erzählt. Cornelius japste mehrmals vor Lachen nach Luft, Jorden schüttelte den Kopf, Özlem hätte normalerweise an Changs Ironie-Schalter gedreht, heute lächelte sogar sie kurz dankbar. Ich habe die Pointe nicht verstanden. Habe irgendwie das Gefühl, der Witz ging auf meine Kosten, wahrscheinlich irre ich mich. Ich war sowieso einfach nur happy, dass da für einen Moment das Alm-Feeling wieder aufblitzte. Solange wir das nicht verlieren, kann uns nichts passieren. Und da ist es dann auch wirklich egal, sage ich mir, dass Heinz wieder mal der Honk war.

☺ MERKE: Der Einzelne soll seine Interessen zum Wohl der Mehrheit zurücksetzen.

Der Witz ging so:

Jesus geht durch die Wüste und trifft einen alten blinden Mann.

Jesus: »Was machst du so alleine in der Wüste?«

Alter Mann: »Ich suche meinen Sohn.«
Jesus: »Wie sieht er denn aus?«
Alter Mann: »Er hat Nägel durch Hände und Füße.«
Jesus: »Vater!«
Alter Mann: »Pinocchio!«

Cornelius hat mit dem Phaser im Arm und dem Pathfinder auf dem Kopf die erste Nachtwache übernommen. Ich schreibe diese Zeilen im Licht meiner Taschenlampe. Wohlwollend nickt mir Cornelius zu. Vorhin lag ich auf dem Rücken, versuchte einzuschlafen. Es klappte nicht. Kehle staubtrocken, jeder Schluck schmerzte, meine Lippen brannten. Ich starrte in das Schwarz über mir, das alles, auch den Nebel, geschluckt hatte. Stellte mir vor, wie er mit einem Mal aufbricht und einen klaren Nachthimmel freigibt. Die weiße Beschützer-Drohnenstaffel. Und weit darüber: ein besonders hell funkelnder Stern. Zittert. Ruckt. Rutscht ein Stück tiefer. Und tiefer. Papis Raumschiff. Härter und fester schließt sich da der Silber-Body um mich, wird zu einer Ummantelung aus Metall. Ich bin eine Rakete, rase durchs All, fliege meinem Vater entgegen. Die Geschwindigkeit lässt mich erbeben. Ich drohe zu bersten. In meinem Inneren aber sitzen keine Menschen, befindet sich keine Seele. Ich bin Voyager 1. Ich habe eine Mission. Ich bin der Bewahrer. Ich trage das Erbe in mir. Ich transportiere den allerersten Superchip der Menschheit ever, die Golden Record.

Cornelius hatte mir einmal von ihr erzählt, von der Sonde mit der Platte aus purem Gold, gestartet vor Ewigkeiten; von den Bild- und Tonbeispielen darauf; der Grußbotschaft an alle außerirdischen Lebensformen; der Stimme des amerikanischen Großpolitikers, den die Außerirdischen vernehmen werden, wenn sie die Platte auf ihrem goldenen Schallplattenspieler abspielen: »Dies ist ein Geschenk einer kleinen, weit entfernten Welt. Eine Probe unserer Klänge, unserer Wissenschaft, unserer Bilder, unserer Musik, unserer Gedanken und unserer Gefühle. Wir versuchen, unser Zeitalter zu überleben, um so bis in Eure Zeit hinein leben zu dürfen.« Es sind die allerbesten und allerschönsten Sätze, um uns, die menschliche Spezies, vorzustellen, finde ich. Vorhin versuchte ich, mich daran zu erinnern, was eigentlich genau auf der Golden Record gespeichert war. Unser weltbester Leader hatte auf der Alm noch einen großen Teil der Liste aufsagen können. Als Junge sei er völlig fasziniert von ihr gewesen und habe sie auswendig gelernt. Bildbeispiel X: Geschlechtsorgane, Bildbeispiel Y: Empfängnis, Bildbeispiel Z: Stillende Mutter. Tonbeispiel X: Männergesang aus Peru, Tonbeispiel Y: Johann Sebastian Bach …

Und mit einem Mal hatte ich für einen Moment einen Text im Ohr, ich wusste nicht, woher er stammte und was er bedeutete, schwach begann das Tattoo unter meiner Achsel zu jucken: *Der Hölle Rache kocht in meinem Herzen, Tod und Verzweiflung flammet um mich her!*

DRITTER TAG

Heute Autobahn. Schon als kleines Kind hat mich dieses foxy Altwort für jene breite Straße maximal fasziniert, auf der in Voruntergangszeiten die Fahrzeuge mit allerhöchster Geschwindigkeit durch die Große Ebene schossen. Am Vormittag häuften sich die pfeilförmigen Schilder, von denen sich der blaue Aufdruck wie die Rinde eines alten Baumes abschälte. Auch wenn sie in den Sand gefallen waren oder, an rostigen Stangen baumelnd, in den Himmel wiesen, war doch klar: Jetzt konnte es nicht mehr lange dauern, bis wir die Straße aller Straßen erreichten. Die Schwaden, durch die die Sonne noch nicht drang, dünnten ein wenig aus. Schemenhaft, auf dem schmalen, nebelfreien Steppenstreifen rechts und links von der Fahrbahn: Büschel, graues Gras. In den schwachen Stößen der Bö raschelte es. Ich hatte kaum mehr Angst vor den Banden. Das stimmt wirklich. Die Gegend war so tot, was sollten die hier schon?, redete ich mir ein. Wer ist schon so verrückt, hier zu wandern?

Ich bin sicher, es lag an der Aussicht, endlich einmal auf Autobahnasphalt zu stehen, dass ich heute mehr Power hatte als gestern, obwohl das Fleisch des geschlachteten Huhns, das wir in der Früh aßen, nicht völlig gegart war. *Gegart*. Ich bin gerade ein wenig geschockt. Das Altwort wollte mir eben nicht und nicht einfallen. *Gegart*. Ich meine, das sind höchstens sechs von zehn Foxy-Punkten.

Immer noch marschierte Jorden mit dem Pathfinder zielstrebig voran. Kümmerte sich nicht um Abzweigungen zu Altstädten, Elite-Siedlungen oder Modulen. Regelmäßig hielt er leise Rücksprache mit unserem weltbesten Leader.

Einmal rief Chang vom Ende unseres Zugs über Özlem und mich hinweg nach vorne: »Wann sind wir denn jetzt endlich in *Auenland*? Lange geht das nicht mehr mit dem Wasser.«

101%ig ruhig drehte sich Cornelius um. »Heute Abend. Spätestens morgen früh.« Er war heiser. An seinem Gesicht hinter dem Visier konnte ich genau sehen, dass auch ihm unsere Reise das Äußerste abverlangte.
»Also, gestern meintest du noch, dass wir heute Nachmittag sicher da sind. Finde ich ziemlich beschissen, muss ich an dieser Stelle mal anmerken.« Chang, laut.
Unbeeindruckt lief Cornelius weiter. »Pardon. Wir müssen halt öfter pausieren als gedacht.« Er deutete mit dem Hinterkopf in Richtung Özlem und Xiwang.
»Ja, Entschuldigung!« Özlem, sofort stinksauer. »Wer wollte denn nicht länger auf der Alm warten und mit einem Baby … ja?, einem Baby! …«
Cornelius hielt an, erhob beschwichtigend die Arme wie gestern, *ich bin unbewaffnet*, als wäre Özlem der Cuisine-Robot.
»Leute. Das bringt doch nichts. Entweder wir vertrauen einander. Oder … Ich meine, ist es nicht schon schwer genug? Müssen wir uns jetzt auch noch in den Haaren liegen?«
An der Spitze unseres Zuges war Jorden stehen geblieben, beobachtete uns. Auf irgendeine strange Art wirkte er interessiert, so wie jemand Ratten zuschaut, die sich gleich gegenseitig zerfleischen werden. Ich wusste nicht, ob ich Cornelius oder Özlem und Chang anschauen sollte. Damit keiner dachte, ich nähme die Partei des anderen ein, stierte ich lieber auf den von der Hitze geplatzten Asphalt.
»Sofern wir welche haben«, kam die erlösende Antwort aus Changs Richtung. Erleichtert nickte Cornelius.
Als wir uns müde wieder in Bewegung setzten, fauchte Özlem leise hinter mir: »Was denkt der eigentlich, wer er …«. Chang redete ihr gut zu. Sie beschimpfte ihn. Ich wollte nicht, dass sie sich stritten, hörte, wie sich Chang die Schale Xiwangs umschnallte, die wie mein lieber F-87 zum Glück die meiste Zeit über schlief. Dann war es still. Kurz wandte ich mich um. Özlem, die mir den Rücken zudrehte, hatte sich ein wenig herabgebeugt, um Chang zu umarmen; sie küssten sich, das heißt mit einem quietschenden Geräusch drückten sie ihre Visiere aneinander, Chang öffnete die Augen, sah mich über Özlems Schulter hinweg an,

es war mir peinlich, ich wollte wegsehen, er tat so, als wischte er sich Schweiß von der Stirn, zwinkerte mir zu.
Ich liebe meinen Gemeinschaftsbruder mit seinem Ironie-Schalter.

Plötzlich und dunkel tauchte er direkt vor uns aus dem vom Mittagslicht gleißenden Nebel auf: der Wall der Autobahn. Von den EWs, den Entertainment-Walls, die früher die Fahrbahn flankiert hatten, war leider kaum noch etwas übrig. In einer geraden Linie, die sich schon nach wenigen Metern in den Schwaden verlor, ragten einsam weit voneinander entfernte Wandplatten in die Höhe.
Am Ende der langen Kurve der Auffahrt blieb ich noch ein wenig stehen, um mir den Anblick vor uns einzuprägen. Wenn ich früher auf der Alm in Cornelius' »Doyen *deluxe*« die unerklärlichen und doch so faszinierenden Autosymbole studierte, das in das W geschobene V, den weißblauen Rautenkreis, den Silber-Dreizack, und mir später am Steuer des alten Solarjeeps auf dem Schrottplatz vorstellte, ich steckte nicht im Dreck und in den Bergen fest, sondern raste uneinholbar schnell durch die Nacht, Richtung Norden, ans Meer, hatten sich sad-sad in not so sad Days verwandelt. Aber ganz ehrlich: In diesem Moment heute Mittag, als ich da zum ersten Mal auf der Autobahn stand, hätte ich heulen können. In fast all den Fahrzeugen hatte ich schon im Traum gesessen. Nun verrosteten sie hier.
Ab und zu in den Wracks Überreste ihrer Insassen. Wollte zuerst gar nicht hinschauen. Dachte dann: Du musst! All die Zivilisationsreste! Vielleicht findest du sogar einen PM, der funktioniert. Auch die anderen warfen erst scheu, dann immer gezielter Blicke in die Trümmer, beugten sich hinab, knieten sich hin. Cornelius suchte nach Boots, so viel wusste ich. Sein rechter Stiefel hatte vorne schon ein Loch. Ich hielt Ausschau für ihn.
Die good News war: Zehn Jahre nach dem Untergang hatten die Autobahntoten nichts Horrormäßiges mehr an sich so wie die beiden blutigen Leichen im Wald. Ich glaube, das hätte ich nicht ausgehalten. Aber zu meiner Überraschung war, bis auf ganz wenige Ausnahmen, kaum noch zu erkennen, dass es sich einmal um Menschen gehandelt hatte. Es

hätten auch Tiergerippe sein können, die hier herumlagen. Mal steckten Knochen weiß in einem geschmolzenen Metallklumpen, was fast so aussah, als würden sie aus ihm herauswachsen wie ein Pilz oder so etwas. Mal zitterte auf einer losgelösten Kühlerhaube im Wind ein Farn mit schwarzen Blättern. Nein. Es war Kraushaar, an dem ein rundes Wurzeldings hing, der dazugehörige zusammengeschrumpfte Kopf. Nur einmal kauerte auf einem Sitz, der mitten auf der Autobahn stand, das fast völlig intakte Skelett eines Teenies, vielleicht so alt wie ich selbst. Er hielt einen gesprungenen Screen umklammert, als hätte er ihn vor dem Untergang bewahren sollen.
Umso erstaunter war ich, als wir an einer nackten, aber wirklich absolut unverwesten Frauenleiche vorbeizogen. Die Augen weit aufgerissen, so strahlend blau wie meine eigenen, lag sie rücklings zwischen zerbrochenen Platten der Entertainment-Wall. Ihre Scheide war bis zum Nabel auseinandergerissen. Drähte und fauliger Schaumstoff quollen hervor.
»Ekliges Teil«, erklärte mir Chang. »Eine Venus-Doll. Früher war so was sehr beliebt bei einer bestimmten Klientel, wenn du verstehst, was ich meine. Gerade bei der Elite. Ziemlich teuer übrigens. So eine Art – Lustsklavin.«
Ich war gerade dabei, auf völlig falsche Gedanken zu kommen, und sah klar vor mir, wie die arme Venus-Doll-Dame nach dem Untergang unversehrt aus dem Auto stieg, sanft ihren toten Master aufwecken wollte und orientierungslos über das Trümmerfeld irrte, bis sie einer Killerbande in die Hände fiel, da entdeckte ich in all diesem furchtbaren Müll- und Todes-Tohuwabohu, um es mit einem meiner All-Time-Favorit-Altwörter zu sagen, tatsächlich etwas, das ich mir, seit ich denken kann, gewünscht habe. Einen silbernen Stern. Er ragte aus einer dünnen Sandwelle, als wäre er eines Nachts vom Himmel gefallen, und schimmerte matt. Um nicht ganz zurückzubleiben, steckte ich ihn, so schnell ich konnte, unter den schlafenden F-87 und zu den anderen Zivilisationsüberbleibseln. Hörte ihn glücklich gegen das MAGGI-Gläschen und das Jesus-Kreuz klimpern.
☺ MERKE: Ich bin der Bewahrer. Ich trage einen Himmelsstern in meinem Rucksack.

Vorhin ist Edison plötzlich stehen geblieben. Schaum um den Mund. Seine Zunge hing lila heraus. Er brauchte Wasser. Anne zog, lockte ihn. Chang trat ihm ins Hinterteil. Jorden nahm Anne das Seil aus der Hand, zerrte daran. Edison röchelte. Keine Wirkung. Anne kniete sich neben das Schwein, kraulte seine Ohren. Jorden holte schon sein Messer aus dem Rucksack. Anne stellte sich vor ihn. »Was hast du vor?« Sie klang gar nicht ängstlich, sondern wütend. Schritt um Schritt wich ich zurück, konnte das nicht mitansehen, das sterbende Wollschwein, den Streit, alles.

»Wenn das Schwein nicht laufen will, wird's geschlachtet.« Jorden schaute Anne entschlossen in die Augen, ohne das Messer zu senken. »Sonst tötet es noch *uns*, so wie es uns gerade aufhält.«

»Anne, komm her zu mir.« Auffordernd streckte Özlem die Hand aus.

Da riss Anne sich den Rucksack herunter, zog, ehe jemand protestieren konnte, ihre Wasserflasche heraus und hielt sie Edison hin, der gierig daraus zu schlabbern begann.

»Spinnst du?« Jorden, sofort in maximaler Lautstärke.

Weg war die Ration für heute. Edison schlabberte weiter.

»Jorden.« Cornelius mischte sich ein.

»Anne! Hör auf damit!«, rief Özlem entsetzt.

Flasche leer. Was um alles in der Welt wollte Anne jetzt nur trinken? Triumphierend schaute sie in die Runde.

»Die ist doch irre!« Jorden war außer sich. »Dass das klar ist: Von mir kriegt die keinen Tropfen! Nichts kriegt die! Gibt's doch nicht! Irre!«

Ich weiß nicht, was passiert wäre, hätte sich Edison danach immer noch nicht von der Stelle gerührt. Aber Annes Aktion zeigte tatsächlich Erfolg. Auf einmal lief das Schwein wieder gehorsam mit. Ich sah noch, wie Cornelius mit Anne abseits redete. »Das weiß ich doch«, sagte sie viel zu laut. »Weiß ich doch. Ich brauch doch nichts mehr heute. Und morgen sind wir in *Auenland*. Hast du doch gesagt, Conny. Oder?« Sie wollte, dass Jorden sie hörte. Der drehte sich nicht nach ihr um, griff in seine Tasche. Holte das Silberdöschen mit dem Schtix heraus, zog den Zingverschluss des Visiers auf und steckte sich, zum ersten Mal seit Beginn unseres Marsches, einen dicken Ballen in den Mund. Ich weiß nicht, ob das ein gutes Zeichen ist. Was, wenn es hier doch eine Bande gibt? Ich meine, nur so theoretisch.

Abend. Lagern in der Lücke zwischen zwei Wracks. Von meinem blauen Heft, das ich auf einen Reifen als Unterlage gelegt habe, schaue ich zu Xiwang. Sie schläft in Changs Armen. Gleich wird er die erste Nachtwache übernehmen. Bin so durstig. Spüre meine Gelenke, als würde ich wieder wachsen wegen diesem Pubertät-Ding. Dabei ist es vom vielen Gehen. Ich muss mich ablenken. Denke immerzu an *Auenland*. Ob es dort einen Vorrat an Wasserflaschen gibt oder einen Brunnen? Am besten wäre auf jeden Fall ein Teich oder so etwas. Dann könnten wir uns auch gleich waschen. Stinken alle schrecklich. Hoffe, F-87 schaltet morgen, wenn wir unseren Proviant aufgefrischt haben, wieder auf Betrieb. Was würde ich heute Nacht für seine Gesellschaft, seine warme Pfote geben, ein Märchen.

Der Zehntausendmetermann
Der Geschichte erster Teil

Es war einmal ein Mann, der legte sich auf einer Wanderung mit seinen Freunden zum Schlafen nieder. Als er am anderen Morgen erwachte, war er allein. Keine Spur von seinen Begleitern. »He!« Mit einem Satz sprang er auf und fasste sich im selben Moment erschrocken an den Mund: Viel lauter als beabsichtigt war seine Stimme über das Land gedröhnt.
Während er geschlafen hatte, musste sich das Ungeziefer vermehrt haben. In Wolken umschwirrten ihn Mücken. Ununterbrochen stachen sie ihn in die Beine. Als er flüchtig an sich herabblickte, wollte ihm das Herz stillstehen. Er war nackt. Fremd schlug ihm sein Schreckensschrei entgegen. Er kniff die Augen zusammen. Um seine Zehen tummelte es sich. Was er im ersten Moment für das Durcheinander von Insekten gehalten hatte, stellte sich nun als etwas heraus, das ihn in ausgeklü-

gelten Formationen, in Armeen umzingelte. Kleine Menschen in Helikoptern, groß wie Fliegen, zielten auf seine Knie. Jets blendeten ihn mit Blitzen.
»Halt!«, stöhnte er. »Ich – ich bin doch einer von euch!« In ihren Ohren mussten seine Worte wie das Grollen eines Unwetters klingen.

Der Zehntausendmetermann
Der Geschichte zweiter Teil

Fünf Jahre vergingen. Fünfzig Jahre. Hundert Jahre. Jedes Jahr wuchs er. Am Ende maß er zehntausend Meter. Aber je größer er wurde, desto mehr vergaß er. Vergaß die Menschen unter sich, die in immer weitere und noch weitere Ferne rückten; vergaß am Ende, dass er selbst einmal zu ihnen gehört hatte. Der Zehntausendmetermann vergaß die Welt. Rastlos wanderte er. Explodierten Pilze von Atomraketen auf seiner nackten Haut oder stürzten Trümmer der Wolkenkratzer, die er zertrat, auf seine Füße, dauerte es Stunden, bis der Schmerz, der sich in den langen Sehnen seiner Riesenglieder nur langsam ausbreitete, sein Hirn erreichte. Ein erregendes Prickeln. Die Äthervögel, die sonst auf den höchsten Gletschergipfeln zu Hause waren und bloß zufällig in seinem Haar und seinen Ohren nisteten, erkannten erst nach vielen Generationen, dass sie ihre Nester nicht auf einem wandelnden Gebirge, sondern auf dem Kopf eines Riesen gebaut hatten.
»Menschenberg!«, piepsten die Mutigsten unter ihnen, die in seine eisbezapften Gehörgänge gekrochen waren. »Menschenberg!«
»Wer spricht denn da?« Der Zehntausendmetermann merkte auf. In den Höhen, in denen er sich bewegte, war er es nicht mehr gewohnt, etwas anderes als das Heulen und Rauschen des Windes zu hören.
Und die Vögel erzählten ihm tirilierend, was am Boden geschehen war. Dass er alle Städte zerstört, dass er eine unermesslich große Zahl von Menschen zerstampft habe; dass nur mehr wenige seiner Spezies übrig seien, die sich, aus Furcht vor ihm, unter die Erde geflüchtet hat-

ten, wo sie wie Tiere hausten. Der Zehntausendmetermann wollte ihnen nicht glauben. Ächzend bückte er sich hinab, bückte sich bis zu seinen Knien, zu seinen Knöcheln und machte schließlich mit größter Mühe die Schuttberge aus, auf denen er stand. Auf einem Schild entzifferte er ein Wort, das ihm bekannt vorkam. Er murmelte es vor sich hin. *Lon-don*. Was für ein seltsames Wort. Aber da erinnerte er sich. Und die Augen des Zehntausendmetermannes füllte Frost. Er weinte. Und er weinte noch, als die Vögel ihn warnend umschwirrten und schriller pfiffen. Und er weinte weiter, während seine Tränen im Fallen schmolzen und auf der Erde die Höhlenverstecke überfluteten. Und es versank das Land in Tränen. Und das Wasser stieg und wuchs, gefroren, dem Riesen, dem letzten Menschen, bis zur Brust, übers Kinn in seinen weit aufgerissenen Mund, füllte seine Lungen. Er hustete, prustete, schluckte. Endlich schloss sich das Eis gnädig über ihm. Verlässlich sperrte es ihn genau so lange ein, bis seine allerletzte Zuckung von der obersten sonnenbeschienenen Oberfläche Kristalle aufsteigen ließ, die unter dem wolkenlosen blauen Himmel in Regenbogenfarben wundervoll glitzerten, um sich schließlich mit einem kaum hörbaren peinlichen Geräusch aufzulösen.

VIERTER TAG

Seit ein paar Minuten ruhen wir uns mitten in der Steppe zwischen Grasbüscheln aus. Fliegen krabbeln an den Furchen meines Gesichtsschutzes entlang, versuchen hineinzukommen. Kann nicht mehr. Habe solchen Durst. Sehe die Szenen, die sich eben abgespielt haben, wieder und wieder vor mir, Repeat-Style. Öffne die Augen. Starre in den Nebel. Die Bilder sind noch immer da.

In der Früh hat Özlem schon kurz nach dem Aufbruch gesagt: »Ich brauche mehr Wasser. Ich habe nicht mehr genug Milch für Xiwang.« Und wieder: »Wir brauchen Wasser.« Und wieder: »Ohne Wasser stirbt mein Kind«, »Hörst du mir überhaupt zu, Cornelius?« Ich selbst hatte mir noch zwei, vielleicht drei Schluck in meiner Flasche aufgehoben. Wollte sie erst trinken, wenn gar nichts mehr ging. Hatte schon ziemlich bald das Gefühl, der Moment dafür wäre gekommen. Biss die Zähne zusammen. Zählte die Minuten. Eins, zwei, drei. Trank. Dachte, das war jetzt der erste Schluck. War aber schon alles.

Den anderen ging's genauso. Mit gesenktem Kopf hing Xiwang in der Schale. Blubberte vor sich hin. Özlem rief wütend in Cornelius' Richtung, als könnte er *Auenland* herbeizaubern. »Ich brauche jetzt Wasser!«, »Sofort!« Nachdem er nicht darauf reagierte, wurde sie immer verzweifelter und schluchzte. Was sollte er schon tun? Ich nahm sie bei der Hand, damit sie sich beruhigte, streifte ihr Annes Armband über. Sie erwiderte meinen Griff. Als sie mich ansah, verlor sie wieder die Fassung. Das alles tötete mich fast mehr noch als der Durst und das ewige Marschieren.

Chang ging vor zu Cornelius. »Wann sind wir da?« Cornelius konnte es ihm nicht sagen, ja, er schien Schwierigkeiten beim Sprechen zu haben. Zwei Hühner waren tot, verdurstet, blieben also nur mehr drei.

Auf einmal schälte sich aus dem Nebel ein Schild, ein Schild mit einer großen Steckdose, das Elektrotankstellenzeichen, wenig später kam auch schon die Ausfahrt. Vom Rand des Walls aus war die nebelumhangene Insel der Raststation in der Steppe unter uns gut zu sehen. Die ausgebrannte Tankstelle. Der Parkplatz mit den Wracks. Gleich daneben ein Fachwerkhaus. Keine Scheiben, ein paar Brandflecken, aber sonst total okay. Nichts rührte sich. Kein Hinweis auf Banden. Cornelius stieß einen Pfiff aus.

»Leute. Die Raststation da unten. Das Haus.«

Wir hatten alle denselben Gedanken, glaube ich. Da muss noch was zu holen sein. Vielleicht funktionierten die Wasserleitungen noch. Egal, ob verstrahlt oder nicht. Wenn wir im Camp A sind, wird's dafür auch eine Lösung geben. Jetzt erst einmal was trinken.

»Schauen wir da mal runter. Kommt.« Von Cornelius' früher so lauter und tiefer Stimme war nur mehr ein dünner, hoher Rest geblieben.

Ich: zu 200 % erleichtert.

Aber Jorden: »Nein. Auf keinen Fall. Sind höchstens noch zwei Stunden bis *Auenland*. Außerdem ist das hier viel zu gefährlich. Wir gehen weiter!«

Chang öffnete den Zingverschluss seines Gesichtsschutzes. Wangen und Stirn dunkelrot. Der Temperaturregulator seines Bodys schien nicht richtig zu funktionieren.

»Jorden. Es geht echt nicht mehr. Ich meine, guck uns doch mal an …«

Cornelius hatte bereits für uns entschieden, marschierte die Kurve der Ausfahrt runter. Ich überlegte nicht lange, war hinter ihm, drehte mich um. Auch Chang folgte uns. Die anderen sahen uns nach. Jorden raunzte was wie: »Ach, macht doch, was ihr wollt.« Ich wusste schon, dass er die Aktion viel zu gefährlich fand. Mittlerweile dachte ich, dass er eigentlich ein ganz schöner Feigling war, der ach so mutige Jorden. Wie er sich sofort beim kleinsten Geräusch versteckte und mit dem Phaser auf alles zielte, was ihm verdächtig vorkam. Herumballern, das war alles, was er konnte.

Wir stolperten durch die Ruinen der explodierten Station. Nebel umhing sie, als läge sie auf hoher See. Die Löcher im Asphalt. Der schwarze Sand darin. Die langen, grauen Grashalme, scharf und hart, als wären

sie aus Metall. Die Hügellandschaft aus geschmolzenen Autos. Dazwischen: das Fachwerkhaus, das Restaurant. Die verfaulten Holztüren. Cornelius hielt kurz inne, atmete durch. Dann: »Also gut.« Ein leichter Schlag mit seinem Wanderstock dagegen, die Türen zerbröckelten. Chang mit dem Phaser neben, ich hinter ihm. Guckte hinter seinem Rücken hervor. In den Raum. Den Speisesaal.
Wollte mich bewegen. Wollte schreien. Schrie nicht. Starr vor Entsetzen. Ein einziger hoher Raum, vom Nebellicht ins Halbdunkel getaucht. Umgestürzte Tische, Stühle. Von einem der Dachbalken hing etwas herab. Ein Hautsack mit Augen. Ein Kadaver. Ein Hund. Auf dem schmutzigen Kachelboden darunter Pfützen aus Blut. Erst jetzt bemerkte ich die vier von Flecken übersäten Körper, direkt vor uns. Leichen. Nackt. Übereinandergeworfen. Das Summen. Die wuselnden Beulen aus Fliegen darauf. Den Frauen fehlten die Brüste. Ihre Därme waren aus den aufgeschlitzten Bäuchen gequollen. Wie Würste. Ich würgte. Plötzlich das Wollschwein zwischen unseren Beinen. Zwängte sich durch, war bei den Verstümmelten, schnüffelte, begann schmatzend zu fressen. Die Würste.
Cornelius riss mich zurück. Wir stolperten an Chang vorbei, der viel zu dicht hinter uns gestanden hatte, hielten uns an ihm fest, stürzten alle drei. Cornelius schrie auf vor Schmerz, fasste sich ans Schienbein. Bruchstücke in meinem Wattekopf: Wer hat das getan? Banden? Wie lange ist das her? Wo sind die jetzt? Sind die noch in der Nähe?
Rufe vom Wall der Autobahn herunter. Die anderen hatten uns beobachtet. Özlem und Anne, nervös: »Was ist denn los?«, »Chang!«, »Was ist?« Jorden auf einmal bei uns. Riss Chang den Phaser aus der Hand und sprang über uns hinweg, ins Restaurant. Wir rappelten uns auf, schwankten zurück, blieben stehen, torkelten. Wo blieb Jorden? Cornelius brachte keinen Ton heraus. Er hinkte. Chang winkte Özlem. *Alles okay.*
Auf der Auffahrt zur Autobahn wandten wir uns wieder und wieder nach dem Restaurant um. Jorden kam herausgestürmt, zerrte Edison mit sich, holte uns ein. Erst oben auf dem Wall, bei den anderen angekommen, erklärte er. »Muss weniger als vier Stunden her sein, den Lei-

chen nach zu urteilen. Sind also noch irgendwo hier in der Nähe. Der Pathfinder zeigt mir aber nichts an. Müssen sofort hier weg. Sind sicher irgendwo vor uns auf der Autobahn.«

»Scheiße«, Chang keuchte schneller. »Scheiße!«

»Was bedeutet das?«, fragte Özlem und machte einen Schritt zurück.

»Waren die Leichen starr oder nicht?« Anne, völlig klar. Kein Alzheimer-Style oder was auch immer.

Jorden, der erst gar nicht auf sie eingehen wollte, genervt: »Nein. Noch keine Leichenstarre. Daher sage ich das ja. Kann keine vier Stunden her sein.« Wollte weitersprechen, sie unterbrach ihn: »Verwest?«

»Ja, teilweise. Özlem! Um Anne kümmern! Sofort!« Wieder war er im Begriff fortzufahren, als Anne erklärte: »Dann ist das nicht vor vier, sondern vor mehr als sechsunddreißig Stunden passiert. Die Verwesung ist der entscheidende Hinweis. Rigor mortis löst sich wieder, wenn der Zersetzungsprozess einsetzt.«

Jorden brauchte eine Weile, um seine Sprache wiederzufinden. Umso heftiger rief er dann: »Ist doch scheißegal! Hier war 'ne Bande! Kapiert ihr das nicht? Und vor allem: Wie kann man nur so scheißleichtsinnig sein und in so ein Gebäude reingehen! Was wäre denn gewesen, wenn die alle noch drin gesessen hätten?«

Cornelius räusperte sich. »Jetzt mach aber mal halblang. Wir brauchen Wasser. Das weißt du doch genauso gut wie ich. Und Anne hat doch gerade gesagt …«

»Ach, scheiß auf Anne. Ich habe dir klipp und klar gesagt, geh da nicht rein! Und was macht der CEO? Geht natürlich trotzdem rein! Aus Prinzip!«

»Aber …« Cornelius setzte noch einmal an und trieb damit Jorden vollends zur Weißglut.

»Jetzt pass mal auf. Ich versuche uns *alle*, ja?, uns alle heil durch diese Scheiße zu bringen. Und was macht der Herr CEO?« Obwohl fast ein Kopf kleiner als er, wirkte er einschüchternd, ja, bedrohlich, wie er da so ganz nah an Cornelius herantrat. »Wir könnten tot sein. Wir wären jetzt tot. Ich, du, das Baby, wir alle. Tot. Wegen dir, du Honk. In zehn Jahren nichts gelernt, oder was?«

Jorden warf Cornelius noch einen giftigen Blick zu und marschierte los. Aber nicht weiter auf der Autobahn, sondern zurück, die Ausfahrt herunter. Riss das Wollschwein hinter sich her. Röchelnd galoppierte es mit. Ich schluckte. Mein Hals brannte. Ich starrte auf unseren Leader. Er musste etwas tun. Er bewegte sich nicht, massierte sich die Schläfen. Schmerzverzerrtes Gesicht. Sein Knöchel. Der Sturz vorhin.
»Jorden?«, rief Chang. Doppelzwinkerte.
Der war bereits am Ende der Auffahrt, ging noch einmal über den Parkplatz, verschwand im Restaurant, war er verrückt?, nein, wahrscheinlich wollte er nach Wasser gucken, da kam er auch schon wieder heraus, »Nichts!«, rief er, aber nicht zu uns, nur zu sich selbst, »nichts und wieder nichts!«, und lief weiter Richtung Steppe.

Chang und Özlem mit Xiwang waren die Ersten, die Jorden folgten, nachdem er nicht auf unsere Rufe reagiert hatte. Schließlich kamen auch Cornelius, Anne und ich nach. Ich stützte Cornelius. Die anderen warteten auf uns am Rand des Nebels.
»Wir laufen zu den Schienen«, erklärte uns Chang. Anscheinend hatte er sich schon mit Jorden abgesprochen. »Zum Star-Express. Du hast ja gemeint, der führt sogar ganz nah an *Auenland* vorbei, oder?« Jorden nickte nur stumm. Machte er jetzt einen auf großer Häuptling? Seine Karte hatte er schon länger nicht mehr herausgeholt. Wahrscheinlich war er selber noch nie so weit vom Resort entfernt gewesen. Ich wollte Cornelius, den ich immer wieder leise stöhnen hörte, vor den anderen verteidigen, seine Partei ergreifen, um es mit einer Altwortwendung zu sagen. Doch er widersprach überhaupt nicht. War er wirklich einverstanden, dass Jorden der Leader war? Aber wo sollten diese Schienen denn sein? In den Schwadenfetzen vor uns, durch die das Mittagslicht zu rieseln begann, erkannte ich nur Steppe. Alle Umrisse stellten sich bloß als Verfärbungen des Nebels heraus. Für solche hielt ich dann auch die beiden dicht beieinander stehenden Gestalten, die plötzlich in einiger Entfernung auftauchten und auf die Jorden zuhielt. Sie lösten sich nicht auf. Blieben regungslos stehen. Menschengroß. Warteten. Chang fragte besorgt: »Jorden?« Der blieb unbeeindruckt. Mir wurde immer wieder

schwarz vor Augen. Dachte: Ich halte das nicht mehr aus. Brauche Wasser. Sollen sie doch kommen, die Banden. Schlimmer kann es nicht mehr werden. Ich hörte dumpfe Hiebe. Jorden schlug mit dem Messer auf eine der Gestalten ein. Kämpfte er? Knacken, wie damals im Wald der Breitjochalm. Ich taumelte, fiel, kam wieder zu mir von etwas Feuchtem, Hartem in meinem Mund, saugte daran. Bitterer Geschmack. Saft. Mein Hals brannte wie irre davon. Ich lag mit dem Kopf auf Cornelius' Oberschenkeln, der mir daumendicke Stücke in den Mund steckte. Er strich mir über die Stirn, murmelte etwas Tröstendes. Ich hörte das Wort »Kaktus«. Kramte in meinem Kopf, in meiner Altwörterliste. Sah verschwommen die anderen verstreut in der Umgebung sitzen, wie sie alle an irgendetwas herumlutschten, sah die Gestalt im Nebel von vorhin, den dünnen Stachelstamm, den Kaktus, die abgeschlagenen Zweige auf dem Boden, flach und kreisrund. Jorden, der Stacheln abschnitzte. Ich richtete mich auf, mir wurde schwindlig, zog F-87 aus dem Rucksack, drückte meine Lippen an seine steife Schnauze, hielt ihm mit der Zunge vorgekauten Kakteenbrei an den kalten Mund. Schwacher Erdbeeratem schlug mir entgegen. F-87s gelbes Auge öffnete sich, sein rotes. Benommen zwinkerte er, blickte mich an. Wo waren wir? Wo sind wir, Master?
Ich weiß es nicht, mein lieber, lieber Fennek. Ich weiß es nicht.

Nachmittag. Wir haben die Gleise des Star-Express erreicht. Wie die Autobahn ist er auf einem Wall gebaut, der sich ein paar Meter über die Steppe erhebt. Die beiden schnurgeraden Schienenstränge verlieren sich im Nebel. Keine Waggons oder Überreste von Zügen weit und breit. Gegen Annes erbitterten Protest hat Jorden darauf bestanden, dass Edison geschlachtet wird. Chang hielt ihn am Hals, es sah fast so aus, als wollte er ihn umarmen. Das Schwein schüttelte ihn ab, Chang hängte sich an seinen Rücken, ritt ein kleines Stück auf ihm, wurde abgeworfen, Özlem kam dazu; mit einer Entschlossenheit und Power, die ich ihr nicht zugetraut hätte, zog sie dem Schwein die Vorderfüße weg, das für einen Moment so verwirrt war, dass Jorden es gelang, ihm die Kehle durchzuschneiden, während Chang es zu Boden drückte. Sofort spritzte ein dunkelroter Strahl zur Seite. Doch als wollte es das alles nicht wahrhaben, galoppierte das Schwein noch ein Stück weiter, wir rannten ihm hinterher. Ich dachte schon, Jorden hätte irgendetwas falsch gemacht; da fiel es auf einmal um, versuchte noch ein-, zweimal aufzustehen, aber seine Beine knickten um, der Kopf sackte auf den Sand. Ab und zu zuckten jetzt noch seine Ohren und sein Ringelschwanz. Als klar war, dass das Schwein nicht mehr fliehen konnte, hockte sich Jorden daneben und hielt ihm erst eine, dann, nachdem sie sofort vollgelaufen war, eine zweite Flasche an die Kehle. Ich kauerte in ein paar Meter Entfernung. Eigentlich wollte ich Edison irgendwie beruhigen. Aber es ging nicht. Alles, was ich konnte, war stumm zuzusehen. Ich dachte dabei an kaum was anderes als, ich gebe es zu: das Fleisch. Dieses leckere, saftige Fleisch. Gleich würden wir es mit dem Garer aus Özlems Rucksack kochen. Ich ermahnte mich, dann war es wieder okay. Warum auch nicht?

☺ MERKE: Entweder er oder wir.

Trotzdem machte es mich supersad, Edison so zu sehen. Mit einem Mal war ich er. Die brennende Kälte, die sich in meinem dicken Körper ausbreitete. Meine starren Glieder, die mir nicht mehr gehorchten. Die Welt um mich herum, die sich nach und nach in Dunst auflöste. Der Junge, der mir gegenübersaß. Er: das letzte Bild, das ich in meinem Wollschweinleben sah. Warum hat er mich von meiner Alm hierhergeführt? Worauf wartet er bloß? Wer ist er? Edisons Blick wurde glasig. Sein Borstenbauch hob sich nicht mehr.

Anne wollte nichts haben. Jorden legte eine der Blutflaschen in den Käfig, gierigst pickten unsere beiden letzten Hühner danach. Özlem reichte er die zweite Flasche. Zuerst starrte sie unschlüssig darauf, dann stürzte sie es hinunter. Als ich meinen Anteil am Fleisch verspeist hatte und mich so voll und satt und gut wie schon lange nicht mehr fühlte, fiel mir wieder ein, dass das Schwein ja von den Leichen im Restaurant gefressen hatte. Ich spürte, wie mir die Brocken hochkamen. Würgte sie wieder hinunter, den Geschmack von Galle auf der Zunge. Meine Speiseröhre brennt noch immer davon.

Nur noch ein paar Minuten. Dann werden Özlem die Augen zugefallen sein, und ich werde die Gemeinschaft verlassen. Um sie zu retten.

Hier mein Entschluss und wie es dazu kam: Am späten Nachmittag haben wir die Höhe von *Auenland* erreicht. Zuvor hatte mir Cornelius auf unserem Weg auf den Schienen alles darüber erklärt. Ein Council-Vorratslager. Unterirdisch. Dort, wo vor der Restrukturierung der Chiemsee gelegen hatte. Die Wände des Lagers waren atombombensicher. Die Gleise führten dicht am geheimen Eingang vorbei. Cornelius kannte als einer der ganz wenigen den Code.

»Das war absolut topsecret. Kann mir nicht vorstellen, dass da die Banden … Aber man weiß ja nie. Sollten also besser auf der Hut sein.«

Wenig später gab uns Jorden ein Zeichen. *Stopp*. Angestrengt schaute er mit dem Pahtfinder vom Damm des Star-Express hinab in den dichter und dunkler werdenden Nebel.

»Was ist jetzt? Sag schon.« Özlem wurde ungeduldig.

Das Fleisch vorhin hatte uns allen wieder neue Power gegeben. Trotzdem waren wir fertig, wollten nur noch das Nachtlager aufschlagen und morgen *Auenland* erkunden. Langsam schlich Jorden zu uns zurück. Wir versammelten uns um ihn.

»Scheiße!«, er kickte Schotter die Böschung hinab. Und gleich wieder, eine noch größere Ladung. »Verfluchte Scheiße!«

Ich versuchte zu verstehen, was er damit meinte. Banden?

»Jetzt beruhig dich erst einmal.« Anne fasste ihn fürsorglich an der Hand, als wäre er ihr Patient. Wütend riss er sich los.

»Jetzt sag doch schon!«, drängte ihn Chang.

»Da ist nichts«, schrie Jorden ihn an. »Kapierst du? Nichts!«

Also keine Banden? Die Luft war rein?

»Wie: nichts?«, fragte Cornelius verdutzt.

Jorden nahm einen letzten Stein und warf ihn mit aller Kraft in den Nebel, wo er dumpf aufschlug. »Ein Loch! Okay? Ein verficktes Loch!«

Jorden hielt uns den Pathfinder hin, Cornelius griff danach, Chang war schneller. Schon stand er am Rand des Walls.

»Das gibt's doch nicht!«, rief er. »Ein Krater! Ein riesengroßer Krater!

So weit man schauen kann.« Mit meiner Hilfe humpelte Cornelius an seine Seite, nahm ihm den Pathfinder ab und legte ihn sich um.
»Das glaube ich ja nicht …«, murmelte er. »Was war denn hier los?«
Jorden war in die Hocke gegangen, legte sich die Fingerspitzen an die Stirn, machte Atemübungen. Selten hatte ich ihn so erlebt.
»Sieht nach einer Explosion aus«, antwortete Chang für ihn, der weiter in den Nebel starrte. »Das Ding ist in die Luft geflogen. Aber wie? Wie? Kapier ich nicht. Das hatte doch … hatte doch diese megastarken Wände …«
»Was wenn Jorden am Ende doch recht hat?« Özlem trat neben Chang. »Was, wenn das wirklich ein Unfall war und alles in einem Super-GAU in die …«
»Ist doch völlig egal«, unterbrach sie Jorden. Er schien sich wieder unter Kontrolle zu haben. »Oberste Priorität hat jetzt die Auffrischung der Vorräte. Wir haben vielleicht noch eine Stunde, und alles hier ist duster. Also, los!« In diesem Moment bewunderte ich ihn. Das ist keine Lüge. Stärke ging von ihm aus. Wenn man sich auf jemanden verlassen konnte, dann auf ihn. Schon setzte er sich wieder in Bewegung.
»Ich finde, Jorden hat recht!«, sagte Anne. Vergeben war, dass wir Edison geschlachtet hatten. Oder, dachte ich plötzlich und musste schlucken, hatte sie das vielleicht in Wahrheit bereits vergessen? »Conny, komm! Heinz!« Sie streckte mir die Hand entgegen, als wäre ich ein kleiner Junge und würde hier nicht seit vier Tagen, ohne zu klagen und ohne jede Krummbummigkeit mitmarschieren. Ich nickte ihr nur düster zu. Stattdessen nahm Özlem ihre Hand, um sie zu führen?, weil es ihr selbst Power gab? Gemeinsam zogen sie los. Plärrend wandt sich Xiwang in ihrer Schale, wollte hinaus. Chang versuchte, sie zu beruhigen. Schließlich lief ich ihnen hinterher, hatte Angst, in der aufkommenden Dämmerung den Anschluss zu verlieren. Cornelius stand noch immer da, starrte mit bloßen Augen ins Nichts vor sich.
»Cornelius?«
Er rührte sich nicht.

Ich muss mich beeilen. Özlems Lider flattern. Gleich schläft sie ein.

Hatten keine Energie mehr. Null Komma null Prozent. Kein Anzeichen von rettenden Drohnen. Was mich angeht, ist es, als ob sich all die Schmerzen, die ich vorher gerade so ausgehalten hatte, jetzt vervielfachten. Meine aufgeplatzten Lippen, die bei jedem Atemzug gegen das Visier aufglühten, das entzündete Zahnfleisch, ab und zu zogen an meinen Augen schwarze Sterne vorbei. Um mich abzulenken, versuchte ich, darin Gestalten zu erkennen. Bäume, Häuser, Tiere. Ärgerte mich, weil sie, wollte ich sie fixieren, zur Seite wichen. Ich kaute, biss wie wild auf den bitteren Kakteenstücken herum. Konzentrierte mich auf meinen Atem, auf meine Schritte, auf das Scheppern in meinem Rucksack, in dem F-87, hellwach vom Schweinefleisch, saß, auf meinen rasenden Herzschlag.
Als es dunkler zu werden begann, blieb Özlem stehen. »Ich kann nicht mehr. Es geht nicht mehr.« Sie setzte sich neben die Gleise, drehte sich von uns weg, Chang, der schon wusste, was sie vorhatte, stellte sich vor sie, so dass wir sie nicht sehen konnten.
»O Mann, nicht schon wieder.« Jorden guckte zum Himmel.
»Sie hat recht, Jorden. Es geht nicht mehr. Wir sind am Ende. Wir brauchen Schlaf. Und vor allem Wasser.« Chang zwinkerte zweimal. Keine Ironie. Hinter ihm war zu hören, wie Özlem sich aus dem Body zwängte und versuchte, Xiwang zu stillen. Erst ermunterte sie noch das Baby, dann wurde es zunehmend unzufriedener, ich hörte Sauggeräusche und verzagtes Quieken, Özlems verzweifeltes: »Da kommt nichts. Es geht nicht.« Chang redete ihr mit einer Stimme zu, die eine absolute Chang-Özlem-Stimme war und nicht für uns bestimmt und doch so voller big love, dass ich Superpowers bekommen hätte, wenn mich jemand so angeredet hätte, das ist mein Ernst. Cornelius kam auf Anne gestützt, der die Enttäuschung über *Auenland* und die Strapazen komischerweise am wenigsten von uns auszumachen schienen. Schnaufend hob er die Arme, bat um unsere Aufmerksamkeit.
»Leute. Wir machen es so.« Er sprach lauter als am Nachmittag. Leaderlaut. Ich stellte mich neben ihn. »Es ist jetzt vielleicht noch eine Stunde hell. Wir suchen Wasser, bis …«
»Lasst uns umkehren«, murmelte Özlem. »Das bringt doch hier nichts. Wie sollen wir denn …«

»Özlem. Es ist zu spät.« Chang sprach ganz leise. »Wir schaffen das nicht mehr.« Lauter: »Wir brauchen Wasser. Cornelius hat recht. Du bleibst mit der Kleinen hier.«
Jorden gab einen kurzen Laut von sich, der wohl so viel hieß wie, dass er nichts dagegen hatte. Es fühlte sich gut an, dass nicht mehr nur einer von uns Befehle gab. Dann die Riesenenttäuschung: Es wurden zwei Teams gebildet, Jorden und Chang, Cornelius und Anne. Ich aber sollte bei Özlem und Xiwang bleiben.
»Ich will auch mit!«, protestierte ich sofort. »Ich gehe mit Cornelius. Dann kann Anne sich ausruhen.«
Ich hatte das alles wirklich so satt! Warum wurde ich eigentlich so behandelt, als wäre ich Luft?
»Du bleibst hier sitzen und rührst dich nicht! Ist das klar?«, befahl Jorden scharf. Cornelius nickte mir ernst zu. Sein Knöchel musste noch immer schmerzen, so wie er schaute.
Dann waren wir drei allein, die Mutter, das Baby und der nutzlose Honk. Cornelius und Anne waren nach vorne zur Gabelung der Gleise gegangen und schließlich nach rechts abgebogen. Jorden und Chang in Richtung Steppe. Özlem sagte nichts und versuchte zu schlafen. Xiwang schrie nicht mehr. Den ganzen Nachmittag über hatte sie gewimmert, so dass ich mir ab und zu die Ohren zuhielt. Jetzt, da sie es nicht mehr tat, vermisste ich es. Als ich sie ansah, wie sie da so schlapp an Özlem hing, wurde mir klar, dass Xiwang, unser Gemeinschaftskind, ohne Milch den morgigen Tag nicht mehr überleben würde. Da hatte ich folgenden wirklich erstklassigen Einfall: Die Chancen, Wasser zu finden, standen für drei Trupps besser als für zwei. Drei war mehr als zwei. Das war ein Fakt. Keiner konnte das leugnen, nicht einmal Jorden. Und dann war da noch dieser Satz, der mir in den Sinn gekommen war und irgendwie mit dem Wort *Auenland* zusammenhing, ohne dass ich wusste wie: *Selbst der Kleinste vermag den Lauf des Schicksals zu ändern.*
Ich werde die linke Abzweigung nehmen. In einer Stunde bin ich zurück.

Özlems Kinn ist ihr auf die Brust gesunken. Ihr Atem geht gleichmäßig. Es ist so weit. Ich breche auf.

POSTSKRIPTUM

Größte Verzweiflung. Sitze im Star-Express. F-87 hat gegenüber von mir Platz genommen. Den Kopf in den Pfoten, schaut er auf die Ebene, als zöge in diesem Moment die tote Landschaft tatsächlich an uns vorbei; als wäre der Waggon nicht abgekoppelt; als besäße er noch ein Dach und Wände; als stünde er nicht inmitten von Trümmern seit zwölf Jahren an genau jener Stelle, an der er entgleiste.

Eigentlich wollte ich schon nach kurzer Zeit umkehren. Der Nebel zu beiden Seiten war einfach zu dicht. Außerdem brach die Dämmerung an. Es war absolut aussichtslos, hier etwas zu finden, einen Bach, die Überreste einer Siedlung, was auch immer. Aber dann tauchte plötzlich etwas vor mir auf den Gleisen auf. Zunächst dachte ich: ein umgestürzter Strommast. Dann erkannte ich eine Plattform, eine Plattform auf Rädern, die Überreste eines Waggons ohne Wände. Auf den Hängen des Walls darunter lagen Müll und Schrott verstreut. Dort eine Sitzreihe mit zerfleddertem Polster, da eine Tür. Kleiderfetzen, ein Koffer, direkt vor meinen Füßen. Als ich ihn aufheben wollte, zerfiel er. Ich hielt nur mehr den Griff in der Hand.

Der größte Teil des Star-Express musste von einer Druckwelle von den Schienen gefegt worden sein. Soweit ich seine Umrisse in der Entfernung erkennen konnte, hatte sich der Triebwagen mit der Schnauze voran in den Steppenboden gebohrt, als hätte er sich auf der Flucht vor seinen unsichtbaren Verfolgern verstecken wollen.

Auf einmal sprang F-87 aus dem Rucksack und tippelte los. Witterte er Getränke? Mir schossen die Namen jener Flüssigkeiten mit allerhöchsten Foxy-Punkten durch den Kopf, von denen ich auf der Alm so oft geträumt hatte, ohne dass ich sie jemals, der süße LORD bewahre, trinken hätte dürfen, *Softdrinks*: *Coca-Cola*, *Fanta*, *Pepsi*. Ich stolperte meinem tapferen Robot-Fennek hinterher, zog mich den zerstörten Waggon hoch. Enttäuschung maximal. Aus der verklumpten Schicht aus Trümmern, Sand und Flechten ragte nur mehr ein einziger Vierersitz heraus. *Kid-Country* las ich auf einer staubigen Scherbe. Die bunten Buchstaben waren aus Tieren mit lachenden Menschengesichtern geformt. Winselnd scharrte F-87 im Durcheinander. Schon zog er eine abgerissene blaue Hand hervor, einen Tigerschwanz, die Regenbogen-Mähne eines Glücks-Ponys: Die Überreste der Toys, die die Kids auf ihrer letzten Fahrt in den Tod begleitet hatten.

Für ein paar Sekunden stand ich über ein Kinderskelett gebeugt. Durch meinen Kopf, in dem es gegen die Schläfen hämmerte, als wolle irgendwas heraus, blitzten strange Gedanken. Wie konnte es sein, dass das da einmal ein Mensch gewesen war? Dass sich in mir selbst und in Cornelius, Anne, Özlem, Chang, Jorden und Xiwang auch so ein Skelett versteckte, weiß wie Schnee, an dem Fleisch hing? Dass wir alle auch so aussehen würden, vielleicht schon bald, aber spätestens ein paar Jahre nach unserem Tod? Wie maximal ordentlich sogar jetzt noch die menschlichen Knochen zusammenhingen. Ebenso viele Rippen rechts wie links, zwei Beine, zwei Arme und oben, als Abschluss, der Schädel mit seiner runden Decke, unter dem das Kind vielleicht einmal Sachen gedacht hatte wie »bin traurig«, »bin fröhlich«, »will zu Mama«, »will spielen«.

Riesendurst meldete sich. Hoffnungslos, in den Überresten des Waggons einen *Softdrink* oder überhaupt irgendetwas Brauchbares zu finden. Es war zum Heulen. Nichts hatte dieser Ausflug bisher gebracht. Nada. Niente. Verzweifelt bemerkte ich, wie sich die Schwadenvorhänge mehr und mehr verdunkelt hatten. Da blieb mein Blick an etwas hängen. Zuerst dachte ich, es handelte sich wieder um jene Sternchen, die mir seit gestern in den Augen herumtanzten. Aber auch F-87 starrte jetzt hinüber, den Schwanz erhoben, die Ohren gespitzt, mit witternder Schnauze. Ich hielt den Atem an. Gloste es auf, waren Zickzackumrisse zu erkennen. Dächer! Zelte! Das dicke Grau machte es schwer, die Entfernung zu bestimmen. Trug der Steppenwind Stimmen herüber, oder phantasierte ich mittlerweile?

»F-87! Ist das etwa … ein Camp?«, flüsterte ich. F-87 nickte.
Alles raste in mir. Wie würde in dieser Situation wohl unser weltbester Leader handeln? Würde ich mich mit meiner rosa Taschenlampe sofort auf den Weg zurück machen, wäre ich noch rechtzeitig vor der Nacht bei den anderen. Käme ich allerdings mit leeren Händen zurück, was würden Cornelius und Jorden dazu sagen, dass ich mich ihrem Befehl widersetzt hatte? Würde ich es überhaupt in das Camp oder was auch immer das da drüben war, schaffen? Ich, der Krummbumm. Was, wenn dort eine Bande hauste? Am Ende würde es mir genauso gehen wie den toten Frauen in der Raststation.
Da juckte es kurz unter meiner Achsel, das Tattoo, und ein Satz kam mir in den Sinn: *Es gibt Dinge, die man tun muss, weil man sonst kein Mensch ist, sondern nur ein Häuflein Dreck*. Es schnürte mir den Hals zu. Weil ich keine Ausrede mehr hatte. Weil ich fünfzehn Jahre alt war. Weil das doch genau der Moment war, auf den ich gewartet hatte, um zu beweisen, dass ich genauso wichtig für die Gemeinschaft war wie alle anderen auch. Wo Menschen, da Wasser. Und selbst wenn ich mich nur in ihre Nähe schleichen und sie beobachten würde, wäre das schon ein Erfolg. Ich würde der Gemeinschaft wichtige News bringen. Vielleicht lebten dort ja gar keine Banden, sondern friedliche Survivors, mit denen ich ins Gespräch kommen würde. Ich spürte neue Power, sagte mir vor: Ich werde euch nicht enttäuschen. Ich bin der Auserwählte. Ist nicht unter meine Achsel das Quadrat mit den Schlieren tätowiert? In diesem Augenblick erschien es mir als Prophezeiung einer beispiellosen Heldentat, die unmittelbar bevorstand. *Heldentat*, was für ein schönes Altwort! Ich sah die Gesichter der Gemeinschaft vor mir, wie sie meinem Bericht zuhören würden. Nicht wie sonst, genervt. Gebannt.
Ich rannte los. Die Böschung des Star-Express hinab, durch die Steppe, auf das in der Düsternis pulsierende Licht zu. Leise summten Insekten. Der Nebel teilte sich, um sich gleich wieder hinter mir zu schließen. Gestalten tauchten auf, ich kümmerte mich nicht um sie, es waren Kakteen, die Umrisse der Dächer rückten näher. Lange konnte es nicht mehr dauern, bis ich sie erreichen würde. Auf einmal trat ich weicher. Ich blickte hinab, maximal erstaunt, ging in die Hocke. Der Sand war er-

grünt. Ich stand auf saftigem Gras. Das Geräusch der Insekten schwoll an. Vorsichtig schlich ich ein paar Schritte weiter. Das waren Äcker! Felder! Und was da so summte, das waren keine Fliegen, sondern – Wasser! Wasser, das aus dünnen Rohren sprühte! Nichts hielt mich mehr; egal, ob man mich gleich entdecken würde. Ich stürzte zu einer der Leitungen und ließ mir den Strahl in den Mund rinnen. Auch mein Robot-Fennek schlabberte gierig aus einer der Pfützen. Statt Pupillen leuchteten in seinen Augen funny Halbmond-Faces mit Schlafmützen. In Vorantergangszeiten hatten sie dazu gedient, die von Albträumen aufgeschreckten Kleinen zu beruhigen. Wie klug mein lieber Fennek doch war! Er hatte erraten, dass ich auf dem weiteren Weg nicht meine foxy Taschenlampe einschalten konnte, da sie auf mich aufmerksam machen würde. Jetzt würde uns seine Anti-Albtraum-Funktion, die ihn auch im Dunkeln sehen ließ, heil durch die Nacht bringen. Schon hob F-87 vorsichtig das Beinchen. Ich dachte, er müsste pinkeln. Dann erst begriff ich: Er überkletterte ein Hindernis, in das ich beinahe hineingerannt wäre. Die Felder waren mit knöchelhohen, glöckchenbestückten Stolperdrähten übersät, Fallen-Style. Nager und Echsen mochten darunter hindurchschlüpfen. Ungebetene menschliche Gäste, die sich hier verhedderten, hätten sich bimmelnd verraten. Nachdem ich vorhin so überschwänglich gewesen war, ermahnte ich mich, wieder supervorsichtig zu sein.
Ein Blick aus der Nähe auf das, was da um mich herum wuchs, ließ mich stutzen: Gemüse in unwirklicher Größe. Aus dem Boden spitzten Rüben. Zog man sie heraus, würden sie mir bis zu den Knien reichen. Büsche, deren Zweige sich von der Last der prallen Tomaten, riesig wie Kürbisse, zur Erde neigten. Ich konnte meinen Mund kaum weit genug aufsperren, um hineinzubeißen. Als ich das Fruchtfleisch herunterschlang, meinte ich, noch nie etwas Köstlicheres gegessen zu haben.
Unendlich langsam kamen wir danach voran. Und wieder Zweifel, Marke gewaltig: Die fast stockdunkle Ebene. Der lange Rückweg später über die Schienen. Ich machte einen Deal mit mir: Heinzi, alter Honk. Du guckst bloß kurz nach, ob das da drüben wirklich friedliche Survivors sind. So oder so kannst du stolz auf dich sein. Schließlich hast du Wasser und Essen gefunden. Also, nur noch bis da drüben und dann

ruckzuck zurück. Wäre doch schade, wenn du schon umkehrst, nachdem du es so weit geschafft hast. Genau so machst du's. Amen dazu. Ich legte mich auf den Boden und pirschte vorwärts.

Endlich befand sich vielleicht hundert Meter vor mir die Mauer des Camps: meterhoch aufgetürmte, ineinander verzahnte, weiß schimmernde Trümmer. Die Verkleidung der Waggons. Dahinter schauten Dächer hervor, die im Schein der Lagerfeuer zu tanzen schienen. Ich würde nur einen Blick hineinwerfen, um den anderen genauer davon berichten zu können, sagte ich mir. Ob wir es mit Feinden oder Freunden zu tun hatten. Im Schutz der Gigantgurken schlich ich meinem Robot-Fennek hinterher. Da wurde das Flackerlicht heller. Ein breiter Torbogen, aus verbogenen Zugachsen errichtet: der Eingang zum Lager. Darunter hockten vier Männer in Silber-Bodys um ein Feuer. Wachen? Griffbereit hatten sie ihre langen Stöcke in den Steppenboden gerammt. Ich war absolut safe. In der Dunkelheit konnte man mich unmöglich sehen. Über Pathfinder schienen die Wachen nicht zu verfügen. Hinter dem Tor: schmale Gassen. Windschiefe Hütten und Zelte.

In diesem Moment geschah es. Vielleicht wäre ich jetzt nicht hier, wenn es nicht passiert wäre. Vielleicht wäre ich einfach zurückgelaufen, und alles wäre gut gewesen. Ein paar Meter von mir entfernt huschte ein Schatten im Gigantgurkenfeld umher. Ein Dieb? Einer wie ich? Erschrocken beobachtete ich ihn. Wenn er nicht achtgab, würde er den Glöckchenalarm auslösen. Und tatsächlich bimmelte es da schon hell. Der Schatten zuckte, hatte er sich verheddert? Eine der Wachen sprang auf, schoss auf den Schatten zu, zerrte ihn ans Licht. Bis auf ein paar Fetzen war er nackt. Lange Haare. Vielleicht so alt wie Chang. Spindeldürr. Warnrufe. In Windeseile füllte sich die Toröffnung mit Bewohnern. Männer, Frauen, kleine Kinder, mit denen aber irgendetwas nicht zu stimmen schien. Was, das konnte ich im Zwielicht nicht ausmachen. Nur so viel: Sie krochen und schleppten sich voran. Keine Silber-Bodys. Normale Shirts, Hosen, wie wir auf der Alm. Laut redeten sie in einer Sprache durcheinander, die ich nicht verstand. Um den Fremden schloss sich ein Kreis. Ich sah nur noch seinen Haarschopf, der von den Stößen hin und her wirbelte und verschwand. Der Körper derjenigen, die sich

am Rand der Menge befanden, waren kaum mehr als ein paar Meter von mir entfernt. Dicht drängte man sich aneinander.
Ich duckte mich. Keiner achtete auf die nächtlichen Felder. Jetzt war der Moment gekommen. Ein für alle Mal könnte ich beweisen, dass ich genauso mutig wie Jorden war, ja mutiger. Das schaffst du eh nicht, sagte eine Stimme in mir, du Häuflein Dreck! Ich zählte bis drei. Und ob ich das schaffe!, flüsterte ich, öffnete, einer Eingebung folgend, die Kapuze, zog den Silber-Body, der mich Krummbumm doch sofort unter all den in Lumpen Gehüllten verraten hätte, bis zur Hüfte herunter und steckte F-87 in den Rucksack, als wäre er irgendeine Jagdtrophäe. Sofort verstand er und erstarrte mit gesenktem Kopf und heraushängender Zunge. Die trockene heiße Luft der Steppe, vor der mich bislang das Visier geschützt hatte, schnitt mir in die Augen. Mein verschwitztes Haar klebte mir in der Stirn. Ich beschmierte mein Gesicht und meinen nackten Oberkörper mit Staub, *eins, zwei, drei!*, und trat heraus.
Ich hätte mich einfach zu den in die Höhe hüpfenden, johlenden Gestalten dazustellen können, es wäre gar nicht aufgefallen. Stattdessen ging ich vorsichtig an der hin und her wogenden Wand aus Rücken vorbei, auf das Tor zu. Ein winziger Spalt war noch frei. Genau richtig für mich. Ich müsste mich nur noch an einer extrem dicken Frau vorbeidrängen. Jetzt warf jemand ein Seil über den schiefen Torbalken, zog. Kreischen. Der zappelnde Eindringling, die Hände am Hals, an der Schlinge, tauchte über den Köpfen auf, schob sich höher und höher. Die Menge schrie auf vor Vergnügen. Ich schwöre, ich hatte in diesem Moment keine Angst, war zu 250 % konzentriert auf meine Mission. Die unförmige Frau beugte sich nach vorne, der Spalt hinter ihr war groß wie nie, ich würde perfekt hindurchpassen, machte zwei Schritte vor, drei. Mein Bauch berührte den stinkenden Kittel der Dicken. Sie grölte.
Und dann war ich in der Siedlung.
Das Blut schoss mir in den Kopf. Ich hatte es geschafft! Ich war definitiv kein Häuflein Dreck. Definitiv nicht! Keiner konnte das mehr behaupten. Aber was nun? Vor mir, im Licht zahlloser Fackeln und Lagerfeuer: ein runder Platz, um den Hütten standen. Ich huschte auf eine zu, die leer wirkte. Sah mich jemand? Ich drückte mich in eine Gasse. In ihrem

Schatten angelangt, wurde mir kotzübel. Meine Beine wollten nicht mehr. Atemlos starrte ich auf den Horrormob, auf die Frau, an der ich mich vorbeigeschlichen hatte. Plötzlich erkannte ich, was mit ihr nicht stimmte. Aus ihrem Kittel schaute an ihrem Rücken etwas Längliches heraus, ein Schwanz, nein, kein Schwanz; etwas Schlaffes mit langen Fingern oder besser: mit Fingerartigem. Ich musste mich auf den Sandboden setzen. Jeder hier war aufs Grauenvollste entstellt. Keiner hatte richtige Haare auf dem Kopf, manchen fehlte die Schädelplatte, stattdessen war da nur ein Kranz aus Geschwüren. Einem Mann reichte die Stirn bis zur unförmigen blutigen Beule in der Mitte seines Gesichtes. Auf der Höhe seines Mundes, ein zahnloses Loch, klebten an den Wangen zwei schmale Augen, mit denen er unter großen Anstrengungen um sich schielte. Ein anderer mit dünnem Oberkörper schleppte sich mühsam auf Elefantenbeinen herum. Den Füßen fehlten die Zehen. Einer Frau lag ein labbriger Schlauch aus Haut um den Hals. Bei jeder Bewegung schwabbelte er.

Die Hinrichtung dauerte weiter an. Der Eindringling, der über den Köpfen der Menge baumelte, wurde von unten mit irgendeiner Flüssigkeit bespritzt. Dann warf jemand ein Streichholz oder etwas Ähnliches auf ihn, im selben Moment stand sein Körper in Flammen. Unter den entsetzlichsten Schreien begann er zu zucken. Unter ihm Jubel.

Ich war verloren. Das wurde mir jetzt vollkommen und maximal unerbittlich klar. War diese Henkersshow vorbei, wäre ich der nächste Kandidat für den Torbogen. Man würde mich finden, ganz sicher. Spätestens am nächsten Tag. Mein Hals zog sich zu, ich schnappte nach Luft, spürte schon die Schlinge, das Feuer.

Ein Teenie hastete an mir vorbei. Ich drückte mich in den schmalen Spalt zwischen zwei Baracken, an die Wände aus der Verkleidung des Star-Express. Von der Hitze des Tages glühten sie noch. Mehr Bewohner humpelten herbei. Einer rief in meine Richtung. Ich wollte sterben. Doch die ganze Aufmerksamkeit der Männer galt einem schmutzigen Knäuel, dem sie hinterherjagten. Zugleich versuchten andere aus der Gegenrichtung, ihnen das Stoffding abzuluchsen. Fußball! Bevor unser gelber Adidas-Ball kaputtgegangen war, hatten auch Özlem, Chang, Jorden

und sogar manchmal ich auf der Alm diesen Vorunterganggssport gespielt, bei dem ich aber immer der Schlechteste gewesen war. Chang hatte damals zu mir gemeint, dass das eines der schönsten Rituale der Voruntergangszeiten gewesen sei, eines, das er wahnsinnig vermisse: am Wochenende in den Stadien oder vor TV-Walls zusammen mit der Familie und Freunden den Teams zuzujubeln! Er hatte mir die Regeln erklären wollen, elf Spieler, zweimal fünfundvierzig, also insgesamt neunzig Minuten. Aber auf meine Frage hin, warum neunzig, warum elf und warum eigentlich nur mit den Füßen, hatte er, der eben noch mit leuchtendem Blick von unvergesslichen »Hackentricks«, »Elfmeterschießen«, »Triples« und »Weltmeisterschaftsendspielen« erzählt hatte, mich entgeistert angestarrt.
Eine durchdringende quakende Stimme riss mich aus meinen Gedanken. Ein Trupp von sechs Stockträgern in Silber-Bodys bahnte sich seinen Weg durch das Treiben. Anscheinend trugen hier nur die Wächter Anzüge. Die Gruppe wurde von jemandem angeführt, den ich zunächst für einen Zwerg hielt. Seine Beinchen vermochten seinen fetten, blau angelaufenen Körper kaum zu tragen. Dann bemerkte ich die weißen Turnschuhe an seinen Füßen, den Birnenkopf mit der schief aufgesetzten Cap darauf. Überhaupt dieser Kopf, der direkt in den Bauch überging … das quietschrote »*K*« auf der Kappe … KID-NEY! Es war die neugierige Niere! Aus der TV-Serie! Das Wesen da vor mir war ein Toy. Entschlossen marschierte es zwischen den Entstellten hindurch, die – sah ich recht?, ängstlich vor ihm zurückwichen. Man fürchtete sich vor ihm. Ein Mann, der röchelnd auf Füßen wie Flossen daherwatschelte, wollte ehrfürchtig seine Turnschuhe küssen. Wütend stieß die Niere ihn weg. Etwas stimmte nicht mit ihr. Ich blieb in meinem Versteck. Das Toy schien hohe Achtung zu genießen, ja, eine Art Champ of the Camp zu sein. Wieder ertönte das markerschütternde Quieken. Streng kommandierte KID-NEY die Wächter. Auf ihre Order hin näherten sie sich prüfend einem Bewohner, der wohl verletzt oder krank war. Als er schwach die Arme hob, piepste KID-NEY – und ein Stock sauste nieder auf den Kopf des Liegenden, der aufknackte wie eine Nuss. Eine schleimige graue Masse floss heraus.

Entsetzt zwängte ich mich durch die Gasse, bloß weg von den Lagerfeuern und den Bewohnern, weg von diesem Killer-Toy! Ich stand vor der weißen Mauer. Brutalst wurde mir die Ausweglosigkeit meiner Lage vor Augen geführt: Die Teile des Star-Express waren nahtlos ineinandergefügt, unüberwindlich ragten sie in die Höhe. Es war hoffnungslos.
Ich wimmerte. »Was mache ich nur … lieber F-87 … was soll ich nur tun …« Immer wieder würgte es mich. Die Tomate, die ich auf dem Acker gegessen hatte. Sicher war sie verstrahlt gewesen. F-87 sprang aus meinem Rucksack auf den Boden und reichte mir die Pfote. Ohne zu zögern, führte er mich an der Mauer entlang, als würde er den Weg in die Freiheit kennen. Schwankend vor Angst und Erschöpfung folgte ich ihm. Die Platten, die die Rückwand einer größeren Baracke bildeten, standen einen Schlitz weit auseinander. Mein Blick fiel hinein. Im Schein von Feuern wälzten sich auf dem Boden Mutanten. Sie waren nackt. Einer Frau wuchsen Dutzende verschieden große Brüste, oder nein, eher waren es Beulen. Ein Teenie in meinem Alter lutschte gierig daran. Aus seinem Schritt ragten zwei steife Glieder nebeneinander, ein dickes und ein stöckchendünnes. Die meisten Männer hatten Gemächte von enormer Größe. Auch die Rümpfe von Venus-Dolls sah ich. Maximaler Ekel. Ein Mädchen, an dem ich keine Mutation feststellen konnte, wehrte sich verzweifelt gegen einen unförmigen Körper, dem Arme oder Beine fehlten. Statt eines Kopfes steckte auf dem Rumpf des Dings eine gesichtslose, wie entzündete, hellrote Fleischkugel. Die breite Zunge, die sich rosa daraus streckte, war das Einzige, was an ein Lebewesen erinnerte.
»Chucha! Ist es nicht empörend?«, schnurrte es da aus dem Halbdunkel.
Ich wollte fliehen, fiel hin, erblickte eine Gestalt, die neben mir im Schatten hockte.
»Keine Angst …«, eine samtene Stimme.
Ich erkannte die Umrisse einer Katze von der Größe eines Kindes. Sie trug Lederstiefel und einen Dreispitz.
»Bitte … tu mir nichts! Ich wollte das alles gar nicht!«, gickste ich.
Neugierig schnupperte F-87 an dem Fremdling. Dann verschränkte er die Arme und kniff skeptisch ein Auge zusammen.

»Ahora.« Seufzend erhob sich die Katze, trat ins Zwielicht. Wenn sie sprach, strömte mir derselbe schwache Erdbeerduft aus ihrem Mund entgegen wie bei F-87. »Das sagen sie alle. Aber lass dich mal ansehen. Was soll ich nur mit dir machen ... ähem«, sie räusperte sich übertrieben, legte die Pfoten an die Schnauze, tat so, als wollte sie die Wachen herbeirufen, ich robbte weg, panisch, »ähem«, ihr Schwanz schrieb Zeichen in die Luft. »Ahora: Nichts!« Zufrieden grinste sie. In sicherer Entfernung hielt ich inne. Wenn ich davonlief, immer die weiße Mauer entlang, und mir die Katze hinterherjagte, würde sie mich früher oder später dem Mob am Eingangstor in die Arme treiben.
»Wir haben ... wir haben uns hierher verirrt ... bitte ... wir haben solchen ...«, begann ich.
»Hunger und Durst?«, schnitt mir die Katze das Wort ab.
»Ja«, sagte ich.
»Kenn ich. Haben alle, die sich hierher verirren. Leider enden sie stets wie der Unglücksrabe da drüben.« Sie deutete in Richtung Torbalken, der jedoch von den Baracken verdeckt wurde. »Na, und wen haben wir denn da? Na, mein Kleiner?« Neugierig näherte sich die Katze F-87. Der hob stolz seinen Kopf und drehte sich wieder zur Seite, als wäre er beleidigt.
»Oh!«, amüsiert kicherte die Katze und hielt sich die goldbestickten roten Handschuhpfoten vor den Mund. »So klein und trotzdem kein bisschen bescheiden, wie? Bist du ein Schlafgut-Fennek?«
»Entschuldigung«, versuchte ich es. Das Toy schien zumindest nicht bösartig. »Entschuldigung. Kannst du uns vielleicht helfen ... ich meine ... damit wir hier wieder herauskommen ...«
Suchend wandte sich die Katze um und deutete dann auf sich selbst. »Wer? Ich?« Pause. »Nein. Natürlich nicht.« Ich sackte in mich zusammen. Sie grinste schadenfroh. »Tut mir leid. Ausgeschlossen. So etwas mache ich nicht. Niemals.« Pause. »Aber vielleicht können wir uns ja ein bisschen unterhalten? Die anderen hier können ja nicht mehr sprechen. Und das ist doch sehr bedauerlich. Verschwendung sozusagen. Ich meine: Schließlich bin ich doch ein Talkie-Toy!«
Ich war zerstört.

»Wir können uns ja, bis ihr gefunden werdet, die Zeit mit ein bisschen Konversation vertreiben? Charlar, eh? Ganz gemütlich.« Die Katze hielt ihren Kopf nah vor mein Gesicht. »Wollt ihr? Sí?«
Ich saß in der Falle, gefangen in einem Mutanten-Dorf von einem Katzen-Toy, das mich zappeln ließ wie eine Maus.
»Pass auf. Normalerweise funktioniert das so. Du sagst: Buenas tardes, ich heiße soundso, mit wem habe ich das Vergnügen? Und dann sage ich: Buenas tardes, und wer ich bin. Wollen wir?« Die Katze zwinkerte zutraulich. »Vielleicht ...«, fügte sie leise hinzu. »Kann ich euch ja dann doch noch ... wenn dieser kleine Robot-Fuchs nur nicht so ungemein hochnäsig wäre ...«
Mit einem Ruck richtete ich mich auf, zog den Rotz hoch.
»O ja ... bitte. Ich mache alles, was du willst!«
»Guten Tag, ich bin ...«, sagte mir die Katze geduldig vor.
»Guten Tag, ich bin Heinz. Und ... und mit wem habe ich das Vergnügen?«, presste ich hervor.
Erfreut bogen sich die Schnurrbarthaare der Katze nach oben. »Offiziell? Ein HDTR. Ein Highly-Developed-Toy-Robot. Und vulgo? Der Gestiefelte Kater. Mein Besitzer heißt Rüdiger. Er muss da hinten«, er deutete auf eine Baracke, »irgendwo liegen. Ist mutiert. Wie alle hier. Die Strahlung hier im Grundwasser. Ein paar Kilometer entfernt von hier lag ja das Atomarium. Na, und als das puff machte, da hatten wir die Bescherung. Horroso. Und überaus ungoustiös.«
»Aber wie kommst du denn hierher?«, stotterte ich. »Bist du etwa seit ...«
»... zwölf Jahren und einhundertneunundzwanzig Tagen hier?«, unterbrach mich der Gestiefelte Kater. Er lächelte spöttisch und schmatzte. »Bin ich. Wie dein kleiner Freund da«, er nickte F-87 zu, der zornig fauchte, »bin ich auf meinen Master gebrandet. Bis zu seinem Tod oder meiner Auszeit. Oder Reprogrammierung. Was für ein Schicksal, äh? Als Toy rechnet man ja immer mit dem Schrottplatz oder dem Recycling-Center. Aber das hier übertrifft wirklich alles.« Plötzlich wurde seine Stimme wieder samten. »Du kannst mich nicht zufällig – reprogrammieren? Auf dich? Ich könnte dann endlich hier verschwinden. Wir

könnten dann gemeinsam, du, dieses Einschlaf-Tierchen und ich, einen Weg in die Freiheit suchen.« Er schnurrte: »Ich wäre gern dein Toy …«
»Nein … ich kann so was nicht … aber ich würde es wirklich tun, wenn ich es könnte …«, beeilte ich mich.
Der Kater konnte seine Enttäuschung nicht verbergen. Vielleicht war diese Bitte der eigentliche Grund dafür gewesen, warum er überhaupt mit uns sprach. Seine Barthaare krümmten sich nach unten.
»Tut mir sehr leid … aber vielleicht kenne ich jemanden …«, versuchte ich es weiter.
»Bueno, está bien. Was zählt, ist die gute Absicht, nicht wahr?« Der Kater nahm seinen Dreispitz vom Kopf und leckte die Gänsefeder daran ab.
»Aber was ist denn eigentlich … hier geschehen?« Irgendwie musste ich einen Weg finden, den Kater gnädig zu stimmen, sein Vertrauen zu gewinnen.
»Na ja, wir arbeiten sehr hart an der Beantwortung der Frage, was das Universum zusammenhält, trinken jeden Tag unseren Fünfuhrtee und knabbern Kekse, oder nach was sieht das hier aus, hm? Zwölf Jahre. Schon am Anfang alle: Hier die Elite, da die Plebs. Als würde das noch eine Rolle spielen. Und dann, oh, was für eine Überraschung: Komplettzerfall. Elite gegen Elite, Plebser gegen Plebser, Elite gegen Plebser. Und aus. War ja klar. Hätte ich denen gleich sagen können. Dann, noch ungoustiöser: Degeneration qua Mutation. Vergewaltigung. Herrschaft der paar Überlebenden, die das Glück hatten, Schutzanzüge zu besitzen. Ganz schlimm der eine da hinten. Hast du ihn erkannt?«
»Äh … wen?«, stotterte ich.
Der Kater redete auf einmal mit einer fremden, tiefen Stimme. »Hier sind die Earth News! Einen angenehmen Abend, meine Damen und Herren. Es ist Punkt acht Uhr, und hier spricht die Welt!« Wieder normal: »Nero Wilhelm? Der Anchor-Man? Nie gehört?«
Ich schluckte. »Muss ich …?«
Fast verächtlich, wie mir schien, fuhr der Kater fort: »Wie dem auch nicht sei. Am Ende marschiert dieser wandelnde Blinddarm da auf und macht einen auf großen Führer. Dieser Pseudo-Schlumpf hat ja nicht einmal einen Empathy-Chip. Ich meine, was haben sich eure Ingenieure

bloß dabei gedacht, hm?« Der Kater schüttelte den Kopf. Seufzend setzte er sich wieder den Dreispitz auf. »Andererseits bin ich, glaube ich, inzwischen der Einzige hier, der überhaupt noch so etwas ab und zu empfindet: Empathie. Dabei wäre es mir wirklich lieber, wenn dieser dumme Chip endlich seinen Geist aufgeben würde und mir«, er schnüffelte, »nicht immer die Tränen kommen würden, wenn eine dieser an sich widerlichen Kreaturen ins Gras beißt oder sie wieder einen Unglücklichen …«, sein kleiner Adamsapfel zuckte, »massakrieren …«
»Mein LORD«, entfuhr es mir.
»Na, für mich ist der sowieso nicht zuständig.« Der Kater kratzte sich, betrachtete das Haar, das er sich ausgerissen hatte, roch daran und fraß es. »Was bin ich froh, dass mein Erdenker nicht auf die Schnapsidee verfallen ist, mir einen Geschlechtstrieb einzupflanzen. Schlimm genug, dass ich mir mein Essen suchen muss und mich nicht einfach irgendwo einstöpseln kann. Ich meine, sieh dir das nur an. Wie entwürdigend …«
Er deutete durch den Schlitz in die Baracke vor uns. In den Ecken hingen, wie ich erst jetzt sah, Screens. Auf ihnen liefen Filme, die aus Voruntergangszeiten stammen mussten. Nackte Voruntergangsfrauen spreizten mit den Fingern ihre Scheiden auseinander, lutschten an Penissen oder wurden von Voruntergangsmännern von hinten befruchtet. Manche der Frauen trugen glänzende Stöckelschuhe und Hundehalsbänder, manche der Männer Köpfe von Tieren, Löwen, Stieren, Ziegenböcken.
»Aber damit habe ich nichts …« Abwehrend wedelte ich mit den Händen. Der Gestiefelte Kater wusste doch, dass ich nicht zu den Mutanten gehörte.
»Jaja, seguro, seguro«, schnurrte er. »Du bist ganz anders. Natürlich. Ein echtes Individuum. Aber ich verrate euch ein Geheimnis, die Bibel, erster Brief an die Korinther.« Er hielt sich die Handschuhpfote an den Mund und raunte: »Keiner von euch ist so einzigartig, als dass er nicht ein Mensch wäre. Und egal, was ihr auch anfasst«, sein Schwanz klopfte in Erregung auf den Steppenboden, »ihr könnt es einfach nicht lassen, immer kleine Ebenbilder von euch selbst zu produzieren. Egal, ob ihr euch ein Haustier haltet, Bäume pflanzt oder ein Toy baut. Alles muss so sein wie ihr. Am besten«, er kullerte mit den Augen, seine Stimme wurde

zart und hoch, »am besten wie Kinder. Klein und unschuldig, aber unter allen Umständen schwächer als ihr. Könnte man da nicht auf eine tiefsitzende Störung – oh!« Er unterbrach sich. Seine kleine rosafarbene Zunge schleckte aufgeregt über sein Mündchen.
Im Camp hörte man aufgeregte Rufe. Die Kopulierenden in der Baracke hielten inne. Die Männer zischten sich etwas zu. Als ich zum schwarzen Himmel schaute, entdeckte ich zwei Lichter. Schnell näherten sie sich. Alle schienen Bescheid zu wissen, was das zu bedeuten hatte. Hinter dem Gestiefelten Kater und F-87 schob ich mich die Mauer der Baracke entlang an den Rand des Vorplatzes, wo die Hinrichtung stattgefunden hatte. Ich duckte mich, guckte zu Boden. Keiner achtete auf mich. Schreiend stürmte man an mir vorbei. Jubel. Vorneweg der quakende KID-NEY mit seinen Wachen. Mit ihren Lanzen regulierten sie die Ströme und versperrten den Bereich vor dem Tor. Jetzt standen die blendend hellen Lichtkegel direkt über dem Camp.
Es waren Drohnen. Ich hatte also recht gehabt! Die ganze Zeit über waren sie am Himmel geflogen!
Die gelangweilte Stimme des Gestiefelten Katers hinter mir: »Ach, die schon wieder. Die schauen hier einmal im Monat vorbei …«
Die Bewohner skandierten Laute, die ich nicht verstand, die Arme oder Stümpfe nach oben gereckt. Beteten sie?
Langsam und synchron schoben sich an der Unterseite der beiden Drohnen Luken auf.
»Was geschieht jetzt?«, flüsterte ich aufgeregt.
Es ging eine Power von den Flugkörpern aus, wunderbar und groß. Die weit ausgestreckten dünnen Flügel wirkten, als mahnten sie zu Recht und Ordnung. Nur die Erinnerung an die Geschichte von ihrem tödlichen Phaserstrahl machte mich vorsichtig.
»Nichts. Oder präziser: Hilfe. Man könnte auch sagen: Verlängerung des Leids. Irgendwelche Trottel, die Essen vorbeibringen, anstatt dem allen hier ein Ende zu setzen. Keine Ahnung, was in manchen von euch Menschen vorgeht.« Der Gestiefelte Kater schnupperte erwartungsvoll, ließ dann seufzend die spitzen Ohren, die durch Schlitze aus dem Hut schauten, hängen und wandte sich zum Gehen.

»He, bleib doch da!«
Ohne sich umzudrehen, rief er: »Ach übrigens, wenn ich euch einen Tipp geben dürfte, dir und deinem eingebildeten Gutenacht-Füchslein: In ein paar Sekunden regnet's hier Happa-Happa. Es gibt also keinen besseren Moment, um sich ganz unauffällig durch das Tor zu verabschieden. Ich sage nur: Camouflage! Bedankt euch nicht bei mir, sondern bei meinem Empathie-Chip und seid froh, wenn ich es mir nicht doch noch anders überlege und die Wachen …« Wieder legte er die Pfoten als Trichter an die Schnauze, holte tief Luft, ich schluckte, aber er blinzelte mir nur komplizenhaft zu und sagte mit angehaltenem Atem: »Gracias für die kleine Plauderei! Adiós.«
Tatsächlich plumpste da auch schon etwas Brotlaibgroßes aus der Drohne zu Boden. Die Wachen konnten die Menge nicht mehr zurückhalten. Sie stürzte sich auf das Paket und riss es auf. Und das nächste. Und nächste. Mit ein bisschen Glück würde mich in dem Wirrwarr aus Rennen, Grölen und Stöhnen niemand bemerken. Ich ging in die Hocke, schlüpfte ganz aus dem Silber-Body, bis auf meine Unterhose war ich nackt, schnipste mit den Fingern, winkte F-87 zu mir und deutete mit dem Anzug in meiner Hand an, was ich vorhatte; F-87 begriff sofort, sprang mir auf den Kopf, und gemeinsam wickelten wir den Body so herum, dass es aussah, als wären wir miteinander verwachsen, als wäre ich ebenfalls mutiert und er mein wüstenfuchsartiges Geschwür. So wackelte ich mit verdrehten Armen vorwärts, ein Fennek-Mensch. Wieder und wieder wurden wir angerempelt. Fast stürzte ich um, und unsere Verkleidung wäre aufgeflogen. Ich hielt auf die Dunkelheit zu, passierte das Tor, hinter mir die dumpfen Einschläge der Lebensmittel, die Füße der Bewohner, die leiser wurden. Stieß gegen eine Gigantgurke, sprang auf, F-87 hüpfte von meinem Kopf, ich sah mich nicht um – und rannte meinem elektrischen Fennek hinterher, der sich, um schneller voranzukommen, zum ersten Mal, seit ich ihn kannte, auf alle viere niedergelassen hatte, wie ein richtiges Tier.

Auf der Flucht, während der ich jeden Moment glaubte, vor Seitenstechen und Bauchschmerzen zusammenzubrechen, um mich dann wieder und wieder zu ermahnen, nur weiterzulaufen und über die Fallen zu springen, »Spring, du Häuflein Dreck!«, stolperte ich am Ende doch und erbrach Schaum. Die Lichter über dem Camp in meinem Rücken waren im Nebel verblasst. Später kletterte ich schweißüberströmt, mit letzter Kraft, in den Waggon. Daran, dass ich noch weiter zu jener Stelle auf den Gleisen zurückkehren würde, wo ich Özlem verlassen hatte, war nicht zu denken. Keinen Meter weiter hätte ich geschafft.

Was mich morgen erwartet, will ich mir nicht vorstellen.

Mein Abenteuer ist ein Test von höherer Stelle gewesen! Das ist es! Es muss so sein! Der LORD stellt mich auf die Probe. Ist doch eigentlich ganz logisch: Am Ende wird Er es niemals zulassen, dass die vielleicht letzten wahren Gläubigen auseinandergerissen werden und verlorengehen. Er muss doch Interesse daran haben, dass es weiter Menschen gibt, Menschen, die von Ihm künden.

Kleines Prayer

Süßer LORD,
DU bist mein Vater,
DU verlässt mich nicht.
Das weiß ich.

Doch wenn das stimmt:
Warum spüre ich DICH in diesem Moment nicht?
Ich brauche DICH doch
jetzt wie nie,
Vater.

Ich habe DICH immer gespürt,
gleich neben meinem Herz,
mein Kolibri.
Mein wunderschöner, bunter, kleiner Kolibri.
Doch jetzt ist da nichts mehr.
Nur meine Lunge,
die, atme ich,
sticht.

Kann es sein, dass DU zornig auf mich bist,
Vater?
Auf uns alle? Uns Menschen?
Weil wir etwas Schlimmes getan haben?
Oder – hast DU etwa Angst vor uns,
kleiner Vogel?

Und bist schon längst davongeflogen,
fort,
ins All?

WeltenLORD,
Sternenherr,
gibst DU mir bitte ein Zeichen,
dass das nicht stimmt!

Bitte sprich mit mir.
Ich bin doch DEIN Kind.

Ich schließe die Augen,
ich versuche, DICH zu erreichen,
Radiowellen-Style.
Aber alles, was ich fühlen kann,
Vater,
ist ein unendlich großer Raum.
Ohne Ton, ohne Licht.

Und sollte das wirklich stimmen,
nur mal so theoretisch,
und DU bist genau dieser Raum,
und ich stamme, wie alle anderen Menschen auch,
von DIR ab,
was bin ich dann?

FÜNFTER TAG

Ich wurde davon geweckt, dass mir jemand übers Gesicht leckte. Ich hatte geträumt. Ich war wieder zu Hause gewesen. Hatte im Wohnzimmer auf der TV-Wall ein Education-Game gespielt. Mit einem leisen Knistern war die Wall schwarz geworden. Draußen ein strahlender Tag, wie aus dem Bilderbuch. Ich rief: »Mami?«, und ging zum Fenster. Im Garten unter mir konnte ich meine Mutter und meinen kleinen Bruder sehen. Sie grillten. Sie lachten. Warum hatten sie mir nicht gesagt, dass sie grillten? Da drangen aus den Nachbargärten Schreie. Der Moment, in dem das Lächeln auf dem Gesicht meiner Mama verschwand und sich Unruhe darauf ausbreitete. Mein kleiner Bruder, der in einer Mischung aus Angst, aber auch Vertrauen darauf, dass nichts Schlimmes passieren kann, solange seine Mami bei ihm ist, zu ihr blickte. Jetzt auch zu mir. Ich öffnete die Augen und sah in die gelbe und die rote Pupille F-87s. Mit seiner eiskalten Zunge leckte er über meine Nase.

Es musste schon Morgen sein. Die ersten Strahlen der Sonne färbten den Nebel dunkelblau. Hastig kletterte ich aus dem Waggon – und krümmte mich zusammen. Es war mir, als hätte man mich in der Nacht aufgeschnitten, mir Steine in den Bauch gelegt und mich wieder zugenäht. Das Gemüse, das ich gestern gegessen hatte, die Giganttomate. Maximale Angst, dass das bereits die Auswirkungen der Strahlung waren; dass mir in den nächsten Tagen aus meiner Schulter ein kleiner Ball wachsen würde, mit blinden Augen und einem verklebten Mund, ein zweiter Kopf. Von der Mutantensiedlung war weder etwas zu sehen noch zu hören. Nur das Bimmeln der Glöckchen im Wind drang ab und an hell und schrecklich zu mir herüber. F-87 spornte mich an. Nun wieder zweibeinig, lief er auf den Schienen ein Stück voraus, wartete, drehte sich nach mir um, wedelte mit dem Schwanz, gebückt humpelte ich hinter ihm her. Die Vorstellung half mir, dass ich in Wirklichkeit der Teenie-Actor wäre, der mich selbst in künftigen Filmen über die Abenteuer der Gemeinschaft spielen wird; dass nebeldurchdringende Kameras, hoch über mir in den Drohnen und vor mir in den Kakteen versteckt, all meine Bewegungen und meinen entschlossenen Gesichtsausdruck aufzeichneten.

Wir passierten die Gabelung, an der ich nach links abgebogen war. Obwohl in den Schwaden nichts zu sehen war, konnten die anderen nicht mehr weit entfernt sein. Plötzlich Panik. Ein Gedanke, den ich bisher verdrängt hatte: Was, wenn die Gemeinschaft bereits weitergezogen war? Was, wenn ihr in der Nacht etwas zugestoßen war? Was sollte ich dann bloß machen? Musste ich nicht eigentlich schon längst an jener Stelle sein, an der wir gerastet hatten?

»Halt!«, ertönte da scharf eine Stimme aus dem Nebel. Hühnergackern wie Lachen.

Vor Schreck zuckte ich zusammen und war doch unendlich erleichtert. Das war Jorden.

»Ich bin's!«, wollte ich eigentlich rufen, kriegte aber kaum einen Ton heraus.

»Heinz?« Özlem klang besorgt.

Ich eilte vorwärts. Und da war Cornelius, da Jorden, da Özlem, da jammerte Xiwang, wie hatte ich ihr Quaken vermisst! Wie hatte ich sie alle vermisst! Es war, als träumte ich noch immer. Ich rannte auf unseren weltbesten Leader zu, wollte ihm um den Hals fallen. Ich hatte es überstanden! Doch ehe ich ihn berühren konnte, packte er mich an den Schultern, rüttelte mich grob.

»Wo zum Teufel warst du? Hm? Raus mit der Sprache!«

Sein fester Griff. Ungläubig schaute ich in sein zorniges Gesicht.

»Ich … ich …« Jetzt war der Moment, in dem ich erklären musste, warum ich mich weggeschlichen hatte, wo ich gewesen war. »Wasser … ich habe Wasser gefunden …« Es war mein einziger Trumpf.

»Weißt du, wie viele Sorgen wir uns um dich gemacht haben!«

Stumm trat Jorden zu mir. Noch während ich der Bewegung seines Arms folgte, flog ich zu Boden. Seine Faust auf meinem Auge. Mein Robot-Fennek, der sich wimmernd an meine Brust drückte, als hätte er den

Schlag gespürt. Vergeblich wartete ich darauf, dass Cornelius Jorden zurechtwies. Özlem sagte etwas wie »Das war jetzt aber wirklich nicht nötig« und widmete sich wieder Xiwang. Nur Anne kniete sich neben mich und hielt mir zu meiner Überraschung etwas hin: eine Flasche, bis oben gefüllt mit klarem Wasser.

»Ich … ich wollte doch nur helfen!«, protestierte ich laut. »Ich wollte für euch Wasser suchen …«

»Ist ja gut, Heinz.« Anne sprach zu mir, als wäre ich ein kleines Kind. Ich stieß sie weg. Sofort, ohne ein weiteres Wort, aber auch ohne verärgert zu sein, ging sie zu ihrer Tasche, als hätte sie mich schon wieder vergessen.

»Und?«, rief Jorden über mir, die Arme in die Hüfte gestemmt. »Wo ist es?«

»Eine knappe Stunde von hier entfernt. Da ist eine Mutanten-Siedlung. Eine Siedlung voller Mutanten. Baracken. Und Zelte. Ich war da. Letzte Nacht. Da sind Drohnen gekommen, und die haben Care-Pakete abgeworfen …«

Fluchend drehte sich Jorden um. Cornelius schüttelte den Kopf. Nur Özlem schien sich für meinen Bericht zu interessieren. »Drohnen, sagst du?«

»Ja«, fuhr ich schnell fort. »Über dem Mutanten-Camp. Die neugierige Niere aus dem Kinder-TV ist dort so eine Art Champ of the Camp … KID-NEY …«

»Ach so. Aus dem Kinderfernsehen. Und da hast du dann das Wasser des Lebens gefunden, oder wie? Was für ’n Bullshit! Ist eingepennt und tischt uns irgendwelche Lügenmärchen auf … genau wie früher auf der Alm …« Jorden öffnete das Visier und spuckte auf den Boden.

Skeptisch musterte mich Özlem. Jetzt bemerkte ich die Dutzenden Konservendosen und Wasserflaschen, die vor den Rucksäcken aufgestapelt standen. Ich traute meinen Augen nicht. Die anderen mussten gestern noch erfolgreich gewesen sein. Vielleicht waren sie auf einen Speisewagen des Star-Express gestoßen? Aber das bedeutete auch: All die Gefahren, die ich auf mich genommen hatte, waren irgendwie ziemlich überflüssig gewesen. Ich betastete mein schmerzendes Auge.

Özlem seufzte auf à la »Ach, unser Heinz mal wieder« und sah zu Cornelius, der starr zu Boden blickte. Dann wandte sie sich von mir ab.
Als wir aufbrachen, kümmerte sich keiner darum, ob ich überhaupt nachkam. Ich schulterte meinen Rucksack, trottete hinterher, weiter, die Schienen entlang. Nicht der Hunger, sondern dass mir keiner etwas zu essen und trinken angeboten hatte, tötete mich. Das ist mein Ernst. Ich war tot. Ich heulte, obwohl ich mich ständig ermahnte, damit sofort aufzuhören. Lange dachte ich darüber nach, ob das, was ich getan hatte, denn wirklich so falsch gewesen war. Nie wieder würde ich der Gemeinschaft helfen, das stand jedenfalls fest. Selbst wenn die anderen mich darum baten. Sollte Jorden doch verrecken! Ich konnte tun, was ich wollte, bis auf Cornelius war ich schon immer allen egal gewesen. Und nun sogar auch ihm. Ich hatte niemanden. Niemanden. Nur mein Toy. Ich konnte hier auf den Gleisen zurückbleiben, würden es die anderen überhaupt bemerken?
Plötzlich die Erkenntnis, Glück deluxe. Cornelius hatte mich gepackt und geschimpft, weil er – mich liebte. Jorden hatte mich geschlagen und geschimpft, weil … ja, weil auch er sich zumindest Sorgen um mich gemacht hatte. Das alles waren Zeichen ihrer Liebe gewesen.
Später ließ sich Özlem zu mir zurückfallen. Xiwang schien es besser zu gehen. Aus ihrer Schale guckte sie mich mit ihren haselnussbraunen Augen aufmerksam an.
»Erzähl mir mehr von der Drohne«, ermunterte mich Özlem.
Dankbar und in der Aufregung fast so 200 % anschaulich wie früher auf der Alm gab ich ihr einen detaillierten Bericht von meinen nächtlichen Abenteuern. Aber war es die Erwähnung des verstrahlten Wassers, das die Bewohner der Siedlung mutieren hatte lassen, oder die Erinnerung an jene Male, da ich nicht ganz die Wahrheit erzählt hatte – sie bat nicht, wie ich gehofft hatte, Cornelius oder Chang, mit einem Abstecher zum einsamen Waggon die Richtigkeit meiner Geschichte zu überprüfen. Stattdessen marschierte sie bald wieder allein. Sie hatte mich nur trösten wollen, wie ein Toy mit einem Empathie-Chip.

Nach der Rast werden wir

INTERSTELLARE BOTSCHAFT DES RAUMFAHRERS AN SEINEN SOHN, HEINZ

Mein Sohn,

wie jedes Jahr schicke ich Dir eine Botschaft in der Hoffnung, dass Du sie irgendwann einmal empfängst. Auf dem Bildschirm in meiner kleinen Raumkapsel verfolge ich jeden Deiner Schritte. Die meisten Satelliten, die die Erde umkreisen, funktionieren noch. Mit einer sanften Vorwärtsbewegung meines Joysticks kann ich mich jederzeit an Dich heranzoomen. Sei versichert: Ich bin bei Dir! Ich fiebere mit Dir! Ich drücke Dir so sehr die Daumen, dass Du zusammen mit Deinen Freunden wohlbehalten ins Große Lager gelangst!
Als die Welt unterging, musste ich tatenlos zusehen, wie sich unter mir unser Planet, der so lange Zeit »der blaue« genannt wurde, binnen weniger Augenblicke rot und schließlich grau verfärbte. Ich hatte unvorstellbare Angst um Dich, Deinen Bruder und Deine Mutter, mein Sohn. Dann, als ich lernen musste, dass nicht nur unsere Siedlung, das wunderbare *Waldweben IV*, sondern alles in Flammen stand und Du als Einziger unserer Familie überlebtest, übermannten mich Schmerz und Trauer. Von den metallenen Wänden meiner Kapsel hallten meine Schreie wider, die einzige menschliche Stimme, die ich seitdem vernehme: meine eigene. Nur mein Bordcomputer beantwortet ebenso geduldig wie unbarmherzig aufrichtig alle meine Fragen: Wie hoch sind die Überlebenschancen der letzten Menschen? Wie groß ist die Wahrscheinlichkeit, dass ich jemals wieder zurückkehre? Gering. Sehr gering.
Manchmal wünsche ich mir, meine Kapsel wäre am Tag des Untergangs auch abgestürzt und im Weltenbrand verglüht. Aber sie funktioniert immer noch, sogar einwandfrei.

Es wird Dich glücklich machen, dass ich mich guter Gesundheit erfreue. Ich trainiere viel. Wenn ich täglich zwei Stunden im Kreis jogge, schließe ich die Augen und stelle mir vor, meine Sohlen wirbelten jenen Steppensand auf, auf den Du deine Schritte setzt, und ich müsste nur meinen Arm ausstrecken und könnte Deine Hand ergreifen, mein Sohn. Ich verliere bei solchen Gedanken schnell das Gleichgewicht. Im Nachhinein warst Du eine große Gegenwart, die größte und schönste, die ich mir vorstellen kann. Ich erfülle nach wie vor die mir vor dem Untergang zugeteilte Mission und experimentiere mit Gesteinsbrocken, die ich mit einem Greifarm aus dem Weltraum angele. Ich soll den Beginn des Universums erforschen. Gewissenhaft notiere ich jedes Ergebnis. Es ist nicht auszuschließen, dass ich demnächst das Rätsel gelöst haben werde. Ich bin wie Du, mein Sohn. Ich mache unbeirrt weiter.
An dieser Stelle möchte ich noch sagen, wie leid es mir tut, dass ich so selten zu Hause war. Ich glaube, ich war kein guter Vater. Ich habe immer für Deine und für unsere Zukunft gearbeitet, und dann war es plötzlich zu spät. Kannst Du mir vergeben?
Du wirst dich nicht erinnern: Als Kind hattest Du Angst vor Monstern. Mit bunten Strichen und Kreisen zeichnetest Du sie mir auf. Sie wirkten eher lustig als schrecklich auf mich, aber Du zittertest vor Furcht. Nur wenn ich bei Dir schlief, beruhigtest Du Dich. Du glaubtest bald, ich würde über magische Kräfte verfügen. Du sagtest: »Papi, wenn ich groß bin, fliege ich mit dir zum Mars, Papi.« Du glaubtest, dass ich Dich dafür nur auf meinen Rücken zu nehmen bräuchte. Du glaubtest, ich könnte fliegen. Jetzt weiß ich auch, warum ich diese Kapsel baute. Nicht weil die Raumfahrtzentrale es so wollte. Ich wollte fliegen. Für Dich.
Gerade eben verfolge ich auf meinem Screen, wie Du da in der Steppe auf den Schienen des Star-Express sitzt, die anderen Dich nicht beachten und Du traurig und allein in Dein blaues Heft schreibst. Ich fühle mit Dir. Wie entsetzlich ist es, zu sehen, dass die Geschichten, die ich in Deiner Kindheit als Einbildung abtat, nun Wirklichkeit geworden sind und Du Tag für Tag um Dein Leben und gegen Monster kämpfen

musst. Wieder kann ich nichts dagegen unternehmen. Doch denke daran: Du bist mein Fleisch und Blut. Nachdem Dein Bruder nun tot ist, kann ich es Dir ja sagen: Du bist das Wichtigste, was ich je geschaffen habe. Ich bin so stolz auf Dich, Heinz.
Alle meine Kanäle sind offen, Tag und Nacht. Sehnsüchtig warte ich auf eine Botschaft von Dir. Ich kann dich zwar sehen, aber nicht hören. Stumm bewegst Du Deine Lippen. Wie wohl Deine Stimme klingt?

Hab Dich lieb.

Dein Papi

SECHSTER TAG

Von den Lebensmitteln und Wasserflaschen, die die anderen in den Trümmern des Star-Express gefunden haben, sind nur mehr fünf Konserven übrig. Außerdem unsere beiden Hühner. Cornelius kann nur noch hinken. Die Gegend hier ist

SIEBTER TAG

Etwas Grauenvolles ist heute geschehen.

Obwohl ich von den Schienen aus keine Altstädte, Siedlungen oder Module sehen konnte, behauptete Jorden, dass wir direkt auf eine der wenigen Haltestellen des Star-Express zusteuerten, München. Mit dem Pathfinder könne er im Nebel um uns immer öfter Ruinen ausmachen. Außerdem deuteten die Koordinaten darauf hin, dass wir uns am Rand der Metropolregion befänden. Der Weiterweg sei also viel zu gefährlich. Wir sollten, so sein Vorschlag, das Gebiet weiträumig umrunden.

»Umrunden?«, fragte Cornelius. Sein Knöchel schien ihm mehr und mehr Probleme zu bereiten. War ich der Einzige, dem das auffiel? »Schaffst du das denn mit dem Pathfinder?«

Jorden nickte, so zögerlich, dass ich sofort daran zweifelte.

»Verlieren wir da nicht wertvolle Zeit?«, mischte sich Chang ein. »Ich meine, was ist denn in zwei, drei Tagen, wenn wir wieder kein Wasser mehr –«

Özlem fasste ihn am Arm. »Es ist okay, Schatz.« Sie klang ganz sanft, ob aus Erschöpfung oder aus Zärtlichkeit. »Wer weiß, wem wir da begegnen … außerdem … habe ich für München nichts Schickes zum Anziehen dabei.« Perplex starrte Chang sie an, ehe er verstand, dass dieses Mal sie es war, die ihren Ironie-Schalter umgelegt hatte. Müde, aber trotzdem froh über ihre gelungene kleine Überraschung lächelte sie ihn hinter ihrem Visier an.

Also verließen wir die Schienen und marschierten querfeldein. »Dann wollen wir mal hoffen, dass der Pathfinder noch funktioniert. Fliegen jetzt sozusagen auf Autopilot«, erklärte mir Cornelius halblaut und strich mir über die Schulter, um sich mit festem Griff darauf zu stützen. Es war das erste Mal, dass er mich nach dem Zwischenfall mit der Mutanten-

Siedlung direkt angesprochen hatte. Und dann auch noch mit einem Altwort, das ich schon lange nicht mehr gehört hatte. Sieben Foxy-Punkte dafür, mindestens. Happiness deluxe.
Im Dunst der Steppe gesellten sich hier und da zu den Umrissen der einsamen Kakteen jene menschengroßer Bäumchen. An ihren dürren, schiefen Zweigen nur wenige bläuliche Nadeln. Die Wurzeln bildeten ein weitflächiges Netz über dem von der Trockenheit brüchigen Boden. Manchmal waren sie zu Knoten zusammengewachsen, in ihrem Inneren etwas Farbiges, eine Dose, eine Tüte, Voruntergangssteppenmüll, als gehörte er zur Pflanze wie eine seltsame Frucht. Ganz der alte Honki, stellte ich mir vor, dass man sie nur ansprechen müsste und sie würden uns den Weg weisen, so dass ich ihnen im Vorbeigehen gedämpft, damit die anderen es nicht hörten, zumurmelte: »Hallo? Hallo? Hört ihr mich?«, bis Jorden einen Stamm in der Mitte entzweibrach. Einfach so, weil er es konnte. Der Stamm war hohl. Ich war mir danach nicht mehr sicher, ob die Bäume nicht schon längst abgestorben waren und hier nur, Zombie-Style, herumstanden.
Nach vielen Stunden erreichten wir wieder den Wall des Star-Express, kletterten hinauf. Er sah für mich genauso aus wie der, den wir verlassen hatten. Ja, ganz kurz hatte ich Angst, wir könnten im Kreis gelaufen sein. Außer Atem hob Jorden den Daumen in Richtung der anderen. *Alles okay.*
»Gute Arbeit«, schnaufte Cornelius.
Auch Chang klopfte Jorden anerkennend auf den Rücken. »Und? Wo ist dann der nächste Bahnhof?«
»Erst wieder in Frankreich«, antwortete Jorden.
Dieses Wort, *Frankreich*, flößte uns allen schubartig neue Power ein. Plötzlich schien es nach den letzten sieben Albtraumtagen wieder absolut möglich zu sein, dass wir es tatsächlich schafften. Zusammen mit den Konserven hatten wir mit unseren Hühnern Vorräte für etwa zwei Tage. Wir hatten einmal Riesenglück mit unserem Fund beim Star-Express gehabt, wir würden es wieder haben. Ich wusste es. Wir würden gewinnen. Der LORD war auf unserer Seite. Er ließ uns nicht im Stich.
Aber dann wendete sich alles zum Schlimmsten, und jetzt wissen wir nicht mehr, wie es weitergehen soll.

Es begann damit, dass Jorden am späteren Nachmittag auf einmal auf den Gleisen innehielt. Er hob den Arm und blickte angespannt in den Dunst. *Stopp.* Ich hörte etwas, hielt den Atem an. Jemand trat auf Kies.

»Los, abhauen!«, flüsterte Chang.

Keiner rührte sich.

»Jorden! Schnell!«, zischte Özlem.

Ängstlich tastete Anne nach ihrer Hand, Özlem zog sie ihr weg und legte sie schützend auf Xiwang, die sie seit dem Vormittag am Bauch trug.

»Scheiße. Haben auch 'nen Pathfinder. Der Typ gibt mir Zeichen.« Jorden klappte den Pathfinder hoch und brachte seinen Phaser in Anschlag, feuerte warnend zwischen die Schienen. Schotter spritzte.

»Sofort anhalten!«, rief er.

Im Nebel wuchsen Umrisse. Menschen. Eine kleine Gruppe. Blieb in einiger Entfernung stehen, starrte uns an. Keiner trug Silber-Bodys. Kein Gepäck. Keine Waffen. Keine Bande.

Neugierig glucksend verdrehte Xiwang ihren Kopf nach den Fremden. Mir schnürte es die Kehle zu: Das Baby lachte vor Freude über die neuen Gesichter!

Der Mann mit dem Pathfinder, den schwarzen Zottelhaaren, dem üppigen Bart und den neuen blauen Stiefeln, an der Spitze der Gruppe, streckte den Arm zur Seite, gab seinen Leuten ein Zeichen. *Bewahrt Ruhe. Tut nichts.* Er mochte so alt sein wie Jorden. Zwei Kinder drängten sich nach vorne, zerrissene T-Shirts, Shorts, vom Staub und Sand graue Haut. Mit ihren verdreckten Gesichtern musterten sie mich, fast ehrfurchtsvoll, wie mir schien. Drei Frauen traten neben sie. Zuerst dachte ich, sie würden dunkelblaue Ganzkörperschutzkleidung tragen, doch sie waren vom Kopf bis zu den Füßen verschleiert. Nur ein schmaler Schlitz gab ihre Augen frei, die an unseren Taschen, Rucksäcken und immer wieder an den Hühnern auf Cornelius' Rücken hängenblieben. Eine beugte sich hinab und flüsterte mit dem kleinen buckligen Uralten, der sich an ihrer Hüfte festhielt, wie ein Kind. Er trug eine rote Wollmütze mit dem Aufdruck »1. FC« und schnappte so schnarrend nach Luft, dass es bis zu mir zu hören war. Wie ein Fisch an Land, der erstickt.

»Bitte!« Ihr Leader mit heiserer Fistelstimme. »Wir haben nichts mehr zu essen … zu trinken … bitte. Könnt ihr uns was geben? Nur eines … von den Hühnchen da. Nur eines. Bitte.«
Keiner von uns sagte etwas. Cornelius setzte ein paarmal an. Schluckte. Ließ es bleiben. Mit erhobener Waffe setzte sich Jorden in Bewegung, ging weiter auf den Schienen und direkt auf die Gruppe zu. »Zur Seite!«, raunte er. »Los!« Langsam setzten auch wir uns in Bewegung. Die Gruppe wich vor uns zurück, trat neben die Gleise, an den Rand des Walls. Sie waren sieben wie wir. Jorden und Chang ließen sie nicht aus den Augen.
Der Leader der anderen gab nicht auf. »Bitte«, fing er wieder an. »Unsere Kinder … sie … wir können nicht mehr.«
»Cornelius … bitte«, flüsterte ich.
Außer dem Leader trug keiner der Erwachsenen Schuhe. Ihre Zehen waren zu lilafarbenen Klumpen angeschwollen. Die Kinder hockten sich auf den Boden. Dem einen fehlte der rechte Fuß. An seinem Bein war unter dem aufgeschlagenen Knie eine dünne Metallprothese befestigt. Als ich unvorsichtigerweise aus dem Augenwinkel zu ihm herüberschaute, durchbohrte es mich mit seinem fragenden Blick. Eine der drei Frauen wandte sich bittend an Özlem. Sie sprach in einer Sprache, die ich nicht kannte. Özlem antwortete ihr, knapp und streng. Eine andere deutete auf den Jungen mit der Prothese. »Hayir!«, wiederholte Özlem, schärfer, und schaute weg. Hinter dem Visier waren ihre Züge hart geworden. Sie drückte Xiwang noch näher an sich.
Die Frauen wollten Essen für ihre Kinder, so viel war mir klar. Das tötete mich endgültig. Sie würden nichts zu essen finden. Oder sie würden weiter auf den Gleisen nach München und damit in ihr Verderben ziehen.
Nachdem wir die Gruppe passiert hatten, ging Jorden rückwärts weiter. Regelmäßig hob er den Phaser. *Traut euch ja nicht, uns nachzukommen!*
Die Fremden rührten sich nicht vom Fleck, starrten uns hinterher. Als ich mich umdrehte, traf mein Blick wieder den des Jungen mit der Prothese. *Bitte.* Dann zog sich der Nebelvorhang vor ihnen zu.

»Man liebt …

… die Schätze des Geistes in mündelsicheren Papieren anzulegen«, schrieb der große österreichische Dichter Robert Musil einmal.

Das spricht gegen eine Geisteshaltung,
die das Risiko scheut.
Es spricht für *Recolonize!-Stocks!*

Recolonize!-Stocks
Hohe Devisen – eine Investition
ins Land der Dichter und Denker®

Stundenlang schleppten wir uns die Gleise entlang, viel länger und weiter, als wir es eigentlich vorgehabt hatten, glaube ich. Aus den Schwaden wich jede Farbe. Obwohl keiner sprach, spürte ich, dass auch die anderen die Fremden nicht aus ihren Köpfen kriegten. Als Jorden das Signal für das Nachtlager gab, ließ ich mich sofort auf den Boden fallen. Sie mussten genau auf diesen einen Moment gewartet haben, in dem wir alle kurz unachtsam waren. Wir hatten sie nicht gehört. Jorden hatte sie nicht gesehen. Plötzlich wuselte etwas zwischen uns herum, wirbelte unser Gepäck durcheinander. *Eine Ratte. Irgendein Ungeziefer.* Das waren meine ersten Gedanken. Özlem schrie auf. Der Käfig mit den Hühnern flatterte durch die Luft. Jorden und Chang suchten mit ihren Taschenlampen. Die Lichtkegel streiften das Gesicht eines Jungen, den ich kannte, darunter schimmerte etwas auf: die Prothese. Blitzschnell drehte sich Jorden um. Cornelius schwankte bloß orientierungslos und suchte Halt an seinem Wanderstock. Der Prothesenjunge war fast schon wieder im Nebel verschwunden, da warf sich Jorden mit einem gewaltigen Satz auf den kleinen Körper, der unter der Last pfiff, als entwiche die gesamte Luft aus ihm. Der aufgackernde Käfig aber kullerte weiter, sich überschlagend, hinaus in die dunkle Steppe. Ich kauerte mich zusammen. Das war ein Albtraum, nur ein Albtraum. Ganz bestimmt. Da tauchte auch noch ein zweiter Fremder auf, das ältere Kind aus der Gruppe. Es griff nach dem Käfig.

Ein grüner Phaserstrahl blitzte in die Schwaden, die im grellen Licht tanzten.

Chang hastete zu dem reglosen Jungen auf dem Boden. Er hatte nicht einmal Zeit gehabt, einen Schrei auszustoßen. Der Sand um ihn herum färbte sich schon rot. Dafür brüllte jetzt in Jordens Griff sein kleiner Bruder umso lauter: »Devin! Devin!«

Chang bückte sich nach etwas hinter dem Getroffenen und hielt einen Federklumpen hoch: »Der Käfig … alle tot! Du hast auch den Käfig ge…«

»Fuck!«, fluchte Jorden, »Fuck!«, zerrte den schreienden Prothesenjungen mit sich. Wieder streifte mich der erschrockene Blick des Kleinen. Jorden öffnete sein Visier, holte tief Luft und schrie in den Nachtnebel

um uns: »Seid ihr jetzt glücklich? Ja? Euer Junge hier ist tot. Hört ihr mich? Tot! Für zwei beschissene Hühner. Und der hier«, er stieß den Prothesenjungen von sich, der aufjammerte, es sirrte, Jorden hatte abgedrückt, der Junge sackte zusammen, »der hier auch. FÜR ZWEI FUCKING HÜHNER!« An der Stelle seiner Brust eine weiche, dunkelrote Masse, aus der es rauchte.
Ächzend, aber mit einem erstaunlichen Tempo schleifte Jorden die beiden Leichen durch den Sand und legte sie nebeneinander. In sicherer Entfernung flüsterte Özlem auf Chang ein, ohne Jorden aus dem Blick zu lassen. Immer wieder hörte ich die Worte »verrückt geworden«, bis Jorden, der jetzt neben den Brüdern kniete und ihre Taschen durchsuchte, plötzlich so laut rief, dass wir alle zusammenzuckten: »Aber einer soll immer die Scheiße machen, ja? Und wenn's nicht läuft, heißt's, der hat versagt, der ist der Arsch. Oder?« Klimpernd schleuderte er den Inhalt der Taschen in die Steppe.
Die Erste, die sich aus ihrer Schreckstarre löste, war Anne. Mit festen Schritten trat sie zu Jorden. Und dann tat sie etwas, bei dem mir das Herz, das bis dahin haltlos gerast war, für eine Sekunde still stand. Sie kniete sich neben die Toten und – fühlte ihren Puls.
»Gephasert«, sagte sie und schaute erwartungsvoll in unsere entsetzten Gesichter, als verkündete sie eine Neuigkeit. »Jemand hat die beiden gephasert. Sie sind tot. Jemand hat sie umgebracht.« Sogar Jorden verschlug es die Sprache. Er schüttelte nur den Kopf und stand auf. Die anderen rührten sich nicht. Mir war trotz der Hitze unerträglich kalt. Bibbernd kroch ich zu Anne, klammerte mich an sie, legte meinen Kopf in ihren Schoß. Warum nur hatten die Drohnen uns nicht geholfen? Warum nicht der anderen Gruppe?
»Jemand hat die beiden Kinder …«, erklärte Anne mir leise.
»Nein«, unterbrach ich sie behutsam. Ich war selbst erstaunt darüber, dass ich das konnte. Und dann, während ich noch Jorden hörte, der Cornelius aufforderte, er solle sich verdammt nochmal um Anne kümmern, sie solle endlich ihr verdammtes Maul halten: »Die waren doch schon tot, als wir hier ankamen, Anne. Das muss ein Unfall gewesen sein. Weißt du das nicht mehr?« Pinocchio-Style.

ACHTER TAG

Es geht nicht mehr. Schon beim Aufstehen am Morgen merkte ich, wie schwer es unserem Leader fiel, sich an seinem Wanderstock hochzuziehen. Beim Marschieren konnte er nicht mit uns Schritt halten, hinkte hinter Chang am Schluss unseres Zuges, biss sich auf die Lippen, bleiches Gesicht. Natürlich ließ ich mich sofort zurückfallen, war allerdings zu 120 % ratlos, wie ihm helfen.
Chang rief nach vorne: »Jorden! Pause! Cornelius kann nicht mehr.«
»Aber natürlich kann ich noch.« Ärgerlich winkte Cornelius ab. »Muss nur … kurz verschnaufen. Los, Leute. Weiter, weiter.« Dann hob er den Daumen seiner Handschuhhand als Zeichen, dass alles okay sei, verzog aber dabei das Gesicht vor Schmerzen. »Geht, geht«, presste er hervor und schloss die Augen. Schließlich zogen die anderen weiter. Nur noch ich bei ihm. Anne, die sich auf den Gleisen nach uns umguckte.
»Wird schon wieder. Brauche nur … muss nur verschnaufen.« Er ging in die Hocke. Ich versuchte, ihm gut zuzureden, sah in Panik, wie Chang schon fast im Nebel vor uns verschwunden war.
»Halt!« Ich schrie, so laut ich konnte. »Chang! Warte!«
Cornelius schimpfte mich deswegen. Endlich kam tatsächlich Jorden zurückmarschiert. Legte wortlos Cornelius' Arm um seine Schultern. Ich hatte eigentlich erwartet, dass Cornelius sofort protestieren würde. Aber er tat es nicht.
Meine Mittagsration von dem klebrigen, rötlichen Zeug, das *Ravioli* heißt, habe ich so schnell hineingestopft, dass mir gleich danach schlecht geworden ist. Ich weiß, dass der Heinz auf der Alm von diesem Altnamen, *Ravioli*, begeistert gewesen wäre, zehn von zehn Foxy-Punkten und so. Ich bin es nicht. Hab's mir versuchsweise ein paarmal vorgesagt: *Ravioli, Ravioli*. Es ist doch ein Wort wie jedes andere auch. Überhaupt muss ich

sagen, mir kommt dieser Teenie auf der Alm inzwischen wie ein Fremder vor. Kann kaum glauben, dass das noch vor etwas mehr als einer Woche ich gewesen sein soll. Wie kann man so sprechen? Und warum denkt der immer nur daran, wie die anderen ihn sehen? *Ich, ich, ich.* Ich kriege Kopfweh davon.

»Heinz …?« Während wir rasteten und ich mit Cornelius abseits von den anderen saß, kroch er zu mir.
»Geht – geht's dir schlechter, Cornelius?«
»Du musst«, er hustete, bekam keine Luft, öffnete sein Visier, spuckte Schleim auf den Schotter, warf einen Blick auf die anderen, sie waren mit ihrem Gepäck beschäftigt oder schliefen, »du musst«, fuhr er fort, »… wenn ich tot bin … also, das klingt jetzt wahrscheinlich schlimmer für dich, als es eigentlich ist, aber das ist eine vollkommen logische Überlegung, musst du mir jetzt einfach glauben … ich meine: … Esst mich, ja?«
Maximales Entsetzen.
»Wäre doch Irrsinn, wenn ihr am Verhungern seid, und ich …«
»Was … was willst du …?« Ein heißer Brocken, genau dort, wo ich mal gedacht hatte, dass der Kolibri des LORDs saß. Der Brocken wurde weich und flüssig und breitete sich aus, bis zu meiner Lunge, ich konnte kaum noch atmen. Wut. Müde guckten die anderen zu uns herüber. Es war mir egal. Cornelius' erstauntes Augenpaar unter seinen Brauen. »Ich kann nicht mehr! Hörst du? Ich muss dich stützen, ich muss das Gepäck tragen, ich mussmussmuss, immer muss ich was … und jetzt willst du, dass ich auch noch …!« Und noch einmal in die Stille: »Du … du … bist nicht mein …«, ich kramte in meinem Gedächtnis nach einem Altwort, »mein CEO!« Und ich rannte davon, weil ich nicht wollte, dass mich die anderen weiter anstarrten und Cornelius mitbekam, dass ich wegen ihm heulte. Warum bat er mich um so etwas Furchtbares und nicht Jorden? Im Loslaufen hörte ich noch: »Okay, Heinz! Dann ist das abgemacht. Ich verlasse mich auf dich.«

Plötzlich von ferne Geräusche in den Nebelfetzen der Steppe. Stimmen? Jorden hob sofort den Phaser. Wir werfen uns auf die Gleise. Die grauen Grasbüschel am Fuß der Böschung rascheln im Wind. Dahinter die Umrisse eines Kaktus. Eine Bö trägt Krächzen zu uns herüber. Ich glaube, Wörter zu verstehen. Cornelius neben mir runzelt die Stirn. Ein Schwadenschleier öffnet sich.
»Da!«, Özlem, aufgeregt.
Pechschwarze Zombiebäume, drei, vier, dicht beieinander, höher als alle, die wir bisher gesehen haben. In den kahlen Ästen bewegt sich irgendetwas. Knallrot, grellgelb. Mit dem Pathfinder späht Jorden über den Rand des Walls.
Jetzt deutlich: »Fickfickfick.« Kichern. »Schnick, schnack, schnuck!«, »Froh ist nur, wer geben mag, geben mag!« Gickern.
Jorden gibt uns ein Zeichen: *Hierbleiben!* Er geht nachsehen, rutscht die Böschung herunter, in die Steppe. Weg ist er. Was ist, wenn er nicht wiederkehrt? Warum bleibt er überhaupt bei uns? Er wäre doch viel schneller ohne uns. Aber was würden wir dann ohne ihn machen? Wir wären verloren. Ich starre in den Nebel. Die Bäume sind verschwunden.
Keckern. »Schnickschnack?«
Wann kommt Jorden endlich wieder? Er hat es sich anders überlegt, hat unsere ewige Kritik satt. Zieht ohne uns weiter. Und wir?
Keuchen, das sich die Böschung hocharbeitet. »Wasser. Da drüben. Mitkommen!«
Wir die Böschung hinunter. In den Nebel. Anschwellender Lärm. Schrilles Kreischen.
»Geben mag, geben mag.«
»Fickfick.«
Kann keine Bande sein. Vielleicht Kinder, die sich verstecken? Noch ein Nebelvorhang, nichts mehr zu sehen. Auf einmal stehen wir vor den dürren Bäumen zwischen abgestorbenen Strünken am Rand eines Lochs. Ein Tümpel, auf dem ein dünner Sandfilm schwimmt. Darunter: Wasser? Ist das möglich? Vielleicht befinden wir uns in einer ehemaligen Garden-Zone, und hier waren mal überall Brunnen? Das würde zumindest erklären, warum hier der Nebel so dicht ist. Dann hebe ich den

Kopf. Aufgereiht auf den obersten Ästen, unerreichbar für jeden Sprung, bunt, mit prächtigem Gefieder: Papageien. Neugierig gucken sie auf uns herab, zetern, fauchen.
»Himmelarsch, Himmelarsch!«
Den Boden darunter bedeckt eine Schicht aus Kot und Fliegen. Jorden kniet sich ans Ufer des Tümpels, schöpft Wasser und riecht daran. Geht zu den Bäumen, reißt die untersten Zweige ab. Er will ein Feuer machen. Ich bin schon an seiner Seite, überrascht guckt er mich an, lässt mich dann helfen und den Garer aus Özlems Rucksack holen. Der Lärm in den Ästen wird ohrenbetäubend. Wild schlagen die Vögel mit den Flügeln, als täten wir etwas Verbotenes. Ich halte mir die Ohren zu. Die zurückgeworfenen Köpfe der Papageien. Wie sie von einem Bein aufs andere treten, ihre dauergrinsenden Schnäbel aufreißen.

Später Nachmittag. Wir lagern beim Tümpel. Über dem Feuer kocht in einer leeren Dose Wasser. Jorden will es danach noch durch ein T-Shirt rinnen lassen, um den ganzen Dreck rauszufiltern. Kann sein, dass trotzdem noch immer irgendein Zeug drin ist, aber wir haben keine andere Wahl. Am Abend werden wir zwei Konserven essen. Dann bleiben noch zwei.
F-87 möchte ich nicht wecken. Wer weiß, wozu er seine letzte Energie brauchen wird. Und ich ihn. Bin vorhin ein kleines Stück weg von den anderen und in die Steppe hinausgegangen. Habe zwischen Gräser gekackt. Habe schlimme Bauchschmerzen und Durchfall. Stehe manchmal nach dem Kacken noch da und betrachte, was da aus mir rausgekommen ist. Die hellbraune Soße, die durstig vom trockenen Boden und seinen Rissen aufgesogen wird; das, was noch vor wenigen Sekunden in meinem Inneren war.

NEUNTER TAG

Großer Streit. Kam vom Kacken zum Wasserloch zurück. Anne strich irgendwo in Sichtweite durch die Steppe, auf der Suche nach Kräutern, hatte bis jetzt allerdings nur vertrocknete Grasbüschel gefunden, die niemandem nützten. Als ich die wütenden Stimmen hörte, blieb ich in einiger Entfernung stehen. Cornelius kauerte in sich zusammengesunken auf dem Boden, Jorden stand direkt vor ihm, die Hände drohend in die Hüften gestützt. Sie redeten aufeinander ein. Die Papageien schauten gurrend zu und wippten vor und zurück.

Jorden: »Ihr könnt euch gleich alleine um den ganzen Scheiß kümmern.«

Chang: »Also, tut mir leid, aber ... ich finde, da hat Cornelius nicht so unrecht. Ist doch ganz einfach ...«

Mir war es, als wäre mein Gehirn mit Algen und Schlick gefüllt. Ich hockte mich hin. Sagte mir immer wieder vor: *Chili con Carne*. Das Zeug in unseren letzten beiden Konserven. Das Bild auf der Verpackung sah aus wie Fleisch. *Chili con Carne*. Allein schon bei dem Wort: Speichelfluss.

Erschöpft starrte Cornelius durch Jordens Beine hindurch auf die toten Strünke. Betonte jedes Wort: »Ich sage doch nur, wir wären besser auf der Autobahn geblieben. Da wären wir an viel mehr Garden-Zones vorbeigekommen. Du hättest einfach damals nicht über unsere Köpfe hinweg entscheiden dürfen: So, jetzt gehen wir auf den Schienen weiter. Also, pardon. Das wird man ja wohl noch sagen dürfen.« Er hob seine Hand, für eine Sekunde dachte ich, er würde wieder einmal seine Argumente in der Luft ordnen. Aber er wedelte nur schwach herum, als verscheuchte er Fliegen.

Jordens Muskeln spannten sich unter seinem Body. Wie macht er das

nur? Kaum was zu essen und trotzdem noch so voller Power. »Und warum kriegt ihr beiden das Maul erst jetzt auf? Werd's euch sagen: Weil ihr euch bei der Raststation in die Hosen geschissen habt. Und weil ihr nicht die Eier habt, zu euren Entscheidungen zu stehen. Auf der Autobahn zu bleiben wäre wegen der Banden der reinste Selbstmord gewesen. Wir leben nur noch, weil wir auf den Schienen laufen. Das haben wir gemeinsam so beschlossen. Was soll jetzt also dieses Scheißrumgeeier deswegen?«
Cornelius lächelte, überlegen, ganz wie früher auf der Alm. Kurz durchzuckte ihn ein Schmerz, doch er gab sich alle Mühe, es sich nicht anmerken zu lassen. »Ach so? Also pardon. A propos: Eier haben. Wenn ich da mal nachhaken darf. Wer hat sich denn für dich eingesetzt, dass du den Job als Ranger auf der Unteralm bekamst, obwohl du eigentlich überhaupt keine Erfahrung hattest?« Jorden erstarrte. Aus seinem Gesicht wich jede Farbe. »Eigentlich wärst du doch arbeitslos geworden ohne mich. Ich will das ja hier eigentlich nicht breittreten oder was auch immer, aber anscheinend hast du ja ganz vergessen, dass du aus der Armee geflogen bist und ohne Job dastandst. Arbeitslos. Wer hätte denn jemanden mit so einer krassen PTBS … ich meine …?«
Jorden öffnete den Mund. Und schloss ihn wieder.
»Und was dann? In ein Modul? Am meisten hätte da übrigens dein kleiner Sohn darunter gelitten. Ich finde, daran könntest du dich schon einmal erinnern, bevor du …«
Chang, dem die Sache offensichtlich in eine falsche Richtung zu laufen schien, breitete beschwichtigend die Arme aus. »Das bringt doch jetzt nichts. Vergessen wir das Ganze. Wir haben doch wirklich andere Sorgen …«
Auf einmal hatte ich den brennenden Wunsch, zu sehen, wie das ausging. Wer von den beiden der Stärkere war, Jorden oder Cornelius. Ich rieb mir die pochenden Schläfen, versuchte, mir die bösen Gedanken aus dem Kopf zu drücken.
Jorden zog sein Visier auf, die Enden seines Bartes schauten heraus, er spuckte auf Cornelius' Bein, grüner Schleim, drehte sich um. Nahm seine Tasche, die Konserven darin, und marschierte in Richtung Star-

Express-Wall. Die zwei Konserven. Unsere Vorräte. Ich versuchte aufzuspringen. Meine Beine gaben unter mir nach.
»He…!«, schrie Chang, als Jorden die Böschung des Walls hinaufkletterte. »Warte doch mal!«
Cornelius saß da wie zuvor. Ungerührt. Achtete nicht auf die Spucke. Wedelte weiter mit der Hand. *Lasst ihn nur.*
Da kicherte jemand auf. Özlem. Xiwang hing kraftlos in ihrem Arm. Wimmerte. Die Papageien, die leise gewesen waren, als hätten sie gespannt zugehört, begannen, vereinzelt zu geckern. Von der Spitze des Damms wandte sich Jorden um. Und Özlem krümmte sich vor Lachen.
»Ich könnte mich echt … wegschießen …« Ihre Stimme überschlug sich, »wir verrecken hier und … und was macht ihr? Ihr veranstaltet einen verfickten – Schwanzvergleich!« Plötzlich schluchzte sie auf.
»Özlem …« Chang strich über ihren Kopf. Ich konnte sehen, wie er zitterte. »Ist gut. Bitte …«
»Nein … Du kannst mich mal mit deinem ›Özlem‹-Scheiß«, röhrte sie heiser und schubste ihn weg. Heulte in Xiwangs Kapuze. Erst schrien zwei, drei Papageien durcheinander. Dann eine Gruppe. Dann alle. Schallend. Durchdringend.
Die Algenschlickgehirnsoße in meinem Kopf brodelte. *Chili con Carne.* Mein Blick kreuzte sich mit dem Xiwangs. Ich weiß: Der Heinz von der Alm hätte gedacht, dass in diesem Blick etwas lag, was das Baby zu seinem Verbündeten macht. Und für den Bruchteil einer Sekunde war ich noch einmal dieser Heinz. Dann saß ich wieder hier, in der Steppe, bei den wie verrückt kreischenden Papageien, und das Baby sah mich mit seinen leeren Augen an, ohne dass das eine Bedeutung hatte. Ich spürte irgendetwas deswegen. Sehnsucht oder Trauer oder Hass. Aber schon der nächste Windstoß wehte alles davon.

Jorden sitzt auf der anderen Seite des Tümpels.

Anne reibt Cornelius das kaputte Bein mit einer Paste ein. Sie hat sie selbst gemischt. Die Schwellung am Knöchel ist ein bisschen zurückgegangen, glaube ich.

Chang ist zu Jorden rübergegangen. Sie reden. Verhandeln. Chang kommt mit einer Konserve zurück. *Chili con Carne.* Ich kann es kaum erwarten, bis er sie mit dem Messer geöffnet hat. Wollte ihm helfen. Er stößt mich zurück. Der Griff bricht ab, Chang nimmt das stumpfe Ende der Klinge und sticht weiter, bis er ein Loch in das Blech gehackt hat. Wie die anderen kriege ich genau zwei Löffel. Obwohl: Bei sich selber hat Chang, glaube ich, den Löffel etwas voller gemacht, klar. Und Özlem bekommt natürlich drei.

Zwei mal drei ist sechs.
Sechs plus drei ist neun.
Neun minus drei ist sechs.
Sechs geteilt durch drei ist zwei.

Cornelius stakst zwischen den Grasbüscheln und Sträuchern herum. Testet, ob das Bein belastbar ist. Ab und zu sagt er was. Spricht mit seinen Beinen.

Eben Chang zu Cornelius: »Du entschuldigst dich jetzt bei ihm.«
»Nein.«
»Du entschuldigst dich bei ihm.«
»Ich entschuldige mich nicht bei ihm.«
»Entschuldige dich!«
»Entschuldige du dich doch bei mir!«
»Was? Für was denn?«
»Ja eben. Sag ich doch.«
Dann hat Chang tatsächlich sein Gepäck unter den Arm genommen und ist zu Jorden übergelaufen, auf die andere Seite des Tümpels. Özlem mit Xiwang hinterher.
Anne meinte auf einmal zu mir: »Kommst du mit in den Garten runter?« Wacher Blick, liebes Lächeln. »Ich mach dir eine neue Figur. Habe ich schon ewig nicht mehr, oder? Ich weiß doch, wie gern du sie magst.«
Ich habe mich zu Cornelius gekniet. Er lag auf dem Rücken, den Oberkörper auf die Ellbogen gestützt.

»Was«, meine Stimme überschlägt sich. Ich versuche, tiefer zu sprechen: »... was sollen wir denn jetzt machen, Cornelius ... gehen wir jetzt auch zu ...?«
Für einen Moment, denke ich, er öffnet den Mund und sagt: Okay, dann lass uns eben auch zu denen gehen. Ich habe es hören können: *Okay, dann lass uns eben auch zu denen gehen.* Aber er hat den Mund hinter dem Gesichtsschutz kein bisschen aufgemacht. Starrt auf das dunkle Wasser.

Ich lasse die Stelle gegenüber von uns, wo Jorden, Chang und Özlem mit Xiwang sitzen, nicht aus den Augen. Sie flüstern und werfen uns Blicke zu. Jorden hält die Tasche mit unserer letzten Konserve fest umklammert. Bin mir sicher: Keiner der drei würde protestieren, wenn ich zu ihnen rüberkäme. Und Cornelius – was soll Cornelius schon dagegen machen?

Ich wollte F-87s Pfote halten. Sie ist starr und kalt. Stünde nicht das Stand-by-»Zzz« in seinen Pupillen, wäre ich mir nicht sicher, ob er nicht schon tot ist. Können Toys träumen? Träumt er von mir? Was tue ich in seinem Traum? Oder sieht und hört er alles, was hier geschieht, und hofft nur, das wäre alles ein Traum, ein Albtraum, und bald gäbe ihm sein Master wieder etwas zu fressen und er erwachte in einer besseren Welt? Habe ihm in seine steifen Ohren geflüstert. *Hab keine Angst.* Schon beim ersten Wort habe ich gespürt, dass er mich nicht hört. Habe trotzdem weitergeredet. *Ich bring uns da raus. Es wird alles gut.*

Vorhin hat sich Chang an die Bäume am Wasserloch herangepirscht, Steine in der Hand. Mit dem Phaser kann er nicht auf die Papageien schießen. Nicht nur würde der Strahl die kleinen Tiere ungenießbar verglühen lassen, es wäre dann kaum noch Munition in der Waffe, und wer weiß, wozu oder gegen wen wir sie noch brauchen. Mit einer raschen Bewegung hat Chang einen Stein in Richtung der Äste geschleudert, auf denen die Papageien saßen. Er erreichte sie nicht, ja, die Vögel schienen beinahe amüsiert zu sein, guckten interessiert, Chang wurde immer ungeduldiger, lief um den Baum und warf Stein um Stein, der letzte fiel ihm auf den Kopf. Jorden trat dazu. Er beriet sich mit Chang, holte aus und warf einen Stock, dieses Mal in genau der richtigen Höhe. In einer bunten, kreischenden Wolke stoben die Vögel auf, schwirrten eine Weile schimpfend über uns herum, schissen und ließen sich wieder auf die Äste nieder.

Habe mir eine Waffe gebastelt. Die Drohnen werden uns nicht helfen. Vielleicht beobachten sie uns. Vielleicht auch nicht. Vielleicht haben sie eine Fehlfunktion. Vielleicht kommen sie gar nicht aus dem Großen Lager, sondern fliegen einfach so über die Große Steppe. Steuerlos. Auf *Autopilot*. Nur so viel ist sicher: Sie sind uns bisher nicht zu Hilfe gekommen. Also werden sie uns auch weiter nicht zu Hilfe kommen. Wenn der Phaser keine Munition mehr hat, werde ich versuchen, mich mit meiner neuen Waffe zu verteidigen. Ich habe das MAGGI-Gläschen auf einem Stein zerschlagen. Seine Scherben sind so spitz, dass ich mich daran geschnitten habe. Dann habe ich den Silberstern in die Spitze des Jesus-Kreuzes gesteckt. Sofort ist es mir bessergegangen. Den Mini-Jesus habe ich in das Wasserloch geworfen. Er ist wieder an die Oberfläche gekommen und schwimmt jetzt mit dem Gesicht nach unten.

Ich musste eingeschlafen sein. Erwachte von Schritten, Jorden lief an uns vorbei, Chang ihm hinterher. Sogar Cornelius war mit seinem Stock aufgestanden, um ihnen in die Steppe hinterherzuhumpeln. Mussten wir fliehen? Mit einem Satz war ich auf den Beinen. Rannte ihnen nach, griff nach meinem Dolch. Wo waren nur Özlem und Anne?
Plötzlich sah ich, wie sich Jorden vorbeugte, zögerte und ruckartig in ein Grasbüschel griff. Nada.
Chang daneben: »Fuck. Wo ist der hin? Wo ist der?«
In einiger Entfernung raschelte es in einem niedrigen, kahlen Busch. Jorden zeigte den anderen wortlos an, ihm zu folgen, Chang näherte sich von links, Cornelius von rechts. Ich kapierte: Nicht *sie* wurden gejagt. Sie waren die Jäger. Jorden hob die Hand. Schnell lief ich zur noch offenen Flanke.

Drei, zwei, eins.
Alle stürmten los, auf den Busch zu. Etwas schoss auf Jorden zu, der warf sich darauf. Daneben! Die Grasbüschel bogen sich in Richtung Cornelius. Da! Etwas Kniehohes, Braunweißes. Chang strauchelte. Cornelius machte einen Ausfallschritt, packte es. Fauchen. Vor Schmerz schrie er auf, hielt es fest, ließ nicht los. Ich war bei ihm, stach mit meinem Dolch nach dem kleinen, scheckigen Ding in seinen Armen, das sich wand. Ich zuckte zurück vor den Fangzähnen, Jorden drängte sich neben Cornelius, »Stoß zu!«, keuchte er, »Mach schon!« Jorden riss mir den Dolch aus der Hand, stach damit auf das Tier ein, wieder, wieder. Winseln. Dann nicht mehr. An Cornelius' Hand klaffte eine Wunde. Er war aschfahl.
»Wir haben es«, stöhnte er. Und noch einmal: »Wir haben ihn.«

Später hat mir Jorden kommentarlos meinen Dolch zurückgegeben. In seinem Ausdruck lag so etwas wie Respekt, glaube ich. Auf seiner Seite des Tümpels machte er ein Feuer. Hatte nichts dagegen, als Cornelius, Anne und ich uns dazusetzten. Das Fleisch des kleinen Hundes war sehr zäh, aber es reichte für alle. Ich teilte meine Ration mit F-87. Als ich ihm einen Brocken vor die Schnauze hielt, schnellte sofort seine Zunge hervor und verschlang ihn mit einem Haps.
Seine Handschuhfinger abschleckend, sagte Cornelius, eigentlich seien wir jetzt in der Nähe von *OZ A 2*. Wir müssten nur den richtigen Abzweig erwischen. Vielleicht noch ein halber Tagesmarsch. Die anderen schauten teilnahmslos. Und auch ich konnte kaum Interesse dafür aufbringen. Nach all den *Raststation*- und *Auenland*- und Wasweißichnoch-Desastern.
»Der Logistik-Park«, ergänzte er. »Ich war ja da oft in meiner Funktion als und so weiter … weiß noch genau, wo der … das wäre doch gelacht, wenn's da dieses Zentrallager von diesem Supermarkt nicht mehr gäbe, ihr wisst schon … jedenfalls denke ich«, er wedelte mit der Hand, verscheuchte nicht vorhandene Fliegen, »wir sollten … sollten es riskieren … die Chancen, dass da … ich meine, Konserven halten sich doch über Jahre, was sage ich, Jahrzehnte! … also die Chancen … die Chan-

cen sind wirklich nicht schlecht … ich meine, es bleibt uns ja auch wenig anderes übrig, um mal ganz ehrlich zu sein, oder?« Er versuchte zu grinsen, während er mit einem Ausdruck in die Runde schaute, der wohl aufmunternd gemeint war. »Lassen uns nicht unterkriegen! Oder?«
Jorden saß am Lagerfeuer Cornelius genau gegenüber. Bevor er wieder auf die glühende Asche schaute, warf er ihm einen Blick zu. Es war etwas sehr Ungutes darin, ein Funkeln. Hat mir Angst gemacht.
☺ MERKE: Wer sonst, wenn nicht ich, ist jetzt für Cornelius und Jorden verantwortlich?

ZEHNTER TAG

Vielleicht hundert Meter von uns entfernt im grellen Vormittagsnebel standen die Ruinen von *OZ*. Auf einem in den Staub gestürzten verrosteten Schild der verblichene Schriftzug: »Logic for all!« Entweder waren die meisten Gebäude beim Untergang zerstört worden, oder Survivors hatten im Lauf der Zeit alles, was man gebrauchen konnte, abgetragen. Nur hier und da niedrige Mauerreste. Bisher kein Zeichen von Leben. Cornelius sagt, er habe in dem Logistik-Park, dem zweitgrößten Bayerns, mit über dreihundert Lagerhallen, eine Riesenfleischkühlhalle besessen. Bis zu zehntausend Tonnen Würste, Schnitzel und Schinken. Berge von Fleisch.

Auf dem Weg hierher hat keiner schlappgemacht. Gleich zweimal kamen wir an einem Star-Express vorbei. Die Waggons lagen ineinander verkeilt neben den Gleisen, als hätten sie gegeneinander gekämpft. Jorden hat sich ein paarmal tatsächlich zu Cornelius zurückfallen lassen. Ich bin nicht von ihrer Seite gewichen, damit sie sich nicht in die Haare kriegten. Ich bin der Aufpasser. Jorden wollte genauer wissen, was in *OZ* zu erwarten war, Cornelius musste ihm das Lager und seinen Standort ganz genau beschreiben. Wahrscheinlich wollte er überprüfen, ob er sich auf Cornelius wirklich verlassen konnte. Ich glaube, es half ein bisschen, dass ich mich immer dann, wenn Cornelius durch Jordens Nachfragen gereizt zu werden begann, wie zufällig zwischen die beiden stellte und das, was Cornelius eben erklärt hatte, für Jorden noch einmal in Jorden-Slang umformulierte. Strangerweise fiel er mir auch nicht ins Wort, gab sich irgendwann zufrieden und trollte sich.

Im Gehen begann Chang mit Xiwang, die er vor seinem Bauch trug, zu sprechen. Matt baumelten ihre Ärmchen und Beinchen aus der Schale. Mit halboffenen Augen starrte sie in die Steppe. Aus ihrem Mund, den sie nur beim Schlucken verzog, rann hinter dem Gesichtsschutz Speichel. Ich glaube, Chang erzählte dem Baby, was es einmal werden würde und wie stolz er dann auf es sein werde. Aus den Augenwinkeln heraus sah ich, wie Özlem zwei Schritte dahinter zuhörte. Ein Lächeln flatterte über ihr knochig gewordenes Gesicht. In ihrem Blick lag 100 % Rührung. Einmal schaute sie versehentlich zu mir. Sofort verschwand ihr Ausdruck. Was hätte ich dafür gegeben, wenn sie mich auch so angesehen hätte. Ich griff in meinen Rucksack, fand F-87s steife Pfote, strich darüber.

Cornelius ist der Einzige, der weiß, wo ungefähr in dem Ruinenlabyrinth das Supermarkt-Zentrallager liegt. Er wird uns führen, Jorden, Chang und mich. Die Frauen sollen sich ausruhen. Mehrmals hat Özlem zu Chang gesagt: »Ich lasse dich nicht gehen. Du gehst nicht. Ich lass dich nicht.« Sie hat geweint. Und Chang hat nur mit zusammengepressten Lippen seine Arme um sie und Xiwang geschlungen, ein Körperknäuel mit sechs Armen, vier langen, zwei kurzen.

Jetzt sitzen sie immer noch drüben, Xiwang in ihrer Mitte. Ich wäre so gern bei ihnen. Würde mir so viel Power geben. Verstehe nicht, warum sich Özlem nicht auch von mir verabschiedet. Sie scheint vergessen zu haben, was sie mir damals im Steinhaus versprach: dass ich zu ihnen gehöre.

Mir ist schlecht. Aus Angst vor den Banden. Vielleicht ist es auch nur der Hunger. Wir müssen auf jeden Fall was zu essen finden. Irgendwas wird es in diesem Logic-Park schon geben. Jorden überprüft gerade zum dritten Mal den Phaser.

Ablenkung: F-87 spitzt die Ohren und sagt: »Du hast drei Wünsche frei.«

Ich sage: »Wirklich?«

Er summt vor Vergnügen: »Aber freilich, lieber Heinz.«

Ich sage: »Ich wünsche mir, dass der Untergang nicht stattgefunden hat. Dass nichts stattgefunden hat. Dass nichts passiert ist.«

ELFTER TAG

Ein Tag ist jetzt vergangen seit den grauenvollen Ereignissen. Schlug ich bisher abends mein blaues Heft auf, nahm den *Faber*-Stift in die Hand und skizzierte, was uns passiert ist, war das zwar maximal anstrengend, aber auch der absolute Favoritteil meines Tages. Heute würde ich lieber darauf verzichten. Aber es hilft nichts, sage ich mir. Ich bin der Bewahrer, sage ich mir. Ich muss Buch führen, so ist es doch? Es ist meine Pflicht, auch über die schlimmsten Stunden der Gemeinschaft zu berichten, die seit gestern, dem 28. 11., nicht mehr vollständig ist.
Also drehe ich die *Poseidon*-Uhr in meinem Kopf um vierundzwanzig Stunden zurück. Und Jorden, Chang, Cornelius und ich brechen noch einmal mit einem mulmigen Gefühl und aber auch ein bisschen Hoffnung in Richtung *OZ* auf.
Der Logic-Park, das war ein Gewirr aus von der Hitze zerrissenen Straßen, darauf: ausgeschlachtete Roadtrain-Wracks und endlose, nur von Flechten und Grasbüscheln überwachsene Schutt- und Trümmerfelder. Überall fanden sich Zeichen von Survivors. Kreise von Feuerstellen, leere Konserven, zerbrochene Gläser, zu Stein gewordener Kot. Verfallene Verschläge aus Brettern, Blech und Plastikplanen.
Wir hasteten von Deckung zu Deckung, bückten uns Mauerreste entlang, hinter denen Jorden mit seinem Pathfinder die Umgebung scannte. Aber es wurde immer klarer: Seit langer Zeit waren wir hier die ersten Besucher. Das war nicht unbedingt good News, denn es bedeutete auch: In *OZ* gab's wahrscheinlich wirklich nichts mehr zu holen.
Dann ein umgestürzter rostiger Container mitten auf der Straße. Hoffnung: Die Hülle schien unversehrt, nur ein bisschen ausgebeult. Vielleicht hatten ihn die anderen Survivors nicht öffnen können. Ich zog den Dolch. Wir schlichen Jorden hinterher, standen vor der Öffnung auf der

Rückseite. Beißender Verwesungsgestank. Irgendetwas kauerte da, ganz hinten in der Ecke, im Halbdunkel, machte mit schwachen Geräuschen auf sich aufmerksam. Noch im gleichen Moment, in dem ich mich wegducken wollte, erkannte ich eine Gestalt, die sich erhob, im Aufstehen ihre Glieder, ihr schwarzes Fleisch verlor, ein Körper aus Tausenden von Fliegen. Aufsummend stoben sie davon. Darunter kam ein Skelett zum Vorschein. Rundherum wimmelte es. Ratten tippelten über das Blech. Der Tote trug keine Schuhe. Jorden verzog nur den Mundwinkel.
An diesem Tag begann sich bereits zu Mittag die Sonne aus dem Nebel zurückzuziehen. Das Licht wanderte höher und höher. Der Müll auf dem Boden verlor an Farbe und Kontur. Wie würden wir später den Weg zurück zu Özlem und Anne finden? Wir würden komplett von Jorden und seinem Pathfinder abhängig sein. Anfangs hatte ich mir vorgenommen, mir Orientierungspunkte einzuprägen. Nur so, zur Sicherheit. Schon sehr bald konnte ich all die Schutthaufenfelder, Reifenfetzen und Roadtrain-Wracks nicht mehr auseinanderhalten. Cornelius stoppte, versuchte, sich mit an die Schläfen gepressten Händen zu erinnern, deutete stumm die Richtung an, biss sich auf die Lippen, weil ihn das Bein schmerzte. Jorden schien mehr und mehr Zweifel zu haben, fragte nach: »Bist du sicher?«, »Und jetzt?«, »Wirklich?«
Im Schutz einiger unförmiger Metallklumpen rasteten wir. Geschmolzene Post-Robots. Hier und da Reste des bunten Aufdrucks darauf. Das immer gleiche Gesicht eines schnurrbärtigen Mannes. Manchmal war das Einzige, was von ihm übriggeblieben war, zwei aufgerissene Zahnreihen. Sein freundliches Lachen, mit dem er den Voruntergangssatz gerufen hatte: »Ihre Sendung ist da!«
Ich spürte, wie Jordens Wut auf Cornelius wuchs. Riesenzoff lag in der Luft. Chang dachte wohl dasselbe und wollte die Stimmung auflockern. Heiser sagte er: »Mal herhören. Was sagt die Frau zum Anästhesisten nach dem Sex?«
Ratlos sahen ihn Jorden und Cornelius an.
Das seltsame Altwort klang noch in meinen Ohren nach, *Anästhesist*, als Chang bereits antwortete: »›Ich habe gar nichts gespürt.‹«
Jorden, die Arme auf den Knien, starrte geradeaus, als würde er nicht

begreifen. Cornelius schluckte, hustete, wollte etwas sagen, hustete so sehr, dass er sich vorbeugen musste, klopfte Chang auf den Rücken. »›… gar nichts gespürt …‹ Sehr gut.« Als er wieder bei Stimme war noch einmal: »Gut gemacht, Chang.«
Der grinste nur weiter vor sich hin. Ich sah, wie er Mühe hatte, die Mundwinkel oben zu behalten. »Danke, danke. War der Lieblingsjoke meines Chefs bei uns in der Redaktion.« Doppelzwinkern.
Jorden stand auf und ging weiter. Ein paar Minuten später blieb Cornelius plötzlich stehen. »Hier. Hier war es«, flüsterte er.
Ziegelhaufen, Rohre, querliegende Balken, so weit das Auge reichte. Keine Spur von Konserven, Kühltruhen, was auch immer. Chang machte zwei, drei Schritte vorwärts, bückte sich, scharrte mit den Füßen.
»Hier ist es.« Cornelius, die Arme erhoben, als könnte er die Ruinen zusammenfügen.
Anstatt auf Cornelius zu fluchen oder den Befehl zur Umkehr zu geben, sagte Jorden bloß: »Da drüben.« Er streckte seine Hand aus. »Da!«
Ich kniff die Augen zusammen. In einem Nebelschleier am äußersten Rand des Feldes: eine Erhebung. Ein windschiefes Häuschen aus Brettern. Wehende Plastikplanen am Dach. Eine dünne Rauchfahne stieg darüber auf. Jemand wohnte hier. Es musste so sein. Ganz bestimmt. Und wo jemand wohnte, gab es Vorräte. Lange konnte es nicht mehr dauern, bis es richtig dunkel werden würde. Die Landschaft um uns verschwamm im Düsteren. Ich blickte mich um, wusste auf einmal nicht mehr, aus welcher Richtung wir gekommen waren. Aber eines war klar: Wenn es heute und in unmittelbarer Reichweite noch etwas zu holen gab, dann da drüben, in dieser Baracke. Wir hasteten einfach los, übers Feld, zielstrebig. Cornelius ächzend an seinem Stock als Schlusslicht. Zwischen den Schutthaufen und Mulden strauchelte ich, blieb kurz liegen. Auch Chang verlor das Gleichgewicht, krabbelte auf allen vieren weiter.
In meiner Erinnerung schoss der dünne grüne Strahl unendlich langsam auf uns zu. Jedenfalls so langsam, dass ich überlegen konnte, wie ich ihm ausweichen sollte; und trotzdem so schnell, dass mein Körper niemals auf die Befehle meines Gehirns hätte reagieren können. Voller Er-

staunen sah ich, wie Chang getroffen und ein paar Meter zurückgeschleudert wurde, auf ein Holzbrett, auf dem er liegen blieb. Cornelius schrie auf, ich duckte mich, Jorden sprang in eine Grube, feuerte drauflos, das wütende Zischen der Waffen, bröckelnde Steine. Jorden änderte seine Position, lag jetzt irgendwo direkt vor der Baracke, aus der die Strahlen in rascher Folge ziellos in die Tiefen des Logic-Parks schossen. Stille.

Von fern Jorden: »Situation geklärt!« Cornelius schwankte vor mir zu Chang, kniete neben seinem Kopf. Mühsam, unendlich mühsam erhob auch ich mich, folgte dem Leader. Chang lag auf dem Rücken und hielt die Arme angewinkelt wie ein Baby. Seine zu Fäusten geballten Hände zitterten, ganz so, als freute er sich über etwas. Warum half Cornelius ihm nicht auf?

Dann sah ich Changs Gesicht.

Kein Mund, keine Augen, keine Nase mehr. Bloß blutiger Glibber.

Ich starrte, gelähmt. Ich glaube, ich dachte wirklich die folgenden Sätze: *Es ist alles gut. Wir tragen dich nach Hause. Zu Özlem. Zu Xiwang. Jorden hat den Heckenschützen gekillt.* Ich hörte Cornelius. Zuerst dachte ich, er wollte Chang beruhigen. Dann verstand ich seine Worte: »… dein Reich komme, dein Wille geschehe …« Fiepen ertönte. Unbeirrt sprach Cornelius sein Prayer zuende und übertönte die Geräusche aus dem Fleischloch, die lauter und lauter wurden. Maximales Entsetzen. Changs Beine zuckten, als würden ihn elektrische Ströme durchfahren. Da holte, schneller als ich aufschreien konnte, Cornelius mit seinem Wanderstock aus, bohrte, schnaufend vor Anstrengung, die Spitze in das Loch in Changs Gesicht oder das, was einmal sein Gesicht gewesen war, und drehte sie darin herum.

Ich stolperte über die Trümmer. Schreiend. Heulend. Betend, zu den Drohnen. »Wo seid ihr?« »Kommtkommtkommt …« Vor der Öffnung der Baracke, in der eine Plastikplane wehte, fiel ich hin. Hinter den Wänden klirrte es. Ich tastete nach meinem Dolch, umgriff ihn fest, sprach mit dem LORD, mit mir, mit Chang. Ich weiß es nicht mehr.

»Reinkommen!«, rief Jorden. »Schnell!«

Ich torkelte durch die Plane. Das fahle Restlicht, das von oben durch die

Decke fiel. Eine Feuerstelle, ein zurückgeschlagener Schlafsack. Jorden, der hastig Konserven in seiner Tasche verstaute.
»Chang ... ist ...« Ich konnte den Satz nicht zu Ende führen. Jorden schien es bereits zu wissen. Er nickte nur.
Erst jetzt entdeckte ich den Toten mit den ausgebreiteten Armen. Den in blutige Fetzen eingehüllten Mann mit der Kapuze. Nein. Es war eine Frau. Ein Mädchen. Vielleicht so alt wie ich.

Der Marsch zurück dauerte ewig. In der wachsenden Dunkelheit starrte ich nur mehr auf Jordens Rücken. Es war fast vollkommen schwarz um uns. Keine Spur von den Frauen. Cornelius ächzte, auch Jorden atmete schwer. Laut rief er: »Hallo? Irgendwer?« Ängstlich erklang Özlems Stimme. Erst näherte sie sich, dann entfernte sie sich wieder, wir gingen in die falsche Richtung, plötzlich war sie in unserem Rücken: »Chang? Alles okay?«, und dann: »Chang?« Plötzlich standen wir direkt vor ihr und Anne, die, sich umarmend, auf dem Boden kauerten und erschreckt in den Kegel von Jordens Taschenlampe blickten. Xiwang in ihrer Mitte schlief.
»Wo ist Chang?«
Vorsichtig übergab Özlem Anne das Baby und stand auf. Ich blickte zu Jorden. Er hatte uns sicher hierhergeführt. Er würde wissen, was zu sagen war. Er schwieg. Cornelius machte einen Schritt auf sie zu. Im selben Moment begann ihr wohl zu dämmern, dass etwas nicht stimmte. Ich musste mich hinsetzen. Irgendwo in meinem Inneren, hinter einer dicken Kruste aus Hunger, Durst und Erschöpfung, regte sich Verzweiflung. Özlem wich vor Cornelius zurück, »Nein«, stolperte, »geh weg!«, jetzt kroch sie vor ihm davon in die Nacht, als könnte sie alles ungeschehen machen, indem sie vor der schrecklichen Nachricht floh.
Ebenso behutsam wie unerbittlich humpelte ihr Cornelius hinterher, sprach sanft auf sie ein, kniete sich irgendwo in der Finsternis neben sie, während Anne Xiwang auf den Boden legte und sich zu Jorden wandte, um ihn zu fragen, was geschehen war. Er schwieg noch immer.
Xiwang erwachte wimmernd. Keiner kümmerte sich um das Baby. Als ich mich zu ihm beugte und es in den Arm nahm, hatte ich das eigenar-

tige Gefühl, ich hielte Chang, winzig klein und zart. Der Alt-Ausdruck *sein Fleisch und Blut* schoss mir durch den Kopf. *Sein Fleisch und sein Blut.* Ich küsste Xiwang auf das Visier. Sagte ihr, sagte Chang: »Schsch … alles gut.« Wusste nicht, was sonst tun. Noch während Xiwang die Augen zufielen, krallte sie sich fest in meine Schulter. Ihr Kopf sank an meine Brust. Ich wollte sie ablegen. Sie ließ mich nicht los.

Der Morgennebel leuchtete heller als sonst, als würde sich gleich dahinter ein freies, von heller Sonne beschienenes Feld befinden. Jorden hat die Dosen an uns verteilt. Insgesamt hatten wir für vier, wenn wir sparsam waren, für fünf weitere Tage Proviant.
Özlem war totenbleich, weinte nicht mehr. Doch als Cornelius und Jorden zurück, in Richtung Star-Express-Wall, aufbrechen wollten, rief sie auf einmal maximal laut und wütend: »He!«
Wir sahen uns an.
»Was ist denn jetzt?« Ihre Stimme bebte vor Erregung. »Wir wollten doch Chang holen!« Ihre rotumränderten Augen.
Cornelius fasste sie am Arm. »Özlem … bitte. Das ist doch …«
Sie riss sich los. »Tu nicht so, als ob ich verrückt bin!«, fauchte sie. »Ich weiß, dass er tot ist. Er ist tot. Mein Mann liegt da irgendwo im Dreck mit einem Loch im Kopf. Aber wir gehen ihn jetzt begraben.«
»Was?« Jorden, erstaunt.
»Özlem, das bringt doch nichts … sei doch vernünftig!« Cornelius sprach sehr langsam. Wirkte müde wie nie zuvor.
»Was seid ihr …«, brach es aus Özlem heraus, »… was seid ihr für Arschlöcher! Zwölf Jahre! Zwölf beschissene Jahre war er euer Freund. Er hat alles für euch getan! Alles! Und jetzt … und jetzt habt ihr …«, sie begann zu weinen, fing sich wieder. »Menschen machen das füreinander. Und du weißt das, Cornelius.«
Jorden blickte zu Boden, schüttelte ungläubig den Kopf. Trotzdem traute er sich nicht zu widersprechen.
»Schau, Özlem, … das … das …« Anne versuchte, Özlem in den Arm zu nehmen, aber so tappsig und unbeholfen wie ein Kind, das sich an seine Mutter drängt.

Özlem machte einen Schritt rückwärts, auf den Logic-Park zu, der irgendwo hinter den schimmernden Schwaden liegen musste. »Ich gehe da jetzt hin und begrabe meinen Mann. Dass das klar ist. Und einer von euch wird mitgehen und mir zeigen, wo er gestorben ist. Ich muss das wissen. Ich habe ein beschissenes Recht darauf, das zu wissen.«
Ich überlegte kurz, ob ich sie begleiten sollte, war mir aber sofort ganz sicher, dass ich niemals den Weg durch das *OZ*-Labyrinth finden würde.
Cornelius und Jorden standen noch eine Weile unschlüssig da. Dann gaben sie auf. Ohne sich abzustimmen, drehten sie sich um – und machten sich auf den Weg zum Star-Express. Cornelius stützte sich links auf die Schulter Annes, die sich nervös zwinkernd umsah, rechts auf seinen Stock. Beim Anblick der blutigen Spitze, die über den trockenen Boden schleifte, würgte es mich. Zum Glück hatte Özlem keine Ahnung davon, was Cornelius getan hatte.
»Özlem, bitte … bitte, komm mit«, flehte ich sie an, sah den anderen hinterher. Was, wenn sie hierblieb? »Cornelius!«, rief ich verzweifelt nach vorne. Er reagierte nicht. Özlem ging in die Hocke, schlug mit der Faust auf den harten Boden. Noch einmal. Xiwang brüllte.
Ich weiß, dass Özlem uns seitdem nur wegen ihres Babys folgt. Wäre ihr Baby nicht, sie hätte uns, hätte die Gemeinschaft für immer verlassen.
☺ **MERKE**:

ZWÖLFTER TAG

Anne greift sich in den Mund, zieht einen Zahn heraus und schmeißt ihn in den Schotter. Als mein Blick darauf fällt, das braungelbe Steinchen mit den feinen roten Fäden, spüre ich meine eigenen Zähne. Wie sie mir, hart und klein, im Kiefer stecken, als gehörten sie da gar nicht hinein.

Früher gab es in den Supermärkten jeden Tag frisches Obst.

DREIZEHNTER TAG

Beim Erwachen Schwindel. Versuche aufzustehen. Alles dreht sich. Müssen los. Die anderen packen schon, streuen Sand über unsere Spuren. Darf mir bloß nichts anmerken lassen. Jorden würde ohne mich weiterziehen. Trete abseits und stecke mir den Finger in den Mund, kotze und kotze. *Hühnerfrikassee.* Danach geht's besser. Stechende Kopfschmerzen. Wunder Rachen. Der brennende Schlauch, der vom Mund in den Magen führt. Was war das Wort für ihn, für diesen Schlauch?
Ich muss bis zum Abend durchhalten.

Im Nebel um uns wachsen die Erhebungen der Steppe zu Hügeln an. Ihre Kuppen lösen sich in den Schwaden auf. Ab und zu denke ich, ich sehe den Umriss eines Berges. Dann schwebt er langsam davon, Dunst.

Irgendwann drehte ich mich um.
Özlem fehlte.
Ich blieb stehen. Die anderen zogen weiter. »Halt!« Wollte rufen, konnte nicht. Keine Stimme. Versuchte, Anne vor mir einzuholen. Übelkeit. Mein linkes Knie. Schloss zu ihr auf, packte sie am Arm. Erschrocken schaute sie mich an. Ich deutete hinter uns, bellte. Sie erklärte, Vati hole mich immer nur jedes zweite Wochenende ab, das wisse ich doch; sie sei doch auch nicht glücklich darüber, wie sich das alles entwickelt habe. Das sei jetzt eine harte Zeit, das sei ihr schon bewusst. Verlegen lächelte sie mich an, ihren Sohn, ich hastete weiter. Im Nebel war Jorden kaum mehr zu erkennen. Cornelius schleppte sich an seinem Wanderstock voran. Unmöglich, ihn zu erreichen.
Da, endlich, sah sich Jorden um. Ich winkte. *Komm her.* Er starrte in meine Richtung. Für einen Moment dachte ich, er überlege sich, ob es

sich auch wirklich lohne umzukehren. Erleichterung, als er sich langsam in Bewegung setzte, wortlos Cornelius passierte, der ihm teilnahmslos nachstierte.
Mir schien, es dauerte Stunden, bis Jorden endlich bei mir war und wir beide zusammen die Schienen zurückliefen. Schon von weitem hörten wir das Baby jammern. Özlem lag bäuchlings auf dem Schotter. Bei dem Sturz war Xiwang auf ihrem Rücken nichts passiert. Jorden reichte mir das Baby, fünf Kilo Fleisch und Knochen, mit der Schale zusammen vielleicht sechs.
»Du nimmst sie.«
Er drehte Özlem um, ihr Gesicht war aufgeschürft, gab ihr eine Ohrfeige. Sie war bei Bewusstsein, brachte aber keinen richtigen Satz heraus, auch nachdem ihr Jorden hochgeholfen hatte.
Wäre sie rückwärts gefallen, wäre Xiwangs Kopf zerdrückt worden. Wir hätten sie irgendwo unterhalb der Böschung eingegraben oder verbrannt, damit die Ratten, Hamster und wilden Hunde sie nicht auffressen. Sechs Kilo mehr, die ich tragen muss. Dass ausgerechnet ich

VIERZEHNTER TAG

Gehe auf den Schienen. Neben mir Zuri, Jordens Sohn, mit seinem Lockenkopf. Er verliert kurz den Halt, greift nach meiner Hand. Ich erwache. Kopfschmerzen. Töten mich. Cornelius sagt, wir lagern hier seit gestern, am Rand des Walls, ich sei auf einmal umgekippt. Sehe sonst nur Jorden. Hat ein paar Meter weiter in der Steppe in einem Sitz aus einem Zug Platz genommen. Der Sitz hat eine Farbe, deren Namen ich vergessen habe.

Fragen:
Warum heißt die Zahl eins eins und nicht zwei oder drei?
Warum heißt Wurst Wurst und nicht Berg oder Sonne?
Warum heißt Hand Hand und nicht Bein oder Fuß?
Würde gerne meine Finger nach hinten abbiegen können. Warum kann ich das nicht?

Blau. Der Name der Farbe ist: blau.

Jorden neben mir. Ich bin der Junge mit der Prothese. Vor einer Sekunde hat mich Jorden angeschossen. Ich kann mich nicht mehr bewegen. Panisch schaue ich zu ihm hoch.
»Tu mir nichts!«, röchele ich. »Ich wollte nichts klauen. Das … war nur für meine Familie … weil … weil …«
»Ruhig.« Seine Stimme aus weiter Ferne. »Halt dich still! Hörst du? Stillhalten, Frischling!«
Ich: »Bitte … erschieß mich nicht …«
Jorden: »Keiner erschießt hier wen. Halt endlich dein Maul.«
Er reicht mir irgendetwas: gelb und länglich und viereckig und hart und

zuckersüß. Hat es aus seinem Body gezogen. Bin zu schwach zum Essen. Anne stützt mir den Nacken, kaut mir den Riegel vor, schiebt mir die mit Speichel vermischten Bröckchen in den Mund. Auf der Verpackung die Aufschrift *Mr Tom*.

Der hatte die ganze Zeit diese Riegel in seinem Body. *Mr Tom*. Hat uns nichts davon abgegeben. Deswegen hat er die Power ge-

Niemand wird lesen, was ich hier schreibe.

FÜNFZEHNTER TAG

Ich

SECHZEHNTER TAG

Wieder gesund. Keiner hat was gesagt von wegen, dass ich schlappgemacht habe. Verrate den anderen nichts von Jordens *Mr Tom*-Riegeln. Im Lauf des Vormittags sind die Hügel neben dem Wall höher und höher gewachsen. Auf den felsigen Hängen: niedrige Büsche mit knallroten Beeren. Verrückter Gedanke: Wir sind auf dem Weg zurück in die Berge. Ins Resort. Sind bald wieder auf der Alm. Cornelius trägt Xiwang auf dem Rücken. Sie röchelt. Özlem: Schrammen im Gesicht, kann aber wieder normal gehen.

Rast. Habe mich zu Jorden gesetzt. »Warum tust du das?«, frage ich ihn so leise, dass mich die anderen nicht hören können. Auf einmal sticht es mir ins Herz. Was, wenn ich ihn erst durch meine Fragerei auf falsche Gedanken bringe? Und obwohl er mir kurz einen bösen Blick zugeworfen hat: Ich habe keine Angst vor ihm. Früher hätte ich Angst vor ihm gehabt. Jetzt nicht mehr. Ich habe Angst vor dem Hunger und dem Durst. Ich habe Angst vor den Banden. Nicht vor ihm. Er antwortet nicht.

»Warum bleibst du noch bei uns?« Ich lasse nicht locker.

Jetzt guckt er mich an, nicht wie ertappt, sondern als hätte ich gerade etwas vollkommen Verrücktes gesagt.

»Du bist 'n Klugscheißer, weißt du das?«, schnauzt er mich an. »Warum meinst du, habe ich dir was von meinem Proviant abgegeben. Und warum schleppe ich Özlem mit, hm?«

Hinter all dem Schmutz in seinem Gesicht liegt dieses Ding, diese eine bestimmte Sache, über die ich später, als wir wieder aufgebrochen sind, noch nachdenke. Dann weiß ich es auf einmal. Das ist nicht Wut oder Hass. Das ist etwas, was ein Altwort bezeichnet, nach dem ich lange, lange in meinem Gedächtnis kramen muss. *Ehrgefühl.*

Über dem Eingang zum Tunnel stand »ALB«. Sanft senkten sich vor uns die Gleise hinab und verschwanden in der Röhre, aus der es gelblich schimmerte. Wir blieben stehen. Wenn Xiwang auf Cornelius' Rücken hustete, blickte Özlem müde auf. Das Baby war das Einzige, was sie noch interessierte. Sie bat Anne um Wasser, ihr eigenes sei alle. Tatsächlich reichte ihr Anne sofort und ohne Widerspruch eine ihrer beiden Flaschen.

Trotzdem keuchte Özlem: »Das ist alles?« Und nach einer kurzen Pause: »Warum hast du eigentlich damals dem Schwein das ganze Wasser gegeben ... was ist eigentlich, wenn wieder so was passiert ...« Sie wandte sich an uns. »Wenn sie's einfach wegschüttet oder ...«

Anne, die keinen Schleier in den Augen hatte wie sonst, wenn sie alles um sich herum vergaß, starrte sie an.

»Jetzt lass doch mal die Anne in Ruhe«, murmelte Cornelius bloß.

Ohne auf uns zu achten, musterte Jorden die Umrisse des Berges, der sich über der breiten Tunnelöffnung erhob und im Dunst verschwand. Wie hoch er wohl sein mochte? Nur so viel war sicher: Niemals würden wir ihn übersteigen können. Never ever. Wir warteten darauf, dass Jorden etwas sagte. Wortlos setzte er sich in Bewegung und ging die Schräge hinab zum Eingang. Cornelius, Özlem und ich ihm hinterher. Wir blickten in die Röhre: An der Decke flackernde Lampen und Ventilatoren. Sie drehten sich nicht. Wrackteile eines Zuges versperrten die Sicht ans andere Ende. Ich dachte daran, dass sich hinter den Trümmern Banden verbergen konnten, auch wenn nichts darauf hindeutete. Süßer LORD, meine Lippen bewegten sich von selbst. Süßer LORD. Bitte. Ununterbrochen wiederholte mein Mund die Worte. Was mochte hinter dem Tunnel liegen? Was, wenn das eine Strecke war, in der Tunnel auf Tunnel folgte? Jedes Mal über Trümmer klettern, jedes Mal die Scheißangst vor Banden.

Plötzlich Annes Stimme in unserem Rücken. Lauter als bisher. Kein Stottern, kein Krächzen. Klar.

»Özlem hat recht.« Kein nervöser Blick mehr. »Ich bleibe hier.«

»Was ... was soll das denn jetzt ...?« Cornelius war anzusehen, dass er keine Power mehr hatte für das, was jetzt kommen würde.

»Wie auch immer …«, sagte sie beiläufig. Was wollte sie nur? Mehr Essen? Dass ich ihr Gepäck auch noch trug? Dann begriff ich. *Das war ihr voller Ernst.* Das war der Altwörterausdruck. *Ihr voller Ernst.*
»Das Baby braucht meine Ration viel dringender als ich. Ich bin doch nur eine Last für euch. Mit meinen Aussetzern. Fünftes Rad am Wagen.«
»Jetzt reicht's aber, verdammte Scheiße!« Jorden fixierte sie mit zusammengekniffenen Augen. »Habe diese ewige Diskutiererei so was von satt!« – und drehte sich weg von ihr. Kein Abschied. Nada. Nichts.
»Aber …«, sagte ich leise. Anne kannte sich aus mit Krankheiten. Sie konnte trösten. Die Abende, an denen ich meinen Kopf in ihren Schoß legen durfte. Ihr spöttisches und zugleich liebevolles Faltengesicht, wenn sie mir ihre Geburtstagsgeschenke überreichte, ihre kleinen Strohtalismane. Meine Gemeinschaftsomi.
Özlem stand nur da. Hilflos. »Anne«, sagte sie, viel zu zaghaft, als dass sie es hören konnte. »Das war doch nicht so …« Sie war schuld. Sie hatte Anne *den Floh ins Ohr* gesetzt. Ich konnte es nicht glauben. Sie trug ja noch immer das Armband, das ich ihr damals umgelegt hatte, um sie zu trösten! Sie verdiente es nicht.
Cornelius machte ein, zwei Schritte in Annes Richtung. Sein breiter Rücken, sein Oberkörper begann zu beben. »Annchen.« Noch ein Schritt. »Bitte …«
Mitleidig guckte sie ihn an.
Wut: Warum ist sie denn dann die ganze Zeit mitgelaufen und hat unsere Rationen aufgefressen? Wir sind doch die Gemeinschaft, und die Gemeinschaft bleibt zusammen!
»Nein, Conny«, sagte sie. Sie klang zärtlich. Ja, sogar, konnte das sein?, irgendwie happy. »Ich will es. Ich will, dass das aufhört. Dass es vorbei ist. Außerdem … war ich ja schon ein paarmal in Frankreich. Ist schön da, aber …« Sie versuchte zu schmunzeln, so wie früher, *mokat*?, *muskat*?, ich habe das Altwort dafür vergessen.
Cornelius fiel es unendlich schwer, mit Xiwang auf dem Rücken das kurze Stück hoch bis zu Anne zu humpeln. Wortlos hielt sie ihm ihre Tasche mit den Konserven hin. Erst wollte er sie nicht, dann nahm er sie

doch entgegen, in seinen großen Händen wirkten sie klein und nutzlos. Plötzlich öffnete er das Visier, zog sich die Kapuze vom Kopf und legte ihn auf ihre Schulter. Und Anne – Anne wiegte ihn hin und her. Sagte etwas, das ich nicht verstand. Mit offenem, fragendem Mund hing Xiwang in ihrer Schale. Dann hatte Cornelius sich mit einem Ruck losgemacht, war in unsere Richtung marschiert, Anne ging ihm nach, Hoffnung, strich dann doch nur dem Baby über die Stirn, nahm den kleinen Kopf in beide Hände und drückte ihm einen langen Kuss auf den Scheitel, saugte seinen Anblick in sich auf, während sich Cornelius entfernte. Im Vorbeigehen reichte er Özlem, die er keines Blickes würdigte, Annes Wasserflasche. Nach kurzem Zögern steckte sie sie ein. Das Visier, das er wieder geschlossen hatte, war beschlagen. Statt eines Gesichts war da nur ein verschwommener Fleck.

»Nein!«, rief ich jetzt. »Nein!« Wollte Anne zurufen: »Warum tust du das?«, »Wir brauchen dich doch!«, »Warum tust du mir das an?« Aber mein Mund brachte bloß dieses eine Wort heraus, kläffend: »Nein!«

Anne sagte nichts, verabschiedete sich nicht von mir. Winkte nur noch Xiwang zu, die gluckste. Glücklich und blöd.

»Ich hasse dich! Hörst du? Ich hasse dich!«, rief ich. Meine Stimme überschlug sich gicksend, von den Tunnelwänden hallte mir ihr Echo entgegen: *Hasse dich! Hörst du!*

Die anderen gingen schon weiter. Ich musste ihnen hinterher, sonst hätte ich sie verloren. Da winkte Anne mir mit hocherhobenen Armen. Immer, wenn ich mich alle paar Sekunden auf dem Weg tiefer in den Tunnel hinein, im gelblichen Lampenlicht, nach ihr umdrehte, stand sie noch da. Schrumpfte zu einem schmalen, schwarzen Strich in der hellen Öffnung hinter uns. Unsere Anne.

Dann war sie verschwunden.

Der Tunnel. Vögel schießen über unsere Köpfe hinweg. Ziepen aufgeregt. Die Wände kotbespritzt. Die Nester sind zu hoch oben. Wir können sie nicht erreichen. Der Geschmack von Eiern in meinem Mund. *Dotter.* Das ist das Wort. An der Seite grüne Schilder über verschlossenen Stahltüren. Weiße Männchen laufen darauf vor Flammen davon.

Warum stand grün in der Voruntergangswelt für Rettung? Wir steigen über Waggonteile, Sitze, Knochen. Rascheln. Anne ist doch noch nachgekommen! Drehe mich um. Märchen Nummer vierunddreißig. Orpheus. Schatten wieseln. Fiepen. Ratten. Meine Taschenlampe funktioniert nicht mehr. Werfe sie weg. Ist mir zu schwer. Versuche, mir vorzustellen, wie dieser Marsch im Tunnel wohl später einmal in dem Movie aussehen wird. Habe schon länger nicht mehr an das Movie gedacht, das sie einmal über uns drehen werden. Sinnlose Gedanken.

Stimmen. Kein Zweifel: ein Stimmendurcheinander! Wir werfen uns zwischen Wrackteile. Survivors? Banden? Jorden robbt nach vorne. Minuten später: Entwarnung. Aber Jorden verrät nicht, was es ist. Wir schleichen ein paar Meter weiter. Dann, an die Wände des Tunnels gekauert, dicht nebeneinander, als würden sie sich wärmen: weiße Wunder-Bären, gelbe Wunsch-Ponys mit violetter Mähne, buntkarierte Knuddel-Tiger, rosafarbene Kose-Kitz, Kuschel-Kaninchen mit langem Flauschefell, dicke Sing-along-Murmeltiere mit Doppel-Pfeifzähnen, Alice-Mädchen mit großen Köpfen und Kulleraugen in kurzen Röcken mit Schleifen, um die Dumbos, rechts und links, schützend ihre Ohren wie Decken gelegt haben. Vielen der Toys fehlen Arme und Beine, manche sind längst kaputt und sitzen erstarrt und mit toten Augen da. Die meisten sprechen langsam vor sich hin, einfach so, ohne irgendein Gegenüber. Als sie uns erblicken, verdrehen sie neugierig ihre Augen nach uns, ohne Anstalten zu machen, sich zu erheben oder innezuhalten. Sie müssen all die Jahre auf Super-Low-Energy gelaufen sein, woher sollen sie Essen bekommen haben? Oder es sind Toys, die ganz altmodisch rein elektrisch funktionieren.

Mit erhobenem Phaser nähert sich Jorden ihnen.

»Es war einmal …«, höre ich, und: »Auf mehreren Gesimsen von Holz standen Gläser, mit durchsichtiger Flüssigkeit gefüllt, und in jedem dieser Gläser lag ein Herz; auch waren an den Gläsern Zettel angeklebt und Namen darauf geschrieben, die Peter neugierig las …«, und: »Noch einmal sah sie mit halbgebrochenem Blick auf den Prinzen, stürzte sich vom Schiffe in das Meer hinab und fühlte, wie ihr Körper sich in

Schaum auflöste. Nun stieg …«, und aus dem Lächel-Schnabel einer Gans: »Und die Sehnsucht des Jungen nach ihnen war so groß, dass er sich beinahe wünschte, wieder der Däumling zu sein, der mit einer Wildgänseschar über Land und Meer reisen konnte …« Ein lila Brummbär mit Kapitänsmütze: »In einem Zarenreich, in einem gewissen Staat, lebte einst ein Zar mit Namen Achridej, und dieser Zar lebte mit seiner Gemahlin Darja viele Jahre, aber Kinder hatte er keine …«
Als der Untergang durch den Tunnel fegte, hatten sich die Toys wohl im Gutenachtgeschichten-Modus befunden. Oder aber sie sind von weither gekommen, um Schutz zu suchen, nachdem ihre Master auf der Autobahn gestorben waren. Vielleicht hatte eines der Toys, ein KID-NEY oder eine weise Schildkröte, sie in einem langen Treck über die Schienen des Star-Express hierher, zur tiefsten und sichersten Stelle im Tunnel, geführt, wo sie begonnen hatten, sich die Märchen aus ihrer Entertainment-Library zu erzählen. Um sich die Zeit zu verkürzen. Um weniger allein zu sein. Um ihr System am Laufen zu halten.
Ich checke meinen Fennek in meinem Rucksack. Zum Glück befindet er sich immer noch im Stand-by-Modus. Womöglich würde er hierbleiben wollen.
Keiner versucht zu fliehen, als Jorden mit einem gezielten Strahl aus dem Phaser über sie wischt und Stimme um Stimme ohne einen letzten Schrei erstirbt. Der Gestank von verkohltem Plastik und TARBO-Fell breitet sich im Tunnel aus.

Die helle Kreisöffnung des Tunnels ist nur mehr ein paar hundert Meter entfernt. Xiwang hat sich übergeben. Leblos hängt ihr Köpfchen herab.
»Das schafft die Kleine nicht! Das könnt ihr nicht verlangen!«, ruft Özlem. »Was sollen wir denn noch alles machen? Ihr seid doch wahnsinnig! Wahnsinnig!« Die letzten Wörter kreischt sie.
»Du hältst jetzt sofort die Fresse!«, fährt Jorden sie an. Auch er hat keine Power mehr.
»Aber Özlem …«, krächzt Cornelius, guckt sie beim Sprechen gar nicht an. Hält wieder mal einen Monolog, der ewige CEO. In den kurzen Pau-

sen gestikulieren seine Hände weiter. »Wir haben doch immer alles … gemeinsam entschieden. So haben wir das doch immer gemacht. Ich würde dich bitten, dass du dich daran … erinnerst. Und die Idee … also mit dem Großen Lager … eigentlich bist doch du diejenige, die …«

»Was?« Özlem schreit. »Jetzt soll ich auch noch daran schuld sein, dass … dass … Ihr beide habt das doch für uns beschlossen!« Sie hält sich die Ohren zu. »Nicht ich … *ihr* habt immer …«

Jorden drückt Özlem den Phaser an die Schläfe. Sie will die Waffe von sich wegdrehen. Jorden ist stärker.

»Kein Geflenne mehr! Verstanden? Oder ich drück ab! Hörst du?«

Ich halte den Dolch fest umklammert vor meinen Bauch. So können Jorden und Cornelius ihn gut sehen. Auch wenn sie aus ein, zwei Meter Entfernung auf mich feuern, könnte ich ihnen mit einem letzten Sprung noch den Dreizack

SIEBZEHNTER TAG

Als wir uns dem Ausgang des Tunnels nähern, weht uns Wind entgegen. Eine feine weiße Schicht bedeckt den Boden. Nebel? Asche? Unsere Spuren darin. Wir treten hinaus. Kneifen hinter unseren Visieren die Augen zusammen. Das grelle Licht. Stehen kniehoch in etwas Leichtem, Knisterndem. Schnee. Dicke Flocken wirbeln durch die Luft. Keine Sicht. Ich öffne meinen Gesichtsschutz, Kälte brennt, schöpfe mit den Händen das Weiß ab, halte es mir an die Wangen, beiße gierig hinein, schmecke es, das Nichts. Aber jeder Schritt ist hier noch mühsamer als auf der anderen Seite. Versinken. Herausziehen. Versinken. Herausziehen. Versinken. Zurück in den Tunnel. Wissen nicht weiter. Schaue jetzt auf die Öffnung, das Durcheinander der Flocken draußen. Unendlich langsam trudeln sie hinab. Es hat den Anschein, als würden sie nie die Erde erreichen. Dann wirbeln sie plötzlich schneller und so schnell, dass ich gar nicht verfolgen kann, wo sie aufkommen. Xiwang hustet und

Cornelius und Jorden im Halbdunkel des Tunnels. Sind nebeneinander eingeschlafen.

Ich muss daran denken, was Jorden damals im Steinernen Meer zu mir sagte. Frage: Wenn er recht hat, wird sich dann wirklich genau dieser Moment unseres Todes, wir in diesem Tunnel, und wird sich Changs Ermordung und Annes Abschied und der ganze Untergang wieder und immer wieder wiederholen und bis zum Ende der Zeit?
Wie oft haben wir schon hier gesessen?
Und wie oft habe ich genau diese Zeilen geschrieben?

Der Schnee

DAS GRÜNE HEFT

Die Deutschen tun nicht viel, aber sie schreiben desto mehr.
Das sinnige deutsche Volk liebt es zu denken und zu dichten,
und zum Schreiben hat es immer Zeit.
Was wir auch in der einen Hand haben mögen,
in der andern haben wir gewiss immer ein Buch.

Liebe Menschenfreunde, hier

Hier, im Schleuser-Camp, gibt es niemanden, mit dem ich reden kann. Wenn die anderen beim Korbflechten eine Pause einlegen, saugen sie an ihren zerstochenen Fingern oder starren in die Flammen. Bei jedem Geräusch, das ein bisschen lauter ist als das Husten, Flüstern oder Rascheln, bei jedem Knacks, schrecke ich aus meiner dumpfen Müdigkeit auf. Erst war es die Erwartung, dass gleich der Transfer beginnt. Jetzt ist es die Angst, dass irgendetwas anderes passiert, etwas Schlimmes. Ich spüre, dass hier jeder dasselbe ungute Gefühl hat – ohne dass mir bisher einer hätte sagen können, was in diesem komischen Camp eigentlich wirklich los ist.
Es tut gut, mich ein wenig abzulenken; die Gedanken aus dem Kopf rauszukriegen und sie beim Schreiben in eine Ordnung zu bringen. Vielleicht verhindert das ja auch, dass es mir genauso ergeht wie manchem anderen hier, dem die Sicherungen durchbrennen. Zum Beispiel hat heute früh einer an dem Feuer schräg gegenüber unvermittelt vor sich hin zu kichern begonnen. Schließlich hat es ihn vor Lachkrämpfen geschüttelt. Natürlich hat keiner etwas unternommen. Es war furchtbar. Ich dachte mir, dass sicher die Schleuser gleich eingreifen würden, schließlich ist es ja *ihr* Camp. Sie haben hier das Sagen. Aber drüben bei ihrem Wohnwagen vor dem Zelt blieb alles ruhig. Cornelius und Jorden verdrehten nur schwach die Köpfe, als wüssten sie bereits, was geschehen würde. Ein paar der anderen rückten schwerfällig von dem Irren weg. Dann ist er plötzlich stumm aufgesprungen, hat sich entschlossen durch die Manege gezwängt, in der wir alle dicht beieinander hocken, und ist durch einen der schmalen Gänge zwischen den leeren Tribünen aus dem Zirkuszelt ins Freie gestürmt, hinaus in die Kälte und den Schnee. Er ist bis jetzt nicht zurückgekehrt. Schließe ich die brennenden Augen, sehe

ich ihn, wie er weiter kichernd, Lachsack-Style, durch den Winterwald läuft. Und für den Bruchteil einer Sekunde habe ich sein Gesicht vor mir. Es ist Chang. Ich schrecke auf und schiele vorsichtig zu Özlem, die natürlich nichts davon mitkriegt. Unaufhörlich flüstert sie dem Baby ins Ohr, das müde das Flackern der Flammen verfolgt, wahrscheinlich ohne zu verstehen, was dieses heiße rote Ding vor ihm eigentlich ist. Özlem hat dabei die Augen weit aufgerissen, als wäre sie in diesem Moment an einem ganz anderen Ort. Ich hatte ja eigentlich gehofft, dass wir uns, sobald wir uns ein wenig erholt haben, unterhalten, beraten, nur wir zwei, was wir tun können. Aber Özlem redet bloß mit Xiwang und mit der anderen Frau an unserem Feuer, die sich Persephone nennt. Was würde ich dafür geben, dass sie über meine Schulter streichelt, einfach so, wie noch vor drei Wochen, auf der Alm, vor einer Ewigkeit.
Wir sind hier über hundert Menschen, fast alles Männer, fast alle mittelalt, fast alle aus Deutschland. Man steht nur dann auf, wenn es wirklich nötig ist. Bahnt man sich seinen Weg durch die Manege an den Rücken der anderen vorbei, wird viel gestöhnt und geflucht. Zur Essensausgabe dreimal am Tag, wenn die Schleuser eine Gruppe nach der anderen an die Bank mit den Töpfen vor ihrem Wohnwagen rufen, gibt es immer dieselbe wässrige Suppe, dieselben harten Knollen. Es sind immer zu wenig Cookies. Noch dazu muss ich einen kleinen Teil davon für F-87 abzwacken, den ich unter meiner Decke versteckt halte. Ich weiß nicht, was sie mit ihm machen, wenn sie ihn entdecken. Andere Toys gibt's hier nicht. Ich muss sagen, vorhin, als ich heimlich gecheckt habe, ob alles mit ihm okay ist, und ich in das blau atmende »Zzz« in seinen Pupillen schaute, habe ich ihn beneidet, ein klein wenig zumindest. Ich würde auch gerne in den Stand-by-Modus schalten und erst wieder aufwachen, wenn alles vorbei ist. Den Duft von frisch gebratenem Fleisch in der Nase, würde ich die Augen öffnen und in Özlems erschöpftes und erleichtertes Gesicht schauen, die mir einen Teller mit Essen unter die Nase hält. Der Boden unter uns würde leicht schwanken. Wir befinden uns auf der Fähre Richtung Frankreich.
Solange es geht, verkneife ich es mir, zur Latrine vors Zelt zu laufen: Die Bretter über dem ekligen Loch dort sind so eisig, dass sie an meiner

nackten Haut festkleben und ich Angst habe, krank zu werden. Und was dann? Einige im Lager gehen auch gar nicht mehr hin; scheißen und pinkeln einfach an den Rand des Lagers. Den Schleusern ist das zu 170 % egal. Wenn es nachmittags an der Zeit ist, stapfen wir mühsam einem von ihnen hinterher in den Wald und sammeln Feuerholz und Ruten zum Flechten. Niemand redet. Jedes Wort an der kalten Luft schmerzt. Ansonsten sitzen wir, in dünne Decken gehüllt, um die Feuerstellen unter dem hohen Dach des Zelts.

Bei unserer Ankunft hatten wir schon von weitem seine rot-blau-gestreifte Kuppel sehen können. Wie zu unserer Begrüßung war sie mit schaukelnden Girlanden aus bunten Fähnchen geschmückt. Als wir uns näherten, konnte ich darauf den schwungvollen, goldfarbenen Schriftzug entziffern, der durch den Schneefilm schimmerte: *Circus König*. Auf dem Mast, der aus dem Zelt ragte, steckte die metallene Figur eines breitbeinigen Mannes mit Riesenschuhen, ein Clown, auf dessen Wuschelkopf eine Krone saß.

Damit es durchzieht, sind in die Kuppel große Löcher gerissen und die Planen hinter den Tribünen hochgerollt. Trotzdem hängt drinnen der Rauch dichtest. Alle husten und röcheln und spucken dauernd. Zum Glück schützen unsere Bodys ein wenig gegen die Kälte. So lucky sind die anderen in ihren Jacken, Pullovern oder Jeans nicht.

An unserem Feuer sitzen noch zwei andere Grüppchen: vier Typen, vielleicht so alt wie Jorden, so dick vermummt, auch am Kopf, dass von ihren Gesichtern nur ihre rot umränderten Augen zu erkennen sind. Daneben Persephone, die ihren Kopf in einer Kapuze verbirgt, und ihre milchbärtigen Teenie-Twins. Sie frieren furchtbar. Dem einen Teenie, der noch magerer ist als sein Zwillingsbruder, fallen immer wieder die Augen zu. Aus seinem Mund kommen die Wölkchen in gepressten Stößen. Wahrscheinlich kippt er demnächst um. Wird ihn dann einer der Schleuser wegschaffen, oder müssen wir das machen?

Ich schaue von meinem Heft auf. Draußen kann ich im Morgendunst in der Ferne die Steilküste sehen. Die Felsen fallen nur ein paar hundert Meter vom Lager entfernt senkrecht ab, in den Lac du Rhin. Früher war

dieser gigantische See laut Cornelius ein gar nicht mal so breiter und tiefer Fluss. Mit dem Anstieg des Meeresspiegels hatte er sich Jahr für Jahr verbreitert und ist wohl seit dem Untergang noch weiter über seine Ufer getreten.
Obwohl die anderen sie ja selbst nie gesehen haben, behaupten alle, dass die Fähre gewaltig ist. Am Feuer nebenan verglich sie gestern ein hagerer, alter Mann, an dessen Schulter ein Teenie schlief, mit einer Kathedrale. Ich muss zugeben, ich weiß nicht genau, wie eine Kathedrale aussieht.
Der scharfe Wind, der heute tagsüber wie wild an den Planen zerrte, hat vorhin nachgelassen. Das Brummen des Stromgenerators und die Eisscherben, die in der Bucht bei jeder Welle knirschend und klirrend gegen die Felsen schwappen, sind wieder zu hören. Als ich gestern früh nach dem Kacken auf der Latrine nicht gleich wieder in das schummelige Zelt zu den stinkenden anderen wollte, kämpfte ich mich gegen die scharfe Brise an den Rand der Klippen und warf vorsichtig einen Blick hinab. Zuerst meinte ich, im heulenden Abgrund das matte Glänzen eines Fischschwarms zu erkennen. Dann merkte ich, wie tot und weiß es da unten auf und ab wogte. Zwischen den Schollen reckten sich Äste in die Höhe. Erst beim näheren Hinsehen begriff ich: Einst hatte wohl auf dem trockenen Grund am Fuß der Steilküste ein Wald gestanden. Nun ließ der Winter seine abgestorbenen Baumruinen weiterwachsen, mit Zweigen und Laub aus Eis. Würde die Fähre in diesen gefährlichen Gewässern überhaupt manövrieren können? Wann kam sie endlich? Im trüben Morgenlicht, in den Böen nur mit Mühe das Gleichgewicht haltend, suchte ich den Horizont ab. Schon nach wenigen Kilometern verfärbte sich der See, der sich in alle Richtungen unermesslich weit erstreckte, wurde blau, dann grau und verwandelte sich schließlich in einen milchigen Nebelvorhang, der es unmöglich machte, zu sagen, was sich dahinter befand.

Die sechs Schleuser haben sich auf Heizkissen im Halbkreis vor ihren Wohnwagen gesetzt. In dem riesigen aufgemalten lachenden Clownsgesicht klafft ein schwarzes Rechteck: Die Tür steht offen. Vorhin haben sie eine Art Ei in ihre Mitte geworfen, aus dem, als es auf dem Boden aufknackte, sofort Flammen züngelten. Ich fand das strange. Ich meine, warum müssen wir mühsamst Reisig sammeln, wenn die Schleuser über eine solche Technik verfügen? An ihrer Gestik, der Art, wie sie sich, die Phaser griffbereit neben sich, miteinander unterhalten und Konserven auslöffeln, ohne dass sie das daran hindern würde, den Tabak, den sie ununterbrochen kauen, in unsere Richtung zu spucken, versuche ich abzulesen, ob bald mit der Ankunft der Fähre zu rechnen ist. Nur manchmal schweifen ihre Blicke zurück, auf die schneebedeckten Berge hinter uns, in das schmale Tal mit den Schienen, denen wir bis hierher gefolgt waren. Ihr Leader, der kleine Schwarzhaarige, von dessen Mütze bunte Papageienschwänze baumeln, hat als Einziger einen Transmitter im Gürtel stecken. Er hat ihn bisher nicht ein einziges Mal benutzt. Ich weiß: Wenn er klingelt, sind wir gerettet.

Wären die Schleuser im Star-Express-Tunnel etwas später auf uns gestoßen, hätte mich wahrscheinlich nichts mehr aus dem stumpfen Dusel geholt, in den ich gefallen war. So jedoch schreckte ich von den hallenden Stimmen um mich herum auf. Das Erste, was ich sah, war der kleine Schwarzhaarige mit seiner viel zu großen Papageienmütze auf der Kapuze seines Bodys. In respektvollem Abstand zu ihm standen etwa zehn in Fetzen gehüllte, hohlwangige Survivors, ein Menschen-Treck, der auf seinen Leader wartete wie eine Herde Schafe auf ihren Hirten, geduldig und stumm. Zunächst hielt ich den Schwarzhaarigen, von dem unter seiner Mütze einzig der Bart zu sehen war, für »den Khan«, mit dem mir meine Eltern gedroht hatten, als ich noch ein Kind war – dann entdeckte ich Jorden und Cornelius. Obwohl sie ihn eigentlich von der Größe her überragten, wirkten sie neben dem Papageienmann schmächtig und irgendwie winzig. Und ich verstand: Sie schwankten und beugten die Köpfe nicht nur aus Erschöpfung, sondern aus *Untertänigkeit*. Sie verhandelten nicht, sie hörten die Bedingungen des Papageienmannes an. Auf den Wanderstock gestützt, reichte Cornelius ihm etwas. Sofort schnappte sich sein Gegenüber das Ding und wog es hin und her. Müde folgte Cornelius den flinken Händen des Schleusers, ganz so wie man

mit den Augen einer Fliege folgt, die einem immer einen Tick voraus ist. Schon hatte der Kleine seine Papageienmütze gelüpft. Das glänzende Ding verschwand darin. Es war die *Poseidon*-Uhr.
Der Satz in meinem Kopf: *Fort ist die Zeit.*
Man deutete auf mich, Özlem und Xiwang. Beide kauerten an der Wand neben mir. Cornelius hob die Hand, zeigte eine Zahl. Ich versuchte, mich zu erinnern, wie viele Finger eine drei, wie viele eine fünf bedeuteten, wie viele wir noch waren, und ich erschrak, weil ich mir plötzlich nicht sicher war, ob Cornelius nicht einen Finger zu wenig gehoben hatte. Hatte er mich vergessen? Aus der wartenden Kolonne tasteten uns Blicke ab, unsere schützenden Bodys. Die hin und her huschenden Pupillen waren das Einzige an den in dicke Schichten aus Kleidung und Decken gehüllten Survivors, das nicht halbtot oder starr wirkte. Manchen waren die Kapuzen vom Kopf gerutscht. Sie hatten keine Haare. Die Strahlung musste sie verseucht haben. Woher kamen sie? Wie lange waren sie schon unterwegs? Für eine Schrecksekunde meinte ich, den Leader der Gruppe entdeckt zu haben, deren Kids Jorden gephasert hatte. Der Mann, der einen Pullover mit rot-weißem Zackenmuster und kleinen weißen Elchen anhatte, guckte nur ins Leere.
Bald schlurften Jorden und Cornelius zu uns zurück, und die anderen des Trecks ließen sich ächzend an der gegenüberliegenden Tunnelwand nieder. Außer dem Papageienmann trugen nur noch zwei andere Bodys und über den Kapuzen Pelzmützen. Sie mussten Schleuser sein wie er.
»... mit ... dürfen mit ...«
Jordens Röcheln klang sehr weit entfernt, als befände er sich am anderen Ende des Tunnels. Er schien aber gar nicht mich zu meinen, sondern Özlem, die er auf einmal besorgt, ja, unerwartet fürsorglich betrachtete, wie mir schien.
»Dürfen mit. Das Lager ist einen Tag von hier.« Cornelius' dünnes Echo, wie Winseln. Sein flackernder Blick.
Ohne dass ich es gemerkt hatte, hatte sich Jorden meine Tasche geschnappt und schleuderte sie zusammen mit jener Özlems über die Gleise den Schleusern zu. Sie leerten sie auf dem Schotter aus. Siedend heiß fiel mir mein Zivilisationsdolch ein. Auf einmal schwebten Sätze

durch meinen Wattekopf, die mein Herz, als erwachte es aus einem langen Schlaf, schneller schlagen ließen. Vielleicht würden die Schleuser wegen des Dolches misstrauisch werden. Vielleicht würden sie mich wegen ihm zur Rede stellen. Vielleicht würde ich nicht mitdürfen …

Da wendete einer bereits meine selbstgebastelte Waffe, die uns gegen Feinde und wilde Tiere schützen sollte, in seinen Händen – und zerbrach sie ohne größere Anstrengung. Ein anderer hielt sich meine Hefte umgedreht an die Nase und roch daran, als wären sie Schnitzel, in die er im nächsten Moment hineinbeißen würde. Mit einem verständnislosen Gesichtsausdruck blätterte er in den Seiten mit unserer, mit meiner Geschichte, mit allem, was ich die vergangenen Monate unter den allergrößten Strapazen geschrieben, nein, mehr: was ich jemals in meinem Leben geleistet hatte. Ich wollte hinstürzen, aufschreien und traute mich dann doch nicht. Schließlich ließ der Schleuser meine Hefte in den Dreck fallen. Ich ließ sie nicht aus den Augen. Im richtigen Moment würde ich sie mir wiederholen.

Dem LORD sei Dank, reichten meine Power und mein Mut dazu, unauffällig den Zingverschluss meines Bodys aufzuziehen, den immer noch schlafenden F-87 aus dem Rucksack zu holen und mir an meinen Bauch zu legen. Es musste aussehen, als hätte ich ein Bäuchlein oder als wäre ich ein Mutant. Ich kriegte den Verschluss nicht mehr richtig zu. Einige Barthaare der Schnauze schauten mir aus der Brust. Aber fürs Erste sollte das reichen. Nur: Was würde ich tun, wenn Jorden mir befehlen würde, mein Toy auszuhändigen? Aber der schien andere Sorgen zu haben. Auf einen Wink des Papageienmannes und nach kurzem Zögern schleuderte er ihm unseren Phaser zu. Ich traute meinen Augen nicht. Der Kleine prüfte den Energiestand, nickte zufrieden und ließ ihn in seiner Umhängetasche verschwinden. War das der Preis für unsere Aufnahme? Keiner der anderen Survivors trug Waffen bei sich. Der Kleine pfiff mehrmals und gurrte, worauf die anderen beiden Schleuser in ihren Taschen kramten. Einer zog aus einer grünen Tasche, auf der unter einer springenden Raubkatze in Gold *Puma* stand, eine knisternde Tüte sowie eine verschlossene Kanne mit einem Becher. Schon wirbelte beides durch die Luft, schepperte auf dem Kies, und Jorden stürzte sich darauf.

Taumelnd erhob auch ich mich, mir wurde schwarz vor Augen, ich musste mich wieder setzen. Verschwommen sah ich, dass Jorden bereits aus einer aufgerissenen Knistertüte Cookies in sich hineinstopfte, während er versuchte, gleichzeitig dampfenden Tee in einen Becher zu füllen. Nach einer halben Ewigkeit reichte er die nur mehr zur Hälfte gefüllte Tüte Özlem, die einen, zwei und noch einen dritten Cookie vorkaute, um dann mit ihren Fingern Xiwangs kraftlose Lippen aufzuspreizen und die Pampe aus ihrem Mund hineintropfen zu lassen, Vogel-Style. Vor Ungeduld, endlich selber an die Reihe zu kommen, wurde ich fast ohnmächtig. Das Baby fraß alles weg! Warum kriegte das Baby so viele Cookies? Dabei hatte es wahrscheinlich gar nicht mehr allzu lange zu leben! Das dachte ich wirklich. Ich bin ganz ehrlich. Es war furchtbar.
Endlich knackte der harte Cookie auch zwischen meinen Zähnen, das entzündete Fleisch in meinem Mund schmerzte. Ein würziger Getreidegeschmack breitete sich in ihm aus, meine Zunge schob den Brei von Wange zu Wange. Ich wollte ihn noch nicht schlucken, aber schon begann er sich aufzulösen, rann mir brennend die Kehle herab. Ich merkte, dass mich jemand beobachtete. Es war Özlem. Zuerst wollte ich sofort wegschauen, ihren üblen Ausraster vorhin, als sie Cornelius und Jorden angeschrien hatte, hatte ich nicht vergessen. Wer wusste schon, was sie nun wieder vorhatte? Jetzt nickte sie mir tatsächlich irgendwie freundlich zu. Sie presste ihre gesprungenen Lippen zusammen, ihre Mundwinkel zogen sich ein klein wenig nach oben. Sie lächelte. Sie weinte. Vor Erleichterung. Ich hatte keine Zeit, darüber nachzudenken. Mein Cookie und die Frage, ob ich ihn gleich aufessen oder mir ein bisschen von ihm aufsparen sollte, beschäftigten mich voll und ganz.
Als ich wieder aufschaute, setzte sich der Treck gerade langsam in Bewegung. Sie gingen ohne mich los! Panisch kroch ich zu den Schienen, griff nach meinem ausgeleerten Rucksack und stopfte hastig meine zerfledderten Hefte hinein. Ein Schleuser warf mir einen abschätzigen Blick zu. Ich guckte sofort zu Boden und sammelte auch noch ein paar kleine Steine, wie für ein Feuer oder als wäre ich tatsächlich total durcheinander, damit er bloß nicht auf den Gedanken käme, was ich da in Händen hielte, sei irgendwie wertvoll.

Die Survivors blinzelten in die blendende Helligkeit vor der Tunnelöffnung. Der Sturm war vorüber. Ich hatte Mühe, mich aufrecht zu halten. Der Cookie hatte mich geschwächt statt gestärkt. Da kam Cornelius, der wohl sah, wie wacklig ich war, und drückte mir zwei weitere Cookies in die Hand. Er musste eine Sonderration erhalten haben. Dankbar schaute ich zu ihm auf. Statt mir den alten, allerbesten, Zuversicht verbreitenden Leaderblick zuzuwerfen, musterte er bloß meinen Körper, bedauernd, fast wie vorhin die verpfändete *Poseidon*-Uhr.

Ich hatte mir Schnee anders vorgestellt. Weich, geschmeidig, widerstandslos. Dieses knarzende, pappige Zeug entsprach nicht diesem Wort, das auszusprechen mir immer so viel Freude bereitet hatte.
Die Schleuser an der Spitze waren die Einzigen, die auf die Witterung auf dieser Seite des Tunnels vorbereitet waren. Unter ihre Stiefel hatten sie Gitter geschnallt, die sie über den Schnee gehen ließen wie über eine Straße. Aber die Befürchtung, dass sich die Schleuser nach ihrer Bezahlung nicht weiter um uns scheren und wir so enden würden wie jene Survivors aus den Almgeschichten, die mit gebrochenem Genick neben der Straße lagen, bestätigte sich nicht. Regelmäßig warteten unsere Retter auf uns. Ein dürrer Mann, der der Länge nach hinfiel, erhielt sogar noch einmal eine Extraportion Tee und einen Zusatzcookie.
Ich meinte zu spüren, dass Jorden einen besonderen Draht zu den Schleusern hatte. Hatte er nicht sogar bei der Verhandlung vorhin, als er auf mich, Özlem und Xiwang deutete, gescherzt, und hatte nicht daraufhin der Papageienmann seinen Mund unter der Mütze zu einem schiefen Grinsen verzogen? Niemals hätte Jorden, der Ex-Soldat, unseren Phaser hergegeben, wenn er sich nicht sicher gewesen wäre, dass die Schleuser uns gut behandeln würden. Woher bloß nahm er seine Gewissheit?
»Ist ’n Fuchs, dein Tier, was du da hast, oder?«
Ich zuckte zusammen.
Neben mir stapfte ein überraschend kräftiger Teenie. Er war deutlich jünger als ich, vielleicht zwölf Jahre alt, ich überragte ihn um mindestens einen Kopf, zumindest um einen halben. Obwohl er keinen Body, sondern nur eine Jacke und Shorts mit Stiefeln trug, aus denen seine ge-

röteten nackten Beine herausschauten, schien ihm die Kälte nichts auszumachen. So wie er ständig Rotz hochschniefte und mich mit großen Augen aus seinem Mondgesicht anglotzte, wirkte er nicht besonders helle, wenn ich das mal so sagen darf. Das einzige Außergewöhnliche an ihm war seine Kopfbedeckung, ein verbeulter weißer Helm, auf dessen Stirnseite ein seltsames Wort stand: POLI.

Zutraulich lächelte er mich an.

»Nein.« Ich versuchte, ein bisschen gekrümmter zu gehen. Vielleicht erschien dadurch auch mein Fennekbauch kleiner.

»Bin POLI. Kannst mich auch Auto-POLI nennen«, sagte der Teenie. Während er eine erstaunlich tiefe Stimme für sein Alter hatte, musste sich natürlich ausgerechnet in jenem Moment, als ich »Was?« fragte, meine eigene gicksend überschlagen. Ich konzentrierte mich. Auf gar keinen Fall durfte das noch einmal passieren.

»Auto-POLI. Un' du?« Neugierig schielte er auf meinen ausgebeulten Bauch.

»Was?«

Der Teenie guckte mich an, als wäre ich schwer von Begriff.

»UND DU?« Jedes Wort betonend.

»Ich?«, stotterte ich. »Heinz. Ich heiße Heinz.«

Irgendwo krächzten Krähen. Ich hob den Kopf. Der dürre Zweig eines Baumes am Rand eines Vorsprungs schnellte in die Höhe, es staubte weiß.

»Was …«, ich überlegte, ob es nicht ratsam wäre, dem Teenie zu erkennen zu geben, dass ich kein gewöhnlicher Survivor war, sondern ein Bewahrer, der Auserwählte. Unter keinen Umständen durfte er meinen Fennek sehen. Was würde er dann über mich denken? Dass ich älter als er war und noch mit Toys spielte? Ich meine, er hätte doch niemals auf die Schnelle die volle Bedeutung meiner Beziehung zu meinem elektrischen Wüstenfuchs verstanden. Dann lieber auf Mutant machen. »Was soll denn das für ein … ein«, ich suchte nach einem schönen Altwort, mir fiel keines ein, »komischer Name sein: Auto-POLI?«

Ich verschränkte die Arme, so dass F-87 darunter zumindest ein bisschen verborgen war, und hoffte, dass er nicht plötzlich durch irgendeinen Umstand erwachte, sein Köpfchen aus dem Body steckte und mir mit seinen Manga-Lookies zuzwinkerte. Obwohl ich mein Tempo beschleunigte und durch den Tiefschnee hindurch sogar Jorden überholte, hielt POLI mühelos Schritt. Womöglich verwickelte er mich nur in eine Unterhaltung, um mir in einem unachtsamen Moment meinen Robot-Fennek zu stehlen.

»Un' Heinz? Auch nich' besser.« Seine Sprache war völlig verkümmert. Trotzdem schüttelte er grinsend den Kopf über mich.

»Ich bitte vielmals …«, endlich!, ein gutes Altwort, »um *Nachsicht*, aber warum«, es konnte nicht schaden, wenn ich zeigte, dass ich wusste, wer unseren Planeten und den Menschen geschaffen hatte, »warum beim LORD *Auto*-POLI?«

»Na, is' eben das, was ich können tu: Autos fixen. Hab's trainiert, die ganz'n Jahre. Krieg' alles flott. Sonst kommste ja nicht rein, ins Pariser Camp. Damitste reinkommst, musste was können. Also Autos fixen. Is', was ich können tu.« Stolz: »Un' du?«

Man brauchte eine besondere Fähigkeit, um in das Pariser Camp, mit dem er wohl das Große Lager meinte, eingelassen zu werden? Davon hatte nie jemand etwas gesagt. Nicht einmal Özlem oder Chang, die doch von uns allen über das Große Lager und seine Bewohner am besten Bescheid wussten. Was, wenn POLI recht hatte?

»Im Großen Lager gibt's doch gar keine Fahrzeuge!«, behauptete ich. »Keine *Vehikel*, meine ich …«

Wolken waren aufgezogen. Der Wind wehte von den Ästen weit über unseren Köpfen glitzernde Schleier in unsere Schneise.

»Hä…!?« POLI wurde immer ungeduldiger. »Die Vögel! Die tun das doch essen! Von was sollen die denn sonst leben? Die essen das doch! Machst du Scheißi-Scheißi mit mir, oder bist du 'n Sicky?« Sich unter seinem Helm kratzend, unter dem er vollständig kahl war, lachte er ungläubig darüber, dass es jemanden geben sollte, der etwas so Selbstverständliches nicht wusste.

»Welche Vögel denn jetzt schon wieder, POLI?« Vielleicht konnte er mir helfen, in das Große Lager eingelassen zu werden. In diesem Moment konnte ich mir vorstellen, dass wir irgendwann einmal friends wür-

den; bestimmt nicht best friends, das sicher nicht, dazu war unser Bildungsgrad, sofern man bei ihm überhaupt von einem solchen sprechen konnte, einfach zu unterschiedlich. Aber wir hätten ein gutes Duo abgegeben.
»Na, die Vögel.« Und leise, fast feierlich sang er: »*Giganten am Himmel, still und weiß, take me home, take me home* … Hä?«
Er sang richtig schön. Der Tune machte mich ganz wehmütig. Jetzt ahnte ich, was er meinte.
»Ach, POLI … das sind doch keine Tiere. Das sind Flugzeuge. Also, eigentlich: Drohnen. Man nennt sie Drohnen, POLI.«
Eichhörnchenmümmeln.
»Wo … woher stammst du denn eigentlich, POLI?«, fragte ich, während ich mich unruhig an den Anblick der Drohnen zu erinnern versuchte, an Hinweise, dass es sich tatsächlich um Maschinen handelte. Hatten jene Maschinen, die damals vor dem Resort aufgekreuzt waren, nicht vielleicht eine Öffnung gehabt, ein kleines, schwarzes Maul?
»Hannemann-Clan«, sagte er, als erklärte das alles.
»Aus München?«, probierte ich es.
»Was?«
Offenbar konnte er mit dem Namen nichts anfangen.
»Vom Hannemann-Clan. Bin der Älteste. Wenn ich da bin, im Pariser Camp, tu ich die anderen nachschaffen. Nach Paris. Zu den Vögeln.« Und leiser, mit unterdrücktem Stolz: »Bin der Auserwählte.«
Ich schreckte zusammen. Wollte dieser Teenie sich über mich lustig machen? Ahnte er etwa, dass ich von meiner Gemeinschaft erwählt worden war? Andererseits konnte einer, der, wie er es eben ausgedrückt hatte, »Autos fixen tut«, unmöglich genauso wichtig sein wie ich, der Bewahrer. Instinktiv drehte ich mich um. Cornelius musste es wissen. Aber der, fünf, sechs Schritte hinter uns, achtete mit seinem Wanderstock nur auf die Spuren im Schnee, um nicht das Gleichgewicht zu verlieren. Einmal rutschte er, griff neben sich nach Jorden, der deshalb selbst beinahe fiel, sich fluchend losmachte und Cornelius böse ansah. Cornelius zog den Kopf ein und brummelte eine Entschuldigung.
Vor uns versperrte ein kleiner Hügel den weiteren Weg auf den Schie-

nen. Baumstämme, Felsbrocken. Die Ersten des Trecks begannen bereits, die Lawine zu überklettern. Wie groß wohl POLIs Clan war? Ob er einen richtigen Papa und eine richtige Mama hatte, die jetzt zu Hause, wie auch immer das aussah, saßen und ihn vermissten, ihm *die Daumen drückten*, war das der richtige Ausdruck? Ich musste an Anne denken, an Chang, ein Schmerz, der sich in eisiger Heftigkeit in mir ausbreitete. Özlem, Xiwang auf dem Rücken, stapfte am Ende des Trecks. Wieder nickte sie mir zu. Dieses Mal entschlossen und fast so, als wollte sie mir damit Mut machen; als hätte sie auf einmal Power, nicht nur für sich selbst und Xiwang, sondern auch noch für mich. Ich merkte erst an meiner Erleichterung, wie sehr ich darauf gewartet hatte. Endlich ging die alte Özlem wieder hinter mir. Und vielleicht, schoss es mir durch den Kopf, hatte das ja auch irgendetwas Gutes, dass Chang tot war; Özlem und ich würden einander endlich wieder so nahe sein wie auf der Alm. Noch im selben Moment erschrak ich maximal vor mir selbst und löschte sofort, was ich da gedacht hatte. Trotzdem nahm ich mir vor, sobald wir rasteten, ganz nah zu Özlem zu rücken. Cornelius und Jorden waren sowieso immer noch so seltsam; Özlem und ich jedoch würden nun umso mehr zusammenhalten, Geschwister-Style!
Der Himmel hatte sich verdüstert.
»Ich will's sehen«, probierte es POLI wieder. Er deutete auf meinen Body. »Dein Dings.« Auf einmal war da etwas in seiner Stimme, das mir Angst machte. »Hab' gesagt: Ich will's streicheln.«
»Vielleicht später im Lager, POLI.« Ich wich ihm aus. »Erzähl mir lieber, wie dein Clan …« Da griff er schon nach meinem Body, ich schubste ihn zurück, er holte aus – auf einmal stand Jorden zwischen uns.
»Verrückt geworden, oder was?«
POLI trat einen Schritt zurück und fauchte.
»Wollt ihr alleine weiterziehen, ihr Morons? Einmal gratis von denen da vorne gephasert werden, hm? Und du«, schnauzte er mich an, »du bleibst in Zukunft in meiner Nähe, verstanden?«
Ich schämte mich, wie Jorden vor POLI mit mir redete. Plötzlich begann es zu schneien. Der scharfe Wind drückte mir das Visier ins Gesicht, schnitt mir den Atem ab. Die Kolonne kämpfte sich weiter. Dichte

Flocken ließen die Hänge, dann die Gleise und anderen Survivors verschwinden. Es schien eine große Lichtfülle zu sein, und doch konnte man nicht einen Meter weit sehen, alles war, wenn man so sagen darf, in eine einzige weiße Finsternis gehüllt. Neben mir tauchte ein Mann auf. Er glitt aus. Ein anderer half ihm auf, ging weiter. Ein paar Sekunden später rutschte derselbe Mann noch einmal aus, schlitterte im Fallen den Damm des Star-Express hinab und blieb unten liegen. Dieses Mal schien er sich verletzt zu haben. Jorden und mir folgten nur noch zwei Männer als Nachhut, glaube ich. Ich zögerte, doch schon drohte Jorden vor mir, vom Weiß verschluckt zu werden, sein Umriss wurde schwächer, der Mann lag noch immer auf dem Rücken, niemals hätte ich ihn allein die Böschung hochschaffen können. Ich erwischte Jordens Schulter mit den Fingerspitzen, tippte ihn an. Keine Reaktion. Versuchte auch er, seinen Vordermann nicht aus den Augen zu verlieren? Die beiden hinter uns würden dem Verletzten schon aufhelfen. Ich sagte es mir wieder und wieder vor, während ich Jorden hinterherstolperte. Sie würden ihm helfen. Ich kann mich irren, aber ich habe ihn bisher nicht im Camp entdeckt.

Feuer. Das war das Erste, was ich sah, als wir in das Gemeinschaftszelt traten und der Papageienmann uns durch die Gänge zwischen den leeren Tribünen in die Manege folgte: die Inseln aus Feuern, die Schemen drumherum, die sich beim Näherkommen in unförmige Kleiderpakete verwandelten, neugierige Augenpaare guckten heraus. Wir zogen uns die Kapuzen mit dem Gesichtsschutz von den Köpfen. Die Rückkehr in die Menschengemeinschaft schien Cornelius einen Energieschub zu geben. Vielleicht wollte er sich auch bloß vor unserem kleinen Leader wichtigmachen, denn plötzlich drängte er sich an ihn heran und fragte heiser zwischen Hustenanfällen: »Entschuldigung, sind Sie hier der, der das Kommando hat?« Hinter seinem flatternden Federflor achtete der Schwarzhaarige gar nicht auf Cornelius. Stattdessen gab er uns ein Zeichen: Hier! Hinsetzen! Gehorsam ließen wir uns an dem Feuer vor uns nieder, an dem die vier Vermummten, die Teenie-Twins und eine zunächst undefinierbare Gestalt in übergroßem grauen Pullover mit dem rätselhaften rosafarbenen Aufdruck »I ♥ NY« hockten. Einer der Schleuser schmiss uns noch wortlos einen Stapel Decken hin. Von dem anstrengenden Marsch schnappte unser Ex-weltbester Leader nach Luft, hatte gerade noch genug Atem für ein gut vernehmbares »Guten Tag zusammen«. Das Höflichkeits-Ding. Bitte, danke, guten Tag und so. Auch ich murmelte »Hallo«, aber so leise, dass es wahrscheinlich niemand hörte. Die Vermummten hatten kurz aufgeschaut, um sofort wieder weiter gelangweilt an ihren Körben zu zupfen. Die Frau mit der Kapuze begrüßte Özlem, und nur sie, mit kratziger Stimme, in der zugleich etwas seltsam Zärtliches lag, als spräche sie mit einer alten Bekannten: »Persephone.« Sie deutete auf Xiwang. »Deines?« Eben wollte Özlem ihr antworten, da unterbrach Cornelius sie laut: »Verzeihung. Das hier sind Jorden, Özlem mit der kleinen Xiwang, das da drüben ist Heinz, und mein Name ist Cornelius. Und Sie sind …?« Erwartungsvoll schaute er in die Runde.

Das Knacken des Feuers. Das unbeeindruckte Murmeln und Räuspern der Gruppen um uns. Das Ratschen der Zweige, die in die Korbgerippe gezogen wurden. Der Wind fuhr durch das Zelt, die Feuer loderten auf, ihre Spitzen leckten in die Höhe. Im Zwielicht funkelten Ringe, die von der Decke baumelten, ein schlaff durchhängendes Seil. Auch wenn mich keiner der anderen ansah, wünschte ich, Cornelius hätte uns nicht vorgestellt und vor allem: meinen Namen nicht verraten. Irgendetwas sagte mir, dass es besser wäre, wenn hier niemand zu viel über uns wüsste. Außerdem musste ich bei der nächsten Gelegenheit unbedingt meinen Robot-Fennek unter einer der Decken verstecken. Die Feuer schrumpften zusammen. Über unseren Köpfen war wieder Dunkelheit.

Auch Jorden tat, als gehörte er gar nicht zu dem, der da gerade gesprochen hatte. Er senkte den Kopf so tief, dass ihm seine verfilzten Strähnen vors Gesicht hingen.

»Wir kommen«, Cornelius ließ sich nicht beirren, »aus den Alpen. Von der deutschen Seite. Berchtesgadener Gegend, falls das jemandem ein Begriff ist. Und …«, er zögerte, weil er wohl nicht wusste, wie er die Eingemummten ansprechen sollte, »… Sie? Woher kommen Sie?«

Schniefen.
»Where are you from?« Keine Reaktion. »Vous venez d'où?«
Jorden räusperte sich und setzte gerade an, etwas zu sagen, wahrscheinlich wollte er Cornelius auffordern, endlich still zu sein oder so, da erklang aus der »I ♥ NY«-Kapuze: »Die bringst du nicht zum Reden. Die drehen ihr eigenes Ding. Wollen keinen Kontakt«, und lauter: »Stimmt doch, ihr Stimmungskanonen, oder?« Die Frau, die sich Persephone nannte, deutete auf die Twins, die die ganze Zeit über unbeeindruckt Zweige bogen, als hätten sie nie etwas anderes in ihrem Leben gemacht: »Die Boys hier sind aus 'ner Factory. Das Einzige, was ich von ihnen weiß, ist, dass sie dort 26 und 27 hießen.« Kühl durchrieselte es mich, als ich auf den Handgelenken der Twins die genannten Zahlen eintätowiert sah, 26, 27, allerdings, anders als mein Quadrat unter der Achsel, in fettem Schwarz und unter einem seltsamen Muster verschieden langer Striche. War es trotzdem möglich, dass wir dasselbe Schicksal teilten? Sollten das Elite-Boys sein, Auserwählte wie ich?
»Factorys? Sie meinen Fabriken?«, Cornelius hielt überrascht inne. »Es hat sich also doch noch eine … Infrastruktur erhalten?«
Persephone schüttelte die Kapuze. Das ♥ und die Buchstaben darauf, das I, das N und Y, tanzten durcheinander. »Die Factorys. Im Norden. Am Meer.« Sie wies in Richtung Wohnwagen der Schleuser.
»Werden diese Factorys, von denen Sie sprachen, von unseren Leuten betrieben oder von den Banden?«
»Was?« Persephone schien verwirrt. »Was für Banden denn?«
»Die Banden. Von der Autobahn. Mit ihren Gefangenen, den Sklaven …«, mischte sich Jorden ein. Der Wind hatte gedreht und blies den Rauch an Persephone vorbei. Es sah so aus, als qualmte es aus der dunklen Öffnung ihrer Kapuze.
»Wie bitte? Auf der Autobahn? Wer ist denn so meschugge, dass er über die Autobahn zieht? Da gibt's doch gar keine Schleuser-Lines, und du triffst nur Morons oder Mutanten.« Persephone versuchte, den Rauchschwaden auszuweichen. Ihre Kapuze rutschte zurück, und für einen kurzen Moment war ein Teil ihres Gesichts zu sehen. Ihre Wangen überzog etwas rot Schimmerndes, ein Spinnennetz aus Narben.

Ich glaube, ich zuckte zusammen, was von Persephone nur mit einem verächtlich schnaubenden Lachen beantwortet wurde. Aber sogar Özlem, die bisher zu sehr damit beschäftigt gewesen war, Xiwang zum Schlafen zu bringen, ließ sie jetzt sinken und öffnete den Mund. Und noch während ich versuchte, nicht mehr auf die Kapuze zu starren, begann es mir durch den Kopf zu wirbeln: Wie konnte es sein, dass diese Frau nichts von den Banden wusste? Vor allem wegen ihnen hatten wir uns doch all die Jahre versteckt gehalten? Und was um alles in der Welt sollten diese Factorys sein? Der Untergang hatte doch alles zerstört!

»Die Banden …«, versuchte es auch Özlem leise. »Wir haben doch selbst gesehen, was die mit Survivors anstellen …«

Die Vermummten, die für eine Weile in ihrer Arbeit innegehalten hatten, machten sich wieder ans Körbeflechten. Ich nutzte die Gelegenheit und steckte blitzschnell F-87 aus meinem Body unter eine Decke.

Persephone drehte sich zu Özlem. In ihre Stimme mischte sich ein weicher Ton. »Wirklich … Özlem, heißt du, oder? Aber von euren Banden habe ich noch nie was gehört. Das wäre ja auch total unlogisch: Von was sollten die denn auf der Autobahn leben? Ihr meint vielleicht die Clans? Aber die wandern nicht rum. Die wohnen in ihren Camps in den Ruinen und machen von dort aus ihre Trades.«

Da fiel es mir ein, sofort fühlte ich mich erleichtert: Wahrscheinlich gab es einfach da, wo Persephone herkam, nicht so viele Banden! Aber sie ließ die Sache nicht auf sich beruhen: »Hey! Ihr da drüben!«, rief sie der Gruppe am Feuer neben uns zu. Aus den Decken schauten die Köpfe von Männern; auch einen schmächtigen Teenie entdeckte ich. »Ihr seid doch aus dem Süden. Weiß einer von euch vielleicht was von irgendwelchen Banden, die auf der Autobahn leben?«

Einige schüttelten die Köpfe. Scheu schaute der Teenie zu mir. Er war ungefähr so alt wie ich. Zaghaft hob ich die Hand und winkte grüßend. Er folgte meiner Bewegung nur mit den Augen und lehnte sich dann wieder erschöpft an die Schulter des Alten.

Einer grunzte: »S' gibt halt Morons. Die gehen halt ohne Schleuser. Morons halt. Oder Mutanten, die wo kein Clan haben will. Oder halt die Refugees aus den Factorys …«

Mit einer wegwerfenden Handbewegung wandte sich Persephone von unserer Nachbargruppe ab. Sie schien kein bisschen Angst vor den anderen Bewohnern des Camps zu haben. »*Morons* – pfff! Da reden die Richtigen!«

»Aber … das Große Lager? Das Camp A? Fährt denn unsere Fähre direkt bis dahin?« Özlem umklammerte Xiwang, als könnte ihr das Baby helfen, das sich wie ein Fisch in ihren Händen wandt, weil es das Feuer erkunden wollte.

Persephone spähte in den sich kurz lichtenden Rauch. »Keine Ahnung«, sagte sie. »Das Schwierigste wird sowieso die Mauer.«

»Die … Mauer …?« Hatte Cornelius die Ankunft noch beschwingt, schien nun, mit jedem weiteren ungewohnten Begriff, Stück um Stück die wiedergewonnene Kraft aus ihm zu weichen. »Welche … Mauer?«

Die Kapuze nickte. »Bin mal gespannt, wie die uns da rüberbringen wollen …«

Wahrscheinlich gab es auf der französischen Seite des Sees eine Art Schleuse. So musste es sein. Mit Mauer meinte sie die Schleuse dieses Resorts, ganz sicher, beruhigte ich mich, während mein Herz schneller und schneller schlug. Es wusste, dass ich falschlag.

»Was für eine Mauer? Und was für ein Scheiß ist das mit diesen Factorys?«, schimpfte Jorden und rückte näher an Persephone.

»Sagt mal, wo habt ihr gesagt, dass ihr herkommt? Vom Mars?« Persephone wurde ungeduldig. »Also«, als erklärte sie einem Kind die Erwachsenenwelt, »beim Meer, im Norden, da gibt's Factorys. In denen hast du zwar ein Dach überm Kopf und Strahlenschutz und was zu fressen, ein bisschen so wie hier, aber mehr als ein paar Jahre, vielleicht zwei, höchstens drei, überlebst du da nicht. Die meisten verabschieden sich schon nach 'n paar Monaten ins Nirvana. Oder sie werden von dem Krach von den Maschinen taub. Oder blind, vom Giftstaub von den Toys. Blind und taub. Wie meine Twins hier. Ein Wunder, dass die überhaupt fliehen konnten …«

»Scheiße …« Jorden massierte sich die Schläfen. »Scheiße, Scheiße, Scheiße!«

Ahnungslos, dass gerade über sie gesprochen wurde, flochten die Twins weiter. Ihre milchigen Augen, die die Zweige in ihren flinken Händen nicht fixierten. Die schwarzen Zahlen und Striche an ihren Handgelenken. *26. 27.* Nein. Niemals stammte ich aus so einer Factory. Das konnte nicht sein. Ich kam aus dem Süden. Und im Süden gab es keine Factorys. Das hatte Persephone doch eben gesagt, oder?

Kichernd schnaufte einer der Vermummten auf, stupste seinen Nachbarn an, deutete auf Jorden und fuchtelte mit der Hand vor der Stirn herum. Plötzlich waren wir für die drei doch interessant. Nicht als Gesprächspartner oder Leidensgenossen – sondern als Witzfiguren. Ich spürte, wie sich aus den Augenschlitzen Blicke auch auf mich hefteten, neugierig, wie ich auf diese neuen Informationen reagieren würde, die anscheinend allen bekannt waren. Allen außer uns.

Wacklig war Cornelius aufgestanden. »Was ist denn das für eine Arbeit … in diesen … Factorys?«

»Na, so Zeugs halt. Alles. Kleider, Toys, Transmitter …«, Persephone nahm einen Zweig und hielt die Spitze ins Feuer, die knisternd aufglomm.

»Kleider, Toys …«, wiederholte Cornelius ungläubig. Er rieb sich den Bart.

»Aber warum? Für wen? Wer braucht das denn jetzt noch?«, rief ich dazwischen. Der Boy am anderen Feuer reckte neugierig seinen Kopf nach mir. Warum fragte Cornelius nicht weiter? Warum handelte er nicht klar und überlegt wie auf der Alm? So gelähmt wie er da stand, machte er mich maximal wütend.

»Na, die kommen auf die Containerschiffe. Und dann geht's zacki nach China oder sonstwohin.«

Unter mir schmolz der Boden. Ich sank in einen Abgrund.

»Was hast du gerade gesagt? China?« Özlem richtete sich auf. Sie hielt Xiwang, die sie die ganze Zeit über nicht aus den Augen gelassen hatte, nur mehr mit einer Hand. Begeistert glucksend über seine Freiheit kroch das Baby auf die Flammen zu. »China ist nicht kaputt? Aber … das hat Chang doch immer gesagt! Er hatte also recht! Wir hatten recht!« Böse starrte sie auf Cornelius. »Und du hast uns nicht geglaubt!«

»Vorsicht, dein Kind fängt gleich an zu brennen«, sagte Persephone gelassen.

Özlem riss Xiwang zurück, die aufquiekte.
»Leider«, fuhr Persephone unbeeindruckt fort, »gibt's halt noch immer genügend Morons, die in die Factorys wollen, oder Clans, die ihre Kids dahin traden.«
»Aber ... China«, fragte Özlem aufgeregt, »wie kommen wir dorthin? Es muss doch irgendwo ... eine Botschaft oder so etwas ... das muss es doch irgendwo geben ...«
Jorden bewegte seinen Oberkörper vor und zurück. Wieder und wieder spuckte er ins Feuer. »Die haben's immer gewusst ...«, presste er hervor. »Haben's immer gewusst und uns verrecken lassen ... was ist mit Amerika? Gibt's das denn noch?«
»Hey, keine Ahnung, Leute. Okay?« Persephone hob beschwichtigend die Arme. »Kommt erst einmal runter.«
»Russland?«, Jorden ließ nicht locker. »Italien? Spanien? Australien? Wenn es China noch gibt, dann muss es ja auch Australien ...«
»Hast du schon mal mit jemandem aus China gesprochen?«, übertönte Özlem ihn.
»He, stopp, Leute.« Persephone schnitt ihnen das Wort ab. »Alles, was ich weiß, weiß ich aus den Berichten von den Kids aus den Factorys, also, dass dort Chinesen das Ganze leiten und mit zu Hause kommunizieren. Und wenn du so wild darauf bist, mit einem von denen zu reden«, sie wandte sich an Özlem, »schlage ich vor, dass du einfach mal zu einer Factory gehst. Die haben sicher Verwendung für dich und dein Kleines ...«
Erschrocken verstummte Özlem.
Ich versuchte, langsamer zu atmen. Plötzlich sah ich einen Globus vor mir. Chang hatte mir früher einmal einen aus Teig geformt. Ich hatte nicht glauben können, wie klitzeklein Deutschland im Vergleich zu den anderen Ländern darauf war. Aber genau das war es, schoss es mir da durch den Kopf: klitzeklitzeklein. Und unwichtig.
»Ausgeschlossen«, rief jetzt Cornelius. Wild wedelte er mit den Händen, ganz so wie auf der Alm. Anne hatte dann gesagt: »Lass mal. Bist ja hier nicht mehr in deiner Firma.« Anne. Wie sehnte ich mich nach ihr. Ich musste nur meinen Kopf auf ihren Schoß legen, und die Welt war ver-

schwunden. »Das ist völlig unlogisch«, rief Cornelius wieder und dieses Mal so laut, dass man sich an den anderen Feuern nach uns umdrehte. »Mal vorausgesetzt, dass es China wirklich noch gibt … und wenn die Katastrophe doch nicht global war: Warum lassen die uns dann im Stich … die hätten doch sicher ein Hilfsprogramm …«
»Hey, Moment mal«, unterbrach ihn Persephone, ohne sich von unserer Erregung anstecken zu lassen. Wieder ihr Gesicht. Die Nase, der die Spitze fehlte. An ihrer Stelle ein gekappter Höcker. »Wer sagt denn, dass die nicht selbst genug Probleme haben? Außerdem: China hilft uns ja. Jedenfalls denke ich mal, dass das offiziell dort so heißt. Ist halt ihre Art von Aufbauhilfe.«
»Aber …«, Cornelius machte ein paar Schritte zurück, stieg auf einen Mann am Feuer hinter uns, der auffluchte, Cornelius achtete nicht auf ihn.
»He, Fresse halten!«, kam es aus irgendeiner Gruppe.
»Prügelpeitsch!«, warnte jemand. Und noch mal: »Prügelpeitsch!«
In der Manege breitete sich Unruhe aus. Durch die Gänge zwischen den Tribünen kamen Schleuser. Einer hielt etwas in der Hand, das wie der Griff eines Schwertes aussah. Er fummelte daran herum, eine Peitsche zuckte heraus. Ein anderer, von dessen Mütze Katzenschwänze baumelten, deutete in unsere Richtung. Ich sackte in mich zusammen, griff nach dem steifen F-87 unter der Decke.
»Fuck!«, zischte Persephone. Und zu Cornelius: »Du Pussy hältst jetzt sofort die Klappe, verstanden?«
Vielleicht war es der Wind, der Schlimmeres verhinderte. Er drehte, blies heftiger. Beißende graue Schleier hüllten das Innere des Zelts ein. Als sich irgendwo auf der Seite die Befestigung einer Plane krachend löste, wanderte alle Aufmerksamkeit dorthin. Der Schleuser mit der Peitsche starrte noch eine Weile zu uns herüber, ohne sich zu rühren. Eine Warnung.
Ich rang nach Luft, hob die Decke. Zu gern hätte ich in diesem Augenblick F-87 die Hälfte des Cookies gegeben, den ich mir als Notration beiseitegelegt hatte, um zur Beruhigung ein Märchen zu hören, Nummer vierzehn zum Beispiel. Wie lange würde mein armer elektrischer

Fennek noch durchhalten, geschmolzener Schnee als einzige Nahrung, die er, hielt ich sie ihm heimlich vor die Schnauze, sofort mit der Zunge aufschleckte, ohne auch nur für eine Sekunde aus seinem Stand-by-Tiefschlaf aufzuwachen? Schon hatte ich seine weiche Stimme im Ohr, »Erste Geschichte, welche von dem Spiegel und den Scherben handelt …«, leise und erwartungsvoll sagte ich mir selbst die altbekannten Wörter vor, und jenes Gefühl begann sich in mir auszubreiten, das der Zehn-Foxy-Punkte-Begriff *Trost* bezeichnet. Als ich den Cookie herausziehen wollte, rührte sich mein Magen. Ich hielt inne. Eine kleine Weile wog ich ab, doch am Ende brachte ich es nicht über mich, dieses winzige Stück auch noch zu teilen. Ich ließ die Decke mit dem schwachen blauen Glimmen darunter, wie der Eingang zu einer anderen, schönen Welt, wieder sinken.

Wer braucht nur all diese Körbe? Am Abend gehen die Schleuser im Gemeinschaftszelt von Gruppe zu Gruppe und sammeln sie ein. Dann werfen sie sie, ohne darauf zu achten, ob einer dabei kaputtgeht, auf einen riesigen Haufen hinter der Latrine, wo schon Hunderte, vielleicht Tausende solcher Körbe liegen und täglich von einem neuen Film aus Schnee überzogen werden. Trotzdem fluchen die Schleuser, wenn man nicht mindestens einen Korb am Tag fertigkriegt, und man riskiert Tritte in den Rücken. Es heißt, hin und wieder, wenn sie gute Laune haben, verteilen sie für mehr als fünf Körbe pro Tag einen Extracookie. Ich habe gesehen, dass manche hier im Lager Stühle flechten. Jorden, Cornelius, Özlem und ich stellen uns ziemlich ungeschickt an und bringen nicht einmal ein Gestell zustande. Persephone hat Özlem gezeigt, wie es geht; sie meinte, jeder habe nach seiner Ankunft eine Schonfrist von einer Woche. Wenn man es dann nicht könne, habe man mit dem Zorn der Schleuser zu rechnen. Ich glaube, ich werde es nie lernen, und hoffe so sehr, dass demnächst die Fähre kommt. Cornelius hat gesagt, er weigere sich, so einen Unsinn mitzumachen, die Körbe seien eine reine ABM, was ich nicht verstand. Nachdem ein Schleuser einem Survivor mit vorgehaltener Peitsche drohte, weil er keinen einzigen Korb geflochten hatte, schielte aber auch Cornelius zu den Teenie-Twins und schaute sich etwas von ihren flinken Handbewegungen ab. Ich muss immer an die liebe Anne denken und daran, wo sie jetzt wohl ist. Vielleicht hätte ihr die Arbeit hier ja sogar Freude bereitet. Ich habe in Erinnerung an sie kleine Talismane gebunden. Weil ich nicht wollte, dass sie drüben auf dem Latrinenhaufen liegen, habe ich sie ins Feuer geschmissen.

Heute Nacht lagen Özlem und Persephone eng aneinandergeschmiegt, Xiwang in ihrer Mitte. Trotz meiner Erschöpfung konnte ich nicht schlafen. Vor dem Zelt, in dessen dunkler Kuppel sanft die Ringe und Seile hin und her schwangen, heulte der Eiswind an den Felsen des Kliffs entlang. All die neuen Informationen über die Factorys, die Clans und China wollten mir nicht aus dem Kopf gehen. Die Teenie-Twins hielten sich umschlungen. Im Schlaf winselten sie, die sonst Stummen. Träumten sie vom Staub der Toys, der ihnen die Augen verätzte?
Später ließ mich Flüstern aus meinem Dämmern aufschrecken.
»Du musst es tun!«
Özlem schluchzte.
»Sie werden kommen«, warnte Persphone weiter. Im spärlichen Licht des beinahe herunterger brannten Feuers ragten aus ihrer zurückgerutschten Kapuze die schaurigen Knochenhöcker ihrer abgeschnittenen Nase. Sie gaben ihr das Aussehen eines seltsamen Tieres oder der Bewohnerin eines fremden Planeten. »Und was ist dann mit deinem Baby?«
Özlem wimmerte in die Schulter Persephones, die ihr über die Kapuze streichelte, um sie zu beruhigen.
»Vielleicht ist es ja besser, wenn ich es für dich tue? Weißt du, bevor das alles passiert ist, war ich an der Elite-Academy. Medizin. Kein Scheiß. Ich pass schon auf, dass es nicht zu schlimm wird, ja?«
Von was redeten die beiden Frauen da? Warum wandte sich Özlem nicht an Cornelius, Jorden – oder mich, ihren Gemeinschaftsbruder?
Persephone wühlte in ihrer Decke. Schließlich zog sie etwas Langes, Spitzes hervor. Einen Stock.
»Hast du's ... hast du's mit so einem Ding gemacht?«, fragte Özlem entsetzt.
»Ich werd' dir keine Märchen erzählen: Es tut weh. Scheiße weh. Du

»Kinder verdienen Unbeschwertheit …

… und nicht Sklaverei!«, sagte schon der große deutsche Dichterfürst, Johann Wolfgang von Goethe.

Auch Sie missbilligen die Arbeit von Kleinkindern
in den Factorys der Zone?
Sie fragen sich: Wie kann ich helfen?
Dann gibt es eine Antwort:
Kaufen Sie *Recolonize!-Stocks!*

Recolonize!-Stocks
Hohe Devisen – eine Investition
ins Land der Dichter und Denker®

denkst, du verreckst. Aber wenn das Gesicht kaputt ist, bist du für die nicht mehr interessant. Hab's vor 'n paar Jahren gemacht, nachdem mich so 'n Schwanz-Moron fast gekillt hat. Und ich sage dir: Bloß darum leb' ich überhaupt noch. Und vielleicht auch, weil ich einem von den Typen da drüben«, sie deutete auf den Wohnwagen der Schleuser, »mit 'nem gebrochenen Bein geholfen habe. Seitdem bin ich für die 'ne Medizinfrau oder was weiß ich, was in den kranken Köpfen von den Wichsern vorgeht …«
Özlem küsste Xiwang, die friedlich in ihren Armen schlief.
»Für die Kleine, Özlem. Mach's für dein Baby. Das braucht dich«, drängte Persephone. »Wundert mich sowieso, dass sie dich nicht gleich mitgenommen haben.«
»Aber …«
»Sie werden kommen«, unterbrach Persephone sie scharf, nichts Warmes mehr in der Stimme. »Und keiner wird dir helfen können. Keiner! Also überleg's dir!« Sie drehte sich weg. Ich starrte auf die Schatten der beiden Frauen. Erst als ich einen Zipfel des Rucksacks zu fassen bekam, auf dem Jorden schlief, fühlte ich mich ein klein wenig beschützter. An Schlaf war nicht zu denken. Was würden Cornelius und Jorden unternehmen, wenn ich ihnen morgen von dieser krassen Neuigkeit erzählte? Aber ich konnte es wenden, wie ich wollte, am Ende war eine Sache sicher: Niemals würden sie auf unsere einzige Chance, das Camp zu erreichen, für die wir so viele Opfer gebracht hatten, verzichten.
Im flackernden Schein des Feuers zog ich mit Minimalbewegungen, damit mich Özlem oder Persephone nicht bemerkten, mein grünes Heft aus der Tasche. Vielleicht fiel mir eine Lösung ein, wenn ich aufschrieb, was passiert war.

Es ist immer noch Nacht.

Bei jedem Geräusch schrecke ich hoch, weil ich denke: Es ist der Papageienmann. Er kommt, um Özlem zu holen.

Fisch Vogel Mensch

Als der Mensch sah, wie RegenWind wieder und wieder seine Hütten von der Erde wusch; wie WildTiere seinesgleichen wieder und wieder aus ihren Revieren jagten; wie FeuerEis Ernten vernichtete, wieder und immer wieder, da zog es ihn fort und dorthin zurück, wo seine Ahnen einst herausgekrochen waren: ins Wasser. An sanftsandigen Ufern zimmerte er Unterschlüpfe. Stürmte es oder nahten TigerWölfe, genügte hier nur ein Sprung, und das Meer rettete ihn. Bald tauschte er seine Äcker gegen Felder aus Algen, wuchsen ihm Häutchen zwischen FingernZehen und tauchte er lang und länger im blauen Zwielicht fruchtbarer Unterseewälder, fing Fische, im Handumdrehen. Endlich verließ er den Sand ganz und robbte, schon schuppflossig sowie mit Kiemen am Hals, in seine nassneue Heimat. Froh fiepte er dabei: lauter Laute einer neuen Sprache. In der Luft verklangen sie stumpf; im Wasser aber hallten sie und weithin durch die Tiefen, glockensonor.

Noch ahnten Frischsubmarine nicht, dass im Innersten der Kontinente, den dunklen Wäldern, weiter SchwesternBrüder lebten. Hinauf hatte es die gezogen und höher, erst auf Stämme, auf Wipfel und schließlich, nach vergeblichen SprüngenAbstürzen und gebrochenen Genicks, in die Lüfte, schwebenderweise und schnabeltrillernd. Feuer fraß Schneisen durch ihre Heimat, und VogelMenschen wanderten weiter und fort: an die Weltgrenze, wo sie, gurrend vor Erstaunen und aufgeplustert in ungewohnter Salzprise, aus Wipfeln herab auf blaue Hügel starrten: Wellen, endlos.

Da geschah es, dass eine Gruppe von VogelmenschKindern, die sich übermütig, die Flügel weit gespannt, vom Wind hinaus auf die offene See treiben ließ, eine Bö festfasste, so dass sie trudelten und harthin-

ab aufs Wasser aufschlugen. Die Submarinen, die auf unachtsame MöwenEnten als leichte Beute zu lauern pflegten, folgten auch jetzt ihrer Gewohnheit: Die Abgestürzten mussten mit ihnen in abyssische Städte, gezerrterweise. Zu spät die Erkenntnis: Der Fang besaß ja Beine! Arme, Gesichter!, ganz wie sie selbst. Also versammelte man sich in der gemeinschaftlichen Höhle um aufgebahrte VogelVerwandteKinderleichen. Glupschte, befischäugte sie, wie die Strömung ihre Glieder zucken ließ, als lebten sie noch. Niemand wusste, woher diese Wesen plötzlich gekommen waren, was ihr Erscheinen verhieß und voralledem, was ihre unbedachte Ermordung für Folgen haben würde.
Nachdem aber mehr und mehr des Vogelvolks beim Ausflug verschwanden und ein fliegender Suchtrupp unter den Wellen die Schatten der Submarinen erblickte, stürzten sich zornig die Späher vom Himmel und auf ihre Feinde hinab.
Und es war Krieg.
Die Strände säumten zerhackte Leiber; im Sand glänzten SchuppenFedern; es faulte. Keiner siegte, keiner verlor. Das FischmenschenVolk wanderte aus seinen BuchtenLagunen und tiefer in die Finsternis des Meeresgrunds. Kleiner und kleiner im Laufe der Zeit ihre hier unten zum Fressen allein bestimmten Hirne. Schrumpfend rapid darin die Erinnerungen an die Welt droben. Die Vogelmenschen wiederum zog's weg vom Meer und rückwärts ins Hinterland. Generation um Generation dort vergaß die Geschichten vom Ende der Welt, das einmal Meer geheißen hatte, von den Wesen darin, bis die Geschuppten nur mehr zum Kinderschreck in Märchen taugten.
Und doch. Knieten Gefiederte trinkend an Gewässern und leckten spitzzüngig an eignen Spiegelbildern, überlief sie ein Schauer: die Ahnung davon, was sich darunter verbergen mochte.

Heute Morgen erwachte ich davon, dass mein Herz raste. Dann erst erinnerte ich mich daran, was sich die beiden Frauen letzte Nacht erzählt hatten. Panisch drehte ich mich um, um zu sehen, ob Özlem noch da war; diese Bewegung, mich auf dem harten Boden drehen, von dem meine Glieder steif waren, Schwung mit den Armen nehmen, den Oberkörper anheben, diese Bewegung, sie dauerte ewig. Özlem stillte gerade Xiwang, von der aus dem Umhang aus Decken und Mänteln nur die vor und zurück wippende kleine Kapuze zu sehen war. Schmatzgeräusche. Erleichterung. Persephone allerdings war nirgends zu sehen, waren die Schleuser etwa doch noch in der Nacht gekommen? Nein, drüben schlich der ausgeleierte ♥-Pullover durch die Reihen der anderen Survivors, Richtung Latrine.

Den ganzen Vormittag über wartete ich ungeduldig auf eine Gelegenheit, um allein mit Cornelius und Jorden zu sein. Zum Glück fand dieses Mal die Sammelstunde schon vor der Mittagsausgabe statt. Zusammen mit der Gruppe vom Feuer neben uns stapften wir in den Wald, in dem wir lange suchen mussten, bis wir endlich, versteckt im Schnee, einige wenige brauchbare Zweige fanden und sie mit klammen Fingern in die Körbe steckten.

Ich glaube, meine Stellung im Camp ist deshalb nicht so gut, weil mich viele für Cornelius' Sohn halten. Ich habe mich zwar gestern von ihm weggesetzt, zu den Teenie-Twins, aber seit Cornelius bei unserer Ankunft seine Show abgezogen hat, heißt es, dass »der Kleine« zu »dem da« gehöre. So hat man im Wald sowohl mich als auch Cornelius gemieden, obwohl ich gerne mit dem Teenie vom Nebenfeuer gesprochen hätte. Die ganze Zeit über hing er an seinem Dad oder Opa mit den gestutzten weißen Haaren. Der Alte schimpfte leise auf die Schleuser, die, auf ihrem

Schtix oder was auch immer kauend, einfach nur dastanden und uns scheinbar gleichgültig mit Riesenpupillen beim Sammeln beobachteten. Als aber einer von ihnen an den Gürtel seines Bodys griff, verstummte der Alte sofort. Ängstlich zog der Teenie ihn fort. Nachher umarmten sie sich. Der Alte tröstete ihn. Ich konnte mich an ihrer *Innigkeit* gar nicht sattsehen und beschloss, dass ich den Teenie noch heute ansprechen würde. Vielleicht würde mich sein Dad oder Opa auch mögen?

So sehnte ich mich mehr denn je nach den vergangenen Zeiten, nach den vielen glücklichen Stunden, die Cornelius und ich zusammen auf der Alm verbracht hatten, als ich zu ihm trat. Gemeinsam würden wir einen Plan schmieden, um Özlem zu retten, davon war ich fest überzeugt. Vielleicht konnten wir bereits heute Nacht versuchen, uns aus dem Zelt zu schleichen, ein Floß zu bauen und damit über den Lac du Rhin zu schwimmen? Außerdem sollten wir unbedingt Persephone und die Teenie-Twins fragen, ob sie mitkämen. Ihr Wissen würden wir gut gebrauchen können.

Jorden, der seit unserer Ankunft kaum noch mit Cornelius, Özlem oder mir gesprochen hatte, stand bei den drei Vermummten. Die Augen auf unsere Wächter geheftet, hatten sie irgendetwas am Laufen. Schnell wanderte ein kleiner Gegenstand durch ihre Finger, die gar nicht zu ihren ansonsten bewegungslosen Körpern zu gehören schienen. Jorden jedenfalls, den Ex-Soldaten und Ranger, würden wir als Nächstes einweihen. Mit so einem Team, sagte ich mir, standen unsere Chancen wirklich nicht schlecht. Es würde schon alles gutgehen am Ende.

Seltsamerweise wirkte es so, als wäre Cornelius vor allem erstaunt, dass nun auch ich über die Schleuser im Bilde war. Lange schaute er mich mit seinen braunen Augen an. Dann starrte er auf einen Punkt auf dem Boden, als hätte er gerade etwas Wichtiges entdeckt. »Ja, ja … schrecklich …«

»Aber was sollen wir denn jetzt machen? Wenn wir nicht sofort was unternehmen, wird …«, flüsterte ich aufgeregt und schielte zu den beiden Frauen, die nebeneinander zwischen den Bäumen umherstrichen. Persephone, die Kapuze tief über die Fratze gezogen, war seit dem Morgen nicht von Özlems und Xiwangs Seite gewichen.

Einen Moment zögerte Cornelius. Er hustete, einmal, zweimal. Dann, ohne ein weiteres Wort, wandte er sich ab, bückte sich ächzend und scharrte mühsam, aber mit konzentriert gerunzelter Stirn im Schnee.
»Cornelius?«, fragte ich.
Nichts.
Langsam humpelte er weiter, weg von mir.
Auf unserem Rückweg, unseren spärlichen Sammelertrag in den Körben, ging der Dad oder Opa zusammen mit seinem Sohn Hand in Hand. Als ich zu Cornelius neben mir schaute, damit er mir vielleicht zumindest ein kleines Okay-wird-schon-alles-werden-Zeichen gab, blickte er nur geradeaus, tief in Gedanken.

Der Alte mit dem weißen Haar ist aufgesprungen und hat herumgeschrien. Er wollte, glaube ich, mehr Essen oder eine weitere Decke oder dass die Schleuser sagen, wann endlich mit der Fähre zu rechnen ist. Erschrocken hat der Teenie versucht, ihn zu beruhigen. Da ist schon der Papageienmann zusammen mit zwei anderen Schleusern aus dem Wohnwagen getreten und durch das Zelt in die Manege marschiert. Unter dem Entsetzensschrei des Teenies sirrte etwas durch die rauchige Luft, die Peitsche. Wie eine Python wickelte sie sich um den Alten, der jedoch nur immer weiter und lauter zeterte: »Wo bleibt denn eure tolle Fähre!«, »Sind doch alles leere Versprechungen!«, »Wir sind euch doch scheißegal!« Wie eine störrische, an den Hufen gefesselte Ziege führte der Schleuser den Alten an der Peitsche hinter sich her, zog, als er stürzte, den knöchernen Körper scheinbar mühelos durch die Reihen. Einer der Akrobatenringe war aus der Kuppel heruntergelassen worden. Der Teenie wich nicht von der Seite des Alten, heulend flehte er die Schleuser an, seinen Opa zu verschonen. Gelähmt verfolgte ich die Szene, Cornelius schräg hinter mir hatte den Kopf gesenkt, seufzte tief und vermied es hinüberzuschauen.
Das Folgende spielte sich binnen weniger Sekunden ab, auch wenn es mir in der Erinnerung quälend lang erscheint. Einer der Schleuser drückte den Kopf des Alten hinunter und hängte ihn mit einer Schnur oder einem Draht um den Hals an den Ring, ein anderer fesselte ihm

Arme und Beine, ein dritter zog etwas aus seinem Pelzmantel und stach damit auf ihn ein, ein vierter zog ihn in kraftvollen Zügen höher und höher und über unsere Köpfe, wo er gurgelnd etwas schrie, er zappelte und kreiselte in der Luft. Im plötzlich totenstillen Zelt schrie jemand auf, aus Protest oder um die Schleuser anzufeuern. Verzweifelt lief der Teenie unter seinem Opa hin und her, achtete nicht auf die anderen, fiel hin, stand schon wieder, »Opa!«, und zu einem Mann neben ihm: »Bitte!«, rannte zur Seite, versuchte, nach den Seilen zu greifen, um die Ringe wieder herunterzulassen. Tatsächlich bewegte sich oben etwas, es war nur einer der leeren Ringe. Mit einer leichten Handbewegung warf ein Schleuser den Teenie zu Boden. Ein Zucken ging durch den Körper des Alten über uns. Noch einmal. Dann pendelte er sich ein.

Die Vorstellung war vorüber. Die Schleuser verzogen sich in ihren Wagen. Nur der Teenie blieb zurück. Wimmernd kniete er unter dem Körper in der Höhe.

Die anderen im Lager wandten sich tuschelnd ihrer Arbeit zu. »Grauenvoll«, »Siehst du! Hätte doch besser die Klappe halten sollen!«, »Aber was wird jetzt aus dem Kid?«, »Das ging ja schnell. Das letzte Mal haben sie …«, »Schnauze. Sonst kommen die gleich noch mal.« Keiner traute sich aufzustehen. Blind flochten die Teenie-Twins ihre Körbe. Jorden fluchte leise. Cornelius legte ein Scheit nach, er würgte, hustete, spuckte ins Feuer.

Ich merkte, dass mich jemand aus der Decke neben mir anstarrte. Es war F-87. Seine Manga-Lookies. Er schlief. Trotzdem sprach er mit mir. *Warum bist du nicht hingegangen, wenn schon Jorden und Cornelius nicht den Mumm dazu hatten? Warum gehst du jetzt nicht hin zu dem Jungen?* Zum ersten Mal vernahm ich seine Stimme, klar und deutlich, ohne dass er mir ein Märchen erzählte. Ich bewegte mich nicht.

Lieber Papi.
Ich kann dein Raumschiff nicht sehen.
Der Himmel ist voller Wolken.
Aber ich weiß, dass du da oben bist.
Bitte komm.

Jetzt ist es Nacht. Der Opa hängt noch immer da. Anfangs habe ich ständig nach oben geguckt. Inzwischen habe ich mich irgendwie daran gewöhnt, dass da jemand über uns ist. Als ich nach der Abendration im Zelt umherschaute, war der Teenie verschwunden. Den ganzen Tag hatte er zwischen den anderen unter der Leiche gehockt. Jetzt ist er weg. Ich hatte eigentlich bereits beschlossen, doch noch zu ihm hinzugehen. Ich hätte ihn F-87 streicheln lassen. Vielleicht ist er in den Wald gelaufen.
Vorhin habe ich hinter der Latrine in der Dunkelheit etwas entdeckt, das ich zunächst für vom Schnee bedeckte Holzstämme hielt. Es waren die Leichen von vier oder fünf Frauen. Ihrem halbverwesten Zustand nach zu urteilen, liegen sie schon länger da. Sie waren nicht entstellt wie Persephone.

Vormittag. Was soll ich schreiben? Es ist

Zum Glück ist Xiwang endlich eingeschlafen. Als sie in der Früh gemerkt hat, dass ihre Mom nicht mehr da ist, kräuselte sie erst die Nase, als wollte sie sie erschnuppern, dann hat sie zu brüllen angefangen. Ich kriegte schon Panik, dass die Schleuser noch einmal in die Manege stürmen würden. Aber der lachende Clown auf der Tür ihres Wohnwagens bewegte sich nicht. Nur der dichte grüne Rauch, der aus dem spitzen Schornstein in den trüben Himmel zog, deutete darauf hin, dass sie noch da waren.
Keiner traute sich, sich wegen des Babys zu beschweren. Ich nehme an, das ist ein weiteres Lager-Law, das ich bisher nicht kannte: Diejenigen, die gerade jemanden aus ihrer Gruppe verloren haben, werden in Ruhe gelassen. Die verstohlenen Blicke der anderen ruhen für ein, zwei Sekunden länger als sonst auf uns, auf den beiden leeren Plätzen zwischen mir und Cornelius, wo bis gestern Persephone und Özlem saßen.

Ich hasse sie alle.
Ich hasse Jorden, der nur mehr bei den Vermummten hockt und Schtix kaut.
Ich hasse die Teenie-Twins. Wie sie zum ersten Mal, seit ich hier bin, ihre

ach so heiligen Körbe beiseitegelegt haben und mit ihren Milchbartmündern flehen: »Wo ist die Mama … Mama? Mama, bist du da?«
Und vor allem hasse ich Cornelius. Wie ein Besessener hat ausgerechnet er sich heute früh dem Korbflechten gewidmet. Nur manchmal guckt er in meine Richtung. Dann beginnt er, nervös zu zwinkern, und wendet sich sofort wieder den Zweigen zu. Seine dicken Finger sind schon ganz blutig gestochen.

Ich hätte von all dem, was letzte Nacht passiert ist, nichts mitbekommen, wäre nicht einer der Schleuser auf meine Hand getreten. Hellwach vor Schmerz, richtete ich mich auf. Sofort rutschte ich zurück: Schleuser, sie hatten uns umstellt! Von der Seite fasste jemand meine Schulter, drückte mich unsanft zu Boden. Cornelius. Er legte den Finger an seine Lippen. Mit weit aufgerissenen Augen beobachtete er über mich hinweg, was sich im schwachen Schein unseres Feuers abspielte. Der Peitschen- und der Papageienmann standen bei Persephone und Özlem.
Auch Jorden machte ich jetzt aus. Von der anderen Seite des Feuers, bei den Vermummten, hatte er kurz den Kopf gehoben, die Lage überblickt – um sich dann ruckartig wieder wegzudrehen und sich die Decke über den Kopf zu ziehen.
Ich stehe auf. Ich protestiere. Der Peitschenmann schlägt mich nieder. Er phasert mich. Ich bin tot. Ich stehe auf. Reiße dem Papageienmann den Phaser aus dem Gürtel. Schieße so schnell, dass er mit überraschtem Gesicht zu Boden sinkt. Den Peitschenmann verschone ich. Er wird uns die Fähre rufen. Die anderen im Zirkuszelt jubeln. Sie feiern mich.
Auf meiner inneren TV-Wall spielten sich Movies ab, Zeitraffer-Style.
Als Özlem ihren Mund wie zum Abschied an Xiwangs Wange drückte, lange, wagte ich nicht, mich zu rühren. Ebenso als Persephone plötzlich den Papageienmann ansprang, ihn mit aller Kraft umklammerte und ihm mit ihrem angespitzten Stock durch das Visier und ins bärtige Gesicht stach; als sie den anderen im Zelt mit sich überschlagender Stimme zubrüllte, sie sollten mitmachen, »Los, kommt schon!«; als sich hier und da an den Feuern weiße Augenpaare öffneten und sofort wieder schlossen; als der andere Schleuser seine Peitsche zucken ließ und Persephone

vom Rücken seines Kameraden herunterschnalzte, wobei ihr die »I ♥ NY«-Kapuze vom Kopf rutschte und um das Fratzengesicht weiches, blondes Haar aufleuchtete, auf das die Schleuser ein paar Sekunden lang starrten wie hungrige Katzen auf einen kleinen Vogel, der sich versehentlich in ihrer Mitte niedergelassen hat; als die Schleuser mit vereinten Kräften die beiden kratzenden und um sich schlagenden Frauen durch die Reihen der Sich-schlafend-Stellenden zerrten. Im Vorübergehen grinste der Papageienmann, dem es nichts auszumachen schien, dass er im Gesicht blutete, Cornelius an. Aschfahl war er. Hinter seinem Bart zitterten seine Lippen.

Die Schleuser verschwanden mit den Frauen hinter dem Clown im Wohnwagen, es blieb still. Jorden setzte sich auf, stierte ins Feuer. Wir müssen hinterher!, wollte ich ihm zurufen. Noch ist es nicht zu spät! Nichts rief ich, bibbernd blieb ich liegen. Vielleicht hatten die Schleuser es auch auf kleine Jungs oder junge Männer abgesehen? Auf einmal hielt Jorden die Hand in die Flammen, zog sie zurück, hielt sie wieder hinein und immer so fort.

Irgendwann kroch ich zu dem in Decken eingeschlagenen Bündel, das die Schleuser nicht weiter beachtet hatten. Ich wollte weinen, es wäre angebracht gewesen zu weinen. Stattdessen streichelte ich vorsichtig dem leise schnarchenden Baby über die Kapuze und legte meinen Kopf neben es. Mir war es, als betrachtete ich einen Außerirdischen, den es gegen seinen Willen auf diese Welt verschlagen hatte. Automatisch bewegten sich meine Lippen. Nach einer Weile kamen Wörter heraus, Sätze, die ich schon so oft gehört hatte, dass ich sie auswendig wusste. An denselben Stellen wie F-87 hob ich die Stimme und machte Pausen, um wichtige Passagen zu betonen: »Es war einmal ein kleines Mädchen, dem war Vater und Mutter gestorben, und es war so arm, dass es kein Kämmerchen mehr hatte, darin zu wohnen, und kein Bettchen mehr, darin zu schlafen, und endlich gar nichts mehr als die Kleider auf dem Leib und ein Stückchen Brot in der Hand, das ihm ein mitleidiges Herz geschenkt hatte …«

Immer noch Vormittag. Drücke Xiwang an mich. Ihr Atem geht gleichmäßig. Sie schläft wieder. Ich will etwas sagen. Etwas Tröstendes. »HDL«, flüstere ich schließlich. Und »IKD«. HDL, IKD. Özlem und Chang haben das zueinander gesagt, in ihrer Privatsprache muss es so etwas wie »ich liebe dich« bedeuten. Ich öffne ihre Kapuze und rieche an Xiwangs Flaum, so wie Chang damals, kurz bevor er starb. Was fühlte er damals? Für seine Tochter? Der Flaum riecht nach Rauch. Keiner in diesem Zelt riecht mehr nach sich selbst.
Cornelius schläft wieder, zumindest tut er so. Schnarcht. Jorden ist schon länger in Richtung Latrine verschwunden. Wäre ich nicht hier, ihnen wäre Xiwang egal.
Bald wird sie schreien. Was soll sie trinken und essen, nun, da ihre Mutter weg und damit auch keine Milch da ist? Ob sie mit ihrem einen Zahn einen aufgeweichten Cookie essen kann?

Plötzlich beginnt Cornelius am Feuer zu sprechen, ohne seinen Blick von dem Korbgerüst zwischen seinen Fingern zu wenden. Kaum Wind. Der dichte Rauch unter der Kuppel beißt in die Augen. Der Körper des Alten dort oben ist in den Schwaden verschwunden.
»Heinz. Schau doch mal, du kannst das jetzt nicht verstehen …« Cornelius hustet und hustet, krümmt sich unter einem Anfall. »Wir konnten doch nichts tun, verstehst du das denn nicht? Was hätten wir denn …?«
»He, haltet jetzt mal endlich die Schnauze«, unterbricht uns laut einer der Vermummten.
Schon schreit er auf. Mit der flachen Hand hat ihm Jorden ins Gesicht geschlagen, so dass er rückwärts umgekippt und liegen geblieben ist. Jorden rennt durch die Reihen und nach draußen. Erst schauen die anderen Vermummten verdutzt auf ihren benommenen Kameraden, dann helfen sie ihm auf. Einer flucht, irgendetwas wie »Soll bloß nochmal zurückkommen«.
»Sag mir nur eines.« Ich will losheulen, ich darf nicht losheulen. »Ihr habt Özlem im Tunnel für die Überfahrt getradet.«
»Heinz.« Cornelius schüttelt Daddy-like den Kopf, als ginge es um et-

was, das ich nicht verstehen kann, weil ich ja erst fünfzehn Jahre alt bin.
»Heinzchen.«
»Ja oder nein?«, schneide ich ihm das Wort ab, so wie Jorden es früher auf der Rosenalm getan hat.
Cornelius schweigt.
»Ja oder nein?«, wiederhole ich, so scharf, dass Cornelius zusammenzuckt. »Und was ist mit mir? Habt ihr mich auch verkauft?«
»Nein. Natürlich nicht. Entscheidungen ...«, sagt er zu dem Zweig in seinen Händen, »... müssen eben getroffen ... wenn du einmal älter ...«
Er wirft das Stück Holz weg und erhebt sich umständlich, um sich zwischen den müde Dahockenden davonzuschieben. Ich höre, wie er währenddessen redet, obwohl ich nicht mitgegangen bin.

Zum Mittag gab es heute keine Essensration. In den Gruppen um die Feuer wird es unruhig.

Jorden sitzt neben mir. Die Vermummten gucken ihn aus ihren Augenschlitzen wütend an, trauen sich aber nicht, ihm etwas zu tun. Habe Xiwang den Cookie, den mir Jorden wortlos gereicht hat, vorgekaut. Erst hat sie laut protestiert, sich gewunden und gespuckt. Dann hat sie ihn geschluckt.

Cornelius starrt auf mein Heft. Sofort halte ich es so, dass er nicht hineinschielen kann. Jetzt tut er so, als hätte er gar nicht geguckt. Ich habe die Angst in seinem Blick gesehen. Die Angst vor dem Altwort, das mir gerade eben wieder eingefallen ist: *Verachtung*. Er hat Angst davor, dass ich ihn verachte.

Heinz

DAS NEUE LEBEN

Alles, was künftig geschehen soll,
ist für Gott bereits geschehen.

VORWORT

Liebe Xiwang. Heute ist dein fünfzehnter Geburtstag. Von ganzem Herzen wünsche ich dir alles Gute! Als ich diese damals noch unbeschriebenen Hefte geschenkt bekam, war ich so alt wie du. Von heute an sollen sie zusammen mit dem folgenden Bericht unserer Rettung dir gehören!
Noch sitze ich zusammen mit den anderen im Desinfektionsraum und warte darauf, dass wir in unsere Kabinen können. Sicher geht es gleich los. Ich stelle mir den Tag vor, an dem ich dir dein Geschenk überreiche, und freue mich jetzt schon extremst darauf. Vielleicht wirst du beim Lesen deine Nase kräuseln, so wie du es heute als Baby machst, wenn dich etwas erstaunt. Auf der letzten Seite dieses Berichts angelangt, wirst du verstehen, welches Glück du hattest. Und ich werde ja sagen. Ja, das hattest du. Das hatten *wir*. Und ich werde mich an genau diesen Moment vor vielen, vielen Jahren erinnern, an den Geruch der Ausdünstungen meiner Menschenbrüder neben mir, an diesen sauberen, fensterlosen Raum der Fähre und daran, wie ich hier auf der Bank sitze, ein Teenie, nackt und noch erschöpft von unserer Rettung, am ersten Tag meines und deines neuen Lebens.
Liebe Xiwang. Das hier ist für dich.

I.

Unruhe. Zum ersten Mal seit unserer Ankunft hallen durch das Zelt, das sonst nur ängstliches Flüstern, Räuspern oder das Heulen des Windes erfüllt, laute Stimmen. Achtlos werden die Körbe beiseitegeworfen, an denen wir, ohne jemals zu erfahren, für wen sie bestimmt sind, so eifrig tagelang geflochten haben. Die ersten Survivors sind bereits aufgestanden, manche schnüren ihre Taschen. Andere sitzen noch unschlüssig herum und tuscheln aufgeregt miteinander. Da erreicht die Nachricht jene Ecke des Zeltes, in der ich mit dir, Onkel Cornelius und Jorden sitze und noch ratlos die Hektik um uns beobachte: Der Transmitter des Schleuser-Anführers hat aufgeleuchtet! Der Transfer beginnt!
Draußen schießt etwas quietschend in den Nachmittagshimmel, um gleich darauf krachend zu explodieren. Schon steigt eine weitere Rakete empor und noch eine. Behutsam nehme ich dich an mich. Du trägst zwar noch immer deinen Silber-Body, aber ich habe dich zusätzlich in Decken gehüllt, aus Angst, du könntest dich erkälten. Im Chaos, das ausbricht, fällt es mir mit dir im Arm nicht leicht, all den Ellbogen und Beinen auszuweichen. Achtlos drückt die zum Lac du Rhin strömende Menge gegen die Pfosten des Zeltes. Der Kuppelhimmel über uns wackelt bedrohlich.
»Weg hier!«, ruft Cornelius.
Genau in jenem Moment, da wir heraus zu den anderen treten, die sich auf dem schneebedeckten Vorplatz bis zur Steilküste drängen, fällt das Zelt hinter uns zusammen. Die Schleuser, die ich nur, wenn ich hochhüpfe, erspähen kann, stehen am Rand der Klippen. Genau wie die Schollen in der Bucht aneinanderschlagen, reiben sich jetzt viele hundert Meter darüber die Gruppen aus Körpern gegeneinander, pressen einige stolpernd zur Seite und reißen andere nach vorne, vorbei an den Schleu-

sern – da sehe ich, wie zwei der Survivors am Abgrund taumeln. Der eine verliert die Balance, will sich am anderen festhalten, der versucht, ihn noch abzuwehren, gemeinsam stürzen sie hinab, sich umklammernd.

Die Menge brüllt auf. Die Menge ächzt. Endlich reagieren die Schleuser. Zur Warnung feuern sie Phaserstrahlen über uns hinweg. Dann so schrill, dass er alle Stimmen und Geräusche übertönt, ein Schrei: »Da!« Und wieder: »Da! Da ist sie!«

Auch Onkel Cornelius und Jorden recken erwartungsvoll die Köpfe. Und an der Erleichterung, die sich in ihren Gesichtern abzeichnet, erkenne ich: Die Fähre ist tatsächlich gekommen. Jetzt wird alles gut.

Zwischen den Schultern mache ich am Horizont einen gewaltigen Eisblock aus, das Schiff. Weiß und eckig steht es vor der Nebelwand. Ein durchdringendes Tuten hebt an, eine blecherne Sirene. Die Menge beantwortet sie mit Jubel.

Dutzende kleine Boote werden von der Fähre hinabgelassen, tanzen auf dem Wasser auf und ab und brummen schließlich in geradem Kurs auf die Küste zu. Rasend schnell verbreiten sich Gerüchte: Niemals werden alle Survivors in den Beibooten Platz finden! Nur Survivors aus Berlin werden mitgenommen! Nein! Nur Männer ab dreißig! Nein! Nur Teenies! Auf keinen Fall Alte!

Die Schleuser haben an den Klippen Strickleitern hinabgeworfen. Zugleich senken sich an einem Seilzug in einem riesigen Netz, prall und schwer, Hunderte von Körben nieder. Die Sonne bricht durch die Wolken. Unten auf den Wellen blinken die Eisplatten: ein zweiter, zerbrochener Himmel.

Als die Reihe an uns kommt und ich hinabsehe, wird mir schwindlig. Wie ich es mit dir im Arm die Sprossen der lächerlich dünnen Strickleiter hinuntergeschafft habe, die noch dazu sanft im Wind hin und her und gefährlich nah an die Felsen heranschwang, weiß ich nicht mehr.

Erst als ich im wild schaukelnden Boot kauere, erblicke ich die Gestalt am Steuer. Noch nie zuvor ist mir ein solches Wesen begegnet. Ein weiter, makellos weißer Overall umschließt sowohl seinen Körper als auch den Kopf, der sich nach vorne hin unter zwei Sehschlitzen zu einer schnauzenförmigen Maske verlängert. Es kommt mir wie einer jener himmlischen Boten vor, von denen mir Onkel Cornelius erzählt hat. Sie seien unsere unsichtbaren Beschützer und unsere Begleiter nach dem Tod ins Jenseits. Ich sitze mit einem Engel im Boot.

Die Hand an deinem Hinterkopf, vergewissere ich mich, dass auch mein best friend, mein lieber Robot-Fennek, den Abstieg gut überstanden hat. Ich greife tiefer. Und tiefer. Wühle in meiner Tasche, in der Decke, den Unterhosen, in den Heften. Die anderen ermahnen mich, aus der Schnauze des Overalls zischt es.

»F-87!« Ich beuge mich über die Reling. Noch einmal: »F-87!« Niemand antwortet. Ist mir mein Toy beim Klettern aus dem Body ins Wasser gefallen? Oder habe ich es an Land in dem Deckenknäuel im Zelt vergessen? Mir ist, als stürzte ich durch einen luftleeren Raum, als öffnete sich um mich herum das schwarze All.

Da legt sich ein starker Arm um meine Schulter. Onkel Cornelius hat bemerkt, was passiert ist. Und wie all die Jahre zuvor ist es jetzt auch er, der mich in diesem schrecklichsten Augenblick zu trösten versucht.

»Das tut mir so leid für dich, Heinz!«, brüllt er in mein Ohr und streichelt tröstend meinen Kopf. »Aber ist es nicht auch irgendwie folgerichtig, dass du das Letzte, das dich mit der alten Welt verbunden hat, hergeben musstest, um in die neue zu gelangen? Und hast du nun nicht etwas weitaus Besseres gefunden als nur ein Toy und einen besten Freund? Nämlich – eine Schwester?« Er deutet auf das zappelnde Bündel in meinen Armen, auf dich, Xiwang.

Loreley. In roten Lettern steht dieser Name hoch oben auf der Außenwand der Fähre. Schon von weitem öffnet sie rasselnd ihr Maul, als hätte sie geschlafen und erwachte nun gähnend. Schmale Stege schieben sich zu unseren Booten. Als ich mit dir hinter den anderen darüberlaufe, habe ich kaum Zeit, die Wunderwelt vor mir zu bestaunen. Zahllose Overalls erwarten uns. Kugeln, so groß wie Kinderköpfe, umsirren sie schwebend. Mit angenehmen Stimmen sprechen sie auf uns ein. Es sind Translator-Robots, *Dollys*, wie es sie bereits vor dem Untergang gegeben hat. Deutlich und in viele Sprachen übersetzen sie jedes noch so unver-

ständlich gedämpfte Wort, das aus den Schnauzen der Overalls dringt. Die bunten Antennenbüschel, die von den Kugeln wie Haare abstehen, geben ihnen ebenso wie die im Dreieck angeordneten Öffnungen auf der gerundeten Vorderseite das Aussehen von happy faces. Freundlich, doch bestimmt mahnen sie: »Wir bitten Sie, sich vor den Eingängen zu den Untersuchungsräumen aufzustellen! Kinder sind beim Personal abzugeben und werden nach der Untersuchung ihren Müttern und Vätern wieder ausgehändigt! In raschem Tempo!«
An die Brücken der Boote rollen Maschinen mit Greifarmen, die sich nach den Netzen mit den Körben ausfahren. In den Fahrzeugen entdecke ich Toys. Ein lila Wunsch-Bär und ein Pilates-Gorilla scheinen so vertieft in ihre Aufgabe, die schaukelnden Netze mit den Körben in den Bauch der Fähre zu hieven, dass sie, wie die anderen Toys auch, nicht weiter auf uns Menschen achten. Mein armer F-87! Unerträglich ist mir der Gedanke, dass mein geliebter Fennek auf den Grund des eisigen Maritim-Waldes gesunken sein könnte, wo er in diesem Moment im Strahl seiner Scheinwerferaugen verzweifelt zwischen den toten Stämmen aus aufglitzerndem Eis herumirrt, auf der Suche nach seinem

Immer noch im Warteraum. Die anderen auf den Bänken werden ungeduldig. Sitzen hier schon ewig. Luft stickig. Übelster Gestank. Manche mussten pinkeln. Einer hat in die Ecke gemacht. Muss auch dringend. Wenn Cornelius und Jorden nur was sagen würden. Wissen, dass ich es weiß: Haben Özlem damals im Tunnel für den Transfer getradet. So wie alle anderen Männer hier ihre Frauen. Warum haben sie stattdessen nicht mich verkauft? Jorden achtet gar nicht mehr auf mich. Cornelius hat ein paarmal hergeschaut, jetzt lässt er's ganz sein. Ich muss, wenn die Untersuchungen losgehen, meine Hefte in den weißen Sack stecken und unter meinen Platz legen. Die Dollys haben gesagt, wir sollen mit den pinken Stiften unsere Namen draufschreiben, damit später bei der Rückgabe keine Verwirrung entsteht. Drüben sitzt Auto-POLI. Malt seit einer Ewigkeit auf seinen leeren Sack. Ich musste Xiwang an einen Overall abgeben. Weigerte mich. Dolly sagte, dass er mich so gut verstehen könne und es ihm sehr sympathisch sei, wie ich reagiere. Er gab mir sein

Ehrenwort, dass ihr nichts passiere; dass das Baby in den allerbesten Händen sei. Das Baby sei sehr schwach und müsse sofort versorgt werden. Er tue alles Menschenmögliche, so der Dolly.
Wo ist Xiwang jetzt? Weint sie, hat sie Angst, schreit sie, will sie zu mir? Zu ihrer Mom? LORD, bitte lass sie keine Angst haben.
Die Overalls werden sich bestimmt gut um sie kümmern.
Die Overalls kümmern sich bestimmt gut um sie.
LORD, lass die Overalls sich gut um sie kümmern.
Ich höre nichts von draußen. Kein Schiff, keine Toy-Arbeiter, gar nichts. Die hellblauen Kacheln hier werfen jedes noch so kleinste Geräusch hallend zurück. Das laute Ratschen meines Druckbleistifts. Das Murmeln der anderen. *Wann endlich. Was danach. Wann. Was.*
In jeder Ecke des Warteraums hängen an der Decke Kameras.
Mir fällt gerade ein, dass ich vor und auf dem Marsch immer davon geträumt habe: dass mich wer filmt. Ich schaue in die Kamera. Winke kurz und unauffällig. Ihr Auge ist grün. Sie bewegt sich nicht. Wer beobachtet mich gerade? Und von wo? Der Gedanke: Das ist mein Moment. Das ist mein Movie.

Das Große Lager existiert nicht.
Das Große Lager existiert.
Existieren China, Amerika, Australien?
Ich muss logisch vorgehen. Mich an die Fakten halten.
Was sind die Fakten?
Haben wir zwölf Jahre lang auf der Alm gelebt?
Ja.
Gab es eine Seuche? Ist das Kraftfeld zusammengebrochen? Sind wir wochenlang durch die Ebene marschiert?
Ja. Ja. Ja.
Ist Chang tot? Hat uns Anne vor dem Tunnel verlassen? Sind wir zusammen mit den Schleusern bis zu ihrem Lager an der Küste des Lac du Rhin gezogen?
Ja. Ja. Ja.
Lebt Özlem noch?
Ja. / Nein.
Gibt es die Factorys, in der Kinder arbeiten?
Ja. / Nein.
Besaß ich ein Toy, das F-87 hieß? War es ein elektrischer Fennek?
Ja. Bestimmt. Das weiß ich genau. Mit Sicherheit. Es steht in meinen Heften, dem schwarzen und dem blauen und auch in diesem hier, dem grünen.
Es muss so sein. Es ist so. So ist es wohl.

Frage: Wie lange sitze ich schon in dieser fensterlosen Zelle? Der Leuchtstab hinter dem Gitter an der Decke brennt, seit ich hier bin. Der Boden schwankt leicht. Das ist neu. Relativ neu. Oder *ich* schwanke. Aber lege ich mein Ohr auf den Boden, vibriert und brummt er. Sicher ist er es, der schwankt, nicht ich. Das könnte bedeuten, die *Loreley* hat Fahrt aufgenommen. Aber, die nächste Frage: Habe ich mir den Namen *Loreley* ausgedacht, weil er mir gefiel, oder habe ich ihn tatsächlich an der Außenwand des Schiffes gelesen, »in roten Lettern«, wie es in diesem Heft steht? Lautete der Name nicht vielleicht *Beethoven*? Wenn ich die Augen schließe und mich zu erinnern versuche, sehe ich das »B«, Doppel-»e« deutlich vor mir. *Beethoven.* Da kommt wieder die Panik. Sie schwappt heran, als würde meine Zelle mit Wasser volllaufen. Umspült kalt meine Beine. Meine Arme. Meinen Hals. Meinen Kopf. Ich ringe nach Atem. Die Panik verschwindet, abfließendes Wasser. So geht es dahin. Ich schlafe eine Weile. Ich erwache. Die Lampe brennt. In den anderen Zellen schreien und rumoren sie. Durch die schwere Tür klingen Classics herein. Strings, immer die gleichen Melodien. Ich sitze da. Starre auf die Pritsche. Die Kloschüssel. Die Lampe brennt. Durch eine Luke wird mir Essen hereingeschoben. Ich habe versucht, die Minuten zwischen den Essensausgaben zu zählen. Ich versuche mich zu erinnern: Hat die Stunde sechzig Minuten? Oder dreihundertfünfundsechzig? Fragen, aus denen weitere Fragen entstehen: Wie viele Sekunden hat eine Minute? Vergehen die Sekunden so schnell, wie man atmet?
Ein: eins, aus: zwei, ein: drei, aus: vier.
Rechnung: Atme ich schneller, als die Sekunden vergehen, müsste ich hier und da zehn, zwanzig Sekunden einfügen, damit alles wieder korrekt wäre. Panik. Da. Weg. So geht es dahin.

Ich kann mir selbst nicht mehr trauen. Zum Beispiel sehe ich sehr deutlich Anne neben Cornelius auf dem Nussschalenboot sitzen, das uns zur Fähre gebracht hat. Wegen des Fahrtwinds hält sie den Strohhut fest, den sie immer trug, und lächelt mir unvermittelt zu, ihr spöttisches Lächeln, das sie früher immer lächelte, als noch alles gut war. In meinem Heft steht aber nichts davon, und ich bin sicher, dass sie uns

vor dem Eintritt in die Tunnel verlassen hat, so wie ich es aufgeschrieben habe.
Trotzdem sehe ich sie.

Die Fakten.

Hinter dem Duschraum gab es einen Ankleideraum, in dem für jeden von uns ein weißes Hemd und eine weiße Hose lagen.
Das weiß ich ganz bestimmt.
So wunderbar zusammengelegt und weich waren sie, dass ich mich gar nicht traute, sie auseinanderzufalten. Die meisten Hemden und Hosen passten nicht. Nirgendwo waren die Säcke mit unseren Wertsachen. Ich wunderte mich zwar, hegte aber noch keinen Verdacht. Einige beschwerten sich. Eine Seitentür öffnete sich, und drei Dollys schwirrten herein. Glucksend, als freute sie unser Protest, entschuldigten sie sich für die »außerplanmäßige Verspätung«, wie sie es ausdrückten. Unverzüglich würden wir untersucht werden. Die Dollys schlossen kurz eine Öffnung ihres happy faces, es sah so aus, als zwinkerten sie uns zu.
Eine sanfte Frauenstimme, deren Ursprung nicht auszumachen war, forderte uns auf: »Bitte schenken Sie mir Ihre Aufmerksamkeit! Die Untersuchung beginnt JETZT! Treten Sie immer einzeln durch die Schleuse! Der Erste, bitte!«
Sofort sprang ich auf und eilte zur Tür, die vor mir automatisch in die Höhe glitt. Ein langer Gang. Die anderen blickten mir erstaunt nach. Ich wollte unter allen Umständen so bald wie möglich zur kleinen Xiwang. Der Dolly hatte versprochen, wir würden uns nach der Untersuchung wiedersehen. Sie musste schon seit Stunden auf mich warten. Nach Özlems Verschleppung war ich und ich allein für sie verantwortlich. Es war das Einzige, was ich für Özlem noch tun konnte. Es war das Love-Law. Jetzt, da sie wahrscheinlich tot war, fühlte ich es mehr denn je. Ich war nicht wie Cornelius oder Jorden. Immer noch nicht.
Am Ende des Gangs öffnete sich eine weitere Tür. Mit klopfendem Herzen und unschlüssig, da ich Anweisungen erwartete, tappte ich über die Schwelle in einen halbdunklen Raum. Die freundliche Stimme einer alten

Frau erklang. Sie erinnerte mich sofort an Anne. Aus ihr sprach maximale Fürsorge. *Besorgt* war das Wort. Ein lächelnder, schwach schimmernder Dolly, dem die Antennenfrisur zu einem dicken Zottelzopf geflochten war, schwebte auf mich zu. »Hallo! Herzlich willkommen zum Gesundheits-Check-up! Würdest du uns bitte deinen Namen nennen?«

»Heinz.«

»Heinz. Ein schöner Name. Wie alt bist du, Heinz?«

Immer kurz bevor die Stimme »Heinz« sagte, zögerte sie.

»Fünfzehneinhalb.«

»Sehr gut. Würdest du jetzt bitte den Scanner betreten.« Zögern. »Heinz? Wir wollen sehen, ob dir etwas fehlt. Ob du gesund bist. Du kannst die Kleidung ruhig anlassen. Du hast sicher eine sehr schwere Zeit hinter dir, nicht wahr?« Zögern. »Heinz?«

Ich brachte keinen Ton heraus. Vorsichtig näherte ich mich einer leuchtend pulsierenden Säule in der Mitte des Raumes. Langsam fuhren ihre beiden Hälften auseinander.

»Tritt jetzt bitte in den Scanner auf das markierte Podest.« Zögern. »Heinz. Ich weiß, du hast Angst. Aber ich verspreche dir, du hast nichts zu befürchten.« Zögern. »Heinz.«

Was blieb mir schon anderes übrig? Ich stellte mich auf den Sockel und hielt den Atem an. Vor mir schlossen sich die beiden Hälften der Säule. Enge. In meinen Ohren hämmerte mein Blut. In der Schwärze um mich entsponn sich ein wundersames Spinnennetz aus grellbunten Linien, Umrisse erschienen, ein Mensch, ein Computermännchen.

»Hebe bitte jetzt die Arme über deinen Kopf.« Zögern. »Heinz. Kannst du das für uns tun.« Zögern. »Heinz?«, hörte ich unsichtbar den Dolly hinter der Wand des Scanners.

Obwohl kaum Platz war, gehorchte ich. An den Fingerspitzen spürte ich die Hitze der Decke. Das Computermännchen vor mir hob ebenfalls die Arme in die Höhe. Ich ließ die Arme sinken. Das Männchen ließ die Arme sinken. Ich war das Männchen. Da wanderte etwas langsam, sehr langsam, meine Zehen entlang. Es war warm. Obwohl ich steif vor Angst war, senkte ich leicht den Kopf. Ein waagrechter, dünner, roter Strich lief in einer gleichmäßigen Bewegung über meine Haut.

Jetzt wieder die Rufe hinter meiner Tür, aus den anderen Zellen. Einer beginnt, dann kommt sofort ein Zweiter, Dritter hinzu, mehr und mehr, bis die ganze Aufregung langsam wieder abebbt. Hühner.
»Guard!« Der Erste.
»Fresse!« Der Zweite.
»Was?« Der Dritte.
Durcheinander.
»Der ruft 'n Robo!« Lachen. »Na, ruf mal schön.«
»Fresse! Guard!«
»Arschfick!«
Unverständliches.
»Endlich das Scheißklo fixen sollen!«
»Hier auch! Hier auch!«
Einer singt laut die Classics mit.
»Sei doch happy, dass du noch hier bist, und Fresse!«
»Arschfickarschfick!«
»Fresse!«
»Fickfickfick!«
»Guard!«
»He, der Robo hier, also der hat, der hat, also, bei mir, fünf Tablets dagelassen hat der, muss 'ne, also, 'ne Malfunction sein …«
Alle: »Was? Was hat? Was hat der?«
»War 'n Joke.«
Pause.
»Ficker!«
»Ich kill dich!«
»Ich bums dich tot!«
»So scheiße wie hier kann's doch in Paris gar nicht sein!«
Unverständliches.
»Guard!«
»He, Plebser-Brain: Es – gibt – kein – Paris! Noch nicht kapiert, oder was, dass das hier keine Luxus-Cruise ist, oder was?«
Entsetzt: »Was?«

Vielstimmiges Gelächter. Pseudo-Mitleid:
»Och, wie süß, der Neue. Whiny-whiny!«
»Ich wart hier seit 'm Jahr drauf, dass es mal zu irgendnem …«
»Fresse!«
»… Großen Lager geht und nix!«
Pause.
»Du bist doch noch nicht mal 'ne Wichs-Woche hier, du Wichser!«
Einer singt laut die Classics mit.
Pause.
Schluchzen.
Nichts.
Classics. Strings.

Während der Untersuchung im Scanner wurde der Druck auf meine Blase, den ich schon im Warteraum gespürt hatte, unerträglich. Ich traute mich nicht, den Overall beziehungsweise den Dolly zu fragen, ob ich wohl einmal austreten dürfe. Bald würde ich ohnehin in meine Kabine entlassen werden, sagte ich mir. Dort würde sich in einem Nebenraum eine saubere Keramiktoilette befinden, genau so gefertigt wie jene, von der Özlem auf der Alm immer geschwärmt hatte, eine blitzblank geputzte Keramiktoilette. Überhaupt nahmen mich die Sauberkeit und die Technik, die mich umgaben, ganz gefangen. All das war noch viel erhabener, als ich es mir je hätte träumen lassen. Wie oft hatten wir uns auf der Alm Sorgen gemacht, die Kultur der Menschheit wäre untergegangen. Nein. Sie hatte überlebt. Und dieser Raum war lediglich der Vorgeschmack auf noch Größeres, Wunderbareres.
Das farbige Netz vor mir hatte sich in kreiselnde Lichtspiralen verwandelt, die um das Heinz-Computermännchen rotierten. Jetzt erschien eine Zahl. Eine Sieben, die Sieben wurde zur Acht, zur Neun, zur Zehn, zur Hundert, zur Tausend. Ein Zeichen aber blieb, unbekümmert von diesem Zahlensturm, vor den vorwärtsrasenden Ziffern stets unverändert: €. Der rote Strich stockte, wenn er über eine Narbe oder Beule glitt; die Zahl verminderte sich dann ein wenig, was mir, ohne dass ich

wusste, was es zu bedeuten hatte, nicht gefiel und in mir den Ehrgeiz weckte, sie wieder steigen zu lassen.
»Das machst du sehr gut.« Zögern. »Heinz«, lobte mich der Dolly. »Ganz hervorragend.« Zögern. »Heinz. Jetzt gibt's bald Futter.«
Ich wunderte mich, dass der Dolly diesen Ausdruck verwendete. Ich war erleichtert, als mir ein schöneres Wort einfiel.
»Ich goutiere gern«, klärte ich ihn auf.
Der Dolly reagierte nicht.

»Guard!«
Einer grölt ununterbrochen die Classics mit.
»Guard!«

Plötzlich piepste es hektisch. Der rote Strahl war unter meiner Achsel stehen geblieben, auf meiner Tätowierung, dem Quadrat mit den Schlieren. Ich wollte schon erklären, dass ich das ja die ganze Zeit über hatte sagen wollen, hier sei der Beweis für meine Elitezugehörigkeit – da schlug das Heinz-Computermännchen auf der Oberfläche Saltos, als wäre es ganz entzückt über diese Entdeckung. Die Wand vor mir schwang auf. Der Overall, der in der Öffnung stand, verglich hastig die Anzeigen auf seinem Screen mit jenen des Scanners. Aus seiner Metallschnauze waren wie aus weiter Ferne Sätze zu hören, die ich nicht verstand. Über seine Schulter guckte der Dolly. Auf einmal quiekte er schrill. Es war nicht mehr die Stimme der netten, alten Frau, mit der er die ganze Zeit über gesprochen hatte, sondern ein durchdringendes Geräusch, das mich mit einem Mal daran erinnerte, wie die Wollschweine auf der Alm in höchster Erregung gequiekt hatten, wenn ich am Morgen zu ihnen in den Stall kam und sie gierig ihre kleinen Schnauzen zwischen den Stangen hindurchzwängten, um ja als Erstes zu fressen zu bekommen, die stinkenden Abfälle.
Dann ging alles sehr schnell. Eine Tür öffnete sich am Ende des Raumes. Ein grelles Lichtquadrat. Laute Musik. Wie menschengroße, aufrecht gehende Insekten, mit sechs dünnen Beinchen, einen grünlich schimmernden Screen anstelle des Kopfes, kamen zwei Robots herangestakst.

Unsanft packten sie mich und zogen mich durch den Untersuchungsraum zu der Tür, aus der sie gekommen waren. Mein Blick fiel ein letztes Mal auf das Computermännchen. Die Zahl hinter dem € hatte einen gewaltigen Aufwärtssprung gemacht. Im quietschenden Eilschritt schleiften mich die Robots durch einen so gleißend ausgeleuchteten Gang, dass ich die Augen schließen musste. Die Musik dröhnte unangenehm. Strings. Ich sackte tiefer. Die Robots verdrehten mir die Arme. Ich schrie auf. Mein Blick flog über den schier endlosen Korridor, die schweren Türen rechts und links, die kleinen Klappen darin, wie für Katzen. Jetzt antworteten Stimmen auf meine Schreie. Männer, die ebenfalls um Hilfe riefen. Nein. Männer, die meine Rufe nachäfften. Die Robots stoppten abrupt, eine Tür schwang auf, sie schleuderten mich in ein Zimmer, das bis auf eine Pritsche und eine weder weiße noch blitzblanke Kloschüssel leer war. Eine Zelle. Die Zelle, in der ich jetzt sitze und schreibe.

Ich strecke die Hand aus. Mache mich lang. Stelle mich auf die Zehenspitzen. Der rechte Zeigefinger berührt das Gitter. Die Lampe dahinter ist sehr heiß. Der Schmerz lässt mich zurückzucken. Mein rechter Zeigefinger ist länger als mein linker. Das ist mir bisher noch nie aufgefallen.

Essenszeit. Das Tablett steht auf dem Boden. Der dürre Metallarm des insektenhaften Robot-Guards hat es blitzschnell durch die Klappe gereicht. Das Nachbild des Arms in meinen Augen.

Hand ausstrecken. Auf die Zehenspitzen stellen. Der rechte Zeigefinger berührt das Lampengitter in der Decke. Heiß, heißer. Einundzwanzig, zweiundzwanzig, dreiundzwanzig, vierundzwanzig. Zurückzucken. Frage: Schaffe ich es bis fünfundzwanzig?

Die Tür wird entriegelt. Ich stelle mich auf die Seite, genau auf jene Stelle, die ich markiert habe. Auf dem Boden ist ein winziger dunkler Fleck, der aussieht wie ein Lindenblatt. Oder ein Ahornblatt. Oder ein Kastanienblatt. Wie sieht ein Kastanienblatt aus? Die Robot-Guards betreten den

Raum. Ich stelle mich vor sie und ramme beiden nacheinander, zackzack, meinen Druckbleistift in die Mitte ihrer Screen-Schädel. Ich renne durch den Korridor. Ich werde niemals ankommen. Vorher wird mich ein Phaserstrahl niederstrecken. Wird er tödlich sein? Wird er mich betäuben? Ich liebe es, mir diese Sekunden meines Rennens auszumalen. Das Quieken der hinter mir zusammensackenden Robots. Die Anfeuerungsrufe der anderen Prisoners.

Kopf an der Klappe. »Cornelius!«
»Ja!«
»Cornelius!« Erregung. »Cornelius?«
Ich kaue an meinen langen Fingernägeln.
»Hier!« Cornelius' Stimme? Erregung.
»Hier!« Aus einer anderen Richtung.
Verwirrung.
Schnell: »Nein, hier! *Ich* bin Cornelius!« Die erste Stimme.
Schnell, ein Dritter: »Aber *ich* bin doch dein Cornelius, mein Wichsi-Schnitzi!«

Liebes Tagebuch. Manchmal glaube ich, dass ich mir all die anderen Gefangenen nur einbilde. Ich habe deine Seiten nach einem Hinweis abgesucht, wer hinter den Stimmen stecken könnte, aber ich habe nichts gefunden. Ich habe nach Cornelius und Jorden gerufen. Sie haben nicht geantwortet. Hier geht das Gerücht um, dass die Overalls eigentlich sogenannte Head-Hunters seien, die die Erwachsenen an Clans und die Teenies an Factorys weiterverkaufen. Das hat die Stimme des Mannes, der sagt, er heiße Abraham, einem anderen zugerufen, als es gerade ruhig war, weil wohl die meisten schliefen. Liebes Tagebuch. Du brauchst keine Angst zu haben. Ich gebe dich NIEMALS her. Eher sterbe ich. Das ist das Love-Law. Abraham sagt, er sei schon seit über sechs Monaten auf der *Loreley*. Er zähle die Tage. Er sagt, es gebe tatsächlich ein Großes Lager. Es befinde sich nicht bei Paris, das überhaupt wie ganz Frankreich zerstört sei. Stattdessen liege es bei der amerikanischen Stadt Chicago. Dein Papier ist so schön, liebes Heft. Es ist meine größte Freude.

Ich trainiere. Ich bereite mich vor. Auf den Tag, an dem sich die Tür meiner Zelle entriegelt. Von der Hocke in den Stand und neben die Tür, ein Schritt vor, den Stift in der Hand, und: zackzack. Und wieder. Schneller!

Liebes Tagebuch. Ich lese Cornelius, Jorden, Özlem, Chang, Anne, Xiwang und F-87 aus dir vor. Manchmal unterbreche ich mich, erkläre. Der *Faber*-Stift ist Cornelius, die leeren Panade-Hüllen, die vom Essen übrig geblieben sind, Jorden, Özlem, Chang und Xiwang, Anne die Klopapierrolle und F-87 ein weißes Haar, das ich mir ausgerissen habe. Ich weiß nicht, warum man mir dich und die Stifte gelassen hat. Ich könnte mich umbringen, mir mit dem Stift ins Herz stechen, so wie neulich einer aus einer anderen Zelle es irgendwie geschafft hat, sich die Pulsadern aufzuschneiden, mit was, weiß ich nicht, da es hier sonst keine spitzen Gegenstände gibt. Sofort ziepten die Robot-Guards herbei und verarzteten ihn. Jetzt jammert er die ganze Zeit vor Schmerzen, so dass ich mir denke, man lässt es doch besser bleiben, das Sich-Umbringen.

Essenszeit.

Es ist besser, wenn ich mit meiner Flucht auf jenen Moment warte, in dem ich aus dem Schiff herausgebracht werde. Das wird meine Überlebenschancen steigern. Bei der Übergabe an die Banden, Clans oder die Factory-Unterhändler werde ich losschlagen. Die Banden sind degeneriert und nicht gut organisiert. Das hatte Cornelius damals gesagt. *Nicht gut organisiert und degeneriert.*

Es gibt gar keine Banden, hat Persephone gesagt.

Wenn die Tür meiner Zelle entriegelt wird und sie aufgeht, höre ich auf zu existieren. Das weiß ich jetzt. Die verriegelte Tür ist die Voraussetzung dafür, dass ich lebe.

Ich lese die Worte, die ich in diesem Moment schreibe, laut mit. Das ist schwierig. An den Stellen, an denen ich sie nicht abgekaut habe, sind meine Fingernägel so lang, dass sie mich beim Schreiben behindern und ich kaum den Stift halten kann. Zusammengerollt hängen sie von meinen Fingern wie die Rinde von einem Baum, dessen Name mir nicht einfällt. Birke? Barke? Berke?

Fahrnis? Fuhrnuß? Fährnuß?

Härte? Hürte? Hörte?

Zugegeben: Ich bin Insasse einer Heil- und Pflegeanstalt, mein Pfleger beobachtet mich.

Heute, am fünften November, beginne ich mit meinem Bericht.

Ich habe den Bau eingerichtet, und er scheint wohlgelungen.

Über dem Atlantik bef

a nd

sic

he i

b a

n

r o

m

e

L

a

ß in der

W h h
a r h e i
t

immerdar
M i c

h b l e i

b

Weiter. Weiterschreiben. Nicht mit dem Schreiben aufhören. Es schreiben hören. Wie es kratzt. Weiter. Wie es sich kringelt. Weiter. Auf dem Papier.

Man hockt da, mit gekrümmtem Rücken. Schreibt weiter. Hört nicht auf. Hört das Kratzen. Hör das Kratzen. Der Rücken schmerzt. Man schreibt: Der Rücken schmerzt. Die Lampe brennt. Man schreibt: Die Lampe brennt. Man schreibt: Schreib weiter. Wie immer. Wie auch immer.

Man guckt vom Papier auf. Ich krieche zur Tür. Man guckt mir aus der Ecke zu. Man hat aufgehört zu schreiben. Ich sage: Schreib! Höre das Kratzen. Man schreibt. Ich lege den Kopf an die Klappe. Lausche. Classics. Schließe die Augen. Kein Kratzen. Öffne die Augen. Mahne: Schreib! Kratzen. Murmeln: Oh LORD.
Oh LORD.

»Ja?«, sagt die Lampe.
Ich hebe den Kopf. Ich bin allein in meiner Zelle.
»Du hast mich gerufen«, sagt die Lampe.
Ich schleppe mich zur Klappe. »Hey!«, rufe ich. »Wer von euch verarscht mich jetzt schon wieder? Ihr findet das wohl lustig!«
»Guard!« Aus dem Korridor.
»Ich bin hier«, die Lampe.
»Was?«, ich.
Ich höre keine Classics mehr. Totenstill ist es.
»Ich will, dass du aufstehst«, die Lampe.
Ich überlege. Lange. Rappel mich auf. Mühsam. Mir wird übel. Ich sacke zusammen. Richte mich auf. Stehe. Schwankend.
»Gut«, die Lampe. »Und jetzt mach einen Schritt in die Luft.«
»Was?« Ich sacke zu Boden.
Die Lampe schweigt.
Nach einer Weile stehe ich noch einmal auf. Schwankend. Hebe das Bein. Trete wie auf eine Stufe. Verlagere mein Gewicht auf den gehobenen Fuß. Ziehe vorsichtig mein zweites Bein nach. Und: schwebe. Eine Handbreit über dem Boden. In der Luft. Mein Kopf stößt an die Decke.
»Gut«, sagt die Lampe. »Das war die erste Lektion.«

In meiner Zelle sitzt mir Chang gegenüber. Er ist unversehrt. Neben ihm sitzt Özlem. Sie legt den Kopf an seine Schulter und nimmt seine Hand, so wie sie es früher auf der Rosenalm getan hat.
»Chang!«, rufe ich. »Özlem!«
»Hallo, Heinz.« Glücklich lächeln sie mich an.
»Hallo, Heinz.« Jemand berührt meinen Rücken. Anne steht hinter mir. Sie trägt ihren breitkrempigen Strohhut.
»Das bilde ich mir doch nur ein«, flüstere ich.
»Du hältst uns doch nicht etwa für Gespenster?«, lacht Chang. Und Özlem fragt besorgt: »Fürchtest du dich? Sollen wir nicht mehr kommen?« Schon bleichen sie aus, werden fahl.
»Nein!«, rufe ich. »Nein! Bitte! Kommt wieder zurück!«
Özlem und Chang sitzen mir gegenüber. Anne tritt hinzu und nimmt neben ihnen Platz.
»Wenn du willst, können wir uns ein bisschen unterhalten. Wenigstens solange du hier drin bist.«
Chang erzählt mir, wie ich ihn im Logic-Park durch einen Sprung aus der Phaserschusslinie riss und ihm so das Leben rettete. Anne erzählt, wie sie meine Tränen im Alb-Tunnel so rührten, dass sie doch noch weiter mit uns zog, obwohl sie sich eigentlich anders entschieden hatte. Özlem erzählt, wie ich die Survivors im Camp dazu ermunterte, gegen die Schleuser zu rebellieren, und sie so vor Verstümmelung und Vergewaltigung bewahrte. Und auch die kleine Xiwang hat etwas zu erzählen. Auf einmal sitzt sie in Özlems Arm. Endlich sieht sie wieder zufrieden aus. Es ist der Platz, an den sie gehört. Sie sagt: »Danke, dass du mich getragen hast.« Dann verabschieden sich Chang, Anne und Özlem mit Xiwang. Einer nach dem anderen tritt zu mir und umarmt mich.
»Heinz?«
Auf einmal steht da noch jemand mitten in meiner Zelle, direkt unter der Lampe, so dass sein Gesicht aussieht, als wäre es aus Licht, ich kann es nicht genau erkennen.
»Papi?«, frage ich leise. »Papi!«, rufe ich jetzt, ohne die Antwort abzuwarten, und werfe mich ihm in den Arm. Fest hält er mich. Lange wiegt er mich. Meine Kräfte lassen nach, ich gehe in die Hocke. Als ich auf-

schaue, sitzt dort, wo mein Vater stand, eine alte, runzelige Schildkröte. Ti t'e da Wan Duli. Neugierig betrachtet sie mich mit vorgerecktem Kopf aus ihren kleinen Augen.
Aber ich bin gar nicht traurig, dass meine Freunde und mein Vater verschwunden sind. Wenn ich will, kommen sie wieder, glaube ich.
Ich glaube an euch.
»Das«, sagt die Schildkröte knarrend in die Stille der Zelle, »war die zweite Lektion.«

»Ich will, dass du zur Wand gehst«, sagt Ti t'e da Wan Duli.
Ich gehorche.
»Strecke deinen Arm aus.«
»Aber dann stoße ich gegen …«, protestiere ich.
Die Schildkröte kichert kehlig. »Strecke deinen Arm aus«, wiederholt sie ruhig.
Ich strecke meinen Arm aus. Stecke ihn durch die Wand. Greife in die Luft auf der anderen Seite.
»Tritt durch die Wand«, sagt die Schildkröte.
Ich trete durch die Wand. Stehe in der Zelle eines anderen Häftlings. Zusammengekrümmt schläft er auf dem nackten Boden. Ich beuge mich über ihn und streichele über sein langes, wirres Haar. Tröste ihn. Ich trete durch die nächste Wand. Ein weiterer Häftling, der neben der Tür schläft. Auch ihn streichele ich. Und immer so weiter. Ich umarme Cornelius im Schlaf. Ich sitze Jorden gegenüber. Ich decke ihn mit seinem Hemd zu, das er sich ausgezogen hat. Ich stehe im riesigen Frachtraum der Fähre, schreite die Wände hoch, bis ich die Decke erreicht habe. Hänge von ihr herab wie eine Lampe. Beobachte die Overalls. Wie sie miteinander tuscheln. Auf ihre Screens schauen. Die Verkäufe ihrer Häftlinge vorbereiten. Ich fliege auf Deck. Und weiter, hoch in die Nacht. Die Fähre liegt winzig unter mir auf dem schwarzen See. Ich werde Wind. In Wellen sause ich und lasse Gischt spritzen. Ich stürme ans Ufer. Ich zerre an Bäumen, ich schüttele ihre Zweige. Das Schilf am Ufer wirbele ich durcheinander. Ich bin die Tiere, die sich ängstlich vor dem Wind verstecken. Der Hase, das Reh, der Regenwurm. Ich verstecke mich vor mir selbst. Über Ebenen rase ich. Bis in das Große Lager. In die Menschen auf den Straßen fahre ich, mundhinein. Pumpe durch ihre Lungen, durch ihr Herz, trete aus, durch ihre Lippen. Wirble zu den Factorys. Ich bin die Kinder, montiere mit meinen Händen die Toys, die für andere Kinder in China bestimmt sind, glücklichere. Vielstimmig singe ich Melodien aus der Heimat. Ich bin die Toys. Ich bin die Factory. Ich bausche die Fahnen an den Wachtürmen. Ich treibe Windräder an, es wird Licht. Ins All stobe ich. Ich bin das All und wachse. Ich bin groß. Ich werde größer. Ich höre nicht auf.

»Das«, sagt Ti t'e da Wan Duli, »war die dritte und letzte Lektion.«

Ich höre nicht auf.

Es ist Nacht, der Himmel sternklar. Ich höre das Schwappen der Wellen des Lac du Rhin. Insekten schaben. In einem Busch keckert ein Vogel. Er klingt wie ein böse lachender Mann. Ich spüre meine feuchten Füße, spüre den Matsch, in den ich vorhin, als wir bei der Landung aus dem Boot sprangen, knietief eingesunken bin. Ich habe den fauligen Gestank des Moores in der Nase. Cornelius steht mit dem Rücken zu mir, blickt über das silbern glitzernde Wasser, auf den fernen weißen Punkt, über dem wieder und wieder krachend Leuchtraketen explodieren, die *Loreley.* Jorden spricht mit einem pinken Kaninchen, das ihn um einen Kopf überragt und eine Tweed-Jacke trägt. Seine roten Augen hinter der goldenen Brille zwinkern nervös. Es hält eine Taschenuhr in der Pfote, eine Trompete ragt unter seinem Arm hervor. Und hinter ihm, keine Armlänge von mir entfernt, sehe ich – meinen Robot-Fennek. Er macht Faxen für Xiwang, die sich glucksend darüber freut. Wie ein Hündchen sitzt sie auf allen vieren auf einem Tuch. Bis auf eine Windel ist sie nackt. Sie hat ihren Kopf gehoben. Aus ihrem Flaum sind kurze, schwarze Locken geworden.
Tief atme ich die modrige Luft ein. Zögere. Schließlich strecke ich den Arm aus. Und stoße nicht an. Keine Wand, wie ich es erwartet hatte. Kein Zellentraum, der sich in Nichts auflöst. Stattdessen berühre ich tatsächlich das klebrige Fell F-87s, der mir einen seligen Blick zuwirft. Ich blicke in die Höhe. Eine Lampe. Ich strecke mich danach. Nein. Es ist der Vollmond. Ich schließe die Augen, weiß, dass ich mich gleich wieder in meinem Gefängnis befinden werde, öffne sie. Ich bin immer noch hier, in den Rhein-Sümpfen. Auf der Flucht.
»In einer 'alben Stunde müssen wir weiter«, lispelt das bebrillte Kaninchen mir zu und steckt die goldene Taschenuhr in seine karierte Jacke.

Plötzlich war die schwere Tür meiner Zelle entriegelt worden. Benommen sah ich vom Boden auf, zwei Robot-Guards marschierten auf mich zu. Unsanft rissen sie mich hoch. Ich beobachtete, wie sie mich durch die Tür und durch den grell ausgeleuchteten Korridor schleiften. Mein Herz raste, auch wenn ich selbst weiter in einer Ecke meiner Zelle kauerte und auf den leeren Türrahmen starrte. Für Momente gab es zwei Heinze:

Heinz eins, der von den Robot-Guards durch den Korridor getragen wurde und in dem sich mit jedem »He!« und »Was 'n da los?« aus den anderen Zellen die Erkenntnis breitmachte, dass dies keine Geschichte war, die er gerade aufschrieb, sondern dass er tatsächlich die Zelle verlassen hatte, seine Zelle. Warum nur wurde Heinz eins aus seiner Zelle geholt?, grübelte währenddessen Heinz zwei, der weiter allein in seiner Ecke hockte. Natürlich! Um verkauft zu werden! Er war verloren, der Arme! Voll böser Vorahnung blickte Heinz zwei auf die Wände um sich: Sie wurden fahler und verschwammen, ja, er selbst wurde, als er keuchend an sich hinabsah, grau und durchsichtig. Heinz schrie und schrie – bis ihm einer der Robot-Guards auf dem Weg durch den Korridor, die leeren Umkleideräume, seine kalte Metallhand auf den Mund drückte.
Da waren die Robot-Guards mit mir schon in die gigantische Frachthalle getreten. *Will wieder zurück … meine Zelle zurück!*, flehte ich und merkte, dass ich ja gar nicht sprach. Nur einige Toys waren zu sehen. Während mich die Robot-Guards mit unvermindertem Tempo quer durch die Halle schleppten, blieb mein Blick an den vorbeihuschenden Sing-along-Murmeltieren hängen, an dem Blue-Bunny, das ihnen hinterherhoppelte, es trug etwas in seiner Handschuhhand, etwas Langes, Dünnes mit einem Griff, einen Phaser. *Was sind nun deine Optionen, Heinz! Sammle dich!*, hörte ich Ti t'e da Wan Duli in mir schnarren. Dann überrascht: *Oha! Sieh mal an! Da hinten sind sie ja! Mit denen zusammen sollst du also verhökert werden!* In der Ferne, an der Wand, lehnten zwei ausgemergelte, langbärtige Gestalten in Lumpen. Neben dem riesigen Pink-Kaninchen in kastanienbraun-weiß-karierter Jacke wirkten sie erbärmlich hässlich. Stumpf starrten sie aus ihren tiefliegenden Augenhöhlen zu mir herüber. Als wir weiter zielstrebig auf sie zusteuerten, wollte ich erneut Reißaus nehmen. Vergeblich versuchte ich, meine Sohlen auf den Boden zu bekommen und die Robot-Guards zum Anhalten zu bewegen. Uringestank zog mir entgegen. *Wo sind nur die Head-Hunters in ihren Overalls? Was geht hier vor?*, blubberten in meinem Kopf Muba und Baba aufgeregt durcheinander, die beiden ältesten Bakterien der Welt. *Keiner von hier oben zu sehen. Komisch*, meldete der Zehntausendmetermann.

Als mich die Robot-Guards, bei der kleinen Gruppe angekommen, auf die Beine stellten, sackte ich kraftlos zusammen. Das pinke Kaninchen hielt ein kleines Kind in einer Windel auf dem Arm. Wie auf Kommando verstummten alle Stimmen in meinem Kopf. Mein Herz stolperte – hüpfte: Es war Xiwang! Kein Zweifel. Auch wenn ihr Löckchen gewachsen waren und ihre nackten Arme und Beine Fett angesetzt hatten, dem LORD sei Dank. Von unten erkannte ich in den knöchernen Gesichtern der anderen beiden Gestalten Züge von Menschen; Menschen, denen ich so oft in meiner Zelle begegnet war. Dort hatten sie allerdings ganz anders ausgesehen. Das war doch Cornelius! Und – Jorden! Sie lebten also noch! Und sie waren nicht allein. Etwas bewegte sich außerhalb meines Gesichtsfeldes auf mich zu, sprang dann zu meinem Entsetzen mit einem Satz auf meine Schulter und leckte mir die Wange. Und noch während ich das Ding mit den Händen abzuwehren versuchte, erkannte ich die raue Zunge. Den Erdbeerduft. F-87! Mein Fennek! Wie zeigte man noch mal als Mensch, dass man jemanden liebte? Ich ging in die Hocke, umarmte mein Toy und leckte es ab. Dann endlich hatte ich es raus: Ich machte mit den Lippen Schmatzgeräusche, küsste das klebrige Fell, schloss die Augen, weinte vor Glück. F-87 schmiegte sich an mich. Gleich würden die Robots uns auseinanderreißen. Ich blickte zu Xiwang, zum pinken Kaninchen, das mich mit Leichtigkeit mit einem Schlag seiner kräftigen Läufer hinwegfegen könnte; also robbte ich die zwei, drei Meter auf Cornelius zu, erwartete jede Sekunde den festen Metallgriff der Robot-Guards auf meiner Schulter. Cornelius' einst graues Haar war schlohweiß geworden und gab ihm seltsamerweise, so dürr und verwahrlost er auch wirkte, etwas Feines, fast Elegantes. Er musste es wieder und wieder zurückgekämmt haben, so glatt wie es war. Doch jetzt wich er vor mir zurück. Hinter seinem Rauschebart, der ihm bis zur Brust reichte, spiegelte sich Grauen.

»Ich habe dir doch schon mal gesagt, dass du mich in Ruhe lassen sollst!«, polterte er. »Kusch!«

Aber ich wollte nicht von meinem ehemaligen Leader lassen, umfasste sein dürres nacktes Bein, an dem getrockneter Kot klebte. Schwach klopfte er auf mich ein.

»Kusch!«, krähte er. »Du … du …«
»Meine 'erren!«, lispelte es da neben uns. Das pinke Kaninchen mit der Goldbrille. Beim Sprechen wandte es sich immer wieder Xiwang in seinen Armen zu, gab Schnalz- und Kussgeräusche von sich und schnitt spaßige Grinsegrimassen, woraufhin die Kleine begeistert quietschte. Als Einzige von uns schien sie gut behandelt worden zu sein. Ihre Wangen waren rund und gerötet. Sollte ihr gesundes Äußeres etwa ihren Preis in die Höhe treiben? Die Robot-Guards hinter uns rührten sich nicht. Sie schienen auf die Befehle des Kaninchens zu warten.
»Bitte verzei'en Sie, wenn ich dieses Wiederse'en, dessen emotionale Tiefe ich als dummes Toy natürlich nur erahnen kann, unterbrechen muss«, erklärte es. Die vielen Wörter, denen noch dazu eine seltsame Färbung zu eigen war, wirbelten mir wie ein Schwarm Mücken um den Kopf. »Aber«, es zog seine goldene Taschenuhr hervor, warf einen Blick darauf und riss, vermeintlich erschreckt, die rotgeäderten Augen unnatürlich weit auf, so dass Xiwang auflachte, »'öchste Zeit, mes amis! Il est grand temps, eh?«
Jemand beugte sich zu mir und tastete mich ab, mein Gesicht, meinen Oberkörper, zögerlich, ein bisschen so, wie die Affen sich früher auf der Alm nach Läusen abgesucht hatten. Jorden. Die meisten Zähne waren ihm ausgefallen, was die Form seines Gesichts verändert hatte. Von seinem roten Zopf waren nur mehr ein paar lange, dünne Haare auf seinem kahlen, fleckigen Kopf geblieben. »Zu … Zu …«, er krächzte, hatte Schwierigkeiten zu sprechen. »Zuri?« Plötzlich atmete er laut aus, kniete neben mir nieder und umarmte mich mit aller Kraft. »Zurizu …«, flüsterte er. Er streichelte mich so liebevoll, dass ich nicht glauben konnte, dass das der Jorden aus meiner Erinnerung sein sollte. Gleichzeitig waren diese kurzen Momente, wie er mich da sanft berührte, so wunderbar, sie taten so gut, dass ich nicht wollte, dass sie je endeten. Zuri. Schlagartig wusste ich es wieder. Zuri. Das war der Name seines Sohnes. Aus Jordens Mund stank es faulig. Unter dem Fetzen, den er trug, spannten sich Muskeln, er hatte trainiert, hatte nicht aufgegeben.
»Also, wenn ich bitten darf, die 'erren?« Das Kaninchen machte einen Schritt nach vorne. Die Tür in der Wand des Frachtraums vor ihm

schnellte in die Höhe, in der Dunkelheit dahinter sprangen Lichter an, ein Treppenhaus wurde sichtbar. »Aber, je vous en prie: psst! Sonst war alles umsonst!« Es legte den weiß behandschuhten Finger vor die Schnauze, wobei seine langen Ohren eindrucksvoll zuckten. Ruckartig erhob sich Jorden, als wäre er aus einem Traum erwacht. Er starrte mich an. Langsam schien ihm zu dämmern, was gerade geschah. Alles Weiche wich aus seinem Gesicht, und er war wieder Jorden, der Bully, Jorden, der mit denselben Händen, mit denen er mich gerade umarmt hatte, die beiden Kinder in der Großen Ebene getötet hatte. Jorden, der zusammen mit Cornelius Özlem verkauft hatte. Er schaute auf die Robot-Guards, überlegte offensichtlich, ob ein Fluchtversuch erfolgreich sein könnte. Aber irgendetwas stimmte hier nicht: Warum fand die Übergabe an unsere neuen Masters auf diese seltsame Weise statt, im Stillen und ganz ohne Overall-Head-Hunters? Und warum ausgerechnet in dieser Zusammenstellung?

Bevor ich darüber weiter nachdenken konnte, schleppten wir uns, von den Robotern in unserem Rücken angetrieben, die endlosen Stufen hinauf und dem leichtfüßigen Kaninchen hinterher, das regelmäßig auf einem Absatz eine Pause einlegte, damit wir nachkommen konnten, wobei es auf seine goldene Taschenuhr schielte und ungeduldig mit dem großen Fuß schlug. Mein lieber Fennek wich nicht von meiner Seite. Auf dem Weg in die Höhe, durch eine Unzahl kleiner Räume, fortwährend abbiegender Korridore, über kurze Treppen, durch ein leeres Zimmer mit einem verlassenen Schreibtisch, verlor ich jede Orientierung. Und für Sekunden war es mir, als hasteten wir nicht durch den Bauch der *Loreley*, sondern Schienen entlang, durch den langen, langen Tunnel, der sich im felsigen Inneren eines gewaltigen Gebirges hochwand.

So selbstverständlich wie ein Kind reichte mir Cornelius seine Hand, damit ich ihm beim Treppensteigen half, ihn führte. Pfeifend rang er nach Luft. Aus seiner früher so kräftigen Brust, auf die ich als kleiner Junge meinen Kopf gelegt hatte, wenn ich nachts aus Angst vor Gespenstern oder den Banden zu ihm in den Schlafsack gekrochen war, schauten unter den zur Seite gerutschten Lumpen die Rippen hervor.

»Cornelius?«

Mit aufgerissenem Mund, weiße Speichelfäden in seinem Bart, traf mich sein verwirrter Blick. Es schnürte mir den Hals zu. Er musste mich doch wiedererkennen!
»Cornelius …«, flüsterte ich, mehr zu mir selbst als zu ihm.
Er strich sich den Bart, schon schöpfte ich Hoffnung, gleich wäre er wieder der Alte, er drehte sich um, »… verbrecherische …«, fauchte er unseren Roboter-Wächtern zu. Sie reagierten gar nicht auf ihn.
Als wir aus einer engen Luke in einen gewaltigen Raum kletterten, das Kaninchen innehielt und mit gehobener Pfote und bedeutungsvoller Stimme um »silence« bat, dachte ich zuerst, wir befänden uns noch immer im Inneren der Fähre. Dann jedoch spürte ich ihn im Gesicht: den Wind. In der stickigen Luft der Zelle hatte ich vergessen, dass es ihn gab, dass es ihn die ganze Zeit gegeben hatte, nur ein paar Meter von mir entfernt. Ich roch die Nacht. Schmeckte den See. Hörte das Wasser. Blinzelte auf das kreisrunde, weiße Loch im schwarzen Himmel. Den Vollmond. Wir waren wieder im Freien, auf dem Schiffsdeck. Es war bedeckt mit leeren Käfigen.
Vom Treppensteigen pumpte mein Herz, mir war übel. Dennoch sog ich gierig alles um mich herum auf. In das Gefängnis, in das man mich bald stecken würde, wollte ich noch etwas mitnehmen von der Welt, von *meiner* Welt, von dem Wind, der Nacht, der See. In wenigen Sekunden würden wir den Head-Hunters oder unseren neuen Masters übergeben werden. Ahnte F-87 das auch? Er kletterte auf meine Schulter. Verzweifelt, dass unser Wiedersehen schon wieder beendet sein sollte, streichelte ich Cornelius' Hand. Da wollte Jorden, der wohl denselben Gedanken gehabt hatte wie ich, schon lostorkeln, fliehen – blitzschnell packte ihn die Pfote des Kaninchens und hielt ihn so fest, dass er sich nicht rühren konnte.
»Non, non, non, un moment, wenn isch bitten darf!«, wisperte es aufgeregt, blickte noch einmal auf seine Taschenuhr, deren Kettchen leise im Wind klimperte, und drückte dann auf den Knopf über dem Zifferblatt, worauf das Ticken, das die ganze Zeit über erklungen war, verstummte.
»Attention! Ihr müsst jetzt gleich absolut pré-ci-sé-ment«, es unterstrich jede Silbe mit seinem ausgestreckten Handschuhzeigefinger, wo-

bei es erstaunlich mühelos zugleich Xiwang im anderen Arm wiegte, »isch wieder'ole: pré-ci-sé-ment meine Anweisungen befolgen. Ansonsten wird unsere Flucht mit 92%iger Wahrscheinlichkeit scheitern.«
In meinem Kopf hallte das Wort »Flucht« wider. *Er hat es* Flucht *genannt*, schnarrte Ti t'e da Wan Duli. *Hat er wirklich gerade Flucht gesagt?*, fragten Muba und Baba. *Na, das ist zumindest das, was ich hier oben gehört habe,* bestätigte der Zehntausendmetermann. Ich versuchte, die volle Bedeutung des Wortes zu erfassen: Ich fliehe, du fliehst, er flieht, wir fliehen.
Da zuckte krachend ein Blitz auf. Ein paar Meter über uns. Erst jetzt bemerkte ich die hellerleuchtete Glaskanzel im hinteren Teil der Fähre, die das Deck überblickte, die Brücke. Die Gestalt darin, die sich direkt hinter der durchsichtigen Wand verrenkte, als tanzte sie. Ein strahlend weißer Overall, aber ohne Kapuze und Schnauze, es war ein Mann mit kurzem, schwarzen Haar. Auf seinen Schultern thronte eine nackte Venus-Doll; mit ihren grazilen, langen Beinen umklammerte sie seinen Kopf und hämmerte auf ihn ein. In den einen Arm des Mannes hatte sich ein Knuddel-Tiger verbissen und ließ sich nicht abschütteln. Der Angriff musste genau in diesem Moment, als das Kaninchen den Knopf seiner Uhr gedrückt hatte, erfolgt sein. Andere Crewmitglieder auf der Brücke kamen ins Bild. Auch sie kämpften mit Toys, die wohl eine Fehlfunktion hatten: Regenbogen-Wunsch-Ponys bäumten sich auf, ein lila Wunder-Bär wischte einen Mann mit seiner Pfote beiseite, dazwischen einzelne, scheinbar ziellose Phaserfeuer. Ein Dumbo explodierte, war er getroffen worden, oder hatte er sich selbst in die Luft gesprengt? Mit ohrenbetäubendem Klirren zerbarsten die Fenster der Kanzel.
Unbemerkt huschten wir im Gänsemarsch zwischen den Käfigen an die Reling, dem Kaninchen hinterher. Vor dem Gestänge hingen schaukelnd die Beiboote. Ich floh, er floh, du flohst, wir flohen. Schon sprangen wir hinüber, waren wir hinübergesprungen. Als Einziger stand Cornelius noch an der Reling, traute sich nicht, schimpfte. Nein. Er weinte, jammerte. »Aber ich … kann doch nicht … ich kann nicht …«
Jetzt hatten sie auch auf dem übrigen Schiff die Meuterei bemerkt. Tril-

lerpfeifen schrillten über den dunklen See, gefolgt von dem tiefen, müden Ton der Sirene, der dann, als erwachte er erschreckt, aufjaulend in die Höhe jagte. Eine Glocke wurde geschlagen, Spotlights fluteten das Deck. Ich nahm all meine Kraft zusammen, sprang zurück zu Cornelius. F-87, der schon im Boot saß, quietschte auf und streckte die Pfoten nach mir aus. Ich umklammerte Cornelius' Bauch, er war zu schwer für mich, ich konnte ihn nicht heben. »Spring!«, rief ich. »Spring endlich!«

Befehle bellten, die metallenen Leiber von Dollys glänzten auf, ganze Schwärme von Dollys, die wie Bienen aus den Luken schwirrten, ein Trupp Overalls eilte ihnen mit gezogenen Phasern hinterher. Auf der anderen Seite des Schiffes bezogen, Reihe hinter Reihe, Toys Aufstellung, eine regelrechte Armee, die nur darauf zu warten schien zu kämpfen: Weiße Weisheits-Ratten, bewaffnet mit Knüppeln, Fun-Äffchen, die trotz ihres drolligen Gesichts versuchten, grimmig dreinzuschauen. Schon holte eine KID-NEY-Niere mit einem Schläger aus, zielte auf einen Dolly, der seinem Schwarm wütend summend vorausgeflogen war, und beförderte ihn mit einem gezielten Schlag weit hinaus in die Finsternis, ein funkensprühender Ball, der laut und rasend schnell in vielen verschiedenen Sprachen drauflosplapperte.

»Ich … wie soll ich denn …«, stotterte Cornelius.

Dann zählte ich, ganz wie einst Jorden, ich glaube Cornelius erkannte es wieder: »Drei, zwei, eins.« Bei null nahmen wir Anlauf, ich schwebte, lief durch die Luft – und wir purzelten auf das harte Holz des Beiboots.

Schützend drückte das Kaninchen Xiwang an sich und blubberte mit dem Handschuhfinger an seiner Unterlippe, damit sie lachte. Es half nichts. Das Baby, panisch vom Lärm um uns, fing zu heulen an. Die beiden Robot-Guards waren an eine Winde getreten und kurbelten in gleichem Takt. Ruck für Ruck glitten wir abwärts. Aus einem der vorbeiziehenden Gucklöcher schaute uns plötzlich eine Frau entgegen, eine schöne Frau, die eine weiße Overallkapuze trug und stumm hinter dem Glas zu schreien begann. Mit jedem Meter die Bordwand hinab entfernte sich das Chaos an Deck weiter von uns, und wir glitten tiefer und tiefer, der im

Mondlicht silbern glitzernden Wasserfläche entgegen, die, als wir endlich dicht neben dem riesigen Rumpf aufschlugen, klatschend Ringe warf.

Fern in der Nacht trudelte der riesige, dunkle Klotz der *Loreley.* Phaserlichtlinien zuckten in den Himmel über dem Lac du Rhin. Im Beiboot starrte Cornelius neben mir in die Finsternis und hielt meine Hand. Er hatte sie seit unserem gemeinsamen Sprung über den Abgrund nicht mehr losgelassen. Ich konnte meinen Blick nicht von dem Ort unserer Gefangenschaft abwenden; jeden Moment erwartete ich, dass ein Verfolgertrupp in Sicht käme. Entweder würden uns die Head-Hunters sofort exekutieren oder aber zurück in unsere Zellen schaffen. Ein zweites Mal würde uns die Flucht nicht gelingen, die so unglaublich war, dass ich kein rechtes Vertrauen zu dem Kaninchen am Steuer hatte.
»So meine Kleine, jetzt geht es zum lieben 'einz …«
Behutsam, ja, mit einem fast zärtlichen Ausdruck um die Schnauze hatte es mir Xiwang in den freien Arm gedrückt. Sie erkannte mich nicht wieder, denn sofort wollte sie, Angst in den Augen, zurück und streckte die kleinen, dicken Hände nach dem Kaninchen aus, bis endlich F-87 auf meine Schulter sprang. Da juchzte sie auf. *Ihn* hatte sie nicht vergessen.
Jorden war der Erste, der etwas in die ferner und ferner rückenden Geräusche sagte – oder besser: zu sagen versuchte. Gegen den Fahrtwind, der ihm den dünnen Bart vors Gesicht wehte, fauchte er: »Was vor … wohin …?«
Auf, Heinz! Du bist jetzt der Leader. Die Stimme Ti t'e da Wan Dulis. Beim letzten Wort schauderte mir. *Verstehst dich doch in der Redekunst, oder etwa nicht? Na los! Frage das Kaninchen!*
Das Kaninchen war mit flatternden Ohren ganz in die Beobachtung der Strecke vor uns vertieft. Es hatte das Tempo gedrosselt. Obwohl das Ufer nur als Streifen am Horizont dunkel zu erahnen war, ragte schon hier und da ein bedrohlicher Schatten aus dem Wasser, vielleicht Sandbänke, auf denen sich Treibgut angesammelt hatte, Stämme, schimmernde Plastiktüten, das Gerippe eines Kahns. Ein falscher Kurs, und wir liefen auf Grund.

»Warum hast du uns befreit?«
Zu meiner Überraschung empfand ich keinerlei Furcht, als ich das fragte. Cornelius' schwache Hand in der meinen, den krächzenden Jorden neben mir, die Stimme der alten Schildkröte im Kopf und meinen lieben Fennek auf meiner Schulter, fühlte ich ungeahnte Superpowers. Da breitete sich ein zufriedenes Grinsen auf dem Gesicht des Kaninchens aus. Die feinen, weißen Haare des Fells erstrahlten im Vollmond. Unserem Retter war anzumerken, dass er nur zu gerne auf der Stelle aufgesprungen wäre und mir alles erklärt hätte; andererseits schien sich das Kaninchen jedes Mal, nachdem es sich bereits halb erhoben hatte, innerlich zur Ruhe zu ermahnen, so dass es sich wieder brav hinsetzte und pflichtbewusst in der Steuermannspose erstarrte. Endlich rief es, wobei es bedeutungsheischend die Handschuhhand hob: »'ört 'ört! Nachdem uns die Flucht vom 'ead-'unter-Schiff gelungen ist«, dann ließ es sich wieder zurück ans Steuer plumpsen, »werden wir von nun an in Frei'eit«, Aufspringen, Handschuhhand heben, Triumph, »in den französischen Sümpfen leben!« Jetzt konnte es sich ob der Freude über seine Nachricht nicht mehr beherrschen. Es hüpfte in die Luft, wobei das Boot bedenklich zu schaukeln begann, das Kaninchen wollte schon die Läufer zusammenschlagen, ehe es sich mit einem hastigen Blick auf die schrumpfende *Loreley* eines Besseren besann. Unsicher zwinkerte es uns hinter der Goldbrille zu, mümmelte. »Eh?«
Aufmerksam hatte Cornelius seine Ausführungen und ausladenden Bewegungen verfolgt, einmal war sogar, wie ich meinte, ein amüsiertes Lächeln über sein verwittertes Gesicht gehuscht, er löste die Hand aus meiner, gleich würde er einen Einwand machen. Aber er verscheuchte nur eine Mücke.
»Hä?« Jorden jedoch war sofort wütend geworden, ganz wie früher. »Soll ... das ...?«
Schnell schnitt ich ihm das Wort ab: »Aber ... warum hast du nur uns befreit? Was ist mit den anderen?«
Feierlich stellte das Kaninchen die Lauscher auf. Kahle Büsche wie bucklige Gestalten, die auf uns warteten, zogen an uns vorbei.
»Isch verste'e euere Erregung und den allzu menschlichen Wunsch, nach

den Gründen dieser Aktion zu forschen, noch bevor ihr euch bei mir bedankt. Ça ne me dérange pas. Und ich entschuldige mich für etwaige Unanne'mlichkeiten auf dieser Reise. Ich werde dennoch mit der all mir zur Verfügung ste'enden, gleichwohl se'r bescheidenen Kraft versuchen …«

»Zum Punkt kommen!«, rief ich, ganz ohne die Einsagungen Ti t'e da Wan Dulis, der ältesten Bakterien der Welt oder des Zehntausendmetermannes. »Komm zum Punkt!«

»Also eigentlich«, das Kaninchen nestelte an seiner Brille, »eigentlich war es ja der Kleine da, der diese Idee 'atte.«

»Wer?«

Das Kaninchen deutete auf mich. »Na, der da. Le Fennec.«

Mein liebes Toy rieb seine Schnauze an meine Wange, als freute es sich über die gelungene Überraschung.

»F-87? Du?«, fragte ich ungläubig, während Jorden abfällig zischte. Da griff Cornelius seinen Arm, vielleicht ein alter Reflex aus Rosenalmzeiten, um ihn zu beruhigen, aber in diesem Moment, nach so vielen Monaten, so unerwartet, dass Jorden den Alten verblüfft ansah.

»Aber … das glaube ich nicht. Wie sollst denn du das …« Gerührt von der unglaublichen Nachricht schaute ich in F-87s treue Manga-Lookies.

»Pardon, wenn isch 'ier für meinen petit ami sprechen darf«, das Kaninchen rückte seine Brille zurecht. »F-87 hat seulement, so wie es alle Kid-Toys mit Rescü-Programm tun würden, einen Weg gesucht, um seinen Master aus einer Situation zu befreien, die für ihn mit 98,9 %iger Wahrscheinlichkeit den Tod durch Auszehrung, Vergewaltigung, Ermordung, Ver'ungern oder Verdursten bedeutet 'ätte. C'est tout-à-fait normal, n'est-ce pas?«

»Bullshit … seinen Master … und wir?« Jorden war anzumerken, wie sehr es ihm widerstrebte, mit einem Toy und nicht mit einem Menschen sprechen zu müssen.

»Oh«, die Schlappohren des Kaninchens wackelten aufgeregt, »isch bitte, es mir nachzusehen, dass isch mich immer noch mit so geringem Erfolg in die Menschen-Master einzufühlen verstehe. Insofern, bien-sûr, ist Ihr

Kraftausdruck«, spürbar kostete es ihn einige Überwindung, das Wort über die aufgedruckten Lippen zu bringen, »›Boule-shite‹, wie Sie sagen, selbstverständlich gerechtfertigt. Isch erlaube mir allerdings anzumerken, dass es doch sogar für den plus petit Robot, ausgestattet mit dem Ethik-Minimal-Programm, évident ist, dass die Vorgänge auf dem ’ead-’unter-Schiff unter die Kategorie ›faux‹ und ›mal‹ fielen und da’er zu unterbinden waren. Und mon petit ami ’ier, le Fennec, scheint außerdem eine besonders starke Bindung zu seinem guten Master zu ’aben. Et en passant: Dass wir dazu verdammt waren, all den kriminellen Taten dieser schändlichen ’ead-’unters hilflos zuzusehen, weil sie unser Master-Branding entfernt ’aben und uns zu stumpfsinnigen Steinzeit-Robots machten, ’eißt nicht, dass wir tief im Inneren unserer Schaltkreise nicht wussten, was los war. Isch meine: isch«, stolz schwoll seine Kaninchenbrust unter der Tweed-Jacke, »Laurent, le Funny-Bunny des deutsch-französischen Elite-Kindergartens Köln-Kalk, der tous les ans über achtzig ’appy Kids betreuen durfte …«
»Das kann doch alles nicht …«, brummte Jorden.
»… ohne dass«, unbeeindruckt fuhr das Kaninchen fort; es kam jetzt erst so richtig in Fahrt, »ohne dass es jamais eine einzige Beschwerde gegeben ’ätte, eh? Alors, isch als cariste, als Gabelstapler-Fahrer auf einem Sklavenschiff! Pardon, c’est un scandale!« Empört strafften sich seine Barthaare. Seine Jacke zurechtrückend, beruhigte es sich wieder. »Zum Glück war isch dann als Betreuer des armen, kleinen enfant zuständig. Wir kennen uns also schon ein wenig, die mignonne Xiwang und isch.« Er schnitt eine Grimasse, Xiwang blubberte. »Alors, zu euerer Frage, wie le Fennec et moi euch vor dem Tod gerettet ’aben: Isch weiß wohl, dass ihr Master immer wieder excités seid über …«
Überwältigt von dem Wortwasserfall, der mir da, begleitet von kleinen Spuckespritzern, aus dem Mund des Funny-Bunnys entgegensprudelte, begriff ich nur allmählich, was mein kleiner elektrischer Fennek für mich, für uns getan hatte. Ich kraulte ihn am Hals. Zufrieden schnurrte er.
Das Kaninchen schielte in den Sternenhimmel und haspelte die folgenden Sätze so schnell herunter, dass ich sie kaum begriff: »Le Fennec hat sich versteckt, als er realisierte, dass die *Loreley* nicht die Rettung, son-

dern eine Falle bedeutete, dann ’at er sich in mein Interface und isch in das des Prisons ge’ackt, eine réaction en chaîne, Toy hilft Toy, die aussichtsreichste Lösung schien eine Meuterei à la Bounty, welche«, es zog seine Uhr aus der Weste, »auf die Minute genau jetzt ihren ’ö’epunkt mit der Öffnung der Prison-Zellen erreicht, wie jedes Toy träume auch ich davon, einen Master zu ’aben, kann mich jemand von euch bitte umprogrammieren, s’il vous plaît?« Flehentlich kräuselte es die Schnauze.
»Aber«, ich schaute auf die vorbeiziehenden Strünke. Das Schaben der Insekten übertönte mittlerweile den Motor des Boots. Waren wir schon in der Nähe des Ufers? »… aber wohin sollen wir denn jetzt?«
Das Kaninchen wirkte hocherfreut über diese Frage und griff reflexhaft nach seiner Trompete. »’ört ’ört! Vortrefflicher Einwand des Masters du Fennec! Die durch die Meuterei entstandene Verwirrung sollte uns einen Zeitvorsprung verschaffen. Es wird noch environ eine halbe Stunde dauern, bis die *Loreley* Verstärkung von einer anderen Fähre er’ält. Da’er der Plan: Wir zie’en durch die Sümpfe, und schon nach einer Woche Fußmarsch ste’en wir aux portes de Paris! A propos: Bienvenue en France!«
»Also doch! Also gibt es das Große Lager doch!«, rief ich. Auch Jorden hörte jetzt aufmerksam dem Kaninchen zu, während Cornelius auf die nächtliche Landschaft um uns blickte. Eigentlich wirkte er so. Aber warum blieb er dann stumm und nahm nicht das Heft in die Hand? Für einen Moment beschlich mich der Verdacht, er spielte bloß ein Spiel mit uns, so wie er und Jorden die Gemeinschaft damals im Tunnel getäuscht hatten, als sie Özlem verkauften. Zum ersten Mal seit unserer Flucht spürte ich wieder die Enttäuschung über meinen ehemaligen Leader, schwarz und unendlich groß wie ein Loch, in dem ein Mensch für immer verschwinden konnte.
Mit einem Wimpernschlag wehrte ich die dunklen Gefühle ab. Ich konnte das. Ich war nicht mehr der kleine Heinz. Die Zeit für eine Aussprache würde kommen. Vielleicht schon bald. Im Großen Lager. Sie würde kommen, wenn *ich* es wollte.
»Oh, werter Master von F-87.« Das Kaninchen entblößte lächelnd seine langen Schneidezähne. »Darüber, ob es dieses Gross’ Lager bei Paris tat-

sächlich gibt, 'abe isch leider keine weiteren informations. Alles, was isch weiß, ist, dass die 'ead-'unter auf dem heureusement nun schon etwa elf Kilometer 'inter uns liegenden Schiff 'in und wieder mit Paris in Verbindung standen.«
»Paris …«, wiederholte ich. Wie sollten wir nur jemals durch die Sümpfe dorthin gelangen?
»Paris!«, fuhr das Kaninchen schwärmerisch fort. »Etwa sieben Tage sind es von dieser Position, sofern ihr nicht ver'ungert, von den 'ead-'untern gefangen werdet oder an einer Krankheit eingeht, das 'eißt sterbt, wofür die Wahrscheinlichkeit laut meines Programms bei achtundfünfzig zu zweiundvierzig liegt. Mais courage, mes amis, courage! Isch, Laurent, le Funny Bunny, werde euch natürlich mit Rat und Tat zur Seite stehen! Aber nun noch une bonne nouvelle, mes chers amis: Die radioaktive Verseuchung in dieser Region ist so gering, dass 'umanoide ihre Auswirkungen erst in einigen Monaten spüren werden! Eh? Pas mal, n'est-ce pas?«
Eine Bö strich durch irgendeine Öffnung im Boot und blies Töne darauf, in denen ich ein altes deutsches Volkslied zu erkennen meinte. Jetzt brach es aus Jorden heraus. Es war kein Wutschrei, auch kein Heulen, wie ich zuerst dachte. Er lachte, prustete, schallend. Es hallte über das glitzernde Wasser wie wie wie

Früh am Morgen. Kommen nicht weiter. Das dämmrige Licht zwischen den toten Bäumen reicht aus, um uns die Aussichtslosigkeit unserer Situation vor Augen zu führen. Endloses Sumpfgebiet in alle Richtungen. Schwefelgeruch. Schlammlöcher. Bin mehrmals eingesunken, obwohl Laurent versichert, er habe sich aus dem Computer der *Loreley* Karten mit Wegenetz überspielt. Marschieren auf nur fußbreiten Pfaden zwischen den Morastfeldern. Überall Moskitos. Keine Power mehr, nach ihnen zu schlagen. Jorden hat seine Sprache wiedergefunden und schimpft auf Laurent. Wie schlecht unsere Flucht geplant sei, da kein Proviant. Er geht weit voraus. Laurent muss ihm zurufen, wenn sich der Pfad gabelt. Einmal, als Laurent länger überlegt, als Jorden recht ist, verliert der die Geduld, äfft seinen französischen Akzent nach. Ich versuche, Jorden zu beruhigen. Tatsächlich kriegt er sich wieder ein. Er hört auf mich.
Die Hitze, die schon nachts zu spüren gewesen ist, wird in den nächsten Stunden mörderisch werden. Mit Macht meldet sich die Erschöpfung, nachdem die Euphorie über unseren Great Escape verflogen ist. Ich gehe hinter Cornelius, damit wir ihn nicht verlieren. Wie mühsam. Muss ihn antreiben, weil er ständig stehen bleibt. Verlieren viel Zeit. Merkt er, was passiert ist, wo wir sind? Gebückt und ausgemergelt, wie er ist, die Arme hinter dem Rücken verschränkt, macht er keinen guten Eindruck. Glaube nicht, dass er den Strapazen gewachsen ist. Doch seine Augen sind wacher geworden. Dem LORD sei Dank. Nein. Vielleicht ist es sogar besser, wenn er nichts mitkriegt. Je öfter ich darüber nachdenke, desto mehr fürchte ich mich davor, dass mit einem Mal wieder der alte Cornelius vor mir hermarschieren, sich plötzlich umdrehen und mir Anweisungen geben, mit Laurent zu diskutieren und mit Jorden zu streiten beginnen könnte.
Trinken ist kein größeres Problem, glaube ich. Links von uns kann ich es rauschen hören. Irgendwo ganz in der Nähe muss ein Fluss sein. Aber: Was werden wir heute essen?

Jorden, der in weitem Abstand uns vorausgestapft ist, steht an einer Weggabelung. Ruft »muss scheißen«, verschwindet auf die Seite. Das Kaninchen deutet mir an, ihm zu folgen. Xiwang auf dem Arm, F-87 auf der

Schulter, humpele ich ihm nach. Cornelius lassen wir stehen. Er trägt eine leere, weiße Plastiktüte, die er aus dem Gebüsch gefischt hat. Als wir vielleicht zehn Meter entfernt sind, ruft er: »Komm bald wieder, Heinz, ja?« Ein Stich in mein Herz. Er klingt genau wie auf der Rosenalm. Aber er rührt sich nicht, beobachtet uns nur schwankend.
Hastig beginnt Laurent zu flüstern, zupft mich immer wieder am Ärmel, um seinen Worten mehr Gewicht zu verleihen. Er bitte mich vielmals um Entschuldigung, er müsse mir *substantielle* neue Daten, die Silben betonend, indem er abwechselnd die Ohren nach vorne klappt, substantielle neue Daten zu unserem Escape-Plan mitteilen. Absolutement entre nous. Mir fällt es schwer, mich auf ihn zu konzentrieren, hungrig wie ich bin. »Was ist denn? Wir müssen unbedingt was essen. Xiwang muss dringend was essen …« Ich klinge schon wie Özlem, fällt mir ein. Die beiden Cookies, die ich Xiwang in die Hand gedrückt habe, hat sie aufgemampft; aber mehr wird es für sie nicht zu essen geben. Bald wird sie schreien. Und dann?
Verlegen schaut das Kaninchen auf den lehmigen Boden des Damms, auf dem wir stehen. »Das ist es ja, was ich dir sagen wollte, cher Master du petit Fennec. Wir«, es spielt mit der Kette seiner Uhr, »werden sterben. Übermorgen. Spätestens überübermorgen. Wenn wir nicht etwas unternehmen. Je suis désolé, vraiment désolé … aber für mich ist die Lage aussi très précaire, nicht nur die Aussicht, aus Energiemangel 'ier, in diesem furchtbaren Sumpf liegenzubleiben und zusehen zu müssen, wie all diese Mücken, écœurant!, mir mein Fell et ma veste élégante ruinieren, sondern, und das verstehst du sicher am besten, cher Master du petit Fennec, da du ja weißt, wie wir Toys ticken, eh?, dass isch, Laurent, le Funny-Bunny ma mission nicht erfüllen konnte …«
»Was?«, mir ist, als gäbe der Damm unter mir nach. »Aber ich dachte …« Cornelius guckt unverwandt zu uns herüber, er macht mich nervös. »Heinz!«, ruft er da auch noch.
»Wir kommen gleich!«, beruhige ich ihn und hoffe, er hört nicht das Zittern in meiner Stimme. Schnell flüstere ich: »Ich dachte, in einer Woche … du hast gesagt, in einer Woche sind wir … stehen wir vor den Toren, das hast du doch gesagt … und … jetzt?«

»Alors. Je regrette, 'einz-Master, aber isch bin bei meinem Plan von den informations ausgegangen, die mir unser petit ami, le Fennec, bei unserem viel zu kurzen und netten tête-à-tête électronique überspielt 'at. Isch dachte, avec respect und ohne, dass isch euch zu na'e treten möchte, dass ihr drei a) in einem besseren Zustand physique seid, und b) dass dieser«, er zögert, dann zieht er seufzend die aufgenähten Augenbrauen hinter der Goldbrille in die Höhe, »dieser Monsieur Jorden da vorne, le crétin, dirais-je, pardon, besser mitspielt. Er sollte jagen, Spuren lesen, eh? Und nun? Rien! Und c)«, rasch haspelt er den folgenden Satz herunter, »sind die Karten von der Gegend 'ier nicht sehr präzise. Isch kann unseren site nicht optimal bestimmen, so dass wir noch einen, vielleicht zwei Tage en plus benötigen werden. Pardon, *würden*, devrais-je dire, eh?, denn mehr als deux jours werden wir nicht erleben, vor allem nicht la mignonne Xiwang, le baby. Eh bien.« Er zieht seine Weste straff. Dann grinst er auf einmal: »Isch 'abe aber auch une bonne nouvelle im Gepäck!«
Ich kann nicht sprechen. Mein trockener Mund. Die Angst davor, dass alles umsonst gewesen ist. Mein Blick geht zum Himmel, kein Stern ist zu sehen, und doch, muss ich mir denken, und doch, ihr seid da, Sterne, auch wenn ihr unsichtbar seid, und auch du, Papi, bist da irgendwo.
»'ört 'ört! Wir drei, du, le Fennec und ich, wir müssen«, konspirativ hält das Kaninchen seine Handschuhhand an den Mund, »ab hier tout seuls weiterziehen. Dann erreichen wir Paris mit einer probabilité von éxactement 29 %. Aber immerhin. Isch weiß, es ist épouvantable, das Baby und deine Freunde. Aber es gibt keine andere Möglichkeit, mon pauvre 'einz.«
»Was … das …«, erschrocken torkele ich zurück. »Xiwang im Stich lassen? Ich soll ein Kind, ein Baby … hier?«
Cornelius, der wohl meine Aufregung bemerkt hat, beginnt, in unsere Richtung zu humpeln. Dass er sich jetzt einmischt, hat mir gerade noch gefehlt. Auch Jorden ist wieder aus dem Gebüsch aufgetaucht und wartet ungeduldig in der Ferne. »Was ist denn da hinten los?«

Noch immer vor der Gabelung. Schon Mittag. Xiwang wird sterben, wenn wir nicht bald was essen.

Wir werden dieses Moor nie wieder verlassen.

Cornelius hat seinen Vorschlag von damals, beim Tümpel, wiederholt.
Wir sollen ihn töten und essen.
Wütend brüllt Jorden ihn an, er solle sich zusammenreißen; solche bescheuerten Ideen brächten auch nichts. Cornelius, skelettdürr, kurzatmig, sonst plötzlich wieder ganz der Alte: Er habe nie mehr der Raison (sic!) gehorcht als heute. Jorden solle einfach mal nachdenken. Aber nicht zu lange, da jede Minute kostbar sei. Jorden: Da müsse er nicht nachdenken. Er tue so etwas nicht. Wir dächten vielleicht, er sei ein Arschloch und Plebser und was wisse er noch alles. Und Cornelius sei sicher eines der größten Arschlöcher, denen er je begegnet sei. Bevor er so etwas tue, verrecke er lieber selbst. Cornelius, ruhig: Dann schlage er einfach vor, demokratisch zu entscheiden. Per Abstimmung. Er sei dafür, Jorden dagegen, also komme es jetzt auf mich an. Ich hätte ja wirklich zur Genüge bewiesen, dass ich kein Kind mehr sei. Er nickt mir beinahe heiter zu, als wäre alles, was bisher geschehen ist, von den Jahren auf der Rosenalm über den Marsch durch die Große Ebene bis zu den Tagen im Schleuser-Camp, eine einzige große Prüfung gewesen, die ich nur bestehen würde, wenn ich mich nun richtig entscheide. Wenn er erst einmal tot sei, fährt Cornelius fort, werde Jorden schon noch seine Meinung ändern. Ganz bestimmt. Ob wir es ihm glaubten oder nicht, er habe eine sehr hohe Meinung von ihm und fühle sich nicht zuletzt von dem, was Jorden gerade gesagt habe, bestätigt. Er nehme es uns übrigens sogar ab. Zumindest könne er es versuchen. Dann müssten wir uns die Hände nicht schmutzig machen. Na ja, nur nachher halt. Irgendwo ließen sich hier bestimmt ein paar spitze Steine oder so finden. Das sei, so leid es ihm tue, dann wirklich *unser* Problem. Ich muss schlucken, als er diesen Scherz macht und sogar er selbst kein rechtes Grinsen darüber zustande bringt. Für den Bruchteil einer Sekunde bemerke ich in seinem

bärtigen Knochengesicht die Angst vor seinem eigenen Vorschlag. Wir sollten, meint er abschließend mit stockender Stimme, auch an Xiwang denken. Gerade an sie. Jorden geht weg. Ich nehme all meine Kraft zusammen und presse hervor: »Ich brauche Zeit.«
Alle warten auf mich.
Vor Hunger wird mir immer wieder schwarz vor Augen. Hitze kaum mehr erträglich. Moskitoschwärme überall. Ihr Summen. Laurent: Es sei ein bewundernswerter Vorgang, der hier gerade stattfinde. Auf so eine Lösung wäre er selbst nie gekommen. Dafür bewundere er die Menschen.

Jetzt ist Jorden mit Cornelius verschwunden. War dann doch bereit dazu. Sind irgendwo hinter die Gabelung. Nichts zu hören. Vielleicht doch noch anders überlegt? Ich will aufstehen. Hinterher. Sie abhalten. Kann nicht.

Beim Anblick der blutigen Fleischstücke in der weißen Tüte muss ich würgen. Die Fliegen, die über das Plastik krabbeln. Auch Laurent und F-87 haben davon gegessen. So wie ich.

Camp A/5
Helfer-Office 1A / LO
[redacted]

Aktenzeichen [redacted]

Asylantragsteller Nr. 12 097 721 (im Folgenden 12 097 721), männlich, Alter: 15, wurde am [redacted] um 11:27 Uhr MEZ von Flugeinheit AF-1004 auf 47° 9′ N, 6° 25′ O zusammen mit Asylantragsteller Nr. 12 097 789 (im Folgenden 12 097 789), Alter: 43, + Asylant Nr. 12 097 801 (im Folgenden 12 097 801), weiblich, Alter: 7 Monate, + 2 Entertainment-Einheiten (rup^3/Fennek, vormals F-87 + ggj^1/Kaninchen (pink), vormals KWI-1310) lokalisiert und gemäß der 4. Madrider Entente, § 3 A. 4 in das Camp A/5, Standort: *Wüste von Orléans*, transportiert. Von dort immediater Anschlusstransfer von 12 097 801 auf die Quarantänestation des Orphelinat 3 / Paris. Bei Standardaufenthalt von 12 097 721 + 12 097 789 auf Quarantänestation (beide Kontaminationsstufe B-, Näheres: Gesundheits-Scan = Anlage 1) wurde bei 12 097 721 **E-Klon-Status** festgestellt + schwere Beschädigung dreier Implantate, die jedoch zu keinerlei physischer / geistiger Beeinträchtigung führten, sondern lediglich das Abrufen der darauf enthaltenen linguistischen / literarischen Daten + damit die Hundertprozenterfüllung der vorgesehenen Funktion von 12 097 721 verunmöglichten. Implantat-Schaden irreparabel, da Eingriff lebensbedrohlich. Angabe von 12 097 721, Staatsbürger der ehemaligen Bundesrepublik Deutschland (d. i. die Zone) zu sein. Weiterleitung seiner Files an Zentrale der Bundesdeutschexilanten (ZBDE) / Paris. Rechtliche Unklarheit bzgl. des Greifens der 4. Madrider Entente für E-Klons + Sonderbehandlung zur Untersuchung + Sicherung von Implantaten (befindlich unter Achsel, rechts) → provisorische Einleitung von Standardregenerationsmaßnahmen + Einweisung von 12 097 721 in Camp A/5 / Container K. Aufnahmeverfahrenbeginn am 15/12/2057. Alle Interviews führte [redacted][1] (im Folgenden: *ich*). Physische Entwicklung von 12 097 721 entsprach C-Status, sein Intellekt hingegen AAA, wobei unklar, ob auf natürliche Disposition oder seine Implantate zurückzuführen. 12 097 721 zeigt B-Emotionen/negativ bei Belehrung darüber, dass sämtliche Sozial-Status des ehemaligen Deutschlands (d. i. die

1 Gemäß Sicherheitsvorschrift § 3T anonymisiert.

Zone), inkl. des von 12 097 721 für sich in Anspruch genommenen »Elite«-Status, in der NEU, die im Interview mit ihm mit »auf der linken Rheinseite« umschrieben wurde, bedeutungslos seien. Der wiederholten Forderung von 12 097 721 nach Rückgabe seines Besitzes (4 Schreibhefte [drei beschrieben, eines leer] + 1 Schreibwerkzeug [Druckbleistift] + Entertainment-Einheit rup^3/Fennek, vormals F-87) wurde gemäß § 78.C1 nicht stattgegeben → AA-Emotionen/negativ. 12 097 721 war nicht über seinen E-Klon-Status unterrichtet: gab an, er sei »Bewahrer« / »Auserwählter« seiner Gruppe, benötige aus diesem Grund Hefte + Schreibwerkzeug + könne ohne seinen Robot-Fennek (d. i. rup^3/Fennek) »nicht leben«. Da zu diesem Zeitpunkt (d. i. 2/12/2057) noch keine Rückmeldung von ZBDE, erfolgte keine Hunderprozentbelehrung über Ursprung + Zustand + Größe der Zone etc. Die unter den Überlebenden üblichen Fama[2] wurden unter Berufung auf § 39 IWO im Interview zerstreut. Mit A-Emotion/negativ vorgetragene Frage von 12 097 721 nach Verbleib von 12 097 801. Falschaussage von 12 097 721, dass er der Vater von 12 097 801 sei → Widerlegung durch Gen-Abgleich. Bestätigung sämtlicher weiterer Aussagen von 12 097 721 durch Auswertung der Visual-Files von Protektions-Flugeinheiten / Region Bavaria erfolgte am [redacted] → Erteilung von NC-(Non-Criminal-)Status bei gleichzeitiger Einstufung von 12 097 789 als K (Killer), mit L-(Light-)Zusatz, da per Visual-File belegte Tötung + anschließender Teilverzehr des ältesten Gruppenmitglieds aus offensichtlichem Selbsterhaltungs-Motiv.[3] Da außerdem von 12 097 789 angegebene Verwandte in Frankreich (Gattin [Name angebl. [redacted], angebl. geschieden] + Sohn [Name angebl. [redacted]]) nicht verifizierbar, erfolgte temporäre Rückstellung des Verfahrens. AAA+-Emotion/negativ von 12 097 789 machte am 11/12/2057 Einweisung in SDM (Salle de Méditation) bis Rückführung nach Ablauf der 42-tägigen gesetzlich einzuhaltenden vorläufigen Asylantragstellerrettungscampaufenthaltserlaubnis + Transfer zu einem noch zu bestimmenden Iso-Punkt unabdingbar (wegen weiteren Verfahrens

---

2 Z. B.: Es brauche »eine besondere Begabung«, um »nach Paris zu dürfen« etc.

3 **Visual-File 82 903 993-GJ / KILL-Protokoll:** 12 097 721 + 12 097 789 + 12 097 801 + altes Gruppenmitglied (im Folgenden AG) + rup^3/Fennek + ggj^1/Kaninchen (pink) auf 46° 9′ N, 5° 25′ O. 12 097 789 + AG ab. 12 097 721 + 12 097 801 + rup^3/Fennek + ggj^1/Kaninchen (pink) Standort haltend. 12 097 789 terminiert AG (Stein auf Kopf). 12 097 789 zerlegt AG (mit Steinen / Händen). 12 097 721 hinzu. AAA+-Emotion/negativ. Ggj^1/Kaninchen (pink) entzündet Feuer. Kochen + Teilverzehr von Fleisch (AG) durch 12 097 721 + 12 097 789 + 12 097 801 + rup^3/Fennek + ggj^1/Kaninchen (pink).

von 12 097 789 siehe Aktenzeichen F89023460720-HAIH / 12 097 789). Die Bitte von 12 097 721, Französisch zu lernen, Texte lesen und schreiben zu dürfen, wurde gemäß § THK 3c. abseitig beschieden, ebenso wie seine Fragen bzgl. der Zone + der NEU, die für ihn nur aus »Paris« und einem »Großen Lager« bestand → von Hundertprozentzerstörung des Planeten überzeugt. Belehrung über sein Verfahren + die im Moskauer Abkommen festgelegte 42-Tage-Frist des Aufenthalts in einem Rettungscamp, nach deren Verstreichen die Rückführung an Iso-Punkte stattfinde → Versuche von 12 097 721, seine Helferin (d. i. ich) in Intellekt-Diskussionen auf Beta-Niveau zu verstricken[4] → sofortige Unterbindung mit Verweis auf § 3C-intern (d. i. jede weitere relevante Information kann Gefährdung der Sicherheit in Paris durch Anti-Friedensgruppierungen aus Rückgeführten bedeuten, denen Asylantragsteller möglicherweise begegnen / sich anschließen könnte, sollte er rückgeführt werden). Während Interview 6: Versuch von 12 097 721, Helferin (d. i. mich) mit AA-Emotion/negativ/Unterkategorie Trauer und den Worten [redacted] zu umarmen + wiederholte Forderung nach Statusauskunft seines Vaters → Abgelehnt unter Berufung auf § 986 des Peking-Vertrags + Zuziehen 2er Helfer. Am [redacted] trat 12 097 721 in Hungerstreik. Innerhalb weniger Stunden schlossen sich 12 097 721 alle Asylantragsteller der Container H, I, J, K, L, M an. Kategorie-2-Forderungen[5]. Verweis auf ihn als Anführer. Unklarheit bzgl. Disziplinierung von 12 097 721 wegen E-Klon-Status → keine Einweisung in SDM, stattdessen Beschluss von außergewöhnlichen SoftMeasures = RT (ReasonTalk). Helferin (d. i. ich) hielt sich an das für das AAA-Intellekt-Stufe vorgesehene Mediationsprotokoll 7B[6]. Obwohl 12 097 721 § 3 grundsätzlich zustimmte, gab er an, er

---

4 Z. B.: »Warum dürfen sich die Antragsteller im Camp nicht weiterbilden?«, »Eigentlich sind wir doch Asylanten-Toys für Sie«, »Wenn 87 % aller Asylanten rückgeführt werden, wie es im Lager heißt, was für einen Sinn hat dann ein angebliches Rettungscamp wie dieses?« etc. [Originalwortlaut gemäß § 78.990 modifiziert] (siehe weiter Audio-File 12 097 721 / TSTSTS07-P1)

5 Z. B.: umfassende Aufklärung über Situation, längerer Aufenthalt mit einer »fairen Chance«, nach »Paris« zu gelangen.

6 § 1 Personalisierung des Gesprächs. Beispielsatz: »Versetzen Sie sich einmal bitte in meine Lage.« § 2 Produktion von Vertrauen durch Preisgabe angeblich vertraulicher Informationen, einzuleiten mit Ausschalten der Recorder-Attrappe und dem Satz: »Ich verrate Ihnen jetzt einmal etwas, aber Sie müssen mir versprechen, dass das unter uns bleibt.«: 1. Nur sehr begrenzter Raum innerhalb der Environment-Shields der NEU, 2. Große Sozialprobleme bei Asylanten-Integration, 3. Seit MK (d. i. Mitteleuropäischer Katastrophe) schwere gesamtglobale ökonomische Krise, vor allem in der NEU.

habe das Gefühl, dem durch den Teilverzehr seines »Gemeinschaftsvaters« namens Cornelius (→ nicht erfasstes, von 12 097 789 ermordetes Gruppenmitglied = AG, s. o.) ausgelösten Ekel vor jeglicher Nahrung mit dem Hungern nachträglich einen Sinn zu geben. Er selbst trage keine Verantwortung dafür, wenn seine »Mitgefangenen« sich ihm »aus ideologischen Gründen« anschlössen; er schloss mit dem selbstformulierten Prayer (chr.):

[redacted]

---

§ 3 Veranschaulichung durch die sog. »Gutemensch-Parabel«: »Stellen Sie sich vor: Ein dreijähriges Mädchen aus der Zone. Vollwaise. Nennen wir es Michaela. Wer würde ihm nicht ein neues Zuhause geben wollen? Also nimmt eine Mittelklasse-Familie es bei sich auf. Es handelt sich um eine sozial sehr engagierte, idealistische Familie, die in einem 5-Zimmer-Haus in einem schönen Vorort von Paris wohnt. Er Architekt, sie Lehrerin. Deren eigene elfjährige Tochter, nennen wir sie Marianne, freut sich sehr über die kleine neue Spielkameradin. Nachdem sich Michaela gut eingelebt hat und alle mit der neuen Situation glücklich sind, erklärt sich die Familie bereit, ein weiteres dreijähriges Kind aus der Zone aufzunehmen. Nennen wir es Michael. Es wird ein bisschen eng im Haus, aber es ist immer noch gemütlich. Auch bei den Finanzen kommt es nun hier und da zu Engpässen. Aber die Berichte in den Medien über die menschenunwürdigen Zustände in der Zone lassen unsere idealistische Familie nicht ruhen. Sie adoptieren einen weiteren zweijährigen Jungen, nennen wir ihn Heinrich. Ein Jahr später sind die Eltern geschieden, alle adoptierten Waisen aus der Zone müssen in ein Heim, ihre eigene Tochter, Marianne, muss in psychiatrische Behandlung. Am Ende lebt die Familie, die in eine finanzielle Notlage geraten ist, unter menschenunwürdigen Zuständen in einer viel zu kleinen Wohnung. Ein weiteres Jahr später schlitzt sich die arme Marianne die Pulsadern auf und stirbt. Die idealistische, herzensgute Familie ist NEU. Ihre Tochter, Marianne, unsere Zukunft. Was denken Sie über diese Parabel, [hier Nummer des Asylantragstellers einsetzen]?«

…

→ Eil-Beschluss zur sofortigen Zwangsernährung. Mit einem Smiley++ zu bewerten ist, dass 12 097 721 sich nicht an weiteren Protesten am [redacted] beteiligte, nachdem bei einem Optimierungsbesuch der Helfer in Containern H, L, P, Q 87 Gramm psychotrope Substanzen sichergestellt wurden. Die 3 Helfer, die sie widerrechtlich ins Camp geschmuggelt hatten, wurden immediat unterbefördert + die 12 Asylantragsteller immediat gemäß § 5P der Camp-Ordnung freigestellt + via Flugeinheit an den Iso-Punkt 3 Nord / linkes Rheinufer transportiert. Sicherstellung, dass Abholung der Freigestellten (im Folgenden: Freie) durch Händler der Factory Beta-Drei vollständig abgeschlossen wurde + somit erneutes Eindringen durch die Freien auf NEU-Gebiet verhindert. Gemäß § 2 des Peking-Vertrags erfolgte Abholung der Freien ohne direkte Unterstützung durch Mitglieder der NEU + wurde nur durch eine unbemannte Flugeinheit dokumentiert. Etwaige Schadenersatzklagen seitens etwaiger Verwandter der 12 Freien sind damit gegenstandslos + können per Visual-File jederzeit entkräftet werden. Kurz vor Ablauf der Asylantragstellerrettungscampaufenthaltserlaubnisfrist von 12 097 721, am [redacted], wurde sein Antrag durch die ZBDE bewilligt. Finaltransfer nach Paris erfolgte am [redacted][7]

Dieser Text wurde per Style-Parakeet© erstellt.

7 **Stellungnahme zum eingeleiteten Instantmahnungsverfahren vom [redacted]:**
Parallel zu den Interviews las ich [d. i. [redacted] (anonymisiert)], außerhalb meines Dienstes + nach Sondertarif P abzurechnend im Auftrag der ZDE die handschriftlichen Texte von 12 097 721, von ihm »Hefte« genannt. Bei der Bekanntgabe seines Finaltranfers in Interview 14 reagierte 12 097 721 mit A-Emotion/positiv [→ 12 097 721: aufstehen, auf mich zutreten, Handschütteln + Artikulation bedeutungsunklarer Sätze (Zitat: »Es scheint, dass sich mein Leben immer dann zum Besseren wendet, wenn ich jemandem die Hand schüttele.«)] Rechtfertigung für Erwiderung dieser Geste = § 987 des Peking-Vertrags, obwohl Hundertprozentklarheit meinerseits, dass Paragraph ebd. durchschnittlich 0,3 Mal p.a. seit seinem Bestehen bemüht wurde. Happyacceptance, dass dies Grund zur Soft-Abmahnung. Zugleich aber Smiley ++-Bitte, zu bedenken, dass 12 097 721 als E-Klon mit der Bestimmung »Künstler« / Unterkategorie »Literatur« in seiner Gesamterscheinung konstruiert wurde, Verhalten seines Gegenübers (d. i. ich) zu seinen Gunsten zu manipulieren (→ z. B. Beeinträchtigung des Urteilsvermögens wegen Emotionen/positiv/Unterkategorie Mitleid). Zudem Bitte Smiley ++, zu erwägen, dass die abgeleisteten Überstunden zur Lektüre der »Hefte« von 12 097 721 mich negativanfällig gemacht haben (Intimbeispiel: Zum ersten Mal in meiner 94-monatigen Karriere als Helferin Klasse 1A beobachtete ich am [redacted] um 5:34 Uhr MEZ von meinem Office aus einen Flugeinheits-Finaltransfer + empfand ich, während ich der Drohne nachschaute, die mit 12 097 721 + der ihm ausgehändigten Entertainment-Einheit rup^3/Fennek über die Dünen der *Wüste von Orléans* Richtung Paris flog, AAA+-Emotionen/negativ/Unterkategorie Rührung sowie [redacted]).

DAS GELBE HEFT

Als ich ein Kind war, redete ich wie ein Kind,
dachte wie ein Kind und urteilte wie ein Kind.
Als ich ein Mann wurde, legte ich ab,
was Kind an mir war.

In Gedanken versunken blicke ich vom Dachrand des Hochhauses hinab, das unser Stift beheimatet. Aus den steinernen Tiefen der Straßen und Gebäude ringsum weht die Hitze vom Vortag herauf. Wie stets sind meine Brüder gleich nach den Laudes in der Dachkapelle mit dem Lift zurück in ihre Zellen gefahren. Am Horizont, weit hinter den letzten Ausläufern der Stadt und der Grand Mur, spannt sich über der schwarzen Wüste von Orléans ein schmaler heller Streifen. Er wächst, Stück um Stück, triumphal, unaufhaltsam. Schon bald werden alle Sterne über mir verschwunden sein. Als Erstes wird der noch junge Tag die Spitze der großen Antenne auf dem Tour d'un kilomètre, dem Sitz des NEU-Parlaments, zum Glitzern bringen, kurz darauf die Glasfassaden der Bürotürme in La Défense. Fensterreihe um Fensterreihe wird er herabwandern und in die düsteren Schluchten rieseln, aus denen die aufgeregt-verzerrten Stimmen der Schauspieler auf den Werbe-Walls zu mir hoch hallen, ohne Pause die Vorzüge neuester Produkte anpreisend. Binnen weniger Minuten wird das sanfte Licht die noch farblosen Wipfel der Parks und Alleen ergrünen lassen; schließlich wird es vollends auf die Straßen fluten, sich in den Auslagen der Geschäfte spiegelnd brechen. Und aus dem Dunkel werden sich Schatten schälen: Menschen, die vorwärtseilen.
Eine ganze Weile habe ich nicht mehr so, auf dem Dach unseres Stifts, gestanden, geschweige denn bin ich dort unten gewesen, so dass mir die Welt um mich herum plötzlich seltsam fremd erscheint, als blickte ich auf einen anderen Planeten. Und auf einmal kommt es mir wieder in den Sinn, wie ich selbst vor vielen Jahrzehnten zum ersten Mal durch diese meine Stadt, Paris, irrte. Wie ich mich einen Nachmittag lang am Eingang des NEU-Parlaments nicht sattsehen konnte an dem Wunder,

das sich da meinen Augen bot: In einem gewaltigen Bassin bildeten mehrere menschliche Skulpturen, die sich an den Händen hielten, einen Kreis. Beim näheren Hinsehen erkannte ich, dass einige von ihnen aus Wasser, andere, wenige, aus winzigen Flammen bestanden. Später erfuhr ich, dass die Wassermenschen für die von der Katastrophe nicht betroffenen europäischen Staaten, die Feuerfiguren für die untergegangenen Länder und ihre Bewohner standen.

Auf dem Dach taucht vor dem Eingang zum Lift einer der elektrischen Mönche auf. Zwar sind sie jetzt, da wir die Hälfte der Quadragesima erreicht haben, etwas nachsichtiger mit uns Brüdern: Als ich vorhin an das Geländer trat, wurde ich nicht sofort zurückgepfiffen. Aber nun hebt der Roboter doch mahnend seine Metallhand mit dem Ecstasy-Stick. Nur schwer kann ich mich vom Anblick des Schauspiels hier draußen losreißen. Nachdenklich fahre ich dann neben dem summenden elektrischen Mönch zurück in die hundertundzweiundzwanzigste Etage, in den Trakt H mit seinen gelbgestrichenen Fluren. H wie Hieronymus.

Dem LORD hat es gefallen, mir in den vergangenen Wochen anzuzeigen, dass es nicht mehr lange dauern wird, bis er meine Seele zu sich holt. Immer häufiger versagen mir meine Arme und Beine den Dienst. Wie es sich für einen Hieronymiten gehört, habe ich vor Jahren auf das Angebot unseres Kellermeisters verzichtet, mir Muskelstabilisatoren einpflanzen zu lassen. Aber nun wollen auch meine Organe nicht mehr so recht. Ich spüre ein Brennen in mir, das nicht nur eine Folge des Hungers ist. Übermannt mich nachts endlich der Schlaf, plagen mich Albträume. Ich befinde mich wieder in der Zone. Der Nebel der Großen Ebene umgibt mich. Schrecke ich hoch, hallt meine Zelle oft noch von meinen Schreien wider. Wie zur Fastenzeit üblich, habe ich auch tagsüber Visionen. Dieses Jahr sind jedoch die beglückenden Momente der Ekstase, die mich für Sekunden abheben und Zentimeter über dem Boden schweben lassen, deutlich in der Unterzahl. So geht in diesem Augenblick nicht der elektrische Mönch mit seinen leise ziependen Gelenken neben mir durch den Flur, sondern Cornelius. Er ist nackt. Ich will seine Hand fassen. An der Stelle seiner Arme sind nur zwei graue Stümpfe. Mein LORD, bete ich, was ist das? Was passiert hier? Wir sind bei meiner Zelle angelangt. Mit einem Ruck hilft mir der elektrische Mönch über die Schwelle, die Tür fällt hinter mir zu, und ich höre das Piepsen der Verriegelung.

Als ich zur Sext die Dachkapelle betrete, meine ich, erneut zu halluzinieren. Unter dem mit einem violetten Tuch verhüllten Kreuz steht ein Sarg. Aber ich täusche mich nicht: Die elektrischen Mönche am Altar lassen die Ratschen kreisen, und während ich so schnell, als es mir möglich ist, auf meinen Platz schlurfe, höre ich meine Brüder die Neuigkeit weiterflüstern. Bruder César, der Älteste unseres Traktes, habe heute früh seine Seele dem LORD befohlen. Sofort streicht mir der fürsorgliche Bruder Ferdinand tröstend über den krummen Rücken. Er hat meine Gedanken gelesen: Nicht nur trauere ich um einen Bruder, der mir besonders früher, als ich in unser Stift eintrat, mit seinen Ratschlägen teuer gewesen war; nun bin also ich der Älteste im Trakt der Hieronymiten und damit der Nächste in der Reihe. Ich schlage die Augen nieder und bete für den Verstorbenen. Endlich öffnet sich der Boden unter dem Sarg. Brausend stürzt er in den Schacht des Ewigen Feuers.
Auf dem Rückweg hake ich mich bei Bruder Ferdinand ein. Als wir aus dem Lift steigen, sehen wir in der Mitte des ansonsten unter allen Umständen freizuhaltenden Flurs einen Haufen schwarzer Tüten. Schon von weitem ist Bruder Jonas zu hören, dem unser Prior wohl wegen eines erneuten Vergehens gegen die Stiftregeln eine zusätzliche Exerzitie aufgetragen hat. Schnaufend und stöhnend kommt er gerade mit zwei weiteren prallgefüllten Tüten aus Bruder Césars ehemaliger Zelle. Sein langes, rotes Haar fällt ihm in die verschwitzte Stirn. Langsam gehen wir an ihm vorbei zu meiner Zelle.
»Von wegen bis heute Nachmittag alles ausräumen«, schimpft er. »Wie soll das gehen, bei all dem Scheiß hier …« Der elektrische Mönch, der Bruder Ferdinand und mich in einigem Abstand begleitet, hebt die Hand mit dem Ecstasy-Stick.
»Ja, ist ja gut«, grummelt Bruder Jonas.
Tatsächlich scheint es mir fraglich, ob hier bereits zur Vesper ein neuer Mönch einziehen kann. Aber ich weiß auch: Es hilft nichts; jeder Raum

unseres schönen Stifts ist seit Jahrzehnten ohne Pause belegt. Die Wartelisten sind lang.
Stumm zeigt Bruder Ferdinand dem elektrischen Mönch an, dass er sich nicht weiter um mich kümmern muss; *er* helfe mir heute in meine Zelle. Warum er ein Schweigegelübde abgelegt hat, weiß ich immer noch nicht. In den sieben Monaten, in denen er nun als Novize in unserem Stift wohnt, habe ich kein einziges Wort aus seinem Mund gehört. Manche behaupten, er könne gar nicht sprechen. Als er versuchte, zusammen mit seiner großen Schwester den Lac du Rhin zu durchschwimmen, habe er im eisig kalten Wasser nicht nur sie, sondern auch seine Sprache verloren. So runzelt er lediglich die Stirn, als jetzt Bruder Jonas mit Fistelstimme den armen Bruder César nachahmt, wie er in den vergangenen Wochen unsere Prayers in der Dachkapelle mit dem Ausruf unterbrochen hat: »*Ich habe die Hölle in mir. Ich habe. Die Hölle. In mir.* Nee, mein Lieber. Da hast du was verwechselt. Du hast hier die ganze Zeit in der Hölle gewohnt … das reinste Chaos … so ein rücksichtsloser alter S…«
Sanft und doch blitzschnell streichelt der elektrische Mönch Bruder Jonas' Schulter mit dem Ecstasy-Stick. Für ein, zwei Sekunden steht er wie erstarrt da, mit aufgerissenen Augen, in denen nur das Weiß zu sehen ist. Bruder Ferdinand und ich beeilen uns. Er greift mir unter die Achseln und hebt mich über die Schwelle meiner Zelle. Während sich die Tür schließt, sehe ich, wie die Wand, vor der er steht, verschwindet. Hinter ihm öffnet sich eine breite Röhre, aus der schwaches, orangefarbenes Licht dringt. Der Eingang eines Tunnels. »ALB«, steht in weißen Buchstaben darüber. Dann starre ich auf die künstliche Holzmaserung meiner Tür.

Dem LORD hat es gefallen, mir durch Bruder Jonas ein Zeichen zu geben. Ich habe mich entschieden: Heute, am Laetare, dem vierten Fastensonntag, will ich beginnen, Ordnung zu schaffen. In der verbleibenden Quadragesima, die vielleicht auch der letzte Rest meiner Zeit auf Erden sein mag, gibt es für mich noch etwas Dringendes zu erledigen. Wenn Bruder Jonas demnächst meine Zelle ausräumt, wird er jedenfalls keinen Grund zum Fluchen haben.

Ich schicke dem LORD ein Prayer, er möge mir Kraft und Mut für mein Vorhaben schenken. Einen elektrischen Mönch will ich nicht rufen, wer weiß, welche Fragen er mir stellen würde. So gehe ich auf Zehenspitzen und strecke mich nach dem höchsten Regal in meiner Zelle. Fast halte ich den Schmerz in meinen Gelenken und meinem Rücken nicht mehr aus, doch da bekomme ich endlich den Zipfel des Plastiksacks zu fassen. Er plumpst zu Boden, und mein Blick fällt auf das mit verblichenem pinken Marker geschriebene Wort darauf, in dem ich meine eigene Handschrift wiedererkenne: *Heinz*. Siebenundachtzig Jahre lang, seit dem Eintritt in unser Stift, habe ich die Dinge meines weltlichen Lebens nicht mehr hervorgeholt. Nun aber, noch bevor sie und ich mit ihnen dem Ewigen Feuer übergeben werden, ist die Zeit dafür gekommen. Erst beim dritten Versuch gelingt es mir, den Sack auf mein Pult zu hieven. Mir schwindelt. Dann fange ich mich wieder und greife in die Öffnung, rasch, ohne nachzudenken, wie in das Maul eines Tieres, bei dem unklar ist, ob es zubeißen wird. Ich berühre ein Bündel Kleidung, daneben liegt etwas Leichtes, Hartes, Flaches, das Erhoffte. Ich ziehe es heraus.

Es sind meine alten Hefte.

Als ich mit pochendem Herz das erste Heft aufschlage, das schwarze, schwebt etwas aus den vergilbten Seiten auf den steinernen Boden meiner Zelle. Mühsam bücke ich mich danach. Ein getrocknetes Veilchen. Ich führe die Blume an die Nase, sie zerfällt mir in der Hand. Ein paar Duftsekunden lang stand ich wieder auf einer sonnenbeschienen Wiese. Auf unserer Alm.

Nach unserer Fastenmahlzeit im Refektorium, wo wir auf den Bänken an den Wänden saßen und uns der elektrische Mönch reihum einen Kanten Brot und einen weißen Pappbecher mit Wasser reichte, stellt sich Bruder Ferdinand beim Warten auf den Lift neben mich. Um uns der Pulk der anderen Brüder aus Trakt H. Ich habe mich in letzter Zeit öfter gefragt, warum der LORD mir einen wie Bruder Ferdinand erst jetzt geschickt hat, weiß ich doch, wie dankbar ich im Stift als junger Mann für einen Freund wie ihn gewesen wäre. Er tippt mich an, hält sich mit geschlossenen Augen rechts und links die Zeigefinger an die Schläfen und macht ein fragendes Gesicht. Inzwischen weiß ich, was er damit meint. Ob ich bis zur Vesper meditiere. Ich schüttele den Kopf, stütze mich auf seine Schulter und flüstere ihm ins Ohr, damit es die anderen Brüder nicht hören: »Ich schreibe.«

Bruder Ferdinand macht ein fragendes Gesicht.

»Was ich schreibe, meinst du?«, errate ich seine Frage. Er nickt. »Also …«, ich suche nach der richtigen Formulierung, »über … mein Leben.« Es klingt, als hätte ich gesagt: übers Sterben.

Bruder Ferdinand zeichnet mit den Händen einen Kreis in die Luft.

»Nein«, sage ich leise. »Ich werde es nicht ARCHIVA diktieren. Ich werde schreiben. Mit der Hand.«

Nachdenklich zieht Bruder Ferdinand seine dichten Augenbrauen zusammen. Über uns flötet es, die Lifttüren öffnen sich, die beiden elektrischen Mönche treiben unseren Pulk hinein. Wir sollen uns beeilen. Die anderen tuscheln miteinander. Auch bei ihnen hat das Fasten mittlerweile deutliche Spuren hinterlassen. Ihre Wangen sind eingefallen, blass ihre Gesichter. Ihre Unterhaltungen drehen sich ums Essen. Manche meinen, die Quadragesima sei die beste Zeit, um die Kunst der Versenkung zu perfektionieren. Es gibt im Stift das Gerücht einer Food-Vision, die den Zisterzienser-Brüdern in den grünen Fluren von Trakt Z vor Jahrzehnten zuteilgeworden sein soll. So real soll sie gewesen sein, dass ihr Hunger bis zur Osternacht gestillt wurde. Während wir im Lift in die Höhe rauschen, erkläre ich halblaut, als spräche ich zu mir selbst: »Ich will nicht, dass die elektrischen Mönche, der Kellermeister oder der Generalabt davon etwas erfahren. Weiß es ARCHIVA, wissen es alle.«

Der Lift hält. Die hundertundzweiundzwanzigste Etage. Bruder Ferdinand, der mit den anderen für eine Extra-Prayer-Session noch in die Dachkapelle fahren will, hilft mir hinaus. Er nickt mir zu. Mit einem unsichtbaren Schlüssel verschließt er seinen Mund, so dass ich heiser auflachen muss. Auch er lächelt mit halbgeöffneten Augen, wie es seine Gewohnheit ist. In meinem Rücken spüre ich den Ecstasy-Stick des elektrischen Mönchs, der mir sanft zu verstehen gibt, nicht stehen zu bleiben.

Erst das Ende gibt dem Anfang Gewicht, sagt man. Das letzte unbeschriebene, das gelbe Heft, liegt bereit, der *Faber*-Druckbleistift daneben. In meinen müden Gliedern spüre ich mit einem Mal einen Aufruhr wie schon lange nicht mehr, ein kurzes prickelnd-schmerzhaftes Stechen unter meiner Achsel, an genau jener Stelle, wo sich laut der Ärzte das eigentlich längst zerfallene Implantat befindet, das mich einst zum Schriftsteller hätte machen sollen. Noch bleiben mir drei Stunden bis zur Vesper. Ich habe Bruder Ferdinand nicht die ganze Wahrheit gesagt. Denn leider bin ich gezwungen, ARCHIVAs Dienste doch ein wenig in Anspruch zu nehmen; auch wenn ich dadurch kritische Nachfragen der elektrischen Mönche riskiere. Aber von manchen Abschnitten meines weltlichen Lebens sind nur mehr Trümmer in meinem Kopf vorhanden. Vieles gerät mir durcheinander. Was kam als Erstes, was als Zweites? Oder ist das Erste eigentlich das Zweite?

Seit ich vor vielen Jahren aufgehört habe, Aufsätze für die »Mitteilungen der Gemeinschaft des LORDs« zu verfassen, habe ich ARCHIVAs Dienste nur mehr sehr selten in Anspruch genommen. Ich atme durch. Dann sage ich mit fester Stimme: »ARCHIVA!« Sofort ertönt die fröhliche Aufwärtsmelodie, die mir ihre Anwesenheit anzeigt. Doch bevor sie mich mit ihrer freundlichen, körperlosen Stimme begrüßen kann, befehle ich: »Audiofunktion aus. Nur Text.« Ich will heute keine Unterhaltung führen, und sei sie noch so geistreich. Dies soll mein Exerzitium sein.

Die Oberfläche meines Pults verwandelt sich in einen Screen, auf dem, eingerahmt von virtuellen Blumen, der Satz erscheint: »Hallo, Bruder Heinz. Was kann ich für dich tun?«

»ARCHIVA …«, räuspere ich mich, »als ich aus dem Flüchtlingslager nach Paris überführt worden bin … Wie hat sich das noch mal zugetragen …?«

Sofort erscheinen auf dem Screen Stichpunktkolonnen, öffnen sich Fenster mit Videos aller relevanten Homie-Aufzeichnungen aus dem gewünschten Zeitraum. Ich sehe einen jungen Mann. Dann verstehe ich: Natürlich, das bin ich. Das war ich.

Wer weiß, ob ich heute hier sitzen würde, hätte mich nach der Bewilligung meines Asylantrags dasselbe Schicksal ereilt wie die meisten anderen »Zonbies«, eine Bezeichnung, die in unseren heutigen Ohren recht fremd klingt. »Zonbie«, jedes Kind wusste, was das bedeutete. Ein Begriff, der über Schulhöfe oder Sportplätze gebrüllt wurde, wenn alle anderen Schimpfwörter ausgereizt waren. Dabei könnte man behaupten, dass jene Lumpengestalten, die damals zum Pariser Stadtbild gehörten wie der Tour d'un kilomètre, immer noch Glück im Unglück gehabt hatten; gehörten sie doch zu den ganz wenigen, denen die Flucht aus den MDCs, den Mostly Destroyed Countries wie Deutschland, Österreich, Schweiz, Italien, Polen und Tschechien, kurz: der Zone, in eines der SCs gelungen war, der Spared Countries, in jene Länder also, die verschont geblieben waren. Trotzdem schnürte es mir stets die Kehle zu, wenn ich in meinen ersten Wochen in Paris in den Fußgängerzonen von Ferne aus übersteuerten Lautsprechern alte deutsche Volkslieder hörte, »Am Brunnen vor dem Tore«, »Ich war noch niemals in New York« und »99 Luftballons«: zahnlose Alte und verwahrloste Familien mit umgeschnallter Gitarre oder anderen Instrumenten. Neben einem offenen, leeren Koffer hatten sie glimmende Bilderrahmen ausgebreitet. Darin flackerten als Diashow aus Clouds, die die Katastrophe unbeschadet überstanden hatten, E-Fotos, der Beweis, dass sie vor gar nicht allzu langer Zeit sehr wohl anständig und den Passanten gar nicht unähnlich gewesen waren, Fotos von Hochzeiten, ausgelassenen Urlauben in China, im feinen Zwirn im noblen Büro und dergleichen mehr. Ihr Leid, das ich in späteren Jahren während meiner Missionsarbeit in der NeoKölner Wüstensiedlung noch genauer kennenlernen würde, blieb mir, dem LORD sei Dank, erspart.

Die Zentrale Bundesdeutsche Exil-Regierung, kurz ZBDE, die meine Entlassung aus dem Lager unter Hochdruck betrieben hatte, nahm mich vom ersten Tag an unter ihre Fittiche. Hätte ich mich ihr so bereitwillig anvertraut, wäre ich über ihre wahren Motive im Bilde gewesen? Wo aber hätte ich dann als Zonbie ohne Verwandte eine Bleibe finden sollen? Etwa wie die meisten anderen aus den MDCs, die es irgendwie über die Grand Mur geschafft hatten, in den illegalen Hütten aus brüchigen

Kartonagen und rostigem Blech im Süden von Paris, im Schatten von Stacheldraht? Geflissentlich ignorierte der Council dieses Niemandsland, nur um dann, wenn sich in schöner Regelmäßigkeit die Clans untereinander bekriegten oder Feuer ausbrach, glaubhaft betroffen auf den begrenzten und eigentlich schon längst hoffnungslos überfüllten Raum unterhalb des Pariser Schutzschilds zu verweisen sowie auf die nach wie vor angespannte ökonomische Situation in der gesamten NEU, die es zurzeit unmöglich mache, die eigentlich nötigen Modul-Siedlungen in der Wüste von Orléans zu errichten. Wie dankbar ergriff ich, entkräftet und zermürbt vom Warten im Auffanglager, die fleckige Hand, die mir die hagere ältere Dame mit der Adlernase, einen Kopf größer als ich, crèmefarbenes Kostüm, in der Empfangshalle des »Aéroport Napoléon« entgegenstreckte. »Ich heiße Sie herzlich willkommen! Mein Name ist Anita«, stellte sie sich mir mit ihrer rauen und tiefen, aber doch in all den Jahren, die folgen sollten, liebgewonnenen Stimme vor. Sie trug einen Mundschutz, über dem sie mich mit ihren blaugeschminkten Augen prüfend ansah. »Die Zentrale Bundesdeutsche Exil-Regierung schickt mich. Frau Münch, die Kanzlerin, übermittelt ihre besten Wünsche.« Sie überreichte mir einen kleinen Sockel, aus dem, sobald ihn meine Hände berührten, ein winziges Hologramm sprang, die Exil-Kanzlerin, die ein persönliches Grußwort an mich richtete. »So, und jetzt mal ganz informell«, fuhr sie in einem anderen, plötzlich sehr warmen Tonfall fort, der mir sofort zu Herzen ging. »Ich glaube, ungefähr zu wissen, was Sie durchgemacht haben. Aber ich kann Ihnen versichern«, sie legte mir beide Arme auf die Schultern, eine ungewohnte Berührung, und senkte den Kopf, wobei sie versuchte, mir in die Augen zu schauen, scheu blickte ich zu Boden, »es ist vorbei. Sie haben es geschafft. Jetzt geben wir Sie nicht mehr her! Nie wieder!«

Von meiner Ankunft in Paris an war Anita meine »Beraterin«. Sie bestimmte, wen ich traf, in welchen Hotels oder Apartments der ZBDE ich wohnte, was ich aß. Als Erstes jedoch bat sie mich, sie zu einem Arzt zu begleiten; ARCHIVA schreibt, sein Name habe Doktor Johannes Guse gelautet, ich hatte ihn vergessen, so wie dieser erste Tag seltsamerweise fast vollständig aus meinem Gedächtnis gelöscht ist. ARCHIVA spielt

mir das Video ab, das Doktor Guses Praxis-Homie damals aufgezeichnet hat. Geduldig lasse ich die Untersuchungen des Arztes über mich ergehen. Am Ende dieses meines ersten Tages in der Zivilisation bittet mich Anita, in einem Besprechungszimmer neben ihr Platz zu nehmen. Ohne lange Vorreden, mit ruhiger Stimme, ganz so, als wäre ich ein Fall wie jeder andere, beginnt Doktor Guse, mich mit mir selbst und meinem Schicksal vertraut zu machen. Ich sei der einzige bekannte überlebende E-Klon aus den legendären Chiemgauer Laboren. Als alle vier Hauptenergiesysteme Deutschlands infolge des überraschenden Sonnensturms gleichzeitig ausfielen, in einer Kettenreaktion sämtliche Shields explodierten oder verrücktspielten und eine Druckwelle über weite Teile Mitteleuropas hinwegjagte, wohnten sieben Prototypen im Kleinkindalter bei Ziehfamilien. Das Programm auf dem Implantat unter meiner rechten Achsel sollte in den folgenden Jahren mit meinem zerebralen System verwachsen. Die Fragmente der Daten darauf ließen den Schluss zu, dass ich dazu bestimmt gewesen war, Schriftsteller zu werden. Neben mir habe es sechs andere Prototypen gegeben, die über die idealen Voraussetzungen verfügten, einmal ein hervorragender Schauspieler, Sänger, Tänzer, Banker, Rechtsanwalt und Politiker zu werden. Was heute offiziell verboten ist, sei damals unter strengsten Auflagen zum Wohl der Menschheit in einigen Ländern erlaubt gewesen. Noch vor ihren Kollegen in China und den USA sei es nach vielen Fehlversuchen den Wissenschaftlern aus dem weltweit führenden Chiemgauer »Human Design Center« gelungen, aus einem Gemisch unterschiedlichster DNA die ersten Klone mit den entsprechenden Implantaten am Leben zu halten.
Auf ARCHIVAs Video unterbricht Anita Doktor Guse und fragt mich sehr sanft, ob alles okay sei; ob mir der Praxis-Robot ein Glas Wasser holen solle. Ich schüttele nur ganz kurz den Kopf. Anschließend sitze ich regungslos und aufrecht da. Ich zoome heran. Der liebe F-87 auf meinem Schoß hat das Gesicht in seinen Pfoten vergraben, als ertrage er nicht, was da gerade um ihn herum geschieht. Er seufzt. Was das Video nicht zeigt, an was ich mich aber erinnere, ist die maßlose Angst, die ich damals hatte. Es war eine andere Angst als in der Großen Ebene, keine Todesangst. Es war die Angst, mich falsch zu verhalten und deswegen

wieder, und dieses Mal für immer, in die Zone zurückgeschickt zu werden. Ich habe den Ausdruck einer Zeichentrickfigur in genau dem Moment, in dem sie bemerkt, dass sie bei einer atemlosen Verfolgungsjagd zu weit und über den Rand einer Klippe gelaufen ist und nun, für den Bruchteil einer Sekunde, in der Luft steht.

Im Video wirft Anita Doktor Guse einen Blick zu, worauf er ihr zunickt und verstummt, als wäre dieses Treffen genau einstudiert. Jetzt wendet sie sich mir zu. Sie rückt ihren Stuhl ein wenig näher und nimmt meine Hand. Leise erklärt sie, dass ich, als mich meine Eltern adoptierten, ein Jahr alt gewesen sei. Bis dahin hätte ich ausschließlich in den unterirdischen Laboren auf dem Gebiet des ehemaligen Chiemsees gelebt. Sei ich wirklich okay? Solle sie weitererzählen? Nicken. Vielleicht jetzt ein Glas Wasser? Kopfschütteln. Der Name meiner Zieheltern sei Karla und Gerd Bronold gewesen. Der Name meines Bruders Sören. Man nimmt an, dass wir zum Zeitpunkt der Großen Druckwelle mit dem Auto unterwegs gewesen seien, vielleicht auf der Flucht. Ich hatte mich wohl als Einziger aus dem Wagen befreien können. Die Leichen der anderen seien nie gefunden worden. Sonstige überlebende Verwandte seien nicht bekannt. Anita hält mir die winzigen, bläulichen Hologramme der Gesichter meiner Zieheltern hin, die ich nicht in die Hand nehme. Ich senke nur langsam den Kopf wie ein kaputter Robot. Ohne hinzoomen zu müssen, weiß ich: Vater und Mutter schauten sehr ernst auf den Hologrammen, fast traurig, als hätten sie in diesem kurzen Moment auf geheimnisvolle Weise gewusst, was die Zukunft für sie bereithielt und dass ich sie, Jahre nach ihrem Tod, auf diese Weise wiedersehen würde, wie ich mir später einredete, bis ich mir eingestehen musste, dass sie diese Gesichter natürlich ohne jede Vorahnung und vor allem nicht für mich gemacht hatten, sondern einzig und allein für die Linse des Hologrammautomaten. Übrigens, ich greife vor, wollten sich in den folgenden Wochen, anders als gehofft, keine weiteren Erinnerungen an meine Eltern einstellen. In einer Werbung hörte ich einmal den Satz: »Der Khan kommt – und das seit 50 Jahren!«, was mir sofort einen Stich versetzte. Es war eine Werbung für die Entsorgung von Elektroschrott. Mit einem Kloß im Hals begriff ich, was mein Vater damals wohl gemeint hatte, als er mir, war ich ungezogen, halb spaßend und vielleicht halb im Ernst mit ebendiesem Satz drohte. Die Streitereien zu Hause und die angegriffene Gesundheit meiner Mutter, die geheim gehalten werden musste, damit ich, das Kuckucksei, meinen Eltern nicht weggenommen werden würde, für all das war mit einem Mal ich der Auslöser gewesen, auch wenn mich Anita später beruhigte: Ihre Informationen besagten, dass nur engste Mitarbeiter des »Human Design Centers« einen Klon aufnehmen durften und sich außerdem dafür intensiven Tests unterziehen mussten. Anders als in meinen verworrenen Jugenderinnerungen war mein Vater zwar nur Ingenieur bei der ESA und nie Astronaut gewesen. Trotzdem habe ich mir bis heute angewöhnt, auf dem Hochhausdach beim Anblick einer bestimmten Formation aus drei Sternen am Nachthimmel an meine Familie zu denken, Vater, Mutter, Bruder. Und ich verstand es als Zeichen des LORDs, als vor einigen Jahrzehnten ein matter, kleinerer vierter daneben auffunkelte.

Auf ARCHIVAs Video von meinem ersten Tag in der Zivilisation hat Anita einen feierlichen Tonfall angeschlagen. Ich solle mir bewusst sein, dass mich die Menschen in der jetzigen Epoche, in der das Hundertprozentklonen von Menschen verboten sei, als biotechnisches Wunder betrachten werden. Ja mehr noch. Dank meiner Implantate sei ich ein Repräsentant, ja, eine Inkarnation der untergegangenen deutschen Kultur, die doch weiterhin und vielleicht gerade jetzt, da ihre Stätten nicht mehr existierten, mehr denn je gewertschätzt werde. Ein Dichter sei ich, ein Denker, und damit für die deutsche Exil-Regierung nichts weniger als ein Geschenk des Himmels. Ich müsse verstehen. Endlich könne man der Sache der Zonbies ein sympathisches Gesicht und damit die nötige Aufmerksamkeit verleihen! Seit zwölf Jahren arbeite die ZBDE an der Schaffung offizieller Unterkünfte für die deutschen Heimatlosen in eigenen Modulen außerhalb des Pariser Shields. Von diesem Punkt an beginnt Anita, sich in Rage zu reden. Die ehemalige Spitzenkandidatin der ZBDE ist ihr anzumerken. Mir selbst, wie ich da immer steifer sitze und immer nur geradeaus auf ein Querschnittshologramm des menschlichen Körpers hinter Doktor Guse starre, sehe ich an, dass ich Anita nicht mehr folgen kann. Dennoch zählt sie nun Punkt um Punkt all jene Argumente auf, die ich in den folgenden Wochen, Monaten und Jahren so oft hörte. Es sei schon richtig, was die NEU-Regierung sagte: Unter dem Pariser und den anderen französischen Schirmen sei kaum noch Platz, nicht einmal für die einheimische Bevölkerung, das sei schon alles richtig, auch wenn es in den Medien natürlich oft übertrieben werde. Deswegen habe man ja auch bereits im zweiten Jahr nach der Katastrophe sämtliche Drohnentransfers eingestellt. Was mache die NEU-Regierung stattdessen? Mit einer nicht einmal für die Militärspezialisten der ZBDE nachvollziehbaren Strategie fliegen seitdem in der Zone Drohnen ihre Einsätze, um, wie es heißt, Anita reißt die Brauen hoch, um für zumindest ein gewisses Maß an Ordnung zu sorgen; so würden zum Beispiel allzu aggressive Clans neutralisiert. Aber nach welchen Maßstäben geschehe dies? Alle Informationen darüber, was man unter »aggressiv« verstehe, würden der ZBDE verweigert. Dass es eine hohe, übrigens auch vom NEU-Council offen eingestandene Fehlerquote gebe, spreche ja wohl Bände. Ansonsten überlasse man die MDCs bis auf weiteres sich selbst. Hier und da würden Alibi-Auffanglager wie jenes in der Wüste von Orléans eingerichtet, jawohl, *Alibi*, denn bei einer Abweisung von über 95 % könne man wohl kaum ernsthaft von Hilfe sprechen, oder? Wer nicht von Verwandten ausgelöst würde, die sich mittlerweile auch oft weigerten, die Nachgekommenen aufzunehmen, würde früher oder später zurückgeschickt. Die geheimen Geschäfte der Head-Hunters würden stillschweigend gebilligt, ebenso wie Chinas Factorys im Norden, die als humanitäre Aktion bezeichnet würden, was insofern sogar stimme, als dass China die einzige Nation sei, die in der Zone kleine Arbeiterstädte mit einigermaßen erträglichen Bedingungen gegründet habe. So weit sei man also schon, solche offensichtlichen Ausbeutungen als Erfolg der Menschlichkeit zu verbuchen! Anita atmet mehrmals durch, hält sich mit geschlossenen Augen beide Hände an die Stirn und schüttelt den Kopf. Dann hat sie sich wieder gefangen. Der springende Punkt sei der: Es sei einfach die Unwahrheit, dass kein Geld für neue Siedlungsprojekte vorhanden sei. Doch nicht nur Frankreich, auch die anderen Spared Countries wie Spanien, England oder die USA, die ohnehin mit dem Bürgerkrieg auf dem amerikanischen Kontinent voll beschäftigt seien, weigerten sich, den unfreiwillig Exilierten ein eigenes Territorium zuzugestehen. Sicher, schließt Anita nach einer Pause, in der sie sich mehrmals räuspert, ihre Rede, ich meine sogar zu sehen, wie sie sich kurz rechts und links über die Augen wischt und dabei so tut, als wäre ihre Lens verrutscht, sicher, kurzfristig würde dies eine Belastung bedeuten; langfristig sei jedoch anders keine Lösung des mitteleuropäischen Problems möglich. »Und dafür kämpfen wir und werden wir nicht aufhören zu kämpfen!« Anita ist aufgestanden, fast so, als würde sie Applaus erwarten. Früher, als sie noch auf politischen Versammlungen sprach, war sie eine der herausragendsten Rednerinnen der ZBDE gewesen.

Auf ARCHIVAs nächstem Video liege ich mit offenen Augen in einem Hotelzimmerbett, F-87 halte ich im Arm. Ohne dass ich ihn dazu aufgefordert hätte, erzählt mir mein Robot-Fennek in dieser ersten Nacht in der Zivilisation alle hundertundeins Märchen seiner Entertainment-Library, bis vor den Fenstern der Morgen graut. Manchmal spreche ich einzelne Sätze mit.

Anita erteilte mir in den folgenden Tagen das, was sie als »Benimmkurs« bezeichnete, damit ich »gesellschaftsfähig« werde. An ihrem nachsichtigen, nichtsdestotrotz scharfen Tadel erkannte ich mit einigem Schrecken, dass ich mich auf der Rosenalm, wo ich mich über Jordens schlechte Manieren empört hatte, selbst »wie der letzte Mensch« verhalten hatte, wie man das damals ausdrückte. Glücklicherweise saß Anita neben mir, als ich mich bei einem Bankett an einer langen Tafel mit fein gekleideten Damen und Herren unterhalten sollte, die sie mir als einige der wichtigsten Köpfe der ZBDE vorstellte. Sie wich nicht von meiner Seite, als ich, »le Super-Auteur« *(Figaro)*, »der Junge mit der Bibliothek unterm Arm« *(Exil)*, »Clone Discovery: clon's implant may hold the keys to lost German literature (and more!)« *(Science today)*, »das deutsche Kind« *(Deutschland)*, zum ersten Mal in einer Talkshow auftrat. »Erzähle ihnen einfach die Wahrheit«, hatte Anita mich vorher instruiert, wobei sie sich zu mir herabbeugte und mir in die Augen sah, was sie immer tat, wenn ihr etwas wichtig war. »Denk daran«, hatte sie geendet, »du bist unser Gesicht. Du bist unsere Chance.«

In der Sendung sah ich unentwegt, F-87 auf meinem Schoß, in die Kameras, was den Moderator zu irgendeiner Bemerkung veranlasste, über die das Publikum herzlich auflachte. Ich musste mein Hemd aufknöpfen und mein Schlieren-Quadrat herzeigen. Als Hologramm zugeschaltete Experten erläuterten, wie außergewöhnlich ein elektrischer Klon sei, sie meinten mich, noch dazu mit einem Implantat, das ihn, sie meinten mich, möglicherweise zum Vertreter einer Sorte Künstler mache, die eigentlich bei der MK, der Mitteleuropäischen Katastrophe, zusammen mit seinem Volk untergegangen sei. Der Moderator bat mich, wie mir Anita bereits angekündigt hatte, um eine Kostprobe meines Könnens. Ich war vorbereitet. Frei rezitierte ich die Abenteuer von Muba und Baba, der beiden ältesten Bakterien der Welt. Das Publikum klatschte höflich. Einer der Körbe mit dem aufgesprühten Schriftzug »Made in the Zone« wurde hereingetragen, die damals besonders bei Jugendlichen in Mode waren und heute höchstens noch im Museum zu besichtigen oder als seltenes, verpöntes Sammlerstück unter der Hand erhältlich sind. Ich bestätigte, dass auch ich einen solchen Korb geflochten hatte. Der Moderator sagte, er, der einzige elektrische Klon der Welt, eine unserer größten Errungenschaften, er meinte mich, musste unter unmenschlichsten Umständen so einen Korb flechten. Er fragte: Kann es sein, dass wir vergessen haben, wer wir sind? Eine Frau aus der ersten Reihe umarmte und küsste mich. Sie weinte. Deutsche Exil-Kinder wollten F-87 streicheln. Wochenlang ging das so.
Die Tafeln wurden länger, die Shows größer. Immer wieder erzählte ich meine Geschichte, unsere Geschichte, die Geschichte eines Zonbies. Die Jahre auf der Alm. Unser Marsch. Die Head-Hunters. Die *Loreley.* Stets kamen dieselben Nachfragen. Können Sie die Deformationen der Menschen in der Siedlung, die Sie Mutanten-Stadt nennen, näher beschreiben? Gab es Anhaltspunkte, dass die Head-Hunters mit der Regierung zusammenarbeiten? Und Sie haben nie bemerkt, dass Sie gar kein richtiger Mensch sind? Können Sie einmal diese Tätowierung, Sie wissen schon, in die Kamera halten? Lassen Sie uns nun über das dunkelste Kapitel Ihrer Zeit in der Zone sprechen: Sie haben aus Verzweiflung einen Ihrer Freunde verzehrt, stimmt das? Raunen im Publikum.

Wenn ich die Ausschnitte, die ARCHIVA vor meinen schwachen Augen aufflimmern lässt, richtig deute, bereitete es mir keinerlei Probleme, auf alle diese Fragen zu antworten. Anita lobte mich oft. Ich bekam zu essen, mein Zimmer war warm, es ging mir gut. Nach einer Weile merkte ich, welche Episoden und welche Formulierungen besonderen Eindruck machten, so dass ich in meinem Hotelbett, an F-87 geschmiegt, an meinen Sätzen feilte und hier und da eine Szene um der besseren Wirkung willen hinzuerfand. Aus Datenschutzgründen war mir verboten, über Xiwang auch nur zu sprechen, da sie damals bereits bei ihren Zieheltern unter neuem Namen lebte. Ich sah Madrid, London, Moskau, ich sah Peking. Oft schaute mir bereits bei meiner Ankunft von den News-Screens mein eigenes Konterfei zusammen mit einem manipulierten Bild F-87s entgegen, auf dem er mit seinen vergrößerten Manga-Lookies besonders drollig wirkte, als wäre er ein Knuffi-Wuffi-Toy für Kleinkinder. Überschriften blinkten auf, die häufig die Wörter »Wunderkind«, »Dichter«, »Klon« und »Zonbie« kombinierten. Damals, als ich von Termin zu Termin um die Welt eilte und, wenn wir in einer Shuttle-Drohne die Zone überflogen, voller Grauen und Wehmut zugleich in den undurchdringlichen, grünlichen Dunst starrte, meine Heimat, Deutschland, ahnte ich nicht, was Anita tatsächlich mit dem Ausdruck gemeint hatte, den sie damals in der Praxis Doktor Guses verwendet hatte: Ich sei ein Geschenk des Himmels.

Immer lauter wurden die Stimmen, die fragten, ob der »Mozart-Autor«, wie ich landläufig genannt wurde, nicht in Wirklichkeit eine Marionette der ZBDE wäre, um ihre Interessen durchzusetzen; einen wirklichen Beweis meines Talents sei ich bisher schuldig geblieben. Wo sei denn nun das große Werk, das sich mit jenem der größten zeitgenössischen Schriftsteller, mit dem einer Claaß, einem Gorski oder einer Tales messen könne? Ich schlug Anita vor, meine Hefte zu veröffentlichen, was sie, nachdem sie darin geblättert hatte, mit einem schmerzlich-mütterlichen Lächeln ablehnte, wie man es vielleicht gegenüber altklugen Kindern hat, die ihre Eltern darum bitten, sie einmal ans Steuer ihres Gliders zu lassen und den Autopiloten auszuschalten. Sie müsse mir etwas mitteilen, wobei klar sein müsse, dass dieses Gespräch nie stattgefunden habe.

Es sei so: Entweder sei bei der MK mein Implantat beschädigt worden, oder es habe sich eben doch nicht wie gewünscht mit meinem zerebralen System verbunden. Für mein Alter seien meine schriftstellerischen Fähigkeiten zwar immer noch ganz erstaunlich; doch im Gesamtzusammenhang betrachtet, entsprächen sie nicht den mittlerweile sehr hohen Erwartungen des Publikums an mich. Von einer Veröffentlichung rate sie ab. Die Öffentlichkeit lasse sich hoffentlich noch ein paar Monate vertrösten. Umso wichtiger sei es, weiter die Gunst der Stunde zu nutzen. Die deutsche Exil-Regierung sei durch mich der Verwirklichung ihrer Ziele so nah wie selten zuvor gekommen. Vergiss nicht, sagt Anita in ARCHIVAs Video: Du bist es, Heinz. Du bist das Gesicht.
Mir nichts, dir nichts waren alle meine Wünsche, um deren Erfüllung ich früher zum LORD gebetet hatte, zur Selbstverständlichkeit geworden: wohlschmeckende, regelmäßige Mahlzeiten, wohlgesonnene, manierliche Mitmenschen, die Errungenschaften unserer Zivilisation. Doch kurz nach Anitas Offenbarung wurden sie mir mehr und mehr gleichgültig. Doktor Guse diagnostizierte bei mir eine Erkrankung, deren Namen ich mir, wie in alten Zeiten, abends aufsagte, in der Hoffnung, die Gefahr, die von ihm ausging, zu bannen, nur um mich dann plötzlich in größter Heftigkeit nach Anne, meiner lieben Anne zu sehnen. *Myalgische Enzephalomyelitis*. Chronische Erschöpfung. Der Arzt verordnete mir eine Pause.
Tagelang lag ich im Bett meines abgedunkelten Hotelzimmers. Über alle drei TV-Walls flackerten lautlose Phantomwelten. Sogar F-87 wusste nicht mehr, wie er mich aufheitern sollte. Gleich nach meiner Ankunft in Paris hatte ich in einem Robot-Shop nachgefragt, ob seine volle Vokalfunktion wiederherstellbar sei. Der Verkäufer, der während des gesamten Gesprächs seine linke verspiegelte Cloud-Lens nicht ein einziges Mal herausnahm, bot mir an, F-87s Chip in ein anderes Toy zu verpflanzen. Er beziehungsweise sie könne dann selbstverständlich auch wieder sprechen. Ich hatte die Wahl zwischen einer ganzen Reihe von Stimmlagen, von piepsig wie Micky Maus bis kratzig-rau wie Fight Girl. Ängstlich drückte mir mein Robot-Fennek seine stumpfen Krallen in den Arm. Ich erklärte dem Verkäufer, ich brauche kein neues Toy, mein altes

solle lediglich repariert werden. Kopfschüttelnd untersuchte der Verkäufer meinen Robot-Fennek und kam zu dem Schluss, dass die Restaurierung eines solchen »Museumsstücks« erstens äußerst kostenintensiv und nur von Spezialisten durchzuführen sei und zweitens bei der Neufigurierung ein Totalverlust der Daten zu befürchten sei.
So blieb der liebe alte F-87 bis zu seinem Tod vor nun schon achtundvierzig Jahren weiter mein schweigsamer Begleiter. Seine Märchenstimme wurde heiserer und kehliger, bis er mich eines Tages, als ich ihn bat, mir Märchen Nummer sieben, »Frau Holle«, zu erzählen, verzweifelt anguckte und nur noch mit einem schrillen Quietschen den Mund öffnete und schloss. Bald darauf bewegte er sich immer langsamer, fast so wie ich heute, der von Arthrose geplagte Greis. Gegen Ende wurde er bettlägerig. Nun war es an mir, ihm Abend für Abend jene Märchen zu erzählen, die mich mein Leben lang getröstet und mir die Zeit vertrieben hatten. Und ich erfand ihm ein letztes, das hundertundzweite: Es war einmal eine Frau, der starb der Mann. Da schnitt sie ihm eine Locke ab und gab sie einem Bioingenieur. Nach neun Monaten hatte er ihr daraus einen neuen Menschen gezüchtet. Die Frau nahm das Baby, hegte und pflegte es, so dass aus ihm ein hübscher Knabe und nach vielen Jahren ein liebevoller Mann wurde. Glücklich lebten sie bis an ihr Lebensende.
Wenig später, als F-87 so rasselnd keuchte wie nie zuvor, zupfte er mich schwach am Ärmel. Er nickte, versuchte die Ohren aufzustellen. Ich begriff und schüttelte heftig meinen Kopf. Auch am nächsten Tag. Aber am dritten, als mir sein pausenloses Stöhnen ins Herz stach, beugte ich mich zu ihm, um ihn zu umarmen, eine Sekunde, eine Ewigkeit – dann griff ich blitzschnell in sein Ohr und schaltete ihn aus. Reflexhaft fasste er nach meiner Hand. Erst jetzt weinte ich. Das hatte ich mir vorgenommen: Er sollte diese Welt nicht im Bewusstsein verlassen, seinen Master unglücklich gemacht zu haben. Nur mit Mühe konnte ich seine steife Pfote von meinen Fingern lösen und ihm seine Augen, in denen statt der Iris die Wörter »Thank you« und eine winzig gedruckte Rechtsbelehrung erschienen waren, schließen.

Sanft schwankt der Boden unter mir. Ein Frühjahrssturm drückt gegen das Hochhaus unseres schönen Stifts.

Gestern Abend habe ich den Druckbleistift ruhen lassen. Mein Gelenk schmerzte von der ungewohnten Bewegung zu sehr, und erneut habe ich mich, was leider in den vergangenen Jahren immer häufiger geschieht, im Nebel der Vergangenheit verirrt, der mir zuweilen so dicht scheint wie jener damals in der Zone. Hilflos tastete ich in ihm nach dem Faden der Erzählung, der mir entglitten war. Nun sitze ich wieder hier in meiner Zelle, die fröhliche Begrüßungsmelodie ARCHIVAs ist ertönt, und auf dem Screen meines Tisches erscheinen die Sätze: »Hallo, Bruder Heinz! Schön, dass wir jetzt öfter miteinander zu tun haben!«
»Nun«, räuspere ich mich, ohne darauf einzugehen, und lese ARCHIVA den letzten Satz in meinem gelben Heft vor. »Wir waren also bei meiner Auszeit angelangt …« Doch bevor ich ARCHIVA eine Frage stellen kann, hat sie bereits erraten, welchen Zeitraum ich als Nächstes beschreiben möchte, und spielt die Bilder des Homies aus dem Hotel ab, in dem ich damals wohnte. Ich ermahne mich, keine Diskussion mit dem System darüber zu beginnen, wie es meine Absichten wissen kann, und betrachte die Aufnahme vor mir. Ein schmaler, bleicher Junge in einem Bett. Wenn ich damals nicht regungslos dalag, spielte ich tage- und nächtelang das heutzutage vergessene Zonen-Game »Refugee!!«. Es wollte mich damals schier um den Verstand bringen, dass ich, der ich es geschafft hatte, von Bayern nach Paris zu gelangen, im »Refugee!!«-Game stets nur einen sehr durchschnittlichen Score erreichte. Auf dem Weg durch die virtuelle Steppe in ihren leuchtend violetten Farben, die Radioaktivität signalisieren sollten, im Kampf gegen sauren Regen, Hunger, Durst und Kannibalen-Banden, die es laut ARCHIVA selten, nie jedoch, wie die Erfinder des Spiels behaupteten, en masse gegeben hat, gelang es mir nur wenige Male, heil das Ziel, das rettende Camp, zu erreichen, wo mir der Commander, die Kappe mit den NEU-Sternen ziehend, voller Anerkennung die Hand schüttelte, während mich von allen Seiten Bon-Frère-Ärzte umsorgten und grimmig Ausschau haltende Soldaten mit dem Phaser im Anschlag einen schützenden Kreis um uns

schlossen. Toys, Mutanten oder gar Head-Hunters gab es im Game nicht. Trotzdem bereitete es mir, wie ich kopfschüttelnd auf ARCHIVAs Bildern sehe, größte Freude, wenn ich gleich nach der Großen Druckwelle meine virtuelle Familie in Sicherheit bringen konnte oder ganz allein mit meiner Phaser-MP eine Kannibalen-Rotte, die sich mir im Nebel der Zone leichenbleich und mit blutunterlaufenen Augen auf der Autobahn in den Weg stellte, niedermähte. Es wundert mich, dass die Programmierer dem Spieler keine Möglichkeit gaben, den Ausfall aller vier Hauptenergiesysteme zu verhindern und damit die Mitteleuropäische Katastrophe gar nicht erst passieren zu lassen. Da damals wie heute ein plötzlicher Sonnensturm als wahrscheinlichste Erklärung für den Blackout gilt, hätte man, meine ich, ja zum Beispiel durchaus ein Wettrennen gegen die Zeit erfinden können, um die tödlichen Strahlen aus dem All abzulenken oder einen schützenden Globalschirm aufzubauen. Aber offenbar ging man davon aus, und ich bin sicher, man stützte sich dabei auf wissenschaftliche Erkenntnisse, dass sich das Szenario des Unglücks größerer Beliebtheit erfreuen würde. Selbst hier im Stift gibt es nicht wenige, die in der größten Naturkatastrophe der Menschheitsgeschichte die ultimative Manifestation des Willens unseres LORDs sehen. ARCHIVAs nächste Aufnahme zeigt, wie meine Game-Sessions eines Tages von einem Mädchen mit wilden schwarzen Locken unterbrochen werden. Nachdem ich ihm die Tür geöffnet habe, huscht es in mein Zimmer und fällt mir um den Hals, was ich starr vor Schreck geschehen lasse. »Ich bin Övgü«, flüstert es mir ins Ohr. »Ich bin hier, um dich zu retten.« Auch ohne ARCHIVA erinnere ich mich noch gut an diese einzige Liebesnacht meines Lebens, wenn man diese überhaupt so nennen mag. Övgü sagte, ich zitiere aus dem Gedächtnis, da davon nichts auf ARCHIVAs Video zu hören ist, sie wisse, dass das unglaublich für mich klinge; sie sei gekommen, um mich aus diesem Dasein als »Zirkusbär« der ZBDE zu befreien. Ich solle ihr folgen, sie habe alles vorbereitet. Während ich auf dem Rücksitz ihres Mofa-Gliders durch Paris raste, hielt ich mich an ihr fest. Övgüs Haar roch nach Pflaume. In ihrer unaufgeräumten Wohnung duschte Övgü vor meinen Augen und trat dann nackt zu mir. Sie erregte mich in keiner Weise. Wie bei jedem der

anderen Klone wollten oder mussten die Bioingenieure von Anfang an die Möglichkeit einer natürlichen Reproduktion ausschließen. Övgü und ich lagen in dieser Nacht nebeneinander auf ihrer Matratze. Sie hatte mich in den Arm genommen. Mit ihrer sanften Stimme sagte sie, am nächsten Montag hätten wir einen Platz in einer der roten Transportdrohnen, die uns nach China bringen würde. Övgü habe spezielle Kontakte. In China würden wir uns nach Hainan durchschlagen. Sie sei die schönste Insel der Volksrepublik. Ein Bekannter von Övgü besitze dort ein Hotel, in dem wir beide fürs Erste unbehelligt arbeiten könnten. Wir müssten nur bis zum nächsten Montag durchhalten. Das solle aber zu schaffen sein. Als sie eingeschlafen war, studierte ich fasziniert ihre Locken. Wie sinnlos für die Evolution des Menschen solche Locken waren. Und trotzdem: wie wunderschön. Die Spezialgarde der ZBDE stürmte noch vor dem Morgengrauen die Wohnung. Entweder war Övgü unvorsichtig gewesen, oder jemand hatte sie verraten. ARCHIVA schreibt, sie sei zu einem Jahr Lagerhaft in der Wüste von Orléans verurteilt worden. Danach existiere sie nicht mehr im System.
ARCHIVA verfügt auch über die Aufnahme des Attentats, das meine Zeit der Sorglosigkeit jäh beendete. Es klopfte. Ich öffnete. Und obwohl ich nach Övgüs Entführung angehalten worden war, vorsichtig zu sein, und eine Kette vorgelegt hatte, trat die vermummte Figur, die später als fanatisierter Anhänger des linken Flügels der ZBDE identifiziert wurde, einfach die halboffene Tür auf und stürmte mit gezücktem Messer in mein Zimmer. Bereits in der nächsten Sekunde stürzte ich zu Boden. Zwei Tage lang kämpfte Doktor Guses Team um mein Leben. Das Attentat wurde nie publik gemacht.
Ausgelöst durch meine Auftritte, die mit zwei Movies über traurige Zonbie-Schicksale zusammenfielen, worauf Reporter-Trupps mit immer neuen Enthüllungen über die vermeintlich überraschend katastrophalen Zustände in den Pariser Ghettos aufwarteten, war das Interesse für die Belange der Zone in nie dagewesener Weise gestiegen. Im Eilverfahren hatte das NEU-Parlament Gesetze zur Verbesserung der Situation der Zonbies verabschiedet, über deren Details man zuvor jahrelang erbittert gestritten hatte. So wäre es höchst ungünstig gewesen, wäre

nach außen gedrungen, wie zerrüttet die Exil-Regierung in Wahrheit darüber war, was nun eigentlich mit den endlich zur Verfügung gestellten Mitteln geschehen sollte: Erforschung der Entseuchung zur Rekolonisation der deutschen Zone, das heißt des Originalterritoriums, oder Ausbau der Exil-Institutionen in den SCs?
Nach meiner Genesung verlangte mich mehr denn je nach jenem Menschen, der mir vor meiner Ankunft in Paris der liebste gewesen war. Oftmals zuvor hatte ich darum gebettelt, Xiwang besuchen zu dürfen; stets hatte mir Anita meinen Wunsch verwehrt. Das Adoptivrecht der NEU sehe vor, dass Adoptierte bis zu ihrer Volljährigkeit mit sechzehn Jahren ganz der Sorge ihrer Zieheltern unterstünden. Und diese hätten in Xiwangs Fall nun einmal entschieden, jeglichen Kontakt zu Personen aus ihrer barbarischen Zonenvergangenheit zu unterbinden. Es gehe um die Unbeschwertheit ihrer Kindheit. Xiwang gehöre zu ihren neuen Eltern, nicht zu mir, obgleich mir Anita versicherte, meine Gefühle durchaus nachvollziehen zu können. Sie habe bei ihrer Pariser Ankunft, gleich ein paar Monate nach der MK, ihren Terrier abgeben müssen, der ihr ein und alles gewesen sei, das einzige Wesen, das ihr aus ihrem alten Leben geblieben war. Lümmel, so habe sein Name gelautet. Es sei aussichtslos gewesen, ihn jemals auszulösen. Aufgrund der Angst vor unbekannten Seuchen hätte man sein altes Haustier nur nach mehrjähriger Quarantäne per Ausnahmegenehmigungen zurückerhalten können, die äußerst selten erteilt worden seien. Jeder Besuch im Tierheim unmittelbar vor der Grand Mur, wo Lümmel sich erst ausgelassen, wie es Anita schien, mit den anderen Hunden balgte und dann, sobald er sein altes Frauchen bemerkte, wie wahnsinnig das Gitter hochsprang, sei für beide Seiten eine entsetzliche Folter gewesen. Schließlich kaufte sich Anita ein neues Haustier, einen Terrier, der ihrem alten fast bis aufs Haar glich. Sie gab ihm denselben Namen. Bald bestand für sie zwischen dem neuen und dem alten Lümmel kein Unterschied mehr, und sie begann, mit ihm über ihre gemeinsame Zeit im zerstörten Deutschland zu sprechen: »Weißt du noch, als wir …«, »Damals hast du immer …« Die Erinnerung an den originalen Lümmel verblich. Eines Tages hatte er aufgehört, für Anita zu existieren. Das mochte herzlos klingen. Doch für sie wie für

ihn sei es das Gesündeste gewesen. Nachdem sie mir diese Geschichte erzählt hatte, das einzig Persönliche, das sie mir gegenüber je von sich preisgab, lächelte sie wie befreit. Ihre Augen glitzerten.
Ich erinnere mich noch, dass sie mir in diesem Moment plötzlich sehr alt vorkam. Die sonst so zupackende Anita war innerhalb eines Wimpernschlags zu einer sehr alten, fast zerbrechlichen Frau geworden. Unter dem wie immer perfekt aufgetragenen Make-up bemerkte ich mehr Falten denn je. Außerdem musste sie in letzter Zeit abgenommen haben, ihre Gesichtsknochen waren hervorgetreten, auch ihre Augen saßen tiefer. Und obwohl sie es wie stets nicht über sich brachte, mich in den Arm zu nehmen, wie ich es mir so oft vergeblich gewünscht hatte, so tat sie mir auf einmal sehr leid. Ich rückte nah an sie heran, sie wollte zurückweichen – da hatte ich schon meinen Kopf in ihren Schoß gelegt, wie einst. Bei Anne. Ich spürte, wie ihre Beine erst erstarrten, hörte, wie sie zu protestieren versuchte, »Aber … aber … was machst du denn da?«, dann ließ sie es doch zu. Ungeübt streichelten ihre dürren Finger über meine linke Kopfhälfte, dort, wo sich der Fleck mit meinen weißen Haaren befand.
Vielleicht war es diese unerwartete Annäherung, die auch die einzige blieb, vielleicht war es die Erinnerung an den alten Trennungsschmerz von ihrem geliebten Haustier, die Anita ausnahmsweise die Vorschriften Vorschriften sein ließ. Vielleicht aktivierte sie auch nur in einem seltenen Anfall von Mitleid die himmelblaue Cloud-Lens in ihrem rechten Auge mit dem Zugang zu allen Daten der gemeldeten deutschen Auswanderer der Stadt. »Du bringst mich«, seufzte sie, »noch ins Gefängnis.« Wenig später war ich im Besitz der Adresse, unter der Xiwang mit ihren neuen Eltern wohnte.
Von einem der vornehm gekleideten Robot-Chauffeure der ZBDE, der freilich wegen des Autopiloten eigentlich überflüssig war, ließ ich mich in jenes Elite-Quartier fahren, das hauptsächlich deutsche Exil-Celebritys bewohnten. Ohne auszusteigen, wartete ich im Wagen gegenüber der angegebenen Adresse, einer weißen Villa mit Wintergarten. Sollte ich Xiwang wirklich überraschen? Würde sie mich wiedererkennen? Was würden ihre Zieheltern sagen? Da öffnete sich die Haustür. Eine

große elektrische Regenbogenlibelle flatterte in die Einfahrt hinter dem schmiedeeisernen Tor. Ein kleines Kind folgte ihm, meine Kehle schnürte sich zu, ein Mädchen mit langen schwarzen Locken, mit Özlems Haar, Özlems Gesicht, Xiwang, »Ilse!«, ertönte eine Stimme. Eine ältere, blonde Frau trat aus der Tür, versuchte Xiwang einzufangen, die jetzt piepste: »Fang mich doch!«, protestierte, als die Frau einen Befehl aussprach und die Regenbogenlibelle, plötzlich leblos, zu Boden plumpste. »Bitte Mama!«, die Worte schnitten mir ins Herz. Die ältere Frau, ihre neue Mutter, nahm Ilse, nahm Xiwang, nahm meine Gemeinschaftsschwester auf den Arm. Beide kuschelten sich aneinander und verschwanden im Haus.

Meine Hand ruhte auf dem Türöffner, ohne ihn betätigt zu haben. Meine Wangen waren nass. Taktvoll schwieg der Robot-Chauffeur. Ich habe Ilse nie wieder getroffen. Vor einigen Jahren zeigte mir ARCHIVA die Hologramme einer alten, weißhaarigen Frau im Kreise ihrer drei erwachsenen Kinder und fünf Enkel. Wie habe ich mich in diesem Augenblick für sie gefreut, und wie erleichtert war ich, als ich in mich hineinhörte und feststellte, dass meine Freude aufrichtig war!

Kurze Zeit danach versuchte ich, Laurent ausfindig zu machen, der uns damals aus dem Elend der *Loreley* errettet hatte. Auch hier war mir Anita behilflich, der mein tränenerstickter Bericht vom gescheiterten Besuch bei Ilse wohl naheging. So stand ich eines Tages im Wartezimmer einer Kinderzahnarztpraxis dem pinken Kaninchen gegenüber. Laurent trug noch immer Tweed, nun jedoch keinen Anzug mehr, sondern eine Art Kleid, über dessen Anblick ich spontan auflachen musste. Am liebsten wäre ich ihm sofort um den Hals gefallen. Auch F-87 wedelte mit dem Schwanz.

»Laurent! Wie siehst du denn …?«

Er wiegte gerade ein heulendes Mädchen im Arm. Auf seiner Mümmelschnauze wackelte die Goldbrille. Als Laurent mich in perfektem Französisch »Wie kann ich Ihnen helfen? Wie ist der Name Ihres Kindes?« unterbrach, durchzuckte es mich: Er sprach mit der Stimme einer jungen Frau. Man musste bei seinem Restart seine Chips ausgewechselt haben. Eine Weile starrte ich ihn an. F-87 drückte sich winselnd an mein

Bein. Dann drehte ich mich um, Laurents hohes »Au revoir, Monsieur« in den Ohren.

Als Letztes forschte ich noch nach Jordens Frau und Sohn, obgleich ich bereits ahnte, dass auch dies nur zu einer weiteren Enttäuschung führen würde. Hätte ich die beiden aufgespürt, so meine Hoffnung, wäre das vielleicht für die ZBDE Grund genug gewesen, Jorden trotz seiner »Rückführung« wieder aus der Zone herausholen zu dürfen. Doch alles war vergebens. Einen Jungen namens Zuri oder eine Frau, die Hawa hieß, hatte es unter den Eingewanderten nie gegeben. Anita erklärte, es könne durchaus sein, dass Hawa zusammen mit Zuri als kenianische Staatsbürgerin bedauerlicherweise abgewiesen und zurück in die Zone geschickt worden sei, da das Asylabkommen nur für Mostly Destroyed Countries gelte. Lange grübelte ich darüber, ob Jorden damals mit uns mitmarschiert wäre, hätte er das Schicksal seiner Frau und seines Sohnes gekannt. Ohne ihn, so viel ist gewiss, hätten wir es niemals geschafft. Ich wäre heute nicht hier. Wider alle Vernunft und Wahrscheinlichkeit hatte er nicht aufhören können zu hoffen. Ich wünsche ihm, dass seine These damals, in jener Nacht im Steinernen Meer, von der endlosen Wiederholung der Ereignisse, nicht der Wahrheit entspricht, so dass er nicht auf ewig nach seinen Liebsten suchen muss, ohne Aussicht, sie jemals zu finden.

»Nun aber bleiben Glaube, Liebe, Hoffnung«, schrieb der große Bekehrte, Paulus. Auch ich *hoffte* damals. Und die Vorstellung konnte mich halb rasend machen, dass Jorden immer noch, im selben Augenblick, ein paar hundert Kilometer entfernt, am Leben war, der einzige Mensch, der mich noch aus meinen Jahren auf der Alm kannte, wollte ich auch früher wenig mit ihm zu schaffen haben. Auf einmal überkam mich größte Sehnsucht danach, mit ihm zu sprechen. Anita zuckte nur mit dem Schultern: Der Einfluss der ZBDE reiche höchstens bis zum Rhein; für alles dahinter sei der liebe LORD zuständig.

Danach tat ich etwas, das ich damals schon länger nicht mehr getan hatte, aus dem einfachen Grund, dass es mir, seit ich in Paris lebte, äußerlich an nichts mangelte. Zudem, redete ich mir ein, hatte ich gar keine Zeit dafür gehabt: Ich betete. Die Aufnahmen ARCHIVAs betrüben mich.

Ich sehe mich in meinem Hotelbett krampfhaft die Hände nicht falten, sondern zusammenpressen. Ich liege, setze mich auf, lege mich wieder hin, ich knie, ich schreie. Ich wollte die Gegenwart des LORDs spüren und konnte es nicht. Manchmal schien er mir nahe. Wie Schmetterlinge an einem Sommertag auf der Rosenalm, denen ich hinterherjagte, ihre Schattenflecken auf meiner Haut. Aber die einzige Antwort auf meine Prayers war die überlaute Klimaanlage. Ich stellte mir Ti t'e da Wan Duli vor. Es gelang mir nicht. Cornelius kam mir in den Sinn, und ich fühlte mich sofort erleichtert: sein fleischiges Gesicht mit dem grauen Bart, seine starken Hände, mit denen er so beruhigend schnell die schwierigsten Dinge in eine Ordnung bringen konnte. Umso heftiger durchzuckte es mich, als mir wieder einfiel, dass er ja Özlem verraten hatte und dass er fort war, für immer. Übelkeit stieg in mir auf, als hätte ich eben erst die Schnitzel aus der Tüte gezogen, sie über dem von Laurent entzündeten Feuer gegrillt und dann von ihnen zusammen mit Jorden und den anderen, widerwillig zwar, doch heißhungrig, gegessen.
Ich stellte mir damals jene Frage, die später im Refektorium unseres Stifts für lange Diskussionen mit meinen Brüdern sorgte: ob ich als E-Klon überhaupt jene Verbindung zum LORD aufbauen konnte, über die manche meiner Mitmenschen von Geburt an verfügten. Wer sagt, dass mein LORD, zu dem ich täglich mehrmals bete, nicht Teil des Spiritual-Programms ist, das noch irgendwo unter meiner Achsel von den letzten intakten Schaltkreisen eines Chips in Betrieb gehalten wird? Heute, am Ende meines Lebens, weiß ich die Antwort darauf: Ich *glaube* daran. Ich glaube, mein LORD-Gefühl entstammt ganz und gar mir selbst und nicht meinem Implantat. Der LORD, nicht ein Chiemgauer Ingenieur, ist mein Schöpfer.
Ach, jener traurige Herbst damals. Wie jedes Jahr waren die Geschäfte für die Aufmunterung der Passanten gewappnet, die im Licht der tiefstehenden Sonne mühsam und melancholisch ihre lang und länger werdenden Schatten durch die Straßen hinter sich herzogen: CORE-Reisen nach Neuseeland fanden ebenso reißenden Absatz wie die Angebote für einen Schnuppermonat auf dem Mars mit der Option, dort als offizieller Siedler ein neues Leben zu beginnen. Unbeeindruckt vom Untergang

der MDCs war die NOAH-Station dort oben über die Jahre stetig gewachsen, auch wenn sie zum Zeitpunkt meiner Rückkehr in die Zivilisation noch lediglich die Ausmaße einer mittelgroßen Stadt besaß und nicht die des Kleinstaates von heute. Früher sprach man noch vom roten Planeten als dem »achten Kontinent«. Mittlerweile pochen die Marsianer mit ihren ganz eigenen Gebräuchen und Sitten auf Unabhängigkeit. Es sei eine nie dagewesene historische Chance, soll kürzlich »Monsieur le Martien«, wie er im irdischen Volksmund genannt wird, in einer Rede gesagt haben, hier, auf dem Mars, nicht dieselben Fehler zu machen wie auf der Erde. Fest stehe: Nach fast einem Jahrhundert Kolonialisierung und der bereits zweiten Generation, die dort geboren wurde, seien Marsianer keine Erdlinge mehr. Und das sei gut so.

Mich hat es nie dorthin gezogen, obgleich das Kloster am Fuße des Olympus Mons mit dem dreißig Meter hohen Stahlkreuz auf dem Dach, das im blauen Mars-Sonnenuntergang so geheimnisvoll mystisch über den Canyons funkelt, vielen meiner Schwestern und Brüdern zur neuen und allem Vernehmen nach schöneren Heimat geworden ist. Manche behaupten sogar, die Gegenwart des LORDs auf dem Roten Planeten in einer beglückenden Eindringlichkeit erfahren zu haben, wie sie auf der Erde undenkbar sei.

Es war während dieses meines Ringens mit dem LORD, dass mich Anita endlich dazu motivieren konnte, sie durch die Stadt zu begleiten. Auch unsere Konkurrenz profitierte damals von herbstlich gestimmten Seelenlagen. Ich erinnere mich an das Plärren der Holo-Golgotha-Shows, das aus den absichtlich sperrangelweit offen gelassenen Toren der New Temples zu vernehmen war. Beim gemeinsamen Schlendern durch das Quartier Latin war Anita an jenem schicksalhaften Septembernachmittag ein wenig zurückgefallen; ich ließ mich von den Massen über die Boulevards und durch die Gassen treiben, bis ich auf einen kleinen Platz am Ende einer Seitenstraße geschwemmt wurde. In seiner Mitte stand das Publikum im Halbkreis um eine Gestalt, eine Gestalt, die meinem irdischen Wandern wieder eine Richtung und einen Sinn geben sollte.

Zuerst dachte ich, es handelte sich bei dem beleibten Hünen um einen Zonbie, der für Almosen eine Clownerie zum Besten gab. Dann bemerkte ich die Tonsur und die weiße Kutte mit schwarzem Skapulier, die ich damals, als noch nicht Ordinierter, zwar als das Gewand eines Geistlichen erkannte, nicht aber als das Habit der Hieronymiten, das nun auch ich selbst schon so viele Jahre trage. Der liebe Bruder Christopher mit seinem ausgeprägten Talent fürs Theatralische! Auf dem Platz wetterte er gegen das unverminderte Leid der deutschen Kinder in den Factorys. Unermesslich sei es und doch so leicht zu lindern. Laut beschwor er die unmenschlichen Bedingungen in den Factorys, die klirrende Kälte in den Baracken, den blind machenden Plastikstaub der Toys, den Hunger. Schlotternd hielt er die Arme vor die Brust und verzog das Gesicht vor Schmerzen. Wie glücklich sich doch die Bewohner Paris' und überhaupt der gesamten NEU schätzen könnten, ja, gesegnet seien sie! Bruder Christopher legte all seinen Furor in dieses eine Wort: *gesegnet*! Er als Deutscher, der erst als Information-Architect, dann als Missionar, die Zone oft besucht habe, habe sich immer wieder gefragt: Wie fühle sich das an, zufällig ein paar Kilometer westlich einer Katastrophe geboren worden zu sein, für die niemand die Schuld treffe, und damit zu einem auserwählten Volk der Unbeschwerten gehören zu dürfen? Bruder Christopher betonte *dürfen*. Und wie fühle es sich an, dass man sein Gewissen per Spendenklick reinwaschen könne, so dass jeder der hier Anwesenden am Abend in der Überzeugung, ein hochanständiger Bürger zu sein, erleichtert und nicht ohne Stolz das Haupt auf sein Kissen betten könne, an dem das gern gesehene Etikett hängt: »Made in the Zone«, deren angeblich minimalster, aber offiziell ja gar nicht vorhandener ionisierender Strahlung heilende Kräfte zugeschrieben werden?

»Aber die Zonbies in den Factorys und Siedlungen in den Wüsten jenseits des Rheins brauchen nicht nur milde Gaben!«, ruft Bruder Christopher auf ARCHIVAs Video, aufgezeichnet von der Überwachungskamera des Platzes, jetzt unvermittelt und scharf, so dass das Publikum vor Schreck zusammenfährt. In seinen Augen funkelt es wütend. Man weicht zurück, schaut betreten zu Boden. Kraftvoll donnert seine Stimme und übertönt leichthin das gleichmäßige Gemurmel auf dem Platz. »Wir brauchen Menschen, die auch den Mut haben, welche zu sein!«

Unversehens wird alles an ihm sanft und demütig. »Ich bitte Sie also: Nehmen Sie an unserem Missionsprogramm teil! Besuchen Sie mit uns die rechtsrheinische Zonensiedlung, die unser Orden dort letztes Jahr errichtet hat, und helfen Sie den Menschen dort. Nicht durch Geld oder Geschenke, sondern durch Ihre Gegenwart! Ich bitte Sie.« Sein Blick ruht auf der ersten Reihe. Auf mir. Er hat mich erkannt. Ich erinnere mich, dass mir damals war, als sähe ich in einen Spiegel. Bruder Christopher entging es nicht, wie es in mir arbeitete, wie ich zögerte weiterzugehen. Schon hatten sich die meisten Zuschauer zerstreut. Einige wenige diskutierten noch über die Zone. Aufmunternd zwinkerte mir Bruder Christopher zu. F-87 steckte die Schnauze aus meiner Jacke. Er flüsterte: »Wer durch Schwaben reist, der sollte nie vergessen, auch ein wenig in den Schwarzwald hineinzuschauen.« Es bedurfte einer kleinen Weile, ehe ich begriff, was mir mein Robot-Fennek sagen wollte. Märchen Nummer dreiundfünfzig. Das kalte Herz. War ich nicht wie der Kohlenpeter? Und war Bruder Christopher nicht wie der Schatzhauser, der mir unvermutet in Aussicht stellte, derjenige zu werden, der ich doch in diesen vergangenen Jahren sein wollte, mit größer und größer werdendem Verlangen und ebensolcher Verzweiflung, weil es mir nicht gelingen wollte: ein guter Mensch? In der Ferne machte ich in der Menge Anita aus, die den Hals nach mir reckte. Und noch während ich unschlüssig dastand, sprang mein schlauer elektrischer Fennek auf den Boden.

»Heinz!« Suchend rief Anita nach mir. F-87 lief zu Bruder Christopher – und schlüpfte unter seine Kutte.

»F-87!«, rief ich und folgte ihm, bis ich vor Bruder Christopher stand.

»Heinz! Wo steckst du?« Anitas strenge Stimme in meinem Rücken. Gleich würde sie mich entdecken.

Und Bruder Christopher, der so tat, als hielte nun auch er nach mir Ausschau, lüpfte leicht die Kutte. »Jetzt!«, zischte er mir zu. Unauffällig warf ich einen Blick in Richtung der Überwachungskamera, die am First des Gebäudes gegenüber hing – und stürzte, absichtlich; kroch, verborgen von den Beinen der Passanten zurück zu Bruder Christopher und unter seine Kutte, wo mein Robot-Fennek bereits mit leuchtenden Anti-

Albtraum-Augen auf mich wartete. Selbst auf den Aufnahmen, die mir ARCHIVA jetzt zeigt, ist der Hergang meiner Flucht nicht genau zu erkennen: Bruder Christopher, der wenige Minuten später scheinbar mit großer Anteilnahme und unauffällig gebauschter Kutte alle Fragen der aufgelösten Anita mit einem Achselzucken beantwortet, hat seine Sache vorzüglich gemacht.
Fieberhaft fahndete die ZBDE in den folgenden Tagen nach mir. Wie ich später erfuhr, galt ich offiziell als von Head-Hunters gekidnappt, die angeblich ihre Felle durch mich davonschwimmen sahen. Die öffentliche Anteilnahme war gewaltig. Der Sache der ZBDE hat es also nicht geschadet. Um einen Maulwurf auszuschließen, unterrichtete Bruder Christopher nicht den Generalabt. Beim Verhör durch die Polizei spielte er den Nichtsahnenden, wie stets mit allergrößter Überzeugungskraft. Gleich danach flog er mit mir und F-87 an die deutschen Gestade des Rhein-Sees, wo die allererste mit Geldern der NEU geförderte, nichtsdestotrotz bestürzend kärglich ausgestattete Zonensiedlung im Entstehen begriffen war, was heute die schmucken Villen NeoKölns, die dort an fast derselben Stelle das Wasser überblicken, leicht vergessen machen. Aus der NEU heraus in die Zone gelangte man damals immer. Das Problem war die Rückkehr. Doch das beschäftigte mich vorerst nicht.

Das Schreiben erschöpft mich. Vorhin fuhr ich nach dem Studium im Refektorium aus Versehen zu weit, in die zweihundertundsiebte Etage, in Trakt D. Da der elektrische Mönch, der im Lift hinter mir stand, seltsamerweise nicht einschritt, wollte ich, als sich wie gewohnt die Tür öffnete, hinaustreten – da hielt ich inne. Der Flur, auf dem meine Dominikaner-Brüder wohnen, ist himmelblau gestrichen. Doch dort, wo ihre Zellen waren, klafften nun in den Wänden große, unförmige Löcher. Was ging hier vor sich? Eine Baustelle? Aber warum wurde dann nicht gearbeitet, wenn doch jede Zelle in unserem Stift nicht nur ständig belegt ist, sondern *sein muss*, wie es immer heißt? Ich schreibe es meiner Verwirrung darüber zu, dass ich gleich darauf ein zweites Mal in ein falsches Stockwerk fuhr. Wieder blieb der elektrische Mönch hinter mir tatenlos. Ich bemerkte die Anzeige, die neunundzwanzigste Etage, Trakt B,

die Tür öffnete sich, keine hellen roten Flure, sondern dasselbe Bild, wie eben zuvor: Düsternis, durchbrochene Wände, Menschenleere.
Was passiert mit unserem schönen Stift? Wo sind nur all meine Brüder der anderen Orden hin? Als ich Bruder Ferdinand auf dem Weg zur Non davon erzähle, runzelt er die Stirn und schüttelt den Kopf. Die beiden Brüder neben uns im Lift, die meine Frage mitgehört haben, sagen leise und wie beschwörend, ohne den elektrischen Mönch hinter uns aus den Augen zu lassen, ich müsse mich irren. Alle dreihundertdreiunddreißig Stockwerke unseres Stifts seien wie eh und je bewohnt.

Wenn ich jetzt an mir herabschaue, an diesem alten Leib, der knöchern und dürr in der zu weiten Kutte steckt, an meinen fleckigen Händen, meinen klammen Fingern, und wenn ich dann in den Holospiegel blinzele, den ARCHIVA eilfertig vor mir entstehen hat lassen, auf die dunklen Tränensäcke unter meinen Augen, auf die dünnen Striche meiner Lippen, auf meine im Lauf der Jahrzehnte ausgeblichenen und fast farblos gewordenen Pupillen, auf all das also, was aus meiner sterblichen Hülle geworden ist, will ich es nicht glauben und erscheint es mir wie ein Wunder, was ich dereinst in der NeoKölner Siedlung mit der Hilfe des LORDs vollbringen durfte. Ich schließe meine vom ungewohnten Schreiben brennenden Augen. Und alles, alles, was damals geschah, steht wieder vor mir. Vage und doch wirklicher als jedes Hologramm erscheinen mir die längst zu Greisen Gewordenen oder Verstorbenen. Ich bin wieder an der Ostküste des Rheins. Ich höre das Klatschen der Wellen. Ich rieche den Moder der Baracken. Ich sehe, wie ich zusammen mit Bon-Frère-Robots und meinen späteren Schwestern und Brüdern aus dem Orden Silber-Bodys verteile und Abwasserkanäle grabe. Wir setzen die große Pumpe in Gang. Ihr Motor dröhnt. In ihrem Schlauch, der bis tief hinab in den Rhein-See reicht, rumort es. Erst spritzen Tropfen, dann quillt ein Wasserstrahl. Die Siedler jubeln. In jedem Siedler vermeine ich, einen Cornelius, einen Jorden, eine Özlem, einen Chang, eine Anne zu sehen. Ich verteile Medikamente gegen die Strahlung. Abends sitze ich am Feuer. F-87 erzählt Märchen. Die Kinder und ein paar der Robots lauschen ihm. Die ZBDE schickt uns Bulldozer. Wir

bauen eine Krankenstation, eine Kanalisation, eine Kirche. Jeden Sonntagvormittag feiern wir zusammen Gottesdienst. Der Wind spielt mit unseren Stimmen und weht sie über die Wüste. Eine Seuche breitet sich aus. Ich stütze wimmernden Kindern den Kopf. Hoffnungsvoll starren sie mich an, als besäße ich Zauberkräfte. Dann halte ich nur mehr leblose Körper in meinen Armen. Ein Sturm verwüstet die Siedlung. Die Kirche stürzt ein. Ich verzweifele. Ich will nicht verzweifeln. Zu spät schickt die ZBDE Impfstoff. Es hat juristische Probleme gegeben. Wir setzen eine neue große Pumpe in Gang. Erst sprühen Tropfen, dann quillt ein Wasserstrahl. Neue Schwestern und Brüder treffen ein, neue Robots, neue Siedler. In jedem Siedler meine ich Cornelius, Jorden, Chang, Özlem oder Anne zu sehen. Ich verteile Medikamente gegen die Strahlung. Abends sitze ich mit F-87 am Feuer, er erzählt, Märchen eins bis hundertundeins. Neue Kinder, die aussehen wie die alten, lauschen ihm. Die ZBDE schickt uns neue Bulldozer, wir hatten keine bestellt. Keiner der Solarantriebe funktioniert. Wir montieren sie auseinander und verwenden das Metall als Gerüst für neue Baracken. Wir bauen eine neue Kirche, eine größere Krankenstation, breitere Kanäle. Eines Nachts überfällt uns ein Clan. Eine Drohne kommt uns zu Hilfe. Ihr freundliches Feuer trifft auch uns. Am Morgen säumen die Straßen Leichen und zerstörte Robots. Die Siedlung brennt. Aus einem Kanal wird Bruder Christophers Leiche gezogen. Ich sitze bei ihm und streichele ihm übers Gesicht, das sich in eine blutige Masse verwandelt hat. Unter Trümmern wird ein unförmiger Klumpen gefunden, der aussieht wie ein verkohlter Laib Brot. Eine Mutter bricht daneben zusammen. Sie schluchzt: »Das ist nicht mein Baby.« Ich verzweifele. Ich will nicht verzweifeln. Ich baue. Ich grabe. Ich verteile. Ich gebe. Ich bete. Neue Siedler. Neue Schwestern und Brüder. Neue Leichen.
Eines Morgens gehe ich vor dem Sonnenaufgang, ehe die ersten Siedler erwachen, zu den Ausläufern der Wüste und setze mich auf eine Düne. Die Wüste unter mir ist ein Meer aus schwarzem Eis. Der kühle Atem des LORDs weht über sie. Ich sage: »Was hast du noch mit mir vor? Was willst du von mir? Was willst du von uns?« Die Sonne geht auf. Die Wüste wird blau, grau, ist golden. Ich weiß noch nicht, dass bald schon

die Forscher in den Laboren des Atlas-Gebirges auf einen neuen Rohstoff stoßen werden, Cone genannt, von dem sich ein gewaltiges Feld direkt unter den windschiefen Hütten der NeoKölner Siedlung befindet; dass bloß ein paar Monate später ein Bautrupp von der Größe eines Robot-Heeres anrücken und innerhalb weniger Tage eine Stadt aus Hallen und Bungalows errichten und die erstaunten Siedler als Arbeiter anheuern wird, ein paar Euro pro Tag; dass ich zusammen mit meinen Schwestern und Brüdern zurück nach Paris fliegen werde, wo der Generalabt mich, unbeeindruckt von meiner zweiten Zeit in der Zone, vor die Wahl stellt, entweder an die ZBDE ausgeliefert zu werden oder mich den hieronymitischen Weihen zu unterziehen, was gleichbedeutend ist mit einem dauerhaften Verschwinden hinter den Mauern des neuerrichteten Hochhausstifts; dass ich, nachdem ich mich für Letzteres entscheide, mit der Aufgabe betraut werde, bei der Einpflegung aller Daten des Stifts in das im Entstehen begriffene ARCHIVA-System mitzuwirken; dass, nachdem ich die ersten Regale mit uralten Handschriften und Büchern transferiert habe, schon ein Jahr vergangen sein wird, nach dem nächsten Regal ein zweites Jahr, nach den Festplatten ein drittes, viertes Jahr und dass in der Zwischenzeit Städte in der nach und nach entseuchten Zone gebaut werden, NeoHamburg, NeoMünchen, NeoLeipzig, unter neuerrichteten Kuppeln, die Module neben den Elite-Siedlungen; dass die ehemalige ZBDE, nun BDR, Bundesdeutsche Regierung, in einer feierlichen Zeremonie, bei der ihr Vertreter aller Staaten die Referenz erweisen, in ihren neuen Regierungskomplex in NeoBerlin ziehen wird; dass ich mit Staunen, dann Entsetzen feststellen werde, dass mir dieses neue Deutschland, das durch den Cone-Handel boomt wie nie, keine Heimat sein will; dass ich mit dreiunddreißig Jahren endlich eine Wanderung durch die Bio-Zone Berchtesgaden machen werde und plötzlich vor einer modernen Wirtschaft stehe, vor der Wanderer essend, trinkend und laut lachend Einkehr halten, dem Steinhaus, weiter oben keine Spur mehr von der Rosenhütte, von unseren elf Jahren dort, nichts; dass ich wie ein Schlafwandler durch NeoBerlin stolpern werde, durch das, wie man sagt, größer und schöner wiederaufgebaute Brandenburger Tor, am Reichstag vorbei, wo die Politiker der neuen Parteien über das Problem der Modulisten debattieren, über die Erschließung neuer Cone-Felder, über die gerechte Verteilung des Wohlstands; dass ich mich, nach der Beendigung meiner Arbeit an ARCHIVA, der Aufzucht von Gemüse im Garten des Pariser Stifts in der obersten Etage unter dem Dach, der Versenkung in die heiligen Bücher und der Meditation verschreiben werde. Dass ich hier sitzen werde, einmal noch, ein letztes Mal, und in mein Heft schreiben werde.

Als ich nach den Laudes an diesem Judica, dem Schwarzen Sonntag, eingehakt in Bruder Ferdinands Arm den Flur entlang zu meiner Zelle schlurfe, tippt er mich an, macht mit der Hand eine schreibende Bewegung und setzt einen fragenden Ausdruck auf.
»Ja«, sage ich, so leise, dass es der elektrische Mönch hinter uns nicht hören kann. »Es ist fertig. Ich bin fertig.«
Sofort schaut Bruder Ferdinand zu Boden. Erst jetzt fällt mir auf, wie ihm das Fasten zugesetzt hat, das im ganzen Trakt H bestimmt keiner gewissenhafter erfüllt als er. Tief liegen seine grünen Augen in den Höhlen. Unter seiner Kutte zeichnen sich seine Knochen ab, im Gesicht ist er gespensterblass geworden. Fast habe ich Sorge, er löse sich im nächsten Moment auf. Bald wird er mich nicht mehr stützen können. Bei meiner Zelle angekommen, braucht er mehrere Anläufe, bis er mich ächzend über die Schwelle gehoben hat, obwohl ich mich so leicht wie möglich zu machen versuche. Mahnend summt der elektrische Mönch. Als wir uns schließlich gegenüberstehen, ist Bruder Ferdinand der Kummer deutlich anzumerken. Wir ahnen es beide: Nun, da meine letzte Arbeit vollendet ist, wird mein Aufenthalt auf der Erde bald vorüber sein. Ein letztes Mal summt der elektrische Mönch auf. Bruder Ferdinand räuspert sich. Er will etwas sagen.
»Nein«, unterbreche ich ihn. »Das lohnt sich nicht, mein Bruder. Dein Versprechen bloß für ein paar Abschiedsworte zu brechen …« Ich nehme all meine Kraft zusammen und lächele ihn an, versöhnlich. Er presst seine Lippen zusammen, will mich berühren. Der elektrische Mönch betätigt die Tür. Gerade noch, bevor sie sich schließt, tritt Bruder Ferdinand zurück. Ich höre das Piepsen der Verriegelung.

Die Mutter, die ihr weinendes Kind in den Arm nimmt und tröstend hin und her wiegt. Der Mann, der sich, ohne nachzudenken, in den Phaserstrahl wirft, der auf ein ihm unbekanntes Kind abgefeuert wurde. Der Hund, der neben seinem tot zusammengebrochenen Herrchen ausharrt und es mit der Nase anstupst. Der Delphin, der nach dem Schiffsunglück das Baby im Maul an die neun Kilometer entfernte Küste trägt und darauf achtet, es auch ja die ganze Zeit über Wasser zu halten. Der endlose schwarze Raum, der winzige blaue Punkt darin. Das Klacken meiner Holzschuhe. Ich setze auf. Noch ganz benommen vom Schweben, öffne ich die Augen.

Wie so viele andere allzu Neugierige habe auch ich jetzt ARCHIVA nach dem Datum meines Todes befragt. Neben dem Bild eines Gesichts mit heruntergezogenen Mundwinkeln schreibt sie, dass ich noch zwölf Tage und zweiundzwanzig Stunden zu leben habe, bevor ich an einem schweren Schlaganfall, ausgelöst durch mangelnde Ernährung, sterben werde. Je nach der Art der Rettungsmaßnahme verlängere sich mein Leben, allerdings höchstens um wenige Wochen, maximal dreieinhalb Monate, da mein Herz keines der Medikamente und keine Operation verkraften werde. Ihre Vorhersage besitze lediglich vierundneunzigkommadreiprozentige Eintrittswahrscheinlichkeit, wie ARCHIVA mit einem Smiley hinzufügt. Anders als bei den allermeisten Menschen in der Stadt unter mir, die, haben sie den wahrscheinlichen Zeitpunkt ihres Todes erfahren, übertriebener Geschäftigkeit oder lähmender Verzweiflung verfallen, wächst in mir die Ruhe, ja, stille Freude. Laut ARCHIVA werden meine hundertundvier Jahre null Komma null null null null null null zwei Prozent der gesamten Existenz der Erde und null Komma null null null null null null null sieben Prozent jener des Universums ausgemacht haben. Von den etwa hundertundzwölf Milliarden Bewohnern dieses Planeten seit Anbeginn der Zeit werde ich einer gewesen sein. Warum und worum sollte ich trauern? Ich durfte leben. Mir wurde Gnade zuteil. Auch wenn meine Hefte zusammen mit meinem Körper verbrannt werden und nur mehr Asche von ihnen übrig bleibt: Für einen winzigen Moment in der Zeit hat es sie doch gegeben.

Es war einmal ein Kind auf einer Alm, das war ein E-Klon, ein Honk, ein Junge, eine Bakterie und eine Schildkröte. Es war einmal ein Junge, der wurde ein Häftling und eine Berühmtheit. Es war einmal ein Mann, der wurde ein Mönch. Es war einmal ein Greis, der schrieb ein Buch. Es war einmal ein Mensch.

DATUM DES TODES: 05–14

AUFENTHALTSDAUER AUF DER »LORELEY« (IN TAGEN): 184

TODESURSACHE: VERHUNGERN AUFGRUND FEHLFUNKTION DES AUFSICHTS-ROBOTS

VERWENDBARE ÜBERRESTE: GEWEBE – BEINE / ARME (RECHTS / LINKS) – MAGEN – MILZ – LUNGE – LEBER – NIERE – GALLE – HERZ – SCHÄDEL

SONSTIGES: ZEREBRALE IMPLANTATE (WIEDERVERWERTBARER ELEKTROSCHROTT)

ZUSTAND: ENTSORGT

*Der Roman wurde mit einem Literaturstipendium
des Freistaats Bayern 2014 gefördert.
Für ihre Unterstützung danke ich
Stefanie Geiger, Florian Kessler, Fridolin Schley und Julian Wiprich.*